CB135321

IRMANDADE DA ADAGA NEGRA

GUIA OFICIAL DA SÉRIE

J.R.
WARD

São Paulo
2011

UNIVERSO DOS LIVROS

The Black Dagger Brotherhood – An Insider's Guide

Copyright © Jessica Bird, 2008
Trechos de Amante Sombrio copyright © Jessica Bird, 2005; trechos de Amante Eterno copyright © Jessica Bird, 2006; trechos de Amante Desperto copyright © Jessica Bird, 2006; trechos de Amante Revelado copyright © Jessica Bird, 2007; trechos de Amante Liberto copyright © Jessica Bird, 2007; trechos de Amante Consagrado copyright © Jessica Bird, 2008.

© 2011 by Universo dos Livros
Todos os direitos reservados e protegidos pela Lei 9.610 de 19/02/1998.

Nenhuma parte deste livro, sem autorização prévia por escrito da editora, poderá ser reproduzida ou transmitida, sejam quais forem os meios empregados: eletrônicos, mecânicos, fotográficos, gravação ou quaisquer outros.

Diretor-Editorial
Luis Matos

Editora-Chefe
Marcia Batista

Editora-Assistente
Noele Rossi

Tradução
Carolina Caires

Preparação
Felipe Vieira

Revisão
Fabiana Chiotolli

Arte
Camila Kodaira
Stephanie Lin

Capa
Zuleika Iamashita

Dados Internacionais de Catalogação na Publicação (CIP)
(Câmara Brasileira do Livro, SP, Brasil)

W259g Ward, J. R.

Guia da Irmandade Negra / J. R. Ward ; [tradução de Carolina Caires Coelho]. – São Paulo : Universo dos Livros, 2011.
512 p. – (Irmandade da Adaga Negra)

Tradução de: The Black Dagger Brotherhood – An Insider's Guide

ISBN 978-85-7930-288-6

1. Vampiros. 2. Ficção. I. Título. II. Série

CDD 813.6

Universo dos Livros Editora Ltda.
Rua do Bosque, 1589 – Bloco 2 – Conj. 603/606
CEP: 01136-001 – São Paulo/SP
Telefone/Fax: (11) 3392-3336
www.universodoslivros.com.br
e-mail: editor@universodoslivros.com.br
Siga-nos no Twitter: @univdoslivros

AGRADECIMENTOS

À Kara Cesare, pois sem ela esta série não teria chegado onde chegou. Você é a campeã e a líder de torcida e comandante de tudo que eu faço – e vou parar de dizer isso, caso contrário este livro será mais extenso do que o de Phury. A todos da New American Library, principalmente: Claire Zion, Kara Welsh e Leslie Gelbman, Craig Burke e Jodi Rosoff, Lindsay Nouis, o grande Anthony, e a maravilhosa Rachel Granfield, que lida com graça com meus manuscritos de dez quilos. Steve Axelrod, capitão do meu navio.

Grandes agradecimentos à Incomparável Suzanne Brockmann (Farei uma coroa brilhante a ela com esses dizeres), Christine Feehan (cujo obelisco estou construindo conforme conversamos) e sua família maravilhosa (Domini, Manda, Denise e Brian), Sue Grafton, também conhecida como Mãe Sue, Linda Francis Lee, Lisa Gardner, e todos os outros escritores.

Mais uma vez um obrigado enorme para as melhores equipes de dentista do mundo: Scott A. Norton, DMD, MSD, e Kelly Eichler, juntamente com Kim, Rebecca e Crystal; e David B. Fox, DMD, e Vickie Stein. D.L.B., o melhor menino do mundo. xxx mamãe

N.T.M., de quem foi essa ideia do Guia da Irmandade e que trabalhou demais nisso – e cuja natureza gentil é melhorada por sua paciência e seu senso de humor.

Dra. Jessica Andersen – minha confidente e parceira. LeElla Scott – você tem apelidos demais agora para relacionar. Então vou escolher o mais importante: Bestie.

E a mãe de Kaylie: que ainda é minha Ídola.

Como sempre para a Mamãe, Boat e Boo.

Sumário

Meu Pai 7

Os Dossiês da Irmandade 107

Para escritores 257

A proposta da Irmandade da Adaga Negra 271

Cenas excluídas 313

Momentos divertidos 347

Os Irmãos no Fórum 393

Cenas da vida postadas no fórum 437

Perguntas e respostas com J. R. Ward 467

Linha do tempo da Irmandade 477

O Antigo Idioma 483

Os Irmãos entrevistam J. R. Ward 487

In Memoriam 501

MEU PAI

Um

– Então Bella está bem.

No armário da cozinha da Irmandade, Zsadist pegou uma faca, apertou um pé de alface e começou a fatia-lo.

– Sim, está.

Ele gostava da doutora Jane. Caramba, ele devia muito a ela. Mas tinha de se lembrar dos bons modos: seria muito deselegante ser exagerado com uma fêmea que era a *shellan* de seu irmão e que, ainda por cima, havia salvado o amor de sua vida de uma hemorragia na mesa de parto.

– Ela se recuperou muito bem nos últimos dois meses. – A doutora Jane o observou do outro lado da mesa, com sua clássica maleta médica ao lado de sua mão fantasmagórica. – E Nalla está bem. Caramba, os filhos de vampiros se desenvolvem muito mais rapidamente do que os bebês humanos. Cognitivamente, é como se ela tivesse nove meses.

– Elas estão ótimas. – Ele continuou fatiando, subindo e descendo a mão. Do outro lado da lâmina, as folhas soltavam-se em fatias verdes, como se aplaudissem a liberdade.

– E como você está lidando com a nova situação de ser pai?

– Droga! Soltando a faca, ele disse um palavrão e levantou a mão que estava cortando a alface. O corte foi profundo, até o osso, e o sangue vermelho tomou sua pele, pingando.

A doutora Jane se aproximou dele:

– Certo, vamos até a pia.

Sem encostar nele ou tentar guiá-lo com um toque no ombro; ela apenas se aproximou, apontando em direção da pia.

Apesar de já ter melhorado um pouco nesse aspecto, Zsadist ainda não gostava que o tocassem, com excessão de Bella. Mas agora, quando o contato era inesperado, a primeira reação já não era pegar sua arma e mirá-la em quem o tivesse tocado.

Quando estavam na frente da pia, a doutora Jane abriu a torneira deixando a água morna cair na peça de porcelana.

– Coloque a mão aqui – ela disse. Z. esticou o braço e colocou o polegar na água quente. O corte ardeu muito, mas ele não reagiu.

– Deixe-me adivinhar. Bella pediu a você que viesse conversar comigo agora.

– Não. – Quando olhou para ela, a médica balançou a cabeça: – Eu examinei Bella e o bebê. Foi só isso.

– Ótimo. Porque estou bem.

– Imaginei que você diria isso. – A doutora Jane cruzou os braços no peito e olhou para ele com um olhar que o fez querer construir um muro entre os dois. Sólida ou transparente, dependendo de como estivesse no momento, não importava. Quando a fêmea olhava para alguém daquele jeito, era como se lançasse um raio pelos olhos. Não era de surpreender o fato de ela e V. se darem bem.

– Bella disse que você não quer se alimentar dela.

Zsadist deu de ombros:

– Nalla precisa desse alimento mais do que eu.

– Não é uma questão de escolha. Bella é jovem, saudável e tem ótimos hábitos alimentares. E você deixou que ela se alimentasse.

– Claro. Qualquer coisa por ela. Por ela e pelo bebê.

Fez-se um longo silêncio.

– Então talvez você queira falar com Mary?

– A respeito do quê? – Ele fechou a torneira e balançou a mão dentro da pia. – Só porque eu respeito as necessidades da minha *shellan* não significa que eu precise de um psiquiatra.

Puxou uma folha de papel absorvente do rolo e secou a mão.

– Para quem é a salada, Z.? – a médica perguntou.

– O quê?

– A salada. Para quem é?

Ele puxou o cesto de lixo e jogou o papel dentro.

– Bella. É para Bella. Olha, sem querer ofender, mas...

– E quando foi a última vez que você comeu?

Ele ergueu as mãos, pedindo uma trégua.

– Já chega. Eu sei que sua intenção é boa, mas tenho pouca paciência, e a última coisa de que precisamos é que Vishous venha atrás de mim porque eu respondi mal a você. Eu entendo...

– Olhe para sua mão.

Ele olhou para baixo. O sangue escorria do curativo de seu polegar até seu pulso e braço. Se não estivesse vestindo uma camiseta de mangas curtas, o sangue estaria empoçado em seu cotovelo. Mas estava pingando no piso marrom.

A voz da doutora Jane estava irritantemente controlada, sua lógica bem direcionada chegava a ofender.

– Você faz um trabalho perigoso no qual depende de seu corpo para não ser morto. Não quer conversar com Mary? Tudo bem. Mas precisa fazer algumas concessões físicas. Esse corte já deveria estar fechado. Ainda não fechou, e aposto que vai sangrar por mais uma hora. – Ela balançou a cabeça. – Olha só, Wrath me colocou para trabalhar como médica da Irmandade. Se você não levar a sério sua alimentação e horários de sono, vou ser obrigada a te ferrar.

Z. olhou para as gotas vermelhas que saíam de sua ferida. Elas corriam diretamente para a faixa preta de escravo que havia sido tatuada em seu pulso quase duzentos anos atrás. Ele também tinha uma no outro braço e outra ao redor do pescoço.

Pegou outra folha de papel. Tirou o sangue normalmente, mas não tinha como se livrar do que aquela maldita Ama havia marcado nele. A tinta estava encravada em sua pele, colocada ali para mostrar que ele era apenas uma propriedade a ser usada, não um indivíduo livre para viver.

Zsadist pensou na pele de bebê de Nalla, tão macia e totalmente limpa. Todos comentavam a respeito da maciez. Bella. Todos os Irmãos. Todas as *shellans* da casa. Tinha sido uma das primeiras coisas que diziam quando a pegavam no colo, além do fato de ser fofinha; boa para abraçar.

– Você já tentou remover essas tatuagens? – A doutora perguntou suavemente.

– É impossível removê-las – ele disse rapidamente, abaixando a mão. – A tinta tem sal. É permanente.

– Mas já tentou? Há tratamentos com laser agora que...

– Melhor eu cuidar logo desse corte para poder terminar aqui. – Ele pegou outra folha de papel. – Preciso de um pouco de gaze e esparadrapo...

– Tenho isso em minha maleta. – Ela se virou para ir até a mesa. – Tenho tudo...

– Não, obrigado. Cuido disso sozinho.

A doutora Jane olhou para ele com seus olhos claros.

– Não me importa se você gosta de ser independente. Mas não tolero estupidez. Entendeu? Sente logo naquele banco para eu cuidar de você.

Se ela fosse um dos Irmãos, ele teria mostrado as presas e rosnado. Mas não podia fazer isso com a doutora Jane, e não apenas porque era uma fêmea. Acontece que era muito difícil argumentar com ela. Tudo que dizia era sempre uma opinião médica objetiva.

– Entendeu? – ela insistiu, sem se impressionar com a cara feroz que ele fazia.

– Certo. Saquei.

– Ótimo.

– Ele tem uns pesadelos... Deus, os pesadelos.

Bella se inclinou e colocou a fralda suja dentro do cesto de lixo. Enquanto se erguia, pegou uma fralda limpa, o talco e os lencinhos umedecidos. Apoiando a palma da mão sobre os tornozelos de Nalla, ergueu a filha, limpou a região com um lenço, aplicou um pouco de talco e então escorregou a fralda na posição certa.

Do outro lado do quarto, Phury disse em voz baixa:

– Pesadelos no qual se vê como um escravo de sangue?

– Tem que ser isso. – Ela deitou novamente a filha e levantou as abas laterais da fralda. – Porque ele nunca me conta.

– Ele tem se alimentado?

Bella balançou a cabeça enquanto fechava os botões do macacão de Nalla. A peça era rosa claro e havia um bordado com uma caveira branca com ossos cruzados.

– Não tem comido muito, e não tem tomado sangue. Parece... não sei, o dia em que ela nasceu, ele se mostrou muito alegre, feliz e maravilhado. Mas parece que apertaram um botão e ele se fechou. Está quase tão ruim quanto era no começo. – Ela olhou para Nalla, que brincava com o desenho em seu peito. – Sinto muito por tê-lo chamado aqui. Simplesmente não sei mais o que fazer.

– Fico feliz por ter chamado. Estarei sempre aqui por vocês dois, você sabe disso.

Aconchegando Nalla em seu ombro, ela se virou. Phury estava recostado na parede cor de creme do quarto, com o corpo se destacando entre os desenhos de coelhinhos, esquilos e fadinhas, pintados à mão...

– Não quero colocar você numa situação ruim. Nem tirá-lo da companhia de Cormia desnecessariamente.

– Você não fez isso. – Ele balançou a cabeça, com os cabelos multicoloridos brilhando. – Se fico quieto, é porque estou pensando na melhor coisa a fazer. Conversar com ele nem sempre é a solução.

– Verdade. Mas estou ficando sem ideias e sem paciência. – Bella se afastou e sentou na cadeira de balanço, ajeitando a filha em seus braços. Nalla abriu os olhos amarelos e brilhantes que se destacavam em seu rosto angelical, e seu olhar era de reconhecimento. Sabia exatamente quem estava com ela... e quem não estava. Essa consciência havia se estabelecido na última semana. E havia mudado tudo.

– Ele não quer tocá-la, Phury. Não quer nem pegá-la no colo.

– Está falando sério?

Lágrimas encheram os olhos de Bella.

– Droga, quando essa depressão pós-parto vai acabar? Eu choro por qualquer coisa.

– Espere, nem mesmo uma vez? Ele nunca a tirou do berço nem...

– Ele não a toca. Droga. Pode me dar um maldito lenço? – Quando ele entregou a caixa de lenços, Bella pegou um deles e o pressionou contra os olhos. – Estou um caco. Só consigo pensar que Nalla pode viver a vida toda tentando entender por que o pai não a ama.

– Ela disse um palavrão quando mais lágrimas tomaram conta de seus olhos. – Eu sei que isso é ridículo.

– Não é ridículo – ele disse. – Não é mesmo.

Phury se ajoelhou, mantendo a caixa de lenços diante dela. Bella percebeu que na caixa havia o desenho de uma rua com árvores frondosas e um lindo caminho estendendo-se no horizonte. Dos dois lados, arbustos com flores e brotos verdes davam a impressão de que as árvores usavam saias de balé. Imaginou a si mesma descendo pelo caminho, para um lugar que fosse bem melhor do que o local onde estava naquele momento. Pegou mais um lenço.

– O problema é que eu cresci sem um pai, mas pelo menos tive o Rehvenge. Não consigo imaginar como seria ter um pai que está vivo, mas que morreu para você. – Fazendo um barulhinho, Nalla bocejou e se remexeu, esfregando as costas da mão no rostinho. – Olhe para ela. É tão inocente. E reage tão bem ao amor... sabe... oh, Deus, vou precisar fazer estoque de lenço de papel.

Irritada, ela pegou mais um lenço. Para evitar olhar para Phury enquanto chorava, deixou os olhos vagarem pela sala que tinha sido um closet antes do nascimento da filha. Agora, tudo era voltado para a menina, para a família, com a cadeira de balanço de pinheiro que Fritz havia feito, o trocador combinando e o berço que era decorado com laços de diversas cores.

Quando olhou para a estante baixa com todos os livros grandes, sentiu-se ainda pior. Ela e os outros Irmãos liam para Nalla, colocavam a menina no colo, faziam carinho e cantavam cantigas. Apesar de Z. ter aprendido a ler um ano antes, nunca fazia aquilo...

– Ele não se refere a ela como sua filha. É a minha filha. Para ele, ela é minha, não nossa.

Phury ficou irritado.

– Quero que saiba que estou tentando me controlar para não bater nele agora mesmo.

– Não é culpa dele. Afinal, depois de tudo que passou... eu deveria ter esperado por isso, acho. – Limpou a garganta. –Essa história toda de gravidez não foi planejada, e fico me perguntando... Talvez ele se ressinta de mim e se arrependa do nascimento dela.

– Você é o milagre dele. Sabe disso.

Ela pegou mais lenços e balançou a cabeça.

– Mas hoje já não sou apenas eu. E não vou criá-la aqui se ele não conseguir lidar com nós duas. Se continuar assim, vou deixá-lo.

– Ei, acho que isso é um pouco prematuro...

– Ela está começando a reconhecer as pessoas, Phury. Ela está começando a entender que está sendo ignorada. E ele teve três meses para se acostumar com a ideia. Com o tempo, ele tem piorado, e não melhorado.

Phury disse um palavrão e ela olhou para os olhos brilhantes do irmão gêmeo de seu *hellren*. Meu Deus, aquela cor amarela era o que se destacava no rosto da menina, por isso não tinha como olhar para Nalla e não pensar em seu pai. E ainda assim...

– É sério – ela disse. – Como as coisas serão daqui a um ano? Não existe nada de mais solitário do que dormir ao lado de uma pessoa de quem você sente falta como se ela não estivesse ali. Ou ter uma pessoa assim como pai. – Nalla esticou a mão gordinha e segurou um dos lenços.

– Não sabia que você estava aqui.

Os olhos de Bella dispararam para a porta. Zsadist estava ali, em pé, com uma bandeja na mão, um prato de salada e uma jarra de suco de limão. Havia um curativo branco em sua mão esquerda e sua cara era de quem não queria responder perguntas.

Ali, na porta do quarto, ele estava exatamente como ela havia se apaixonado por ele: um macho muito grande com o cabelo raspado, uma cicatriz que descia pelo rosto, mãos fortes no quadril e tatuagens de escravo nos pulsos e no pescoço, além de argolas nos mamilos que apareciam pela camiseta preta justa.

Ela pensou nele como o tinha visto pela primeira vez, batendo no saco de pancadas da academia. Ele tinha movimentos muito rápidos, com os punhos mais habilidosos do que ela conseguia acompanhar com o olhar. E então, sem parar, ele havia empunhado uma adaga preta que estava no coldre de seu peito, acertando a coisa que estava socando, passando a lâmina pelo couro da bolsa, com o enchimento caindo como se fossem os órgãos internos de um *redutor*.

Ela aprendeu que Zsadist não era apenas um lutador intenso. Aquelas mãos dele eram muito gentis também. E aquele rosto com o lábio torto havia sorrido e olhado para ela com amor.

– Vim ver Wrath – Phury disse, ficando em pé.

Z. observou a caixa de lenços que o irmão gêmeo segurava, e então olhou para os papéis nas mãos de Bella.

– É mesmo?

Ele entrou e colocou a bandeja sobre a cômoda onde eram guardadas as roupas de Nalla, mas não olhou para a filha.

A menina, no entanto, sabia que ele estava na sala. Virou o rosto em sua direção, com os olhinhos sem foco e os braços gordinhos esticados para ele.

Z. deu um passo para trás e pisou no corredor.

– Boa reunião. Estou saindo para caçar.

– Acompanho você até a porta – Phury disse.

– Não tenho tempo. Até mais tarde. – Zsadist olhou para Bella por um momento. – Eu te amo.

Bella apertou Nalla mais perto do peito.

– Também amo você. Tome cuidado.

Ele concordou uma vez e então se foi.

DOIS

Quando Zsadist acordou estava em pânico. Tentou se acalmar, respirando lentamente e procurando se lembrar de onde estava, mas seus olhos não ajudaram muito. Tudo estava escuro. Ele estava envolvido numa escuridão fria, e por mais que forçasse os olhos, não conseguia enxergar. Podia estar num quarto, num campo... numa cela.

Ele já havia acordado de um sono como aquele muitas vezes. Por centenas de anos, como escravo de sangue, ele acordava numa cegueira aterrorizante e se perguntava quem era e o que fariam com ele. E depois de ser libertado? Os pesadelos causavam a mesma sensação.

Nos dois casos, era uma grande bobagem. Quando ele era propriedade da Ama, preocupar-se com quem, o quê e quando não resolvia. O abuso era inevitável, estivesse ele de frente ou de costas na cama: Z. era usado até que ela e seus comparsas se sentissem satisfeitos; e então era abandonado, arrasado e sangrando, sozinho em sua prisão.

Agora, acordar com o mesmo medo que sentia como escravo apenas reforçava os horrores vividos que seu inconsciente insistia em mostrar, mas pelo menos acreditava estar sonhando.

Um grande pânico surgiu quando tentou imaginar em qual escuridão estava. Seria a escuridão da cela? Ou a escuridão de seu quarto com Bella? Ele não sabia. Os dois lugares pareciam o mesmo quando não havia imagens para decifrar, e apenas o som de seu coração, aos pulos, era ouvido.

A solução? Tentaria mover os braços e as pernas. Se estivessem livres de correntes, então era coisa de sua mente de novo: o passado saindo de suas lembranças para segurá-lo com as mãos ossudas. Desde que conseguisse mexer os braços e pernas nos lençóis limpos, era sinal de que estava bem.

Certo. Mexer braços e pernas.

Os braços. As pernas. Precisava mexer.

Mexer. Oh Deus... Droga, mexa-se!

Seus membros não responderam e, na paralisia de seu corpo, a verdade aterrorizante tomou conta dele. Estava na escuridão úmida da cela da Ama, acorrentado de barriga para cima, com algemas pesadas de ferro prendendo-o à plataforma que servia de cama. Ela e seus amantes o procurariam de novo, e fariam com ele o que quisessem, marcando sua pele, navegando por seu interior.

Ele gemeu, com o som patético que vibrava em seu peito e saía de sua boca. Bella era o sonho. Ele vivia num pesadelo.

Bella era o sonho...

Ele ouviu passos se aproximarem da escada escondida que levava até o quarto da Ama, um som ecoando, tornando-se mais alto. E havia mais do que dois pés nos degraus de pedra.

Tomado de horror, seus músculos ficaram tensos contra seu esqueleto, lutando desesperadamente para se livrarem da carne suja que estava prestes a ser invadida e usada. Seu rosto começou a suar, o estômago revirou, a bile passou de repente de seu esôfago para a base de sua língua...

Alguém estava chorando.

Não. Berrando.

O pranto de um bebê surgiu no canto da cela.

Ele parou de lutar enquanto pensava no que um bebê estaria fazendo ali dentro. A Ama não tinha filhos, e tampouco havia estado grávida nos anos em que ele vinha sendo mantido por ela.

Não... espere... ele havia levado a criança ali. Era a sua filha que chorava... e a Ama encontraria o bebê. Ela encontraria o bebê e... Deus.

Era tudo culpa dele. Havia levado a criança ali.

Tire a criança daqui. Tire a criança daqui...

Z. cerrou os punhos e empurrou com os cotovelos a plataforma, ofegante pelas tentativas. A força veio além de seu corpo; nascia de sua vontade. Com um enorme esforço, ele... não chegou a absolutamente lugar algum. As correntes marcavam seus pulsos e tornozelos até os ossos, rasgando sua pele de modo que o sangue se misturava com o suor frio.

Quando a porta se abriu, a criança estava chorando e ele não podia salvá-la. A Ama iria...

A luz o banhou, fazendo com que retomasse a consciência real.

Ele saiu do leito como se tivesse sido atropelado por um carro, ficando em pé com os punhos contraídos no peito, os ombros erguidos, as coxas prontas para o ataque.

Bella lentamente se afastou da luminária que tinha ligado, como se não quisesse assustá-lo.

Ele olhou ao redor do quarto. Como sempre, não havia ninguém com quem lutar, mas havia acordado a todos. No canto, Nalla estava em seu berço chorando, e ele havia assustado sua *shellan*. De novo.

Não havia Ama. Nenhum de seus comparsas. Nenhuma cela, nem correntes amarrando-o numa plataforma.

Nenhuma criança na cela com ele.

Bella saiu da cama e se aproximou do berço, segurando Nalla, que chorava e estava com o rosto vermelho. A filha, no entanto, não aceitou o conforto oferecido. A menina esticava os bracinhos diretamente para Zsadist, com lágrimas escorrendo pelo rosto e gritando pelo pai..

Bella ficou parada por um momento, na esperança que daquela vez fosse diferente e ele se aproximasse para pegar a menina em seus braços e confortá-la.

Z. se afastou até encostar os ombros na parede do outro lado, encolhendo os braços no peito. Bella se virou e sussurrou para a filha enquanto caminhava para o quarto ao lado. A porta, ao ser fechada, abafou o choro da criança.

Z. escorregou até encostar o traseiro no chão.

– Droga.

Ele passou a mão na cabeça e então soltou os braços sobre os joelhos. Depois de um momento, percebeu que estava sentado igual ficava na cela, com as costas contra o canto, de frente para a porta, joelhos flexionados, o corpo tremendo.

Olhou para a faixa de escravo ao redor de seus pulsos. A cor preta era tão forte em sua pele, tão firme, era como as algemas de ferro que ele já tinha usado.

Depois de sabe-se lá quanto tempo, Bella voltou com a filha para o quarto. Nalla estava dormindo de novo e foi colocada no berço com muito cuidado, como se uma bomba estivesse prestes a estourar a qualquer momento.

– Sinto muito – ele disse delicadamente, esfregando os pulsos.

Bella vestiu uma camisola e caminhou até a porta que levava ao corredor. Com a mão na maçaneta, olhou para ele, com os olhos firmes.

– Não posso mais dizer que está tudo bem.

– Sinto muito pelos pesadelos.

– Estou falando de Nalla. Não posso dizer que o fato de você a ignorar é normal... que eu entendo, que vai melhorar e que serei paciente. A verdade é que ela é sua filha, assim como é minha, e sofro muito ao ver você se afastar dela. Sei sobre as coisas que você passou, e não quero magoá-lo, mas tudo está bem diferente para mim agora. Eu preciso analisar o que é bom para ela, e ter um pai que não quer se aproximar não é uma coisa boa.

Z. abriu as mãos e olhou para as palmas, tentando imaginar como seria segurar sua filha.

As faixas de escravo pareciam enormes. Enormes e perigosas.

A palavra não era *querer*, ele pensou, mas *conseguir*.

A verdade é que se ele confortasse Nalla e brincasse com ela, significaria que ela o teria como pai, e o legado dele não era algo que deveria ser dado a uma criança. A filha de Bella merecia mais do que aquilo.

– Preciso que você decida o que quer fazer – Bella disse. – Se não pode ser o pai dela, vou embora. Sei que parece duro, mas... preciso pensar no que é melhor para ela. Amo você e sempre amarei, mas não posso mais pensar apenas em mim.

Por um momento, ele pensou que não tinha escutado bem. Ela iria deixá-lo?

Bella foi para o corredor das estátuas.

– Vou buscar alguma coisa para comer. Não se preocupe com ela. Volto já.

Ela fechou a porta sem fazer barulho.

Duas horas depois, quando a noite caiu, a maneira com que aquela porta tinha sido fechada em silêncio ainda tomava conta de seus pensamentos.

Diante do armário repleto de camisas, calças de couro e botas pretas, ele analisou suas intenções, tentando entendê-las no labirinto de suas emoções.

Ele queria vencer aquela dificuldade com a filha. É claro que queria. Mas era muito difícil: o que haviam feito com ele estava no passado, mas só precisava olhar para os pulsos para ver que ainda continuava manchado por tudo aquilo. E ele não queria aquela droga perto de Nalla. Havia passado pelo mesmo tipo de problema com Bella no início do relacionamento, e havia conseguido superá-lo com sua *shellan*, mas as implicações eram mais complexas com a criança: Z. era a prova viva do tipo de crueldade que existe no mundo. Ele não queria que a filha soubesse que existia tamanha depravação, muito menos expô-la aos resultados.

Droga.

O que faria quando ela tivesse idade suficiente para olhar em seu rosto e perguntar por que ele tinha marcas e como havia ficado daquela maneira? O que faria quando ela quisesse saber por que ele tinha faixas pretas tatuadas na pele? O que o tio dela, Phury, responderia quando ela perguntasse por que ele não tinha uma perna?

Z. vestiu uma camisa e uma calça de couro, e então vestiu o coldre do peito e abriu o armário de armas. Ao pegar duas pistolas SIG Sauer calibre quarenta, analisou-as rapidamente. No passado, usava pistolas nove milímetros, e costumava lutar até com mais nada além das mãos, mas desde a chegada de Bella em sua vida, passou a ser mais cuidadoso.

E isso, claro, era a outra parte de sua mudança de pensamento. Ele matava para viver. Era seu trabalho. Nalla teria de se preocupar com ele todas as noites. Como poderia ser diferente? Bella se preocupava o tempo todo.

Ele fechou o armário das armas e o trancou de novo, em seguida enfiou as armas no coldre, verificou as adagas e vestiu a calça de couro.

Olhou para o berço onde Nalla ainda dormia.

Armas. Adagas. Estrelas ninja. Meu Deus, a criança precisava estar cercada por chocalhos e ursinhos de pelúcia.

A verdade era que ele não tinha nascido para ser pai. Nunca. A biologia, no entanto, o havia colocado naquele papel e agora todos estavam presos ao passado dele: por mais que não conseguisse se imaginar vivendo sem Bella, de jeito nenhum poderia ser o pai que Nalla merecia.

Franzindo a testa, ele imaginou a festa de iniciação de Nalla, que era algo pelo que todas as fêmeas da *glymera* passavam um ano após a transição. A filha sempre dançava a primeira música com o pai. Ele imaginou Nalla com um vestido vermelho, com o cabelo multicolorido preso, colar de rubi... e imaginou a si mesmo com o rosto todo marcado e as tatuagens de escravo à mostra sob as mangas do terno.

Ótimo. Bela situação.

Com um palavrão, Z. foi ao banheiro, onde Bella estava se preparando para a noite. Pretendia dizer a ela que estava saindo para acompanhar os acontecimentos da noite anterior e que, assim que terminasse, voltaria para casa e eles conversariam. Ao olhar pelo canto, entretanto, ele parou.

No vapor que saía do chuveiro, Bella estava secando o corpo. Com o cabelo enrolado em uma toalha e o longo pescoço exposto, os ombros se movimentavam enquanto ela passava o tecido nas costas. Seus seios se remexeram, cativando seu olhar, deixando-o rígido.

Caramba, enquanto a observava, só conseguia pensar em sexo. Meu Deus, ela era linda. Ele gostava de seu corpo na gravidez, e gostava de como ela estava agora também. Ela havia emagrecido bastante depois do nascimento de Nalla, com a barriga em forma como antes, o quadril voltando a ser mais fino. Mas os seios estavam maiores, os mamilos mais rosados, mais inchados.

Ele sentiu a ereção pulsando na calça de couro, como um criminoso que quisesse sair da cadeia.

Ao se recompor, percebeu que ele e Bella não ficavam juntos desde antes do nascimento. A gravidez tinha sido difícil, e depois Bella havia precisado de tempo para se curar e tinha se mantido ocupada cuidando de sua filha.

Ele sentia falta dela, sentia desejo por ela. Continuava achando que ainda era a fêmea mais sensual do planeta.

Bella deixou o roupão no balcão, ficou de frente para o espelho e olhou para si mesma. Fazendo uma careta, inclinou-se para frente e passou a mão por seu rosto, pelo contorno do queixo. Endireitando--se, franziu a testa e se virou para o lado, prendendo a respiração.

Zsadist limpou a garganta para chamar a atenção dela.

– Está quase na hora de ir. – Ao ouvir a voz dele, Bella se esforçou para pegar o roupão. Vestindo-o rapidamente, prendeu a cinta de tecido e fechou o decote. – Não sabia que você estava aqui.

– Bem... – A ereção dele diminuiu. – Estou.

– Está de saída? – ela disse ao desenrolar os cabelos.

Bella não havia escutado o que ele disse, pensou.

– Sim, estou prestes a sair. Mas estarei em contato, como sempre...

– Vamos ficar bem. – Ela se inclinou e começou a secar os cabelos, com um barulho alto.

Apesar de Bella estar a apenas três metros de distância, ele não conseguia alcançá-la. Não podia perguntar por que ela se escondia dele. Estava com muito medo da resposta.

– Boa noite para você – ele disse. Z. esperou um momento, torcendo para que ela olhasse de volta, sorrisse para ele, desse um beijo antes da guerra.

– Pra você também. – Ela levantou os cabelos e procurou pelo secador. – Tome cuidado.

– Vou tomar.

Bella ligou o secador de cabelos e pegou a escova para parecer ocupada quando Z. se virou e saiu. Quando ela teve certeza de que ele tinha partido, parou de fingir, desligou o secador e o deixou sobre o balcão de mármore.

Sentiu um aperto no coração, estava enjoada, e enquanto olhava para seu reflexo, sentiu vontade de jogar alguma coisa no vidro.

Os dois não ficavam juntos desde... Deus, quatro ou cinco meses.

Ele não pensava mais em fazer sexo com ela. Era como se o nascimento tivesse desligado aquela parte do relacionamento. Quando ele a tocava, era como o toque de um irmão: delicado, com compaixão. Nunca com paixão.

A princípio, pensou que podia ser por ela não estar tão magra quanto antes, mas nas últimas quatro semanas seu corpo já havia voltado ao normal.

Pelo menos, era o que ela pensava. Talvez estivesse enganando a si mesma.

Abrindo o roupão, ela se virou para o lado e analisou a barriga. No passado, quando seu pai era vivo e Bella era uma criança, a importância das fêmeas da *glymera* serem magras havia sido ensinada a ela, e mesmo depois da morte dele, tantos anos atrás, aqueles alertas a respeito da gordura não foram esquecidos.

Bella se recompôs, fechando o roupão com força.

Sim, ela queria que Nalla tivesse o pai, e aquela era a sua principal preocupação. Mas sentia falta de seu *hellren*. A gravidez havia ocorrido tão rapidamente que eles não tiveram a chance de aproveitar um período de namoro, curtindo apenas a companhia um do outro.

Pegou novamente o secador de cabelos e o ligou, tentando não contar os dias desde que ele a desejou pela última vez como um macho. Já fazia muito tempo desde que ele a havia procurado entre os lençóis com as mãos grandes e quentes e a acordado com beijos no pescoço e a ereção contra seu quadril.

Ela também não o havia procurado, é verdade. Mas acontece que ela também tinha receios. A última coisa de que precisava era ser rejeitada porque ele não mais se sentia atraído. Bella já se sentia mal como mãe e ser também um fracasso no lado sexual era demais para aguentar.

Quando seu cabelo secou, passou a escova rapidamente e então saiu para ver Nalla. Em pé, diante do berço, olhando para a filha, não conseguia acreditar que as coisas tinham chegado naquele ponto. Ela sempre soube que Z. teria problemas depois do que havia enfrentado, mas nunca pensou que eles não conseguiriam vencer o passado.

O amor dos dois parecia o suficiente para que passassem por tudo.

Talvez não fosse.

Três

A casa ficava no fim de uma estrada de terra repleta de arbustos grandes e árvores com folhas marrons. O design da construção era uma mistura de diversos estilos arquitetônicos, com o único elemento unificador sendo o fato de terem sido mal reproduzidos: o telhado era de estilo urbano, mas a casa era um rancho; tinha pilares na varanda como uma casa colonial, mas tinha a lateral de plástico como um trailer; sua posição no terreno a fazia parecer um castelo, mas tinha a nobreza de uma lata de lixo. Oh, e era pintada de verde.

O local foi construído há vinte anos, provavelmente por um cara da cidade com mau gosto querendo recomeçar a vida como fazendeiro. Tudo na construção estava velho, exceto uma coisa: a porta feita de aço inoxidável, nova em folha e reforçada como algo que você encontraria num hospital psiquiátrico ou numa cadeia.

E as janelas estavam todas cobertas com tábuas.

Z. se agachou atrás da carcaça do que já tinha sido um Pontiac Trans Am e esperou que as nuvens acima se unissem e cobrissem a lua para poder entrar. Do outro lado do gramado não aparado, Rhage estava atrás de um carvalho, que era realmente a única árvore grande o suficiente para esconder aquele cara.

A Irmandade havia encontrado o local na noite anterior por um golpe de sorte. Z. estava no centro da cidade patrulhando os locais onde viciados se encontravam debaixo das pontes de Caldwell, quando viu dois homens jogando um corpo no rio Hudson. O descarte foi rápido e profissional: um sedan se aproximou, dois caras encapuzados saíram, tiraram um corpo do porta-malas e lançando-o na correnteza.

Splish, splash, tchau, tchau cadáver.

Z. estava cerca de dez metros à frente, e quando o corpo passou boiando por ele, viu em sua boca aberta que era um humano. Normalmente, seria o caso de fazer absolutamente nada. Se a máfia resolveu levar aquele cara para uma conversinha com os peixes, isso não era da sua conta.

Mas o vento mudou de direção e trouxe um cheiro de algodão doce.

Havia apenas duas coisas que Z. conhecia que tinha aquele cheiro e andava com duas pernas: velhinhas e os inimigos de sua raça. Considerando que seria improvável que uma gangue de velhinhas estivesse fazendo seu trabalho sujo por ali, significava que havia dois *redutores* nas redondezas. Aquela situação, então, entrou imediatamente na lista de afazeres de Z.

Como se tivessem combinado, os dois assassinos começaram a discutir. Enquanto se encaravam e se ofendiam, Z. se desmaterializou e surgiu no canto mais próximo ao carro. A placa do sedan Impala era 818 NPA. Não parecia haver nenhum outro passageiro.

Num piscar de olhos, ele se desmaterializou de novo, indo dessa vez para o telhado do galpão perto da ponte. De onde observava, esperou com o telefone no ouvido e a linha aberta para Qhuinn, protegendo-se do vento que vinha da parte de trás da construção.

Os *redutores*, normalmente, não matavam seres humanos. Era uma perda de tempo. Por um lado, porque isso não rendia pontos com o Ômega, e por outro lado, podia atrair muitos problemas se você fosse pego. Porém, se um humano visse algo que não deveria, os assassinos não hesitavam em dar uma passagem só de ida para o necrotério.

Quando o Impala finalmente saiu, ele entrou à direita e se direcionou para fora do centro da cidade. Z. estava ao telefone, e um momento depois um Hummer preto saiu exatamente de onde o Impala havia saído.

Qhuinn e John Matthew estavam tirando a noite de folga com Blay no ZeroSum, mas aqueles caras sempre estavam prontos para a ação. Assim que Z. os chamou, os três correram para o carro novo de Qhuinn, que estava estacionado a um quarteirão e meio dali.

Os caras aceleraram para alcançar o sedan. Enquanto se aproximavam, Z. ficou de olho nos *redutores*, desmaterializando-se de telhado em telhado enquanto os inimigos corriam ao longo do rio. Felizmente os *redutores* não foram para a estrada, caso contrário, poderiam ter escapado.

Qhuinn tinha habilidade no volante, e quando seu Hummer estava bem atrás do sedan, Z. parou de bancar o homem-aranha deixando os caras fazerem seu trabalho. Cerca de quinze quilômetros depois, Rhage assumiu a posição em seu GTO para confundir e reduzir a possibilidade de os *redutores* perceberem que estavam sendo perseguidos.

Um pouco antes do amanhecer, Rhage havia seguido o sedan até aquela casa, mas estava perto demais do dia raiar para fazerem qualquer tipo de infiltração.

Portanto, hoje era a grande continuação da noite anterior.

E veja só que coincidência, o Impala estava na garagem.

Quando as nuvens finalmente se uniram, Z. acenou para Hollywood e os dois se desmaterializaram nos dois lados da porta de entrada. Aguçando o ouvido, reconheceram as mesmas vozes que Z. havia escutado perto do rio Hudson. Evidentemente, os dois assassinos ainda estavam discutindo a situação.

Três, dois, um...

Rhage abriu a porta com um chute, num golpe tão forte que sua bota deixou uma marca no painel de metal. Os dois *redutores* no corredor se viraram. Z. não deu a eles chance de reagir. Apontando sua pistola SIG Sauer, acertou os dois no peito, jogando-os direto para trás.

Rhage sacou a adaga, dando um salto para frente e acertando o primeiro, depois o outro. Quando os flashes de luz branca desapareceram, o Irmão prontamente se levantou e ficou em posição de combate.

Nem Z., nem Rhage se moveram. Usando os sentidos, vasculharam pelo silêncio da casa, procurando por qualquer coisa que indicasse a presença de mais alguém.

O gemido que apareceu no silêncio surgiu na parte de trás da casa, e Z. caminhou rapidamente em direção ao som. Na cozinha, a porta da adega estava aberta. Ele se desmaterializou e surgiu à esquerda dela. Com um movimento rápido de cabeça, olhou escada abaixo. Havia apenas uma lâmpada ali, pendurada num fio vermelho e preto ao fundo, mas a luz não mostrava nada além do piso de madeira manchado.

Z. apagou a luz com a mente e Rhage ofereceu cobertura no alto da escada enquanto seu companheiro atravessava os degraus e se desmaterializava na escuridão.

Lá embaixo, ele sentiu o cheiro de sangue fresco e escutou o barulho de dentes tremendo à esquerda.

Acendeu a luz novamente e perdeu o fôlego.

Um vampiro macho civil estava amarrado pelos braços e pernas numa mesa. Ele estava nu e coberto por hematomas, e em vez de olhar para Z., fechou os olhos, como se não quisesse saber o que estava indo em sua direção.

Por um momento, Z. não conseguiu se mexer. Era seu próprio pesadelo ao vivo, e a realidade ficou tão confusa que não sabia mais se era ele quem estava amarrado ou se era quem tinha vindo para o resgate.

– Z.? – disse Rhage. – Achou alguma coisa?

Z. voltou a prestar atenção e limpou a garganta.

– Eu cuido disso. – Ao se aproximar do civil, ele sussurrou no Antigo Idioma: – Tenha calma.

Os olhos do vampiro se abriram e ele ergueu a cabeça. Havia em seu rosto uma expressão de incredulidade, depois surpresa.

– Tenha calma. – Z. conferiu duas vezes os cantos do porão, olhando para as sombras, procurando sinais de um sistema de segurança. Só conseguiu ver as paredes de concreto e o piso de madeira, juntamente com velhos canos e fios serpenteando pelo teto. Nenhum equipamento elétrico.

Eles estavam sozinhos e sem supervisão, mas só Deus sabia por quanto tempo.

– Rhage, a barra continua limpa? – gritou para o topo da escada.

– Limpo!

– Temos um civil. – Z. olhou para o corpo do homem. Ele havia sido surrado, e apesar de não parecer ter nenhuma ferida aberta, não havia como saber se conseguiria se desmaterializar. – Chame os caras para o caso de precisarmos de transporte.

– Já chamei.

Z. deu um passo adiante.

O chão se abriu sob seus pés, separando-se.

Quando a gravidade o segurou firme com mãos ansiosas e ele caiu, só conseguiu pensar em Bella. Dependendo do que havia no fundo, aquilo podia ser...

Ele caiu em cima de algo que se espatifou com o impacto, com cacos rasgando sua calça de couro e suas mãos antes de passarem para seu rosto e pescoço. Continuou segurando a arma porque havia sido treinado para aquilo e também porque a onda de dor deixou todos os seus músculos tensos.

Ele precisou respirar fundo algumas vezes antes de poder colocar a mente em ordem e tentar avaliar o prejuízo.

Ao sentar lentamente, o barulho de pedaços de vidro caindo no chão de pedra ecoou ao seu redor. Na luz que vinha da adega acima, viu que estava sentado no meio de um monte de cacos de cristal.

Ele havia caído sobre um candelabro do tamanho de uma cama.

E sua bota direita estava virada para trás.

– Que droga!

A parte inferior de sua perna estava quebrada e começou a latejar de dor. Pensou que se não tivesse olhado para a coisa, talvez não estivesse doendo tanto.

Rhage apareceu na beira do buraco acima.

– Você está bem?

– Solte o cara.

– Você está bem?

– Minha perna.

– O que houve?

– Bem, estou olhando para a sola da minha bota e para a parte da frente do meu joelho ao mesmo tempo. E há uma alta probabilidade de que eu vá vomitar. – Ele hesitou, tentando convencer seu corpo a segurar a comida. – Solte o cara e então veremos como me tirar daqui. Ah, e caminhe em cima dos pregos do piso. Obviamente esse chão aí em cima está podre.

Rhage concordou e então desapareceu. Quando fortes passos acima fizeram a poeira cair sobre ele, Z. colocou a mão dentro da jaqueta e tirou uma lanterna. O objeto era do tamanho de um dedo, mas conseguia emitir um raio de luz forte como o farol de um carro.

Enquanto analisava o local, sua perna o incomodou um pouco menos.

– Mas... que droga é essa?

Era como estar numa tumba egípcia. A sala quadrada estava repleta de objetos que brilhavam, como quadros pintados a óleo, candelabros prateados, estátuas brilhantes e talheres reluzentes. E do outro lado havia caixas empilhadas que provavelmente continham joias, além de uma fileira de quinze maletas de metal onde deveria haver dinheiro.

Aquilo era um depósito de pilhagens, repleto com o que tinha sido levado durante os saques daquele verão. Todas aquelas coisas pertenciam à *glymera* – ele até reconhecia os rostos em alguns retratos.

Havia muitas coisas de valor ali. E que surpresa. À direita, perto do chão de terra, uma luz vermelha começou a brilhar. Sua queda havia acionado um alarme.

A cabeça de Rhage voltou a aparecer.

– O civil está livre, mas não consegue se desmaterializar. Qhuinn está a menos de oitocentos metros. Você está em cima do quê?

– De um candelabro, e isso não é nem a metade da história. Olha só, teremos companhia. O local tem um alarme e eu o acionei.

– Tem uma escada pra você?

Z. secou o suor de sua sobrancelha, sentindo o líquido frio na parte de trás de sua mão que sangrava. Ao mexer a lanterna, balançou a cabeça.

– Não consigo ver nenhuma, mas eles devem ter trazido as coisas para cá de alguma maneira, e com certeza não foi pelo chão.

Rhage levantou a cabeça e o Irmão franziu a testa. O som de sua adaga sendo retirada do coldre soou na adega.

– É o Qhuinn ou um assassino. Arraste-se para longe da luz enquanto resolvo isso.

Hollywood desapareceu do buraco no chão, seus passos agora eram silenciosos.

Z. guardou a arma porque tinha que fazer isso para tirar os fragmentos de cristal do caminho. Usando a palma da mão, levantou e apoiou-se no pé que estava bom. Esgueirou-se pela escuridão, seguindo em direção à luz de segurança. Ao chegar ali, ele se recostou na parede, pois era o único espaço que conseguiu encontrar nos montes de arte e prata.

Quando o andar de cima ficou em silêncio, soube que não eram Qhuinn e os caras. Mas não houve nenhuma luta.

E então as coisas foram de mal a pior.

A "parede" na qual estava encostado escorregou e ele caiu de costas... aos pés de dois *redutores* de cabelos brancos e irritados.

QUATRO

Há muitas coisas boas no fato de ser mãe.

Segurar um bebê nos braços e embalá-lo até dormir é uma delas. Assim como dobrar as roupinhas. E alimentá-lo. E observá-lo olhando para você com felicidade e tentar entender quando ele acordou.

Bella se reposicionou na cadeira de balanço, prendeu o cobertor sob o queixo da filha e passou o dedo no rosto dela.

Algo não muito feliz para uma mãe, no entanto, é que a intuição feminina fica totalmente à flor da pele.

Dentro da mansão da Irmandade, Bella sabia que havia algo de errado. Apesar de estar sã e salva, dentro de um quarto de bebê digno de uma matéria de revista com o título "Aqui mora uma família perfeita", era como se ela sentisse um cheiro de coisa podre. E Nalla também estava sentindo essa vibração. A menininha estava muito tensa e agitada, com os olhos amarelos concentrados como se estivesse esperando por uma explosão.

É claro, o problema com a intuição, independente de ser de mãe ou não, é que ela prevê uma história sem palavras e sem data para acontecer. Apesar de preparar você para notícias ruins, não há substantivos, verbos ou uma data específica. Então, enquanto você fica com a sensação de que algo se aproxima, sua mente começa a racionalizar, porque é o melhor que pode ser feito. Talvez a primeira refeição não tivesse caído bem. Talvez fosse apenas uma ansiedade.

Talvez...

Inferno, talvez aquilo que se prendia em sua garganta não fosse intuição coisa nenhuma. Talvez fosse porque ela havia tomado uma decisão difícil.

Sim, era o que parecia. Depois de pensar, esperar, preocupar-se e tentar sair dos problemas com Z., ela tinha de ser realista. Ela o havia confrontado... sem receber nenhuma resposta satisfatória.

Nenhum "quero que você fique". Nem mesmo um "vou cuidar disso".

Ele só havia dito que sairia para lutar.

O que tinha sido uma resposta esquisita, certo?

Olhando ao redor, analisou o que teria que colocar na mala. Não muito, apenas uma bolsa para Nalla e outra para ela. Conseguiria um cesto para fraldas, um berço e um trocador com facilidade.

Mas para onde iria?

A solução mais simples seria uma das casas de seu irmão.

Rehvenge tinha muitas casas, e ela só teria que pedir. Caramba, que ironia. Depois de se esforçar para se livrar dele, agora estava pensando em voltar.

Não apenas pensando. Tinha decidido.

Bella se recostou, pegou o telefone celular de sua calça jeans e teclou o número de Rehv. Depois de dois toques, uma voz profunda e familiar atendeu:

– Bella?

Havia barulho de música e vozes de pessoas conversando ao fundo, como se os sons estivessem disputando espaço num lugar apertado.

– Oi.

– Bella? Espere um pouco, deixe-me entrar em meu escritório. – Depois de uma pausa comprida, o barulho foi interrompido de uma vez. – Olá, como você e seu pequeno milagre estão?

– Preciso de um lugar para ficar.

Silêncio total. E então seu irmão perguntou:

– Lugar para dois ou para três?

– Dois.

Mais uma longa pausa.

– Preciso matar aquele idiota?

O tom frio a assustou um pouco, fazendo-a lembrar que seu irmão não era um macho de brincadeiras.

– Deus, não.

– Conte-me, minha irmã. Conte-me o que está acontecendo.

A morte é uma encomenda sombria que chega em muitos formatos, pesos e tamanhos diferentes. Ainda assim, é o tipo de coisa que quando chega à porta da sua casa, é fácil saber quem a mandou sem ler o endereço ou abri-la.

Simplesmente você sabe.

Quando Z. se arrastou no caminho daqueles dois *redutores*, percebeu que sua encomenda havia chegado, e a única coisa que passou por sua mente era que ele não estava pronto para aquele momento.

Mas, claro, isso não é o tipo de coisa da qual se pode escapar.

Acima dele, visível pela luz, os *redutores* congelaram, como se ele fosse a última coisa que esperavam ver. E então pegaram suas armas.

Z. não tinha suas últimas palavras; ele tinha uma última imagem, uma que encobria totalmente a visão das duas armas apontadas para sua cabeça. Ele imaginou Bella e Nalla juntas naquela cadeira de balanço, no quarto da menina. Não era a imagem da noite anterior, quando havia lenços de papel, olhos vermelhos e seu irmão com olhar sério. Era de algumas semanas atrás, quando Bella estava olhando para a filha em seus braços com carinho e amor. Como se ela tivesse percebido a presença dele na porta, olhou para cima e, por um momento, o amor que estava estampado em seu rosto o envolveu também.

Os dois tiros soaram, e o mais estranho foi que a única dor que ele sentiu foi o som alto em seu ouvido.

Duas batidas seguiram, ecoando entre os objetos roubados.

Z. levantou a cabeça. Qhuinn e Rhage estavam em pé bem atrás onde os *redutores* tinham estado, abaixando as armas. Blay e John Matthew estavam com eles, com as armas em punho também.

– Você está bem? – Rhage quis saber.

Não. Não mesmo.

– Sim, sim, estou bem.

– Blay, volte para o túnel comigo – Rhage disse. – John e Qhuinn, fiquem com ele.

Z. abaixou a cabeça e escutou os dois pares de botas se afastando. No silêncio que se fez em seguida, uma onda de náusea tomou conta dele, que começou a tremer sem parar, com as mãos balançando como bandeiras ao vento quando as levou ao rosto.

A mão de John tocou seu braço, e ele pulou.

– Estou bem. Estou bem.

John sinalizou: *Vamos tirá-lo daqui.*

– Como... – Z. pigarreou. – Como eu sei que isto está acontecendo? *Como? Como você sabe?...*

Zsadist passou os dedos pela testa no lugar onde os redutores haviam mirado.

– Como sei que isto é real? E não uma... como eu sei que não morri?

John olhou para Qhuinn como se não tivesse ideia do que responder e quisesse ajuda. Então, bateu no peito com força. *Eu sei que estou aqui.*

Qhuinn se inclinou e fez a mesma coisa, com um som pesado surgindo de seu peito.

– Eu também.

Zsadist deixou a cabeça pender para trás de novo, remexendo o corpo.

– Não sei se isto é real... oh, droga...

John olhou para ele analisando sua agitação cada vez maior, tentando decidir o que fazer.

Abruptamente, o cara pegou a perna quebrada e puxou a bota que estava virada.

Z. imediatamente levantou o corpo e gritou:

– Filho da mãe!

Mas foi bom. A dor agiu varrendo seu cérebro, afastando as teias de ilusão, substituindo-as por uma clareza concentrada. Ele estava muito vivo. Estava sim.

Ao perceber aquilo, pensou em Bella e Nalla. Precisava ir até elas. Z. se colocou para o lado para pegar seu telefone, mas sua visão ficou embaçada por causa da dor.

– Droga. Pode pegar meu celular? No bolso de trás?

John cuidadosamente o rolou, pegou o RAZR e entregou a ele.

– Então acha que não tem solução? – Rehv perguntou.

Bella balançou a cabeça em resposta, e então se lembrou de que ele não a estava vendo.

– Não, acho que não. Pelo menos não em curto prazo.

– Droga. Bom, você sabe que sempre estarei do seu lado. Quer ficar com a *mahmen*?

– Não. Quero dizer, fico feliz por ela vir me visitar, mas preciso do meu espaço.

– Porque você tem esperança de que *ele* venha até você.

– Ele não vai fazer isso. Dessa vez é diferente. Nalla... mudou tudo.

A criança se remexeu e se aconchegou em seu ponto preferido, entre o braço e o seio da mãe. Bella apoiou o celular contra o ombro e acariciou os cabelos que estavam crescendo. Seus cachos, quando crescessem, seriam multicoloridos, com loiro, ruivo e castanho, misturados, assim como seria o cabelo de seu pai se ele não o mantivesse tão curto.

Rehv riu e ela perguntou:

– O que foi?

– Depois de todos esses anos lutando para mantê-la em minha propriedade, agora não quero que você deixe a mansão da Irmandade. De verdade, não existe nada mais seguro do que esse complexo, mas eu tenho uma casa no rio Hudson que é boa. Fica perto da casa de um amigo meu. Não é muito chique, mas tem um túnel entre elas. Vai mantê-la em segurança.

Depois de anotar o endereço, Bella disse:

– Obrigada. Vou arrumar algumas coisas e pedir a Fritz que me leve para lá em uma hora.

– Vou pedir que encham a geladeira agora.

O telefone fez um barulho quando uma mensagem chegou.

– Obrigada.

– Você já disse a ele?

– Z. sabe que vai acontecer. E não, não vou impedi-lo de ver Nalla se ele quiser, mas será uma decisão que terá de partir dele.

– E você?

– Eu o amo... mas isso tem sido muito difícil para mim.

Eles terminaram o telefonema logo depois, e quando Bella afastou o telefone de seu ouvido, viu que havia recebido uma mensagem de Zsadist.

> *"Sinto muito. Amo você. Por favor, perdoe-me. Não posso viver sem vocês".*

Ela mordeu o lábio e hesitou. E respondeu a mensagem.

Cinco

Z. olhou para a tela de seu telefone, esperando por uma resposta de Bella. Ele teria telefonado, mas sua voz estava tão trêmula que não quis assustá-la. Além disso, não seria boa ideia causar uma comoção naquele momento, levando em conta que ele estava com a perna quebrada na propriedade de um *redutor*.

Rhage e Blay voltaram pelo túnel.

– ...por isso eles não entraram na casa – Rhage estava dizendo. – A entrada para esse depósito é pela cabana lá nos fundos. Eles estavam conferindo o sistema de segurança primeiro, claramente menos preocupados com o fato de a casa ter sido infiltrada.

Z. limpou a garganta e disse:

– O alarme ainda está piscando. Se ele não for desligado, outros...

Rhage levantou a arma na direção da luz vermelha, puxou o gatilho e atirou.

– Talvez isso resolva.

– Você tem mesmo muito jeito com tecnologia, Hollywood – Z. sussurrou. – Praticamente um Bill Gates.

– Vamos. Precisamos tirar você e o civil daqui.

O telefone de Z. vibrou e ele leu a mensagem de Bella, prendendo a respiração. Depois de ler o texto duas vezes, fechou os olhos com força e fechou o telefone. Oh, Deus... não.

Erguendo-se do chão, ele se esforçou para ficar em pé. A dor que percorreu sua perna o distraiu de todo o sangue que havia se acumulado.

O que... diabos... você está fazendo?

John sinalizou o que os outros três caras estavam dizendo.

– Preciso ir para casa. – Desmaterializar-se estava fora de questão por causa de sua perna que estava lhe causando ânsia de vômito enquanto balançava solta. – Preciso...

Hollywood ficou de frente para Z.

– Por favor, relaxe. Você está em choque.

Z. segurou o braço do macho e o apertou para calar o Irmão. Falou baixo, e quando terminou, Rhage ficou calado.

Depois de um momento, Hollywood disse discretamente:

– Tem um problema. Você está com uma fratura exposta, meu Irmão. Prometo que vamos levá-lo de volta, mas precisamos ir primeiro a um médico. Você não quer morrer, não é?

Sentindo mais tontura, Z. teve a sensação de que o Irmão tinha razão. Mas não importava.

– Casa. Eu quero...

Ele caiu. Seu corpo desabou como um castelo de cartas.

Rhage segurou o cara e se virou para os rapazes.

– Vocês dois, levem-no para o túnel. Vamos. Vou dar cobertura.

Zsadist resmungou ao ser passado a outros braços como um boneco sem vida. A dor estava forte, fazendo seu coração acelerar e a pele tremer, mas era boa. Ele precisava da manifestação física da emoção presa no centro de seu peito.

O túnel tinha cerca de cinquenta metros e era baixo como se tivesse sido construído para anões. Assim, a situação não foi nem um pouco divertida. Qhuinn e John estavam abaixados e se esforçando para segurá-lo. Enquanto o corpo de Z. se movia e sua perna quebrada balançava, a única coisa que o manteve consciente era o texto de Bella:

> *"Sinto muito. Amo você, mas Nalla e eu temos que partir. Vou lhe dar o endereço quando nos acomodarmos mais tarde".*

Do lado de fora, o ar estava frio. Z. respirou na esperança de acalmar seu estômago. Foi levado diretamente ao Hummer e colocado na parte de trás com o civil que havia desmaiado. John, Blay e Qhuinn se apertaram no carro e esperaram ansiosos.

Finalmente, Rhage saiu da casa correndo, fez um sinal mostrando trinta segundos e sentou ao lado do motorista. Enquanto o Irmão começava a escrever uma mensagem em seu telefone, Qhuinn acelerou e mais uma vez provou que tinha inteligência: o cara foi esperto o suficiente para afastar o carro de modo que tinha a estrada livre, e partiu com determinação.

Rhage olhou para o relógio:

– Quatro... três... dois...

A casa atrás deles explodiu e se tornou uma bola de fogo, emitindo ondas de impacto pelo ar.

Foi justamente quando uma minivan repleta de *redutores* parou no começo da estrada bloqueando o caminho.

Bella conferiu duas vezes as duas bolsas e tinha certeza de que havia pegado tudo que elas precisariam pelos próximos dias. Na bolsa verde colocou algumas peças para ela, juntamente com o carregador do celular, a escova de dentes e dois mil dólares em dinheiro. A bolsa azul levava as roupas de Nalla, mamadeiras, fraldas e também lenços umedecidos, cobertores, um ursinho de pelúcia e o livro "Ah, os lugares aonde você irá!", do Dr. Seuss.

O título do livro de Nalla parecia irônico numa noite como esta.

Quando escutou a batida na porta, Bella disse:

– Entre.

Mary, a *shellan* de Rhage, espiou pela porta. Tinha a expressão séria, os olhos cinza tristes antes mesmo de olhar para as bolsas.

– Rhage mandou uma mensagem. Z. se feriu. Eu sei que você está partindo, e o motivo não é da minha conta, mas talvez devesse esperar. Pelo que Rhage disse, Z. vai precisar se alimentar desesperadamente.

Bella se endireitou lentamente.

– Ele... ele se machucou muito? O quê?...

– Não sei mais nada além de que eles voltarão para casa assim que possível.

Oh... Deus. Aquelas eram as notícias que ela sempre temeu. Z. ferido em campo.

– Onde eles estão?

– Rhage não disse. Sei que eles precisam deixar um civil ferido na nova clínica de Havers, mas fica no caminho para cá. Não tenho certeza se Z. será tratado aqui ou lá.

Bella fechou os olhos. Zsadist havia enviado aquela mensagem para ela quando se feriu. Ele a estava procurando num momento de dor... e ela havia respondido dizendo que o abandonaria a seus próprios demônios.

– O que foi que eu fiz? – ela perguntou a si mesma.

– O que disse? – Mary perguntou.

Bella balançou a cabeça em resposta à fêmea. Aproximando-se do berço, olhou para a filha. Nalla dormia o sono profundo e cansado das crianças, seu pequeno peito inchando e esvaziando, as mãozinhas rosadas em punho, as sobrancelhas unidas como se estivesse se concentrando em crescer.

– Pode ficar com ela? – Bella perguntou.

– Claro que sim.

– Tem leite na geladeira.

– Vou ficar aqui. Não vou a lugar algum.

Na entrada da casa verde no meio da floresta, Z. sentiu o forte solavanco de Qhuinn pisando no freio do Hummer. O veículo manteve-se estável quando a lei da física segurou seu peso, pondo fim à aceleração um pouco antes de o veículo bater na frente da minivan que estava no caminho.

Canos de armas apareceram nas janelas do carro da Sociedade Redutora, e as balas voaram por todos os lados, acertando o corpo de metal reforçado do Hummer, ricocheteando no vidro blindado.

– É só a segunda vez que saio com meu carro novo – Qhuinn disse. – E esses malditos querem transformá-lo em queijo suíço? Que inferno, de jeito nenhum. Segurem-se.

Qhuinn deu a ré, voltou com o veículo por quinhentos metros e então engatou a primeira e acelerou. Girando o volante para a esquerda, ele virou a caminhonete e driblou a minivan, jogando montes de terra contra os dois carros.

Enquanto eles eram jogados de um lado a outro como num barco no meio de uma tempestade, Rhage procurou dentro do bolso da jaqueta e tirou dali uma granada de mão.

Abrindo a janela à prova de balas, ele tirou o pino com os dentes e jogou o explosivo. Pela graça de Deus, o artefato rolou pelo teto da minivan e foi para debaixo do veículo.

Os três *redutores* saíram dali como se a minivan estivesse pegando fogo. E dez segundos depois, foi o que aconteceu, com as chamas iluminando a noite.

Caramba, se Z. pensava que a viagem pelo túnel tinha sido ruim para sua perna, aquilo não foi nada comparado com a fuga daqueles assassinos. Quando o Hummer saiu na Rota 9 depois de ter atropelado pelo menos um dos *redutores*, Zsadist estava prestes a desmaiar.

–Ele vai entrar em choque.

Z. percebeu com pouco interesse que Rhage havia se virado e estava olhando para ele, não para o civil.

– Não vou – ele murmurou ao rolar os olhos. – Só estou descansando um pouco.

Os espetaculares olhos azuis-claros de Rhage se apertaram.

– Fratura. Exposta. Seu filho da mãe. Você está sangrando muito.

Z. olhou para Qhuinn pelo espelho retrovisor.

– Sinto muito pelo estofado.

O macho balançou a cabeça.

– Não precisa se preocupar.

Rhage colocou a mão no pescoço de Z.

– Caramba, você está branco e gelado como neve. Vai ter que ser tratado na clínica.

– Casa.

Com a voz baixa, Rhage disse:

– Eu mandei uma mensagem para Mary dizendo para impedir Bella de ir embora, ok? Bella continuará lá independente de quanto tempo nós ficarmos fora. Ela não vai embora antes de você chegar em casa.

Fez-se silêncio no Hummer, como se todos estivessem fingindo que não tinham escutado o que Rhage disse. Z. abriu a boca para começar a argumentar. Mas desmaiou antes que pudesse fazer mais objeções.

Seis

Bella caminhou pela área de fisioterapia do centro de treinamento, passando pela maca de exame com as pernas trêmulas. Parava o tempo todo para olhar o relógio.

Onde eles estavam? O que mais tinha dado errado? Fazia mais de uma hora...

Oh, meu Deus, por favor, não deixe Zsadist morrer. Por favor, traga-o de volta vivo.

Andava e andava um pouco mais. Parou diante da maca e começou a observá-la. Colocando as mãos na parte de cima estofada, lembrou-se de quando havia ficado ali como paciente. Três meses atrás. Para o nascimento de Nalla.

Meu Deus, aquilo foi um pesadelo. E agora estava vivendo outro... esperando que seu *hellren* chegasse ferido, sangrando, com dor. E aquela seria a melhor das hipóteses. A pior seria receber um corpo coberto com um lençol, algo que ela não podia nem imaginar.

Para não enlouquecer, pensou no nascimento, no momento em que sua vida e a de Z. havia mudado para sempre. Como muitas coisas dramáticas, todos se prepararam para o grande evento, mas quando aconteceu, foi um choque. Ela estava no nono mês, dos costumeiros dezoito, e era noite de segunda-feira.

Bela maneira de começar a semana de trabalho.

Ela estava com desejo de comer chili e Fritz havia decidido agradá-la, preparando uma tigela muito apimentada. Mas quando o mordomo trouxe a tigela fumegante, ela, de repente, não conseguiu suportar o cheiro nem a aparência do prato. Nauseada e suada, foi tomar um banho frio. Ao entrar no banheiro, perguntou a si mesma como faria para aguentar mais nove meses de gravidez, com o bebê ficando cada vez maior em sua barriga.

Nalla, evidentemente, levou aquele pensamento gratuito a sério. Pela primeira vez em semanas, ela se moveu com força e, com um chute forte, rompeu a bolsa.

Levantando o roupão e olhando para a poça, pensou por um instante que tinha perdido o controle da bexiga ou algo assim. E então percebeu. Apesar de ter seguido as recomendações da doutora Jane e evitado ler a versão vampira de *O que esperar quando você está esperando*, Bella tinha informações suficientes para saber que quando a bolsa se rompe, não há volta.

Dez minutos depois, ela estava deitada na maca, com a doutora Jane andando rápido, mas fazendo seu exame com cuidado. A conclusão foi que o corpo de Bella não parecia pronto para o parto, mas Nalla precisava ser retirada. Oxitocina, que muitas vezes é usada para induzir partos em mulheres humanas, foi ministrada. Pouco depois Bella descobriu a diferença entre dor e parto.

A dor chamava sua atenção. O parto exigia *toda* sua atenção.

Zsadist estava lutando quando chegou e estava tão tenso que os poucos cabelos que ainda lhe restavam estavam arrepiados. Assim que entrou, largou as armas formando uma pilha no chão, apressando-se para ficar ao lado de sua amada.

Ela nunca o viu tão assustado. Nem mesmo quando ele acordava dos pesadelos que tinha com aquela dominadora sádica. Seus olhos estavam negros, não por raiva, mas por medo, e os lábios estavam unidos.

Sua presença foi uma grande ajuda para Bella aguentar a dor. E ela precisava dele. A doutora Jane tinha aconselhado não usar uma anestesia epidural, pois os vampiros podiam ter quedas de pressão enormes com ela. Neste caso, não havia nada para aliviar a dor.

Transferi-la para a clínica de Havers não era uma opção, porque quando a oxitocina fez efeito, o parto avançou inesperadamente, rápido demais para que ela fosse transportada para qualquer lugar. Como o amanhecer estava próximo, não havia como levar o médico da raça para o centro de treinamento a tempo.

Voltando ao momento presente, Bella passou a mão pelo travesseiro fino que estava na maca. Ela se lembrava de segurar a mão de Z. com força o bastante para quebrar um osso enquanto fazia força até que seus dentes doessem, e sentia como se estivesse sendo aberta em duas.

E então seus sentidos desapareceram.

– Bella?

Ela se virou. Wrath estava na entrada da sala de emergência, o corpo grande do rei tomando o espaço. Com aquele cabelo preto que chegava até o quadril, óculos escuros e calça de couro preta, ele parecia a própria Morte chegando silenciosa.

– Oh, por favor, não... – ela disse, segurando a maca. – Por favor.

– Não, está tudo bem. Ele está bem. – Wrath deu um passo adiante e segurou o braço dela. – Ele está estável.

– Estável?

– Z. teve uma fratura exposta na parte de baixo da perna, e isso provocou um pouco de sangramento.

Um pouco significava *enorme*, ela pensou.

– Onde ele está?

– Está vindo do Havers agora. Pensei que você fosse ficar preocupada, por isso queria que soubesse.

– Obrigada. Obrigada...

Mesmo com os problemas que estavam tendo ultimamente, a ideia de perder seu *hellren* era catastrófica.

– Ei, venha até aqui. – O rei a envolveu com seus braços enormes e a abraçou com delicadeza. – Permita que a tremedeira atravesse seu corpo. Você vai respirar com mais facilidade, acredite.

Ela seguiu a sugestão, diminuindo o controle que estava exercendo em seus músculos. Em resposta, seu corpo tremeu dos ombros até os tornozelos, e ela precisou se apoiar na força do rei, ou teria caído direto no chão. Ele estava certo. Quando o tremor passou, ela conseguiu respirar fundo.

Quando ficou mais estável, Bella recuou. Ao olhar para a maca, franziu a testa.

– Wrath, posso fazer uma pergunta ?

– Claro que sim.

Ela teve de pensar um pouco antes de conseguir formular a pergunta de modo adequado.

– Se Beth tivesse um bebê, você amaria a criança tanto quanto a ama?

O rei pareceu surpreso.

– Ah...

– Sinto muito – ela disse, balançando a cabeça. – Isso não é da minha conta.

– Não, não é essa a questão. Estou tentando formular a resposta. – Ele levou a mão ao rosto e ergueu os óculos revelando seus olhos verdes e brilhantes. Apesar de seus olhos não estarem focados, seu olhar era totalmente compenetrado. – Bem, acredito que o que vou dizer acontece com todos os machos vinculados. A *shellan* de um macho é seu coração. Até mais do que isso. Ela é seu corpo, sua pele e sua mente... tudo que você foi e que será. Então um macho nunca pode sentir nada mais forte por ninguém do que por sua companheira. Simplesmente não é possível. E eu acho que há uma evolução. Quanto mais você ama, mais você protege, e manter sua fêmea viva a qualquer custo significa que ela pode cuidar dos filhos. Dito isso, é claro, você ama seus filhos. Eu penso em Darius com Beth... ele era desesperado pela segurança dela. E Tohr com John. E sim... quero dizer, o sentimentos pelos filhos é grande, com certeza.

Era lógico, mas não aliviou muito, levando em consideração que Zsadist não queria nem mesmo pegar Nalla no colo.

As portas duplas da sala de emergência se abriram e Z. entrou. Ele vestia um avental de hospital, provavelmente porque suas roupas tiveram de ser rasgadas na clínica de Havers, e estava pálido. Suas duas mãos estavam enfaixadas, e a parte inferior de sua perna estava engessada. Ele estava frio. Bella correu para junto dele e segurou sua mão.

– Zsadist? Zsadist?

Soro e pílulas nem sempre são o melhor tratamento para os feridos. Às vezes, tudo que você precisa é do toque da pessoa amada, do som de sua voz e de saber que está seguro em casa, e de repente você volta da beira do precipício.

Z. abriu os olhos. O olhar azul safira que o macho encontrou o encheu de lágrimas. Bella estava sobre ele, com seus cabelos escuros caídos sobre os ombros, seu rosto angular tomado de preocupação.

– Oi – ele disse, porque era o melhor que podia fazer.

Zsadist havia se recusado a tomar remédios para a dor enquanto estava na clínica, porque ficar grogue sempre o lembrava da época em que era drogado nas mãos da Ama – por isso ficou totalmente consciente quando sua perna foi aberta e consertada pela doutora Jane. Bem, na verdade, permaneceu acordado só por um tempo, desmaiou logo depois. Sentiu como se tivesse morrido. Pelo menos era o que parecia.

Contudo, ainda havia muita coisa a ser dita.

– Oi. – Bella passou a mão sobre a cabeça dele.

– Oi... – Antes que ele começasse a chorar e passasse vergonha, olhou ao redor para ver quem mais estava na sala. Wrath estava conversando com Rhage num canto perto da hidromassagem, e Qhuinn, John e Blay estavam diante dos armários.

Testemunhas. Droga. Ele precisava se acalmar.

Piscou com força e os detalhes da sala ficaram mais claros. Lembrou-se da última vez em que esteve nela.

O parto.

– Shhh... – Bella murmurou, claramente interpretando mal a maneira como ele estremeceu. – Simplesmente feche os olhos e relaxe.

Ele obedeceu, porque estava consciente de novo, não por causa da dor na perna e nas mãos. Deus, a noite do nascimento de Nalla... quando ele havia quase perdido sua *shellan*...

Z. fechou os olhos com força, sem querer reviver o passado... ou olhar demais para o presente. Estava correndo o risco de perder Bella. De novo.

– Eu amo você... – ele sussurrou. – Por favor, não me deixe.

– Estou aqui.

Sim, mas por quanto tempo?

O pânico que sentia agora o levou de volta para a noite do parto... ele estava no campo de batalha com Vishous, investigando o sequestro de um civil no centro da cidade. Quando a doutora Jane telefonou, Zsadist largou V. de repente e desmaterializou-se até o pátio da mansão, passando pelo saguão e entrando no túnel. Todos, *shellans*, *doggen* e Wrath, saíram de sua frente para não serem derrubados como pinos de boliche.

No centro de treinamento, naquela mesma sala, havia encontrado Bella estendida na maca na qual ele agora estava. Z. tinha chegado durante uma contração, e teve de ver o corpo de Bella paralisado como se uma mão gigante estivesse apertando-a. Quando a dor melhorou, ela suspirou profundamente, olhou para ele e sorriu. Quando ela esticou o braço em sua direção, Z. soltou as armas, deixando-as cair no chão de linóleo.

– Mãos – a doutora Jane disse. – Lave as mãos antes de se aproximar.

Ele concordou e foi direto para a pia. Lavou os braços e mãos até a pele brilhar, e então secou com um tecido cirúrgico e correu para o lado de Bella.

Assim que tocaram as mãos, outra contração surgiu. Bella apertou a mão dele quase até esmagá-la. Ele não se importou. Mantiveram firme o olhar, como tinham treinado, ele teria feito qualquer coisa para tirar a dor dela... naquele momento teria sido capaz de cortar o próprio braço se isso ajudasse.

Não conseguia acreditar que havia colocado Bella nessa situação.

E então, a dor piorou. O parto parecia uma locomotiva ganhando velocidade, com seus trilhos passando por cima do corpo dela. Mais forte, mais longo, mais rápido. Zsadist não sabia como ela conseguia tolerar aquilo.

E ela não conseguiu mais.

Bella perdeu os sentidos, com os sinais vitais caindo... frequência cardíaca, pressão sanguínea, tudo sofrendo. Ele percebeu a seriedade da situação observando a rapidez com que a doutora Jane agia. Lembrou-se dos remédios entrando pela veia e de Vishous caminhando com... droga, equipamentos cirúrgicos e uma incubadora.

A doutora Jane vestiu um par de luvas limpas, olhando primeiramente para Bella, e depois para ele.

– Vamos ter de retirar o bebê, ok? Ela também está sofrendo.

Concordou. Ele balançou a cabeça naquele momento por ele e por Bella. Então Vishous passou um antisséptico amarelo pela barriga protuberante de Bella.

– Ele vai ficar bem? – Bella murmurou desesperadamente. – Nosso bebê vai...

A doutora Jane se inclinou para frente.

– Olhe para mim.

As duas fêmeas se entreolharam.

– Vou fazer tudo que eu puder para ajudar vocês dois a passar por isso. Quero que se acalme. Esta é a sua obrigação. Acalme-se e permita-me fazer aquilo em que sou melhor. Respire profundamente agora.

Zsadist respirou profundamente junto com sua *shellan*... e então viu quando as pálpebras de Bella de repente estremeceram e ela olhou fixamente para o teto de modo esquisito. Antes que ele pudesse perguntar para o que estava olhando, Bella fechou os olhos.

Num instante de terror, ele pensou que nunca mais veria aqueles olhos se abrirem de novo.

E então ela disse:

– Apenas cuide do bebê.

Naquele momento, ele ficou frio, gelado, porque estava claro que ela não acreditava que sairia viva daquilo. E a única coisa que importava para ela naquele momento era a criança.

– Por favor, fique comigo – ele disse enquanto a incisão era feita.

Bella não o ouviu. Ela havia perdido a consciência, como se estivesse num barco sendo levado por águas calmas.

Nalla nasceu às seis horas e vinte e quatro minutos.

– Ela está viva? – Z. perguntou.

Apesar de ficar envergonhado de admitir isso hoje, Zsadist fez essa pergunta por que não podia nem imaginar como contaria para sua amada que a criança tinha morrido após o parto.

Enquanto a doutora Jane dava pontos em Bella, Vishous agiu com rapidez com um balão de sucção sobre a boca e o nariz da criança, e então inseriu uma sonda intravenosa e fez algo com as mãos e os pés. Tudo muito rápido. Foi tão rápido quanto sua *shellan* naquele momento.

– Ela está viva?

– Zsadist?

Ele abriu os olhos e voltou para o presente.

– Você precisa de mais analgésicos? – Bella perguntou. – Você parece estar sofrendo.

– Não acredito que ela sobreviveu. Era tão pequena.

Quando ouviu as palavras de Zsadist, Bella ficou confusa, mas apenas por um instante. O nascimento... ele estava pensando no nascimento.

Ela acariciou os finos e curtos cabelos de sua cabeça, tentando acalmá-lo de alguma forma.

– Sim... sim, ela era muito pequena.

Os olhos amarelos dele se voltaram para as outras pessoas da sala, quando disse baixinho:

– Posso ser honesto?

Oh, *droga*, ela pensou.

– Sim, por favor.

– O único motivo pelo qual me preocupei em saber se ela estava viva era porque não queria que dissessem a você que não estava. A criança era a única coisa com a qual você se preocupava... e eu não aguentaria ver você perdendo a bebê.

Bella franziu a testa.

– Você quer dizer no final? Quando ela nasceu?

– Sim, pois você disse: "apenas cuide da bebê". Foram suas últimas palavras.

Bella esticou o braço e colocou a palma da sua mão contra o rosto dele.

– Eu pensei que estava morrendo e não queria que você ficasse sozinho. Eu... eu vi a luz do Fade. Estava ao meu redor, me abraçando. Eu estava preocupada com você... Com o que aconteceria se eu não sobrevivesse. – O rosto de Zsadist ficou ainda mais pálido. – Pensei que era isso o que estava acontecendo... oh Deus, mal consigo acreditar em como aquilo estava próximo.

A doutora Jane se aproximou da maca.

– Desculpe interromper. Posso checar os sinais vitais dele?

– É claro.

Enquanto Bella observava a doutora fazer o exame, pensou na maneira com que aquelas mãos fantasmagóricas haviam ajudado a trazer sua filha ao mundo.

– Ótimo – disse a doutora, colocando o estetoscópio ao redor do pescoço. – Ótimo. Ele está estabilizado e deve conseguir se levantar e caminhar dentro de uma hora.

– Obrigada – Bella murmurou. Zsadist fez a mesma coisa. Também agradeceu.

– O prazer foi meu. Podem acreditar. Agora, que tal se todo mundo sair e deixar vocês dois a sós um pouco?

Todos se dispersaram entre ofertas de ajuda, alimentos e qualquer coisa que pudesse ser feito. Quando Wrath se dirigiu à porta, parou e olhou para Bella.

Ela apertou o ombro de Z. quando o rei acenou com a cabeça e então fechou a porta.

Limpando a garganta, Bella disse:

– Quer alguma coisa para...

– Precisamos conversar.

– Podemos esperar...

– Até você ir embora daqui? – Z. balançou a cabeça. – Não, precisa ser agora.

Bella pegou um banco e sentou, acariciando seu braço, já que não conseguia segurar as mãos enfaixadas.

– Estou com medo. Se nós não... conseguirmos superar essa questão...

– Eu também.

Enquanto eles faziam silêncio na sala de piso frio, Bella se lembrou de quando acordou após a cesariana no dia do parto. Os olhos de Zsadist foram a primeira coisa que ela enxergou. Ele estava sofrendo ao observá-la, mas lentamente sua dor sumiu, mostrando esperança.

– Mostre a bebê para ela – Z. pediu com decisão. – Rápido.

Vishous virou a incubadora e Bella viu a filha deles pela primeira vez.

Levando consigo o soro que estava em seu braço, colocou as pontas do dedo no plástico da incubadora. Assim que ela tocou o berço transparente, a bebê virou a cabeça.

Bella olhou para Zsadist:

– Podemos chamá-la de Nalla?

Os olhos dele ficaram marejados.

– Sim. Claro. Como você quiser.

Ele a beijou e ofereceu sua veia, fazendo o máximo que se pode esperar de um companheiro carinhoso e amado.

Voltando ao momento presente, ela balançou a cabeça.

– Você parecia tão feliz logo após o parto. Estava comemorando com os outros. Estava presente na cerimônia dos laços de fita do berço... foi até Phury e cantou para ele...

– Porque você estava viva e não precisou sofrer a perda da criança. Meus maiores medos não se tornaram realidade. – Zsadist levantou uma das mãos como se quisesse esfregar os olhos, mas franziu a testa, percebendo que as bandagens o impediam. – Eu estava feliz por você.

– Mas depois de me alimentar, você sentou ao lado da incubadora e a tocou. Chegou até a sorrir quando ela olhou para você. Havia amor em seu rosto, não apenas alívio. O que mudou? – Quando ele hesitou, ela continuou: – Estou disposta a dar mais tempo para você, se é disso que precisa, mas não posso ficar de fora desse processo. O que aconteceu?

Z. olhou para as luzes acima e fez-se um longo silêncio, tão comprido que Bella pensou que tinham chegado ao fim da conversa.

Mas viu quando uma única lágrima se formou no canto de seu olho esquerdo.

– Ela aparece no sonho comigo.

As palavras saíram tão suaves, que Bella precisou ter certeza de que havia escutado bem.

– Como?

– O sonho que tenho, no qual ainda estou sob o poder da Ama. Nalla... ela está dentro da cela. Consigo escutar o choro dela quando a Ama se aproxima de mim. Eu me esforço para soltar as amarras... para poder protegê-la... tirá-la dali... impedir o que vai acontecer. Mas não consigo me mexer. A Ama vai encontrar a bebê. – Ele parecia assustado. – A Ama vai encontrá-la e é culpa minha o fato de Nalla estar na cela.

– Oh meu amor... oh, Z. – Bella ficou em pé e se recostou no corpo dele, abraçando-o com força. – Oh... Deus... e você teme que a Ama a mate...

– Não. – Z. limpou a garganta uma vez. E mais uma vez. E de novo. Começou a respirar profundamente. – Ela vai... fazer Nalla assistir... o que eles fazem comigo. Nalla tem que assistir... – Zsadist se esforçou para manter as emoções sob controle, mas perdeu a batalha, chorando a ponto de soluçar. – Ela vai ter que ver... ver seu pai ser...

Bella só conseguiu abraçá-lo com força, molhando o avental do hospital com as próprias lágrimas.

Ela sabia que era ruim. Mas não sabia que era tão ruim.

– Oh, meu amor – ela disse quando Z. a abraçou e ergueu a cabeça afundando o rosto em seus cabelos. – Oh, meu querido amor...

Sete

Era cerca de cinco horas da tarde seguinte quando Zsadist finalmente acordou. Era bom estar em sua própria cama. Não era tão bom estar com a perna engessada. Rolando na cama, ele abriu os olhos e viu Bella. Ela estava acordada, olhando para ele.

– Como está se sentindo? – ela perguntou.

– Bem. – Fisicamente falando, pelo menos. Não podia dizer a mesma coisa de sua mente e das suas emoções.

– Quer comer alguma coisa?

– Sim, daqui a pouco. – Naquele momento ele só queria ficar deitado e olhando dentro dos olhos de sua *shellan*.

Bella se ajeitou de barriga para cima e ficou olhando para o teto.

– Fiquei contente por termos conversado – ele disse. Por mais que detestasse o passado, estava disposto a fazer qualquer coisa para impedir a partida dela, e se para isso precisasse conversar, então conversaria até ficar sem voz.

– Eu também.

Ele franziu a testa, sentindo a distância.

– Em que está pensando?

Depois de um momento, ela perguntou suavemente:

– Você ainda me quer?

Ele se remexeu. Ela não podia estar pensando que...

– Santo Deus... é claro que eu quero você, minha *shellan*. Pensar que você pode ir embora é...

– Estou falando sexualmente.

Ele hesitou, pensando na ereção que havia tido na noite anterior só de vê-la se secar.

– Como eu poderia não desejá-la?

Ela virou a cabeça em sua direção.

– Você não se alimenta e não me procurou... bem, eu também não, mas quero dizer...

– Nalla precisa de você mais do que eu agora.

– Mas você também precisa... pelo menos precisa de minha veia. – Ela olhou para o corpo dele. – Sua perna teria se quebrado se você estivesse se alimentando direito? Provavelmente não.

– Não sei. Caí no chão, em cima de vidro.

– Vidro?

– Um candelabro.

– Meu Deus...

Fez-se um longo silêncio e ele tentou imaginar o que ela queria que ele fizesse. Estaria ela abrindo o caminho para...

Ao pensar em sexo, o corpo dele reagiu instantaneamente.

Mas Bella manteve-se onde estava e ele também.

Conforme o silêncio se estendia, Z. ficou pensando que eles estavam perto de um caminho sem volta. Se não tomassem providências para se reaproximar um do outro...

Ele a procurou entre os lençóis, pegando sua mão e levando a seu corpo.

– Eu quero você – ele disse ao colocar a mão dela sobre sua ereção. Com o contato, ele gemeu e remexeu o quadril, empurrando-se contra a mão dela. –Senti sua falta.

O fato de Bella parecer surpresa fez com que ele se lembrasse dela no banheiro com a toalha. Quando olhou para seu reflexo no espelho e começou a analisar o próprio corpo, ele se deu conta de que ela estava procurando por defeitos que não existiam. E ela havia se coberto quando o viu, não porque não queria chamar a atenção dele, mas porque tinha certeza de que não mais o atraía.

Ele mexeu a mão dela para cima e para baixo em sua ereção.

– Estou desesperado para tocá-la de novo. Seu corpo todo.

Ela se aproximou dele, movendo-se entre os lençóis.

– Está?

– Como eu poderia não estar? Você é a fêmea mais perfeita que já vi.

– Mesmo depois de...

Ele se aproximou e beijou seus lábios.

– Principalmente depois. – Ele se afastou para que ela conseguisse ver seus olhos. – Você está tão linda como da primeira vez em que a vi na academia há tanto tempo. Você fez meu coração parar e congelar dentro do peito. E fez a mesma coisa agora.

Ela piscou com os olhos marejados e ele a beijou.

– Bella, se eu soubesse, teria dito alguma coisa, feito alguma coisa. Apenas pensei que você sabia que nada havia mudado para mim.

– Desde que Nalla chegou, tudo está mudado. O ritmo das minhas noites e dias. Meu corpo. Você e eu. Então eu pensei...

– Sinta isto – ele gemeu, arqueando-se. – Sinta-me e saiba... oh Deus...

Ela o sentiu muito bem. Envolveu a ereção dele com as duas mãos, levando-as para cima e para baixo, ao longo de toda a extensão.

– Você gosta disto? – ela sussurrou.

Ele só conseguiu concordar gemendo. Com as mãos dela segurando-o daquela maneira, envolvendo-o com as palmas, mexendo, ele não conseguia pensar direito.

– Bella... – Ele esticou os braços na direção dela, com as mãos enfaixadas, e então parou. – Malditas faixas.

– Vou tirá-las para você. – Ela o beijou. – E então poderá colocar as mãos onde quiser...

– Caramba...

Ele atingiu um orgasmo. Naquele instante. Mas em vez de se sentir desapontada, Bella riu da maneira como uma fêmea ri quando está prestes a fazer amor com seu companheiro.

Ele reconheceu o som. Adorou. Sentiu falta dele. Precisava escutar...

Do outro lado do quarto, Nalla começou a choramingar, pondo-se a chorar desesperadamente em pouco tempo. Era um choro urgente, do tipo *preciso-da*-mahmen-*AGORA!*

Bella sentiu a ereção de Z. murchar, mas sabia muito bem que não tinha sido por causa do orgasmo. Ele era capaz de fazer quatro ou cinco vezes sem parar – e isso numa noite comum, não depois de um período se abstinência forçada de muitos meses.

– Sinto muito – ela disse, olhando para trás, em direção ao berço, sem saber de quem cuidar primeiro.

Zsadist segurou o rosto dela com as mãos enfaixadas e fez com que se virasse para ele.

– Vá cuidar da criança, vou ficar bem.

Não havia qualquer sinal de reprovação em seus olhos ou no tom de sua voz. E nunca houve. Ele nunca havia se ressentido de Nalla; na verdade, ele vinha se sacrificando por ela.

– Vou rapidamente...

– Demore o tempo que for preciso.

Ela saiu da cama e foi até o berço. Nalla esticou os bracinhos e se acalmou um pouco, principalmente quando foi tomada nos braços da mãe.

Certo. Fralda molhada e fome.

– Não vou demorar.

– Não se preocupe. – Z. se deitou nos lençóis pretos de cetim, seu rosto marcado não mais aparentando urgência, o corpo parado.

Ela esperava que o orgasmo o tivesse relaxado. Temeu que ele estivesse daquela maneira por achar que ela demoraria a voltar.

Bella entrou no quarto, trocou a fralda rapidamente, foi até a cadeira de balanço e deu a Nalla o que ela precisava. Ao segurar sua filha e acalentá-la, percebeu que realmente um filho mudava tudo.

Incluindo o conceito de tempo.

O que ela esperava ser uma alimentação rápida havia se transformado numa maratona de duas horas de leite, vômito, choro, leite, vômito, arroto, choro, troca de frauda, choro e leite.

Quando Nalla finalmente se acalmou, Bella jogou a cabeça para trás recostando-se na cadeira de balanço numa exaustão familiar.

Ser mãe era algo maravilhoso, transformador e um pouco viciante – e agora ela conseguia entender porque as fêmeas ficavam extremamente focadas em seus filhos. A pessoa sente-se alimentada tomando conta da criança. Sente-se, também, toda poderosa como A Mãe. Sua palavra era a lei quando se tratava de Nalla.

Mas ela sentia saudade de ser a *shellan* de Z. Sentia saudade de acordar e senti-lo mexendo sobre ela, excitado e cheio de desejo. Sentia saudade de sentir as presas dele se afundando em sua garganta. Sentia saudade da expressão no rosto cheio de cicatrizes dele quando terminavam de fazer amor, corado e tranquilo, repleto de reverência e amor.

O fato de ele ser tão duro com todo mundo, mesmo com seus Irmãos, tornava sua doçura com ela ainda mais especial. Sempre.

Deus, aquele sonho que ele estava tendo. Ela não estava disposta a dizer que aquilo mudava tudo entre eles, mas mudava o suficiente para que ela não pensasse em deixá-lo naquele momento. Mas não sabia o que viria em seguida. Z. exigia mais ajuda do que ela podia dar. Ele precisava de intervenção profissional, não apenas apoio por parte de sua parceira.

Talvez Mary pudesse ajudar. Ela tinha formação de psicóloga e já o havia ensinado a ler e a escrever. Ele não conversaria com nenhum desconhecido, mas com Mary...

Ah, droga, de jeito nenhum ele conversaria com a *shellan* de Rhage a respeito de coisas de seu passado. As experiências eram terríveis demais e a dor era profunda. Além disso, ele detestava ficar emocionado na frente de quem quer que fosse.

Bella se levantou e colocou Nalla no berçário ao lado – para o caso de Zsadist ainda estar na cama, nu e com desejo.

Mas não foi o caso. Ele estava dentro do banheiro, e a julgar pelo barulho e pela água que corria, estava aparando os cabelos no chuveiro. No criado-mudo, havia uma tesoura e as faixas que estavam envolvendo suas mãos. Ela só conseguiu pensar que adoraria ter feito aquilo por ele. Sem dúvida Z. havia esperado e esperado por ela, e então desistiu, não apenas do sexo, mas também da ajuda.

Ele deve ter tido dificuldade para fazer a tesoura funcionar usando apenas a metade superior de seus dedos, mas naquela hora, ou ele tiraria as faixas sozinho ou teria de sair para lutar sem tomar banho.

Bella sentou-se na cama e percebeu que havia arrumado o roupão para que, quando cruzasse as pernas, elas continuassem cobertas. Percebeu que era um ritual familiar esperar por ele do lado de fora do banheiro. Quando terminasse seu banho e aparecesse de toalha, conversariam sobre amenidades enquanto ele se vestia no closet. E então, quando ele fosse para a primeira refeição, ela tomaria seu banho e se vestiria com a mesma privacidade.

Deus, ela se sentia pequena. Pequena em comparação com os problemas que eles tinham e as exigências da filha, além do fato de que ela queria um amante como *hellren*, não um companheiro educado.

Uma batida na porta a assustou.

– Quem é?

– É a doutora Jane.

– Entre.

A médica espiou para dentro.

– Ei, ele está por aí? Acho que já está na hora de remover as faixas... certo, dá para ver que vocês já cuidaram dessa parte.

A médica tirou uma conclusão enganada, mas Bella ficou calada.

– Ele deve sair logo do banho. Você vai tirar o gesso também?

– Acho que sim. Pode pedir a ele para me encontrar na sala de emergência quando estiver pronto? Estou cuidando da expansão da área médica, por isso estarei com minhas ferramentas lá.

– Pode deixar.

No silêncio que se fez, elas apenas escutaram enquanto Zsadist continuava a raspar o cabelo.

A doutora Jane franziu a testa.

– Você está bem, Bella?

Forçando um sorriso, ela ergueu as mãos como se estivesse se rendendo.

– Estou perfeitamente saudável. Não preciso de outro exame. Nunca mais.

– Acredito nisso. – Jane sorriu e então olhou para a porta do banheiro. – Olha... acho que você deveria ir lavar as costas dele... se é que me entende.

– Acho melhor esperar.

Mais silêncio.

– Posso fazer uma sugestão totalmente invasiva?

– Difícil de acreditar que você vai conseguir ser mais invasiva do que foi. – Bella disse com uma piscadela.

– Estou falando sério.

– Tudo bem.

– Deixe o berço de Nalla no berçário e deixe a porta fechada na maior parte do tempo enquanto ela estiver dormindo. Instale uma babá eletrônica para poder escutar se ela chorar. – A doutora Jane olhou ao redor. – Este é o quarto que você e seu marido dividem. Você precisa ser mais do que uma mãe, e ele precisa de você todos os dias. Nalla vai ficar bem e é importante que ela se acostume a dormir sozinha.

Bella olhou para o berço, pensar em tirá-lo dali era estranho e irracionalmente assustador. Como se ela estivesse jogando a filha aos lobos. Mas se quisesse mais do que um companheiro de quarto, eles precisavam do tipo de espaço que não tinha nada a ver com metros quadrados.

– Pode ser uma boa ideia.

– Já trabalhei com muitas pessoas que tiveram filhos. Médicos gostam de procriar. O que posso fazer? Depois que o primeiro filho chega, sempre ocorre um período de ajustes. Isso não quer dizer que tem alguma coisa errada com o casamento, mas que novos limites precisam ser estabelecidos.

– Obrigada. De verdade, agradeço bastante.

A doutora Jane assentiu.

– Estarei sempre aqui se precisar de mim.

Quando a doutora fechou a porta, Bella se aproximou do berço e passou as mãos pelas fitas de cetim de diversas cores que enfeitavam o berço. Ao sentir as barras de madeira fria em suas mãos, pensou na cerimônia de juramento e em todo o amor que havia sido compartilhado. Nalla sempre seria adorada naquela casa, receberia cuidados e proteção.

Teve um instante de pânico ao soltar os freios e a começar a levar o berço na direção do berçário – mas conseguiria superar aquilo. Precisava. E compraria uma babá eletrônica assim que possível.

Parou o berço ao lado de um menor que já estava lá, no qual Nalla nunca dormia tão bem. Naquele momento, a bebê estava franzindo a testa e começava a tremer braços e pernas, um sinal claro de que acordaria em breve.

– Shh, sua *mahmen* está aqui. – Bella levantou a menina e a colocou em seu lugar preferido. A criança remexeu-se e se aconchegou, passando a mãozinha pelas barras, segurando o laço de Wrath e Beth.

Aquilo era promissor. Um belo suspiro e a barriguinha cheia significavam um sono profundo.

Pelo menos Nalla não se sentia rejeitada.

Bella voltou para o quarto. O banheiro estava silencioso, e ao espiar pela porta, viu a fina umidade no ar deixada pelo vapor do chuveiro. Sentiu o cheiro de xampu.

Ele não estava mais ali.

– Você tirou o berço daqui?

Ela se virou. Z. estava diante da porta dupla de seu closet, usando a calça de couro e com a camisa preta na mão. Seu peito, com as marcas da Irmandade e suas argolas nos mamilos, brilhavam sob a luz que iluminava seus ombros.

Beth olhou para onde Nalla sempre dormia.

– Bem, aqui é... você sabe, o nosso espaço. E, bem, ela vai ficar bem no outro quarto.

– Tem certeza de que você vai ficar bem com essa mudança?

Se isso significar que ela poderá ficar com ele, como sua *shellan*, então sim.

– Nalla vai ficar bem. Ela está no quarto ao lado se precisar de mim, e ela começou a dormir por períodos mais longos durante o dia, então... sim, eu me sinto bem com isso.

– Você tem certeza?

Bella olhou para ele.

– Sim, certeza absoluta.

Z. soltou a camisa, desmaterializou-se para onde ela estava e a deitou na cama, ficando por cima dela.

O odor da vinculação surgiu de repente quando ele a beijou e a pressionou com seu corpo rígido e pesado contra o colchão. Levou as mãos à camisola dela, rasgando-a ao meio. Ao ver seus seios nus, ele rosnou baixo.

– Oh, sim... – ela gemeu tão intensamente quanto ele.

Bella levou as mãos entre os dois e abriu sua braguilha.

Z. soltou mais um som animalesco quando sua ereção surgiu na mão dela. Dando um passo para trás, ele quase rasgou a calça de couro tentando tirá-la por cima do gesso. Depois de muito esforço, deixou a peça na altura dos joelhos.

Z. voltou a ficar sobre ela, terminando de rasgar a camisola e abrindo suas pernas.

Mas parou, com uma expressão de preocupação que ameaçava superar o desejo que demonstrava. Ele abriu a boca, claramente prestes a perguntar se ela queria...

– Cale-se e entre em mim – ela rosnou, segurando a nuca dele e puxando-o para beijá-lo.

Ele rosnou e invadiu seu interior causando uma explosão no corpo de Bella, faíscas percorrendo e incendiando seu sangue. Ela agarrou seu traseiro enquanto ele seguia seus movimentos até gozar numa forte contração.

Assim que o choque terminou, ele jogou a cabeça para trás, mostrou as presas e fez um som como o de uma pantera. Arqueando-se no travesseiro, ela virou o rosto para o lado, expondo seu pescoço a ele para que pudesse...

Quando Zsadist a perfurou com força e profundamente, ela atingiu o orgasmo de novo, e enquanto ele sugava sua veia, o sexo continuou. Ele estava ainda melhor do que ela se lembrava, com os músculos e ossos pressionando sua pele macia, seu odor de vinculação envolvendo-a de modo especial.

Quando ele terminou de se alimentar e atingir outro orgasmo – só Deus sabia quantas vezes havia chegado ao ápice – seu corpo parou e ele cuidou do pescoço dela fechando o ferimento da mordida. Os movimentos da língua acenderam novamente o desejo de Bella, e adivinhando seus pensamentos, Z. se deitou de costas e a colocou por cima, mantendo-os unidos.

– Me use – ele exigiu, com os olhos amarelos fixos em seus seios volumosos.

Ela acariciou o lugar onde ele olhava intensamente e apertou os mamilos enquanto se mexia devagar. Seus gemidos e a maneira com que suas mãos seguravam seus joelhos fizeram com que ela se sentisse mais bela do que qualquer palavra que ele pudesse ter dito.

– Meu Deus, como senti sua falta – ele disse.

– Eu também. – Levando as mãos aos ombros dele, ela se inclinou para frente e moveu o quadril de modo mais livre.

– Oh, Bella, sugue minha veia.

O convite foi aceito antes mesmo de ser concluído e ela foi igualmente intensa.

O sabor dele era espetacular, e mais forte do que antes. Desde o parto, quando ela se alimentava, Z. era cortês. Mas agora ela saboreava um coquetel forte de força e sexo, não apenas nutrição.

– Eu amo você – ele suspirou quando ela sugou.

Eles fizeram amor mais quatro vezes.

Mais uma vez na cama.

Duas no chão, a caminho do banheiro.

Uma vez no chuveiro.

Depois disso, eles se envolveram em grossas toalhas brancas e voltaram para a cama.

Zsadist a aconchegou ao lado de seu corpo e deu um beijo na testa.

– Encerramos aqui aquela história de eu não ter mais desejo por você?

Ela riu, passando a mão por seu peito e abdome definido. Jurava que podia sentir seus músculos ficando mais fortes, aproveitando o sangue que ela havia dado. O fato de ser ela quem o deixava mais forte a deixou orgulhosa, mas, mais do que isso, fez ela se sentir conectada a ele.

A Virgem Escriba foi muito inteligente ao criar uma raça que precisa se alimentar uns dos outros.

– E então? Sim ou não? – Z. subiu nela, o rosto com cicatriz se abrindo num sorriso másculo. – Ou preciso provar de novo?

Ela passou as mãos pelos braços fortes dele.

– Não, acho que não, Z.!

– O que foi? – ele perguntou ao se aconchegar entre as pernas dela de novo. – Sinto muito. Não consigo me controlar. Ainda estou com fome. – Ele beijou os lábios dela com delicadeza. – Hum...

Passou os lábios pelo pescoço dela e brincou com a marca da mordida, como se estivesse dizendo obrigado.

– Hum... *minha* – ele rosnou.

Lentamente sua boca desceu mais, até seus seios. Ele parou no mamilo.

– Estão sensíveis? – ele perguntou, passando a ponta de nariz na divisão dos seios, lambendo-a.

– Sim... – ela estremeceu ao sentir sua respiração.

– Parecem sensíveis, mesmo. Vermelhos, pontudos e lindos. – Ele era sempre muito cuidadoso com os seios dela, acariciando-os com as mãos e beijando-os levemente.

Quando desceu mais, até a barriga, ela começou a ficar excitada e inquieta de novo, e ele sorriu.

– Sentiu falta de meus beijos, amada companheira? Aqueles que dou entre suas coxas?

– Sim. – Ela olhou com ansiedade. Pelo sorriso erótico no rosto dele e seu olhar intenso, estava claro que novamente tinha planos. E muito tempo à disposição.

Ele se ajoelhou.

– Abra suas pernas para mim. Gosto de ver você... oh... isso... – Ele esfregou os lábios como se aquecesse o local. – É isso o que quero.

Ele curvou os ombros ao se abaixar e fez como um gato faz diante de uma tigela de leite, enquanto ela se arqueava, entregando-se a ele e sua boca quente.

– Quero fazer lentamente – ele murmurou enquanto ela gemia seu nome. Aquilo não seria problema, Bella pensou. Para Zsadist, ela era uma piscina sem fundo.

Ele deslizou a língua para dentro dela, numa penetração quente, e então voltou para os toques delicados e arrastados.

Olhando para baixo, ela o viu observando com olhos brilhantes... e como se ele tivesse esperando que ela olhasse, tocou na ponta de seu sexo de cima a baixo.

Ao ver a pele rosada dele contra a dela, mais uma vez atingiu o orgasmo.

– Zsadist... – ela gemeu, segurando a cabeça dele e puxando seu quadril para cima.

Não havia nada mais delicioso do que estar entre as pernas de sua *shellan*. Não era apenas o sabor; eram os sons, os odores e a maneira com que ela olhava com a cabeça inclinada para o lado e os lábios entreabertos para poder respirar. Era o centro macio e inchado de toda a sua condição de fêmea contra a boca do macho e a confiança que ela demonstrava ao permitir que ele se aproximasse daquela maneira. Era tudo pessoal, sensual e especial.

O tipo de coisa que se poderia fazer para sempre.

Quando sua *shellan* gemeu e começou a ter espasmos, Zsadist ergueu o corpo e entrou nela para poder sentir as contrações.

Levou os lábios até a orelha dela ao penetrá-la.

– Você é tudo para mim.

Quando deitaram juntos depois, olhou para os seios dela, passando pela barriga e pensou sobre como o corpo de Bella era incrível em comparação ao dele. Suas curvas e força feminina criaram uma nova pessoa e forneceram um local de proteção para que sua alquimia se unisse criando vida.

– Nalla... – ele sussurrou. – Nalla tem...

Ele sentiu quando ela ficou tensa.

– Tem o quê?

– Nalla tem meus olhos. Não acha?

A voz de sua *shellan* se tornou delicada e cuidadosa, como se não quisesse perturbá-lo.

– Sim, tem.

Z. colocou a mão na barriga de Bella e traçou círculos sobre a pele clara, como ela mesma havia feito tantas vezes enquanto estava grávida. Ele sentia-se envergonhado... Envergonhado por não ter tocado a barriga dela nenhuma vez.

Ele esteve tão preocupado com o parto que a forma da barriga era como uma ameaça para a vida dos dois, não algo a ser comemorado.

– Sinto muito – ele disse repentinamente.

– Pelo quê?

– Você teve de fazer tudo sozinha, não teve? Não apenas nos últimos três meses, mas antes. Quando estava grávida.

– Você sempre esteve presente.

– Mas não estive presente para Nalla, e ela fazia parte de você. Ela faz parte de você.

Bella ergueu a cabeça.

– Ela faz parte de você também.

Ele pensou nos olhos grandes e brilhantes da criança.

– Às vezes acho que ela se parece um pouco comigo também.

– Ela é quase idêntica a você. Tem seu queixo e suas sobrancelhas. E o cabelo dela... – a voz de Bella começou a demonstrar animação, como se quisesse falar sobre tudo aquilo com ele por muito tempo. – O cabelo dela vai ser igualzinho ao seu e ao de Phury. E você viu as mãos dela? Os dedos indicadores são mais compridos do que os anelares, como os seus.

– É mesmo? – Caramba, que pai era ele para não saber de tudo aquilo?

Bem, fácil de responder. Ele não tinha sido pai.

Bella esticou a mão.

– Vamos tomar um banho e depois venha comigo. Quero apresentá-lo a sua filha.

Z. suspirou profundamente. E concordou.

– Quero muito – ele disse.

Oito

Quando Zsadist abriu a porta do quarto da criança, conferiu com atenção para ter certeza de que a camisa estava para dentro da calça.

Ele adorava o cheiro do quarto. Cheiro de inocência com toque de limão; era como costumava chamar. Doce como uma flor, mas não enjoativo. Limpo.

Bella apertou sua mão e o levou para o lado do berço. Cercada por laços de cetim maiores do que ela, Nalla estava enrolada e deitada de lado, com os braços e as pernas bem encolhidos, os olhos fechados com força, como se estivesse bem compenetrada em dormir.

Quando Zsadist olhou por cima do berço, ela se remexeu. Fez um barulhinho. Dormindo, ela esticou o braço, não na direção da mãe, mas na dele.

– O que ela quer? – ele perguntou como um tolo.

– Ela quer que você a toque. – Ele não se mexeu e Bella murmurou. – Ela faz isso dormindo. Parece saber quem está por perto e gosta de um carinho.

Para o crédito de sua *shellan*, ela não o forçou a fazer nada.

Mas Nalla não estava tranquila. Sua mãozinha e bracinho insistiam na direção dele.

Z. secou a palma da mão na parte da frente da camisa, e depois a esfregou de novo no quadril. Ao estender a mão, seus dedos tremiam.

Nalla fez a conexão. Sua filha segurou o polegar dele com tanta força que ele sentiu uma pontada de orgulho passando por seu peito.

– Ela é forte – ele disse, com a aprovação ficando clara em suas palavras.

Bella sorriu ao lado dele.

– Nalla? – ele suspirou e se inclinou. A filha contraiu os lábios com mais força e apertou mais o dedo dele.

– Não consigo acreditar na força que ela tem. – Ele passou o dedo indicador levemente sobre o pulso da filha. – Macia... oh meu Deus, ela é tão macia...

Nalla abriu os olhos. E quando ele viu a cor dourada exatamente igual a de seus olhos, seu coração parou. Nalla piscou e balançou o dedo dele, e Zsadist foi transformado. Tudo parou enquanto ela se mexia, não apenas a mão dele, mas também seu coração.

– Você é como a sua *mahmen* – ele sussurrou. – Faz tudo sumir para mim...

Nalla continuou apertando o dedo dele e soltou um murmúrio.

– Não acredito na força que ela tem... – ele olhou para Bella. – Ela é tão...

Lágrimas escorriam pelo rosto de Bella, e ela mantinha os braços envolvendo o corpo como se estivesse tentando se controlar.

O coração dele ficou sensibilizado de novo, mas por um motivo diferente.

– Venha aqui, *nalla* – ele disse, estendendo o braço na direção de sua *shellan*, apertando-a contra ele com a mão livre. – Venha aqui com seu macho.

Bella enterrou o rosto no peito dele e segurou sua mão.

Enquanto Z. estava ali, segurando sua companheira e sua filha, sentiu-se um gigante, mais potente que seu Porsche Carrera e mais forte do que um exército.

Seu peito foi tomado de emoção. As duas eram dele. Só dele. E ele tinha de cuidar delas. Uma era seu coração e a outra era uma parte dele, e elas o completavam preenchendo espaços que ele não sabia ter.

Nalla olhou para seus pais e saiu de sua boquinha o som mais adorável, como quem diz: "*puxa, que lindo como as coisas se resolveram*".

A filha, então, esticou o outro braço... e tocou a marca de escravo no pulso de Zsadist.

Z. ficou tenso. Não conseguiu controlar a reação.

– Ela não sabe o que essas marcas são – Bella disse delicadamente.

Ele respirou profundamente.

– Mas vai saber. Um dia, vai saber exatamente o que essas marcas são.

Antes de Z. descer para se encontrar com a doutora Jane, ele passou mais algum tempo com as duas. Pediu comida para Bella, e enquanto ficava pronta, ele observou, pela primeira vez, sua filha ser alimentada. Nalla dormiu logo depois, o que foi ótimo, pois Fritz chegou com a comida. Z. alimentou sua *shellan*, satisfeito por poder escolher as melhores partes do peito do frango, dos bolinhos caseiros e dos brócolis para ela.

Quando o prato ficou limpo e a taça de vinho vazia, limpou os lábios de Bella com um guardanapo enquanto ela fechava os olhos. Apertando-a contra seu corpo, ele a beijou, pegou a bandeja e suas botas, e saiu.

Quando fechou a porta sem barulho, uma onda de contentamento tomou conta dele. Suas fêmeas estavam alimentadas, dormindo em segurança. Ele havia feito seu trabalho direito.

Trabalho? Era melhor dizer missão de vida.

Ele olhou para a porta do quarto e imaginou se, por ser macho, deveria manter um elo com sua filha. Sempre havia escutado dizerem que esse elo só existia com a *shellan*. Mas estava começando a sentir um instinto muito forte de proteção em relação à Nalla. E ainda não tinha nem a segurado no colo. Mais duas semanas para se familiarizar com ela e provavelmente Z. se tornaria uma bomba de destruição em massa se alguma coisa a ameaçasse.

Era isso que significava ser pai? Ele não sabia. Nenhum de seus Irmãos tinha filhos e ele não sabia a quem poderia perguntar.

Caminhando em direção às escadas, atravessou o corredor de estátuas, bota, gesso, bota, gesso, bota, gesso... e olhou para os pulsos enquanto andava.

No andar de baixo, levou os pratos para a cozinha e agradeceu a Fritz, depois entrou no túnel que levava ao centro de treinamento. Se a doutora Jane tivesse desistido de esperar, ele mesmo tiraria o gesso.

Passando através da porta secreta do armário no escritório, escutou o som de uma serra e seguiu até a academia. No caminho, estava ansioso para ver como estava ficando a nova clínica de Jane. As três baias de tratamento, que estavam sendo construídas em um dos corredores, deviam servir como quartos de cirurgia ou leitos para pacientes, e o equipamento seria de última geração. A doutora Jane estava investindo numa ressonância magnética, raios X e tecnologia de ultrassom, juntamente com um sistema de registros médicos eletrônicos e uma série de ferramentas cirúrgicas de alta tecnologia. Com uma sala de emergência em total funcionamento, o objetivo era contornar o uso da Irmandade da clínica de Havers.

O que era mais seguro para todos. O prédio da Irmandade era cercado por *mhis*, graças a V., mas a mesma coisa não podia ser dita a respeito de onde Havers atuava – como havia sido provado quando a clínica foi saqueada no verão.

Levando em consideração que os Irmãos podiam ser seguidos a qualquer momento, era interessante manter tudo que eles precisavam dentro do complexo.

Z. abriu uma das portas de metal da academia e parou. Nossa. A doutora Jane certamente era maluca por reformas.

Na noite anterior, quando Z. havia chegado, tudo estava como sempre esteve. Agora, menos de vinte e quatro horas depois, uma grande abertura havia sido feita na parede de blocos de concreto do outro lado.

A abertura deixava à mostra a sala de audiência que seria transformada, e bem na frente do buraco, a companheira de V. estava cortando uma tábua na máquina de serra. Suas mãos estavam sólidas, mas o resto dela estava fantasmagoricamente transparente.

Quando ela viu Z. parou o que estava fazendo com a tábua e desligou a máquina.

– Ei! – ela chamou quando o som diminuiu. Você está pronto para tirar esse gesso?

– Sim, e pelo visto você tem jeito com a serra.

– Pode apostar que sim. – Ela sorriu e fez um gesto na direção da abertura. – E então, você gostou da minha decoração de interiores?

– Você não brinca em serviço.

– Adoro por a mão na massa, o que posso fazer?

– Já estou pronto para a próxima tábua – V. disse do corredor.

– Já está cortada.

V. saiu usando um cinto de ferramentas com um martelo e diversos pregos. Ao se aproximar de sua fêmea, ele disse:

– Ei, Z., como está a sua perna?

– Vai melhorar quando a doutora Jane tirar este peso morto. – Z. olhou para o outro lado. – Cara, vocês estão trabalhando rápido.

– Sim, acho que vamos terminar as fundações ainda hoje.

A doutora Jane entregou a tábua e lhe deu um beijo rápido, e o rosto dela ficou sólido com o contato.

– Volto já. Vou apenas tirar o gesso dele.

– Não se apresse. – V. assentiu para Zsadist. – Você parece bem. Fico feliz em ver isso.

– Sua fêmea opera milagres.

– Verdade.

– Certo, chega de massagear meu ego, rapazes. – Ela sorriu e beijou seu companheiro de novo.

– Vamos, Z. Vamos fazer isso.

Quando ela se virou, os olhos de V. seguiram seu corpo... o que, sem dúvida, significava que assim que Zsadist estivesse fora dali, eles cuidariam de outra coisa que não era a clínica nova.

Quando a doutora Jane e Z. chegaram à sala de fisioterapia, ele se aproximou da maca e subiu.

– Pensei que você ia usar aquela serra em mim.

– Não. Você já tem uma pessoa na família sem uma perna. Dois seria demais. – Ela sorriu de modo delicado. – Sente dor?

– Não.

Ela pegou uma máquina portátil de raios X.

– Coloque sua perna para cima. Perfeito. Obrigada.

Quando ela se aproximou com uma cortina de chumbo, ele a pegou e colocou em cima de si próprio.

– Posso perguntar uma coisa? – ele quis saber.

– Sim. Mas espere até que eu termine isto. – Ela arrumou o olho da máquina e tirou uma foto, um clique curto ecoando pela sala. Depois de conferir a tela do computador do outro lado, ela pediu:

– Fique de lado, por favor. – Ele rolou e ela moveu sua perna. Depois de um som rápido e uma conferida no monitor, ela disse: – Certo, pode sentar. A perna está ótima, então vou tirar esse gesso maravilhoso que fiz.

Ela entregou um cobertor e virou-se enquanto Z. tirava a calça de couro. Trouxe uma serra de aço e cuidadosamente começou a tirar o gesso.

– E então, qual é a sua pergunta? – ela disse mais alto do que o som da serra.

Z. esfregou a marca de escravo no pulso esquerdo, esticando o braço na direção dela.

– Você acha mesmo que eu poderia tirar isto?

Jane parou com a serra ainda funcionando, sem dúvida pensando numa resposta médica e também pessoal. Enquanto ainda pensava, terminou de retirar o gesso.

– Quer limpar sua perna? – ela perguntou, trazendo um pano úmido.

– Sim, obrigado.

Depois de limpar tudo rapidamente, ela entregou algo com que pudesse se secar.

– Você se importa se eu analisar de perto a pele? – ela perguntou, indicando seus pulsos. Ele permitiu e ela se inclinou para frente.

– A remoção com laser de tatuagens em seres humanos é comum. Não tenho a tecnologia aqui, mas, com sua ajuda, tenho uma ideia de como podemos tentar. E de quem poderia fazer isso por você.

Ele olhou para a faixa preta e pensou na mãozinha de sua filha naquela marca grossa de tinta.

– Acho... é, acho que quero tentar.

Quando Bella acordou e se esticou na cama, sentiu como se tivesse passado um mês de férias.

Seu corpo estava renovado e forte, além de um pouco dolorido nos pontos certos. Apesar do banho que havia tomado antes, o cheiro de Z. continuava em todo seu corpo. Aquilo era simplesmente perfeito.

Ao ver o relógio no criado-mudo ao lado, percebeu que havia passado duas horas ali, por isso ficou em pé, vestiu o roupão e escovou os dentes, pensando em ver Nalla e talvez comer alguma coisa.

Estava caminhando para o berçário quando Z. entrou. Ela sorriu.

– Você tirou o gesso.

– Pois é... agora venha aqui, fêmea. – Ele se aproximou, envolveu-a com seus braços e a curvou para trás, de modo que ela precisou segurar nos braços dele para se manter em pé. Ele a beijou de modo longo e lento, esfregando a parte inferior de seu corpo e sua enorme ereção nas coxas dela.

– Senti saudades – ele disse contra o pescoço dela.

– Você só ficou sem mim por duas horas...

A língua dele dentro de sua boca fez com que ela se calasse, assim como suas mãos, que foram direto para seu traseiro. Ele a levou até um dos parapeitos, recostou-a ali, abriu a calça e...

– Oh... Deus – ela gemeu sorrindo.

Aquele era o macho que ela conhecia e amava. Sempre a desejando. Sempre querendo estar perto.

Quando ele começou a penetrá-la lentamente, ela se lembrou do começo, depois que ele finalmente se abriu por inteiro. Bella se surpreendeu com a maneira como ele queria ficar perto dela, independente de ser durante as refeições ou quando estavam com os Irmãos, ou durante o dia quando dormiam. Era como se ele estivesse compensando ter ficado séculos sem contato próximo.

Bella o abraçou pelo pescoço, levou o rosto até sua orelha e sentiu seus cabelos curtos acariciando o rosto dela enquanto se mexia.

– Eu vou... precisar de sua ajuda – ele disse ao ir para frente e para trás.

– Tudo bem, mas não pare.

– Não... mesmo. – O restante de suas palavras foi abafado enquanto o sexo tomava conta da situação. – Oh, Deus. Bella!

Quando terminaram, seu macho se afastou, com os olhos amarelos brilhando como champanhe.

– A propósito... oi. Eu me esqueci de dizer isso quando entrei.

– Acho que você me cumprimentou muito bem. – Ela beijou os lábios dele.

– Agora, de que ajuda precisa?

– Ah, vamos tomar banho primeiro – ele disse. O brilho em seu olhar dizia a Bella que aquela limpeza iria acabar em mais bagunça.

O que realmente aconteceu.

Quando os dois estavam satisfeitos e ela havia tomado o terceiro banho, enrolou-se em seu roupão e começou a secar os cabelos com a toalha.

– Com o que precisa de ajuda?

Z. se recostou contra o balcão de mármore ao lado das pias, esfregou a palma das mãos na cabeça e fez cara de sério.

Bella parou o que estava fazendo. Quando ele ficou calado, ela se afastou e sentou na banheira para dar a ele um pouco de espaço. Ela esperou, torcendo as mãos no colo.

Por algum motivo, enquanto ele ficava ali pensando, ela percebeu que tinham feito muita coisa naquele banheiro. Tinha sido ali que ela o encontrou vomitando depois de tê-la excitado pela primeira vez naquela festa. E depois, quando ele a resgatou dos *redutores* e deu nela um banho de banheira. E no chuveiro do outro lado, ela havia se alimentado dele pela primeira vez.

Lembrou-se daquele período difícil da vida deles, quando ela tinha sido resgatada e Z. ainda lutava contra seu desejo por ela. Olhando para a direita, também se lembrou de quando o encontrou no piso sob a ducha gelada, esfregando os punhos, acreditando estar sujo e incapaz de alimentá-la.

Ele havia demonstrado muita coragem. Superar o que havia sido feito com ele para confiar nela exigiu muita coragem.

Bella olhou para Z. de novo, e quando percebeu que ele estava olhando para os próprios punhos, disse:

– Você vai tentar removê-las, não é?

Ele esboçou um sorriso com o canto da boca distorcido pela cicatriz do rosto.

– Você me conhece bem demais.

– Como vai fazer isso? – Quando ele terminou de contar, ela concordou. – Plano excelente. E eu vou com você.

Ele olhou em seus olhos.

– Ótimo. Obrigado. Não acho que conseguiria sem você.

Ela ficou em pé e se aproximou.

– Você não vai ter que se preocupar com isso.

Nove

O Dr. Thomas Wolcott Franklin III tinha o segundo melhor consultório no complexo do Hospital St. Francis.

Quando o assunto era construção de qualidade, a ordem de escolha era determinada pelos lucros da pessoa e, como chefe de dermatologia, T.W. ficava atrás apenas do outro chefe de departamento.

É claro, o fato de seu departamento ganhar tanto dinheiro era porque ele era um "vendido", como alguns dos acadêmicos sustentavam. Sob sua liderança, a dermatologia não apenas lidava com lesões, câncer e queimaduras, além de problemas crônicos de pele, eczema e acne, mas havia uma subdivisão inteira que realizava apenas procedimentos cosméticos.

Plástica de rosto. Plástica de olhos. Prótese de seios. Lipoaspiração. Botox. Uma centena de outros procedimentos.

Aquele modelo de atendimento era um serviço particular realizado em ambiente acadêmico, e os clientes ricos adoravam o conceito. A maioria deles vinha de Nova York – a princípio fazendo a viagem para fugir dos consultórios mais conhecidos de Manhattan, mas depois, vieram pelo status. Realizar uma cirurgia em Caldwell era a coisa mais chique, e graças a essa tendência, apenas o chefe de cirurgia, Manny Manello, tinha uma vista melhor em seu consultório.

Bem, o banheiro particular de Manello também tinha mármore no chão, não apenas nos balcões e nas paredes, mas quem é que estava contando?

T.W. gostava da vista. Gostava do consultório. Amava seu trabalho.

O que era bom, pois seus dias começavam às sete da manhã e terminavam às... ele olhou para o relógio... quase sete da noite.

Mas, naquela noite, ele já devia ter ido embora. T.W. jogava squash todas as segundas-feiras à noite, às sete horas no Caldwell Country Club... por isso estava um pouco confuso, sem entender por que havia concordado em atender um paciente naquele momento. De alguma maneira ele havia dito sim, pedindo a sua secretária que encontrasse um substituto para ele nas quadras, mas não conseguia se lembrar porque nem quem era o paciente.

Tirou a agenda do bolso de seu avental branco e balançou a cabeça. Ao lado do horário das sete horas estava o nome *B. Nalla* e as palavras *cirurgia a laser*. Caramba, ele não conseguia se lembrar de como a consulta havia sido marcada ou de quem tinha sido a indicação, mas sabia de que nada entrava naquela agenda sem a permissão dele.

Deveria, então, ser alguém importante. Ou o paciente de alguém importante.

Esse esquecimento deixava claro que ele andava trabalhando demais.

T.W. entrou no sistema de registros médicos e procurou, de novo, pelo nome B. Nalla. A entrada mais parecida era Belinda Nalda. Seria um erro de digitação? Talvez. Mas sua assistente já tinha ido embora, e seria grosseiro ligar para sua casa enquanto estivesse jantando com a família.

Ele ficou em pé, conferiu a gravata, abotoou o avental branco e pegou um trabalho para revisar enquanto esperava no andar de baixo pela chegada de B. Nalla ou Nalda.

Ao sair do piso superior do departamento, com consultórios e salas de tratamento, pensou nas diferenças entre ali em cima e a clínica particular. Era como a noite e dia. Ali, a decoração era séria: tapete comum escuro, paredes cor de creme, muitas portas lisas. Os quadros pendurados tinham moldura de aço fundido, e havia poucas plantas.

No andar de baixo? Parecia um spa com serviços de luxo que os muito ricos gostavam de encontrar: as salas de tratamento tinham TVs de tela plana, DVDs, sofás, cadeiras, frigobares com sucos de frutas raras, alimentos que podiam ser pedidos em restaurantes e internet sem cabo para os laptops. A clínica tinha até um acordo com o Stillwell Hotel, de Caldwell, de modo que os pacientes podiam descansar durante a noite depois de receberem tratamento.

Exagero? Sim. E havia uma cobrança a mais por isso? Com certeza. Mas a realidade era que os reembolsos do governo federal não estavam ocorrendo, as seguradoras estavam negando procedimentos médicos necessários a torto e a direito, e T.W. precisava de fundos para cumprir sua missão.

Paparicar os ricos era a maneira de fazer isso.

A questão é que T.W. tinha duas regras para seus médicos e enfermeiras. Uma delas era oferecer o melhor serviço do planeta com compaixão. E a segunda, era nunca recusar um paciente. Nunca. Principalmente as vítimas de queimaduras.

Por mais caro ou demorado que um tratamento de queimadura fosse, ele nunca dizia não. Principalmente se fossem crianças.

E se ele fosse visto como um médico vendido para as demandas comerciais? Tudo bem. Sem problemas. Ele não se importava muito com isso, e se seus colegas em outras cidades quisessem vê-lo como um mercenário, ele aceitaria.

Quando chegou aos elevadores, apertou o botão com a mão esquerda, aquela que tinha cicatrizes, aquela que não tinha o dedo mínimo e tinha a pele enrugada, e apertou o botão para descer.

Faria o que precisasse fazer para garantir que as pessoas conseguissem o que precisavam. Alguém fez isso por ele, fazendo toda a diferença em sua vida.

No primeiro andar, ele virou à direita e caminhou por um corredor até chegar a uma entrada com portas de mogno da clínica de cirurgia plástica. Com letras discretas no vidro estavam o nome dele e os nomes de sete de seus colegas. Não havia qualquer menção a respeito de qual tipo de medicina era praticada ali dentro.

Os pacientes diziam a ele que adoravam a atmosfera exclusiva e discreta da clínica.

Usando um cartão de acesso, ele entrou. A recepção estava escura, e não porque a luz havia sido apagada depois do expediente. As luzes fortes não eram boas para pessoas de uma determinada idade no pré ou pós-operatório e, além disso, a atmosfera calma e tranquilizante fazia parte do ambiente de spa que eles estavam tentando criar. O chão tinha lajotas de arenito, as paredes eram pintadas de vermelho-escuro e uma fonte formada por pedras cor de creme, brancas e marrons brilhava no centro do espaço.

– Márcia? – ele chamou, pronunciado o nome com um sotaque europeu.

– Olá, Dr. Franklin – uma voz suave foi ouvida na parte de trás, onde ficava o escritório.

Quando Márcia apareceu, T.W. colocou a mão esquerda dentro do bolso. Como sempre, ela desviou o olhar de sua revista Vogue, com os cabelos pretos num coque e o terninho preto.

– Seu paciente ainda não está aqui – ela disse com um sorriso sereno. – Mas montei a segunda baia de laser para você.

Márcia era uma mulher de quarenta anos, de aparência perfeita, que era casada com um dos cirurgiões plásticos e era, até onde T.W. sabia, a única mulher no planeta, além de Ava Gardner, que podia usar batom vermelho-sangue e ainda ficar bonita. Seu guarda-roupa era todo formado por peças da Chanel, e ela havia sido contratada e recebia um bom salário para ser uma propaganda do ótimo trabalho realizado pela clínica.

E o fato de ela ter um sotaque francês era uma vantagem a mais. Especialmente entre os novos ricos.

– Obrigado – T.W. disse. – Espero que o paciente chegue aqui logo e você possa ir.

–Não precisa de uma assistente?

Aquela era outra qualidade de Márcia: ela não servia apenas de enfeite; era uma enfermeira de vastos conhecimentos que gostava de ajudar.

– Agradeço, mas simplesmente mande o paciente até a sala e cuidarei de tudo.

– Até mesmo do registro?

Ele sorriu.

– Aposto que você quer ir para casa para se encontrar com Phillippe.

– Ah, *oui*. É nosso aniversário de casamento.

Ele piscou para ela.

– Ouvi algo sobre isso.

Ela corou um pouco, o que era muito charmoso de sua parte. Podia ser elegante, mas também tinha os pés no chão.

– Meu marido disse que devo encontrá-lo na porta de entrada. Diz que tem uma surpresa para a sua esposa.

– Eu sei o que é. Você vai adorar. – E que mulher não gostaria de ganhar um par de brincos Harry Winston?

Márcia levou a mão à boca, escondendo o sorriso e seu rosto corado.

– Ele é bom demais comigo.

T.W. sentiu uma pontada de culpa, e se perguntou quando tinha sido a última vez que havia comprado algo fútil e bonito para sua esposa. Tinha sido... bem, ele havia dado um Volvo a ela no ano passado. Certo.

– Você merece – ele disse, pensando em quantas noites sua esposa comia sozinha. – Vá para casa comemorar, por favor.

– Eu vou, doutor. *Merci mille fois*. – Márcia se inclinou e foi até a mesa de atendimento – que não era nada além da antiga mesa com um telefone escondido dentro de uma gaveta lateral e um laptop que era acessado com a abertura de um painel de mogno. – Vou apenas sair do sistema e esperar para receber seu paciente.

– Ok, boa noite.

Quando T.W. se virou e a deixou, ele tirou a mão do bolso. Sempre a escondia dela, como um resquício de seu trauma de adolescência. Ele era bem casado e nem sentia atração por Márcia, por isso aquilo não devia importar nem um pouco. Mas as cicatrizes também deixaram feridas por dentro, e assim como a pele que não se cura bem, ainda era comum sentir as partes ásperas de vez em quando.

Os três lasers da clínica eram usados para tratar varizes finas, marcas escuras de nascença e imperfeições da pele, além de oferecer tratamentos para levantamento da pele da face e a remoção de pontos de quimioterapia em pacientes de câncer que receberam radiação.

B. Nalla talvez precisasse de uma daquelas coisas – mas se fosse adivinhar, diria se tratar de plástica para o rosto com fins cosméticos. Tudo simplesmente parecia se encaixar: uma consulta depois do expediente, na clínica do andar de baixo, com um nome misterioso.

Sem dúvida um homem muito rico, com uma grande necessidade de manter o anonimato.

Ainda assim, era preciso respeitar a galinha dos ovos de ouro.

Entrando no segundo quarto, que ele preferia, sentou atrás da mesa de mogno e ligou o computador vendo os nomes dos pacientes que viriam de manhã, e depois se concentrou nos relatórios de seus amigos dermatologistas que havia levado consigo.

Conforme os minutos se passavam, ele começou a se irritar com aquelas pessoas ricas, suas exigências e a ideia que tinham de que eram pessoas importantes no mundo. Sim, algumas delas eram boas, e todas ajudavam a manter seus esforços, mas, caramba, às vezes ele sentia vontade de arrancar aquela pose.

Uma mulher alta apareceu na porta da sala de exames, e ele ficou paralisado. Ela vestia roupas simples, apenas uma camisa branca de botões com uma calça justa jeans, mas estava calçando sapatos de salto Louboutin e uma bolsa Prada a tiracolo.

Ela era exatamente o tipo de cliente exclusiva, e não apenas por que seus acessórios valiam uns três mil dólares. Ela era... indescritivelmente bela, com cabelos castanhos escuros e olhos verdes, e um rosto que servia de modelo para todas as mulheres que procuravam cirurgia plástica.

T.W. levantou-se lentamente e colocou a mão esquerda dentro do bolso.

– Belinda? Belinda Nalla?

Diferente de muitas mulheres de sua classe, que claramente era estratosférica, ela não entrou desfilando como se fosse a dona do mundo. Apenas deu um passo além da porta.

– Na verdade, sou Bella. – Aquela voz o deixou embasbacado. Profunda, rouca, mas gentil.

– Eu, ah... – T.W. pigarreou. – Sou o Dr. Franklin.

Ele estendeu a mão boa e ela a apertou. Ao trocarem o aperto de mãos, ele percebeu que estava olhando fixamente para ela, não de modo profissional, mas não conseguiu se conter. T.W. já havia visto muitas mulheres bonitas, mas nada como ela. Era quase como se ela fosse de outro planeta.

– Por favor... por favor, entre e sente-se. – Ele apontou para a poltrona encapada com um tecido sedoso ao lado da mesa. – Deixe-me ver seu histórico e...

– Não serei a paciente. Meu *hell*... meu marido é o paciente. – Ela respirou profundamente e olhou para trás. – Querido?

T.W. deu um passo para trás e bateu na parede com tanta força que o quadro ao lado pulou. A primeira coisa em que pensou ao ver quem entrou foi que talvez devesse se aproximar do telefone para chamar os seguranças.

O homem tinha o rosto cheio de cicatrizes e olhos negros como os de um assassino, e quando entrou, tomou a sala toda: era grande e largo o suficiente para ser classificado como um pugilista peso-pesado, ou talvez dois juntos. Mas ao olhar para seus olhos era possível ver que aquele era o menor de seus problemas. Ele parecia morto por dentro. Totalmente sem emoção. O que fazia dele capaz de tudo.

E T.W. podia jurar que a temperatura da sala diminuiu quando o homem se colocou ao lado de sua esposa.

A mulher falou de modo calmo e tranquilo:

– Viemos aqui para ver se as tatuagens dele podem ser removidas.

T.W. engoliu em seco e se forçou para se controlar. Certo, talvez aquele homem fosse apenas um típico roqueiro punk-rock. O gosto de T.W. era mais voltado para o jazz, por isso não reconheceria aquele cara de calça de couro, blusa de gola alta e brincos nas orelhas, mas aquilo explicava muita coisa.

Incluindo o fato de sua esposa ser linda como uma modelo. Músicos possuem lindas mulheres, não é?

Sim... mas o único problema com aquela teoria era o olhar intenso. Aquilo não era uma expressão fabricada por um produtor musical. Havia uma violência real ali.

– Doutor? – a mulher perguntou. – Há algum problema?

Ele engoliu em seco de novo, arrependendo-se de ter pedido a Márcia para ir embora. Ou talvez fosse mais seguro que não houvesse nenhuma mulher nem criança ali.

– Doutor?

Ele não parava de olhar para o cara... que não fazia qualquer movimento que não fosse a respiração.

Bem, se o cara quisesse, ele já poderia ter acabado com aquele lugar uma dúzia de vezes. Em vez disso, ficou apenas parado, em silêncio.

E parado. E mais silêncio.

Por fim, T.W. limpou a garganta e decidiu que se algum problema fosse acontecer, já teria acontecido.

– Não, problema nenhum. Vou me sentar.

Ele sentou na cadeira e inclinou para o lado, abrindo uma porta do frigobar que tinha uma grande variedade de bebidas.

– Posso oferecer alguma coisa para beber?

Os dois disseram não. Ele abriu uma garrafa de água Perrier com limão e engoliu metade dela como se fosse uma dose de uísque.

– Certo. Terei de fazer o histórico médico.

A esposa logo se sentou, o marido ficou ao lado dela, os olhos fixos em T.W. Mas era estranho. Eles estavam de mãos dadas e o doutor teve a impressão de que a esposa era a porta-voz do marido, de certa maneira.

Lembrando-se de sua rotina, pegou a caneta Waterman e fez as perguntas de sempre.

A mulher respondeu: não tinha nenhuma alergia conhecida. Não havia passado por nenhum procedimento cirúrgico. Não tinha problemas de saúde.

– Ah, onde estão as tatuagens? – *Por favor, Deus, permita que elas não sejam da cintura para baixo.*

– Nos pulsos e no pescoço. – Ela olhou para o marido, com os olhos brilhando. – Mostre a ele, querido.

O homem ergueu uma das mangas. T.W. franziu a testa, com a curiosidade de médico falando mais alto. A faixa preta era muito grossa, e apesar de não ser um especialista em tatuagem, podia dizer com segurança que nunca havia visto cor tão forte antes.

– É muito escura – ele disse, inclinando-se. Algo dizia a ele para não tocar o homem a menos que fosse absolutamente necessário. – São muito, muito escuras.

Eram parecidas com algemas, ele pensou.

T.W. se recostou na cadeira.

– Não sei se ele é um bom candidato à remoção a laser. A tinta parece tão grossa que no mínimo exigirá diversas sessões para que seja feita uma pequena diferença na pigmentação.

– Mas pode tentar? Por favor?

T.W. ficou surpreso. *Por favor* não constava no vocabulário da maioria dos pacientes atendidos no andar de baixo. E seu tom de voz era igualmente diferente das pessoas dali, com um desespero velado mais próximo das famílias de pacientes tratados no andar de cima. Aqueles com problemas graves que afetavam suas vidas, não apenas os pés de galinha e linhas de expressão.

– Posso tentar – ele disse, bem ciente de que se ela usasse aquele tom de voz com ele de novo, conseguiria qualquer coisa que quisesse.

Ele olhou para o marido.

– Pode tirar sua camisa e sentar-se na maca?

A esposa apertou a mão grande do marido.

– Está tudo bem.

O marido virou o rosto angular para ela, e parecia obter força de seus olhos. Depois de um instante, foi para a mesa, tirou a blusa de gola alta e sentou-se.

T.W. saiu da cadeira e caminhou.

Ficou assustado. As costas do homem eram cobertas por cicatrizes que pareciam ter sido feitas por chicotes.

Em toda sua carreira médica nunca tinha visto nada parecido com aquilo.. E sabia que devia ser resultado de algum tipo de tortura.

– Minhas tatuagens, doutor – o marido disse num tom irritado. – O senhor devia estar olhando para as minhas tatuagens.

T.W. hesitou, e o marido balançou a cabeça.

– Isso não vai funcionar.

A esposa correu.

– Não, vai funcionar sim. Vai...

– Vamos procurar outra pessoa.

T.W. caminhou para ficar de frente para o homem, bloqueando a entrada para a porta. E então tirou a mão esquerda do bolso. Aquele olhar intenso recaiu sobre a mão de pele enrugada e sem o mindinho.

O paciente olhou para cima, surpreso; apertou os olhos como se tentasse adivinhar até onde a queimadura havia chegado.

– Pelos meus ombros e nas minhas costas – T.W. disse. – Incêndio na minha casa quando eu tinha dez anos. Fiquei preso no quarto. Fiquei consciente enquanto queimava. O tempo todo. Passei oito semanas no hospital depois disso. Passei por dezessete cirurgias.

Fez-se um breve silêncio, como se o marido estivesse pensando naquilo: estando consciente, ele devia ter sentido o cheiro da carne queimando e cada instante de dor. E o período no hospital... as cirurgias...

De repente, o homem ficou mais tranquilo, com a tensão saindo de seu corpo.

T.W. já tinha visto aquilo acontecer muitas vezes com seus pacientes vítimas de queimaduras. Quando o médico sabe como é estar na sua situação, não por ter aprendido na faculdade, mas porque viveu na própria pele, o paciente sente-se mais à vontade. Médico e paciente eram membros do mesmo clube.

– E então? Pode fazer alguma coisa em relação a isso, doutor? – O homem perguntou, apoiando os braços nas pernas.

– Posso tocá-lo?

O homem entreabriu os lábios, como se estivesse dando a T.W. uma boa avaliação.

– Sim.

T.W. usou as duas mãos para dar bastante tempo ao paciente para ver as cicatrizes do médico e relaxar ainda mais.

Quando terminou, deu um passo para trás.

– Bem, não sei ao certo como isso vai acontecer, mas vamos tentar... – T.W. olhou para cima e parou. As íris do homem estavam amarelas agora. Não estavam mais pretas.

– Não se preocupe com meus olhos, doutor.

De repente, a ideia de que tudo estava bem inundou sua mente. Certo. Sem problemas.

– Onde parei? Ah, sim, vamos tentar com laser. – Ele se virou para a esposa. – Talvez você queira puxar uma cadeira e segurar a mão ele? Acredito que vai se sentir melhor assim. Vou começar com um pulso e veremos como as coisas acontecem.

– Preciso me deitar? – o paciente perguntou. – Porque não acho... é, não quero fazer isso.

– Não. Pode ficar sentado, mesmo quando eu for ver o pescoço, e nessa parte vou te dar um espelho para você poder me observar. O tempo todo direi exatamente o que estou fazendo, o que você pode sentir e podemos parar quando preciso. É só dizer e pronto. É o seu corpo. Você está no controle. Certo?

Fez-se um momento de silêncio quando os dois olharam para ele. E então a esposa disse, num tom comovido:

– O senhor, Dr. Franklin, é ótimo.

O paciente tinha muita tolerância à dor, T.W. pensou enquanto acionava o laser mais uma vez na pele pintada daquele pulso grosso. Enorme tolerância à dor. Cada acionamento era como ser acertado com um elástico, o que não seria nada muito doloroso se fosse feito apenas uma ou duas vezes. Mas depois de alguns minutos daquilo, a maioria dos pacientes precisava descansar. Mas e aquele homem?

Não fazia nenhuma careta, nenhuma mesmo. Então T.W. continuou e continuou...

É claro que, a julgar pelos mamilos com argolas, seus brincos e todas as cicatrizes, obviamente ele conhecia bem a dor, fosse por escolha ou não.

Infelizmente, suas tatuagens eram extremamente resistentes ao laser.

T.W. suspirou e balançou a mão direita, que estava ficando cansada.

– Tudo bem, doutor – o paciente disse delicadamente. – Fez o melhor que pôde.

– Não consigo entender. – Ele tirou a proteção dos olhos e olhou para a máquina. Por um momento, se perguntou se a máquina estava funcionando bem. Mas ele tinha visto o laser. – Não há qualquer mudança na coloração.

– Doutor, tudo bem. – O paciente tirou os óculos de proteção e sorriu levemente. – Agradeço por levar isto a sério.

– Caramba – T.W. disse ao olhar para a tinta.

De repente, as palavras saíram de sua boca, apesar de serem pouco profissionais:

– Você não fez isso porque quis, certo?

A mulher se remexeu como se estivesse preocupada com a resposta. Mas o marido apenas balançou a cabeça.

– Não, doutor, elas não foram feitas porque eu quis.

– Caramba. – Ele cruzou os braços e repassou seu conhecimento enciclopédico a respeito da pele humana. – Não consigo entender por que... e estou tentando pensar em outras opções. Não acho que a remoção química seria mais eficaz. O laser já fez tudo que podia ser feito.

O marido passou os dedos elegantes de modo curioso sobre o punho.

– Podemos cortá-las fora?

A esposa balançou a cabeça.

– Não acho que é uma boa ideia.

– Ela tem razão – T.W. murmurou inclinando-se para frente. – Você tem ótima elasticidade, mas como tem menos de trinta anos, é o esperado. Quero dizer, isso teria que ser feito em faixas, com a pele sendo costurada. Você ficaria com cicatrizes. E eu não recomendaria ao redor do pescoço. Seria muito arriscado com as artérias.

– E se as cicatrizes não fossem um problema?

Ele não queria entrar naquela questão. As cicatrizes obviamente eram um problema, pensando nas marcas das costas.

– Eu não recomendaria.

Fez-se longo silêncio enquanto ele continuava a pensar em soluções e os visitantes esperavam. Quando chegou ao fim das opções, apenas olhou para os dois. A bela esposa estava sentada ao lado do marido de aparência assustadora, uma mão em seu braço livre, a outra em suas costas mutiladas, acariciando-as.

Estava óbvio que as cicatrizes não afetavam seu valor para ela. Seu marido era completo e belo para ela, apesar da condição de sua pele.

T.W. pensou em sua esposa. Que era exatamente assim.

– Está sem ideias, doutor? – o marido perguntou.

– Sinto muito. – Ele olhou ao redor, detestando sua condição de inútil. Como médico, tinha treinamento para fazer alguma coisa. Como um ser humano com compaixão, *precisava* fazer alguma coisa. – Sinto muito, muito mesmo.

O marido sorriu discretamente de novo.

– O senhor trata muitas pessoas com queimaduras, não é?

– É minha especialidade. Em crianças, principalmente. Sabem, por causa do...

– Sim, eu sei. Aposto que o senhor é bom com elas.

– Como poderia não ser?

O paciente se inclinou para frente e colocou a mão grande no ombro de T.W.

– Vamos embora agora, doutor. Mas minha *shellan* vai deixar o pagamento na mesa ali.

T.W. olhou para a esposa, que preenchia um cheque. Ele balançou a cabeça.

– Não é preciso. Não fui de muita ajuda.

– Não, usamos seu tempo. Vamos pagar.

T.W. resmungou para si mesmo algumas vezes. E então disse:

– Ah, droga.

– Doutor? Olhe para mim.

T.W. olhou para o cara. Caramba, aquele olhar amarelo era hipnótico.

– Uau. Você tem olhos incríveis.

O paciente sorriu ainda mais, mostrando dentes que não eram... normais.

– Obrigado, doutor. Agora, ouça. O senhor provavelmente vai sonhar com isto, e quero que se lembre que saí daqui bem, ok?

T.W. franziu a testa.

– Por que eu sonharia...

– Apenas lembre-se, eu me sinto bem com o que aconteceu. Conhecendo o senhor, isso é o que mais vai perturbá-lo.

– Ainda não consigo entender por que eu...

T.W. piscou e olhou ao redor, na sala. Estava sentado no banquinho giratório que usava quando tratava os pacientes e havia uma cadeira encostada na maca. Ele segurava os óculos de proteção, mas não havia ninguém na sala além dele.

Estranho. Poderia jurar que estava conversando com o mais incrível...

Quando sentiu uma dor de cabeça, esfregou as têmporas e sentiu-se extremamente exausto. Exausto e estranhamente triste, como se tivesse falhado em algo importante.

E também sentia-se preocupado. Preocupado com um...

A dor de cabeça ficou pior, e com um gemido ele ficou em pé e se aproximou da mesa. Havia um envelope nela, um envelope cor de creme com letra cursiva, no qual se lia: *Em gratidão ao doutor T.W. Franklin, para ser entregue pelo bom trabalho realizado.*

Ele virou o envelope, abriu e tirou de dentro um cheque.

Ficou espantado.

Cem mil dólares. Em benefício do departamento de dermatologia do Hospital St. Francis.

O nome do doador era Fritz Perlmutter e o local do endereço estava vazio. Havia apenas uma notação discreta: Cliente do Grupo Privado do Banco Nacional de Caldwell.

Cem mil dólares.

A imagem de um marido com cicatrizes e uma bela esposa surgiu em sua mente, e depois acabou arruinada por uma dor de cabeça.

T.W. pegou o cheque e o colocou dentro do bolso da camisa, desligou a máquina de laser e o computador e se dirigiu à saída da clínica, apagando as luzes no caminho.

Enquanto ia para casa, pensou em sua esposa e na maneira como ela reagiu logo após o incêndio, décadas atrás. Ela tinha onze anos e foi visitá-lo com seus pais. Ele ficou totalmente aterrorizado quando ela atravessou a porta, porque já nutria uma paixão platônica por ela naqueles tempos, e lá estava ele, preso a uma cama de hospital, com um lado do corpo coberto com faixas.

Ela sorriu, segurou sua mão e disse que independente de como estava seu braço, ainda assim queria ser sua amiga.

Disse aquilo com sinceridade. E então provou, muitas e muitas vezes.

E começou a gostar dele mais do que como amigo.

Às vezes, ele pensou, o fato de a pessoa mais importante para você não se importar com sua aparência é a melhor cura que existe.

Enquanto dirigia, passou por uma joalheria que estava fechada. Já era noite, também passou por uma floricultura e por uma loja de antiguidades nas quais sabia que sua esposa gostava de entrar.

Ela havia dado a ele três filhos. Quase vinte anos de casamento. E espaço para que pudesse prosseguir com sua carreira.

Ele a havia deixado sozinha muitas noites. Jantando apenas com os filhos. Férias limitadas a um ou dois dias em conferências de dermatologia.

E um Volvo.

T.W. levou vinte minutos para encontrar um mercado que ficasse aberto a noite toda. Entrou correndo, ainda que não precisasse se preocupar com o horário de fechamento.

A seção de flores ficava à esquerda das portas automáticas. Ao ver as rosas, crisântemos e lírios, pensou em dar a ré com seu Lexus e encher o porta-malas de buquês. E o banco traseiro também.

Mas, por fim, escolheu apenas uma flor, e a segurou cuidadosamente entre o polegar e o indicador até chegar em casa.

Estacionou na garagem, mas não entrou pela cozinha. Em vez disso, foi para a porta da frente e tocou a campainha.

O rosto adorável e conhecido da esposa apareceu espiando pela janela comprida e fina que emoldurava a entrada da casa colonial. Ela parecia confusa ao abrir a porta.

– Você esqueceu...

T.W. mostrou a flor que segurava com a mão queimada.

Era uma linda margarida. Do mesmo tipo que ela comprava para ele uma vez por semana enquanto estava no hospital. Por dois meses seguidos.

– Eu não agradeço o suficiente – T.W. disse. – Nem digo que a amo o suficiente. Nem digo que acho que você continua tão linda quanto era quando nos casamos.

A mão da esposa tremeu ao pegar a flor.

–Você está bem?

– Deus... o fato de você ter de perguntar isso só porque eu trouxe uma flor... – Ele balançou a cabeça e a aconchegou nos braços, apertando-a contra si. – Sinto muito.

A filha adolescente passou por eles e rolou os olhos antes de seguir para a escada.

– Ei, vocês dois, arrumem um quarto.

T.W. afastou-se e acariciou o cabelo loiro da esposa.

– Acho que deveríamos seguir o conselho dela, o que acha? E a propósito: vamos viajar no nosso aniversário de casamento. E não vai ser para uma conferência.

A esposa sorriu.

– O que deu em você?

– Eu vi um paciente e sua esposa esta noite... – Ele fez uma careta e esfregou as têmporas. – O que estou dizendo?

– O que acha de jantarmos? – a esposa perguntou, posicionando-se ao lado dele. – E então podemos ir para o quarto.

T.W. se inclinou para a mulher ao fechar a porta. Enquanto eles iam para a cozinha, ele a beijou.

– Isso me parece totalmente perfeito.

Dez

De volta à mansão da Irmandade, Z. ficou em pé diante das janelas do quarto que ocupava com Bella e olhou para o terraço e os jardins dos fundos. Seu punho queimava nas partes nas quais o laser havia sido aplicado, mas a dor não era forte.

– Isso tudo não me surpreende – ele disse. – Bem, além do fato de eu ter gostado do médico.

Bella apareceu atrás dele e o abraçou pela cintura.

– Ele foi bacana, não foi?

Ali, juntos, eles não sabiam o que fazer ou falar. Infelizmente, ele não sabia o que responder. Esperava que as tatuagens pudessem ser removidas, como se isso pudesse, de alguma maneira, melhorar as coisas.

Apesar de ainda haver cicatrizes em seu rosto.

Do quarto, Nalla gemeu e então soluçou. Chorou em seguida.

– Eu acabei de alimentá-la e de trocá-la – Bella disse, afastando-se. – Não sei por que ela está...

– Vou vê-la – ele disse de modo firme. – Vou ver se posso...

Bella ergueu as sobrancelhas, e então concordou:

– Certo, vou ficar aqui.

– Não vou derrubá-la, eu prometo.

– Sei que não vai. Mas tenha certeza de dar suporte à cabeça dela.

– Certo. Entendi.

Z. se sentiu desarmado num campo de *redutores* quando entrou no quarto.

Como se percebesse a presença dele, Nalla gemeu.

– É o seu pai. Papai. Papa. – Como ela o chamaria?

Ele se aproximou e olhou para a filha. Ela vestia um macacão do Red Sox, sem dúvida um presente dado por V. ou Butch, e ela tremia o lábio inferior.

– Por que está chorando, pequena? – ele perguntou com delicadeza.

Quando ela ergueu os bracinhos para ele, Z. olhou para a porta. Bella não estava ali, e ele se sentiu aliviado. Não queria que ninguém visse como era desengonçado ao se debruçar no berço e...

Nalla coube perfeitamente em suas mãos, aninhando-se confortavelmente em seus braços. Ao se endireitar e trazê-la para cima, ela estava surpreendentemente firme, com o corpo quente.

Ela segurou na gola da blusa e o puxou, exigindo a proximidade... e foi fácil obedecê-la. Ao segurá-la contra seu peito, ela se aconchegou imediatamente, virando-se para seu corpo.

Tê-la em seus braços parecia muito natural. Assim como ir para a cadeira de balanço, sentar e usar um dos pés para balançar para frente e para trás.

Olhando para seus cílios e para seu rostinho gordo, e sentindo o puxar em sua gola, ele percebeu quanto ela precisava dele – e não apenas para protegê-la. Ela precisava dele para amá-la também.

– Parece que vocês estão se entendendo – Bella disse baixinho da porta.

Ele olhou para cima:

– Ela parece gostar de mim.

– E como não gostaria?

Olhando para a filha, ele disse depois de um momento:

– Teria sido ótimo retirar as tatuagens. Mas ela continuaria perguntando a respeito do meu rosto.

– Ela vai amar você da mesma maneira. Já ama.

Ele correu o dedo indicador sobre o braço de Nalla, acariciando-a enquanto ela se aconchegava ainda mais no peito dele, batendo a mãozinha sobre sua mão livre.

De repente, ele disse:

– Você não conversou muito comigo a respeito do seu sequestro.

– Eu... ah, não queria te chatear.

– Você guarda mais coisas dentro de você?

– Não.

– Tem certeza?

– Zsadist, se faço isso, é por que...

– Não serei um macho de valor se não puder estar por perto quando você precisar de mim.

– Você está sempre perto de mim. E conversamos um pouco sobre isso.

– Um pouco.

Deus, ele se sentia mal por tudo que ela teve que fazer sozinha por causa de sua cabeça problemática.

E ainda assim sua voz soou forte e firme quando ela disse:

– Em relação ao sequestro, não quero que você saiba de todos os detalhes a respeito do que aconteceu. Não porque não pode lidar com isso, mas porque não quero dar àquele desgraçado mais influência em minha vida do que ele já teve. – Ela balançou a cabeça. – Não vou dar a ele o poder de chateá-lo se puder evitar isso. Não vai acontecer, e eu faria isso mesmo se você não tivesse um trauma.

Z. murmurou para mostrar que entendia o que havia dito, mas não concordava com ela. Queria dar tudo que precisava. Ela não merecia menos do que isso. E seu passado havia causado impacto neles. Ainda causava. E a maneira com que ele havia lidado com Nalla tinha sido...

– Posso dizer algo em segredo? – ela perguntou.

– É claro que sim.

– Mary quer um bebê.

Z. levantou os olhos, surpreso:

– É mesmo? Que ótimo.

– Biológico.

– Oh.

– Sim. Ela não pode ter um filho próprio, por isso Rhage teria de se deitar com uma Escolhida.

Z. balançou a cabeça.

– Ele nunca faria isso. Não ficaria com mais ninguém além de Mary.

– É o que ela diz. Mas se ele não ficar, ela não poderá segurar um pedaço dele em seus braços.

Sim, porque a inseminação artificial não funciona em vampiros.

– Droga.

– Ela ainda não falou para Rhage a respeito disso porque está tentando entender seus sentimentos antes de qualquer coisa. Então ela conversa comigo para poupá-lo dessa montanha-russa de emoções. Em alguns dias, ela sente tanta vontade de ter um filho que acredita poder lidar com isso. Em outros dias, simplesmente não consegue tolerar a ideia de jeito nenhum e pensa em adoção. A questão é que não dá para discutir tudo com o parceiro. E não se deve fazer isso. Você me deu suporte depois do sequestro. E me dá suporte hoje. Nunca questionei isso. Mas não quer dizer que preciso arrastar você para as coisas ruins. A cura é algo que acontece aos poucos e de várias maneiras.

Ele tentou imaginar a si mesmo dizendo à Bella todos os detalhes dos abusos aos quais foi submetido... Não, de jeito nenhum desejaria que ela sofresse por causa do pesadelo pelo qual tinha passado.

– Você conversou com alguém? – ele perguntou.

– Sim, no Havers. E conversei com Mary. – Fez-se uma pausa. – E eu voltei para o local do cativeiro.

Os olhos dele se abriram, concentrando-se nos dela.

– Você fez isso?

Ela assentiu.

– Precisei fazer.

– Você não me contou. – Caramba, ela tinha voltado? Sem ele?

– Eu precisava ir. Por mim. E precisava ir sozinha e não queria discutir. Tomei o cuidado de avisar a Wrath quando fui e informei sobre a minha volta assim que cheguei.

– Caramba... eu queria ter sabido. Isso faz com que eu me sinta um *hellren* fracassado.

– Você não é nada disso. Principalmente agora que está segurando sua filha desse jeito.

Fez-se um longo silêncio.

– Olha – ela disse. – Se ajudar, nunca tive a sensação de que não podia contar alguma coisa a você. Nunca duvidei que você fosse homem o suficiente para me ajudar. Mas o fato de sermos companheiros não quer dizer que eu não tenha personalidade.

– Eu sei... – Ele pensou por um minuto. – Eu não desejaria voltar para onde eu... para aquele castelo. Se não fosse o fato de outro macho ter sido preso naquela cela eu nunca teria voltado.

E ele não poderia voltar naquele momento. O local onde foi mantido preso foi vendido para seres humanos e acabou como propriedade do Fundo Nacional da Inglaterra.

– Você se sentiu melhor? – ele perguntou abruptamente. – Depois de ver o local onde ficou?

– Sim, porque Vishous havia queimado o local. O fechamento daquele ciclo se tornou mais completo assim.

Z. acariciou a barriguinha redonda de Nalla distraidamente enquanto olhava para sua *shellan*.

– Queria saber por que não conversamos antes sobre isso.

Bella sorriu e fez um movimento de cabeça na direção da bebê.

– Temos algo mais importante com que nos preocupar.

– Posso ser honesto? A teimosia que existe dentro de mim precisa acreditar que se você quisesse que eu fosse com você para aquele lugar, saberia que eu teria aceitado sem hesitar nem por um segundo, ficando do seu lado.

– Eu sei muito bem disso. Mas mesmo assim eu queria ir sozinha. Não consigo explicar. Era algo que eu precisava fazer. Uma coisa relacionada à coragem.

Nalla olhou na direção da mãe e esticou o bracinho, o gesto acompanhado por um balbuciar exigente.

– Acho que ela quer uma coisa que só você pode dar. – Z. disse sorrindo ao se levantar da cadeira de balanço.

Ele e Bella se encontraram no meio do quarto. Enquanto faziam a troca, ele beijou sua *shellan* e prolongou o contato por um tempo, e os dois ficaram ali, segurando a menina.

– Vou sair, ok? – ele perguntou. – Não vou demorar.

– Tome cuidado.

– Prometo que vou tomar. Preciso cuidar de minhas meninas.

Zsadist se armou e desmaterializou para a parte oeste da cidade, para uma área de mata na zona rural.

A clareira ficava a cento e cinquenta metros dali, ao lado do rio, mas em vez de ver uma parte sem vegetação entre os pinheiros, ele viu uma construção de um quarto só com fachada de madeira e teto de latão.

O que estava em sua mente ficou claro como as árvores ao redor e as estrelas no céu noturno: a construção havia sido feita pela Sociedade Redutora, rapidamente e com a intenção de ser temporário.

Mas o que havia dentro era permanente.

Ele se aproximou da clareira, com os galhos no chão quebrando sob suas botas, fazendo com que se lembrasse de uma lareira tranquila crepitando.

Seus pensamentos, no entanto, não eram calmos e tranquilos.

Entrando pela porta, era possível ver um chuveiro e uma lata de tinta com um assento de vaso sanitário sobre ela. Durante seis semanas Bella havia se lavado naquele cubículo, e ele sabia que ela não havia ficado sozinha. Aquele *redutor* desgraçado a observava. Provavelmente havia ajudado.

Droga, só de pensar naquilo acontecendo sentia vontade de ir atrás do cara de novo, mas Bella havia cuidado da morte do assassino, não é? Foi ela quem deu o tiro na cabeça dele enquanto o desgraçado ficou paralisado na sua frente, preso pelo amor doentio que mantinha por ela.

Tremendo, Z. imaginou que estava de novo na sala principal do local. À esquerda, havia uma parede com prateleiras repletas de ferramentas de tortura organizadas e penduradas por ganchos. Pregos, facas, serrotes... Ele se lembrava de como eram brilhantes.

Havia também um armário à prova de fogo, do qual ele havia arrancado as portas.

E uma mesa de autópsia com sangue fresco que ele havia deixado de lado como lixo.

Z. conseguia se lembrar perfeitamente de ter entrado ali. Estava procurando por Bella havia semanas desde que o *redutor* havia invadido a casa dela e a levado. Todos pensaram que estava morta, ele, porém, havia se recusado a acreditar naquilo.

Havia se torturado pela necessidade de libertá-la. Uma necessidade que ele não compreendia, mas que não conseguia esquecer.

O fim daquela dúvida ocorreu quando um vampiro escapou daquele "centro de persuasão", como a Sociedade Redutora o chamava, se desmaterializando para longe da clareira na floresta. Com o mapa que ele havia desenhado para a Irmandade, Z. havia chegado ali procurando por sua fêmea.

A primeira coisa que viu foi uma mancha queimada na terra do lado de fora, e pensou que eles tinham deixado Bella para morrer no sol. Ele havia se ajoelhado e colocado a mão no círculo de cinzas, e quando sua visão ficou embaçada, ele não entendeu o motivo.

Lágrimas. Havia lágrimas em seus olhos. E já fazia tanto tempo que ele não chorava que demorou ao perceber o que estava acontecendo.

Voltando para o presente, Z. se preparou e deu um passo adiante, com as botas na grama baixa. Geralmente, quando Vishous usava o poder de sua mão, não sobrava nada além de cinzas e pequenos pedaços de metal, que era o que acontecia ali. Com a floresta crescendo, logo a clareira seria preenchida.

Os canos enterrados na terra sobreviveram. E continuariam existindo independente de quantos outros pinheiros crescessem.

Ajoelhando-se, Z. pegou sua lanterna e apontou a luz para dentro do buraco onde Bella havia ficado. As folhas dos pinheiros e água haviam preenchido parte do buraco.

Era o mês de dezembro quando ele a encontrou na terra, e só conseguia imaginar o frio que a envolveu ali... o frio, a escuridão e o espaço restrito do cano.

Ele quase não percebeu aquelas prisões. Depois de jogar a mesa de autópsia para o outro lado da sala, escutou um gemido que o levou até aqueles canos. Quando tirou a tampa que cobria o local, ele sabia que a encontraria.

Mas não encontrou.

Quando puxou as cordas do buraco, um macho apareceu, um civil que tremia como uma criança.

Bella estava inconsciente dentro do buraco.

Z. havia sido baleado na perna enquanto tentava libertá-la, graças a um sistema de segurança que Rhage desarmou apenas em partes. Mesmo com a bala rasgando sua perna, ele não havia sentido nada ao se abaixar, segurar as cordas e puxá-la lentamente. Viu os cabelos pretos de sua fêmea primeiro, e o alívio que sentiu foi como ser envolto por um cobertor quente. E logo o rosto dela se tornou visível.

Seus olhos tinham sido costurados para que ficassem fechados.

Z. ficou em pé, o corpo reagindo diante daquela lembrança, seu estômago revirando, a garganta se fechando.

Depois disso, cuidou dela. Deu banho, permitiu que se alimentasse dele, apesar de quase enlouquecer por dar a ela seu sangue sujo.

Quando ela atingiu o cio, ele também a serviu. E assim Nalla foi concebida.

Em troca? Bella devolveu o mundo a ele.

Zsadist olhou ao redor pela última vez, vendo não a paisagem, mas a verdade. Bella podia até ser menor do que ele, ter cinquenta quilos a menos, não ter treinamento nenhum em artes marciais e não saber atirar, mas ela era mais forte do que ele.

Ela superou o que fizeram com seu corpo.

Será que o passado poderia ser assim, ele pensou, olhando ao redor para a clareira. Uma estrutura em sua mente que você pode incendiar e se ver livre?

Caminhou de um lado a outro na floresta. A grama que surgia na terra se concentrava na região sobre a qual incidia mais luz do sol.

Das cinzas, surgia vida nova.

Z. pegou o telefone, compondo uma mensagem que nunca pensou que escreveria.

Precisou tentar quatro vezes para conseguir. E quando apertou o botão de enviar, sabia que, até certo ponto, havia mudado o curso de sua vida.

Mas é possível fazer isso, não é mesmo? É possível escolher determinados caminhos e não outros. Bom, nem sempre, é claro. Às vezes, o destino guia seu caminho e ponto.

Outras vezes, no entanto, é possível escolher o endereço. E se você for esperto, não importa o quão esquisito ou difícil seja, você entra na casa que escolheu.

E encontra a si mesmo.

ONZE

Uma hora depois, Zsadist estava no porão da mansão da Irmandade, sentado na frente da fornalha a carvão. Aquilo era uma relíquia dos anos 1900, mas funcionava tão bem que não havia motivos para trocá-la.

Além disso, dava trabalho manter o carvão queimando e os *doggen* adoravam tarefas regulares. Quanto mais trabalho, melhor.

– Zsadist?

Ele esfregou o rosto e não se virou ao escutar a voz familiar da fêmea. Até certo ponto, não conseguia acreditar que faria o que estava prestes a fazer, e o desejo de se afastar o estava consumindo.

Ele limpou a garganta.

– Oi.

– Oi. – Fez-se uma pausa, e então Mary disse: – Essa cadeira vazia do seu lado é para mim?

Ele se virou. Mary estava em pé no fim da escada do porão, vestida como de costume, com uma calça caqui e uma camisa pólo. No punho esquerdo, havia um Rolex dourado enorme, e usava brincos pequenos de pérolas.

– Sim – ele disse. – Sim, é... obrigado por ter vindo.

Mary se aproximou, com os sapatos fazendo barulho no chão de concreto. Quando sentou na cadeira, reposicionou-a de modo a ficar de frente para ele e não para a fornalha.

Z. passou as mãos na cabeça.

O silêncio imperou, mas logo surgiu um som do outro lado. No andar de cima alguém ligou o lava-louças e o no fundo da cozinha, telefone tocou.

Por fim, por estar se sentindo um tolo por não dizer nada, ele ergueu uma das mãos.

– Preciso praticar o que vou dizer a Nalla quando ela perguntar sobre isto. Preciso ter algo pronto a dizer a ela. Algo que seja a coisa certa, sabe?

Mary concordou lentamente.

– Sim, sei.

Ele se virou de novo para a fornalha e lembrou-se de ter queimado a caveira da Ama ali. De repente, deu-se conta de que aquilo tinha sido como V. incendiando o local no qual Bella havia sido ferida. Não foi possível incendiar um castelo todo, mas houve uma purificação com fogo, sem dúvida.

O que ele não tinha feito era a outra parte do processo de cura.

Depois de um tempo, Mary disse:

– Zsadist?

– Sim?

– O que são essas marcas?

Ele franziu a testa e olhou para ela, pensando, *será que não sabe*? Mas... ela era humana. Talvez não soubesse.

– São algemas de escravo. Eu fui... um escravo.

– Doeu quando elas foram feitas?

– Sim.

– Foi a mesma pessoa que cortou seu rosto?

– Não, foi o *hellren* da minha ex-dona. Minha ex-dona... ela colocou as algemas em mim. Ele cortou meu rosto.

– Por quanto tempo você foi escravo?

– Por cem anos.

– Como se libertou?

– Phury. Phury me libertou. Foi quando ele perdeu a perna.

– Você era ferido enquanto foi escravo?

Z. hesitou.

– Sim.

– Você ainda pensa nisso?

– Sim. – Olhou para as mãos, que de repente, por algum motivo, estavam doendo. Oh, certo. Ele havia cerrado os punhos com tanta força que os dedos estavam brancos.

– A escravidão ainda existe?

– Não. Wrath a proibiu. Como presente de união a mim e a Bella.

– Que tipo de escravo você era?

Zsadist fechou os olhos. Sim, a pergunta que ele não queria responder.

Por um momento, tudo que ele conseguiu fazer foi manter-se na cadeira. Mas então, com a voz equilibrada, ele disse:

– Eu era um escravo de sangue. Uma fêmea se alimentava de mim.

O silêncio que se fez em seguida foi pesado.

– Zsadist? Posso colocar a mão nas suas costas?

Ele movimentou a cabeça no que parecia ser um sinal de concordância, então a palma delicada de Mary tocou seu ombro. Ela o acariciou num círculo lento e tranquilo.

– São as respostas certas – ela disse. – Todas elas.

Z. precisou piscar quando seus olhos ficaram marejados.

– Você acha? – ele perguntou com a voz rouca.

– Sim. Tenho certeza.

Epílogo

Seis meses depois...

– E o que está acontecendo aqui com todo esse barulho, hein preciosa?

Bella entrou no quarto e encontrou Nalla em pé dentro de seu berço, segurando a borda do cercado com o rostinho vermelho e enrugado pelo choro. Tudo havia sido jogado no chão: o travesseiro, os brinquedos de pelúcia, o cobertor...

– Parece que o mundo está acabando de novo – Bella disse ao pegar sua filha e olhar para as coisas espalhadas. – Foi alguma coisa que eles disseram?

A atenção apenas fez com que as lágrimas escorressem com mais rapidez e intensidade.

– Agora, tente respirar. Você vai se sentir melhor. Certo, você acabou de comer, por isso sei que não está com fome. E você está seca. – Mais choro. – Tenho a impressão de que sei do que se trata.

Bella olhou para o relógio.

– Olha, podemos tentar, mas ainda não sei se está na hora.

Inclinando-se, ela pegou o cobertor rosa favorito de Nalla do chão, envolveu a bebê e seguiu para a porta. Nalla se acalmou um pouco quando saíram do quarto e percorreram o corredor de estátuas até a grande escadaria. O percurso pelo túnel até o centro de treinamento foi igualmente tranquilo, mas quando entraram no escritório e o local estava vazio, o choro recomeçou.

– Espere, vamos ver se...

Do lado de fora, no corredor, um grupo de machos em pré-transição deixou o vestiário e caminhou na direção do estacionamento. Foi bom vê-los, e não porque significava que Nalla provavelmente conseguiria o que queria: depois das invasões na *glymera*, as aulas para futuros soldados tinham sido interrompidas. Mas agora a Irmandade estava de volta ao trabalho com a geração seguinte, e dessa vez, nem todos eram aristocratas.

Bella entrou na academia pela porta de trás e corou com o que viu. Zsadist estava mais adiante, dando socos num saco de areia, com os punhos fortes fazendo o objeto mover-se para trás. Seu peito sem camisa deixava à mostra os músculos bem trabalhados sob a luz, com a argola do mamilo brilhando, sua forma estava perfeita mesmo para os olhos de um leigo.

Em um dos lados, um aprendiz parecia surpreso, segurando uma blusa. Seu rosto deixava claro uma combinação de medo e surpresa ao observar Zsadist fazer exercícios, os olhos arregalados, a boca entreaberta.

Quando os gritos de Nalla ecoaram no vasto espaço, Z. se virou.

– Peço desculpas por perturbá-lo – Bella disse mais alto do que o choro da menina. – Mas Nalla quer seu pai.

O rosto de Z. mostrou todo seu amor, permitindo que a concentração se esvaísse dando espaço ao que Bella gostava de chamar de "visão de Nalla". Ele as encontrou no meio do tatame, beijando os lábios de Bella enquanto pegava a filha no colo.

Nalla se aconchegou no mesmo instante nos braços do pai, envolvendo seu pescoço com as mãozinhas e aproximando-se de seu peito.

Z. olhou para o outro lado da academia, na direção do aprendiz. Com a voz grave, ele disse:

– O ônibus vem logo, filho. É melhor se apressar.

Quando se virou de novo, Bella sentiu o braço de seu *hellren* envolvê-la pela cintura, e foi puxada para o lado dele. Enquanto a beijava nos lábios novamente, murmurou:

– Preciso tomar um banho. Quer me ajudar?

– Oh, sim.

Os três saíram da academia e voltaram para a mansão. No meio do caminho, Nalla adormeceu, por isso, quando chegaram ao quarto, colocaram a menina no berço e aproveitaram um banho muito quente... não apenas pela temperatura da água.

Quando terminaram, Nalla acordou de novo, a tempo de escutar uma história.

Enquanto Bella secava os cabelos com uma toalha, Z. entrou, pegou a criança e pai e filha se sentaram na cama grande. Bella saiu um momento depois e se recostou na porta, olhando para os dois. Eles estavam aconchegados, como se fossem uma pessoa só. Z. vestia uma calça de pijama xadrez preta e uma camiseta justa.

Nalla vestia um macacão rosa com uma estampa em que se lia "Filhinha do papai" em letras brancas.

– Ah, os lugares que você irá! – Zsadist leu no livro que estava sobre seu colo. – Do Dr. Seuss.

Enquanto Z. lia, Nalla batia a mãozinha nas páginas de vez em quando.

Aquela era a nova rotina. Ao final de cada noite, quando Z. voltava para casa depois da patrulha ou das aulas, ele costumava tomar um banho enquanto Bella alimentava Nalla. Depois, ele e a filha se deitavam juntos e Z. lia para ela até que adormecesse.

Depois disso, ele a levava com cuidado para o quarto... e seguia para o momento *mahmen* e *papa*, como costumava dizer.

A hora da leitura e a maneira com que havia se tornado confortável na presença de Nalla eram milagres, e Mary havia tido participação nos dois. Z. e a fêmea se encontravam uma vez por semana no porão, ao lado da fornalha. Os dois haviam contado a Bella a respeito das sessões, e às vezes Z. falava um pouco sobre o que era tratado, mas na maior parte do tempo o que era discutido ficava por lá mesmo. Apesar dela saber que uma parte do que era contado era assustador. Sabia pois logo depois Mary entrava no quarto com Rhage e ficava por muito tempo. O importante é que estava dando certo. Z. estava se abrindo de um modo diferente, de um modo novo.

Ficava claro com Nalla. Quando a menina segurava seus punhos, ele não se afastava, mas permitia que ela o acariciasse ou beijasse as tatuagens. Permitia que ela subisse em suas costas e esfregava o rosto nas dela também. E adicionou o nome da filha à pele, escrito carinhosamente abaixo do de Bella e ao lado dos nomes dos Irmãos.

Também estava claro porque os pesadelos haviam cessado. Na verdade, meses haviam se passado desde a última vez em que ele acordou assustado.

Também ficava claro em seu sorriso, que estava mais largo e mais frequente do que nunca.

Abruptamente, vê-lo segurar a filha foi emocionante, e como se tivesse percebido a aproximação das lágrimas, Zsadist levou os olhos até ela. Continuou lendo, mas franziu a testa em preocupação.

Bella soprou um beijo em sua direção, e em resposta ele deu um tapinha no colchão ao lado dele.

– Bem... venha aqui! – ele disse enquanto Bella se aproximava.

Nalla balbuciou feliz e bateu na capa do livro que ele havia fechado.

– Você está bem? – ele sussurrou no ouvido de Bella.

Ela colocou a mão em seu rosto e aproximou sua boca.

– Sim. Estou muito bem.

Enquanto eles se beijavam, Nalla levou a mãozinha ao livro de novo.

– Você tem certeza de que está bem? – Z. perguntou.

–Sim.

Nalla segurou o livro e Z. sorriu, puxando-o com delicadeza.

– Ei, o que está fazendo, pequena? Quer mais? Você é... oh, não... não trema os lábios. – Nalla riu. – Mas que audaciosa! Você quer mais e sabe que vai conseguir quando faz esse beicinho. Caramba, você manda e desmanda no seu pai, não é?

Nalla balbuciou quando o pai abriu o livro de novo e voltou a ler a história.

– Parabéns! Hoje é o seu dia...

Bella fechou os olhos, recostou a cabeça no ombro de seu *hellren* e passou a escutar também.

Dentre todos os lugares nos quais já esteve, aquele era o melhor. Bem ali, com os dois.

E ela sabia que Zsadist sentia a mesma coisa. Estava claro em todas as horas que passava com Nalla e em todos os dias que procurava por Bella na cama, quando estavam sozinhos. Estava no fato de ter começado a cantar de novo, e voltado a interagir mais com os Irmãos. Estava em seu sorriso novo, aquele que ela nunca tinha visto e que mal podia esperar para ver de novo.

Era a luz em seus olhos e em seu coração.

Ele estava... feliz com a vida. E ficando mais feliz.

Como se tivesse lido a mente de Bella, Z. segurou sua mão e apertou.

Sim, ele sentia a mesma coisa. Aquele também era seu lugar favorito.

Bella escutou a história e adormeceu junto com sua filha, segura ao saber que tudo estava em seu lugar.

O macho delas havia voltado.. E agora, para ficar.

Os Dossiês da Irmandade

SUA ALTEZA REAL, WRATH, FILHO DE WRATH

Bem-vindo ao maravilhoso mundo do ciúme. Pelo preço de sua entrada, ganhe também uma maldita dor de cabeça, um desejo quase irresistível de cometer um assassinato e um complexo de inferioridade.

– AMANTE SOMBRIO, p. 129

Idade: 343.

Ingresso na Irmandade: É uma longa história...

Altura: 2,06 m.

Peso: 123 kg.

Cor dos cabelos: Pretos, lisos, no meio das costas.

Cor dos olhos: Verde-claro.

Marcas físicas de identificação: Tatuagens nos dois antebraços detalhando a linhagem real; cicatriz da Irmandade no peitoral esquerdo; o nome ELIZABETH entalhado na pele na parte superior das costas e ombros em estilo anglo-saxônico.

Observação: Visão fraca – olhos hipersensíveis à luz, provavelmente em decorrência de sua linhagem pura. Usa óculos escuros o tempo todo.

Arma preferida: Hira shuriken (estrelas de artes marciais).

Companheira: Elizabeth Anne Randall.

Descrição: *Wrath tinha quase dois metros de puro terror trajado em couro. Seu cabelo era liso, longo e negro, partindo bem do meio da testa. Pesados óculos escuros escondiam seus olhos jamais vistos por alguém. Os ombros tinham o dobro do tamanho dos da maioria dos homens. No rosto, a um só tempo aristocrático e brutal, transparecia o rei que era por nascimento e o guerreiro no qual o destino o transformou.*

– AMANTE SOMBRIO, p. 16

Perguntas pessoais respondidas por Wrath:

Último filme que assistiu: Almôndegas, com o Bill Murray (culpa do Rhage).

Último livro que leu: Boa noite, lua de Margaret Wise Brown (para Nalla).

Programa de TV favorito: NBC Nightly News com Brian Williams.

Último programa de TV que assistiu: The Office (um dos meus favoritos).

Último jogo que jogou: Banco imobiliário.

Maior medo: Morrer.

Maior amor: Beth.

Frase favorita: "Comande com o coração e com o punho".

Cueca boxer ou tipo sunga? Boxer, preta.

Relógio: Braille.

Carro: Beth me leva em seu Audi ou Fritz me leva aos lugares.

Que horas são agora enquanto você preenche esta lista? Duas da tarde.

Onde você está? No meu escritório.

O que está vestindo? Calça de couro preta, camiseta lisa preta e coturno.

O que tem em seu closet? Muitas peças iguais a essas que estou vestindo agora, além de um terno preto da Brooks Brothers e roupas brancas para reuniões com a Virgem Escriba.

Qual foi a última coisa que comeu? Sanduíche de carneiro feito pela Beth.

Descreva seu último sonho: Não é da sua conta.

Coca-cola ou Pepsi? Coca-cola.

Audrey Hepburn ou Marilyn Monroe? Beth Randall.

Kirk ou Picard? Kirk.

Futebol americano ou beisebol? Rúgbi.

Parte mais sensual do corpo de uma fêmea: A garganta de minha *shellan*.

Do que você mais gosta em Beth? Tudo. É isso mesmo.

A primeira coisa que disse a ela: "Pensei que podíamos tentar de novo.".

A resposta dela foi: "Quem é você?"

Último presente que deu a ela: Brincos de diamantes da Graff para combinar com o anel que dei a ela.

A coisa mais romântica que já fez por Beth: Pergunte a ela.

A coisa mais romântica que ela já fez para você: A maneira com que me acordou cerca de uma hora atrás.

O que você mudaria nela? Gostaria apenas de tê-la conhecido alguns séculos antes.

Melhor amigo (além de sua shellan): Eu o perdi há cerca de três anos. Só isso basta ser dito.

Última vez que chorou: Não é da sua conta.

Última vez em que riu: Cerca de vinte minutos atrás, porque vi Nalla descobrindo os dedinhos dos pés.

Entrevista de J.R. com Wrath

Uma verdade sobre o rei: ele aceita ser entrevistado, mas tem que ser do seu jeito. E isso resume bem o estilo do Wrath. Tudo tem que ser como ele quer. Bem, mas quando se é o último vampiro de raça pura e também o rei, além de possuir um corpo enorme e um olhar cortante, o mundo se torna um lugar para você mandar e não ser mandado.

Aliás, eu mencionei que estou usando botas de cano alto agora e que estou dentro de um rio?

Sim, o rei decidiu que ia pescar hoje.

Nesta noite fria de novembro, Wrath e eu estamos no meio de uma correnteza gelada. Estou usando várias camadas de roupas bem quentes e tenho certeza de que ele está sem nada por baixo, pois não é o tipo que se incomoda por um friozinho qualquer. Mas ele cedeu um pouco e está usando botas enormes e de cano alto, que Fritz fez sob medida para duas pernas que são quase do tamanho da minha cintura. Estou ao lado do rei; imaginei que se ficasse na frente ou atrás poderia ser acertada pelos anzóis, e levando em consideração que precisei pedir durante semanas para que este encontro acontecesse, não quero correr o risco de ter de ir para o hospital com ferimentos durante uma pesca.

Devo mencionar também que Wrath parece exausto. Mas fique sabendo que ele ainda é mais sensual do que a maioria dos homens por aí. Na verdade, tem como ficar mais sensual do que um cara com cabelos pretos na altura do quadril e óculos escuros? Sem falar das tatuagens nos antebraços, dos olhos verdes e do...

Olha, nunca olhei direto para o traseiro dele. Nunca. Nem uma vez. Nem para suas costas. Nem para a barriga tanquinho.

Oh, não olhe para mim desse jeito.

Bem, onde estávamos? Certo, o rio. A pesca.

O rei e eu estamos a menos de um quilômetro da casa de Rehvenge nas montanhas Adirondack, perto do Black Snake State Park. Wrath está a uns cinco metros de onde estou, jogando o braço direito para frente e para trás num ritmo calmo, deixando a linha de pesca aterrissar na água e depois puxando-a de volta. O rio produz um som calmante com sua correnteza passando por rochas marrons e cinzas, e os pinheiros ao redor ressoam conforme o vento passa entre seus galhos. Sentindo o ar gelado, fico feliz de ter me lembrado de colocar maçãs na mochila: elas combinam perfeitamente com os meses do outono.

E mais uma coisa importante. Wrath está carregando duas armas calibre 40 e estrelas ninja nos bolsos. Consigo ver as armas. E ele me contou sobre as estrelas.

J.R.: Posso ser honesta com você?
Wrath: É melhor que seja. Porque eu perceberia se não fosse.
J.R.: Verdade. Fico surpresa por sua paciência com isto. A pesca.
Wrath: (encolhendo os ombros) Não é questão de paciência. Acontece que isso me acalma. E não, não estou fazendo ioga. Isso é coisa do Rhage.
J.R.: Ele continua fazendo?
Wrath: Sim, ele ainda está dobrando o traseiro fazendo aquelas posições malucas.
J.R.: Por falar em Rhage e Mary, é verdade o que fiquei sabendo?
Wrath: A respeito da adoção? Sim, é. Quando Nalla nasceu, os dois meio que decidiram: "queremos uma dessas".
J.R.: Quanto tempo vai demorar? E onde conseguirão a criança?
Wrath: Você vai ficar sabendo quando acontecer, mas ainda vai levar um tempo.
J.R.: Bem, fico feliz por eles. *(Faz-se um momento de silêncio, no qual Wrath enrola a linha e lança a isca em outro canto do rio.)* Vocês querem...
Wrath: Não. Ainda não estou pensando nessa coisa de filhos. Depois do que Bella passou... *(balança a cabeça)* Não. E antes que pergunte, a Beth também concorda comigo. Mas acho que vai querer pensar nisso no futuro. Espero que demore. Ela ainda nem passou pelo primeiro cio, então não deve ser um problema muito grande.
J.R.: Acredito que queira mudar de assunto?
Wrath: Você é quem sabe. Pode me perguntar o que quiser, mas não quer dizer que vou responder. *(olha para trás e sorri para mim)* Você sabe bem como sou.
J.R.: (rindo) Sim, sei bem como as coisas são. Então, deixe-me perguntar a respeito das Escolhidas e de Phury. O que acha a respeito das mudanças que ele fez?

Wrath: Caramba, ele me impressionou muito. Muito mesmo. E não só pelo que fez com a Virgem Escriba. Por um momento, eu tive a certeza de que iríamos perdê-lo.
J.R.: (pensando em Phury e na heroína) Quase perderam.
Wrath: Pois é. *(Faz-se silêncio de novo, tempo que eu passo observando seu braço ir de um lado a outro, de um lado a outro. A linha faz um som muito agradável ao cruzar o céu, como se estivesse respirando.)* Sim, é por isso que estamos aqui, na casa de Rehvenge. Eu venho aqui com Beth a cada duas semanas para podermos conversar com Phury e a Directrix e para sabermos como as coisas estão indo com as Escolhidas. Caramba, você consegue imaginar como está sendo a mudança para essas meninas? Sair da reclusão para poder explorar um mundo sobre o qual elas nada sabem?
J.R.: Não consigo, não.
Wrath: Phury é fantástico com elas. É como se, da noite para o dia, todas elas tivessem se tornado filhas dele. E elas o amam. Ele é o Primaz perfeito, e Cormia agora é como se fosse a mãe delas. Como ela teve mais tempo para assimilar tudo isso, está ajudando-as na transição. Fiquei muito feliz com a maneira com que as coisas aconteceram.
J.R.: Por falar em pai e mãe, como as coisas estão agora na mansão, com a chegada de Nalla?
Wrath: (rindo) Quer saber a verdade? Aquela menina é uma estrela. Ela tem a todos nós na palma da mãozinha. Dia desses, eu estava fazendo algumas tarefas na minha mesa enquanto Bella caminhava com a menina – ela faz isso porque Nalla agora só dorme quando está sendo carregada. Bem, Bella a levou até o meu escritório e as duas ficaram zanzando por ali. Nalla estava com a cabeça apoiada no ombro da mãe até que dormiu. E então Bella finalmente sentou na poltrona para descansar, mas a bebê abriu os olhos no mesmo instante e começou a reclamar.
J.R.: Coitadinha!
Wrath: Coitadinha da Bella, não é?
J.R.: Sim!
Wrath: (rindo) Então eu peguei Nalla no colo, Bella deixou. *(Ele diz isso com muito orgulho.)* Fiquei andando com ela e não a derrubei.

J.R.: (escondendo um sorriso) Claro que não.

Wrath: Ela voltou a dormir. *(olha para mim com seriedade)* Sabe como é, os bebês só dormem quando têm confiança em quem os está segurando.

J.R.: (delicadamente) Qualquer pessoa se sentiria segura com você.

Wrath: (desvia o olhar rapidamente) Então, como eu disse, a menina é preciosa. Z. ainda se mostra um pouco desajeitado quando está com ela, mas acredito que é porque ele tem medo de quebrá-la, não por que não a ama. Rhage lida com ela como quem mexe num saco de batatas, colocando-a em diversas posições, o que Nalla adora. Phury tem jeito com criança. Assim como Butch.

J.R.: E Vishous?

Wrath: Acho que Nalla o deixa nervoso. Mas ele fez uma adaga para ela. *(ri)* Que cara durão. Que tipo de idiota faz uma adaga para um bebê?

J.R.: Mas é adorável.

Wrath: Sim, ele colocou um monte de... *(O rei faz uma pausa e puxa a linha como se tivesse fisgado algo.)* Colocou um monte de diamantes no cabo. Passou três dias trabalhando. Disse que é para quando ela começar a namorar.

J.R.: (rindo) Aposto que sim.

Wrath: Talvez nunca seja usada. Zsadist disse que ela nunca vai namorar. Nunca.

J.R.: Oh.

Wrath: Pois é. A menininha de Zsadist? Quem vai ser louco de se aproximar dela?

J. R.: Eu passo.

Wrath: Eu também. Quero minhas bolas exatamente onde estão, obrigado.

J.R.: (depois de mais um momento de silêncio) Posso perguntar sobre Tohr?

Wrath: Imaginei que perguntaria.

J.R.: (espera ele dizer alguma coisa) Ok. Então estou perguntando.

Wrath: (aparentemente irritado) Olha, o que quer que eu diga? Ele foi para a floresta para morrer. Lassiter o trouxe de volta para as pessoas que todos os dias fazem com que ele se lembre de sua *shellan* morta. Ele precisa se alimentar, e claro que está se recusando a isso, e eu não o culpo nem um pouco. Ele está fraco, faminto e só quer morrer. É assim que ele está.

J.R.: (sabendo que não deve insistir mais) É estranho ter Lassiter por perto?

Wrath: (rindo) Aquele anjo é ótimo. Eu não me incomodo muito com ele, mas acho que Lassiter sabe disso. Ele já me ajudou muito.

J.R.: Fiquei sabendo. Sente uma dívida de gratidão com ele?

Wrath: Sim.

J.R.: Ele e V. não se dão bem.

Wrath: Pois é, não mesmo. *(rindo)* Vai ser divertido ver os dois juntos. Eles parecem dois pit bulls dentro da mesma jaula quando se encontram. E antes que queira saber, não, não sei os detalhes e não quero saber.

J.R.: Por falar em detalhes... a respeito da *glymera*...

Wrath: Droga, por que quer estragar uma noite agradável?

J.R.: Bem, eu ia perguntar como você se sente com o fato de Rehvenge ser escolhido o *lídher* do Conselho dos *Princeps*.

Wrath: (rindo alto) Certo, você está perdoada. Caramba, que viagem. Quem pensaria que uma coisa dessas ia acontecer? Um *sympatho*. Liderando aquele grupo de desgraçados. E eles não fazem a menor ideia do que ele é. Além disso, convenhamos, Rehv está do meu lado nessa comoção civil que eles estão tentando criar por causa das invasões feitas pelos *redutores*. Eles elegeram uma pessoa que pensa igual a mim em relação aos aristocratas: Rehv também considera que eles são um bando de malucos autodestrutivos.

J.R.: Mas você confia em Rehv?

Wrath: Confio nele como confio em qualquer outra pessoa que não seja meu Irmão ou Beth.

J.R.: Então, o fato de ele ser meio *sympatho*...

Wrath: Espere um pouco. Ele *é sympatho*. O fato de o sangue dele ser mestiço é irrelevante. Se você tem um pouco daquela droga no seu corpo, você é um *sympatho*. É por isso que aquela colônia no norte foi criada. Eles são perigosos.

J.R.: É por isso que estou perguntando se você confia nele. Pensei que todos eles fossem sociopatas.

Wrath: Eles são e Rehv também é. Acontece que... com *sympathos*, a única coisa que você pode usar para mexer com eles é o interesse que têm neles mesmos. Rehv ama sua irmã. Bella é casada com um Irmão. Então, Rehv não fará nada para atingir a eles ou a mim. É essa a situação em todos os casos.

J.R.: Você acha que a *glymera* representa uma ameaça a você como rei?

Wrath: Olha, presta atenção! Eu não gosto deles nem nunca gostei, mas não os quero mortos. No momento, eles estão fragmentados, fora de Caldwell, e estão lutando para se manter. Quanto mais tempo isso durar, melhor para mim, porque ganho mais tempo para tomar as rédeas da melhor maneira. Enquanto eu tiver uma base de apoio entre o grupo maior de civis, estará tudo bem. E, convenhamos, a *glymera* não se preocupa com inclusão, por isso os vampiros civis não se sentem aliados dela.

J.R.: O que espera do futuro?

Wrath: Mudança. Phury está totalmente certo, precisamos nos adaptar se quisermos sobreviver, e as regras antigas estão nos matando. Eu já acabei com a escravidão. Estou mudando as regras a respeito dos soldados e da Irmandade. As Escolhidas foram libertadas. E há centenas de outras coisas que preciso refazer, repensar, reorganizar.

J.R.: Quanto à Irmandade, isso quer dizer que Blay e Qhuinn podem ser Irmãos?

Wrath: Sim, se eles conseguirem bastante experiência e se conseguirem manter o nível. O patamar exigido para um Irmão será alto em termos de habilidades. O sangue não vai mais levar ninguém a lugar algum, mas sim a maneira como se luta. E estou desfazendo outras restrições também. Sabe, Qhuinn agora é o segurança particular de John, e no passado isso o teria desqualificado, mas não mais.

J.R.: Fico surpresa por você ter permitido que ele e John entrassem na casa. Estou feliz, na verdade.

Wrath: (depois de um momento) Bem... Darius construiu aquele lugar, e ele adorava receber pessoas. Aqueles dois caras são durões, e sabemos que Qhuinn fez o certo por John. Está tudo bem. A questão é que o programa de treinamento está parado por Deus sabe lá quanto tempo. A *glymera* levou os filhos que restavam com eles quando se foram e, além disso, estamos ocupados lidando com a guerra. Preciso de soldados, e Blay e Qhuinn são bons guerreiros. Excelentes, na verdade. Vamos querer os dois.

(Longo silêncio.)

J.R.: Você está feliz? Sei que as coisas estão difíceis no momento, mas está mais feliz do que era alguns anos atrás?

A linha de pesca de repente se estica e Wrath se concentra em puxar uma truta de água doce. O peixe brilha e parece escorregadio nas mãos grandes do rei, e ele quase o perde enquanto tenta tirá-lo do anzol.

J.R.: Que peixe bonito.
Wrath: Sim, e teimoso também. *(Ele se inclina para frente e coloca o peixe na água, segurando-o com cuidado.)* Você perguntou se estou feliz? Bem, depois daqui, vou para minha casa quente e minha *shellan* está me esperando por lá. Vamos comer, isso se Layla não tiver ateado fogo à cozinha, e então vou para a cama com Beth. Vou transar com ela por uma hora, talvez mais, depois vou dormir com ela em meus braços. *(Ele solta a truta e observa quando ela se afasta correnteza abaixo.)* Está pronta para ir?
J.R.: Sim, e agradeço pela entrevista.
Wrath: Sem problemas. Mas você acha que vai para Caldwell agora para fazer as outras?
J.R.: É o meu plano.
Wrath: (balançando a cabeça) Não, você vai ficar aqui esta noite. Amanhã, no fim da tarde, pode ir. O percurso é longo e a estrada para o norte é repleta de animais.
J.R.: (porque não se deve discutir com o rei) Está bem. É o que vou fazer.
Wrath: Ótimo.

Nesse momento, nós vamos para a barranca do rio. Wrath saiu da água primeiro e me estende a mão. Ele pega a mochila, abre e a segura para mim.

Wrath: Quer uma maçã?
J.R.: Sim, adoraria.

Eu estendo a mão e pego a fruta. A casca vermelha e verde brilha sob a luz do luar, e quando a mordo, o som parece de madeira, se partindo. O suco escorre pela palma da minha mão enquanto nós dois atravessamos a mata juntos, com as botas fazendo barulho.

J.R.: (após sair da mata e ver as luzes da casa rústica de Rehv) Wrath?
Wrath: Sim?
J.R.: Obrigada.
Wrath: A maçã é sua.
J.R.: Não estou falando sobre a maçã.
Wrath: (depois de um momento) Eu sei. Eu sei, *challa.*

Ele me dá um abraço curto e apertado. Depois continuamos caminhando lado a lado em direção à casa quente e convidativa.

Amante Sombrio

As pessoas

Wrath, herdeiro do trono dos vampiros.

Beth Randall, jornalista.

Darius, filho de Marklon, filho de Horusman.

Tohrment, filho de Hharm.

Wellasandra, irmã de sangue de Relix, companheira do guerreiro da Adaga Negra Tohrment.

Rhage, filho de Tohrture.

Zsadist, filho de Ahgony.

Phury, filho de Ahgony.

A Virgem Escriba.

Marissa, filha de sangue de Wallen.

Havers, filho de sangue de Wallen.

Fritz (Perlmutter), mordomo.

Sr. X(avier), Redutor Principal.

Billy Riddle, filho do senador William Riddle.

Cherry Pie, conhecida também como Mary Mulcahy.

Butch O'Neal, detetive da polícia de Caldwell, divisão de homicídios.

José de la Cruz, detetive da polícia de Caldwell, divisão de homicídios.

Dick, editor de Beth no jornal *Correio de Caldwell.*

Doug, plantonista do hospital.

Macho loiro sem nome, parceiro de Billy Riddle na tentativa de estuprar Beth.

Perdedor (jovem sem nome que o Sr. X recruta junto com Billy).

Abby, garçom no McGrider's Bar.

Boo, o gato preto.

Locais de interesse (Todos ficam em Caldwell, no estado de Nova York, a menos que seja especificado.)

Bar Screamer's na Rua Trade.

Escritórios do *Correio de Caldwell* na Rua Trade.

Apartamento de Beth: Avenida Redd, nº 1188, apto 1B.

Departamento de Polícia de Caldwell na Rua Trade (a seis quarteirões do Correio de Caldwell).

Casa de Darius: Avenida Wallace, nº 816.

Academia de Artes Marciais de Caldwell (em frente ao Dunkin' Donuts).

Fazenda do Sr. X, saída da Rota 22.

Clínica de Havers (endereço não divulgado).

Bar McGrider's na Rua Trade.

Boate ZeroSum (esquina da Trade com a Rua Dez).

Resumo:

No primeiro livro da série, Wrath, rei dos vampiros e o último vampiro de raça pura da Terra, assume com relutância a responsabilidade de ajudar uma fêmea mestiça a passar por sua transição. Beth Randall não tem ciência de sua herança vampira e luta contra a própria realidade e a atração que sente ao estranho sombrio que a persegue.

Primeira frase: Darius olhou em torno, avaliando a pista de dança fervilhante de corpos seminus.

Última frase: – Por gentileza – disse o mordomo –, não comecem a atirar os guardanapos uns nos outros. Alguém deseja pêssegos?

Publicação: 2005 nos EUA, 2009 no Brasil.

Número de páginas: 447 (edição brasileira).

Data do primeiro esboço: Setembro – novembro de 2004.

Comentários da autora:

Amante Sombrio continua sendo o livro do qual mais tenho orgulho. Em minha opinião, consegui o melhor ritmo possível, e foi com esse que encontrei minha voz. É claro que escrever a obra me assustou demais, porque foi um passo muito grande para mim como escritora. Enorme. Eu nunca tinha tentado escrever com diferentes pontos de vista e enredos antes, nunca havia escrito uma série nem tentado criar palavras. Eu não tinha ideia do que estava fazendo quando... bem, em todos os momentos da história. Apesar de *Amante Sombrio* ter sido meu quinto livro, foi tão diferente dos outros que foi como começar tudo de novo.

E eu nem tinha tanta experiência assim como escritora antes.

Meus primeiros quatro livros foram romances únicos e contemporâneos. Publicados sob o nome de Jessica Bird, eles foram, em grande parte, resultado de anos de leitura e adoração aos livros da Harlequin Presents e Silhouette Special Editions (publicados no Brasil como a série de romances Sabrina, Bianca, entre outros). Bem, isso e o fato de eu ter nascido escritora. Faz parte de minha essência, algo que preciso fazer para me sentir feliz e sã. Mas essa é outra saga.

Eu adorei escrever os livros como Jessica Bird, mas meu contrato não foi renovado, e isso quer dizer que eu não tinha mais uma editora. Eu sabia que precisava mudar de rumo se quisesse manter meu emprego. Tentei uma variedade de outros gêneros. Recebi uma proposta para escrever um suspense romântico, mas o material não era forte o suficiente. Pensei em escrever no gênero Chick Lit (ficção para mulheres) – mas não eram coisas que eu lia e gostava, provavelmente porque os assuntos não me chamavam a atenção. Também pensei em continuar escrevendo romances contemporâneos e tentar encontrar outra editora, apesar de saber que as chances de ser escolhida eram pequenas.

Foi em meu momento mais sombrio, quando não tinha nada especialmente novo e interessante em meu cérebro e sabendo que se não me reinventasse eu estaria perdida, que Wrath apareceu. Apesar de sempre ter sido fã do gênero horror, nunca pensei em escrever romances paranormais. Mas, de repente, ali estava eu, com cem quilos de vampiro macho em minha mente, e os Irmãos quiseram sair como se estivessem presos numa casa em chamas.

Certo. Horror com romance com erotismo com fantasia com *hip hop*. Coloque um pouco de calças de couro e tatuagens, misture com um taco de beisebol, um pouco de talco de bebê e sirva quente numa travessa de minha-nossa-senhora-isso-tem-que-funcionar-ou-serei--uma-advogada-pelo-resto-da-minha-vida.

Sem problemas.

Droga, eu me lembro de ter pensado. *Por que não bebo? Ou pelo menos como chocolate?*

E isso me traz para a minha primeira regra para escritores: RP. É algo essencial para a sobrevivência, e não estou falando de Relações Públicas.

Reinventar e Persistir. Se você não está vendendo, ou se não está recebendo resposta para seu material por parte de agentes e editores, tente algo novo, seja uma nova voz, subgênero ou até mesmo um novo gênero. Continue tentando.

Insista. Procure por novos caminhos de seu interesse. Encontre um caminho diferente. Foi a única coisa que me salvou.

Isso não quer dizer que Reinventar e Persistir sejam algo divertido. Quando me sentei para começar a escrever a proposta de Wrath e alguns capítulos, eu me senti ao mesmo tempo estranhamente inspirada e totalmente paralisada. Eu só tinha um monte de ideias na cabeça, o pânico de que ninguém lesse os livros, muito menos os comprasse, e a quase certeza de que eu não conseguiria criar algo tão complicado e interconectado como o mundo da Irmandade.

Nada como tentar pilotar um avião quando mal se consegue andar de bicicleta.

Diante de uma tela branca em meu computador, eu sabia que precisava controlar minha ansiedade, e sabendo que não ia adiantar ficar me torturando, fiz um acordo comigo mesma: eu escreveria a história exatamente como a via, e faria isso por mim apenas. Não permitiria que ninguém ditasse regras ou oferecesse conselhos para me atrapalhar. O que eu imaginasse iria para as páginas.

Minha regra número dois? Escreva com intensidade.

Imagine e leve suas capacidades ao limite. É sempre mais fácil recuar do que prosseguir, e acredito que quanto mais corajoso você for em seu primeiro rascunho, mais probabilidade você tem de ser honesto com o que está em sua mente.

Então, sim, era esse o plano, e eu me sentia bem com minha decisão. Mas tinha um problema.

Como eu colocaria o plano em ação?

Com o que estava em minha mente, incluindo os diferentes pontos de vista e tramas, eu não sabia nem por onde começar. Depois de pensar um pouco, acabei voltando para meu treinamento. Na escola de direito, você estuda criando resumos do material apresentado em aula. Quando você termina de colocar tudo em ordem, aprendeu o material. Então é o processo, e não necessariamente o resultado, que é a grande vantagem.

Escrever era e continua sendo a ferramenta mais importante que uso em meu processo.

Antes dos Irmãos, eu comecei com nada além de um resumo da minha história, e o único objetivo era dar ao meu editor uma dica do que eu pretendia. A maioria das minhas ideias vinha enquanto eu estava fazendo o rascunho – o que foi totalmente ineficiente e um pouco perigoso. Por exemplo, eu levava o herói e a heroína para pontos emocionais que não funcionavam, ou complicava ainda mais seus interesses e conflitos, ou perdia a noção do objetivo do livro. E às vezes, tudo isso de uma vez. Certamente, eu acabaria encontrando o caminho da história, mas acabaria escrevendo muitas páginas e seria um peso para meu editor durante o processo de revisão.

Além disso, por causa de todo o esforço, as escolhas que fiz não foram as melhores porque até eu mesma fiquei perdida com toda a confusão e falta de clareza.

Minha terceira e mais importante regra, portanto, é consequência da segunda e a base para tudo que faço como escritora:

Conheça sua história como ninguém.

Não dependa do seu editor, agente ou companheiro para identificar e resolver seu enredo, personagens, ritmo, contexto, número de páginas, ou qualquer um dos milhares de problemas que você precisa resolver ao escrever um livro. Analise os livros que lê: os bons e os ruins. Pergunte a si mesmo: o que funciona? O que não funciona? Estude manuais para escritores, como *Story*, de Robert McKee e *A jornada do escritor*, de Christopher Vogler. Converse com outros escritores a respeito de seus livros e de como foi o processo.

Daí, ao analisar seu trabalho, imagine-se como um general durão dando uma bronca num bando de soldados preguiçosos. Para mim, ser gentil com minha artista interior e elogiar tudo que ela faz são maneiras certeiras de ficar displicente e produzir coisas ruins. Disciplina e uma avaliação clara de meus pontos fortes e fracos como escritora são as únicas coisas que funcionam para mim. O ego não é nem nunca foi meu amigo.

Voltando ao *Amante Sombrio* e ao enredo; as imagens em minha mente estavam tão claras e certas que precisei de apenas duas semanas para fazer o enredo e as regras do mundo (além das primeiras sessenta e nove páginas do livro). É claro que mal dormia ou fazia intervalos. Eu estava totalmente envolvida naquela ideia e não tinha interesse em ir mais devagar. Ainda não tenho.

E quando terminei de colocar no papel tudo que havia em minha mente, o resumo tinha quarenta e quatro páginas. Eu fiquei boquiaberta. Antes? Eu fazia dez páginas, no máximo.

Minha grande preocupação era que quando meu agente levasse a proposta ao mercado, as editoras não lessem tudo. Se você já teve um livro publicado, geralmente vende projetos com três capítulos de amostra e um enredo – mas eu tinha a sensação de que aquilo estava se transformando em um livro inteiro. Claro que isso também foi bom. Eu sabia muito bem onde estava indo e como cada novo personagem seria. Eu havia pensado e reordenado as coisas durante o percurso – e aprendi que mudar um parágrafo ou dois num resumo é muito mais fácil do que retirar capítulos inteiros e acrescentar novos durante o rascunho.

Felizmente, a proposta para a série foi comprada (pela editora mais espetacular com a qual já trabalhei) e eu sabia que teria a chance de escrever pelo menos três livros. Cara, eu fiquei animada, mas também fiquei com medo, porque não tinha certeza se conseguiria. É claro que eu disse a mim mesma que meu longo e lindo resumo seria meu salvador. Pensei que enquanto eu o tivesse do meu lado, tudo daria certo. Estava pronta para mandar ver no teclado.

Mas a execução se mostrou bem mais difícil do que eu havia esperado, por diversos motivos.

Para mim, um dos maiores desafios do *Amante Sombrio* foi aprender a lidar com diversos enredos e diversos pontos de vista. Em minha opinião, existem três grandes enredos no livro: Wrath e Beth; o Sr. X e Billy Riddle; e Butch. Em cada um deles, aspectos diferentes do mundo são apresentados, dando ao leitor uma ideia a respeito da raça vampira, sua guerra secreta com a Sociedade Redutora, e sua existência desconhecida entre os seres humanos. E isso é muito. E para complicar as coisas ainda mais, esses enredos foram apresentados ao leitor nas vozes de nada menos do que oito pessoas.

Muita coisa para fazer. Muita coisa para acompanhar.

Muito progresso de capítulo a capítulo.

A regra número quatro para mim como escritora? Os enredos são como tubarões: seguem em frente ou morrem.

Com tanta coisa acontecendo, o ritmo seria essencial: para ser bem-sucedida, eu precisava cuidar para que tudo continuasse progredindo, e ali estava minha nova realidade como escritora: enquanto tentava mostrar que Wrath e Beth se aproximavam emocional e fisicamente, precisei cuidar da investigação de homicídios realizada por Butch e José de la Cruz, que simultaneamente colocou Butch dentro da Irmandade e manteve o leitor informado a respeito das más atitudes do Sr. X. Enquanto isso, os outros Irmãos tinham que ser apresentados, eu precisava dar uma ideia geral da guerra, mostrar a Virgem Escriba e o mundo atemporal.

E eu tinha que fazer tudo aquilo sem perder a coesão entre as cenas, mantendo as emoções realistas e vívidas sem cair no melodrama.

Mais um exemplo: Butch ia entrar para a Irmandade, e essa chegada se daria por meio da conexão de Beth com Wrath. Butch também terminaria com Marissa. Legal. Bacana. Beleza. Mas como eu entrelaçaria essas cenas com aquelas do romance de Beth e Wrath juntamente com todas as coisas do Sr. X e da Sociedade Redutora sem transformar o livro em algo esquisito e incompreensível?

Além disso, os enredos tinham que atingir seu ápice emocional na sequência certa. Beth e Wrath precisavam ter o final mais dinâmico – e pelas imagens em minha mente, eles tiveram sim. Mas a situação do Butch, do Sr. X e Billy Riddle tinha de ser resolvida de uma maneira que não tirasse o drama de Beth e Wrath.

Cãibra. Cerebral.

A cura? A regra número cinco, que se relaciona com a regra três: muito trabalho duro. Sabe aquela coisa sobre um pouco de inspiração e muita transpiração? Pois é exatamente isso.

Quando terminei o primeiro rascunho, li e reli aquele livro sem parar. E então tirei uma semana de folga e voltei a ele. Passei horas e horas reposicionando os intervalos e os capítulos, cortando partes e moldando diálogos, cuidando para mostrar, não contar.

E mesmo ao ler as provas, que é o estágio final de produção, ainda assim queria mudar coisas. O livro tem seus pontos fortes e fracos, assim como todos os livros, mas aprendi muito escrevendo *Amante Sombrio*. E precisei dessas lições para o que estava por vir na série.

Mas agora chega de falar sobre os rascunhos, vamos falar sobre o Rei e Beth.

Wrath foi o primeiro dos Irmãos a aparecer em minha mente, e foi ele quem me mostrou o mundo da Irmandade da Adaga Negra. O que mais gosto nele está resumido no início do *Amante Sombrio*:

> *No rosto, a um só tempo aristocrático e brutal, transparecia o rei que era por nascimento e o guerreiro no qual o destino o transformou.*
>
> *– AMANTE SOMBRIO, p. 16*

Adoro essa combinação – um sangue-azul que também é um guerreiro – e acredito que Wrath é o líder perfeito dos vampiros: forte, brutal quando necessário, dono de lógica e amor. Ele precisava apenas perceber que podia liderar.

E Beth o ajudou a chegar lá.

Beth é o par perfeito para Wrath. Ela tem opinião, é calorosa e disposta a defendê-lo.

A dinâmica entre eles é mostrada perfeitamente naquela que é uma das minhas cenas favoritas entre os dois. Eles estão conversando a respeito de sua atitude quando viu os pais serem mortos. Ele condena a si mesmo por não tê-los salvo, mas ainda estava em pré-transição e fisicamente fraco, por isso, na verdade, não havia nada que pudesse fazer. Beth perde a paciência e o recrimina por ser duro demais consigo mesmo – algo que ele precisava escutar, ainda que claramente não fosse receptivo ao que ela estava dizendo. Gosto muito de saber que ela não deixou de dizer o que pensava. E Wrath, apesar de não concordar, se torna ainda mais atraído por Beth. Quando ela cansa de se frustrar com ele, acontece um momento constrangedor:

Ah, que inferno. Agora sim, ela estragou tudo. Aquele cara se abriu com ela e o que fez? Menosprezou sua vergonha. Que maneira de estimular intimidade.

– Wrath, sinto muito. Não devia...

Ele a interrompeu. Tanto sua voz quanto seu rosto parecia de pedra.

– Nunca ninguém falou comigo da maneira como acaba de fazer.

Droga.

– Sinto muito, de verdade. Só que não consigo entender por que...

Wrath a puxou para si e a abraçou forte, falando naquela outra língua de novo. Quando a soltou, terminou seu monólogo com alguma coisa como "leelan".

– Essa palavra para os vampiros significa "cretina"? – perguntou.

– AMANTE SOMBRIO, p. 281

A questão é que Wrath é forte, e o fato de Beth manter sua opinião e defender as coisas em que acredita deixa os dois no mesmo patamar. Ganhar o respeito dele é tão significante quanto ganhar seu amor, e ela é digna dos dois.

Outra de minhas cenas favoritas no livro é quando Beth sai do quarto subterrâneo de Wrath na casa de Darius, recém-saída de sua transição. Ela tenta imaginar como ele será com ela diante dos Irmãos e está preparada para levar as coisas numa boa quando entra na sala de jantar onde estão os guerreiros. Acontece que Wrath não se incomoda com demonstrações públicas de carinho e a abraça diante da Irmandade estarrecida, que nunca o tinha visto com uma fêmea antes. Depois de explicar a importância dela no Antigo Idioma, Wrath sai para buscar as duas coisas que ela deseja: chocolate e bacon, e os Irmãos a recebem de modo especial:

As cadeiras foram arrastadas para trás, os cinco homens se levantaram em uníssono e começaram a se aproximar dela.

Beth olhou para os dois que conhecia, no entanto, as severas expressões em seus rostos não a animaram.

E, então, apareceram as facas.

Com um ruído metálico, cinco adagas negras foram desembainhadas.

Ela retrocedeu freneticamente tratando de se proteger com as mãos. Bateu contra a parede, e estava prestes a gritar chamando por Wrath quando os homens se deixaram cair de joelhos formando um círculo à sua volta. Com um só movimento, como se tivessem ensaiado aquela coreografia, afundaram as adagas no chão a seus pés e baixaram a cabeça. O forte som do aço de encontro à madeira parecia tanto uma promessa como um grito de guerra.

Os cabos das adagas vibraram.

O rap continuou pulsando.

Pareciam esperar dela alguma resposta.

– Hum. Obrigada – disse ela.

Os homens ergueram a cabeça. Estampada nas duras feições de seus rostos havia uma total reverência. Até o cara da cicatriz mostrava uma expressão respeitosa.

Wrath, então, entrou, com uma garrafa de calda de chocolate Hershey.

– O bacon já vem – sorriu ele. – Ei, eles gostaram de você.

– Ainda bem – murmurou ela, olhando as adagas.

– AMANTE SOMBRIO, p. 322

Os Irmãos estavam recebendo sua nova rainha, apesar de Beth não saber qual papel iria desempenhar no futuro, por isso ela passou por duas transições naquela noite: a primeira foi se tornar uma vampira, a outra foi as boas-vindas ao mundo particular de Wrath e da Irmandade como sua *leelan*, sua "muito amada".

E uma das cenas mais eróticas do livro? Além da primeira vez em que eles ficam juntos, acho que é quando se encontram na casa de Darius. A noite começa difícil (graças, entre outras coisas, ao fato de

Wrath ter discutido com Tohr, quando Tohr diz a ele: "Bom pra você. A propósito: belo traje."). Mas o momento de intimidade do casal termina com... bem, Wrath falando sobre como adora pêssegos. As coisas passam de sombrias e tensas para sensuais assim:

Beth se inclinou para frente na cadeira, abriu a boca, colocando os lábios ao redor do morango e o tomou inteiro. As narinas de Wrath se dilataram ao vê-la morder. E quando um pouco do doce sumo escapou e escorreu para seu queixo, ele chiou.
– Deixe-me limpar isso – murmurou baixinho. Esticou-se para frente, e segurou-lhe o queixo. Ergueu seu guardanapo. Ela colocou a mão sobre a dele.
– Use sua boca.
Um som grave, saído do fundo de seu peito, retumbou no aposento.
Wrath se curvou na direção dela e inclinou sua cabeça. Vislumbrou as presas quando os lábios dele se abriam para a língua passar. Ele lambeu o sumo escorrido e se afastou. Olhou-a fixamente. Ela devolveu o olhar. As velas tremeluziram.
– Venha comigo – disse ele, oferecendo sua mão.

– AMANTE SOMBRIO, p. 230

A cena mais tocante? Para mim, é aquela na clínica de Havers no final do livro. Wrath ainda está muito mal depois de levar um tiro na barriga, e acabou de sair do coma. Beth está tentando se comunicar com ele porque Wrath está agitado e triste, mas ele tem dificuldades para falar. Ela perguntou se precisa do médico, comida, bebida ou sangue e ele não quer nada disso:

Os olhos dele se fixaram em suas mãos entrelaçadas. Depois, seu olhar se dirigiu para o rosto dela.
– Eu? – sussurrou ela. – Precisa de mim?
Não parou mais de apertar a mão dela.

– Oh, Wrath... Já me tem. Estamos juntos, meu amor.
As lágrimas escorriam como uma corrente impetuosa, o peito tremia com os soluços, a respiração era entrecortada e rouca. Ela segurou o rosto dele entre as mãos, tentando acalmá-lo.
– Está tudo bem. Não vou à parte alguma. Não o deixarei. Prometo a você. Meu amor...
Finalmente, as lágrimas diminuíram e ele recobrou um pouco a calma.
Um resmungo saiu de sua boca.
– O quê? – Beth se inclinou.
– Queria... salvar você.
– E conseguiu. Wrath, você me salvou.
Os lábios dele tremeram.
– Amo. Você.
Ela o beijou suavemente na boca.
– Eu também amo você.
– Volte a dormir. Agora.
E, então, fechou os olhos, exausto.
A visão dela embaçou enquanto colocava a mão na boca e começava a sorrir. Seu belo guerreiro estava de volta. E tentava lhe dar ordens de sua cama de hospital.

– AMANTE SOMBRIO, p. 419

Acho que isso diz muito sobre eles. Então, vou parar por aqui.

Amante Sombrio foi a base de lançamento para todos os Irmãos, não apenas para Wrath e Beth. Eu tinha bem claro na minha mente, mesmo no começo, para onde os sete Irmãos originais se encaminhariam e quem mais se uniria a eles. E assim como nos outros livros da série, os enredos que demorariam anos para se desenvolverem foram iniciados. Não porque eu fui brilhante, mas porque as cenas surgiam em minha mente e seriam postas em ação muito tempo depois.

Como eu disse, a história de Wrath é aquela da qual mais me orgulho – foi um começo totalmente novo que, pela primeira vez, foi realmente fiel ao que existe em minha mente. Eu ficaria chocada se um dia fizesse isso de novo e fosse tão longe como fui. Wrath foi uma completa reviravolta no gênero, tom e voz com os quais eu estava acostumada a escrever – e tudo isso num momento em que eu estava basicamente desempregada.

Agradeço muito por Wrath ter chegado e trazido os Irmãos com ele. Esse livro é dedicado a ele e com razão.

Rhage, filho de Tohrture
Também conhecido como Hal E. Wood

Queria lhe sugerir outra palavra para que a pronunciasse;
algo como apetitoso, sussurro ou morango.
Bom mesmo seria inconstitucionalissimamente.

– AMANTE ETERNO, p. 72

Idade: 165.

Ingresso na Irmandade: 1898.

Altura: 2,03 m.

Peso: 127 kg.

Cor dos cabelos: loiros.

Cor dos olhos: azul-esverdeado.

Marcas físicas de identificação: tatuagem multicolorida de dragão com garras cobrindo as costas. Cicatriz da Irmandade no lado esquerdo do peito; *nome:* MARY MADONNA – entalhado na pele na parte superior das costas e nos ombros em estilo anglo-saxônico.

Observação: possui um dragão interior que é liberado quando se irrita devido a um castigo infligido pela Virgem Escriba (que ele controlou para salvar Mary). Agora tem a capacidade de controlar seu alter ego até certo ponto, pois foi domado por sua *shellan.*

Arma preferida: sua besta.

Companheira: Mary Madonna Luce.

Descrição: apesar da excelente aparência, o cara nada tinha de mauricinho. Possuía um quê de... animal, isso sim. Não se deslocava e se comportava como as outras pessoas.
Na verdade, movia-se como um predador; seus ombros largos acompanhavam o movimento dos pés, a cabeça mudando constantemente de direção, esquadrinhando. Ela tinha a incômoda sensação de que se ele quisesse, poderia liquidar qualquer um ali apenas com as mãos.

– AMANTE ETERNO, p. 91

Perguntas pessoais respondidas por Rhage

Último filme que assistiu: Piaf – um hino ao amor (culpa da Mary: ela disse que precisava de um descanso do meu festival do Bill Murray).

Último livro que leu: Uma lagarta muito comilona, de Eric Carle (para Nalla).

Programa de TV favorito: os realities shows *Flavor of Love* e *Rock of Love* ou qualquer coisa do Food Channel (P.S.: Quero que New York retorne e grave outra temporada).

Último programa de TV que assistiu: Talk Soup.

Último jogo que jogou: você não vai querer saber.

Maior medo: perder a Mary.

Maior amor: Mary.

Frase favorita: Mangia bene!

Cueca boxer ou tipo sunga? Qualquer uma que Mary goste de tirar!

Relógio: Rolex Presidential de ouro.

Carro: meu GTO púrpura.

Que horas são agora enquanto você preenche esta lista? Seis da tarde.

Onde você está? Em minha cama, nu.

O que está vestindo? Veja acima.

O que tem em seu closet? Roupas pretas, roupas de couro para lutar, roupas brancas para ver a Virgem Escriba. E uma camisa havaiana que a Mary está tentando me fazer usar. Certo, não é uma camisa havaiana, mas, tipo, é azul, e eu não gosto de cores em roupas. Mas ela está disposta a me subornar – e isso sempre é divertido!

Qual foi a última coisa que comeu? Cinco panquecas com manteiga, café, seis salsichas, dois pães, uma bandeja de morangos, pão de canela com cream cheese, laranja cortada ao meio (comi as duas metades) e três pães doces. E estou com vontade de beliscar alguma coisinha.

Descreva seu último sonho: Digamos que eu acordei e o transformei em realidade meia hora atrás.

Coca-cola ou Pepsi? Coca-cola.

Audrey Hepburn ou Marilyn Monroe? Marilyn Monroe, acho. Mas isso é uma discussão inútil, e não só porque ambas já morreram. Acontece que Mary é a única mulher para mim.

Kirk ou Picard? Kirk. Ele foi o sedutor do espaço e merece ser reconhecido!

Futebol americano ou beisebol? Futebol americano, por ser um esporte de contato.

Parte mais sensual do corpo de uma fêmea: Depende do meu humor. Acho que sou onívoro. E isso quer dizer que gosto de mordiscar... tudo e qualquer coisa.

Do que você mais gosta em Mary? A voz dela. A maneira que ela consegue rolar ao meu lado na cama e conversar comigo na escuridão do dia e me mostrar que estou seguro.

A primeira coisa que disse a ela: "Quem é você?"

A resposta dela foi: "Meu nome... meu nome é Mary. Estou aqui com uma amiga."

Último presente que deu a ela: Comprei uma única rosa branca para ela ontem à noite. Ela ficou emocionada. Sabe, ela não é o tipo de fêmea que gosta de ostentar, minha Mary Madonna. Por exemplo, eu comprei um anel de noivado antes de nossa cerimônia de união, porque ela é um ser humano e é assim que as coisas acontecem entre eles. É um diamante, porque você sabe; só o melhor para Mary. A peça tem sete quilates. Fritz o comprou para mim em Manhattan, no distrito dos diamantes. Quando eu o dei a ela, Mary foi muito educada e agradeceu, mas guardou o anel na gaveta. O que ela usa? Um anel comum dourado. V. fez um para nós dois, porque, como eu disse, Mary é um ser humano e queria que nós usássemos alianças depois de nossa cerimônia de união. É engraçado, mas não entendi o lance das alianças até começar a usar a minha. Afinal, para nós, vampiros machos, marcamos nossa pele para mostrar que temos parceiras. Mas o mais interessante da aliança é que todo mundo consegue vê-la, mesmo quando estamos vestidos. Sempre uso a minha, exceto quando saio para lutar.

A coisa mais romântica que você já fez para ela: Parece que ela gostou muito da rosa. A maneira com que ela sorriu para mim fez com que eu me sentisse muito bem.

A coisa mais romântica que ela já fez para você: A maneira com que agradeceu pela rosa.

O que você mudaria nela? Nada, apenas seu gosto por filmes. Meu DEUS! Aquela fêmea é capaz de assistir a qualquer coisa que tenha legendas. E eu tento gostar dos filmes dela... mas é uma luta. Na verdade eu entendo. Depois de assistir a algo que ela gosta, preciso incluir uma dose de Bruce Willis ou talvez uma reprise de *Superbad.*

Melhor amigo (além de sua shellan*):* Butch e V.

Última vez em que chorou: Esta tarde. Pensei que *Piaf – um hino ao amor* nunca fosse terminar.

Última vez em que riu: Enquanto eu estava comendo. Butch fez as panquecas, e você deveria ter visto a cara do Fritz quando viu a cozinha depois. Butch sabe pilotar o fogão, apesar de não ser tão bom quanto V., mas cara, ele não consegue manter a cozinha limpa enquanto cozinha. O lugar não estava apenas bagunçado, parecia saído de uma guerra. Ajudamos a arrumar a bagunça, eu, V. e Butch... com vários *doggen*, que, depois de Fritz superar o choque, divertiram-se arrumando tudo. Os *doggen* adoram limpar, assim como eu adoro comer.

Entrevista de J. R. com Rhage

No dia seguinte da minha entrevista com Wrath naquele rio, deixei a casa de Rehvenge perto das cinco horas. Fiquei feliz por ter passado a noite ali. Wrath, Beth, Phury, Cormia e as Escolhidas são ótima companhia, e depois de horas de conversa, dormi como uma pedra – provando, como sempre, que o rei estava certo: minhas outras entrevistas com os Irmãos seriam melhores porque eu não ficaria exausta pela viagem.

O passeio de carro pelas montanhas Adirondacks para Caldwell foi adorável. A Northway é uma de minhas estradas favoritas, cortando caminho entre as montanhas nas quais eu passava férias na infância. As árvores ainda tinham as cores do outono, fazendo a paisagem ao redor resplandecer em vermelho, dourado e verde como joias ao pôr do sol.

Enquanto eu seguia com meu carro alugado, pensei em como os Irmãos eram diferentes três outonos atrás, quando sua história começou. Quero dizer... tantas perdas e ganhos. Tantos altos e baixos. Eu me lembro daquela primeira reunião em *Amante Sombrio*, na sala de estar de Darius, após sua morte; foi quando imaginei todos eles saindo da mata para recuperar Phury ao final de *Amante Consagrado*. Muitas mudanças...

Encontrei Fritz no estacionamento de um hotel Marriott, em Albany. Ele estava ali com o Mercedes, e depois de trancar meu Ford Escape alugado, sentei-me no banco de trás do S550 e o mordomo dirigiu para o sul por pelo menos uma hora. Ele conversa bastante, e eu adoro o som de sua voz: tem um leve sotaque, como a voz de Marissa, com a cadência de um concerto de Mozart.

Sei que estamos nos aproximando quando ele levanta a divisória que separa o motorista dos passageiros e conversamos por meio do sistema de alto falantes.

Quando finalmente paramos diante da mansão, estava começando a anoitecer e fico feliz por ver que há iluminação no pátio, pois assim consigo enxergar tudo quando ele abaixa a divisória. Estacionamos entre o Audi de Beth e o Porsche Carrera 4S cinza-chumbo de Z. Do outro lado do Porsche, há um Hummer preto que não reconheço e que não tem nenhuma parte cromada, nem mesmo as rodas. Sem que Fritz me diga, sei que deve ser o carro de Qhuinn. É bonito e, sem dúvida, bom para perseguições, mas, caramba, não tinha um carro que poluísse menos?

Fritz confirma minha conclusão, e conforme eu ando ao seu lado, vejo que a caminhonete novinha está amassada. Um amassado do tamanho de um corpo. Rapidamente sinto o cheiro de talco de bebê. Isso me lembra de que os "meninos" agora são soldados, e sinto-me meio nostálgica sem motivo.

Fritz permite que eu entre na mansão, pega meu casaco e conta onde todos estão – ou pelo menos onde estavam quando ele saiu para me buscar: Mary estava no Buraco com V. e Marissa cuidando do banco de dados do Abrigo. Butch, Qhuinn e Blay estavam treinando tiros no centro de treinamento. John está no quarto de Tohr com o Irmão. Rhage está no andar de cima, deitado de costas, ao lado de vários Alka-Seltzer.

Ah, a besta.

O mordomo pergunta quem eu quero ver primeiro, e eu pergunto se ele acha que Rhage pode querer conversar. Fritz concorda e me informa que Hollywood está ansioso por aquele momento – então subimos.

Quando chego à porta do quarto de Rhage, Fritz sai e eu bato.

Rhage: (abafado) Sim?

J.R.: Sou eu.
Rhage: Oh, finalmente. Entre.

Eu abro a porta e vejo o quarto escuro: a luz do corredor é consumida totalmente pela escuridão faminta. Mas antes de dar um passo adiante, as velas são acesas na mesa de centro e no criado-mudo.

Rhage: Não quero que você saia tropeçando nas coisas.
J.R.: Obrigada.

Caramba, Rhage não parece nada bem. Ele está deitado de costas e há muitos comprimidos por perto. Está nu, mas tem um lençol sobre o quadril. Quando olho para ele, lembro-me de que Rhage é o maior dos Irmãos em termos de peso. Ele parece enorme, mesmo estando numa cama grande como uma piscina olímpica. Ele não está bem. Suas pálpebras estão apertadas sobre seus olhos azuis-claros, a boca levemente aberta, a barriga grande como se houvesse um balão dentro dela.

J.R.: Então a besta saiu, não é?
Rhage: Sim. Ontem à noite, antes de amanhecer. *(Ele geme ao tentar se virar.).*
J.R.: Tem certeza de que quer fazer isto agora?
Rhage: Sim, estou louco para me distrair, e não posso assistir TV. Ei, pode me trazer mais antiácidos? Mary deixou seis aqui há meia hora, mas eles não duram muito.
J.R.: Claro que sim.

Fico feliz por fazer alguma coisa que o ajude, e eu me direciono para onde há quatro caixas cheias do remédio empilhadas ao lado de uma garrafa de água e um copo. Encho o copo, abro três embalagens e coloco os três comprimidos na água.

J.R.: (observando os comprimidos se dissolvendo) Talvez deva tomar algo mais forte...

Rhage: A doutora Jane tentou Prilosec. Não adiantou muita coisa.

Quando virei para ele, Rhage ergueu a cabeça e levei o copo até seus lábios. Enquanto bebe lentamente, eu me sinto culpada por notar como ele é bonito. Ele é o macho mais bonito que já vi, de qualquer espécie. Você quase sente vontade de tocar o rosto dele para ter certeza de que é real e não uma obra de arte do esplendor masculino. Ele tem as maçãs do rosto protuberantes, um queixo quadrado perfeito e lábios cheios e macios. Seu cabelo é loiro, com cachos que se espalham pelo travesseiro, além de ter um cheiro incrível.

Ao afastar o copo vazio de sua boca, Rhage abre os olhos. Neste momento lembro-me de que seu olhar brilhante é ainda mais arrebatador do que sua estrutura óssea.

Rhage: (rindo baixinho) Você está corando.
J.R.: Não, não estou.
Rhage: (continua rindo e diz em tom de brincadeira) Você está corada, você está corada.
J.R.: Você me dá vontade de te dar um tapa mesmo estando doente.
Rhage: (sorrindo) Oh, você diz as coisas mais doces.
J.R.: (rindo porque não há como se conter, ele é adorável assim) Pensei que sua visão ficasse ruim depois da besta.
Rhage: Sim, mas seu rosto está MUITO corado. Mas chega de falar de você, vamos falar de mim. *(pisca os olhos rapidamente)* Vamos, o que quer saber? Quais perguntas quentes eu devo responder?
J.R.: (rindo de novo) Você é o único Irmão que gosta de ser entrevistado.
Rhage: Que bom que consegui me distinguir daquele bando de bobos.
J.R.: O que aconteceu? *(sento à beira da cama)*
Rhage: Segui uma pista para encontrar outra casa de "persuasão" dos *redutores*, e digamos apenas que encontrei o que estava procurando e mais algumas coisas.
J.R.: (engolindo em seco) Havia muitos deles?
Rhage: Não. O suficiente. Trocamos tiros e uma das balas parou num lugar que eu não gostei.

J.R.: Onde foi?

Rhage: (tira o lençol das pernas, revelando um curativo ao redor da coxa) Eu e a besta nos damos muito bem agora, e ela não gosta quando sou ferido. *(rindo)* Mas Qhuinn, John Matthew e Blay vieram como reforço – como fizeram para mim e para Z. na semana passada. Cara... *(rindo)* aquele trio ficou um pouco surpreso com meu alterego.

J.R.: O que os garotos acharam da besta?

Rhage: Quando voltei a mim, acordei com eles ao meu redor. Parecia que tinham sido atropelados por um trem! Estavam pálidos e tensos. Acho que a besta tomou conta do esquadrão de assassinos que foi chamado como reforço. *(esfrega a barriga)* Devia haver muitos deles.

J.R.: Então você ainda precisa se recuperar depois disso. *(Rhage faz um "dã" e esfrega a barriga de novo.)* Certo, pergunta tola. Está mais fácil para você agora? Lidar com a besta?

Rhage: Bem... sim e não. Eu não reluto mais quando ela sai, e isso parece reduzir o tempo que fico mal depois. Mas ainda tenho que passar por isso até certo ponto – principalmente se faço... como posso dizer? Um lanchinho. O bom é que não me preocupo tanto mais com a besta transformar meus Irmãos ou os garotos num McLanche Feliz. É estranho. Desde que Mary chegou, a besta está se ajustando às pessoas. Não sei se isso faz muito sentido. É como se depois de nossa união, a besta fosse capaz de ver as pessoas como amigos ou inimigos em vez de pensar que todo mundo é comida, sabe?

J.R.: Que alívio.

Rhage: Caramba, eu costumava passar o tempo todo preocupado com isso. Então, sim, estou melhor em muitos aspectos. Antes eu ficava muito pior. Agora? Vou conseguir me levantar dentro de três horas. Ainda vou ter indigestão, mas aquelas dores horríveis no corpo não duram tanto. *(balança a cabeça)* Mas preciso dizer que mesmo se ainda fosse difícil de lidar com ela, não importaria para mim.

J.R.: Não?

Rhage: Tenho Mary. Por isso, mesmo que a besta me parta ao meio para sair, desde que eu consiga me recompor o suficiente para estar com ela, tudo bem pra mim.

J.R.: Que bonito.

Rhage: Ela também é.
J.R.: Aliás, eu queria perguntar uma coisa: fiquei sabendo que você e ela...
Rhage: Estamos pensando em ter um filho? *(ri)* Sim, pensamos. Vamos ver. A questão é que não sei como seria. Talvez surja uma oportunidade, mas vamos ver. Ainda estamos apenas falando sobre isso.
J.R.: *(sem querer pressionar)* Bem, acho que vocês dois seriam ótimos pais.
Rhage: Sabe de uma coisa? Eu também acho. É claro que ainda há algumas coisas que nós precisamos resolver. Cá entre nós... Mary é...
J.R.: O quê?
Rhage: *(balançando a cabeça)* Não, é particular. Enfim, se acontecer, será ótimo; e se não acontecer, não estou perdendo nada, porque tenho a ela. Afinal, veja o Tohr.
J.R.: Ele não está muito bem, não é?
Rhage: Não, não está. E para falar a verdade, está acabando com a sanidade de todo mundo. O problema é que não temos como não nos colocarmos no lugar dele, porque é nosso Irmão e sentimos o que ele sente e não queremos que fique tão triste. E é inevitável pensar em si mesmo. Eu sem Mary... *(Seus olhos se fecham, seus lábios se contraem.)* O que mais você queria me perguntar?

No silêncio que se seguiu, pensei em tudo pelo que as *shellans* passam todas as noites em que esses machos saem para lutar. É triste perceber que existe uma troca justa. Sem suas parceiras, os Irmãos são mortos-vivos e isso deve ser igualmente assustador aos fortes guerreiros. Até certo ponto, Rhage não precisa se preocupar em perder Mary, mas deve ser difícil viver entre caras que não são tão sortudos como ele.

Antes de eu perguntar sobre alguma bobagem, tipo a guerra de piadinhas entre ele e V., ouvimos alguém bater à porta. Antes de ser aberta, Rhage emite um ronronar, o que não me deixa surpresa ao ver Mary entrar. Como sempre, ela está vestida de modo modesto, com calça cáqui e uma camisa pólo, mas sua chegada faz Rhage se acender como se ela fosse a Miss Universo com um vestido brilhante. Ela aciona algo dentro dele. Rhage olha para ela com intensidade, concentrando-se. Ele brinca com todo mundo, mas com ela Rhage é todo sério, mostrando para mim que Mary é a exceção especial e que nós somos a regra.

Ah, e dá para sentir o odor de vinculação no ar. Eu mencionei que ele cheira muito bem?

Mary e eu nos cumprimentamos, e eu penso que três é demais quando Rhage se levanta do colchão e estica os braços na direção dela. Quando a abraça e fica parado, eu troco amenidades com ela e me viro para sair.

Rhage diz meu nome delicadamente, e eu olho para trás. Ele lança um sorriso breve e triste, como se o motivo pelo qual a está abraçando com tanta força fosse porque ganhou na loteria e não conseguisse entender o fato de ser tão sortudo. Eu aceno a cabeça uma vez e os deixo sozinhos.

Amante Eterno

As pessoas

Rhage.

Mary Madonna Luce.

John Matthew, também conhecido como Tehrror (Darius reencarnado).

Zsadist.

Phury.

Bella.

Wrath e Beth.

A Virgem Escriba.

Sr. X, Redutor Principal.

Sr. O(rmond).

Sr. E, que é pendurado na árvore.

Caith, vampira fêmea que encontra Vishous no One Eye.

Dra. Susan Della Croce, oncologista de Mary.

Rhonda Knute, diretora executiva da Linha Direta para Prevenção de Suicídios.

Nan, Stuart, Lola e Bill, atendentes da linha direta.

Amber, a garçonete do T.G.I. Friday's.

LOCAIS DE INTERESSE (TODOS FICAM EM CALDWELL, NO ESTADO DE NOVA YORK, A MENOS QUE SEJA ESPECIFICADO.)

Escritórios da Prevenção de Suicídios na Rua Dez.

One Eye, bar em Caldwell, perto da Rota 22.

T.G.I. Friday's na Lucas Square.

Casa da Mary, um celeiro adaptado perto da propriedade de Bella.

Casa da fazenda de Bella, localizada numa estrada particular perto da Rota 22.

Casa de Tohr e Wellsie.

Apartamento de John.

Centro de treinamento da Irmandade, embaixo da mansão de Darius (agora de Beth), com endereço não especificado.

Casa do Sr. X, nos arredores de Caldwell.

Centro de persuasão da Sociedade Redutora, a leste da montanha Big Notch, a trinta minutos do centro da cidade.

RESUMO:

Rhage, o membro mais perigoso da Irmandade, se apaixona por uma mulher humana que está morrendo – e é a única que pode domar sua besta e seu coração.

Primeira frase: – Ah, que inferno, V., assim você acaba comigo...

Última frase: E se deleitou com todo aquele amor.

Publicação: 2006 nos EUA, 2010 no Brasil.

Número de páginas: 447 (edição brasileira).

Data do primeiro esboço: Dezembro 2004 – agosto de 2005.

COMENTÁRIOS:

Os homens perfeitos (machos) simplesmente não me interessam tanto assim. Sabe aquele tipo "macho alfa"? Os bonitões de sorriso perfeitinho e muita confiança sexual (como se carregassem um rei dentro da cueca)? Bem, esses caras nunca me impressionaram.

Enquanto escrevia *Amante Sombrio,* Rhage apareceu em minha mente como um desses belos machos com os quais nem sonho. Ele era tão exibido e confiante com todas as moças que eu não o via exatamente como um herói. Afinal, que tipo de caminho uma pessoa como aquela poderia ter como história? "Cara fabuloso conhece uma menina. Cara fabuloso pega a menina. Hum... cara fabuloso mantém a menina, e não para de manter essa menina e então ela fica por ali ainda mais, afinal, ele é o Homem Perfeito, e ela gosta de fazer sexo com as luzes acesas."

Eu terminaria o livro no segundo capítulo. Em grande parte, por nojo. Afinal, qual é o "final feliz" para eles? Ela instala um espelho no teto e... bem, ele já está feliz porque é perfeito.

Na verdade, eu estava desapontada por Rhage ser o livro dois da série.

Eu descobri que ele viria depois de Wrath após escrever três quartos do *Amante Sombrio.* Ficou claro para mim durante aquela cena nos quartos subterrâneos de Darius, aquela na qual Beth dá a Rhage os antiácidos e o acalma enquanto ele tenta se recuperar da besta. Foi enquanto eu escrevia aquelas páginas que comecei a ter visões para o livro de Hollywood: eu via Rhage, a besta e a dificuldade que ele tinha em viver com sua maldição. Vi que para ele todo o sexo que fazia era vazio, simplesmente uma maneira de mantê-lo tranquilo. Eu o vi se apaixonando por Mary e se sacrificando por ela.

Ele não era perfeito.

Ele sofria. E lutava.

Quando consegui definir sua história, Rhage não apenas tinha se tornado interessante, mas também tinha conquistado meu amor. Estava muito mais atraente pelo fato de que sua vida de playboy não era um mar de rosas.

E isso me leva à regra número seis: o conflito é rei da história.

Uma das coisas que acredito que funciona em *Amante Eterno* é o conflito. Mary e Rhage precisam superar muita coisa para conseguirem ficar juntos. Precisam enfrentar a doença dela; precisam lidar com o fato de ela ser humana; precisam aceitar a besta e o que Rhage precisa fazer para controlá-la; e precisam passar pela transição dela para dentro do mundo da Irmandade. Cada vez que eles passam por um obstáculo, ficam mais fortes.

Veja, por exemplo, a recorrência da leucemia de Mary. No final do livro, quando fica claro que ela não tem muito tempo de vida, Rhage vai até a Virgem Escriba e implora que salve a mulher que ama. A Virgem Escriba analisa o pedido e apresenta a ele uma solução muito difícil. Ela diz que vai tirar Mary do próprio destino e salvá-la da morte. Mas, em troca, para preservar o equilíbrio universal, Rhage deve manter a maldição da besta pelo resto da vida e nunca mais ver Mary. Além disso, Mary não se lembrará dele nem do amor que viveram:

> *Sua voz tremeu.*
>
> *– Está me tirando a vida.*
>
> *– Essa é a questão – disse ela, em um tom extremamente terno. – Isso é o yin e o yang, guerreiro. Sua vida, metaforicamente, pela dela, de fato. O equilíbrio deve ser mantido, sacrifícios devem ser feitos se dádivas forem concedidas. Se eu salvar a humana por você, deve haver um profundo comprometimento de sua parte. Yin e yang.*
>
> *– AMANTE ETERNO, p. 428*

Esse é um conflito interno sério. Ele tem o poder de salvar a vida de Mary, mas apenas com um grande custo para si mesmo.

O conflito é o microscópio de um livro. Quando é usado para analisar um personagem, é possível enxergar o que há por baixo das narrativas da descrição física. É possível ver se ele é forte ou fraco, se tem princípios ou se é apático, se é heroico ou maldoso.

Na conversa entre a Virgem Escriba e Rhage a respeito da doença de Mary, o conflito dele é tanto externo quanto interno: é externo porque está sendo imposto por uma terceira pessoa – a Virgem Escriba –, e interno porque ele precisa confrontar seu desejo de se livrar da besta e seu amor por Mary. Rhage prova ser um herói porque sacrifica a própria felicidade pelo bem de quem ama – e, de modo mais abrangente, é o auge de sua jornada do macho egoísta que já foi para se tornar o cara equilibrado e apaixonado que é agora.

Entendeu por que eu acabei apaixonada por ele?

O conflito é essencial em todas as histórias. E eu penso nos altos e baixos ao se atravessar um conflito como se fosse um tabuleiro de xadrez sobre o qual os personagens se movem: o que eles fazem e aonde vão para chegar a uma solução são aspectos tão importantes quanto o que os colocou, em primeiro lugar, entre a cruz e a espada.

Regra número sete: a surpresa verossímil é a rainha da história.

A surpresa crível é a melhor jogada no tabuleiro para um autor. Muitas coisas podem ser surpreendentes, mas sem um contexto prévio para lhes dar peso, elas podem não ser críveis. Para fazer uma boa resolução numa história, é necessário ter os dois lados: um conflito realmente forte e um resultado imprevisível, porém verossímil.

Veja, por exemplo, o resultado final de *Amante Eterno*. Quando Rhage aceita a proposta da Virgem Escriba para salvar Mary, o relacionamento dele e de sua *shellan* termina. Permanentemente. Mas, no fim, ela volta para ele curada da doença e com todas as lembranças a respeito do que os dois viveram juntos. Ótimo! Fabuloso! Mas o problema é que isso não seria possível, de acordo com o que ficou estabelecido entre Rhage e a Virgem Escriba.

Olá, surpresa crível. Acontece que o sacrifício pela salvação de Mary já foi feito. Quando a Virgem Escriba vai até ela para salvá-la de seu destino, descobre que a mulher se tornou estéril em decorrência dos tratamentos para a leucemia. Na mente da Virgem Escriba, essa perda já basta para o equilíbrio funcionar. Ela diz:

> *A alegria de minha criação me sustenta sempre, e sinto uma profunda tristeza por você jamais vir a ter a oportunidade de carregar nos braços a carne de sua carne, de ver seus próprios olhos no rosto de outra pessoa, de misturar sua essência com a do macho que você ama. O que você perdeu já é um grande sacrifício.*
>
> *– AMANTE ETERNO, p. 438*

Quem poderia imaginar que a infertilidade de Mary pudesse ser a chave para que a heroína e o herói ficassem juntos? Eu, não... mas, surpresa! E entenda por que é crível. A infertilidade de Mary tinha sido mencionada antes, e a Virgem Escriba sempre se preocupou com o equilíbrio. Suas dádivas não podem ser dadas sem custo, de modo que o leitor compreende que sempre deve haver um pagamento, porque houve um precedente para isso.

Como eu disse, a decisão me surpreendeu – e foi fonte de grande alívio. Enquanto escrevia o livro, cheguei naquela cena com Rhage e a Virgem Escriba, na qual tudo parecia estar perdido, e senti vontade de bater a cabeça no monitor. Afinal, eu estava escrevendo um ROMANCE paranormal. E a única maneira de fazer uma separação funcionar no fim de um ROMANCE é quando envolve uma sogra ruim. Eu estava em pânico total, porque não conseguia pensar em como os dois conseguiram ser felizes para sempre.

Mas eles conseguiram, graças à surpresa verossímil.

Fortes conflitos e fortes resoluções satisfatórias, que não sejam óbvias, são o segredo. O problema é que, pelo menos para mim, nunca tenho certeza, até terminar de ver as cenas em minha mente, se as duas partes surgirão. Para dizer a verdade, nem imagino de onde vêm minhas ideias, e tenho a sensação de que completo cada história por um triz. Os finais são sempre complicados para mim, porque nunca sei com certeza se a mágica vai acontecer. Sinto que sou sortuda e agradeço quando consigo, mas não me esqueço de que as dificuldades voltarão.

Mais algumas coisas a respeito do livro de Rhage: quando terminei o rascunho e comecei a escrever, tive a sensação de que alguma coisa estava errada. O tom foi diferente da história de Wrath. Havia uma vibração mais para o lado de... bem, mais para Rhage, menos Wrath.

Para mim, isso foi um pouco assustador. Eu tinha pensado que sentiria a mesma coisa enquanto escrevesse os outros livros, mas isso não aconteceu, e ao longo do caminho aprendi que uma série não precisa envolver elementos idênticos. Contexto parecido, claro. Os mesmos personagens também, mas cada história vai ter seu próprio ritmo, andamento e sentimento. A de Wrath teve um final forte, com cadência e diálogos ágeis. A de Rhage me pareceu mais tranquila e romântica, mais engraçada também, e com mais sexo. O livro de Z. foi mais sombrio. O tom de Butch foi mais parecido com o de Wrath, incluindo grande parte do mundo. O livro de V. foi mais ousado e um pouco perigoso. O de Phury foi romântico, evocativo e quente.

E isso traz a regra de número oito: ouça sua intuição.

Não sei de onde vêm minhas ideias. As imagens em minha mente sempre existiram, e são elas estão no comando. Eu não queria que Rhage fosse o livro dois, mas acabou sendo. Eu queria que o tom do livro de Rhage fosse como o de Wrath. Não foi. Eu não sabia como Rhage e Mary terminariam juntos por séculos, já que ele é um vampiro e ela não. Mas isso aconteceu. (Aliás, eu queria que o processo de escrever o *Amante Eterno* fosse mais fácil, porque eu havia passado nove meses criando aquele mundo. Foi igualmente difícil, mas de uma maneira diferente. Falarei mais sobre isso depois.)

Acredito que tudo dê certo porque sempre deixo as coisas que estão na minha mente guiarem. Mesmo quando me perco, confio nas histórias. Principalmente porque não tenho escolha. Aquilo que simplesmente surge na minha cabeça é sempre infinitamente melhor do que aquilo que eu tento construir intencionalmente.

Aqui está um exemplo de como escutei a minha intuição no livro de Rhage. Quando comecei a escrever *Amante Eterno*, Vishous, que tem visões do futuro, apareceu e disse a Rhage que ele ficaria com uma virgem. Quando vi isso, pensei: "Bem, vai ser meio difícil, já que Mary esteve com alguém antes de conhecer Hollywood". Mas, ao mesmo tempo, eu disse: "Ok, V. disse isso, então vai para o papel". Então, ao longo do livro, V. deu sinais de que o nome de Mary tinha um sentido especial. Eu não fazia ideia do que ele estava falando, mas continuei imaginando-o, sempre com o nome. E pensei, "Bem, coloque isso e se não der em nada, eu tiro".

Apenas quando cheguei ao final do livro foi que as coisas ficaram claras. Mary e Rhage estavam se abraçando depois de se encontrarem de novo no quarto dele:

> *Ela ergueu a cabeça.*
> *– Sabe, minha mãe sempre me dizia que eu seria salva, acreditando em Deus ou não. Acreditava que eu não poderia me afastar da graça devido ao nome que me deu. Dizia que sempre que alguém me chamasse ou escrevesse meu nome ou pensasse em mim, eu estaria protegida.*
> *– Seu nome?*
> *– Mary. Ela me chamou assim por causa da Virgem Maria.*
>
> *– AMANTE ETERNO, p. 440*

Eu me lembro de digitar isso e rir alto. Vishous nunca erra!

Agora vou dar um exemplo de como não foi fácil seguir tudo o que estava em minha mente.

Enquanto fazia o esboço da história de Rhage, que teve cinquenta e oito páginas, eu vi uma cena que ia contra uma das grandes regras não ditas do romance. Na grande maioria dos romances, o herói nunca fica com outra mulher depois de encontrar e se envolver fisicamente com a heroína. Faz sentido. Afinal, quem em sã consciência poderia se apaixonar por alguém que pula de cama em cama?

Mas Rhage ficou com outra mulher depois de ficar com Mary. Os dois ainda não tinham feito amor, mas a atração existia e o elo estava estabelecido – pelo menos da parte de Rhage. O problema era a sua besta. Para manter sua maldição sob controle, ele era forçado a queimar a energia em excesso lutando e fazendo sexo, usando as duas coisas como válvulas de escape. Na noite em que o "adultério" ocorreu, ele estava numa situação difícil.

Estar perto de Mary mexia com ele em razão da atração que sentia por ela, e havia tentado, sem sucesso, conseguir uma luta, por isso estava chegando a um ponto crítico e perigoso. Ele detestou o que fez e detestou a si mesmo por sua maldição. E ficou óbvio que o que aconteceu foi criado pelas circunstâncias, e não por uma escolha que ele teria feito normalmente. Portanto, não foi um caso de falta de moral.

A cena na qual Rhage volta para o quarto foi dolorosa de escrever. Ainda consigo imaginá-lo depois do banho, sentado na beirada da cama. Tinha uma toalha enrolada na cintura, a cabeça estava baixa e parecia totalmente derrotado, preso pela realidade de sua maldição e de seu amor por Mary. A situação era muito dura, criando um conflito extremamente difícil entre os dois. Juntos, eles foram capazes de superar, mas eu sabia que aquela parte da história, em especial, não era algo com que os leitores ficariam à vontade. E conseguia entender o motivo. Quando escrevi o livro, eu me preocupei muito em como lidar com aquilo.

Quando comecei a escrever a série da Irmandade, não quis ser inovadora nem romper convenções, e continuo na mesma linha. Como eu disse, prometi que me manteria fiel ao que via. Esse continua sendo meu princípio de atuação. A dificuldade para mim sempre é "como mostrar o que tenho em mente sem ofender o gênero que respeito tanto?". É sempre um equilíbrio, e é nisso que meu editor e eu gastamos mais tempo no processo de revisão. Às vezes, como foi o caso de Rhage, acredito que realizo um bom trabalho seguindo meus princípios. Outras vezes, gostaria de poder fazer melhor. Também falarei mais sobre isso depois.

Por falar em revisão, há algo a ser dito sobre Butch. Originalmente, a história do tira e de Marissa era para estar no livro *Amante Eterno*. Os dois iriam se apaixonar, e ele se transformaria em um Irmão depois que sua transição começasse: e isso era tudo. Quando comecei a esboçar Rhage, fiquei animada em escrever a respeito de Butch e Marissa porque pensei que eles tinham muita química. Em minha mente havia muitas boas cenas com os dois.

Duzentas páginas depois, no entanto, percebi que tinha um problema. Butch e Marissa estavam competindo tanto por espaço com Rhage e Mary que eu, basicamente, estava escrevendo dois livros separados. O tira não era coadjuvante.

Mas a ideia de tirar essas cenas me assustava, porque temia que grande parte da essência do mundo ficasse comprometida. Também temia perder as cenas para sempre e elas estavam ótimas – naquele momento, eu não tinha certeza de quantos livros da série conseguiria fazer, e queria muito colocar Marissa e Butch em cena. Por fim, gostei muito do que escrevi. Gostei mesmo. Remover aquelas páginas era como se eu estivesse rebaixando o material.

Mas o livro não estava funcionando. Por mais que eu tentasse consertar e inventar desculpas, simplesmente não estava conseguindo o efeito desejado.

Era hora de lembrar-me da regra número três: *conheça sua história como ninguém.*

Se você percebe que uma coisa não está dando certo, por mais que goste, livre-se dela. Não espere que seu editor diga a você aquilo que, no fundo, você já sabe – e tome as decisões difíceis porque é a coisa mais certa a se fazer. Não estou dizendo que é simples. Apesar de saber que a história de Rhage estava correndo o risco de perder foco, eu não conseguia fazer os cortes e a recusa durou semanas. O que finalmente resolveu o problema foi perceber que minha certeza em não abrir mão prejudicava o livro. E essa percepção ficou cada vez mais forte.

Quando finalmente decidi que precisava mudar, arregacei as mangas e comecei a agir. Cortei as partes, simplesmente aparei tudo que era necessário. Fiquei com muito medo porque, como sempre, eu estava em cima do prazo: sabia que se roubasse a essência do livro, não seria capaz de consertar o que precisava, nem colocar Rhage na história a tempo (o que acarretaria muitos problemas de prazos para a minha editora).

Depois de reorganizar o material de Rhage, li tudo. Percebi que havia tomado a atitude correta.

O foco estava onde precisava estar, e o livro fluía melhor. O segredo é escutar a sua intuição sem pestanejar. Só porque acha que algo é brilhante, não permita que ele comprometa a história que você está escrevendo. Eu tento manter isso em mente em todos os momentos, porque existem muitas partes emocionantes nos livros da Irmandade – sempre corro o risco de escapar da história principal. E o equilíbrio dos enredos continua difícil.

Vamos ver... minha cena favorita no *Amante Eterno*? Difícil dizer, mas se eu tivesse de escolher, escolheria aquela da lua – a segunda, depois que Mary rompe o relacionamento com Rhage, depois de deixar a mansão da Irmandade e ir morar com Bella. Acontece logo depois de Rhage ver Mary na casa da fazenda e eles terem a conversa oficial do rompimento. Rhage a deixa no quarto no andar de cima e sai pela porta da frente. Ele se sente arrasado, completamente perdido. No céu noturno há uma grande lua, e quando olha para ela, claramente pensa no que Mary fez quando eles estavam no parque no segundo encontro:

> *Em vez disso, deteve-se bruscamente. Diante dele, a lua se elevava por cima das silhuetas das árvores e era cheia: um disco brilhante e gordo na noite fria, sem nuvens. Estendeu o braço para ela e a olhou com um olho fechado. Ajustando sua linha de visão, posicionou o luminoso astro sobre a palma da mão e a segurou com cuidado.*
>
> *Ao longe, escutou um ruído insistente que vinha da casa de Bella. Uma espécie de batida rítmica.*
>
> *Como aumentava de intensidade, Rhage olhou para trás.*
>
> *A porta principal da casa se abriu e Mary saiu correndo por ela, saltando da varanda, sem se importar onde pisava. Correu sobre a grama gelada com os pés descalços e se lançou nos braços dele, agarrando-se ao seu pescoço com ambos os braços. Ela o abraçou tão forte que a coluna dele estalou.*
>
> *Soluçava. Gritava. Chorava tanto que todo seu corpo tremia.*
>
> *Ele não lhe fez perguntas, abraçou-a apenas.*
>
> *– Não estou bem – disse ela com voz rouca e respiração entrecortada –, Rhage... eu não estou bem.*
>
> *Ele fechou os olhos e abraçou-a forte.*
>
> *– AMANTE ETERNO, p. 316*

Adoro essa cena porque é emocionante vê-lo repetindo o que ela fez em um momento mais feliz. E então quando ela sai da casa e o abraça, é marcado um ponto de virada para ela. Mary procura Rhage, finalmente deixando alguém entrar em sua vida. A cena mais erótica? Bem... a cena da cama. Sabe qual é... com as correntes? Vou apenas colocar um trecho aqui para que você se lembre. Foi um pouco antes de tudo dar errado, e Rhage está no Buraco procurando por algo que o mantenha na cama.

> *Rhage assentiu.*
> *– Só quero a Mary. A essa altura, não consigo sentir tesão por mais ninguém.*
> *– Ah, que droga, cara – murmurou Vishous.*
> *– Por que monogamia seria ruim? – perguntou Butch, enquanto se sentava e abria a lata de cerveja. – Acho o seguinte: você conseguiu uma mulher sensacional. Mary é gente boa.*
> *Vishous sacudiu a cabeça.*
> *– Você se lembra do que viu naquela clareira, tira? Você gostaria daquilo por perto da mulher que ama?*
> *Butch largou a Bud sem beber. Seus olhos percorreram o corpo de Rhage.*
> *– Vamos necessitar de um bocado de aço – murmurou o humano.*
>
> *– AMANTE ETERNO p. 388*

E isso me faz lembrar de uma das minhas frases favoritas do livro. Acontece logo no início, quando V. e Butch se esconderam no Escalade enquanto a besta de Rhage toma conta de alguns *redutores* em campo:

> *Em pouco tempo, a clareira estava vazia de redutores. Com outro rugido ensurdecedor, a besta olhou em torno como se procurasse algo mais para comer. Não encontrando outros assassinos, seus olhos se concentraram no Escalade.*
> *– Consegue entrar no carro? – perguntou Butch.*

– Se quiser de verdade, sim. Felizmente, não pode estar muito faminto.

– Sim, bem... mas e o que acontece se ainda tiver lugar para a sobremesa? – murmurou Butch.

– AMANTE ETERNO, p. 51

Outra cena que amo é quando fica claro que a besta é um perigo para todos, menos para Mary. O confronto final com os assassinos aconteceu na casa dela, e a besta cuidou dos *redutores*. Depois da matança, a besta se aproxima de Mary:

> *Sem aviso, a besta se virou e a atirou ao chão com a cauda. Saltou pelo ar até a casa, atravessando uma janela com o tórax. Um redutor foi puxado de dentro da casa, e o rugido de indignação da besta foi cortado enquanto ela prendia o assassino entre as mandíbulas.*
>
> *Mary se encolheu como uma bola, protegendo-se das barbatanas da cauda. Ela tapou os ouvidos e fechou os olhos, barrando os sons de mastigação e a horrível visão da matança.*
>
> *Momentos mais tarde sentiu que a cutucavam. A besta a empurrava com o focinho.*
>
> *Ela se virou e ergueu a vista para aqueles olhos brancos.*
>
> *– Estou bem. Mas vamos ter que dar um jeito nas suas maneiras à mesa.*
>
> *A besta ronronou e se esticou sobre o chão ao lado dela, descansando a cabeça sobre as patas dianteiras.*

– AMANTE ETERNO, p. 410

Mary ganhou o coração de Rhage e o da besta também; os dois dedicam-se fielmente a ela. E como ela diz, Mary também ama a besta "porque ela é bonitinha, como o Godzilla".

Nas cenas que imagino de Rhage e Mary com a besta desde o fim de *Amante Eterno*, tem sido ótimo ver que Rhage e seu alter ego se tornaram mais integrados. A besta nunca vai ser boazinha (os modos dele não melhoraram nada), mas ele não está tão incontrolável como era. Rhage está mais feliz e mais calmo. Mary está satisfeita com sua vida. Tudo está bem.

Com isso, chego a uma conclusão. Depois de cada livro da Irmandade, os Irmãos e suas *shellans* continuam vivendo, mudando e evoluindo como as pessoas fazem ao longo do tempo. Gostaria de poder mostrar mais como eles estão, quais novos desafios estão enfrentando e como seus relacionamentos ficaram mais profundos. As *Cenas da Vida* que eu posto de vez em quando no fórum me dão a oportunidade de mostrar novas cenas e, para mim, é consolador ver todos seguirem suas vidas. Como todos nós fazemos.

Então, este é Rhage. Agora falarei sobre meu Irmão favorito, Z.

ZSADIST, FILHO DE AHGONY

Quando me encontrou, estava morto, embora respirasse. Estava cego, embora pudesse ver. E então você chegou... e eu fui despertado.

– AMANTE DESPERTO, p. 448

Idade: 230.

Ingresso na Irmandade: 1932.

Altura: 1,98 m.

Peso: 122 - 127 kg.

Cor dos cabelos: multicoloridos, raspados.

Cor dos olhos: amarelos quando está calmo, negros quando está irritado.

Marcas físicas de identificação: algemas de escravo tatuadas em preto ao redor do pescoço e nos pulsos; cicatriz que desce da testa até a boca e distorce o lábio superior; muitas cicatrizes nas costas; mamilos com argolas (que ele mesmo furou); alargador na orelha esquerda; cicatriz da Irmandade no peitoral esquerdo; nomes BELLA e NALLA entalhados na pele da parte superior das costas e nos ombros em caracteres do Antigo Idioma.

Observação: hoje é alfabetizado, depois de anos sem saber ler. Tem um irmão gêmeo idêntico, Phury.

Arma preferida: duas pistolas SIG Sauer calibre quarenta. Antes, lutava com as mãos.

Companheira: Bella.

Descrição: *Zsadist se ajoelhou sobre um dos redutores, o rosto recortado por cicatrizes, distorcido pelo ódio, o deformado lábio superior repuxado para trás, as presas longas como as de um tigre. Com o cabelo raspado à máquina e as maçãs do rosto encovadas, parecia a personificação da Morte; e, como tal, trabalhava à vontade com o frio. Vestindo apenas um pulôver de gola rolê e calças negras folgadas, estava mais armado do que vestido: além do coldre peitoral para as lâminas cruzadas sobre o peito, que era a marca registrada da Irmandade da Adaga Negra, levava duas outras facas enfiadas em correias atadas às coxas e um cinturão com duas pistolas SIG Sauer.*

Não que nunca usasse a nove milímetros. Quando matava, gostava de tornar o ato íntimo. Na realidade, era o único momento em que se aproximava de alguém.

– *AMANTE DESPERTO, p. 14*

Perguntas pessoais respondidas por Zsadist:

Último filme que assistiu: Almôndegas, com o Bill Murray (valeu, Rhage).

Último livro que leu: Ah, os lugares aonde você irá, do Dr. Seuss, para a minha filhinha.

Programa de TV favorito: não tenho.

Último programa de TV que assistiu: Os Simpsons – gosto muito.

Último jogo que jogou: Banco imobiliário, com Wrath.

Maior medo: acordar e perceber que tudo foi um sonho.

Maior amor: Bella.

Cueca boxer ou tipo sunga? [deixou em branco]

Relógio: Timex – gosto de coisas que funcionam.

Carro: Porsche 911 Carrera 4S, cinza-escuro – como eu disse, gosto de coisas que funcionam.

Que horas são agora enquanto você preenche esta lista? Meia-noite (estou de folga hoje).

Onde você está? Escritório do centro de treinamento.

O que está vestindo? [deixou em branco]

O que tem em seu closet? [deixou em branco]

Qual foi a última coisa que comeu? Uma maçã-verde.

Descreva seu último sonho: [deixou em branco]

Coca-cola ou Pepsi? Coca-cola

Audrey Hepburn ou Marilyn Monroe? Oh, por favor. Isso é ridículo.

Kirk ou Picard? Quem?

Futebol americano ou beisebol? Esportes me entediam.

Parte mais sensual do corpo de uma fêmea: Não interessa para ninguém além de Bella.

A primeira coisa que disse a sua shellan*:* "Não sei o que você está fazendo aqui além de atrapalhar meu treinamento."

A resposta dela foi: "Sinto muito. Não sabia."

Último presente que deu a ela: Parte de mim quer dizer que foi um objeto ou algo assim. Mas acredito que o melhor e último presente que dei a ela foi ter me tornado um homem e começado a ser um pai de verdade para Nalla.

O que ela tem de mais atraente? Tudo. Cada centímetro de sua pele, cada mecha de cabelo, cada sonho e esperança em seus olhos, e todo o amor que existe dentro de seu lindo coração.

Última vez em que riu: Quando Bella fez cócegas em mim, há cerca de dez minutos.

Última vez em que chorou: Não interessa a ninguém, apenas a Bella.

Minha entrevista com Zsadist

Depois de sair do quarto de Rhage, fiquei por um tempo no corredor e escutei os sons da mansão. Vindo do andar de baixo, escutei a música do rapper T-Pain na sala de bilhar enquanto alguém jogava sinuca. Do outro lado do saguão, na sala de jantar, os *doggen* lavavam a louça depois da primeira refeição, falando delicada e alegremente – imagino que havia muita louça e muitos talheres a lavar. Atrás de mim, pelas portas fechadas do escritório de Wrath, o rei e Beth discutiam...

Zsadist: Olá.
J.R.: (virando-se) Oi...
Z.: Não quis assustá-la.

Zsadist impressiona pessoalmente. Ele está muito grande agora, muito diferente do que era antes de conhecer Bella. Se eu colocasse uma de minhas mãos em seu peito, poderia cobrir um dos lados, mas teria de me esforçar muito. Assim como seu corpo, seu rosto estava mais cheio, e aquela cicatriz, apesar de ainda estar muito perceptível como sempre, não parece tão assustadora porque seu rosto já não está tão magro. Hoje ele está usando uma calça jeans baixa (da marca Seven, creio eu) e uma camiseta preta da Team Punishment. Calça botas de combate e tem armas guardadas nos coldres embaixo dos braços.

J.R.: Não queria pular como pulei.
Z.: Quer me entrevistar?
J.R.: Se não houver problema para você.
Z.: (suspira) Não, não tenho problemas com isso. Desde que possa escolher o que responder.

J.R.: É claro que pode. *(Eu olho por cima da varanda.)* Podemos conversar na bib...
Z.: Vamos.

Quando um macho como Z. diz "vamos", você vai por dois motivos: primeiro porque ele não vai machucar você e segundo porque não vai permitir que nada machuque você. Assim, não há motivos para não ir. Além disso, não há motivos para fazer questionamentos. Claro, ele não vai te machucar, mas você quer mesmo irritá-lo? Não.

Descemos pela grande escadaria rapidamente, e quando chegamos ao saguão, passamos diante do quadro da macieira, seguindo na direção do vestíbulo. Os *doggen* na sala de jantar olham para frente, e apesar de estarem vestindo uniformes, sorriem calma e tranquilamente como se aquele fosse um dia de verão. Z. e eu acenamos para eles ao passarmos.

Z. manteve abertas as portas do vestíbulo para mim.

Do lado de fora, no pátio, respirei profundamente. O ar da primavera em Nova York é como uma queda d'água fria. Entra em suas narinas, descendo pelos pulmões com um arrepio. Adoro isso.

Z.: (Tira a chave do bolso.) Pensei em darmos uma volta.
J.R.: Que ótima ideia. *(Sigo Zsadist até o Porsche 911 Carrera 4S.)* Esse carro é...
Z.: Minha única posse, na verdade. *(Abre a minha porta e espera enquanto me sento no banco do passageiro.)*

Quando ele deu a volta para o lado do motorista e entrou, eu senti inveja do que vi. Os Porsches são carros esportivos luxuosos, mas têm suas raízes na corrida, e dá para saber. Não há penduricalhos no painel. Não há bancos macios. Nada decorativo. A única preocupação ali é com alta potência e desempenho.

Com toda certeza, um Porsche é um carro perfeito para ele.

Z. ligou o motor, e a vibração que veio da parte de trás deixa bem claro o número de cavalos ali. Conforme dirige sobre os pedregulhos, passando bem ao redor da fonte que havia sido seca para o inverno, ele controla a embreagem sem esforço.

Saímos pelos portões do local, e o trajeto montanha abaixo se torna um borrão para mim por causa do *mhis*. Quando atingimos uma área plana, há viradas e partes retas, e quando a paisagem volta a foco, estamos em uma das inúmeras intersecções na Rota 22.

Z. vira à esquerda e pisa fundo. O Porsche fica mais potente e se prende no asfalto como se os pneus tivessem lanças de metal e seu motor ganha força. Conforme avançamos, sinto um frio na barriga e seguro a alça da porta, mas não com medo de bater – apesar de Z. não estar com os faróis nem o painel acesos. Não, na noite sem lua, não há nada além do Porsche e a estrada macia, e tenho a sensação de que estou voando. Eu me seguro numa tentativa de me manter firme.

Quando me dei conta, soltei a mão. Não quis me prender.

J.R.: Isso me faz lembrar de Rhage e Mary.
Z.: *(sem desviar os olhos da estrada)* Por quê?
J.R.: Ele a levou para passear em seu GTO, certa noite, quando estavam se apaixonando um pelo outro.
Z.: É mesmo?
J.R.: Sim.
Z.: Que romântico safado, não é?

Atravessamos a estrada, ou podia ter sido uma galáxia, e apesar de não poder ver as curvas e elevações, sei que ele consegue. A metáfora com a vida é inevitável: viajamos por nosso destino num banco de passageiro, atravessando uma estrada que não enxergamos, guiados por alguém que enxerga.

J.R.: Você sabe para onde estamos indo.
Z.: *(ri baixinho)* Puxa, é mesmo?
J.R.: Você não é o tipo de homem que apenas dirige por dirigir.
Z.: Talvez eu tenha virado a página.
J.R.: Não. É apenas a sua natureza, e não é algo que precisa ser consertado.
Z.: *(olhando para mim)* E onde pensa que vamos?
J.R.: Não importa. Sei que você vai nos fazer chegar lá e voltar em segurança e que vai valer a pena.

Z.: Vamos torcer para isso acontecer.

Ficamos em silêncio, o que não me surpreende. Não se entrevista Z. Você simplesmente senta, abre um espaço e talvez ele o preencha, talvez não.

A próxima cidade depois de Caldwell fica a cerca de trinta minutos depois das pontes do centro da cidade, mas apenas doze minutos do complexo da Irmandade. Ao nos aproximarmos da saída, Z. acende os faróis. Passamos por um posto Exxon e pela sorveteria Stewart's e um McDonald's, além de uma série de lojas comuns, como o salão de cabeleireiros The Choppe Shoppe, a Browning's Printing, Graphics e a Luigi's Pizzeria.

Os estacionamentos estavam iluminados como se fossem um quadro de Edward Hopper, com a luz revelando carros estacionados, máquinas de gelo e cestos de lixo. Fiquei surpresa ao ver a quantidade de cabos suspensos nos postes de telefone e a maneira com que os semáforos estavam localizados nas intersecções. Pareciam os caminhos do sistema nervoso da cidade, pensei.

O silêncio não era constrangedor com Zsadist. Então chegamos a uma loja Target.

Z. entrou no estacionamento e se direcionou a um espaço reservado longe dos seis carros estacionados perto das portas da frente. Quando nos aproximamos do ponto, a forte luz do poste sobre nós se apagou – provavelmente porque ele quis.

Saímos, e enquanto caminhávamos em direção ao prédio marrom, Z. se aproximou como nunca antes. Ele estava uns dois passos atrás de mim, e por causa do seu tamanho, parecia que estava num andar acima. Estava me protegendo, e vejo isso como um gesto de gentileza, não agressão. Caminhando, nossos passos na calçada fria eram como duas vozes diferentes. As minhas eram de Shirley Temple. As dele, de James Earl Jones.

O segurança da loja, demonstra não gostar de nós dois. Ele se endireita no espaço que demarca a seção de alimentos e leva a mão ao spray de pimenta. Z. o ignora. Ou pelo menos acredito que é o que ele faz. O Irmão ainda está caminhando atrás de mim, por isso não consigo ver seu rosto.

J.R.: Qual seção?
Z.: Para a esquerda. Espere, quero um carrinho.

Depois de pegar o carrinho, vamos ao departamento de bebê. Chegando às araras de macacões e meias pequenas, Z. passa na minha frente. Ele manuseia as roupas da maneira mais delicada, como se já estivessem no corpinho de Nalla. Enche o carrinho. Não me pergunta o que eu acho das roupas que está comprando, e isso, para mim, não é um desrespeito. Ele sabe o que quer. Compra camisetas e fraldas de todos os tipos e cores. Sapatos pequenos. Um par de luvas que parecem roupinhas de boneca. E então vamos para a seção de brinquedos. Blocos. Livros. Bichos de pelúcia fofinhos.

Z.: Agora vamos ao departamento automotivo, depois para o de música e DVDs. E também aos livros.

Ele empurra o carrinho. Eu o sigo. Ele compra produtos para a limpeza do carro e um monte de panos. Pega o novo CD do rapper Flo Rida e um livro de culinária de Ina Garten. Quando passamos pela seção de alimentos, ele pega um pacote de pirulitos. Paramos na seção de roupas masculinas, ele escolhe dois bonés do Miami Ink. No departamento de papelaria, pegou algumas lindas folhas de papel grossas e um conjunto de lápis de cor. Pega um cachecol vermelho de tricô da seção de mulheres, e então parou diante de uma prateleira de correntes de prata que têm pingentes pendurados. Escolheu um com um coração de quartzo e tomou cuidado ao colocar em cima da organizada pilha de macacões.

Pensei que ele estivesse sendo cuidadoso com a maneira com que tocava as roupas de bebê por serem roupas de bebê, mas, na verdade, ele tratava todos os produtos com o mesmo respeito. Ele parece um assassino frio e sua expressão é tão sombria quanto o negro de seus olhos, suas mãos, porém, não são violentas. Quando pegava alguma coisa de uma prateleira, arara ou vitrine e não queria mais, devolvia onde estava.

E quando encontrava uma blusa que tinha sido guardada de qualquer maneira ou um livro que estava torto na prateleira, ele os acertava.

Z. tem uma alma gentil. No fundo, ele é como Phury.

Fomos até o caixa, e o rapaz de vinte anos que dali estava cuidando, olha para Z. como se o Irmão fosse um deus. Enquanto observo todos os itens sendo escaneados, percebo que o objetivo da viagem não é apenas pegar as coisas, mas mandar a mensagem. Aqueles itens são a entrevista dele. Está me dizendo como ama Nalla, Bella e seus Irmãos. Está mostrando sua gratidão.

J.R.: (delicadamente) O cachecol vermelho é para a Beth, certo?
Z.: (dá de ombro e pega uma carteira preta) Isso.

J.R.: Ah... porque um presente para Beth é um presente para Wrath. E aposto que o produto de limpeza de carros serve para que os três caras massageiem o Hummer de Qhuinn. Mas não há nada para...
Z.: Nada para dar a ele. Não há nada que ele queira, e um presente faria com que se sentisse pior.

Tohr. Deus, Tohr...

Depois de Z. pagar com um cartão AmEx preto, passamos pelo segurança, que olha para a sacola vermelha e branca como se tivesse visão de raios X e pudesse haver armas ali dentro – apesar de não serem vendidas armas na loja.

Do lado de fora, ajudo Z. a colocar seus produtos no pequeno assento traseiro do Porsche. Não cabem todos, e eu acabo com alguns deles nos meus pés e no meu colo.

Ficamos em silêncio durante a volta para casa, até chegarmos ao *mhis* que cerca o prédio. Quando a paisagem voltou a ficar borrada, olhei para Z.

J.R.: Obrigada por falar comigo.

Faz-se uma pausa, e ela dura tanto tempo que penso que não terei resposta. Mas ele muda ao nos aproximarmos dos portões da mansão.

Z.: (olha para mim e acena com a cabeça) Obrigada por vir comigo.

Amante Desperto

As pessoas:

Zsadist.

Bella.

Phury.

John Matthew.

Rehvenge.

Sr. O.

Sr. X.

Sr. U.

Wellsie.

Tohr.

Sarelle, prima de Wellsie.

Lash, filho de Ibex.

Qhuinn, filho de Lohstrong.

Blaylock, filho de Rocke.

Catronia (A Ama de Z. quando ele era um escravo de sangue).

Locais de interesse (Todos ficam em Caldwell, no estado de Nova York, a menos que seja especificado.)

A mansão da Irmandade – localização não divulgada.

Casa da fazenda de Bella – estrada particular perto da Rota 22.

Centro de persuasão da Sociedade Redutora – a leste da Montanha Big Notch, a trinta minutos do centro da cidade.

Casa de Tohr e Wellsie.

Casa da família de Rehvenge.

ZeroSum (esquina das ruas Trade e Dez).

RESUMO:

Zsadist, um ex-escravo de sangue e o membro mais temido da Irmandade da Adaga Negra, encontra o amor ao salvar uma bela aristocrata da obsessão de um violento *redutor*.

Frase de abertura: Caramba, Zsadist! Não salte...

Última frase: Irmão, não; para você é cunhado. E ela estará em ótimas mãos, não se preocupe.

Publicação: 2006 nos EUA, 2010 no Brasil.

Número de páginas: 463 (edição brasileira).

Primeiro esboço escrito em: Novembro de 2005 – março de 2006.

COMENTÁRIOS:

Acho que vou começar falando de Z. com algo do *Amante Sombrio*. É um trecho do começo do livro, quando Wrath reúne a Irmandade depois do assassinato de Darius, cometido pelo *Redutor Principal* Sr. X. Zsadist chega exatamente assim:

> *A porta principal se escancarou de repente e Zsadist entrou na casa.*
> *Wrath o olhou com ar irônico.*
> *– Muita gentileza de sua parte aparecer, Z. Estava muito ocupado com as fêmeas?*
> *– Não enche, cara.*
> *Zsadist foi para um canto e permaneceu separado do grupo.*
>
> *– AMANTE SOMBRIO, p. 45*

Quando vi Zsadist entrar pela primeira vez naquela casa daquela maneira, percebi que ele era um antagonista. Tinha de ser. Sua vibração era de alguém que não se importava com nada. E então a impressão que ele passou ficou pior ainda com a cena de Beth acordando e encontrando-o ao seu lado:

> *O homem impressionante que estava diante dela tinha os olhos negros, sem vida. Um rosto duro cortado por uma cicatriz denteada. Seu cabelo era praticamente raspado, de tão curto. E suas presas, longas e brancas, estavam expostas.*
> *(...)*
> *– Sou bonito, não sou? – seu olhar frio era feito da mesma matéria da qual são feitos os pesadelos, os lugares lúgubres onde não há esperança, o próprio inferno.*
> *Que cicatriz, que nada: aqueles olhos eram o que tinha de mais aterrador.*
> *E estavam fixos nela como se estivesse tomando suas medidas para uma mortalha. Ou considerando-a para sexo.*
> *Ela afastou seu corpo dele, e buscou com os olhos alguma coisa que pudesse usar como arma.*
> *– O que foi? Não gosta de mim?*
> *Beth olhou para a porta, e ele riu.*
> *– Pensa que pode correr com rapidez o bastante? – disse ele, tirando a camisa para fora da calça de couro que usava. Suas mãos correram para a braguilha. – Tenho certeza que não pode.*
>
> *– AMANTE SOMBRIO, p. 258*

Certo, tudo bem, então não era um herói. Mas as vozes em minha mente diziam que ele precisava de um livro próprio e que precisava de um final feliz.

Ótimo. Fantástico. E não foi a última vez ao longo do período que passei escrevendo esta série que pensei "você SÓ PODE estar brincando... não vou conseguir escrever uma coisa dessas".

Mas ao final de *Amante Sombrio*, no entanto, eu fui seduzida... e totalmente levada a escrever a história de Z. Os pontos mais marcantes para mim foram duas cenas naquele livro. Uma delas é de Beth se reunindo com Zsadist enquanto preparavam os alimentos para a cerimônia de união. Na conversa, Z. revela que não tem qualquer intenção de ferir Beth e que não gosta de ser tocado. A outra cena acontece logo depois da cerimônia. As juras são feitas, assim como os entalhes nas costas, e a Irmandade está cercando o casal:

> *Então, uma voz forte destacou-se entre as demais, alcançando notas cada vez mais altas. O som do tenor era tão claro, tão puro, que arrepiava a pele, era como um cálido desejo no peito. As doces notas alcançavam o teto com toda sua glória, convertendo o aposento em uma catedral, e os Irmãos em seu altar.*
> *(...)*
> *Aquele homem coberto de cicatrizes, e sem alma, tinha a voz de um anjo.*
>
> – *AMANTE SOMBRIO, p. 378*

Ao final do *Amante Sombrio*, eu precisava escrever Z. com tanta intensidade que, apenas desta vez, reconsiderei a ordem da série indo contra o que tinha pensado inicialmente. Z. deveria ser o último da série, o fim dos dez livros (que incluíam Wrath, Rhage, Butch, V., Phury, Rehvenge, Payne, John Matthew e Tohrment). Mas quando vendi a série da Irmandade, o primeiro contrato era para três livros. Na época em que o acordo foi fechado, os livros paranormais estavam na moda, mas as pessoas estavam começando a especular quando o mercado alcançaria o ápice e começaria a cair em termos de popularidade. Não tinha certeza se conseguiria escrever todos eles.

Pode me chamar de otimista.

Foi com essa mentalidade que pensei no futuro, e quando terminei *Amante Sombrio* e comecei a esboçar o *Amante Eterno*, sabia que se não colocasse Zsadist no papel eu não me perdoaria. Assim, levei adiante.

Escrever sobre ele foi perturbador, e em alguns momentos precisei me levantar e me afastar do computador. Mas ele surgiu como eu o vi em minha mente, e eu o amo mais do que a qualquer herói que criei. Foi complicado, Z. era um sociopata completo. A dificuldade foi apresentá-lo de uma maneira que fosse fiel a sua patologia e ainda compreensiva o bastante para que os leitores vissem o que eu via nele e compreendessem por que Bella se apaixonou por ele.

Havia dois pontos-chave. Um deles foi a reação dele ao sequestro de Bella, e o outro foi seu passado como escravo de sangue e suas repercussões sexuais. Para obter o carinho dos leitores com Z., eu me enfiei numa situação clássica de mostrar, mas não contar. O livro começa com Z. tendo a importante missão de salvar Bella. Muito heroico, e o altruísmo era justificado, apesar de ser contrária à natureza dele, porque está óbvio que ele vê a situação dela por meio das lentes de sua prisão e abusos: ele não podia ajudar a si mesmo, mas certamente podia ajudá-la. E quando a liberta, ele a trata com muita delicadeza. Bella se torna um trampolim para que ele expresse algo caloroso e protetor, e suas interações com ela equilibram as cenas mais sádicas e masoquistas.

E então há o lado sexual das coisas. Mostrando o poder da Ama sobre Z. por meio de uma série de *flashbacks*, o leitor consegue ver que ele foi transformado no monstro no qual se tornou, ou seja, não nasceu daquela maneira. Os problemas sexuais de Z. com Bella apresentados em *Amante Eterno*, são prova de que os traumas pelos quais passou estão com ele até hoje e o definem como macho. Pelo menos até Bella aparecer em sua vida.

Havia uma chance grande de Z. não convencer como herói, e fiquei muito nervosa quando minha editora leu sobre ele pela primeira vez, porque eu não tinha certeza de que havia conseguido passar a ideia. Mas ela o adorou, assim como os leitores. E eu também, apesar de admitir que não o reli desde que fiz a revisão das provas finais – e o livro dele foi o único que não abri quando voltou para mim.

Acredito que vai demorar muito tempo para que eu o releia. Talvez nunca faça isso.

Tenho algo a dizer a respeito do processo editorial e de publicação. Muitas pessoas, autores com livros já publicados e também leitores, perguntam como os diferentes estágios de produção funcionam e quanto tempo cada um demora. Para mim, tudo dura cerca de nove meses.

Quando termino o esboço, que demora pelo menos um mês, eu o envio a meu editor, que o lê. Quando acertamos os detalhes, começo a trabalhar, pegando o que está no esboço e aumentando com descrições, diálogos e narrativa. Costumo escrever metade do livro, e então volto, leio e edito o que acho que devo naquela parte do material. Essa releitura é essencial para mim. Nos livros da Irmandade, há tanta coisa acontecendo que não quero correr o risco de perder todos os detalhes do enredo e desenvolvimento dos personagens. Quando chego à metade de novo, termino o livro. Esse primeiro processo de redação demora cerca de quatro meses trabalhando sete dias por semana.

Geralmente, tiro uma semana de folga e deixo o texto descansar enquanto trabalho com outras coisas. Esse intervalo é muito importante porque, ao voltar ao livro, meu olhar está descansado – e quando não dou esse intervalo, acho que o rascunho nunca está tão bom quanto deveria. Quando volto, costumo usar mais seis semanas para fazer a ordem correta das cenas e as quebras de capítulos no momento certo e com a intensidade certa de emoção. Depois, uso mais algumas semanas para deixar tudo "redondo".

Nesse momento, estou cansada e tonta, porque quanto mais perto do final do livro eu chego, mais compridos meus dias ficam – geralmente, duas semanas antes de entregar textos, trabalho de quatorze a dezesseis horas por dia. Quando é quinta-feira à noite (o prazo final para envio é sempre numa quinta-feira, para que o texto chegue na sexta-feira), eu imprimo o livro todo, entro em meu carro como um zumbi e dirijo para o outro lado da cidade, onde mando tudo por FedEX para a minha editora.

Geralmente, as caixas com as folhas pesam cerca de cinco quilos e custam cem dólares para despachá-las.

Depois que minha editora lê o material, ela e eu repassamos o que acreditamos ser bom e o que poderia ser mais forte. Mudamos o que pode ser um pouco demais para o mercado, sexualmente ou em termos de violência. Adoro em minha editora o fato dela permitir que eu seja fiel ao que vejo, sem ditar as regras. É uma colaboração concentrada em cuidar para que o que está em minha mente vá para o papel com o melhor impacto possível – e quaisquer mudanças ou adições são minha escolha, apenas minha.

Depois da reunião editorial, volto e retrabalho o texto, deixando-o mais firme, tornando as palavras mais precisas, amplificando quando necessário. Nesse momento, os capítulos estão definidos, a ordem das cenas está sólida, os altos e baixos de emoção e ação estão nos pontos certos, então só preciso acertar detalhes. Isso e os diálogos. Sou incrivelmente minuciosa com todas as palavras, diálogos e o fluxo, e reescrevo diversas vezes. Nada nunca parece bom o suficiente.

Nessa fase do processo, eu costumo passar seis semanas, e o texto cresce em número de páginas a cada revisão bem-sucedida que faço. Um primeiro rascunho para mim costuma ter cerca de quinhentas páginas, com fonte *Times New Roman* tamanho doze, espaço duplo. (Não consigo escrever com a fonte *Courier*, apesar de ser a preferida de muitos autores – por algum motivo não consigo achar minha voz com ela.) Quando termino a revisão, o texto tem cerca de seiscentas páginas.

Depois das revisões, vou de novo até o correio numa noite de quinta-feira, como um zumbi mais uma vez. Geralmente, minha editora e eu fazemos apenas um ciclo de revisão, não porque sou excelente ou um gênio, mas porque sou muito crítica com meu trabalho e acerto o material até o fim antes de entregar para ela.

Em seguida, vêm a preparação do texto para publicação. Depois de minha editora ler o livro todo e aprová-lo, o texto vai para um preparador, que verifica tudo à procura de palavras erradas, problemas gramaticais, grafia dos termos originais, pontos de coesão entre as cenas e linha do tempo. Ele também faz as marcações para tipografia – que parecem um código Morse, com pontos e traços com caneta vermelha.

Provavelmente devo confessar que não sou o sonho dos revisores. Em meus livros, uso muito a linguagem informal. Em minha opinião, a forma coloquial da língua é mais interessante e real do que a "notação formal"; é intensa e forte, diferente da norma culta. Sou grata ao preparador que costumamos contratar, porque ele não tenta me derrubar com um manual de estilo (aquelas bíblias de referência para quem quer escrever corretamente).

Quando a revisão volta, eu repasso o texto, respondo perguntas que foram feitas nas margens, recuso ou aceito inserções ou exclusões de palavras, e abordo os problemas que minha editora e eu encontramos nas revisões. Geralmente, meus textos ficam muito limpos, mas ainda consigo encontrar coisas que me irritam. Quando leio o que escrevi, é como passar a mão por um pano que não deveria ter emendas. As coisas que não ficam fluidas me irritam muito e eu tenho que trabalhar e retrabalhar as palavras até não mais sentir os pontos duros.

Depois de enviar o texto de volta, o próximo passo são as provas. As provas são as folhas impressas do que serão exatamente as páginas do livro – pense num livro aberto em qualquer página, e as provas são os lados direito e esquerdo reproduzidos. Leio tudo de novo nesse formato, e sempre quero mudar algo. Nunca fico satisfeita de verdade.

Então, este é o meu processo. E preciso dizer que Zsadist complicou ainda mais, porque algumas das cenas do seu livro eu não queria escrever, muito menos editar. Até mesmo para este Guia, quando saí em busca de trechos dos outros livros para os dossiês não consegui fazer isso com Z.

O que é esquisito, porque dentre todos os machos e homens sobre os quais escrevi, ele é meu favorito. Sem dúvida. Mas muita coisa em sua história é muito perturbadora.

Quais cenas me emocionaram? Elas continuam na minha mente de modo tão vívido que não preciso abrir o *Amante Desperto* para me lembrar delas. Uma das mais difíceis para mim foi escrever a sequência na qual Z. é levado para dentro do que será sua cela pela próxima centena de anos pelo guarda a quem ele servia cerveja quando trabalhava na cozinha. Ele acabou de ser estuprado pela Ama pela primeira vez e é tão inocente, sentindo-se ferido e assustado. Nenhum dos machos olha para ele, toca-o ou sente pena dele. Eles o veem como sujo, apesar de ser uma vítima. Conforme Z. caminha, chorando, com os restos do que a Ama havia usado nele ainda sobre seu corpo, meu coração ficou em frangalhos.

É terrível.

Outra cena que acabou comigo foi quando Bella encontrou Z. no chão do banheiro, esfregando-se, tentando ficar limpo o suficiente para que ela se alimentasse dele. Z. estava esfregando a pele já vermelha, mas por mais sabão e esfregadas que usasse, ainda se sentia totalmente imundo.

E então houve a cena na qual Z. forçou-a a feri-lo para que ele pudesse atingir o ápice no sexo.

Também há partes que não quero ler de novo e que não são sobre Z.

Eu sabia, enquanto escrevia o livro, que a morte de Wellsie seria difícil para os leitores. Foi difícil para mim. Eu chorei ao escrever a cena em que Tohr está no escritório do centro de treinamento com John Matthew e está telefonando para sua casa, esperando que Wellsie vá buscá-lo, rezando para que ela esteja bem. Quando ele tecla os números de novo, a Irmandade aparece na porta do escritório. A voz de Wellsie é ouvida na gravação da secretária eletrônica e Tohr recebe a notícia de que ela foi morta.

Alguns leitores e outros autores me disseram que fui corajosa por matar um personagem principal. Outros ficaram muito desapontados com minha escolha. Apesar de eu respeitar totalmente os dois pontos de vista, a questão é que para mim não foi coragem nem escolha. Foi apenas o que aconteceu. Eu sempre soube que Wellsie seria morta; a única coisa que me surpreendeu foi isso ter ocorrido tão cedo na série. Pensei que seria mais tarde nos livros, mas as cenas que imagino nem sempre vêm em ordem cronológica, por isso nem sempre sei *quando* vão acontecer.

Uma observação extra: posso dizer que as pessoas que não gostaram da morte dela tiveram menos problemas quando expliquei que não foi algo melodramático de propósito e que, basicamente, também fiquei arrasada. Acredito que quando trabalhamos com personagens de quem os leitores se sentem próximos, e coisas ruins acontecem a eles, desde que você mostre que não é indiferente, que também está arrasado, preocupado e triste, os leitores, então, têm menos chances de se sentirem manipulados.

Mais algumas coisas sobre Zsadist: Bella deveria ter recebido mais espaço.

Nos livros da Irmandade, minhas heroínas nem sempre ganham atenção suficiente ou espaço no livro, e eu sei por quê. Um de meus pontos fracos como escritora, e isso aparece na série, é que entro tanto nas mentes e vidas dos meus heróis que as personagens do sexo feminino correm o risco de serem eclipsadas.

Entende? O lado bom com os Irmãos é que eu os vejo com muita clareza.

O lado ruim com os Irmãos é que eu os vejo com *muita* clareza.

É difícil escolher onde acrescentar e onde filtrar, e não apenas no que diz respeito à vida deles. A série como um todo está sempre progredindo em minha mente: as mudanças na guerra estão acontecendo: Wrath está cada vez mais com divergências com a *glymera*; desafios estão ocorrendo nos relacionamentos dos Irmãos e suas *shellans*. Nada fica parado no mundo, e nem sempre sei o que deixar de lado.

Voltando à Bella, gostaria de ter passado mais tempo mostrando como a experiência dela de ficar nas mãos do Sr. O. a afetou emocional e psicologicamente. Eu descrevi as consequências, mas poderia ter dito mais. Claro, ela obtém a (dúbia) satisfação de matar seu captor no final, mas acho que eu deveria ter mostrado mais o processo de cura que ela passou para que os leitores tivessem uma ideia mais clara de como sua mente estava.

E quanto ao romance? Bella era perfeita para Zsadist – a única fêmea que eu consegui imaginar se relacionando com ele (e Z. é o único macho forte o bastante para que ela respeite – afinal, Rehvenge é o irmão dela!).

Eles são um ótimo par, e eu me lembro da primeira vez em que se encontraram no *Amante Eterno*. Zsadist está dando socos no saco de areia na academia, e Bella interrompe seus exercícios. Ela se sente atraída por ele no mesmo instante enquanto o observa por trás, e mesmo depois que ele se vira e ela vê seu rosto com cicatriz e percebe seu comportamento rude, ainda assim se sente atraída a ele.

O início da conexão mútua entre eles prolonga-se em direção ao final daquele livro. Na festa que Rhage organiza para Mary na mansão da Irmandade, Bella toca o cabelo de Phury por curiosidade. Z. está observando das sombras e se aproxima dela:

> *Cheia de desejo, Bella o imaginou olhando para ela enquanto seus corpos se fundiam, o rosto dele a poucos centímetros*

do seu. Tal fantasia a fez erguer o braço. Queria passar a ponta do dedo por toda a cicatriz até a boca. Só para saber o que ele sentiria.

Com um rápido movimento, Zsadist se esquivou do contato, com os olhos abertos como se ela o tivesse chocado. A expressão foi rapidamente suprimida.

Com voz inabalada e fria, ele disse:

– Cuidado, fêmea. Eu mordo.

– Nunca dirá o meu nome?

– AMANTE ETERNO – p. 350

Phury se aproxima e os separa. Levando Bella para o lado, ele faz uma afirmação que era muito verdadeira antes de ela entrar na vida de Z.:

– Meu gêmeo não está triste ou confuso. Ele está destruído. Entende a diferença? Se fosse o caso de uma das duas coisas talvez você pudesse dar um jeito nele, mas, destruído? Tudo o que se pode fazer é esperar para enterrá-lo.

– AMANTE ETERNO, p. 350

Mais tarde naquela noite, Bella termina seguindo Z. até seu quarto. A visita não termina como ela esperava, com os dois juntos na cama. Mas ela descobre algo a respeito daquele guerreiro durão por quem está tão atraída. Isso aconteceu logo após ele quase a possuir, mas parar e rolar de cima dela até o chão frio:

Meu Deus, seu corpo estava em péssimas condições. Sua barriga era côncava. Os ossos do quadril espetavam a pele. Era verdade que devia beber só das humanas, pensou ela. E também não comia muito.

Ela se concentrou nas tatuagens que lhe cobriam os pulsos e o pescoço. E nas cicatrizes.

Destruído. Não triste ou confuso.

Embora ela se envergonhasse de admitir agora, a aura sinistra daquele homem havia constituído, para ela, a maior parte de seu encanto. Era tão anômala, tão contrastante com tudo que ela conheceu na vida... Tornava-o perigoso, excitante, atraente. Mas tudo foi uma fantasia. Aquilo era a realidade.

– AMANTE ETERNO, p. 367-368

Como eu disse antes, o sequestro de Bella foi parte do motivo pelo qual eles terminaram juntos, porque isso abriu Z. emocionalmente para ela de um modo que não teria acontecido de outra maneira. Acredito que Bella ainda assim o teria tocado, porque ela é uma boa mistura de força e compaixão. Mas também é realista e deixa aquele relacionamento para trás no final do livro, quando Z. a afasta. A separação deles, juntamente com outras forças em sua vida, foi o que motivou Z. a fazer algumas mudanças importantes.

Preciso dizer que, para mim, o epílogo do *Amante Desperto* foi ótimo. Z. está de volta malhando na academia na qual Bella o viu pela primeira vez, mas quando ela entra e leva a pequena Nalla a seu pai, dá para ver até onde eles chegaram. Afinal, quando Z. volta e pisca para os aprendizes enquanto segura Nalla?

suspiro

Mas há algo importante: como eu disse, a realidade para mim nessa série é que a vida das pessoas não para apenas porque o livro delas terminou. E é por isso que resolvi publicar o conto inédito deste Guia. É lógico que Z. teria problemas para criar um elo com a filha e eu valorizo muito a oportunidade de mostrar essa parte do desenvolvimento dele como macho, *hellren* e pai.

E por falar em família... Phury. Não é possível falar de Z. sem falar de Phury. Phury tem me fascinado desde aquela cena em *Amante Eterno* na qual volta depois de bater em Z. a pedido do próprio. Os olhos vagos de Phury ao surgir do túnel do centro de treinamento foi o que me chamou a atenção, e eu estava louca para ver onde ele terminaria e como se apaixonaria. E então, em *Amante Desperto*, ele vai ainda mais longe por seu irmão gêmeo. Acredito que a cena na qual Phury marca o próprio rosto simboliza o problema no qual se encontra, psicológica e emocionalmente. Durante toda a vida, ele foi consumido pelo sequestro e escravidão de seu irmão, e o resgate de Z. não salva nenhum deles do sofrimento. Quando Phury raspa a cabeça e passa uma adaga no próprio rosto para tomar o lugar do irmão nas mãos do *redutor* que sequestrou Bella, ele se torna Zsadist.

Falarei mais sobre Phury depois, mas ele foi quase heroico demais, equilibrando o anti-heroísmo de Z. com uma personalidade de autossacrifício que acabava prejudicando-o.

Mais uma coisa... Rehvenge... oh, Rehv. Ter uma chance de exibi-lo era uma das grandes alegrias deste livro. Ele era e ainda é um cara lindo que só traz problemas e me deixou morrendo de vontade de escrever seu livro mesmo naquela época.

E Rehv era importante por outro motivo.

Foi em *Amante Desperto* a primeira vez em que eu havia tentado esconder de propósito a identidade de um personagem. O Reverendo, dono da boate e traficante de drogas, e Rehvenge, aristocrático, irmão protetor de Bella, eram a mesma pessoa, mas eu não queria que o leitor soubesse disso até o fim, quando Z. e Bella vão para a casa da mãe dela. Fiz isso mostrando Rehv pelo ponto de vista de outras pessoas, e se há alguma coisa no ponto de vista dele, tive o cuidado de não revelar nada para que o leitor ligasse os pontos. Foi como Butch diria: um truque esperto. Literalmente cuidei de todas as palavras dos diálogos de Rehv para que não houvesse dicas e o tornasse crível em ambos os papéis.

Certo, acho que já falei bastante sobre Zsadist e seu livro. Butch está, como sempre, desejando receber atenção e ainda precisamos falar sobre Vishous e Phury

Vou terminar aqui dizendo que ainda sou apaixonada por Z. e sempre serei.

E isso diz tudo.

Dhestroyer, Descendente de Wrath, Filho de Wrath
Também conhecido como Butch O'Neal

"Você tem um pouco de mim em você, tira – Wrath sorriu ao colocar os óculos de novo. – É claro que eu sempre soube que você era da realeza. Só não sabia que era da parte boa."

– AMANTE REVELADO, p. 352

Idade: 38.

Ingresso na Irmandade: 2007.

Altura: 2 m.

Peso: 118 kg.

Cor dos cabelos: castanhos.

Cor dos olhos: castanho-claros.

Marcas físicas de identificação: tatuagem preta na base da espinha em forma de linhas agrupadas. Cicatriz da Irmandade no peitoral esquerdo; nome MARISSA entalhado na parte alta das costas e nos ombros em estilo anglo-saxônico; o dedo mínimo da mão direita é levemente deformado, algo que ocorreu depois da transição; cicatriz no abdome.

Observação: É a realização da Profecia do Destruidor da Sociedade Redutora. Depois de seu sequestro realizado pela Sociedade, e de receber uma intervenção do Ômega, Butch se tornou capaz de consumir os *redutores* por meio da inalação – o que, ao contrário das punhaladas, impede o retorno dos assassinos ao mestre e, assim, ameaça a existência do Ômega.

Arma preferida: Seu charme e personalidade espirituosa (quando pressionado, ele disse preferir uma Glock calibre 40).

Companheira: Marissa, filha de Wallen.

Descrição: *Butch deu uma volta diante de um espelho de corpo inteiro, sentindo-se um "frutinha", mas incapaz de fazer coisa alguma para evitar. O terno negro risca de giz caía-lhe muito bem. A impecável camisa branca de colarinho aberto ressaltava seu bronzeado. E o bonito par de sapatos Ferragamo que encontrou em uma caixa acrescentava o toque final.*
Estava bastante atraente, pensou. Desde que ela não olhasse muito de perto e visse seus olhos avermelhados.
As quatro horas de sono e a grande quantidade de uísque se faziam notar.

– AMANTE SOMBRIO, p. 358

Olhando profundamente nos olhos castanhos dele, ela acariciou seu cabelo espesso e escuro. Contornou as sobrancelhas dele com o polegar. Passou a ponta do dedo por seu nariz que, por ter sido quebrado tantas vezes, estava cheio de calos. Passou o dedo de leve em seu dente lascado.
– Estou meio acabado por causa das lutas, não é? – ele disse.
– Mas, olha, com uma cirurgia plástica e uns dentes postiços, posso até ficar bonitão igual ao Rhage.
Marissa olhou para a estátua e pensou em sua vida. E na vida de Butch.
Balançou a cabeça lentamente e se inclinou para beijá-lo.
– Eu não mudaria nada em você. Nem uma coisinha.

– AMANTE REVELADO, p. 486

Perguntas pessoais respondidas por Butch:

Último filme que assistiu: Os fantasmas contra-atacam com Bill Murray, excelente filme de Natal.

Último livro que leu: Green eggs and ham, do Dr. Seuss, para Nalla.

Programa de TV favorito: Episódios antigos de *Columbo* ou qualquer coisa na ESPN.

Último programa de TV que assistiu: "Um crime quase perfeito", da primeira temporada de *Columbo* – o episódio foi dirigido por Steven Spielberg. Fantástico, né? Conheço as falas de cor, já o assisti muitas vezes.

Último jogo que jogou: Pebolim com V.

Maior medo: Não ser quem Marissa acredita que sou.

Maior amor: Marissa.

Frase favorita: "Os atos ruins, assim como a beleza, estão nos olhos de quem vê".

Cueca boxer ou tipo sunga? Qualquer uma da Empório Armani.

Relógio: Tenho muitos relógios – quarenta e nove da última vez que contei. Adoro a alta relojoaria. No momento, estou usando um Golden Tourbillon Panoramique, da Corum.

Carro: Escalade, preto. Começou sendo de V., agora é de nós dois.

Que horas são agora enquanto você preenche esta lista? Duas horas da manhã.

Onde você está? No Buraco, num dos sofás de couro. Estou assistindo o *Sports Center* da ESPN. E também estou ouvindo Ludacris. V. está olhando por cima do meu ombro. O cretino não acreditou quando eu falei que minhas respostas não vão ajudá-lo a passar no teste – ai!

O que está vestindo? Calça jeans Diesel, camisa branca Vuitton, blusa de lã preta Brunello Cucinelli e colônia Acqua di Parma. Oh, e sapatos Gucci. O cinto é Martin Dingman.

O que tem em seu closet? Para começar, tenho mais de um closet. Sou viciado em roupas – bem melhor do que o uísque que eu vinha consumindo – mas, caramba, são caras. Tenho peças formais das marcas Tom Ford, Gucci, Vuitton, Hermès, Zegna, Marc Jacobs, Prada, Isaia, Canali – todas as mais conhecidas. Roupas casuais e esportivas de diversas marcas, como Pal Zileri, Etro, Diesel, Nike, Ralph Lauren, Affliction – não sou esnobe. As peças de lã são Lochcarron of Scotland. Phury e eu comparamos as roupas diversas vezes – e competimos. Fritz nos ajuda a conseguir as coisas. O *doggen* vai para Manhattan e volta com o carro cheio de coisas que pedimos ou que ele acha que vamos gostar. Ele tira nossas medidas. Para camisas sob medida, ternos e calças, mantemos relacionamento com algumas lojas e mandamos modelos que eles usam como molde. Olha, se o fato de usar roupas bacanas faz de mim um metrossexual, que seja. Aceito, mas continuo com o dente da frente lascado e saio todas as noites para lutar. É isso aí.

Qual foi a última coisa que comeu? Panquecas com manteiga e uma xícara de café. Com Rhage. Ele sempre me faz sentir um peso-leve com a comida: é capaz de comer uma alcateia – e ficar pronto para outra em segundos.

Descreva seu último sonho: Havia um túnel comprido, escuro e um trem entrando nele. Muitas vezes. Vá em frente, analise.

Coca-cola ou Pepsi? Uísque Lagavulin. Qual é o problema? É um líquido numa garrafa. Tudo bem, vai: Coca-cola.

Audrey Hepburn ou Marilyn Monroe? Prefiro muito mais classe do que substância. Audrey sem dúvida. (E Marissa é muito mais elegante do que ela, então já dá para imaginar.)

Kirk ou Picard? Kirk. Total.

Futebol americano ou beisebol? Membro da Nação Red Sox. Não preciso dizer mais nada.

Parte mais sensual do corpo de uma fêmea: Seria indiscreto dizer. Mas você pode imaginar.

Do que você mais gosta em Marissa? Adoro a pele, os cabelos e a maneira que ela cruza as pernas na altura dos joelhos e une as mãos no colo. Adoro seu sotaque, seus olhos azuis-claros e seu modo discreto de mulher contida que me deixa... bem... Ela tem um ótimo senso de estilo, bom gosto e acorda perfumada. Mais do que isso, ela sempre me amou como sou, nunca quis que eu fosse diferente. E isso a torna um anjo.

Primeiras palavras que você disse a ela: "Não... não volte para dentro... não vou machucar você.".

A resposta dela foi: "Como posso ter certeza?".

Último presente que deu a ela: Uma poltrona. Há dois dias. A poltrona anterior rangia e não dava apoio para a coluna. Então, eu a levei a uma loja de móveis e pedi a ela que escolhesse uma, e comprei aquela que ela mais gostou.

A coisa mais romântica que você já fez para ela: Não sei. Não acho que sou bom nesses assuntos românticos. Jesus, não faço ideia!

A coisa mais romântica que ela já fez para você: O fato de me acordar todos os dias sorrindo. Tenho gosto requintado, mas um único sorriso dela não tem preço.

O que você mudaria nela? Às vezes gostaria que ela não trabalhasse tanto. Não em termos de horas, mas a pressão que ela coloca em si mesma para salvar todas as pessoas que aparecem no Abrigo. Ela me lembra de quando eu cuidava dos homicídios na polícia. Nem todos os resultados são o que você espera. Eu faço o que posso para estar por perto e conversar. Marissa me faz muitas perguntas a respeito dos casos nos quais trabalhei e como lidei com as famílias. O que ela faz agora e o que eu fazia antes – há muitos paralelos. Isso nos aproxima.

Melhor amigo (além de sua shellan*):* Vishous, depois Rhage. E Phury também.

Última vez em que chorou: Não choro. Nunca.

Última vez em que riu: Há poucos minutos, quando V. trocou a fralda de Nalla. Vou apanhar por isso, mas caramba, aquilo foi... ai!

Minha entrevista com Butch:

Quando Zsadist e eu voltamos da Target, eu ajudei a levar as sacolas para dentro da mansão. Estávamos acabando de levá-las para dentro quando Butch saiu da porta embaixo da escada. Estava usando uma blusa de lã preta da marca Izod com uma camisa branca por baixo e calça também preta. Os sapatos são da Tod's. Pretos, sem meia. Ele estava segurando uma bolsa no ombro e sorria.

Butch: Minha vez!
Z.: (inclinando-se sobre a bolsa e tirando dali um dos bonés do Miami Ink) Pra você.
Butch: Poxa, este é legal. *(Pega o boné e o coloca na cabeça.)* Obrigado, cara.
Z.: Também trouxe um para o seu amigo.
Butch: Então é outro presente pra mim, porque não vamos ter de brigar por causa deste. *(Virando-se para mim.)* Está pronta?
J.R.: Totalmente. Onde estão?
Butch: Lá no fundo *(Aponta para trás.)* Por aqui.

Eu sorrio para me despedir de Z. e ele retribui a expressão, torcendo o lábio marcado brevemente, com os olhos amarelos. Eu penso por um momento que Nalla e Bella são muito sortudas; depois, sigo Butch para dentro de um dos meus cômodos favoritos na casa. A biblioteca tem livros em todas as paredes, menos nas janelas, nas portas e na lareira. Existem quadros de paisagens espalhados nas paredes, dando um toque de casa colonial inglesa ao espaço.

Butch: (olhando para trás) Aposto que não sabe aonde vamos.
J.R.: Não é só na biblioteca?
Butch: (se aproxima de uma das portas francesas e abre) Isso aí. E vamos lá.
J.R.: O que há dentro da bolsa?
Butch: (Lançando seu sorriso característico, aquele que tira o foco de seu nariz quebrado e do dente lascado, aquele que o transforma no homem mais atraente do mundo.) Não é um lançador de batatas.
J.R.: Por que não fico tranquila com isso? *(saindo e parando).*

Butch: (com orgulho) Quero te apresentar a Edna.
J.R.: Não sabia que era possível fazer isso com um carrinho de golfe.

Edna é um carrinho normal de golfe... mas que foi completamente transformado como um carro de luxo. Tem um enfeite de capô da Cadillac e a grelha do radiador parecida com a de um Escalade. É preta, com bordas e para-choques cromados, banco de couro e não me surpreenderia nem um pouco descobrir que ela tem motor turbinado. E se fosse possível colocar óxido nitroso num motor elétrico, eu estaria procurando pelo botão injetor no painel.

Butch: Ela não é demais? *(coloca a bolsa no banco de trás e assume o volante)* Eu queria algo meio Elvis.
J.R.: Missão cumprida. *(Entro ao lado dele. Fico surpresa com o que sinto.)* Aquecedor de banco também?
Butch: Isso aí. Espere até escutar o som.

Escutamos Kanye West e saímos pelo gramado bem cuidado, passando por canteiros de flores que foram cortadas para o inverno que se aproxima. Conforme percorremos, eu me seguro e começo a rir. Andar num carrinho de golfe acorda sua criança interna de seis anos, e sinto arrepios conforme avançamos. O fato de estarmos sendo acompanhados por Kanye cantando a respeito da vida boa torna tudo perfeito.

Butch: (falando mais alto do que a música) Sabe o que é o mais legal de dirigir isso de noite?
J.R.: (gritando também) O quê?
Butch: (aponta para os dentes) Não há insetos.

Veados correm com as caudas em pé. Assim como Z., Butch não acende os faróis, mas por Kanye West estar tocando tão alto, não acho que existe o risco de pegarmos um daqueles lindos animais em nosso caminho.

Por fim, Butch diminui a velocidade de Edna à beira da floresta. A música é desligada e o silêncio da noite toma conta de tudo como um bom anfitrião. Butch pega a bolsa e juntos caminhamos cerca de seis metros, seguindo na direção da mansão, ainda longe.

Butch coloca a bolsa no chão, abre o zíper e começa a procurar por algo ali dentro. Tira uma série de partes finas de metal, que começam a se encaixar.

J.R.: Posso ajudá-lo? *(Apesar de não saber o que ele está fazendo.).*
Butch: Dois segundos.

Quando termina, formou uma plataforma estranha. A base fica a trinta centímetros do chão, suportando uma haste de metal que tem cerca de sessenta centímetros de altura.

Butch: (voltando para a bolsa) O essencial é a trajetória. *(Volta para a plataforma e mede a barra. Mais uma vez volta para a bolsa e dessa vez pega um...).*
J.R.: Oh, meu Deus, isso é fantástico!
Butch: (sorrindo) Eu que fiz. *(traz um foguete para mim)*

O foguete tem cerca de sessenta centímetros de comprimento da ponta para a base, e tem três seções. Ele é branco, com um logotipo do Red Sox pintado na lateral, a parte de cima é fluorescente, sem dúvida para marcar o caminho e aumentar as chances de recuperá-lo no escuro.

J.R.: Eu não sabia que você gostava disso.
Butch: Eu costumava fazer modelos quando era criança. De aviões e de carros também. A questão é que algumas pessoas gostam de ler, mas sou um pouco disléxico, por isso ler nunca foi relaxante – era muito difícil acertar as letras. Com modelos, é uma maneira de me concentrar quando estou acordado. *(sorri para mim)* Com isso, faço também alguma coisa com as mãos, e você sabe como me sinto em relação a isso. *(Pega o foguete e o coloca na base de lançamento, escorregando-o num poço vertical. Faz mais ajustes.)* Pode trazer os fios da ignição? São os dois montes amarrados.
J.R.: (vou até a bolsa) Caramba. Você tem mais uns três aqui.

Butch: Eu tenho me mantido ocupado. Pegue a lanterna, pode ser que precise dela. Pedi a V. que desligasse os sensores de movimento nesta parte do terreno.

J.R.: (pego a lanterna que ele me dá e encontro os fios) Quer esta caixa com o interruptor também?

Butch: Sim, mas deixe aí. Devemos estar distantes quando lançarmos.

J.R.: (Levo os fios, e quando ele estica o braço para pegá-los, percebo o dedo mínimo torto da mão direita.) Posso perguntar uma coisa?

Butch: Claro que sim. É para isso que servem as entrevistas, certo?

J.R.: Você sente saudade de alguma parte de sua vida antiga?

Butch: (hesita um pouco para desenrolar os fios) A resposta que primeiro vem à minha mente é não. É o que penso primeiro. *(continua desenrolando, então pega o foguete do lançador e prende os fios na parte de baixo)* E a verdade é que estou mais feliz como estou agora. Mas isso não quer dizer que não gostaria de fazer algumas coisas que fazia antes. Um jogo do Red Sox num sábado à tarde, com o sol no rosto e uma cerveja gelada na mão era bem legal.

J.R.: E sua família?

Butch: (a voz fica séria) Não sei. Acho que sinto falta da próxima geração. Por exemplo, gostaria de saber como são os filhos de Joyce e o que eles farão da vida. Os outros também. Acho que podia voltar para visitar minha mãe de vez em quando – mas não quero piorar a condição mental dela, e acho que minha visita não ajudou muito. *(escorrega o foguete de volta à base)* Mas continuo indo ao túmulo de Janie.

J.R.: É mesmo?

Butch: Sim.

J.R.: (Dou a ele um pouco de tempo para falar. Ele não fala.) Você ficou surpreso por ter chegado aonde chegou? Com os Irmãos?

Butch: Vamos nos afastar um pouco do foguete, está bem? *(Quando caminhamos na direção da bolsa, ele estende os fios na grama baixa.)* Se eu fiquei surpreso? Muita coisa em minha vida me surpreendeu mesmo antes de eu conhecer os Irmãos. O fato de eu ter me tornado um vampiro? Lutando contra os mortos-vivos? De certa forma, como isso pode ser mais surpreendente do que o fato de eu ter sobrevivido a todas as coisas autodestrutivas nas quais me meti antes de conhecê-los?

J.R.: Eu compreendo isso. *(faço uma pausa)* Mas e...
Butch: Pelo tom de incerteza, acredito que você quer perguntar a respeito de Ômega e do implante que ele fez, certo?
J.R.: Isso mesmo.
Butch: (arrumando o boné do Miami Ink) Isto vai parecer esquisito, mas vamos lá: para mim, é como se eu tivesse um tipo de câncer que não pudesse ser operado. Ainda consigo sentir o que ele colocou dentro de mim. Sei exatamente onde está em meu corpo e é ruim, errado. *(Leva a mão à barriga.)* Quero que ele saia, mas sei que se for removido, se fosse possível, eu não poderia fazer o que faço. Então... eu convivo.
J.R.: O depois se tornou mais fácil? Depois que você inala um...
Butch: (balançando a cabeça) Não.
J.R.: Então, além disso, *(mudo de assunto porque está claro que ele se sente desconfortável)* o que o surpreendeu mais desde que entrou para esta vida?
Butch: (ajoelhando-se ao lado da caixa de ignição) Você faz perguntas muito sérias, mulher. *(Olha para mim e sorri.)* Pensei que isto fosse ser mais divertido.
J.R.: Sinto muito, não é minha intenção deixá-lo...
Butch: Tudo bem. O que acha de lançarmos uns foguetes e depois voltarmos para as perguntas? Eu deixo você apertar o botão.

Nesse momento, tenho certeza que ele está erguendo as sobrancelhas para mim, mas não consigo ver nada embaixo da aba de seu boné. Sorrio mesmo assim, porque... bem, porque algumas coisas não conseguimos controlar.

Butch: Vamos, eu sei que você quer.
J.R.: (ajoelhando) O que devo fazer?
Butch: Isso funciona assim... (*segura a caixa azul*). Dentro dela há quatro pilhas. Viro a chave de ignição e a luz *(aponta para o ponto amarelo brilhante)* mostra que estamos prontos. Tiramos a chave *(puxa a chave)*, e quando apertamos este botão *(aponta para o botão vermelho)*, os fios levam a carga à ignição do foguete, e daí é só subir, subir, subir. Por isso é que temos quase cinco metros de fio. Está pronta? Vamos fazer a contagem regressiva. Três...

J.R.: (ele para a contagem) O que houve? Alguma coisa errada?
Butch: Você precisa dizer dois.
J.R.: Oh, sinto muito. Dois.
Butch: Não, precisamos começar de novo. Três...
J.R.: Dois.
Butch: Um... Fogo!

Eu apertei o botão, e um momento depois vimos um brilho, um flash e um som alto, como se houvesse cem antiácidos dentro de um copo com água. O foguete sobe no céu de outono, uma trajetória de arco de luz e fumaça atrás de um ponto brilhante. O ângulo é perfeito, levando-o exatamente para o centro da mansão. Sua descida é igualmente tranquila, e cerca de 90 metros do chão, o paraquedas se abre. Observamos o foguete descer lentamente, balançando de um lado a outro como o rabo de um cão preguiçoso. Nas luzes da biblioteca, eu vejo que ele aterrissa num canteiro de flores.

Butch: (baixinho) V.
J.R.: O que disse?
Butch: Você me perguntou o que mais me surpreendeu, e foi ele. *(Pega mais um foguete da bolsa. Este é muito maior e tem o logotipo da Lagavulin na lateral.)* Agora, esse *bad boy* é mais potente. Ele sobe quase o dobro do primeiro, por isso trouxe isto. *(pega um binóculo).* Minha visão está bem melhor do que quando eu era um ser humano, mas não chego nem aos pés dos Irmãos, por isso preciso do binóculo. Gosto de ver os paraquedas se abrindo.
J.R.: (desesperada para perguntar a ele sobre V., mas respeitando seu distanciamento) Quanto tempo você demora em construí-los?
Butch: Cerca de uma semana. Phury pinta o lado de fora. *(Vai até a plataforma e monta o foguete. Quando retorna, indica a caixa de ignição.)* Primeiro as damas, certo?

Fazemos a contagem regressiva e desta vez estamos coordenados. Quando ficamos em pé e vemos o foguete subir ao céu, sinto que ele está prestes a dizer algo:

Butch: Sou apaixonado por Marissa. Mas sem o V., eu estaria morto. E não só por causa dos poderes de cura que ele tem.
J.R.: E foi isso o que mais surpreendeu você?
Butch: (vira o binóculo na direção do foguete) A questão é que aquele relacionamento com V. não se ajusta com o meu jeito, e nem deveria... apesar de às vezes eu até querer que se ajustasse. Parece que seria menos importante se fôssemos apenas melhores amigos ou irmãos. Já é bem difícil ficar vulnerável a uma pessoa, como a sua esposa. Mas ver esse cara por aí, enfrentando *redutores*... Olha, eu receio perder os dois e detesto isso. V. sai sozinho às vezes e não posso estar com ele, e fico de olho no meu telefone o tempo todo até ele chegar em segurança. Algumas noites, Jane e eu passamos sentados, lado a lado no meu sofá, no Buraco, olhando para frente. *(pausa)* É uma porcaria, para falar a verdade. Mas preciso dos dois para ser feliz.

Butch volta, pega mais um foguete, e explica para mim como os faz. Este é mais ou menos do mesmo tamanho do Lag e foi pintado de preto com faixas prateadas. Nós o lançamos e Butch volta a ser engraçado, charmoso e irreverente, e fica difícil de acreditar que momentos antes ele falou sobre algo muito pessoal. Acredito que a conversa séria tenha acabado, mas quando lançamos o terceiro, ele volta a falar sobre Vishous... como se a subida e a descida do foguete criasse um espaço especial para as conversas.

Butch: Aliás, não é uma coisa esquisita como incesto.
J.R.: (arregalando os olhos) O que disse?
Butch: O fato de V. e eu sermos tão próximos. Somos assim desde antes do Ômega. Você sabe, quando aquilo aconteceu comigo. É claro, Vishous é o filho da Virgem Escriba e eu sou... o que sou graças ao irmão Dela, mas não há nada de esquisito nisso.
J.R.: Nunca pensei assim.
Butch: Ótimo. Aliás, eu gosto muito da doutora Jane. Ela é bem durona. Ela põe a cabeça dele numa bandeja se precisar. É bem engraçado de ver, apesar de V. se comportar sempre muito bem perto dela, o que é decepcionante.

J.R.: E Marissa? Como ela está lidando com a nova colega de casa?
Butch: Ela e Jane se dão muito bem, e a doutora tem ajudado muito. Ela faz os exames no Abrigo agora. É bem melhor ter uma médica realizando os exames. Os enfermeiros que Havers enviou são bons, mas fica mais fácil com Jane, e ela tem mais experiência médica.
J.R.: Marissa e Havers têm muito contato?
Butch: Não há motivo para isso. Ele é só outro médico. *(olha para mim)* A família é formada pelas pessoas que você escolhe, não por aquelas com quem foi criado. *(volta-se para a bolsa)*

Butch monta nosso último foguete, o meu favorito. É o maior e traz pintado o uniforme do jogador dos Sox David Ortiz e as palavras Big Papi na lateral. Fazemos a contagem regressiva. Aperto o botão. Ouve-se o som quando o objeto construído por Butch sobe. Enquanto vejo o brilho aumentar, percebo que está indo muito alto. Por fim, torna-se a única estrela no céu nublado e escuro.

Butch: (baixinho) Bonito, não é?
J.R.: Adorável.
Butch: Sabe por que eu os construo?
J.R.: Por quê?
Butch: Gosto de vê-los voar.

Observamos lado a lado quando o paraquedas se abre e o foguete volta para a terra e para o canteiro de rosas. Ao descer, balançando delicadamente de um lado a outro, o brilho em sua ponta indica sua localização em relação a casa. E de repente percebo, sem perguntar, o motivo pelo qual ele gosta de mirar na direção da mansão. Com todas as luzes de segurança, ele consegue encontrá-los com facilidade no chão. Mas Butch gosta da casa. Ele quer mandar aqueles modelos, com os quais gasta horas, para onde ele ama e onde precisa estar. Depois de ficar sem família e sem lugar no mundo por tanto tempo, ele tem agora seu paraquedas, seu trajeto lento e simples depois de uma ascensão meteórica. São as pessoas que habitam aquela mansão.

Amante Revelado

As pessoas:

Butch O'Neal.

Marissa.

Vishous.

A Virgem Escriba.

Ômega.

Sr. X.

Van Dean.

Wrath e Beth.

Zsadist.

Rehvenge.

John Matthew.

Blaylock.

Qhuinn.

Xhex.

Lash.

Ibex, pai de Lash e líder da glymera.

Havers.

José de la Cruz.

A mãe e a filha.

Joyce (O'Neal) e Mike Rafferty.

Odell O'Neal.

Locais de interesse (Todos ficam em Caldwell, no estado de Nova York, a menos que seja especificado.)

A mansão da Irmandade, localização não divulgada.

A Tumba, no terreno da mansão.

A clínica de Havers, localização não divulgada.

Centro de treinamento da Irmandade, no terreno da mansão.

ZeroSum, esquina das ruas Trade com a Dez.

Edifício Commodore, arranha-céu de luxo.

Quarto de Blaylock.

Casa de Ibex e Lash.

Abrigo, localização não divulgada.

Resumo:

Butch O'Neal descobre seu verdadeiro destino como vampiro e como Irmão, e se apaixona por Marissa, uma bela aristocrata.

Frase de abertura: E se eu lhe dissesse que tenho uma fantasia?

Última frase: A família, afinal, era o que importava. Só o que importava.

Publicação: 2007 nos EUA, 2011 no Brasil.

Número de páginas: 496 (edição brasileira).

Primeiro esboço escrito em: Março de 2006 – setembro de 2006.

Comentários:

Butch O'Neal me ganhou desde que o vi em *Amante Sombrio*, quando investiga a cena da bomba de Darius. Esta descrição é do ponto de vista de Beth. Gostei muito dele por observar a maneira como mascou o chiclete:

– Então, Randall, o que o traz por aqui? – Levou um pedaço de chiclete à boca e amassou o papel formando uma bolinha. Sua mandíbula trabalhava como se ele estivesse frustrado: não estava apenas mastigando, parecia triturar o chiclete.

– AMANTE SOMBRIO, p. 40

A agressividade de Butch era palpável e, para mim, isso é sensual. Minha atração aumentou quando ele prendeu Billy Riddle, o jovem que atacou Beth enquanto ela voltava para casa. Aqui, Billy, que garantiu que Beth "queria", está de cara no chão em seu quarto do hospital, e Butch está lendo seus direitos enquanto o algema:

– Você faz ideia de quem é o meu pai? – berrou Billy, como se tivesse conseguido recobrar o fôlego. – Ele fará com que lhe tomem o distintivo!
– Se não puder pagar um advogado, o estado vai providenciar um. Entendeu os seus direitos?
– Vá se danar!
Butch pegou o rapaz pela nuca e amassou-lhe o nariz contra o linóleo do piso:
– Entendeu os seus direitos?
Billy gemeu e assentiu com a cabeça, deixando uma mancha de sangue fresco no chão.
– Bom. Agora vamos cuidar da papelada. Detestaria não seguir o procedimento policial adequado.

– AMANTE SOMBRIO, p. 51

Butch O'Neal é exatamente o tipo de homem de que gosto: um durão que, apesar de nem sempre seguir as regras, tem seu próprio código de honra.

Além disso, é fã do Red Sox, portanto, muito melhor.

Os heróis nos livros da Irmandade não são perfeitos, nem de longe: por exemplo, Wrath quase mata Butch em *Amante Sombrio*, Rhage era viciado em sexo, Zsadist era um sociopata antes de conhecer Bella e Phury tinha problemas com drogas. Entretanto todos têm características heroicas além dessas falhas, o que os tornam atraentes.

Eu sempre escrevi sobre machos-alfa. Mas os Irmãos são machos-ALFA, se é que isso faz sentido. Talvez, em parte, seja por causa da minha regra número dois (escreva com intensidade). De modo que tudo nos livros da Irmandade da Adaga Negra é levado ao extremo, incluindo os heróis e suas atitudes. A maior parte disso, porém, é a regra de ouro – número oito (escute sua intuição). Os Irmãos em minha mente são exagerados, hiperagressivos e, a meu ver, totalmente envolventes.

Butch se encaixa bem com os outros heróis da série: ele tem um passado de sofrimento que o moldou na pessoa que é hoje, além de uma série de falhas e virtudes. No que diz respeito aos seus primeiros anos, alguns dos detalhes aparecem quando ele finalmente conta a Marissa um pouco do seu passado. Fica claro que ele tinha tendência a causar problemas a si mesmo por causa do sequestro e assassinato da irmã, e que é um tira que está sempre no limite por causa do que enxerga como sua culpa naquela tragédia. Quando conta a Marissa sobre ter feito uso de drogas, da violência em sua vida e o fato de sempre ter se sentido distante das outras pessoas, percebemos como os Irmãos e seu mundo são essenciais para ele como pessoa – a mansão é o único lugar no qual Butch já se sentiu à vontade, por isso, ele não quer ficar de fora do mundo da Irmandade. (Pensando em John e Beth, Butch é muito parecido com eles neste aspecto. Os três sempre perceberam que existia algo que os separava dos seres humanos ao redor, mas não entendiam o motivo.)

Do ponto de vista de um personagem, eu sabia que para Butch, a necessidade de pertencer a algum lugar e ser fiel a um "eu interno" que ele apenas sentia, eram aspectos essenciais de sua essência. E da perspectiva da história, eu sabia duas coisas sobre ele: Butch terminaria com Marissa e os destinos dele e de V. estavam intrinsecamente ligados. Na minha mente, Marissa era a heroína perfeita para ele: refinada, feminina, incrivelmente bela – alguém que ele pode colocar num pedestal, reverenciar e adorar. Quanto a ele e a V... Bem, falarei mais sobre isso depois.

Como disse antes, a história de amor de Butch e Marissa era para ser uma trama secundária em *Amante Eterno*, mas eles exigiram muito mais atenção, por isso tirei as cenas dali e as separei. Quando cheguei ao final de *Amante Desperto*, minha editora e eu decidimos o livro seguinte. Eu queria falar de Butch, mas ela acreditava que seria melhor seguir com os Irmãos que eram vampiros, e eu concordei – o que mostrou que o próximo da fila seria Vishous (porque, naquele momento, Tohr havia partido, John Matthew não havia passado por sua transição e Phury não podia ter seu livro depois de Bella dar à luz).

O problema foi que, quando comecei o esboço de V., percebi algo que sabia desde *Amante Sombrio*: não havia como fazer o livro de Vishous antes do de Butch. O relacionamento de V. com o tira, e as emoções que ele mantinha pelo humano, foram o que o abriram emocionalmente para que pudesse se apaixonar. Além disso, para que pudesse estar vulnerável a outra pessoa, ele precisava aceitar os sentimentos que nutria por Butch. Eu não conseguia ver isso acontecer em apenas um livro. Em primeiro lugar, eu tento mostrar o máximo que posso (em vez de contar), por isso o livro de V. teria muitas cenas entre ele e Butch, principalmente no começo. O que seria perigoso, porque esse tipo de enredo corre o risco de ser seriamente desequilibrado (ou seja, um monte de cenas de Butch e V., e então passando para cenas da fêmea e V.). Além disso, sem Butch ter qualquer vínculo afetivo com uma fêmea, Vishous não seria capaz de se abrir o suficiente para encontrar o amor com outra pessoa – para que V. formasse um elo com sua heroína, Butch precisava estar feliz e comprometido com Marissa.

Mesmo assim, tentei escrever V. Tentei o melhor que pude.

O esboço não deu certo. Depois de algumas semanas batendo cabeça, segui a regra número oito (intuição) e telefonei para minha editora, com o meu melhor estilo: "Houston, temos um problema". Quando expliquei quais eram os problemas, ela compreendeu e concordou. E esta é apenas uma das milhões de razões pelas quais eu a adoro: ela entende como as coisas são comigo e com os Irmãos.

Butch, então era o próximo. E como foi difícil.

Quando comecei a esboçá-lo, não sabia de nada a respeito da Profecia do Destruidor nem do papel transformador que o tira desempenharia na guerra com a Sociedade Redutora. Pensei que o eixo do livro seria a respeito da regressão ancestral que ele passaria, e isso seria o começo das mudanças.

Ah... não.

Depois de pegar as cenas que eu já havia escrito envolvendo a paixão entre ele e Marissa, esbocei as outras coisas que vi em minha mente. Ficou claro que faltava alguma coisa. O livro não estava tão extenso quanto pensei que ficaria.

Fiquei perturbada. Preocupada. Pensei mais um pouco... foi quando vi a imagem do Ômega cortando seu dedo e colocando-o dentro do abdome de Butch.

Na verdade, vi a imagem e escutei o som do Ômega decepando o dedo com a faca.

Quando me liguei nisso, muitas cenas, em minha mente, surgiram. Acompanhando a história, foi fascinante ver como as cenas originais do livro se fundiam. Por exemplo, eu sabia que Butch seria abduzido pelos *redutores*, e havia visto ele e Marissa se unindo na clínica, mas de repente ele foi colocado em quarentena e as consequências foram muito, muito piores. Por isso não houve grandes mudanças no conteúdo em si, mas sim na implicação e na abrangência dentro do mundo.

O grande tema do livro é a transformação, e a respeito de Butch, adoro os caminhos paralelos de sua história. O bem e o mal o transformam; primeiro quando o Ômega o influencia, depois quando a transição ocorre e sua natureza de vampiro surge. É como se a Sociedade Redutora e a Irmandade estivessem lutando pelo controle do destino e da alma dele. Não fica imediatamente claro quem consegue vencer. Por um tempo, depois de Butch sair da quarentena, nem ele nem os Irmãos têm certeza de se irá ou não se transformar num *redutor* ou o que exatamente ele está fazendo quando inala um assassino.

O que mais gosto a respeito do destino de Butch é o fato de ser um guerreiro importante na guerra, virando a mesa para cima do Ômega porque coloca o mal diretamente em risco. Os Irmãos têm caçado *redutores* há séculos, mas Butch está na verdade diminuindo o poder do Ômega, sempre que cuida das coisas. Acredito que este é um ótimo fim para o tira. Dá a ele uma posição de destaque e, ainda que não seja de linhagem pura na Irmandade, é um participante igual na luta para proteger a espécie.

E Butch não é o único que muda. Marissa também é transformada e deixa de ser uma fêmea reclusa da *glymera* tornando-se dona de sua vida.

Acredito que, de todas as fêmeas, Marissa provavelmente é aquela que mais se aproxima de mim pessoalmente porque eu também tive uma educação conservadora e precisei quebrar algumas regras e expectativas para ser quem realmente sou. A cena dela no início do *Amante Revelado*, quando tem um ataque de pânico no banheiro durante aquela festa na casa do irmão, mostra claramente as sequelas por ter passado a vida na *glymera*. Ela se sujeitou a tanta coisa e aguentou pesos que não queria por tanto tempo que está quase a ponto de perder a estribeira.

As pessoas me perguntam muito se há partes de mim nos livros e se coloco pessoas conhecidas nas histórias. Não e não. Sou muito reservada e separo totalmente minha vida pessoal de minha vida como escritora. Além disso, detesto imaginar que meus amigos e familiares poderiam se sentir usados, mas há coisas que acontecem nos livros que já vivi. Por exemplo, por ser alguém que já teve ataques de pânico, o interlúdio de Marissa no banheiro é familiar para mim. Não incluí a cena por estar revelando algo sobre mim, mas tive simpatia pela heroína da mesma maneira com que simpatizamos com alguém que passou por uma experiência pela qual também passamos.

Para Marissa, o ponto de virada como pessoa ocorre quando ela queima todos os vestidos no jardim dos fundos. Acredito que essa foi uma ótima maneira de simbolicamente marcar sua ruptura com as tradições:

> *Demorou cerca de vinte minutos para levar cada um dos vestidos para o quintal. E tomou o cuidado de incluir os corpetes e lenços à pilha também. Quando terminou, suas roupas pareciam fantasmagóricas à luz da lua, sombras de uma vida para a qual nunca voltaria; uma vida de privilégios, restrição e degradações.*
>
> *Pegou uma faixa em meio às roupas e voltou para a garagem com a fita de cetim rosa claro. Apanhando a lata de*

gasolina, pegou a caixa de fósforos e não hesitou. Saiu do meio de cetins e sedas caros, molhou tudo com aquele líquido e posicionou-se contra o vento. Pegou um palito de fósforo. Riscou e o lançou.

A explosão foi maior do que ela esperava, derrubando-a para trás, esquentando seu rosto, transformando-se em uma grande bola de fogo.

Quando as chamas alaranjadas e a fumaça preta subiram, ela gritou.

– AMANTE REVELADO, p. 295

Tive uma imagem clara daquele incêndio, dela correndo ao redor daqueles vestidos em chamas, gritando. Foi uma representação da mudança interna pela qual ela passava, uma limpeza do passado. Preparação para continuar em frente.

E ela consegue se recompor. Uma de minhas cenas favoritas na série toda é quando Marissa enfrenta seu irmão e o Conselho dos *Princeps* durante o voto do *ehnclausuramento* obrigatório de fêmeas sem parceiros da aristocracia. Levantando-se, ela reafirma sua condição de líder de sua linhagem, porque é mais velha do que Havers, e vota contra, colocando um fim à discussão e à restrição. Foi uma mudança total para ela em relação ao que passou dentro daquele banheiro, não mais sofrendo o controle da *glymera*, mas exercendo controle sobre eles.

Também gosto de onde ela terminou. É totalmente adequada para cuidar do Abrigo e dessa maneira está fazendo uma boa contribuição para a raça. E também, é bom que, depois de anos de luta, ela e Wrath consigam trabalhar juntos, o que dá a ele a chance de provar que a respeita de verdade.

Quando o assunto são as fêmeas da série, é significante notar que no fim do *Amante Revelado* as *shellans* se reúnem no escritório de Marissa e Beth entrega as pequenas estátuas das corujas. Mostra um lado das *shellans* que eu ainda não havia conseguido trabalhar em nenhum livro, ou seja, que elas são, assim como os Irmãos, unidas umas às outras de modo especial.

Voltando a falar de Butch, ao final fim do livro, quando ele está sendo introduzido à Irmandade, nota-se que ele não se sente completo, mesmo com o novo papel que tem no mundo:

> *Wrath pigarreou, mas a voz do rei estava um pouco rouca.*
> *– Você é o primeiro a entrar em setenta e cinco anos. E você... é digno do sangue que eu e você dividimos, Butch de minha linhagem.*
> *Butch abaixou a cabeça e chorou sem impedimentos. Mas não foi de felicidade, como eles devem ter pensado.*
> *Ele chorou pelo vazio que sentia.*
> *Porque por mais maravilhoso que aquilo fosse, sentia um grande vazio.*
> *Sem sua parceira, sem ter com quem dividir a vida, ele era apenas uma tela para os acontecimentos e circunstâncias.*
> *Ele não estava vazio, pois não era um recipiente nem mesmo para o ar.*
> *Ele vivia sem estar realmente vivo.*
>
> *– AMANTE REVELADO, p. 481*

Sem Marissa, ele é menos do que nada, e a mesma coisa pode ser dita a respeito de todos os Irmãos. Quando eles se unem a uma fêmea, ficam completos, e romper essa relação leva a um problema irreparável (estou pensando em Tohr agora). Felizmente para Butch, Marissa e ele resolvem tudo e voltam a ficar juntos no fim.

Por falar em uniões... vamos conversar um pouco sobre sexo. Butch me fez corar. Muito.

Talvez tenha sido porque, entre todos os Irmãos, ele costumava falar muito enquanto fazia amor. Ou talvez tenha sido a maneira que lidou com Marissa e sua virgindade. Ou talvez seja porque, francamente, eu o considero extremamente sensual. Independente do motivo, de todos os livros da série até agora, acho que o livro dele é o mais quente.

Então faz sentido falar de sexo ao analisar Butch.

As pessoas me perguntam em entrevistas de vez em quando como eu me sinto escrevendo livros "quentes" e se faço isso para satisfazer as exigências de mercado, que pede por conteúdo cada vez mais erótico. É certo que nos últimos cinco anos os romances se tornaram mais e mais sensuais, e o mercado erótico cresceu substancialmente. Quando comecei a escrever os Irmãos, as publicações digitais que hoje são muito populares estavam ainda surgindo, logo depois várias editoras de Nova York também criaram selos eróticos.

Desde o início, eu sabia que os Irmãos seriam mais explícitos sexualmente falando do que meus romances contemporâneos. E eu sabia que a série levaria os leitores a direções que meus outros livros não tinham levado (por exemplo, o vício de Rhage em sexo, as disfunções sexuais de Z., as predileções de V.). Mas não busquei o mercado erótico especificamente. Os Irmãos apenas são muito sensuais, e as cenas deles com suas fêmeas são quentes. Ao me manter na regra número oito (sim, a intuição de novo), escrevo o que vejo em minha mente. Às vezes penso: "*Oh meu Deus, não acredito que acabei de digitar isto!*". Mas a questão é que as cenas de sexo sempre avançam numa imperativa emocional, e é por isso que, por mais gráficas que se tornem, não acredito que sejam gratuitas.

Veja, por exemplo, quando Rhage foi acorrentado na cama... ou quando Z. satisfaz Bella no cio... ou Butch e Marissa na parte de trás do Escalade quando ela finalmente se alimenta dele. Todas essas cenas são altamente eróticas, mas a dinâmica dentro dos relacionamentos muda depois, para pior ou para melhor. Acredito que talvez essa seja uma diferença entre romance e erotismo puro. Com o romance, o sexo afeta os elos emocionais dos personagens e leva tais conexões adiante. Com o erotismo puro, o ato sexual ou a exploração sexual em si é o foco.

Se eu acredito que o mercado vai se manter tão quente quanto está? Não me surpreenderia se ficasse. Prever é perigoso, mas parece haver um grande apetite por livros quentes. Tenho certeza que subgêneros continuarão a crescer e depois cair em popularidade, e que novos surgirão sem que possamos imaginar quais serão. Acredito, portanto, que a tendência geral de sexualidade provavelmente continuará onde está.

E por falar em sexualidade, vamos falar agora sobre Butch e V.

Por onde começar?

A primeira percepção que tive de que haveria um componente sexual na relação deles foi no livro *Amante Sombrio*, quando os dois passaram o dia juntos no quarto de hóspedes de Darius. Havia algo tão íntimo nos dois deitados naquelas camas, bêbados, conversando. E então eles se mudaram para o Buraco e se tornaram inseparáveis.

Para ser honesta, eu sabia desde o começo o que V. sentia por Butch, e também sabia que Butch não tinha ideia disso... mas guardei aquilo para mim. Não sabia muito bem como abordar a questão. Também não sabia como os leitores veriam aquilo.

Faço isso às vezes. Tenho histórias inteiras que ocorrem no mundo e que não coloco nos livros. Eu as deixo de fora por muitos motivos: na maior parte do tempo, isso acontece por causa do foco da história e do tamanho do livro. Por exemplo, a história que acrescentei aqui, a respeito de Z., Bella e Nalla, estava em minha mente há cerca de dezoito meses, mas não havia espaço para incluí-la nos outros livros.

Às vezes também deixo enredos de fora por não saber bem como lidar com eles. Enquanto escrevia os três primeiros livros, surgiram várias cenas entre Butch e V., tanto no rascunho quanto em minha mente, e elas me fascinavam. O tempo todo eu pensava: "*Certo, quando Butch vai entender o que está fazendo com seu amigo e qual será a reação dele ao sentimento do outro?*".

Enquanto continuava digitando, a pergunta que me ocorria era: "*Devo mostrar a dinâmica? Em caso afirmativo, quando?*". Por fim, decidi tentar. Na minha mente, eu já havia entrado em águas arriscadas ao longo dos três primeiros livros, e tudo deu certo. Mas o mais importante é que a história merecia aquela honestidade.

Amante Revelado foi a escolha lógica para isso em termos de momento certo.

Quando Butch foi sequestrado no início do livro, o foco com o qual V. abordou o resgate lembra a maneira que Z. buscou Bella em *Amante Desperto*. Mas a obsessão poderia ter sido explicada pelo fato de os dois serem melhores amigos. Eu sabia que precisava deixar claro que as coisas iam além da amizade para V., e a cena na qual expus os sentimentos dele ao leitor é quando ele vai encontrar Butch para curá-lo na quarentena e vê que ele está com Marissa.

> *Butch trocou de posição e girou sobre Marissa, fazendo menção de montá-la. Ao fazê-lo, o avental hospitalar se abriu, as costuras se rasgaram revelando suas fortes costas e a poderosa parte inferior de seu corpo. A tatuagem na base de sua coluna se flexionou quando empurrou os quadris entre suas saias, tentando abrir caminho. E enquanto esfregava contra ela o que sem dúvida era uma ereção dura como uma rocha, as mãos longas e elegantes de Marissa serpentearam ao redor e se cravaram em seu traseiro nu.*
>
> *Quando o marcou com as unhas, a cabeça de Butch se elevou, sem dúvida deixando escapar um gemido.*
>
> *Jesus, V. até pôde ouvir o som... Sim... pôde ouvi-lo. E do nada um sentimento de desejo relampejou em seu interior. Droga. O que desejava exatamente naquela cena?*
>
> *– AMANTE REVELADO, p. 125*

Ficou bem claro o que (ou quem) ele queria pela descrição... e não era Marissa. Devo admitir que fiquei um pouco insegura. Eu já havia dado dicas sobre os "interesses incomuns" de V., mas sempre apontei o lance do sadomasoquismo, não o fato de que ele também ficava com machos. E ali estava ele, um dos principais heróis da série atraído por outro herói principal.

Butch não é bissexual. Ele nunca se sentiu atraído por homens. Ele é – se fosse preciso defini-lo – um "V-sexual". Há algo nesse relacionamento que ultrapassa os limites dos dois lados, e para crédito do tira, ele não se assusta nem foge. Ele está com Marissa e tem um compromisso com ela, e a coisa com V. não deixou ninguém desconfortável porque os limites são respeitados.

Preciso dizer que a cena da indução de Butch à Irmandade, quando V. o morde, é totalmente erótica:

Sem pensar, Butch ergueu o queixo, consciente de que estava oferecendo a si mesmo, ciente de que ele... oh, droga. Ele parou de pensar, totalmente assustado com a vibração que havia surgido não sabia de onde.

Em movimentos lentos, Vishous abaixou a cabeça e Butch sentiu um leve roçar da barba dele em seu pescoço. Com deliciosa precisão, as presas de V. perfuraram a veia que saía do coração de Butch, e então, lenta e implacavelmente, perfurou sua pele. Os peitos deles se uniram.

Butch fechou os olhos e sentiu tudo, o calor de seus corpos tão próximos, a sensação dos cabelos de V. em seu queixo, o escorregar de um braço forte de macho ao redor de sua cintura. De modo voluntário, as mãos de Butch se soltaram das alças e pousaram no quadril de V., apertando aquela carne rígida, unindo os dois da cabeça aos pés.

Um tremer passou entre eles. Ou talvez... caramba... parecia que os dois tinham estremecido.

E terminou. Pronto. Para nunca mais acontecer.

– AMANTE REVELADO, p. 478

Como eu disse, não tinha certeza de como os leitores veriam a situação entre V. e Butch, e quando o livro foi publicado, fiquei surpresa. Surpreendentemente, as pessoas queriam mais cenas dos dois juntos! O fato de os leitores serem tão incentivadores a esse respeito é prova de que têm a mente aberta e fico feliz por isso. Também agradeço a pioneiros, como Suzanne Brockmann que, com sua personagem Jules Cassidy, abriu caminho para que machos como Blay pudessem ter finais felizes também, e Irmãos como V. são aceitos exatamente como são.

E agora alguns comentários aleatórios a respeito de *Amante Revelado*... Butch não causou apenas embaraço em mim; com ele, tive meu primeiro acesso de bloqueio de escritor.

E não por que ele ficava nu o tempo todo.

A cada livro, as histórias estavam ficando mais extensas, por isso me preocupei. E se a tendência continuasse? Eu escreveria textos enormes. O problema passou a ser o fato de que o mundo havia começado a desenvolver um roteiro próprio – algo que ocorreu principalmente com a história de Butch – e os acontecimentos não eram mais apenas a respeito dos heróis e das heroínas.

Para mim, como autora, a liberdade de explorar tudo a respeito do Ômega e da Virgem Escriba, além da guerra com a Sociedade Redutora, é uma das coisas de que mais gosto na série. No entanto, maior não é necessariamente melhor. Durante o processo de revisão, minha editora e eu sempre conferimos o ritmo para ter certeza de que não há nada sobrando no texto. É gratificante quando não encontramos nada, mas também assusta ver aqueles números pequenos no canto da página ficando cada vez mais altos.

Bem, quando comecei a esboçar o *Amante Revelado*, decidi que seria "esperta", dada a complexidade de todo o enredo. Decidi fundir muitas das cenas para economizar espaço nas páginas.

Não consegui.

Fazia sentido na teoria, mas os Irmãos não gostaram nada disso. Enquanto eu tentava diminuir as primeiras cenas, colocando-os todos juntos, as vozes em minha mente secaram. Foi assustador. Tudo ficou morto, e eu enfrentei meu maior medo de sempre: por não saber de onde vêm minhas ideias ou de como faço o que faço, ou por que certas coisas acontecem no mundo. Sempre temo que os Irmãos juntem suas coisas e suas adagas e me deixem com nada.

Quatro dias. A zona morta durou quatro dias. E como sou uma pessoa complexa, não ficou claro para mim logo de cara qual era o problema. Por fim, quando já estava ficando meio neurótica com aquele silêncio, pensei: "*Bem, será que você não percebe que está tentando resumir demais as cenas apenas para economizar páginas?*".

Assim que parei de me preocupar com a extensão do texto, tudo fluiu de novo e os Irmãos voltaram. A boa e velha regra número oito está acima de qualquer preocupação que eu possa ter. Toda história exige coisas diferentes, seja um ritmo, uma descrição ou diálogo... ou espaço por página. A melhor coisa a se fazer é manter-se fiel ao que vê. Não estou dizendo que você deve ser inflexível durante as revisões. De jeito nenhum. Mas seja totalmente honesto no primeiro rascunho... e então pode se preocupar em editar as coisas depois.

Outro assunto; muitas pessoas me perguntam qual é o problema com o pai de Butch. Especificamente, elas querem saber se ele vai aparecer mais adiante na série. A resposta é "não sei". Consigo ver um caminho no qual poderia haver alguns laços de família interessantes, mas é uma questão de esperar para ver. Tenho certeza de uma coisa: o pai de Butch tem que ser mestiço. O macho deve ter passado pela transição, mas é capaz de tolerar a luz do sol como Beth consegue, ou a transição não funcionou e ele atua no mundo como um ser humano agressivo.

A outra pergunta que costumam fazer a respeito do passado de Butch tem a ver com o resto de sua família e se ele voltará a vê-los. Essa resposta eu sei agora, e é não. Ele se despediu da mãe, e seus irmãos o têm ignorado há anos. A única pessoa de sua vida antiga de quem ele sente muita falta é José de la Cruz – apesar de algo me dizer que as coisas entre eles não acabaram ainda.

Por fim, entre todos os livros, os leitores do sexo masculino costumam gostar mais do livro do Butch, e isso não me surpreende. Há muitas cenas de luta e o mundo que se forma é mais complexo do que em algumas das outras histórias, nas quais o romance pode tomar mais espaço. Alguns dos caras comentaram que adoram a ideia de que existe uma força grande dentro dele, que transforma o mundo e os coloca em posição de poder, e com a intervenção do Ômega, Butch certamente tem isso.

Além disso, eles acham Marissa sensual.

Bem, isto é o que tenho a dizer sobre Butch.

Agora vamos a V.

suspiro.

Vishous, filho de Bloodletter

Vishous, pode parar de sorrir desse jeito? Está começando a me assustar.

– AMANTE LIBERTO, p. 459

Idade: 304.

Ingresso na Irmandade: 1739.

Altura: 1,98 m.

Peso: 118 kg.

Cor dos cabelos: Pretos.

Cor dos olhos: Brancos com borda azul-escura.

Marcas físicas de identificação: Cicatriz da Irmandade no peitoral esquerdo; tatuagem na têmpora direita; tatuagens na região da virilha e nas coxas; o nome JANE entalhado nos ombros em estilo anglo-saxônico. Parcialmente castrado. Sempre usa uma luva preta na mão direita. Mantém um cavanhaque.

Observação: Nasceu filho da Virgem Escriba e carrega seu brilho na mão direita – que é uma energia poderosa capaz de grande destruição. Tem visões do futuro. Possui capacidades curativas.

Arma preferida: A mão direita.

Companheira: Dra. Jane Whitcomb.

Descrição: *Bella havia conversado com Vishous na festa e gostou muito dele. Tinha o tipo de esperteza que, em geral, prejudicava as habilidades sociais de um vampiro, mas aquele guerreiro era um pacote completo. Era atraente, inteligente, culto, forte, o tipo de macho que provocava o desejo de procriação, só para não se perder um DNA como o dele.*

Ela se perguntou por que ele usava aquela luva de couro negro. E as tatuagens na têmpora. Quem sabe perguntaria sobre tais coisas, se parecesse oportuno.

– AMANTE ETERNO, p. 376

Perguntas pessoais respondidas por V.:

Último filme que assistiu: Flicka, com Dakota Fanning.

Último livro que leu: O segredo do velho relógio, de Carolyn Keene.

Programa de TV favorito: Supergatas.

Último programa de TV que assistiu: The Young and the Restless.

Último jogo que jogou: "Esse porquinho foi passear..."

Maior medo: Ficar sozinho no escuro.

Maior amor: Tricotar.

Frase favorita: Quando o anão gritava "O avião! O avião!", na série da Ilha da Fantasia.

Cueca boxer ou tipo sunga? Calcinha.

Relógio: Seiko feminino.

Carro: Não tenho carro, piloto uma Vespa.

Que horas são agora enquanto você preenche esta lista? Uma e dezesseis da manhã.

Onde você está? No banho.

O que está vestindo? Sabonete líquido de coco e baunilha.

O que tem em seu closet? Estampas florais, sem listras, calça tamanho 44 e uma gaveta cheia de roupas íntimas.

Qual foi a última coisa que comeu? Um saco inteiro de trufas de chocolate amargo da Lindt. Acho que estou entrando no cio. Sempre fico com desejos assim antes dele.

Descreva seu último sonho: Eu estava num campo de flores selvagens, correndo – não, saltitando – com um unicórnio que tinha crina e cauda rosa. Eu tinha asas finas e uma varinha, e por todos os lados eu deixava nuvens de pó mágico.

Coca-cola ou Pepsi? Suco de laranja.

Audrey Hepburn ou Marilyn Monroe? Audrey, porque quero SER ela.

Kirk ou Picard? Riker. Cavanhaques são MUITO atraentes.

Futebol americano ou beisebol? Não me interesso muito por esportes. Só consigo pensar no tanto de roupa suja para ser lavada depois – todas aquelas manchas nojentas de grama e poeira. Fala sério.

Parte mais sensual de uma fêmea: Sua gaveta de peças íntimas.

Do que você mais gosta em Jane? A maneira com que pinta as minhas unhas.

Melhor amigo (além de sua shellan*):* Rhage. Com certeza Rhage. Ele é o vampiro mais forte e mais esperto que conheci. Eu o adoro. Na verdade, darei início a uma religião com base nele, porque todo mundo precisa saber como ele é perfeito.

Última vez que chorou: Ontem. Aquele malvado do Butch pegou minhas agulhas de costura e as escondeu. Eu me encolhi na cama e chorei por HORAS.

Última vez em que riu: Ontem, quando...

*Aqui, a resposta foi riscada e havia o recado abaixo:

> Na verdade, foi há dez minutos, quando bati no Rhage por estragar a minha entrevista, muito obrigado. Que cara maluco. Aqui estão minhas respostas reais... oh, e a propósito, Dakota Fanning não atua em Flicka... e eu sei disso porque vi na capa do DVD, não porque assisti a esse maldito filme.

Último filme que assistiu: Recrutas da pesada, com Bill Murray. (Ótimo filme. Rhage é um idiota, mas entende de filmes.)

Último livro que leu: Lowly Worm Storybook, de Richard Scarry, para Nalla.

Programa de TV favorito: CSI (Las Vegas, claro) ou *House* no caso de ficção. Caso contrário, *Sports Center*.

Último programa de TV que assistiu: Um episódio chato de *Columbo* com Butch (na verdade, foi bom, mas não contem isso a ele).

Último jogo que jogou: Colocar o rabo no burro... adivinhe quem era o burro?

Maior medo: Não temo mais nada. Passei pela pior coisa que poderia ter ocorrido comigo e agora não preciso me preocupar com isso.

Maior amor: Ah, você sabe.

Frase favorita: "Rhage é um cretino".

Cueca boxer ou tipo sunga? Sem nada.

Relógio: Nike Sport, preto.

Carro: Escalade, preto, que divido com o tira.

Que horas são? Nove e quarenta e dois da manhã.

Onde você está? No Buraco.

O que está vestindo? Máscara de couro, algemas e alguns clipes de metal, localizados em pontos estratégicos que posso detalhar se você perguntar com jeitinho. Estou brincando. Camiseta preta e calça de náilon.

O que tem em seu closet? Roupas de couro, camisas, botas e armas.

Qual foi a última coisa que comeu? Acabei de morder a cabeça do Rhage. Isso conta?

Descreva seu último sonho: Foi com Rehvenge. Então não é da sua conta, certo?

Coca-cola ou Pepsi? Coca-cola.

Audrey Hepburn ou Marilyn Monroe? Nenhuma.

Kirk ou Picard? Os dois.

Futebol americano ou beisebol? Beisebol.

Parte mais sensual do corpo de uma fêmea: Vou dizer qual é a parte mais sensual de Jane: a sua pegada.

Do que você mais gosta em Jane? A mente dela.

Primeiras palavras que ela disse a você: "Vai me matar?"

A resposta foi: "Não."

Último presente que deu a ela: Nada especial.

A coisa mais romântica que você já fez para ela: Não sou romântico. É muito meloso.

A coisa mais romântica que ela já fez para você: Não sei. Como disse, não sou muito romântico. Droga... bem, acho que foi aquilo que ela fez com o presente que dei, apesar de não ter sido nada especial. É só um colar feito de elos dourados... sabe, ela gosta do meu nome. A maneira com que é escrito. Então, peguei os caracteres do Antigo Idioma e os transformei em elos para um colar. Eu queria que a corrente fosse delicada o suficiente de modo que ela não tivesse a impressão de ter uma coleira no pescoço, mas que ainda desse para ler. Caramba, demorei muito tempo para conseguir o peso certo e o design desejado. Acabei tendo de soletrar meu nome duas vezes, e ainda assim não bastou. Então, eu acrescentei o nome dela no Antigo Idioma no meio –ela ficou cercada por mim. Bem, ela nunca o tira do pescoço.

Alguma coisa que você mudaria nela? Sim, mas é particular.

Melhor amigo (além da shellan*):* Butch, e depois aquele idiota do Rhage. Além disso, eu me dou bem com Wrath quando não queremos matar um ao outro.

Última vez em que chorou: Até parece que vou responder essa.

Última vez em que riu: Não sei, quebrar a cabeça do Rhage foi engraçado. Colocou um sorriso no meu rosto, entende?

Minha entrevista com Vishous:

No jardim do complexo, Butch e eu preparamos a mochila e levamos Edna de volta à mansão, onde passamos cerca de quinze minutos procurando os foguetes entre as roseiras. Depois de encontrarmos os quatro e tirarmos os paraquedas, entramos na biblioteca e Butch me dá um abraço. O perfume dele é bom.

Butch: Ele está esperando por você no porão.
J.R.: Não estou ansiosa por isso.
Butch: (sorri) Ele também não está. Mas pense que as coisas podiam ser piores. Você poderia ter de escrever outro livro sobre ele.
J.R.: (rio) Socorro.

Eu prossigo, atravessando o saguão e entrando na sala de jantar, que já está limpa. Do outro lado da porta que dá para a cozinha, Fritz, o mordomo excelente, está polindo peças de prata com outros dois *doggen*. Eu converso com eles e tento recusar ofertas de alimentos e bebidas. Não consigo. Quando desço no porão, levo uma caneca de café e um bolinho enrolado no guardanapo. O bolinho é delicioso e o café está exatamente como gosto: muito quente e com um pouco de açúcar.

No fim da escada do porão, olho para a esquerda e para a direita. O lugar é enorme, com muito espaço livre interrompido por salas de armazenamento e canos do sistema de aquecimento e ar condicionado. Não faço ideia de onde V. pode estar, e escuto, esperando me orientar. A princípio, só escuto o barulho da velha fornalha movida a carvão que fica mais acima, e então percebo uma batida.

Não se trata de rap. É um ressoar rítmico, de metal contra metal.

Sigo o som para a parte mais distante do porão. Preciso de uns cinco minutos caminhando para chegar onde Vishous está, e ao longo do caminho eu termino meu bolinho e o café. Conforme avanço, tento pensar no que vou perguntar. Ele e eu não nos damos muito bem, por isso acredito que a conversa vai ser curta e não tão legal.

Ao dar a última volta, eu paro. V. está sentado num banquinho de madeira usando calça de couro e uma camiseta justa. Na frente dele há uma bigorna sobre a qual está uma lâmina de adaga vermelha que ele segura com uma grande pinça. Segura também um martelo e está batendo a ponta da arma. Entre os lábios, ele mantém uma cigarrilha. Sinto o cheiro amadeirado de tabaco turco, ácido pungente do metal quente e especiarias.

Vishous: (sem olhar para mim) Bem-vinda à minha oficina.
J.R.: Então é aqui que você faz as adagas...

A sala que se parece um forno tem cerca de seis metros quadrados e paredes de concreto, como o restante do porão. Velas pretas estão acesas por todos os lados, e perto da bigorna está um vaso antigo de bronze repleto de areia brilhante. Atrás de V. está uma mesa resistente de carvalho sobre a qual há diversas adagas em muitos estágios de criação, algumas apenas com lâminas, outras com o cabo.

V. se vira e enfia a lâmina de metal na areia. Fico surpresa com sua força. Seus ombros têm muitos músculos, assim como seus braços.

Enquanto ele espera, solta a fumaça e coloca a cigarrilha na beirada de um cinzeiro preto.

Eu me sinto tensa perto dele. Sempre me senti assim. Fico triste com isso.

V.: (sem olhar para mim) Então você sobreviveu aos foguetes do tira, não é?
J.R.: Sim.

Olho para ele enquanto tira a lâmina da areia e limpa com um pano grosso. A peça de metal é irregular em formato e consistência, claramente ainda no processo de ser feita. Ele a examina, inclinando-a, e quando franze a testa, as tatuagens em sua têmpora ficam mais perto de seu olho. Deixando o martelo de lado, leva a mão brilhante de volta à lâmina e a segura. A luz brilha, encobrindo as sombras da luz da vela, e ouve-se um som prolongado.

Quando ele tira a mão, a lâmina está laranja e brilhante, e ele a coloca sobre a bigorna. Pegando o martelo, acerta o metal diversas vezes. O som alto ressoa em meus ouvidos.

J.R.: (quando V. para de bater) Para quem você está fazendo isso?
V.: Para Tohr. Quero deixar as adagas dele prontas.
J.R.: Ele vai lutar de novo?
V.: Sim. Ele ainda não sabe disso, mas vai.
J.R.: Você deve estar feliz por ele estar de volta.
V.: Sim.

Vishous acerta a lâmina com a mão brilhante de novo e então repete os movimentos. Depois de um tempo, enfia a peça de metal de novo na areia e termina sua cigarrilha.

Enquanto termina de fumar, eu sinto que estou invadindo seu espaço sem realizar a tarefa para a qual estou ali. O silêncio se estende e eu penso em todas as perguntas que poderia fazer a ele, como... Como você se sente a respeito de Jane ser um fantasma? Você está preocupado por não poderem ter filhos? Como estão as coisas com sua mãe? Como é para você estar comprometido com uma pessoa em especial? Você sente falta do estilo de vida do sadomasoquismo? Ou continua a praticar com Jane? E Butch? O relacionamento entre vocês mudou?

Acontece que sei que as respostas não seriam diretas, e o silêncio que vem depois de cada pergunta se tornaria cada vez mais profundo.

Eu observo enquanto ele lida com a lâmina, alternando o calor e as batidas, até estar evidentemente satisfeito e colocar a adaga sobre a mesa de carvalho. Eu me pergunto se agora a entrevista vai começar de verdade... mas ele fica em pé e sai para pegar algumas peças de metal que estão no canto. Percebo que vai começar mais uma lâmina.

J.R.: Acho melhor eu ir.
V.: É.
J.R.: (piscando rapidamente) Cuide-se.
V.: Sim, você também.

Eu saio da oficina escutando o barulho de quando sua mão entra em contato com o metal. Saio mais lentamente do que entrei, talvez porque espero uma mudança de ideia e que ele venha atrás de mim para pelo menos... bem, o que ele poderia fazer? Nada, na verdade. Uma reunião entre nós dois é o meu desejo, não o que ele quer.

Conforme caminho, segurando a caneca vazia e o guardanapo amassado, eu me sinto totalmente deprimida. Relacionamentos exigem esforço, com certeza. Mas é preciso existir um relacionamento para que haja esforço. V. e eu nunca nos demos bem, e estou começando a perceber que nunca nos daremos. Não é que eu não goste dele. Longe disso.

Para mim, V. é como um diamante. Você pode se sentir impressionado e cativado por ele e querer observá-lo por horas, mas ele nunca vai tratá-lo bem. Assim como V., um diamante não é brilhante só porque alguém o comprou – essa função é simples subproduto da incrível pressão exercida sobre suas moléculas. Todo esse brilho vem dele e de sua rigidez. E ambos continuarão existindo muito tempo depois de todos nós termos partido.

Amante Liberto

As pessoas:

Vishous.

Dra. Jane Whitcomb.

Phury.

John Matthew.

Wrath e Beth.

Butch e Marissa.

Zsadist e Bella.

Cormia.

A Directrix.

Amalya (que se torna a nova Directrix das Escolhidas).

Layla.

Qhuinn.

Blaylock.

Rehvenge.

Xhex.

Dr. Manny Manello.

A Virgem Escriba.

Payne.

Bloodletter.

Grodht (soldado no acampamento de guerra).

Locais de interesse (Todos ficam em Caldwell, no estado de Nova York, a menos que seja especificado.)

Hospital St. Francis.

Mansão da Irmandade, localização não divulgada.

A Tumba.

ZeroSum (esquina das ruas Trade com a Dez).

Casa da Jane.

Edifício Commodore.

O Outro Lado (O Santuário das Escolhidas).

Resumo:

Vishous, filho da Virgem Escriba, se apaixona pela Dra. Jane Whitcomb, a cirurgiã humana que salva sua vida depois de levar um tiro de um *redutor*.

Frase de abertura: Eu *realmente* não estou gostando destas coisas de couro.

Última frase: Sem dizer mais nada, ele se desmaterializou para voltar à vida que recebera. À vida que estava vivendo... à vida da qual, agora, pela primeira vez, ele se orgulhava de ter.

Data de publicação: 2007 nos EUA, 2011 no Brasil.

Numero de páginas: 525 (edição brasileira).

Primeiro rascunho: Julho de 2006 – abril de 2007.

Comentários:

Meu Deus, por onde começar? Vishous foi, sem a menor dúvida, a maior experiência de minha vida como escritora. Colocar a história dele no papel foi um exercício de tortura e foi a primeira e única vez até agora em que pensei: *não quero trabalhar*.

Os motivos são complicados. Contarei alguns deles.

Em primeiro lugar, cada um dos Irmãos é uma entidade única em minha mente, e cada um tem sua maneira de expressar a si mesmo e sua história: Wrath é muito ditador, muito sincero, e eu preciso correr para me manter em seu ritmo. Rhage é sempre engraçado – mesmo nas partes mais sérias, ele sempre leva as coisas para o lado do humor. Zsadist é reservado, desconfiado e frio, mas sempre nos demos bem. Butch é totalmente relaxado, sempre falando muito sobre sexo.

V.? Vishous é e sempre foi – desculpe a minha sinceridade – um chato. Um chato reservado e que mantém o pé atrás, e que nunca gostou de mim.

Colocar a história dele no papel foi um pesadelo. Cada palavra foi uma luta, especialmente no primeiro rascunho – e na maior parte do tempo eu tinha a impressão de que tinha de entalhar cada frase em pedra usando uma faca e um martelinho.

Para mim, o rascunho é uma tarefa de duas partes. As imagens que tenho em minha mente guiam a história, mas também preciso escutar, cheirar e sentir o que está acontecendo enquanto escrevo. Isso quer dizer que costumo me colocar no lugar dos Irmãos ou de suas *shellans,* e passo pelas cenas como se estivesse vivendo os acontecimentos, pelo ponto de vista de quem está sendo narrado. Para isso, eu imagino as cenas até o fim e volto, como faria num DVD, e apenas registro, registro e registro na página até ter a sensação de que captei o máximo que pude.

Vishous não me deu quase nada com o que trabalhar, porque não consegui entender seu ponto de vista. As cenas que envolviam outras pessoas foram bem, mas e com as dele? Nada. Eu podia ver, mas apenas de longe – e como boa parte do livro envolve o ponto de vista dele, eu tive vontade de bater a cabeça no teclado.

Veja... sim, isso é ficção. Sim, está tudo na minha mente. Mas, acredite: se não consigo entender um ponto de vista muito bem, tenho a sensação de que estou inventando coisas – e não é muito legal quando isso acontece. Sinceramente, não sou muito inteligente, não vou acertar as coisas apenas adivinhando. Preciso estar dentro da pessoa para fazer as coisas certas, e ver que V. fechou a porta para mim foi o início de grande parte de minha tristeza. Mas, por fim, as coisas funcionaram. O segundo motivo que tornou *Amante Liberto* um livro difícil de escrever foi porque havia um conteúdo que me deixou nervosa, e eu não sabia se o mercado iria tolerar. Duas coisas em especial me preocupavam: bissexualidade e sadomasoquismo são assuntos com os quais nem todo mundo se sente à vontade, mesmo em tramas secundárias, ainda menos quando envolvem os heróis de um livro. Mas isso não foi tudo. V. tinha sido também parcialmente castrado e forçado a manter relações com um macho depois de vencer sua primeira luta no acampamento de guerra.

A verdade é que a complexa natureza sexual de V. dava cor a sua vida; incluindo sua relação com Butch e Jane. Para mostrá-lo adequadamente, eu senti que tinha que apresentar todos os aspectos dele.

No primeiro rascunho de *Amante Liberto*, eu fiz as coisas de modo tão conservador que o livro ficou fraco. Eu peguei leve na cena do sadomasoquismo com Jane antes dele se despedir dela, não incluindo nada a respeito de Butch.

No processo, transgredi minha regra número dois: escrever intensamente. E, veja só que surpresa: o resultado foi algo chato e desinteressante. Eu me preocupei e enrolei por uma ou duas semanas, apenas mexendo nas cenas envolvendo John Matthew e Phury. No fundo, eu sabia que tinha de saltar do penhasco e ultrapassar alguns limites, mas estava cansada e sem inspiração pelo esforço de tentar sem sucesso entender o ponto de vista de V.

Conversar com minha editora foi o que fez eu me mexer. Ela e eu discutimos as coisas que estavam pesando em minha consciência e ela disse: "*Tente. Coloque tudo o que estiver em sua mente e vamos ver como fica no papel*".

Ela, como sempre, estava certa. Na verdade, a mensagem que ela me deu naquele dia foi a mesma que me passa desde *Amante Sombrio*: "*Esforce-se o máximo que conseguir, e avaliaremos depois*".

Quando voltei ao texto, comprometi-me cem por cento com ele e fiquei surpresa ao ver que mudei apenas três cenas. Duas com Butch e V., e acrescentei a cena de V. no acampamento.

O restante das alterações e acréscimos foi relativamente pequeno, mesmo assim o tom das interações entre Butch e V mudou. totalmente – provando que pouco leva ao longe. Veja, por exemplo, as primeiras páginas do capítulo treze. Butch e V. estão juntos na cama, e V. está curando Butch depois de o tira ter feito seu trabalho com um *redutor*. Se você ler o segundo, o terceiro, o quarto e o quinto parágrafos de meu primeiro rascunho, vai perceber que V. está admitindo para si que precisa de calma na forma de outro corpo quente ao lado do seu. Não é o corpo de Butch especificamente, no entanto, e não há menção de nada de caráter sexual. É apenas uma questão de conforto:

> *...Após a visita de sua mãe e do tiro que recebera, ele desejava estar perto de alguém, precisava sentir braços que retribuíssem seu abraço. Queria a batida de um coração contra o seu. Passara tanto tempo afastado dos outros, fugindo dos outros. Baixar a guarda com a única pessoa em quem ele confiava verdadeiramente fez seus olhos arderem.*
>
> *– AMANTE LIBERTO, p. 148*

Acrescentei estes dois parágrafos ao segundo rascunho:

> *Enquanto Butch se espreguiçava na cama de Vishous, V. sentiu vergonha em admitir, mas havia passado muitos dias tentando imaginar como aquilo seria. As sensações. Os odores. Agora que havia se tornado realidade, ele estava feliz por ter de se concentrar em curar Butch. Caso contrário, tinha o pressentimento de que tudo poderia ser intenso demais e que teria de se afastar.*
>
> *– AMANTE LIBERTO, p. 148*

> *Butch se mexeu, passando as pernas contra as de V. pelos lençóis. Com uma pontada de culpa, V. lembrou-se de que fantasiara com Butch, que imaginara os dois deitados como estavam naquele momento, imaginara os dois... bem, a cura era apenas parte de tudo aquilo.*
>
> *– AMANTE LIBERTO, p. 149*

Muito mais honesto a respeito do que estava acontecendo de fato. Muito melhor. Poderia ter ido muito além, mas foi o bastante – tanto que precisei acrescentar algumas frases a seguir, para deixar claro ao leitor que Jane era agora o objeto de desejo de V.

É isso o que envolve escrever. Os livros para mim são como navios em rotas oceânicas. Mudanças pequenas e melhorias podem ter enormes efeitos na trajetória e destino finais. E a única maneira de acertar é reler constantemente, conferir e cuidar para que o que há na página leve o leitor aonde ele quer ir. Quando fiz essas mudanças (e fiz também em outros pontos – incluindo, por exemplo, a cena da adaga no começo do livro, na qual Butch ergue o queixo de V. com a arma que Vishous acabou de fazer para ele), escrever pelo ponto de vista de V. ficou muito mais fácil. Resultado? Eu vi a bagunça toda como outro exemplo da regra número oito em ação: quando comecei a ser mais fiel ao que havia em minha mente, o bloqueio mental sumiu.

Quanto à cena do acampamento de guerra, na qual V. perde a virgindade com outro homem? Eu realmente não sabia como as pessoas o veriam depois daquilo. A questão é que ele não teve opção, e era padrão no acampamento: nas brigas, quem perdia era sexualmente dominado por quem vencia. O segredo, decidi, era mostrar o máximo de contexto possível – e mostrar o compromisso de V. de que não voltaria a fazer aquilo quando aquela fase terminasse.

Quando minha editora leu o novo material, fiquei aliviada quando ela disse que havia gostado, mas continuei preocupada com a reação geral do leitor. Para mim, como autora, a opinião do leitor é muito importante, mas de modo curioso. Eu me preocupo porque se as pessoas não comprarem meus livros, fico sem emprego. No entanto, não posso escrever só para agradar aos leitores, pois não tenho muito controle sobre minhas histórias. O melhor que posso fazer, como disse, é sempre ser atenciosa e respeitosa com o conteúdo desafiador. Acredito que vivo seguindo meu lema: não importa *o que* você faz, e sim *como* faz.

É engraçado. Mal sabia eu que a reação negativa ao livro de V. seria por outro motivo.

O que nos leva a Jane.

O terceiro motivo pelo qual foi difícil escrever o livro é porque entendi Jane de modo errado no começo. Admito: estava tão preocupada com V. que, apesar de ter muitas cenas com Jane no texto original, a dinâmica entre os dois não tinha muita emoção. O problema foi que interpretei Jane como uma médica fria. E, com isso, ficamos com duas pessoas frias e reservadas interagindo, o que torna a redação tão divertida quanto escrever receita de sopa.

Mesmo assim, minha editora compreendeu. Ela gostava de curar, não era uma profissional fria. Era uma mulher carinhosa e interessada que era mais do que uma médica pronta para mostrar seu conhecimento. Ao ler o texto pela segunda vez, eu entrei na essência de Jane e o relacionamento entre ela e V. começou a melhorar, refletindo mais o que eu tinha em mente.

Uma das primeiras cenas que vi para os dois me ocorreu quando eu estava escrevendo *Amante Desperto*, em 2005. Eu estava correndo naquele momento, e tive a visão de V. em pé diante de um fogão, mexendo um chocolate quente. Vi enquanto ele despejava o que estava na leiteira dentro de uma caneca e a entregava a uma mulher que sabia que ele a deixaria. E então, eu a vi de pé perto da janela da cozinha, olhando para V., que estava do lado de fora, nas sombras iluminadas por um poste de rua.

Isso tornou-se o adeus que começa na página 344 do livro deles.

Quando as cenas dos Irmãos me ocorrem, não vêm em ordem cronológica. Por exemplo, ver Tohr e a imagem de onde ele termina ocorreu antes mesmo de Wellsie ter morrido. Assim, no caso da preparação do chocolate quente em *Amante Liberto*, eu fiquei surpresa, tentando descobrir como Jane e V. terminariam juntos. Eu sabia que ela era um ser humano, e eu queria para eles o que os outros tinham, ou seja, sete ou oito séculos de união. Mas por Jane não ser vampira, eu não fazia ideia de como isso aconteceria. Além disso, sabia que ela levaria um tiro, porque havia visto as visões de V. e sabia o que elas significavam, ainda que ele mesmo não soubesse.

Quando esbocei o *Amante Liberto*, fiquei me perguntando como os dois poderiam ser felizes para sempre, o que me deixou bem preocupada. E se não existisse um final feliz? Até que cheguei ao fim... e vi Jane em pé, na porta de V., como um fantasma.

Fiquei aliviada e animada. Pensei "*Puxa, que legal! Eles conseguem ficar juntos!*".

Infelizmente, alguns leitores não viram as coisas dessa maneira, e em partes eu tenho culpa.

Geralmente, quando chego ao fim de um livro, sinto que apesar de querer refinar o texto ainda mais (nunca fico satisfeita), fico certa de que as cenas em si e a maneira com que os enredos fluem são firmes. Também tenho certeza de que dei contexto suficiente e base para o leitor, de modo que ele possa ver onde as coisas começaram, o que aconteceu e como tudo terminou.

Fiquei tão aliviada com o futuro de Jane e V. (depois de o problema do tempo de vida dela ser resolvido), que acreditei que os leitores se sentiriam da mesma forma. Meu erro foi não ter levado a sério o desafio à convenção romântica por ela ser um fantasma, e não sabia que isso seria um problema do tamanho que foi para algumas pessoas.

Pensei e repensei a minha decisão (e o distanciamento que dei entre o mercado e meu radar interno), cheguei à conclusão de que em parte isso está relacionado a toda minha leitura do passado: livros de horror e fantasia, o que me fez acreditar que a solução estava boa.

Mas a verdade é que mesmo que tivesse percebido que isso seria um problema para certas pessoas, eu não teria mudado o fim, porque todo o resto teria sido uma mentira. Não escrevo para o mercado e nunca escrevi – as histórias em minha mente me controlam e nem mesmo eu consigo ver o que quero que aconteça no mundo. Se eu fosse escrever o livro de novo, acrescentaria cerca de dez páginas a mais sobre V. e Jane interagindo para mostrar a felicidade que os dois sentiam – de modo que os leitores entendessem que, na mente do casal, as coisas terminaram muito bem.

Como eu vejo isso? Essa série gosta de ultrapassar limites, destruí-los na verdade, mas sempre tive cuidado com o como e o porquê. Tento ser muito cuidadosa com o gênero que me permitiu começar e há muito tempo é minha escolha – e o romance é e continuará sendo a base de todos os livros da Irmandade.

Então, já que estamos falando sobre V. e Jane como casal: caramba, eles foram sensuais. Não corei tanto diante do computador como corei com Butch, mas não sei se foi porque o tira me levou a um novo nível ou eu simplesmente esperava esse tipo de coisa de V.

A cena na qual V. está na cama e Jane lhe dá um banho foi muito erótica, e eu vi tudo a respeito dela com mais clareza. Principalmente na parte em que ela, bem... está cuidando de um determinado ponto:

> *...mas então ele gemeu baixo e jogou a cabeça para trás, com os cabelos escuros se espalhando pelo travesseiro preto. Quando ele ergueu o quadril, os músculos de seu estômago enrijeceram, com as tatuagens em sua virilha se esticando e voltando ao normal.*
>
> *– Mais rápido, Jane, vai fazer isso mais rápido para mim agora.*
>
> *– AMANTE LIBERTO, p. 193*

Para V., antes de Jane chegar, sexo e emoção não se misturavam. Na verdade, exceto com Butch e até certo ponto com a Irmandade, emoções não faziam parte de sua vida, e isso faz sentido. Por ser criado no acampamento de guerra, ele desenvolveu um distúrbio que persistiu durante a fase adulta e marcou suas relações. A pergunta, então, é por que as coisas com Jane – e também com Butch – eram diferentes?

Acredito que Jane e Butch são muito parecidos – por um lado, os dois são bem espertos. Veja, por exemplo, uma das conversas entre V. e Jane, uma de minhas favoritas de todos os livros:

> *– Não quero que você chegue perto desta minha mão. Mesmo que esteja com a luva.*
>
> *– Por quê?...*
>
> *– Não vou falar sobre isso. Por isso não pergunte.*
>
> *– Ela quase matou uma de minhas enfermeiras, sabia?*
>
> *– Não me surpreenderia. – Ele olhou para a luva. – Eu a cortaria fora se pudesse.*
>
> *– Não aconselho isso.*
>
> *– É claro que não. Você não sabe como é viver com este pesadelo na ponta do braço.*
>
> *– Não, quero dizer que eu pediria a outra pessoa que cortasse, se eu fosse você. Assim fica mais fácil fazer o serviço.*

Fez-se um instante de silêncio. Então, o paciente riu.
– Espertinha.

– AMANTE LIBERTO, p. 186

Também acho que V. gosta de Jane porque ela não é fraca e não é uma mulher atrapalhada. A cena do sequestro dela do hospital mostra isso, principalmente neste trecho, quando Rhage a segura e Phury tenta acalmá-la usando seus truques de controle da mente:

– Você precisa botá-la para dormir, meu Irmão – Rhage disse. – Não quero feri-la, e V. disse que ela tinha de vir conosco.
– Essa não era para ser uma operação de sequestro.
– Tarde demais, cara. Agora dê um jeito nela, ok? – Rhage resmungou e mudou a posição com que segurava a mulher, tirando a mão da boca para segurar um dos braços que ela não parava de agitar.
Ela começou a falar em alto e bom tom.
– Que Deus me ajude, porque vou...
Phury segurou seu queixo e a forçou a levantar a cabeça.
– Relaxe – ele disse com delicadeza. – Apenas fique calma.
Ele olhou fixamente para ela e começou a induzi-la a se acalmar... induzi-la a se acalmar... induzi-la...
– Vá se danar! – ela disse. – Não permitirei que matem meu paciente!

– AMANTE LIBERTO, p. 116

Nesse momento, Jane me faz lembrar Butch no *Amante Sombrio*, depois de levar Beth para a mansão de Darius e encontrar os Irmãos. Mesmo em desvantagem, ainda assim ele é um guerreiro. Assim como Jane.

Também acredito que Jane e Butch são levados a fazer coisas boas no mundo. Ela é cirurgiã e Butch é um policial; os dois são tipos diferentes de heróis – e então V. tem muito respeito por eles.

Por fim, suspeito, como parece ser o caso de todos os Irmãos, que é uma simples questão de hormônios. Os Irmãos, e todos os machos que vi até agora, parecem se ligar instantânea e irrevogavelmente quando se aproximam de suas companheiras. Assim, só consigo imaginar que existe um tipo de componente instintivo em ação.

Mas voltemos a V. e Jane. Do meu ponto de vista, uma das conversas mais fortes e emotivas no livro acontece quando V. permite que Jane o domine na cobertura, antes de deixá-la partir. Para ele, submeter-se a alguém sexualmente, levando em conta o que havia sido feito com ele na noite de sua transição, quando foi amarrado e parcialmente castrado, é o maior compromisso que ele pode estabelecer com outra pessoa. A cena mostra, pela primeira vez, Vishous escolhendo estar numa posição submissa. No acampamento de guerra, quando ainda estava em pré-transição, ele ficou vulnerável pela circunstância e por seu físico, e passou o resto da vida cuidando para não voltar a ficar à mercê de ninguém. Com Jane, no entanto, ele se dá a outra pessoa por vontade própria. É uma declaração de amor que vai além de palavras.

E, mais uma vez, este é o meu argumento sobre as cenas de sexo. Sim, as coisas entre eles eram quentes, mas são importantes para o desenvolvimento do caráter.

Agora, algumas palavras a respeito da Virgem Escriba e V.

Quando V. apareceu em cena pela primeira vez em *Amante Sombrio*, eu soube que os poderes de sua mão eram importantes, mas não tinha ideia do quanto ou das implicações que teria. Na verdade, enquanto escrevia os dois primeiros livros, nem mesmo eu tinha ideia que Vishous era o filho da Virgem Escriba. É igual ao gato Boo ou os caixões: quando vejo algo muito vívido, eu ponho na história, mesmo que eu não saiba o que aquilo tem a ver com o resto.

Apenas em *Amante Desperto* as coisas se encaixaram: a luz branca significa a Virgem Escriba. V. tem luz branca. Assim, V. significa Virgem Escriba. Achei uma grande sacada, e eu consegui não falar sobre isso nos fóruns ou entrevistas. Na verdade, quando revelei a linhagem de V., fiquei surpresa por ninguém ter notado a ligação. (Acredito que algumas das especulações que ocorreram nos fóruns chegaram perto de perceber isso, mas me esquivei com respostas que não foram claras.).

Em *Amante Liberto*, V. e sua mãe tiveram dificuldades de relacionamento, e levando em conta o que ela havia escondido dele e as coisas às quais o sujeitou, dá para entender. Mas as coisas deram certo, e para muitas pessoas a melhor cena no livro é aquela no fim, na qual Vishous parte para ver a mãe:

> *– O que trouxe? – ela perguntou.*
> *– Um presentinho. Nada demais. – Ele caminhou até a árvore branca com as flores brancas e abriu as mãos. O periquito soltou-se e pousou em um galho como se soubesse que aquele, agora, seria seu lar. A ave de cor amarelo-brilhante se remexeu para cima e para baixo no galho, com seus pezinhos segurando e soltando. Foi até uma flor, piou, ergueu-se e coçou o pescoço. V. colocou as mãos no quadril, analisando quanto espaço havia entre todas as flores de todos os galhos. Teria de trazer um monte de aves.*
> *A voz da Escolhida estava tomada de emoção.*
> *– Ela abriu mão deles por você.*
> *– Sim, e trarei outros.*
> *– Mas o sacrifício...*
> *– Foi feito. O que está nesta árvore é um presente. – Olhou para trás. – Vou encher este lugar de aves, independente de ela gostar ou não. Ela decidirá o que fazer com elas.*
> *Os olhos da Escolhida brilharam de gratidão.*
> *– Ela vai mantê-los. E elas a tirarão da solidão.*
> *V. respirou profundamente.*
> *– Sim. Bom. Pois ...*
> *Ele deixou as palavras se prolongarem. Escolhida disse:*
> *– Não precisa dizer.*
> *Ele limpou a garganta.*
> *– Você pode dizer que eu o trouxe?*
> *– Não vou precisar. Quem mais, além do filho dela, faria tal gentileza?*

Vishous olhou para a ave amarela no meio das folhagens brancas. Imaginou os galhos repletos de novo.

– Verdade – ele disse.

– AMANTE LIBERTO, p. 520

A Virgem Escriba não é uma das forças mais populares na série. Pessoalmente, eu a respeito, e fiquei comovida ao vê-la abrindo mão de seu apego pessoal (suas aves) para equilibrar o presente que ela dá a seu filho (na forma de Jane voltando). As pessoas me perguntaram por que ela não pode consertar tudo, ou seja, a respeito de Wellsie e Tohr (até mesmo John Matthew aborda esse assunto também), mas a questão é que ela não é um agente livre por completo no mundo em que criou. O destino absoluto está sempre em ação – e é o limite imposto por seu pai, creio eu.

V. e sua mãe se reconciliam até certo ponto no final de *Amante Liberto*. Mas ficou em aberto o que acontece quando a gêmea de V., Payne, surge. De certa forma, não acho que V. vai aceitar bem a maneira com que sua irmã foi tratada – ou o fato de sua mãe nunca ter falado sobre Payne para ele antes.

Esse foi o *Amante Liberto*.

Dizem que todo autor, ao longo de sua carreira, tem alguns livros que foram difíceis. O de Vishous definitivamente foi assim para mim. Todos os livros da Irmandade foram um desafio único, e publicá-los é TRABALHOSO. Eu luto diante do computador todos os dias, mas sempre há alguma pequena recompensa: pode ser um bom diálogo, ou uma grande descrição, ou um bom final de capítulo. Com V., as recompensas foram atrasadas. Só quando terminei o livro relaxei e pensei: "*Certo. Isso funcionou. Isso ficou bom*".

Tenho orgulho de *Amante Liberto* e acho que é um bom livro e me sinto grata porque o Irmão que veio em seguida foi fiel à sua natureza: um cavalheiro completo.

E se tivesse sido outro V.?

Não sei se teria conseguido passar por essa luta outra vez.

Phury, filho de Ahgony

"Eu sou a força da raça. Eu sou o Primaz. E assim devo reinar!"

– AMANTE CONSAGRADO, p. 481

Idade: 230.

Ingresso na Irmandade: 1932.

Altura: 1,98 m.

Peso: 125-130 kg.

Cor dos cabelos: Multicoloridos.

Cor dos olhos: Amarelos.

Marcas físicas de identificação: cicatriz em forma de estrela da Irmandade no peitoral esquerdo; não tem metade inferior da perna direita; nome CORMIA entalhado nos ombros no Antigo Idioma.

Arma preferida: Adaga.

Companheira: A Escolhida Cormia.

Descrição: *Phury passou a mão pelo maravilhoso cabelo, que lhe caía abaixo dos ombros em ondas louras, ruivas e castanhas. Sem essa cabeleira, já seria atraente. Com ela, então... certo, tudo bem: era lindo. Não que Butch o visse desse modo, mas o*

cara era mais bonito do que muitas mulheres. E se vestia melhor do que a maior parte delas também, quando não estava em seu traje de combate.
Ainda bem que era um filho da mãe muito bom de luta, do contrário, poderiam até pensar que se tratava de um maricas.

– AMANTE DESPERTO, p. 58

Phury sabia perfeitamente bem que estava preso num ciclo sem fim, girando sem parar como a ponta de uma furadeira, cada vez mais fundo no subterrâneo. A cada nível em que afundava, ele atingia veias mais fundas e ricas de mineral venenoso, que se espalhavam pela base de sua vida e o incentivavam a ir mais longe. Ele estava indo na direção da fonte, para a consumação com o inferno que era seu destino final, e cada nível mais baixo era um encorajamento maligno.

– AMANTE CONSAGRADO, p. 75

PERGUNTAS PESSOAIS (RESPONDIDAS POR PHURY):

Último filme que assistiu: Nosso querido Bob, com Bill Murray.

Último livro que leu: Horton e o mundo dos quem, do Dr. Seuss, para Nalla.

Programa de TV favorito: não consigo pensar em nenhum – não gosto muito de televisão, para dizer a verdade.

Último programa de TV que assistiu: Unwrapped, no Food Channel – com as Escolhidas – elas adoram ver as receitas sendo preparadas. Acho que foi uma receita com batatas.

Último jogo que jogou: buraco, com Layla e Selena.

Maior medo: decepcionar as pessoas que amo.

Maior amor: Cormia.

Frase favorita: "Homens não nascem heróis, eles se tornam".

Cueca boxer ou tipo sunga? Depende do corte da calça.

Relógio: Tank dourado, modelo masculino da Cartier.

Carro: BMW M5 cinza escuro prateado.

Que horas são agora enquanto você preenche esta lista? Dez da noite.

Onde você está? Na casa de Rehvenge, nas montanhas Adirondacks.

O que está vestindo? Calça creme da Canali, camisa branca da Pink com pedras amarelas na abotoadura (presente de minha *shellan*), cinto Hermès preto, sapatos Hermès pretos (sem logo por causa do cinto), sem meias.

O que tem em seu closet? Tenho bastante tempo? Gosto de designers italianos, na maior parte do tempo. Uso muito Gucci. Tenho um pouco de Prada, claro, e Armani e Valentino. Zegna e Canali. Mas tenho também Isaia, que é bem moderno, apesar de ser complicado fazer os pedidos de compra, e Tom Ford, que, graças a Deus, voltou ao mercado. Também gosto de algumas coisas inglesas e uso Dunhill e Aquascutum. Não tem nada francês... oh, tem sim, vou comprar algumas peças Dior nesta semana. O artista que existe em mim adora roupas bonitas. Gosto de como elas caem em meu corpo e a silhueta que formam. E pra que se vestir mal se você tem a chance de colocar umas roupas legais? A propósito, é difícil acreditar que Butch e eu temos o mesmo gosto. Nós nos aproximamos por isso.

Qual foi a última coisa que comeu? Bolinho de cranberry com creme.

Descreva seu último sonho: Eu estava fazendo compras. Mas não eram roupas. Eu estava num supermercado com um carrinho cheio de detergente e amaciante de roupas, atravessando os corredores à procura do caixa. Foi bem bizarro. Foi mais esquisito ainda quando acordei, porque Layla disse que queria aprender a usar a máquina de lavar. (A lição não deu certo, infelizmente. Adoro aquela fêmea, ela é um desastre com as tarefas domésticas. Mas tem uma habilidade espetacular que todo mundo acha incrível...).

Coca-cola ou Pepsi? Nenhum. Não gosto de refrigerante.

Audrey Hepburn ou Marilyn Monroe? Audrey, sem dúvida.

Kirk ou Picard? Picard.

Futebol americano ou beisebol? Nenhum. Não sou muito ligado em esportes. Melhor perguntar se gosto mais de Leonardo ou Michelangelo. E a resposta seria Michelangelo.

Parte mais sensual do corpo de uma fêmea: Vou passar esta. Não me sinto à vontade respondendo este tipo de coisa.

Do que você mais gosta em Cormia? A maneira que ela olha para mim.

A coisa mais romântica que você já fez para ela: Você precisa perguntar para Cormia. Mas tomo o cuidado de fazer algo só para ela todos os dias. Pode ser conferir se há bastante pasta de dente de sua preferência, ensiná-la a dirigir, encontrar uma pena de falcão perfeita na mata ou até surpreendê-la com uma pedra que encontrei na beira do rio. As pequenas coisas são importantes, principalmente porque ela está se acostumando com a ideia de ter coisas dela, e só dela. E, como você sabe, minha *shellan* não liga para joias nem roupas. Ela gosta de usar as minhas camisas e não se preocupa com vaidade, então acho que sou a mulher da relação nesse aspecto. Sabe... o bom é que ela gosta de verdade de coisas simples. Como aquela pena. Ela ficou encantada. Era de um falcão de cauda vermelha, e a encontrei ao voltar de Nova York numa noite dessas, enquanto caminhava sozinho. Eu a trouxe para casa, desinfetei a ponta e dei para ela. Cormia adora coisas com cores.

A coisa mais romântica que ela já fez para você: Engraçado você perguntar isso. Ela pegou a pena de falcão, levou-a para Fritz e com sua ajuda a transformou numa pena de escrever para mim. A ponta é prateada e dourada. Ela fica em uma prateleira perto da minha mesa. Eu a uso para assinar documentos e também para desenhar minha *shellan*. Provavelmente é a melhor coisa que alguém já me deu.

O que você mudaria nela? Nada.

Melhor amigo (além de sua shellan*):* Meu irmão gêmeo, Z.

Última vez em que chorou: Vou manter essa informação em segredo.

Última vez em que riu: Não faz muito tempo. Com Cormia, mas não conto o motivo.

Minha entrevista com Phury

Depois de não ter tido sucesso na entrevista com V., fui para a cozinha e entreguei a caneca e o guardanapo, fazendo elogios para Fritz e os outros funcionários. Fui informada de que Phury chegou e está esperando por mim na biblioteca, e vou para lá.

Abrindo a enorme porta, vi o irmão gêmeo de Z. olhando para as estantes. Estava vestindo um lindo terno preto com riscas, e o contraste de seus cabelos ondulados e multicoloridos com a roupa precisamente cortada é surpreendente. Ele se virou quando cheguei. Vestia uma camisa cor de rosa com mangas e golas brancas e uma gravata daquelas Ferragamo com estampas pequenas de... aves vermelhas e cor de rosa. Acho que eram aves.

Phury: (franzindo a testa) O que houve?
J.R.: Oh, nada. *(Olhando ao redor de propósito para evitar os olhos amarelos dele.)* Caramba, adoro esta sala. Todos os livros...
Phury: O que aconteceu?

Nesse momento, vou para um dos sofás de seda e me sento diante da lareira. As almofadas ficam ao meu redor, e o crepitar da lenha me faz pensar em coisas de inverno, como neve caindo e camas cobertas por edredons e travesseiros.

Phury se aproxima de mim no sofá, puxando a perna da calça antes de se sentar. Cruza as pernas em estilo europeu; joelho sobre joelho. Une as mãos no colo, com seu enorme anel de diamantes do dedo mínimo brilhando... e me faz pensar em V.

Phury: Deixe-me adivinhar... a entrevista com o alto, sombrio e frio não deu certo.

J.R.: Mas não estou surpresa. *(tentando esquecer)* Diga-me, as Escolhidas estão gostando deste lado?
Phury: (aperta os olhos) Se não quiser falar sobre ele, não falaremos.
J.R.: Agradeço a gentileza, mas, de verdade, as coisas são assim mesmo. Estou bem.
Phury: (depois de uma longa pausa) Tudo bem... as Escolhidas, surpreendentemente, estão muito bem. Todas, menos cinco, vieram visitar este lado, e o que elas fazem aqui varia de acordo com a personalidade e as predileções. Temos um sistema em que recebemos entre seis e dez na casa lá em cima e... você não está prestando atenção.
J.R.: Entre seis e dez. Personalidades. Predileções.
Phury: (Levantando-se.) Vamos.
J.R.: Para onde?
Phury: (oferecendo a mão) Pode confiar em mim.

Assim como Z. e todos os Irmãos, Phury é alguém em quem você é capaz de confiar, por isso entrego minha mão a ele, que me puxa para que eu fique em pé. Espero que não vejamos V. e fico aliviada quando, em vez de voltar para a cozinha, subimos as escadarias. Fico surpresa quando ele me leva para seu quarto antigo, e a primeira coisa que penso é que tem cheiro de fumaça vermelha, com café e chocolate juntos.

Phury: (para na porta, franzindo a testa) Hum... na verdade, é melhor irmos ao quarto de hóspedes ao lado.

Claramente ele também notou o cheiro e fico feliz por poder ajudá-lo a evitar o que lhe traz lembranças. Voltamos ao corredor e entramos no quarto que Cormia ocupou quando ficou na mansão. É grande e lindo, assim como todos os outros. Darius teve um bom gosto incrível, penso ao ver as fartas cortinas de seda e a penteadeira antiga de ótima qualidade, além dos quadros espetaculares. A cama não é apenas um local para dormir, mas um santuário no qual você pode ser absorvido – com cobertura e lençóis compridos de cetim vermelho. Exatamente o que eu imaginei enquanto estávamos no andar de baixo, perto da lareira.

Phury: (tirando o blazer) Sente-se aqui. *(aponta para o chão).*
J.R.: (sentando-me com as pernas cruzadas) O que estamos...
Phury: (de frente para mim no chão e mostrando as mãos) Dê-me suas mãos e feche os olhos.

A sensação que tenho em seguida é de algo parecido com mergulhar o corpo em uma banheira de água quente – mas percebo que, na verdade, eu me tornei líquida; eu sou a água e estou fluindo para algum lugar. Entro em pânico e começo a...

Phury: (com a voz distante) Não abra os olhos. Ainda não.

Muito tempo depois, parece que estou me condensando de novo, tornando-me inteira... e sinto um novo cheiro, algo parecido com flores e raios de sol. Meus olhos fechados difundem uma repentina fonte de luz, e meu peso é absorvido por uma base macia e não pelo tapete fino e oriental no qual eu estava sentada.

Phury: (afastando as mãos) Certo, agora pode abri-los.

Eu abro. E me sinto surpresa. Pisco os olhos, não por estar desorientada, mas por estar orientada demais.

Quando eu era pequena, passava os verões num lago nas montanhas Adirondacks. Minha mãe e eu íamos para lá no fim de junho e só voltávamos no início de setembro – e meu pai se unia a nós nos finais de semana. Passava duas semanas inteiras conosco no fim de julho. Aquela foi a época mais feliz da minha vida, mas, parte daquilo, estou percebendo conforme envelheço, é o brilho de nostalgia e a simplicidade da juventude. Ainda assim, independente do motivo, as cores eram mais fortes no passado, as melancias mais saborosas num dia de calor e o sono mais profundo e calmo, ninguém morria e nada mudava.

Há muitos anos estou longe daquele local especial: de uma maneira que uma viagem ao norte não resolve. Mas estou lá agora. Estou sentada num campo de grama alta com trevos, e há diversas borboletas coloridas embriagadas pelo néctar das flores. Um pássaro negro de cauda vermelha está piando enquanto voa para uma fileira de árvores de troncos grossos. E acima, há um celeiro vermelho com uma bandeira e um canteiro inteiro de lilases na frente dele. Um Volvo verde escuro dos anos 1980 está estacionado de um lado, e os móveis de jardim contrastam com a pedra clara da varanda. No espaço perto da janela, todos os anos minha mãe plantava petúnias brancas (para combinar com o branco do celeiro). E os vasos têm gerânios e lobélias azuis.

Consigo ver o lago do outro lado da casa. É de um azul profundo e brilha sob o sol. No meio fica a Ilha Odell, o local onde eu levava meu barco, meus amigos e meu cachorro para fazer piquenique e nadar. Se levantar a cabeça, consigo ver a montanha que se ergue no campo, aquela na qual muitas pessoas da minha família foram enterradas. Olhando para trás, vejo a casa branca de meu tio-avô, depois a casa de meus melhores amigos e então a mansão vitoriana de minha prima.

J.R.: Como você sabia a respeito disto?
Phury: Não sabia. É só o que está em sua mente.
J.R.: (olhando para o celeiro) Meu Deus, parece que minha mãe está lá dentro fazendo o jantar e meu pai logo vai chegar. É verdade... Meu cachorro ainda está vivo?
Phury: Sim. O legal das lembranças é exatamente isso. Elas não mudam e nunca se perdem. E mesmo que você não consiga se lembrar delas, os caminhos criados em sua mente sempre ficam com você. É uma espécie de imortalidade para mortais.
J.R.: (depois de um tempo) Eu deveria fazer muitas perguntas a você.
Phury: (dando de ombros) Sim, mas pensei que você fosse gostar dessa resposta.
J.R.: (sorrindo tristemente) E qual seria?
Phury: (colocando a mão em meu ombro) Tudo ainda está aqui. E você pode voltar sempre que quiser. Sempre.

Eu olho para a paisagem da minha infância e penso... que droga. Isto é a cara de Phury. Fui totalmente tomada por sua gentileza.

Cretino. Um cretino adorável.

Mas essa é sua essência. Ele sabe do que precisamos mais do que nós mesmos. E também virou a entrevista de cabeça para baixo, tornando-a toda relacionada a mim, não a ele. Também é seu modo de ser.

J.R.: Aposto que você dá presentes maravilhosos de aniversário, não é? Você é gentil e muito atencioso.
Phury: (rindo) Acho que me saio bem.
J.R.: Você também embrulha bem os presentes, não é?
Phury: Na verdade, Z. é o melhor nisso.
J.R.: Quem no mundo faria isto por você? *(esticando os braços e mostrando ao redor).*
Phury: Muitas pessoas. Cormia. Meus Irmãos. As Escolhidas e também... eu. Se você pensar na minha recuperação... *(pausa)* Pode parecer esquisito, mas todo aquele esforço de parar com as drogas foi um presente para mim. Por exemplo, neste momento, você está feliz por estar aqui, mas é difícil também, certo? *(eu confirmo)* Bem, a recuperação dói demais às vezes, e é triste e solitário também, mas mesmo nos momentos mais difíceis, eu me sinto grato e feliz por estar passando por isso. *(sorri brevemente)* Com Cormia, a mesma coisa. Fazer a transição e deixar de lado as regras das Escolhidas não tem sido fácil para ela. Não é simples reestruturar sua vida toda. Ela e eu... meio que nos unimos com isso. Estou refazendo a maneira com que vivo, sabe, deixando de ser o viciado que fui por duzentos anos e descobrindo quem sou de verdade. Ela está fazendo a mesma coisa. Nós crescemos e triunfamos juntos.
J.R.: É verdade que Cormia vai fazer o design do novo clube de Rehvenge?
Phury: Sim e já terminou. Eles estão começando a construção agora. E Wrath a contratou para criar mais um Abrigo. Ela está animada. Comprei um programa de arquitetura para o computador e ensinei a usá-lo, mas ela gosta de fazer tudo no papel. Tem um escritório na casa de Rehv com uma prancheta de arquiteta – sem cadeira. Ela fica em pé enquanto desenha. Comprei todos os livros de arquitetura que encontrei e ela os devorou.
J.R.: Você acha que as outras Escolhidas encontrarão companheiros?

Phury: (franzindo a testa) Sim. Mas qualquer macho que se aproximar tentando farejar qualquer coisa terá de passar por mim antes.
J.R.: (rindo) Você será tão linha dura quanto Z. com Nalla, não é?
Phury: Elas são minhas fêmeas. Todas elas. Cormia é minha companheira, e eu a amo de uma maneira diferente e profunda, mas continuo sendo responsável pelo futuro das outras.
J.R.: Algo me diz que você vai realizar um ótimo trabalho cuidando delas.
Phury: Veremos. Espero que sim. Mas posso dizer que a respeito dos *hellrens* delas, vou escolhê-los por caráter, não linhagem.

Faz-se um longo silêncio que é tranquilo, e depois de um momento, eu me deito na grama e olho para o céu. O azul brilha forte, e o branco das nuvens de algodão se destaca, cegando um pouco. Por algum motivo os dois juntos me fazem lembrar de roupa limpa: talvez porque seja brilhante, o sol esquente meu corpo e tudo tenha um cheiro muito bom.

Sim, eu penso, *estas são as cores das quais me lembro.* As cores da infância, com a vivacidade melhorada pela surpresa e excitação de vê-las.

J.R.: Obrigada por me trazer aqui.
Phury: Eu não fiz nada. Este lugar é apenas onde você queria ir. E foi uma viagem adorável, por falar nisso.
J.R.: Concordo totalmente.

As outras perguntas que devo fazer a ele somem, voam para longe, subindo ao céu. Ao escutar um roçar na grama ao meu lado, percebo que ele também se deitou. Juntos, nós nos esticamos na grama, com as mãos na nuca, pernas cruzadas nos tornozelos.

Por fim, voltamos para a mansão e para o quarto no qual estávamos, e não conversamos sobre nada em especial. Sei que Phury está me dando uma chance de me reorientar e agradeço sua compreensão.

Quando finalmente chega a hora da partida, ele e eu descemos o corredor até o escritório. Digo adeus a Wrath e Beth, e Phury fica ali para realizar uma reunião com o rei e a rainha. Quando desço as escadas, escuto de novo as vozes dos *doggen* vindas da sala de jantar. Eles estão arrumando tudo para a última refeição, organizando os pratos dos Irmãos e de suas *shellans*.

Fritz se aproxima, abre a porta da sala e me leva de volta para a Mercedes. Antes de entrar no veículo, olho para a fachada cinza da mansão. Há luzes acesas que podem ser vistas em quase todas as janelas, evidências de que apesar do exterior sóbrio, há muita vida e alegria do lado de dentro.

Entro na parte de trás, e quando Fritz fecha a porta, vejo que há uma pequena bolsa de couro preto no lugar onde eu deveria estar sentada. Quando o mordomo entra, pergunto o que é aquilo, e ele responde que se trata de um presente para mim. Começo a agradecer, mas ele balança a cabeça e diz que não é dele.

Quando a divisória se fecha entre nós, eu pego a bolsa, retiro o laço da ponta e despejo o conteúdo na palma da minha mão.

É uma pequena adaga negra, ainda quente. O trabalho do artesão é de tirar o fôlego... todos os detalhes, desde o cabo até a ponta afiada, foram perfeitamente executados, e a arma em miniatura brilha. O artesão com certeza demorou muito tempo nesse trabalho. Dedicou-se com muito cuidado e carinho para terminá-la.

Eu envolvo a adaga com a mão quando a Mercedes parte e nos afastamos das montanhas, voltando para o "mundo real".

Amante Consagrado

As pessoas

Phury.

Cormia.

O Mago.

Rehvenge.

Xhex.

Lassiter.

Tohrment.

Zsadist e Bella.

John Matthew.

Qhuinn.

Blaylock.

Wrath e Beth.

Fritz.

Butch O'Neal.

Rhage.

Doutora Jane.

iAm.

Trez.

A Virgem Escriba.

O Ômega.

Lohstrong (pai de Qhuinn).

Lash.

Sr. D.

Havers.

Amalya, Directrix das Escolhidas.

Selena.

Pheonia.

A Princesa.

Payne.

Low (o motoqueiro).

Diego (membro da gangue na prisão).

Skinhead (homem na prisão não identificado).

O cara da jaqueta de águia (o traficante de drogas).

Stephanie (a gerente da Abercrombie & Fitch).

LOCAIS DE INTERESSE (TODOS FICAM EM CALDWELL, NO ESTADO DE NOVA YORK, A MENOS QUE SEJA ESPECIFICADO.)

A mansão da Irmandade, localização não especificada.

O Outro Lado (o Santuário das Escolhidas).

Clínica de Havers, localização não especificada.

ZeroSum (esquina das ruas Trade com a Dez).

O bar Screamer's.

O shopping Caldwell Galleria.

A cabana na floresta, no Black Snake State Park.

A casa de campo de Rehvenge, nas montanhas Adirondacks.

A casa da fazenda (local onde Lash nasceu), na Bass Pond Lane.

A casa dos pais de Lash.

A casa dos pais de Blaylock.

O Departamento de Polícia de Caldwell.

RESUMO:

Phury encontra o amor, se recupera dos vícios e conquista o fim das restrições sociais e espirituais impostas pelas tradições de sua raça.

Frase de abertura: O tempo não era, de fato, algo que escorria para o infinito.

Última frase: Eu amo você para sempre nem sempre precisa ser dito para ser entendido.

Data de publicação: 2008 nos EUA, 2011 no Brasil.

Número de páginas: 534.

Primeiro rascunho: Dezembro de 2007 – março de 2008.

Comentários:

Eu amo Phury. Ele foi excelente para escrever, de verdade. E como eu disse, precisava dessa folga.

E já que estamos nesse assunto, falarei um pouco sobre a minha rotina diária de trabalho.

Meus horários de trabalho são bem fixos. Escrevo sete dias por semana, sem desculpa, sem falta: dias em que estou doente, feriados, dias em que estou viajando... Estou sempre sentada na cadeira. Faço isso há cerca de dez anos, e acho que "faltei" três dias nessa última década – devido a circunstâncias totalmente fora do meu controle. Eu acordava às quatro e meia em Manhattan em quartos de hotel para escrever. Sentava-me para trabalhar depois de tratar canais. Ficava dentro de casa com o sol brilhando lá fora. Escrever é uma prioridade, e deixo claro para todos ao meu redor que o tempo em que preciso escrever não é negociável. Não que eu seja uma supermulher. Apenas sou muito disciplinada – e também *preciso* escrever. Se não escrevo, é a mesma coisa que não fazer exercícios físicos. Fico ansiosa para fazê-lo.

Todos esses dias foram exemplos perfeitos de redação bem-sucedida? De jeito nenhum. Às vezes escrevo bobagens, como todo mundo. Mas sigo em frente, refaço e martelo até as palavras se encaixarem. Geralmente, as coisas são lentas e tediosas. Quando estou fazendo um primeiro rascunho, consigo fazer apenas de seis a dez páginas por dia. Quando reviso essas páginas, geralmente só consigo ler dez por dia. Depois, quinze. Depois, vinte. Depois que minha editora lê o rascunho, eu passo e repasso, fazendo não mais que vinte e cinco páginas por dia. Quando estou analisando as primeiras revisões do preparador, às vezes faço quarenta. Quando vejo as provas, acho difícil fazer mais que cinquenta ou setenta e cinco.

A questão é que não escrevo depressa, escrevo muito – o que significa que apenas preencho todo meu tempo de trabalho.

Meu dia normal começa quando eu chego ao computador no andar de cima, perto das oito. Escrevo por duas horas. Faço um intervalo para fazer mais café (momento em que às vezes confiro os e-mails no andar de baixo), e então volto por mais duas horas. Depois disso, faço uma corrida e volto para passar o resto do dia editando e lidando com coisas relacionadas ao negócio. Isso tudo muda, no entanto, se eu estiver perto do prazo de entrega – o que significa que nada além de uma corrida me tira de perto do computador.

Não tenho acesso à internet em nenhum dos dois computadores que uso para escrever, e aconselho as pessoas que, se puderem, estabeleçam esse limite e mantenham a internet e os e-mails distantes, longe do computador no qual trabalham. Veja: escrever toma uma parte muito específica do meu cérebro. Se eu parar de trabalhar para cuidar de outros assuntos, pode ser difícil voltar para a zona na qual eu estava.

Ninguém entra na minha área de trabalho, exceto meu cachorro (que é sempre bem-vindo) e meu marido (quase sempre bem-vindo). Eu nunca descrevi essa área para ninguém e nunca mostrei nenhuma foto. Posso dizer que é totalmente limpa, organizada e possui muita luz. Acho que um dos motivos pelos quais sou tão territorial a respeito de meu espaço físico de trabalho é que manter o mundo real de fora me ajuda a me concentrar no que está em minha mente. Também sou, como disse, muito reservada, e escrever é algo muito pessoal para mim... por isso sou tão protetora.

Além do meu agente e da minha editora (e de todas as pessoas na editora que são incríveis), trabalho com muitas pessoas maravilhosas. Minha assistente pessoal cuida para que tudo corra da melhor maneira, e me mantém na linha, agindo sem se impressionar com minha carreira como J.R. Ward e gostando de mim pelo que sou (bem, isso na maior parte do tempo – às vezes eu a deixo maluca e ela fica apenas porque ama meu cachorro). Meu assistente de pesquisa é uma enciclopédia ambulante da Irmandade que consegue encontrar qualquer informação com grande facilidade – ele também é extremamente paciente comigo e uma das pessoas mais gentis que já conheci. Também tenho um conselheiro de mais de dois metros com fetiche por metal – porque todo mundo que escreve sobre vampiros precisa de um – e uma mulher que, mesmo com seis meses de gravidez, se dispõe a arrastar bolsas por corredores de hotel, ir a conferências e cuidar para que tudo fique dentro do previsto.

Minha parceira de crítica, Jessica Anersen (que escreve histórias paranormais fantásticas), e eu nos conhecemos há mais ou menos oito anos. Passamos por muitos altos e baixos (os baixos são o que chamamos de paradas mortais na estrada). Ela gosta de histórias com enredo forte e eu gosto de histórias com foco nos personagens, por isso não temos nada em comum quando se trata de material – e esta é uma das razões pelas quais acredito que trabalhamos tão bem juntas. Eu a chamo de copiloto, mas como não revelo muito meu conteúdo, ela serve mais como um empurrão para meu cérebro. Eu faço muitas perguntas sobre negócios e sobre meus textos; ela nunca deixa de me dar bons conselhos.

Meus dois assistentes cuidam dos fóruns da J. R. Ward e do grupo da Irmandade da Adaga Negra no Yahoo. E trabalham com uma ótima equipe de moderadores voluntários. A maioria deles acompanha os Irmãos desde o começo. Nossos moderadores são incríveis e sou muito grata pelo que fazem apenas por gostarem dos livros.

Tudo é um esforço em grupo. E eu não teria tempo nem espaço para escrever sem a ajuda dessas pessoas.

Geralmente, encerro meus dias perto das nove da noite, quando meu marido e eu conseguimos passar um pouco de tempo juntos antes de desmaiarmos, para depois acordarmos e fazermos tudo de novo. A verdade é que sou meio chata. Eu não paro de exigir de mim mesma o tempo todo – escrever consome a minha vida, e a existência solitária me sustenta como nada mais: fico mais feliz quando estou sozinha no computador, com meu cão aos meus pés. E as coisas têm sido assim desde o primeiro dia.

Acredito que os escritores não nascem prontos, eles se tornam – mas essa regra não é exclusiva para escritores. Acredito também que este seja o caso de atletas, matemáticos, músicos, artistas, engenheiros e centenas de milhares de outros trabalhos que os seres humanos realizam. E em toda a minha vida, acredito que a melhor coisa que me aconteceu, além de ter a mãe que tenho, é ter encontrado meu lugar e conseguido sobreviver com o que amo fazer (meu marido me ajudou muito em toda essa questão de publicar livros, por isso agradeço a ele).

Agora, antes de ficar emotiva, vamos falar logo sobre Phury.

Sempre o vi como herói. Desde o primeiro dia. E também sempre tive consciência de que o livro dele seria a respeito de vícios – o que seria difícil. Para ser honesta, eu estava preocupada com a questão da heroína. Eu me lembro, quando vi Phury desmaiado ao lado do vaso sanitário naquele banheiro, de ter pensado "*Oh, Deus, não... não vou conseguir escrever isso. Como as pessoas conseguirão vê-lo como herói se ele se droga?*". E meus problemas não terminavam por aí.

A questão é que os heróis nem sempre estão certos, mas sempre são fortes. Mesmo quando choram e se deprimem, o contexto que os levam a esse estado é tão arrebatador que os perdoamos. Com Phury abusando da fumaça vermelha e exibindo uma necessidade de proteger seu vício – típico de um viciado (com todas as mentiras envolvidas) – eu estava preocupada, pois se não o mostrasse corretamente, os leitores o veriam como fraco em vez de torturado.

Ser torturado é normal para os heróis. Ser fraco, em termos de formação, não é.

Acredito ser compreensível que Phury tenha problemas sérios para viver. Levando em consideração todas as coisas com Zsadist, e a mistura completa de culpa, tristeza e pânico com a qual Phury teve de viver durante todos esses anos, a fumaça vermelha foi uma maneira de ele se automedicar contra esses sentimentos. O primeiro passo para mostrá-lo de modo favorável foi mostrar o Mago aos leitores para que eles pudessem ter uma ideia do que Phury estava tentando calar com toda aquela fumaça. Mais uma vez, assim como as atitudes de V. no acampamento de guerra, tudo era uma questão de contexto.

O Mago é a voz que comanda o vício de Phury e que mora dentro de sua mente:

> *Em sua mente, o mago aparecia na forma de um Espectro do Anel, usando uma túnica sombria que escondia seu rosto, parado em meio a um deserto cinza cheio de ossos e crânios. Em seu clássico sotaque britânico, ele fazia questão de que Phury nunca esquecesse seus fracassos. Aquela ladainha incessante o fazia fumar sem parar só para não ter que*

ir até seu armário de armas e enfiar o cano de um revólver na testa.

Você não o salvou. Você não os salvou. Você levou a maldição para todos eles. A culpa é sua... a culpa é sua...

– AMANTE CONSAGRADO, p. 16

A próxima coisa que precisava ser mostrada era Phury começando a aceitar que é um viciado. Para se tornar um herói, tinha de vencer seu vício em drogas, e o primeiro passo para a recuperação é reconhecer que você tem problema. A suspeita inicial ocorre quando ele e um *redutor* buscam um pouco de privacidade para lutar no centro da cidade e interrompem uma venda de drogas. Quando parece que a transação não será finalizada, o comprador desesperado termina atacando o traficante, matando-o e roubando toda a droga antes de fugir:

A alegria irritante no rosto do viciado era como uma locomotiva. O sujeito estava claramente em um trem expresso, pronto para uma viagem e tanto, e o fato de que a dose tinha sido de graça era apenas uma pequena parte da excitação. O verdadeiro prazer era o êxtase da grande quantidade que ele tinha roubado. Phury conhecia aquela febre orgástica. Ele a sentia toda vez que se trancava no quarto com um grande saco de fumaça vermelha e um pacote novo de papel de seda.

– AMANTE CONSAGRADO, p. 55

Identificar-se com outro viciado foi o começo para Phury. Mas as coisas tinham de piorar antes de melhorar.

– Eu ainda sou um Irmão?

O rei apenas olhou para a adaga, o que deu a Phury a resposta em três palavras: apenas em teoria.

– AMANTE CONSAGRADO, p. 94

A expulsão de Phury da Irmandade não teve a ver apenas com seu vício, mas também com seu outro método para lidar com suas frustrações: torturar os *redutores* antes de matá-los.

Isso foi, originalmente, algo que pensei que Zsadist estava fazendo. Até falei sobre isso no fórum. Mas eu estava errada. Era Phury que cortava os assassinos antes de esfaqueá-los – o que era bem *hard-core*. O engraçado é que, ao ver as cenas, eu pensei que Phury, o legal, o gentil, nunca faria algo tão cruel como tortura. Mas aqui está o mais importante, que até certo ponto acredito ser um dos pontos principais do livro do Phury: mesmo as pessoas que se vestem bem, que têm boa educação e que parecem tranquilas podem ser totalmente inquietas por dentro.

Por falar em passado, falarei um pouco sobre Cormia. Os paralelos entre ela e Marissa são óbvios. As duas são fêmeas de valor sofrendo uma série de expectativas sociais com as quais nasceram – e as duas se transformam, tornando-se agentes não apenas de sua libertação, mas dos outros também (no caso de Marissa foi o voto na reunião do Conselho e seu trabalho no Abrigo; para Cormia foi ajudar Phury a transformar as Escolhidas).

Como casal, Phury e Cormia funcionam de muitas maneiras, e neste trecho acredito que ela resume bem seu lado da conexão:

> *... mas não era isso que a comovia. Ele era tudo que Cormia valorizava: sempre pensava nos outros, nunca em si mesmo. Na mesa de jantar, era ele que fazia perguntas a todos, sobre ferimentos, problemas de estômago e ansiedades, pequenos ou grandes. Nunca pedia atenção para si. Nunca trazia a conversa para si mesmo. Oferecia apoio incondicional. Se havia um trabalho difícil, ele se voluntariava. Se havia uma tarefa, queria executá-la. Se Fritz ficava preso sob o peso de uma bandeja, Primaz era o primeiro a levantar da cadeira para ajudar. Pelo que ela ouvia à mesa, Phury era um defensor da raça, ensinava os aprendizes e era um grande amigo de todos. Ele realmente era ótimo exemplo das virtudes altruístas das Escolhidas, o perfeito Primaz. E em algum momento nos*

segundos, horas, dias e meses de sua estada ali, Cormia havia se desviado de sua trajetória de obrigações para adentrar a confusa floresta da escolha. Agora ela queria estar com ele. Não havia dever, obrigação, necessidade.

– AMANTE CONSAGRADO, p. 27

É claro, isso a coloca em conflito direto com seu papel como Primeira Companheira – que, sob as tradições das Escolhidas, deve dividir o Primaz com suas irmãs. O impacto entre a educação de Cormia, quem ela é e o que realmente quer, é a essência de sua luta, não apenas romanticamente falando, mas também individualmente.

Pelo lado de Phury, acredito que além do vínculo instintivo que ele sente por ela, Cormia se mostra sua companheira perfeita. Ela é incrivelmente perspicaz e compreensiva, e os dois passam por muita coisa juntos. Ela também é essencial na recuperação dele – sobre o que falarei mais depois.

A queda de Phury ao inferno sombrio de seu vício termina quando ele se envolve sexualmente com Cormia. A cena na qual ele tira a virgindade dela foi difícil de escrever, porque eu sabia que tinha que ser muito cuidadosa com o que via e não queria que houvesse nenhuma confusão: Cormia queria muito que acontecesse, mas Phury, com sua precipitação, acreditava que a havia ferido.

Não há nada de sensual em um estupro. Ponto final.

A má interpretação que Phury faz a respeito de suas atitudes o leva para o playground do Mago. Ele já tinha quase tido sérios problemas ao se envolver com heroína (no *Amante Desperto*), e eu acredito que era inevitável que Phury voltasse a usar, uma vez que ele era viciado e estava emocionalmente instável, mesmo assim fiquei arrasada.

Aquilo definitivamente não era fumaça vermelha. Nada de relaxamento gostoso, nada de bater na porta educadamente antes que a droga entrasse no cérebro. Aquilo era um ataque à mão armada com uso de força, e enquanto vomitava, Phury se lembrou de que estava tendo o que havia pedido.

Obscuro, no fundo de sua consciência, ele ouviu o mago começando a rir... ouviu a satisfação de seu vício, mesmo que a heroína estivesse tomando conta do resto de sua mente e seu corpo.
Ao desmaiar, enquanto vomitava, percebeu que tinha sido enganado. Em vez de matar o mago, ele tinha ficado apenas com aquela terra devastada e seu dono.
Bom trabalho, parceiro... excelente trabalho.

– AMANTE CONSAGRADO, p. 430

É surpreendente que Phury tenha passado por isso, e eu tenho tremores só de pensar o que teria acontecido se Blay não tivesse se hospedado na mansão e ele, Qhuinn e John não tivessem entrado naquele quarto.

Esse foi o fundo do poço para Phury, mas felizmente conseguiu sair dali. O primeiro passo importante que tomou para sua recuperação foi a decisão do dia seguinte. Ele parte para completar a cerimônia do Primaz com Layla, mas em vez de se deitar com ela, Phury senta nos degraus do vestíbulo do Templo do Primaz e decide parar de usar drogas.

Quando o mago começou a ficar bravo, e o corpo de Phury parecia estar em um liquidificador, ele esticou as pernas, deitou no chão de mármore frio do vestíbulo e se preparou para não ir a lugar algum.
– Droga! – ele disse enquanto sucumbia à crise. – Isso vai ser um saco.

– AMANTE CONSAGRADO, p. 457

Isso, por sua vez, resultou na cena que, para mim, foi a mais importante entre Cormia e Phury como casal – aquela na qual ela o ajuda numa crise de alucinação durante o período de desintoxicação. Ao levá-lo pelo jardim dos pais, Cormia se torna ela própria uma heroína, sendo forte quando seu macho não consegue e sendo sua guia quando ele precisa ser guiado.

A natureza simbólica da hera, quando Phury se lembra das estátuas cobertas no jardim de seus pais ou quando cobre seus desenhos, é óbvia. O passado sempre o sufocou, e eu adorei o fato de que, durante aquelas alucinações, ele não apenas livra as estátuas, mas livra a si mesmo – conseguindo ver seus pais num local mais feliz.

Como resultado da desintoxicação, Phury conquista a lucidez e toma a iniciativa de romper com as tradições das Escolhidas – o que já estava mais do que na hora. Adoro a parte na qual ele se mostra decidido:

> *Depois de uma vida inteira vendo a história se desenrolar numa tigela de água, Cormia percebeu, enquanto olhava o medalhão solto, que pela primeira vez estava vendo a história acontecer diante dela, em tempo real. Nada nunca mais seria igual depois daquilo. Com o emblema de seu alto cargo balançando de um lado para o outro em sua mão fechada, Phury proclamou com uma voz firme e profunda:*
>
> *– Eu sou a força da raça. Eu sou o Primaz. E assim devo reinar!*
>
> *– AMANTE CONSAGRADO, p. 481*

É a natureza heroica de Phury cumprindo seu destino – e caramba, ele realmente precisa dela para confrontar a Virgem Escriba.

A respeito do confronto: durante a conversa com a Virgem Escriba, acredito que ele atinge a maior falha dela em relação à raça que criou e que ama. Ela é muito protetora e, como Phury diz, precisa ter fé em sua criação. As tradições da raça dos vampiros estão dificultando sua sobrevivência tanto quanto a guerra com a Sociedade Redutora, e as coisas precisam mudar: a Irmandade deve se abrir para candidatos além da aristocracia, e as Escolhidas devem e merecem ser libertadas.

Uma nota sobre todas as restrições sociais e religiosas dentro da raça vampira: algumas pessoas no começo da série criticaram os livros por serem muito machistas e chauvinistas. Esse, portanto, era o ponto principal.

Regra número quatro: os enredos são como tubarões. Devem seguir em frente ou morrer.

A série precisava começar num ponto onde houvesse coisas a consertar, pois do contrário, não haveria lutas, conflito, evolução e decisão. E mesmo com as melhorias do *Amante Consagrado*, o mundo continua cheio de imperfeições que precisam de mudanças ou áreas nas quais o conflito cresce – muito disso existe no livro de Rehvenge.

Um *sympatho* trabalhando com a Irmandade? É um barril de pólvora pronto para explodir.

A questão é que os enredos devem avançar num mundo crível. Sempre. Por exemplo, eu acho que a cena mais forte do livro de Phury vem quando ele deixa o quarto da Virgem Escriba depois de libertar as Escolhidas. Neste trecho, ele retorna ao santuário das Escolhidas:

> *Ele ficou paralisado ao abrir a porta.*
>
> *A grama estava verde.*
>
> *A grama estava verde, o céu estava azul, os narcisos estavam amarelos, as rosas tinham uma infinidade de cores e as construções estavam vermelhas, creme e azul escuro*
>
> *Lá embaixo, as Escolhidas estavam saindo de seus quartos, carregando suas novas túnicas coloridas. Olhavam em volta entusiasmadas e maravilhadas.*
>
> *Cormia surgiu do templo do Primaz, seu lindo rosto em choque enquanto olhava em volta. Quando o viu, suas mãos se juntaram em sua boca, e seus olhos começaram a piscar rapidamente.*
>
> *Com um grito, ela levantou sua linda túnica lavanda e correu na direção dele, com lágrimas escorrendo pelo rosto.*
>
> *Quando se lançou sobre ele, Phury a segurou, abraçando seu corpo quente junto ao seu.*
>
> *– Eu amo você – ela disse. – Eu amo você, eu amo você... eu amo você.*
>
> *Naquele momento, com seu mundo em transformação, com sua shellan nos braços, Phury sentiu algo que nunca imaginou que sentiria.*
>
> *Finalmente se sentiu como o herói que sempre quis ser.*
>
> *– AMANTE CONSAGRADO, p. 490*

Serei honesta. Chorei como um bebê ali. Foi o momento mais perfeito para Phury – e não teria acontecido se não houvesse algo enorme a ser consertado no mundo.

E por falar em coisas que precisavam ser consertadas, falarei um pouco sobre Phury e Z. O relacionamento entre os dois irmãos tinha de ser abordado ao longo do livro e havia coisas sérias com as quais precisavam lidar. Phury tinha muita frustração e raiva guardadas, e elas por fim surgiram (estou pensando naquela cena na frente da mansão, onde os dois se enfrentam). Acredito que a falta de gratidão de Z. teve mais a ver com o sofrimento atual com o qual ele estava lidando, como a preocupação a respeito de Bella e sua gravidez, do que um ressentimento do fato de ter sido salvo. Afinal, às vezes é difícil ser grato por estar vivo quando a base de sua vida é instável.

Mas Phury precisava do reconhecimento de seu irmão gêmeo e de um agradecimento. Sem dúvida, para mim, uma das cenas mais emocionantes da série – e aquela na qual chorei sem parar enquanto escrevia – foi a reunião dos gêmeos depois do nascimento de Nalla. Nesse momento, Phury está no caminho da recuperação e redefiniu seu papel como o Primaz – e Bella e Nalla passaram pelo nascimento, por isso Z. está muito melhor também. Os gêmeos, no entanto, continuam separados. Pelo menos até Zsadist ir até a casa de Rehv nas montanhas Adirondacks e se aproximar do irmão enquanto canta Puccini:

> *Phury ficou de pé como se a voz de seu irmão, não as próprias pernas, o tivesse levantado da poltrona. Era o agradecimento que não tinha sido dito. Era a gratidão pelo resgate e apreciação pela vida vivida. Era a garganta bem aberta de um pai maravilhado que não tinha palavras para expressar o que sentia pelo irmão e que precisava da música para demonstrar o que gostaria de ser capaz de dizer.*
> *– Ah, caramba... Z. – Phury murmurou em meio àquele momento de glória.*

– AMANTE CONSAGRADO, p. 528

Se você analisar, ao longo do livro, verá que aqui e ali eu acrescento algo a respeito de certas coisas que não precisam ser ditas para serem compreendidas. Estou falando de cenas entre John e Cormia, Phury e Wrath, Phury e Cormia. Eu queria que tudo levasse àquele momento em que as emoções de Z. estavam complexas demais para ele explicar, por isso precisa cantar para se fazer entender. E sua mensagem é recebida exatamente da mesma maneira que é dada: o grande agradecimento feito nessa música é aceito por quem estava recebendo. Perfeito.

O tema da comunicação silenciosa também entra em jogo na última frase do livro. Phury segura Cormia bem perto de seu corpo depois de sugerir que eles deveriam se unir na mansão da Irmandade:

> *Os gritos de comemoração atrás deles e os tapinhas nas costas vindos da Irmandade interromperam o que ia dizer. Mas Cormia entendeu.*
>
> *Ele nunca tinha visto nenhuma fêmea com um sorriso tão belo quanto o dela. O que significava que sabia o que Phury queria dizer.*
>
> *Eu amo você para sempre nem sempre precisava ser dito para ser entendido.*
>
> – *AMANTE CONSAGRADO, p. 530*

E isso resume Phury e Cormia.

Mas antes de encerrar, vamos ver algumas coisas a respeito de John Matthew e Lash.

Uma das coisas mais interessantes a respeito de John Matthew (que é Darius reencarnado) é que nos primeiros livros consegui apresentar partes do mundo ao leitor por meio de seus olhos. E como ele não tinha familiaridade com a vida dos vampiros, o que era novo para o leitor era novo para ele. John também teve grande continuidade de livro a livro: os pontos de vista mudam e, até aqui, depois de formar um herói e uma heroína, eu geralmente não volto a eles (apesar de achar que na história de Rehvenge isso pode mudar – consigo ver onde Wrath pode voltar com força). John, no entanto, tem sido constante – e também se desenvolve bastante conforme sua vida passa.

Enquanto me preparo para o livro de John (que pode sair depois do de Rehvenge, não tenho certeza), quero mostrar aos leitores como a questão do tempo funciona com respeito a Ômega e a Virgem Escriba – já antecipando a questão da reencarnação de Darius. Nesse ponto, mostrar Lash como o filho do Mal, coisa que eu sabia desde o início, foi a melhor maneira de fazer isso. No final de *Amante Revelado*, quando o Ômega diz a Butch: "Como você me inspira, meu filho. Posso dizer que seria inteligente de sua parte procurar por seu sangue. As famílias devem ficar unidas", o Ômega está fazendo uma referência de sua reação defensiva a Butch mudando a dinâmica da guerra. Por ter "dado cria" a Butch e estar à misericórdia do tira, o Ômega percebe que precisa fazer algo para combater a ameaça a sua sobrevivência. E decide agir.

Depois do *Amante Revelado*, o Ômega volta no tempo, engravida uma vampira e cria Lash. Lash não existia antes da época entre *Amante Revelado* e *Amante Consagrado* (o intervalo de alguns meses refletiu as tentativas fracassadas do Mal em procriar, que não foram detalhadas), mas foi criado quando o Ômega voltou para o início dos anos 1980 no começo do livro de Phury.

Isso, sem dúvida, criou um problema. Para mim, como autora, seria difícil colocar em cena um personagem importante como Lash e ter de explicar de repente por que todo mundo o conhecia – teria envolvido muita exposição. Assim, tive de trabalhar com o tempo absoluto – que é diferente do tempo que a Virgem Escriba e o Ômega podem manipular como quiserem. O tempo absoluto é o destino absoluto, que é de única responsabilidade do pai de Ômega e da Virgem Escriba. Essa verdade e tempo absolutos no mundo dos vampiros refletem a culminação de todas as escolhas feitas por todos os atores naquele universo, os livros, no entanto, precisam seguir essa verdade – caso contrário, vira uma bagunça (ou, mais adequadamente, uma parte tediosa, cheia de explicações e *flashbacks*).

Lash, assim, é mostrado desde o dia em que John Matthew o encontra pela primeira vez no ônibus. E isso, no tempo absoluto, é exatamente o que acontece.

É nesse mesmo tempo absoluto que a questão de John Matthew e de Darius ocorre. Quando Darius é morto em *Amante Sombrio* e vai ao encontro da Virgem Escriba no Fade, John Matthew não existe. Mas depois que a Virgem Escriba e Darius fecham um acordo, ela volta no tempo e coloca John Matthew/Darius naquele banheiro da estação de ônibus como criança. John Matthew, se desenvolve, ao longo daqueles anos, independente do mundo dos vampiros – até que seu destino o coloca em contato com Bella por meio de Mary em *Amante Eterno* (depois da morte de Darius). Tecnicamente, no entanto, John Matthew e Darius coexistem por um período de anos, sem existir contato entre eles.

Uma situação inusitada, com certeza. Mas é interessante.

Bem... eu poderia continuar, mas vou parar por aqui. Quando começo a falar dos Irmãos e do mundo deles sempre me empolgo.

Este foi *Amante Consagrado*...

Até certo ponto, não acredito que consegui escrever os primeiros seis livros. Foi uma aventura estranha, fascinante e assustadora que me levou a muitos lugares que eu não podia ter previsto, tanto como escritora quanto pessoa.

Sinto gratidão por tudo isso. Mesmo nas partes mais difíceis (e passei por algumas, não é?).

PARA ESCRITORES

Conselhos e perguntas frequentes

Como esta seção é para escritores, vou começar relacionando minhas oito regras para escrever:

1. RP: Reinventar e Persistir.
2. Escreva com intensidade.
3. Conheça sua história como ninguém.
4. Os enredos são como tubarões: seguem em frente ou morrem.
5. Muito trabalho duro.
6. O conflito é rei da história.
7. A surpresa verossímil é a rainha da história.
8. Ouça sua intuição.

Escrever é algo complicado, e publicar livros é uma maneira difícil de sobreviver. Mas aí é que está a questão: o que na vida *não* é difícil? Ser mãe é difícil, assim como ser professora, contadora, atleta ou aluna. O que quero dizer é que não sei se escrever é mais assustador e difícil do que qualquer outra coisa. Sei que as oito regras acima me levaram até onde estou – e espero que elas continuem me ajudando a passar pelos altos e baixos.

Muitos escritores, com livros publicados ou sem, buscam conselhos comigo. Eu me sinto lisonjeada, mas fico um pouco perdida para descrever como eu faço o que faço ou por que funciona até hoje (e nunca penso que simplesmente vai continuar funcionando).

De modo rotineiro, no entanto, faço algumas recomendações em cada um dos diversos estágios do processo, que mostrarei a seguir. Gostaria de observar ainda – e isto é importante – que estes conselhos são para pessoas que estão tentando publicar um livro. Mas você não PRECISA escrever apenas para ser publicado. Eu escrevi durante anos apenas para mim e estava perfeitamente feliz. O que estou dizendo aqui é para pessoas que estão fazendo algo que é muito específico: e devo dizer que um livro publicado é um animal muito distinto e *não a coisa mais espetacular do mundo.*

Vou tentar ser mais direta agora. Acho importante que as pessoas saibam que se você escreve, é um autor. E ponto. Você não precisa de uma editora nem de leitores para validarem o que está fazendo. Colocar um livro na vitrine de uma livraria é apenas um caminho que as pessoas escolhem explorar – mas não é o único. Reunir a história de sua família para a próxima geração, escrever em diários para registrar seus pensamentos ou descrever uma tempestade sem qualquer motivo – tudo conta e tudo importa.

Certo, vamos aos conselhos para as pessoas que querem publicar um livro:

1. Termine um livro. Mesmo se não gostar dele ou achar que não é bom o suficiente, termine um de seus projetos. A disciplina é essencial para a publicação, e por mais interessante que outras ideias em sua mente possam parecer, chegue à página final de pelo menos um de seus trabalhos em progresso. Se você se distrai com novos personagens ou conceitos, escreva sobre eles num caderno ou documento do Word e guarde para depois. Mas aprenda a terminar o que começou. Escrever pode ser chato. Pode ser nada além de uma série de passos pequenos que deixarão você maluco. Em todos os livros da Irmandade, especialmente enquanto reviso o que escrevi, sinto vontade de gritar de frustração, porque tenho certeza de que estou escrevendo o livro mais comprido da história e NUNCA vou terminar. Mas é apenas parte do processo.
2. Encontre outros escritores. Eu me afiliei ao Romance *Writers of America* (Escritores de romance da América, www.rwa.org)

quando terminei meu primeiro projeto com potencial de ir ao mercado, e conheci todos os meus amigos escritores por meio dessa associação. Ocorrem reuniões ao longo do país, troca de e-mails da qual podemos participar, concursos nos quais você pode entrar, conferências regionais... e também uma revista publicada todos os meses com muita informação. Além disso, ocorre, todos os anos, uma grande convenção nacional, que é ótima para conhecer e ampliar sua rede de escritores amigos, encontrar oportunidades de reuniões com editores e agentes, além de aulas dadas por especialistas. O RWA também tem em seu site recursos incríveis para os negócios – basicamente tudo sobre romances. Se quiser ser publicado, recomendo que você se afilie, mas o RWA não é o único grupo disponível. E se quiser ter livros publicados em outros gêneros, existem outras associações sem fins lucrativos que, da mesma maneira, incentivam o networking de um gênero específico (como mistério, horror ou ficção científica).

3. Não escreva para o mercado, mas seja estratégico. Em termos de subgêneros (como paranormais, suspense, romântico ou históricos), se houver algo que seja tendência e que os editores estejam querendo, sempre vale a pena tentar vender seu peixe, se o que você estiver escrevendo se encaixar. Os Irmãos e eu somos um exemplo disso. E pensando dessa maneira, se o objetivo for ser escolhido por uma editora, mas seu material faz parte de um gênero que não está vendendo bem, talvez seja uma boa tentar explorar suas outras ideias que se encaixem mais no momento do mercado. No entanto, dito isso, se você escrever sobre o que gosta, seu entusiasmo vai ser passado ao papel e a experiência da leitura se tornará mais prazerosa – e por esse motivo as coisas mudam. O que é tendência agora pode ser substituído por outra coisa em outro ano. Guarde seus textos rejeitados – você nunca sabe quando poderá reenviá-los a outra pessoa ou em outra forma no futuro.
4. Escreva seu livro para você, depois veja onde ele se encaixa. É bom saber o que as editoras estão comprando, e também é bom, quando termina um projeto, mandá-lo para o local correto: por exemplo, você não deve enviar um romance medieval para um

editor que esteja à procura de paranormais (falarei mais sobre como encontrar quem está comprando o quê daqui a pouco). O melhor de ter um bom agente é que ele saberá aonde enviar seu trabalho. Algumas editoras gostam de trabalhar com coisas sombrias, outras gostam de comédia, e achar um editor que pense igual a você já é meio caminho andado. Se você ainda não encontrou um agente e está enviando seu texto por conta própria, pergunte a outros autores que tem material parecido com o seu, com quem estão trabalhando.

5. Publicar dentro de uma categoria ou publicar um título único é uma escolha pessoal. Existem muitos caminhos diferentes a explorar quando o assunto é publicar um romance. E não estou falando em termos de subgênero. Dois grandes caminhos para livros impressos são as categorias específicas ou títulos únicos. Categorias, como os romances da série Sabrina, são contos que se encaixam em regras claras definidas pelo editor sobre o conteúdo e número de páginas. Os títulos únicos são livros maiores individuais. Existem prós e contras ao fazer cada um deles: você não precisa de um agente para abordar editores de categorias, enquanto que, quase sempre, se quiser vender um título único, vai precisar de representação. Assim, as categorias são uma boa maneira de começar (e muitos autores de extremo sucesso, como Elizabeth Lowell, Suzanne Brockmann, Lisa Gardner e Jayne Ann Krentz começaram com eles). As categorias também podem ajudar você a encontrar seu espaço no mercado um pouco mais depressa, porque as regras para envio são muito claras – existem linhas de suspense, paranormal, humor, o que você quiser. Eu digo que as pessoas devem checar o site www.eharlequin.com (que publica os romances da série Sabrina nos EUA) para ver uma lista de categorias e suas regras de envio. O EHarl, como o chamamos, também tem ótimas dicas e orientações para escritores iniciantes.

   Na minha carreira, eu comecei praticamente fazendo o contrário, escrevendo títulos únicos e depois passando para os textos menores quando os Irmãos ainda estavam nos primórdios. Eu adoro escrever esse tipo de romance (para a série da Silhouette Special

Editions com o nome de Jessica Bird), e eles são um ótimo intervalo entre os livros da Irmandade – mais leves e mais rápidos, eles limpam um pouco a minha mente. Mas digo que eu não os considero mais fáceis de escrever só porque são mais curtos – fazer um trabalho bom é difícil independente do número de páginas.

Quanto ao mercado de títulos únicos, em comparação com as categorias específicas, pode haver mais competição na hora de ser escolhido pela editora. E como eu disse, quase sempre é preciso ter um bom agente. Apesar de você ter mais liberdade em termos de número de páginas, conteúdo e enredos, além do potencial para ganhar mais dinheiro, Mas o risco é sempre maior. Se você não vende, existe a ideia de que será descartado mais rapidamente do que nas categorias.

A escolha depende do seu estilo de narração e do tipo de histórias que você quer contar. E isso não significa que você tenha que escolher um ou outro. Tudo depende da sua ideia e do que hoje é atraente no mercado.

6. Uma palavra sobre a publicação eletrônica, os chamados e-pubs. Não tenho muito conhecimento a respeito das editoras eletrônicas, por isso costumo conversar com amigos que já as utilizam e conhecem quais são as melhores em termos de apoio ao autor e ética de negócios. Acredito que os e-pubs ofereçam uma oportunidade muito boa para a edição profissional e são um ótimo caminho para divulgar seu nome no mercado muito mais rapidamente do que aconteceria de outra forma. Também acho que eles podem ser inovadores em termos de qual tipo de conteúdo vão publicar, podendo ainda ser um ótimo lugar para cuidar de um projeto que, caso contrário, poderia ser tido como controverso. Porém, acredito que os autores devam tomar cuidado – procurando empresas que sejam bem estabelecidas e lendo o contrato antes de assinar (em qualquer situação, claro).
7. Os agentes são desejáveis. Pelo que ouço dos editores que conheço, a pilha de material não solicitado tem crescido cada vez mais nos últimos anos. Não sei exatamente por que – talvez seja o advento dos computadores, quem sabe? Mas esse fenômeno, além

da pressão sob a qual o mercado editorial se encontra atualmente, significa que os editores estão compreensivelmente ainda mais sobrecarregados e cuidadosos do que antes.

É aqui que os agentes entram. Os editores que eu conheço usam agentes como um tipo de entrada para os projetos: dependem de recomendações deles quando chega a hora de escolher quais materiais revisar ou apostar. Um bom agente tem relações com editores em todas as editoras, em todos os níveis, e sabe onde fazer as propostas. Além disso, eles podem ajudar em seu projeto, com a reputação que têm, dando a você mais credibilidade.

Um bom agente não precisa ser seu amigo. Nem deve. Ele precisa dizer as coisas que você não quer escutar e ser honesto a respeito de sua carreira e de onde está indo. Cada agente é diferente do outro, assim como os autores são diferentes. Alguns querem dar opinião no conteúdo, outros enfatizam a promoção; alguns são compassivos, outros são mais incisivos. O segredo é encontrar uma conexão que funcione bem para você. E lembre-se de que será um relacionamento como qualquer outro. Seja profissional e honesto e espere a mesma coisa, e nunca, nunca crie atrito. Se o agente estiver fazendo bem seu trabalho, você vai escutar coisas que não gosta ou que gostaria que não fossem verdade. O essencial é que vocês trabalhem juntos para resolver problemas e possa mostrar seu trabalho para o maior número de pessoas.

8. Como encontro um agente ou um editor? O melhor conselho que posso dar é sair e comprar a versão mais recente do guia *Writer's Market*. Esse volume de referência anual é um grande guia que mostra as tendências do mercado. As relações são agrupadas por agente (ou agência) e também por editor. Há nomes, endereços e representações de quem está procurando agenciar ou conseguir o quê. A RWA também publica um relatório anual com agentes e editores que é especificamente voltado para o romance.

   Além disso, se você conhece autores com livros publicados, também ajuda perguntar e descobrir por quem são representados e por quem são publicados, se gostam de seus agentes e editores, e que tipo de experiência eles tiveram. Às vezes você consegue até encontrar alguém que tenha um representante que possa se interessar por seu trabalho, o que pode ser muito útil – apesar de ser algo que você deva esperar que ofereçam, ao invés de pressionar um amigo ou autor.

Talvez você precise tentar muito até ser escolhido por um editor, mas trata-se de persistir e sempre reinventar, até que funcione. Quando se trata de agentes, se não conseguir encontrar um, não quer dizer que você não tem sorte, porque alguns editores não exigem agentes.

9. Se você mandar material para mais de uma editora, deixe claro que está fazendo isso. Certamente, enviar o mesmo projeto a diferentes agentes (ou editores) pode reduzir drasticamente a duração do processo, mas também pode colocá-lo em problemas se mais de um deles quiser representar você ou publicar seu livro. Se você escolher enviar a diversas pessoas, revele o fato abertamente – e cuide para não enviar a agentes ou editores que apenas aceitem material exclusivo.
10. Seja profissional. Em relação a tudo. Não deixe de passar o corretor ortográfico e sempre use a diagramação padrão (Times New Roman 12 ou Courier 10, espaço duplo, margens de 2,50 centímetros, alinhamento justificado). Quando conversar com as pessoas, seja educado e conciso. no caso de ir ao encontro com um editor ou agente em uma conferência, vista-se de modo adequado. Seja pontual – se disser que vai entregar algo até certa data, reserve tempo para as emergências, mas entregue o material na data prometida. Escreva notas de agradecimento. Fale bem dos outros ou não fale nada. Sim, muito disso parece óbvio, mas é importante. Se tudo der certo você terá uma boa carreira, portanto, melhor cuidar de sua reputação desde cedo.
11. Não envie nada cedo demais. Isso é IMPORTANTÍSSIMO para mim. Estou falando do seu material. Existe a enorme tentação de terminar aquilo no que está trabalhando e enviar a um agente/editor o mais rápido possível – ou pelo menos havia para mim. Mas acontece que só é possível causar a primeira impressão uma vez: e você pode se surpreender com a quantidade de erros que vai encontrar em seu trabalho se voltar mais uma vez com um novo olhar. Minha regra era (e é) fazer um esforço para não enviar nada

até eu ter chance de poder revisar tudo de novo. Foi difícil, porque é claro que eu estava curiosa para saber o que o editor diria e se o livro seria vendido. E nunca me arrependi por ter esperado. Aqui vai um exemplo perfeito: enquanto escrevia meu primeiro livro, *Leaping Hearts*, eu ainda não tinha um agente. Quando finalmente fui escolhida, eu sabia que o livro estava muito mais forte em comparação com o manuscrito que tinha enviado, por isso disse a minha agente na época para esperar até eu conseguir enviar o novo material. Atrasei o que enviei ao mercado por alguns meses para conseguir acertar o texto, mas foi o mais correto a fazer. Minha agente concordou comigo. *Leaping Hearts* se tornou um livro muito mais forte e foi vendido rapidamente.

Acontece que é da minha natureza gostar de cumprir prazos, mas a pressa pode comprometer o trabalho. Não estou dizendo que você deve se envolver numa análise sem fim, revisando o material tantas vezes a ponto de até destruir o texto. Mas existe um período de amadurecimento que precisa ocorrer, e com a prática você vai entender quanto tempo é necessário e de quantas revisões precisa.

12. Promoção. Quando vende seu livro para uma editora e passa por todo o processo de editoração e produção, você vai querer levar em consideração as diversas opções para promoção. Conversei com muitos autores, agentes e editores a respeito da promoção porque, como todas as pessoas, ainda estou tentando entender o que funciona e o que não funciona. E sabe qual é o consenso? (E isso ocorreu depois de conversas com autores bem-sucedidos e editoras muito importantes.) Ninguém tem ideia. Parece não haver relação entre uma atividade promocional feita por um autor e as vendas do livro. Porém, há coisas que os autores podem fazer para apoiar o que a editora faz por eles.

    a. Crie uma marca para si mesmo e construa suas promoções ao redor dela. Pergunte que tipo de livros você escreve e crie uma definição. Por exemplo, histórias paranormais sombrias e quentes são a cara da J. R. Ward, e tudo o que fiz para promoção tem essa vibração erótica sombria.

b. Estabeleça definitivamente uma presença na rede. Faça um site que reflita sua marca e crie um endereço de e-mail para que os leitores possam entrar em contato e você possa responder a eles.
c. Pense em criar um fórum interativo. Pode ser um quadro de mensagens para seus leitores, um grupo do Yahoo! ou um blog (sozinho ou com outras pessoas). Seja ativo, comprometido e entusiasmado a respeito de seu trabalho na internet.
d. Ofereça um boletim de notícias. Estou um pouco atrasada nisto, porque apenas há pouco tempo abri meu site, mas pelo menos eu tinha meus fóruns no Yahoo! Group para avisar sobre meus lançamentos e participações com antecedência. As primeiras duas semanas do lançamento de um livro são um momento decisivo, e quanto mais as pessoas que conhecem você saibam do lançamento, mais chances de comprarem o novo livro.
e. Faça aparições como convidado em outros blogs/fóruns/grupos. Converse com seus amigos e veja quem está disposto a recebê-lo por um dia perto da data de lançamento. Realize um concurso para gerar tráfego, ou fale sobre um assunto interessante que esteja relacionado com seus livros ou com você mesmo.
f. Dia de autógrafos e conferências. Participe delas e seja simpático.
g. Itens de *merchandising* e promocionais. Marcadores de páginas, canetas e outros objetos podem ajudar a manter você na mente de seus leitores ou editores.

Todos os itens acima mencionados podem ajudar – mas todos consomem muito tempo. Para mim, escrever precisa vir primeiro, e precisei tirar a culpa de todas as outras coisas que eu poderia fazer no que diz respeito à promoção. A conclusão é que você precisa escrever o melhor livro que puder... depois se preocupar sobre como promovê-lo. Muitas vezes precisei recusar algumas ações promocionais para poder ficar concentrada em escrever. É difícil, e eu conheço muitos autores que também enfrentam dificuldade nesse aspecto. Você precisa ter sucesso no mercado se quiser continuar publicando – mas não temos controle sobre muitas coisas, e a promoção, às vezes, parece a única solução para aumentar as vendas.

Agora, o conselho mais importante que já me deram.

A Regra de Ouro: faça o melhor que puder onde estiver. Esse conceito simples me transformou e foi um presente que chegou no momento certo: se você ler os agradecimentos em meus livros, vai perceber que sempre agradeço "à incomparável Suzanne Brockmann". Existe um motivo muito bom para isso.

Deixe-me explicar. Em julho de 2006 fui à convenção nacional da RWA em Atlanta, Geórgia. Naquela época, *Amante Sombrio* havia sido publicado em setembro de 2005 e, superando todas as expectativas e causando surpresa, havia chegado à lista do *New York Times* três semanas depois de seu lançamento. Isso não fazia qualquer sentido. Então *Amante Eterno* foi publicado em março de 2006 e foi melhor ainda: mantendo-se por mais tempo na lista e sendo muito bem vendido. Os leitores estavam começando a conhecer os Irmãos e minha editora estava totalmente animada, minha agente totalmente feliz e *Amante Sombrio* foi candidato ao prêmio RITA de melhor livro paranormal.

E eu estava prestes a ter um ataque de nervosismo.

Veja, um ano antes de tudo isso, eu havia pensado que nunca mais seria publicada.

Quando fui para Atlanta, estava perdendo o controle. Não fazia ideia por que os Irmãos pareciam estar sendo bem recebidos no mercado, não sabia se eles continuariam a se dar bem, e foi extremamente difícil deixar de ser eu mesma (escritora comum que usa calça de moletom e chinelo) e passar a ser J. R. Ward.

Eu havia tido a sorte de conhecer Suz Brockmann por meio da RWA, alguns anos antes, e estava, assim como a maioria das pessoas que eu conhecia, surpresa por ela e por seu sucesso. Eu era uma grande fã do trabalho dela, tendo lido seus livros por anos.

Além disso, ela era (e é), como dizem: totalmente legal.

Por sorte, Suz concordou em me receber para uma reunião no RWA, em Atlanta, e minha mãe e eu a encontramos num saguão de um grande hotel. Quando nos sentamos, eu quis causar uma boa impressão e não mostrar como eu estava perdida e assustada. Mas estava apavorada. De certo modo, tenho mais dificuldades em lidar com as notícias boas do que com as ruins, porque confio menos nelas.

E naquele momento eu estava com a corda no pescoço, com baixa autoestima, medo e desorientação.

Então Suz e eu conversamos e ela me deu grandes conselhos de negócios. No fundo eu estava pensando "*não perca o controle, não passe vergonha*".

Quase consegui. Até ela ser gentil comigo.

Perto do fim da reunião, Suz colocou a mão na pequena bolsa de pano que havia levado consigo e tirou dali um livro. Inclinando-se para frente, ela disse, de modo casual: "Olha, trouxe um exemplar do meu novo livro".

Olhei para o que ela estava me mostrando. Até hoje eu me lembro de como era a capa do livro: branca e brilhante com um pequeno desenho vermelho, o título em negrito com o nome dela embaixo.

Estiquei o braço, pegando-o com cuidado.

A questão é que tenho lido os livros de Suz há anos. Ela é como Elizabeth Lowell para mim. É a autora que eu lia todas as noites até minha visão embaçar pelo cansaço... e continuava lendo. Lembro-me de já ter ficado na fila de uma conferência, por duas horas seguidas, com cem pessoas, apenas para conhecê-la. Com os leitores, ela é o símbolo de gentileza e simpatia. Também é dela um dos livros que li e que me fez caminhar, em prantos, pelo apartamento, por acreditar que eu nunca seria tão boa como aquela escritora.

Eu perdi o controle. Segurei aquele livro contra meu peito, abraçada a ele, e chorei muito.

Na frente de Suz. Brockmann.

E de minha mãe.

No terceiro andar do saguão daquele hotel em Atlanta... ou seja, em público.

Eu ainda me lembro. Suz, claro, lidou com aquilo graciosamente. Escutou enquanto eu falava sobre estar muito nervosa, sobre não saber se conseguiria manter a qualidade dos livros, sobre duvidar que eu cumpriria os prazos e que temia não conseguir fazer o melhor trabalho com as oportunidades que me foram dadas.

Suz me deixou chorar. Quando eu já estava acabada de tantas lágrimas, ela olhou para mim e disse saber exatamente como era tudo aquilo. Ela sabia exatamente como era querer ser perfeita e fazer um trabalho perfeito e, de alguma maneira, ser recompensada. A questão, segundo ela, é que, conforme o tempo passou, ela aprendeu que quando tentamos alcançar a perfeição total, falhamos – e esse "perfeito" simplesmente não pode ser o padrão, porque você vai se prejudicar.

Em qualquer circunstância, faça o melhor possível. Nem mais, nem menos.

Quando eu era mais jovem, principalmente quando era advogada nos Estados Unidos, quase me matei tentando ser perfeita, e eu estava na mesma situação com os livros. Mas Suz abriu meus olhos – e eu acreditei que o que funcionou para ela era bom o suficiente para mim.

(Observação: eu pedi a ela que lesse esta parte para ter certeza de que não se importava em ser mencionada – e ela disse que o conselho que me deu era somente uma boa ação que estava passando adiante, pois havia escutado as mesmas palavras de um maravilhoso escritor da Harlequin, Pat White, que leu num livro chamado *Os quatro compromissos*, de Don Miguel Ruiz. Agora, eu o passo adiante. Legal, não é?)

Então, em sua jornada para a publicação, não se torture. Faça o melhor que conseguir. Inevitavelmente, a vida real vai atrapalhar a qualidade ou a quantidade do que você escreve... ou seu entusiasmo, na fé que tem em seu sonho ou em seu sucesso. Saiba disso desde o começo e consiga apoio, seja de amigos, de outros escritores, de sua família ou do seu cão – lembre-se de que existem apenas orientações, não regras prontas, seja na arte, nos negócios ou no sucesso. Sempre aviso, independente do conselho que dou, que o que funcionou para mim pode não funcionar com outra pessoa, e que tudo é um exercício educado de adivinhar.

Porque milagres acontecem.

Todos os dias.

A questão é que, se você não se mostra, fica muito difícil para as pessoas encontrarem você. Então, por favor, experimente e veja o que acontece. E seja gentil consigo mesmo ao longo do caminho. No fim das contas, só podemos acreditar em nós mesmos e trabalhar com afinco; o restante fica à mercê do destino.

E seja grato.

Eu sei que sou.

A proposta da Irmandade da Adaga Negra

A PROPOSTA DA IRMANDADE DA ADAGA NEGRA

Muitos escritores iniciantes me perguntam sobre como apresentar uma proposta e fazer uma carta introdutória para as editoras (que é uma carta em que você se apresenta e fala sobre seu projeto para editores e agentes). O guia *Writer's Market* tem alguns bons exemplos de cartas de apresentação. O importante é que, mesmo em apenas um folha, você detalhe seu projeto de modo sucinto, mas com entusiasmo, relacionando sua experiência como escritor (como créditos de publicação que possui, concursos que venceu e associações das quais faz parte, como a RWA). Inclua também qualquer informação pessoal importante que esteja relacionada ao material que pretende apresentar (por exemplo, você é uma enfermeira que está escrevendo a respeito de uma heroína que também é enfermeira).

As propostas costumam ser um resumo do seu livro (onde você conta toda a história rapidamente) e os três primeiros capítulos do manuscrito. Nas próximas páginas, vou mostrar a exata proposta para os livros da Irmandade que enviei por meio do meu agente (você pode ler os três primeiros capítulos no *Amante Sombrio*, se quiser).

Já quero adiantar que minha proposta ficou longa demais – então, o incentivo a fazer uma versão completa apenas para você e enviar uma cópia menor para os agentes/editores. Eu mesma criei o formato – nunca tinha visto a proposta de ninguém até então e simplesmente me concentrei no que achava que um editor gostaria de saber sobre a série. Acho que o layout funcionou especialmente bem por ser uma série de livros paranormais – você vai perceber que incluí as regras do mundo, além de uma descrição geral de todos os principais personagens e o papel que desempenham, não apenas no livro, mas na sociedade dos vampiros.

Para mim, é legal voltar e ler essa proposta – percebendo as mudanças que fiz no conteúdo da história conforme a série avançou. A grande maioria das discrepâncias que aparecem ocorreram porque eu interpretei mal aquilo que vi ou porque pude enxergar melhor as cenas iniciais mais tarde. Em alguns casos, no entanto, as diferenças surgiram porque houve falhas que percebi e as preenchi com as coisas que eu criei. Por exemplo, quando vi Phury e Z. pela primeira vez, eu não sabia que eles eram gêmeos, não sabia quase nada sobre os dois. Em vez de deixar esse espaço em branco, desenvolvi um passado para ambos que considerei adequadamente dramático. Mas a verdade apareceu mais tarde, enquanto eu esboçava o texto todo.

O mesmo pode ser dito a respeito da maneira com que *Amante Sombrio* terminou. Enquanto eu esboçava, momento em que Wrath estava na clínica depois de levar um tiro, as cenas pararam de me ocorrer. Aquela não parecia a maneira certa de terminar um livro, apesar de ser tudo o que eu tinha. Tentei criar mais e acrescentar algumas cenas, mas senti que elas não se encaixavam e não haviam realmente acontecido. Felizmente, o restante das cenas reais chegou enquanto eu escrevia, e a Irmandade terminou junta, ainda em Caldwell, no complexo de Darius.

Você verá que não mencionei o Ômega – isso porque ele ainda não estava claro na minha mente. Pelo menos não na época do rascunho. Naquele momento eu já sabia mais do que o suficiente.

Você também vai perceber, especialmente na parte introdutória, que eu falo sobre ter "dado" a Wrath uma fraqueza crítica ou "construído" uma situação para colocar uma mulher na vida dele. É claro que não foi assim que as coisas aconteceram, mas eu estava compreensivelmente cautelosa de dizer aos editores que os vampiros estavam na minha cabeça, dizendo o que fazer! Achei que seria melhor apresentar a história como se eu tivesse o mínimo de controle sobre o material. Ainda que a verdade não fosse esta.

E não usei *uta-shellan* na série. Usei apenas *shellan*.

Oh, e a contagem de palavras prevista? Bem errada!

Última observação: eu reproduzi o arquivo abaixo diretamente do meu computador e ele não será editado como parte do processo editorial deste Guia – o que você está vendo é exatamente o que foi ao mercado, com erros e tudo. O propósito é mostrar que eu fiz o melhor que pude para evitar erros, mas mesmo assim eles aconteceram. Apesar de não ser o desejado, o livro foi vendido. Com isto, não pretendo incentivar a preguiça, mas apenas mostrar que não existe perfeição.

Amante Sombrio

de J. R. Ward, título único

Aproximadamente 100 mil palavras

Descrição geral/Temas

Um mundo bem construído de vampiros é capaz de ampliar os melhores elementos de um romance: sexo quente, dramas intensos e grandes emoções podem se unir num ambiente único e contemporâneo. Para que um livro assim dê certo, as Regras do Mundo têm de ser firmes e claras e essas leis devem ser criadas para incentivar atos de heroísmo e sacrifício para o amor. Os contrastes são essenciais e têm de ser aplicados com intensidade ao longo do enredo: força versus fraqueza; bondade versus maldade; lealdade versus traição; amor versus ódio; perda versus comunhão; essas forças essenciais devem ser todas representadas. Os heróis precisam ser super-homens enfrentando inimigos de igual estatura. E as heroínas precisam ter firmeza e inteligência.

Ah, e eu mencionei que é preciso ter muito sexo fantástico ao longo de noites tórridas? Pois é, acho que isso faz parte do tal "sexo quente".

Ao planejar este livro, comecei com um herói guerreiro que precisava ser curado pelo amor. Wrath é um vampiro de quatrocentos anos, o último de sua linha, o único de raça pura que restou na Terra. Tem incrível força física, é ameaçador e sexy – e cego. Com respeito a sua deficiência, achei ser importante dar a ele uma grande fraqueza. Por ser cego, ele precisa depender dos outros e isso oferece um grande contraste a sua invencibilidade física. No entanto, sua visão fraca não tira dele a capacidade de lutar.

Wrath tem enfrentado uma guerra contra membros de uma sociedade sombria de caçadores de vampiros desde que passou por sua transição. Os vampiros desta série nascem sem as características comuns da raça: presas, super força, longevidade, fotofobia e a necessidade por sangue; que não aparecem antes dos vinte e cinco anos, quando passam por uma grande transformação física. Para sobreviver, eles não bebem sangue humano, mas sim de vampiros do sexo oposto.

Antes dessa transição, Wrath era esquelético, com tendência a ficar doente, fraco. Por causa de sua saúde ruim e de sua falta de visão, ele não conseguiu salvar os pais quando foram atacados por caçadores de vampiros. Esse contraste entre a fraqueza inicial de Wrath e seu estado atual de poder é a essência de seu conflito interno. Sua incapacidade de proteger os entes queridos é um fracasso que ele nunca perdoou. A vingança e o ódio que sente de si mesmo consumiram sua alma e fecharam todas as possibilidades de amor e carinho.

Wrath certamente é ameaçador, mas é digno de ser libertado de seu mundo emocionalmente prejudicado. O problema é que, para sua salvação ocorrer, ele precisa aprender que é capaz de proteger alguém e que é digno de amor. Como Wrath evita relacionamentos pessoais, tive de construir uma situação na qual ele fosse forçado a ter a presença de uma mulher em sua vida.

Beth Randall, a heroína, é alegre, muito inteligente, bonita fisicamente e a filha meio humana de um dos irmãos guerreiros do grupo de Wrath. Quando o pai dela é morto por seus inimigos, Wrath é forçado a aceitar Beth como sua responsabilidade e a ajudá-la a passar pela transição. Apesar de estar com Beth e dar apoio a ela, Wrath é levado a reviver a própria transição e a morte de seus pais. Beth o ajuda a processar os acontecimentos de modo mais adequado e ele consegue ver que sua incapacidade de proteger seus entes queridos da morte não foi resultado de falta de honra ou fraqueza. Isso ajuda a libertá-lo do peso do ódio e a curar suas feridas emocionais, tornando-o capaz de amá-la com entrega e envolvimento.

Quanto a Beth, quando a conhecemos no começo do livro, sua vida é tão solitária e triste quanto a de Wrath. Por ter crescido num orfanato, ela não faz ideia de quem são seus pais e não tem uma rede familiar de apoio. Ela está presa a um emprego sem futuro. Deseja um relacionamento, mas não consegue se ligar a nenhum homem. Ela também não tem ideia de que é uma mestiça. Quando Wrath chega em sua vida, ela é tomada por um mundo novo que proporciona a oportunidade de amar e ser amada, além de formar uma família. E, por meio de Wrath, ela consegue a ligação essencial com seu pai que sempre desejou ter. Também experimenta uma boa dose de excitação e paixão.

O romance secundário mostra Marissa, a *shellan* de Wrath (sua esposa titular), e um detetive de homicídios durão. Marissa ama Wrath há séculos, mas ele sempre se manteve afastado dela, emocional e fisicamente. Ela é uma pessoa gentil e solitária que espera o dia em que Wrath finalmente verá o que ela tem a oferecer. Marissa é um personagem difícil de retratar. Ela não pode ser vista como um capacho, porque seria entediante. Mas ela precisa realçar a ameaça sombria de Wrath, e a incompatibilidade deles tem de ser verossímil.

Ao longo do livro, Marissa percebe que Wrath nunca vai amá-la e isso a deixa livre para encontrar sua metade com o detetive Butch O'Neal. Butch é um homem bom que, como Wrath, fica à beira da loucura quando perde o controle de sua raiva. Sua vida é uma sequência interminável de mortes e investigação, e ele está perdendo a alma aos poucos, figurativamente falando. Butch conhece Marissa, e a pureza dela dá novo fôlego a ele, devolvendo um otimismo na vida e no amor que havia perdido. Ele também percebe que a cultura vampira é mais compatível com seu temperamento. As complicações inerentes ao fato de Butch ser humano e Marissa vampira serão resolvidas apenas em parte até o final do livro. O futuro deles não ficará claro.

Uma palavra a respeito dos inimigos de Wrath: em grande parte, um vampiro comum desta série (exceto os heróis) só quer viver em paz e coexistir com os seres humanos sem ser descoberto. Os vampiros têm sido caçados sistematicamente desde a Idade Média, por intolerância e falta de compreensão da necessidade que a raça tem de se alimentar de sangue. Atos terríveis de violência foram perpetrados por membros da chamada Sociedade Redutora, e os vampiros quase chegaram a ser extintos. Um grupo seleto de guerreiros são os defensores da raça e Wrath é o braço mais forte entre os Irmãos.

A Irmandade oferece várias possibilidades para o desenvolvimento de uma série. Cada um dos seis membros possui uma determinada fraqueza. Perderam família, foram traídos por familiares e amantes, sofreram e enfrentaram grande dor. Lutam pela raça, enfrentando os inimigos com coragem e habilidade, mas no fim da noite, todos, menos um, vão para casa sozinhos. A maneira com que o amor doma o coração de um homem selvagem, revelando sua essência protetora, é um elemento universal do romance. Todos esses homens precisam ser salvos e merecem o amor de que necessitam para poderem ser curados.

Esta história se passa numa grande cidade no norte do estado de Nova York banhada pelo Rio Hudson. É começo de julho e o tempo está quente, com tempestades regulares que marcam a noite com raios e o ressoar grave de trovões. No livro, os ambientes internos são urbanos e sombrios: boates, apartamentos, a delegacia, um restaurante e uma academia de artes marciais. O contraste é onde Wrath mora: seu escritório fica dentro de uma mansão luxuosa. Os exteriores também são sombrios: ruas escuras, becos, estacionamentos, pontes. Acredito que o tom sóbrio dos cenários do livro oferece um contraste para o calor e a iluminação do amor.

Estou convencida de que as histórias de amor de vampiros têm a mistura perfeita de fantasia e romance. O formato é flexível o suficiente para que a magia e o ritual possam estar presentes em ambientes contemporâneos, mas os temas são universais e duradouros. Estou entusiasmada por estar trabalhando neste projeto e animada com os personagens e a vida que levam.

E eu já mencionei que os vampiros são totalmente sensuais?

Obrigada pela atenção.

Personagens principais

BETH RANDALL

Beth Randall vai completar 25 anos e está insatisfeita com a vida. Foi criada num orfanato e nunca obteve nenhuma informação a respeito de seus pais. A única coisa que sabe é que a mãe morreu no parto. Essa falta de informação foi difícil de tolerar e ela se sente sem chão, tentando entender quem é.

Seu emprego como jornalista é uma maneira de extravasar sua frustração. Sente satisfação em encontrar respostas para a vida de outras pessoas. Beth cobre as notícias sobre crimes para o Correio de Caldwell e passa muito tempo com os policiais na delegacia. Alguns deles já a chamaram para sair, mas ela nunca se interessou por nenhum. De modo geral, os homens a consideram extremamente atraente, mas acabam não se aproximando. Às vezes ela se pergunta se não é lésbica, porque não parece ter interesse em fazer sexo com homens. Mas também não se sente atraída por mulheres.

Quando pensa em sua vida daqui a dez anos, não consegue vislumbrar mudanças. Imagina-se indo trabalhar todos os dias, sem qualquer promoção no jornal, voltando para sua casa e para seu gato. Deseja ter uma família, amor, conexão com as pessoas, mas simplesmente não consegue se relacionar com os homens e mulheres de seu convívio.

Ultimamente, Beth não tem dormido bem. Também sente fome o tempo todo e tem comido o tempo todo, mas pelo menos não está engordando. Não consegue fugir da sensação de que algo ruim está prestes a acontecer e do fato de que não tem ninguém com quem possa conversar.

WRATH

Wrath nasceu no século XVII, filho de pais que o adoravam. Seu pai era o líder da raça, muito respeitado. A mãe era uma fêmea compassiva e gentil. O nascimento de Wrath foi muito comemorado em seu mundo, pois os vampiros raramente concebem e a maioria dos bebês nasce morta. A raça ficou aliviada sabendo que as tradições continuariam existindo após a morte do pai, e seus sonhos e esperanças foram intimamente ligados ao destino de Wrath.

Tinha a saúde debilitada na infância, era frágil na adolescência, havia, portanto, a preocupação de que não sobreviveria até os 25 anos, quando sua transição finalmente fortaleceria seu corpo. Seus olhos eram objeto de preocupação, pois ele tinha a visão fraca antes mesmo de se tornar um adulto. Seus pais e empregados cuidavam dele o tempo todo e ele acreditava que o mundo era um local seguro e organizado, apesar de seus problemas de saúde.

Na noite do massacre, ninguém estava preparado para o ataque. Os vampiros coexistiram com seres humanos sem muitos problemas até o final da Idade Média, na Europa. Com a sociedade humana fragmentada e em guerra, e a comunicação sendo limitada pela geografia e pelas barreiras do idioma, os vampiros foram capazes de evitar serem notados. Esses tempos tranquilos acabaram com o desenvolvimento religioso e intelectual do século XVII na cultura humana. Naquela época, uma sociedade secreta foi estabelecida para caçar vampiros.

Os pais de Wrath foram torturados e mortos na sua frente. Ele sobreviveu apenas porque seu pai o forçou a se esconder e o trancou ali um pouco antes dos ataques. Wrath assistiu ao massacre horrorizado, e quando foi solto pelos empregados no dia seguinte, enterrou os pais de acordo com os costumes da raça, jurando que se vingaria. Foi uma promessa patética. Com seu corpo mal desenvolvido, ele sabia que não era um guerreiro. Durante o período de luto, quando as pessoas foram até sua casa para prestar homenagens por ele ser o último membro vivo de uma linhagem pura e o novo líder da raça, ele odiava a si mesmo e a sua fraqueza ainda mais.

Wrath partiu sozinho e viajou pela Europa por três anos, tentando descobrir mais a respeito dos homens que mataram sua família. Ele estava sem dinheiro, pois havia deixado seus bens para trás. Com o corpo fraco, não tinha como sobreviver fazendo um trabalho braçal. Ele foi atacado, surrado, humilhado, ameaçado e deixado para morrer pelos seres humanos. Às vezes, conseguia se arrastar e sobreviver, comendo lixo e restos podres de animais, até finalmente encontrar trabalho como servo.

Quando sua transição começou, não sabia o que estava acontecendo, pois seus pais o haviam protegido de tudo e não haviam explicado o que aconteceria. Depois de sugar o sangue de uma vampira fêmea que se materializou diante dele, Wrath cresceu quinze centímetros, seus músculos se desenvolveram sob a pele e ele finalmente alcançou o poder físico necessário para colocar seu plano de vingança em prática.

Wrath passou os quatrocentos anos seguintes caçando membros da sociedade e sendo perseguido por eles. Odeia os seres humanos em razão da crueldade que sofreu antes de sua mudança e pelo fato de serem a raça que criou a Sociedade Redutora. Vive uma vida de guerreiro com poucas posses, além de suas armas, e poucos vínculos, além de seus Irmãos.

Marissa, a vampira fêmea que o ajudou na noite de sua transição, foi escolhida por seus pais para ser sua companheira, mas ele não tem amor dentro de si para dar a ela. Ele nunca se aproxima dela, a menos que um deles precise se alimentar. Wrath sabe que esse relacionamento aos poucos a está matando. Ele pede a ela que encontre outra pessoa, mas Marissa se recusa, e essa lealdade o incomoda, porque sabe que não a merece.

Os Irmãos são seis outros vampiros que ele conheceu ao longo dos séculos. Eles lutam sozinhos na maior parte do tempo, mas compartilham informações e coordenam estratégias quando precisam. Ele tem consciência de que os outros o veem como líder por causa de sua linhagem e de sua força como guerreiro, mas é uma posição e uma adoração que ele não quer. Prefere o ódio a qualquer calor e vê a si mesmo não como um herói, por defender sua raça, mas como alguém que está apenas esperando pela morte para tirá-lo de seu martírio.

MARISSA

Marissa é a *shellan* de Wrath, ou esposa, mas sua natureza gentil a torna totalmente inadequada para ele. Como ela e Wrath não têm o tipo de relacionamento que os vampiros geralmente possuem com seus parceiros, ela vive com o irmão. Marissa se dedica totalmente a ele e espera que um dia ele deixe de lutar e descubra que a ama. Ela é virgem, nunca foi beijada e isola-se das pessoas. Os outros machos não se aproximam dela em respeito a Wrath. E as fêmeas sentem pena. Ela tem a sensação de que existe nas sombras, observando as vidas das pessoas se desdobrarem enquanto seus dias e noites se tornam estagnados por sua esperança paralisante.

BRIAN "BUTCH" O'NEAL

Butch é um detetive de homicídios que tem um forte senso de justiça e protege os direitos das vítimas, mas às vezes perde a estribeira. Ele é durão com os criminosos, protege os inocentes e não deixa ninguém fazê-lo de bobo. É um homem bom, mas está levando uma vida difícil e perdeu a fé na humanidade. Sua vida gira em torno do trabalho: ele nunca se casou e nunca teve um relacionamento importante com uma mulher. É muito solitário, e às vezes acha que se morresse durante o trabalho, não seria tão ruim.

HAVERS

Irmão de Marissa, Havers é um doutor vampiro, um médico dedicado. Como os irmãos de Havers e de Marissa morreram de uma doença específica dos vampiros anos antes e os pais deles estão mortos, Havers sempre cuidou dela. Há um ano, ele perdeu sua *shellan*, quando esta morreu tentando dar à luz ao filho deles, que nasceu morto. Agora, ele tem a sensação de que sua irmã é tudo o que ele tem. Havers é compassivo por natureza, e a dor que Marissa sofre no relacionamento com Wrath o deixa muito triste. Ele deseja que ela encontre um parceiro que se importe de verdade com ela.

O GRUPO DE IRMÃOS

Darius, Tohrment, Rhage, Vishous, Zsadist e Phury formam um grupo de guerreiros que obedecem a Wrath. Um grupo perigoso que dedica a vida para proteger a raça, sendo reverenciados e temidos por outros vampiros. Darius teve um caso com uma mulher humana cerca de 25 anos antes; a mulher morreu ao dar à luz. Ele perdeu dois filhos para seus inimigos e teme que sua filha meio-humana, Beth, não sobreviva à transição. Tohrment é o único com uma *uta-shellan* viva (a primeira e única esposa), e ele se preocupa com a segurança de sua família. Zsadist tem uma cicatriz que atravessa o rosto por ter sido torturado depois que o próprio irmão o traiu. Rhage é agressivo na personalidade, capaz de perder o controle a qualquer momento – e adora mulheres. Vishous é o estrategista do grupo, possuidor de uma mente assustadoramente poderosa, mas costuma ser assombrado por visões sombrias que geralmente se tornam realidade. Phury perdeu os filhos e a *uta-shellan*, que foram mortos por inimigos cinquenta anos atrás e tem uma perna mecânica, resultado de uma ferida em batalha.

Uma observação sobre os nomes. As palavras em inglês *rage*, *fury*, *vicious*, *zsadist*, *torment* e *wrath* (raiva, fúria, perverso, sádico, tormento e ira) são derivadas de nomes tradicionais de guerreiros vampiros.

A SOCIEDADE REDUTORA

A Sociedade Redutora é um grupo de caçadores de vampiros que age fora da lei. Os membros da sociedade, chamados *redutores*, são seres humanos que trocaram a alma por centenas de anos de matança. São sociopatas cruéis, matadores sem alma com passado violento ou doenças psiquiátricas que caçam por prazer e gostam de torturar. Eles têm uma alta taxa de mortalidade, por isso existe a demanda constante por novos membros na sociedade. Esses recrutas são retirados de diversas áreas, tipicamente as que envolvem autodefesa e esportes violentos, porque a sociedade favorece os fisicamente fortes. Neste livro, uma academia de artes marciais oferece um espaço fértil para treinamento de novos recrutas.

Os *redutores* podem caminhar livremente durante o dia. Às vezes, eles brigam uns com os outros por território. Ficam fisicamente mais fortes depois da doutrinação e vivem até cem anos sem mostrar sinais de envelhecimento. São também impotentes e têm cheiro de talco de bebê.

JOE XAVIER, TAMBÉM CONHECIDO COMO SR. X

O Sr. X é um líder ativo da Sociedade Redutora. Ele começou a praticar artes marciais na adolescência, e quando foi doutrinado como *redutor*, passou por um programa de treinamento militar e então voltou para a Sociedade, trazendo a ela um novo nível de tecnologia e violência.

Regras do mundo

- Os vampiros são uma espécie completamente diferente dos seres humanos.

- Vivem muito mais do que os seres humanos, mas não são imortais.
- Próximo aos 25 anos eles se "transformam" e passam a se alimentar de um vampiro do sexo oposto para sobreviver.
- Podem se alimentar de seres humanos, mas a força que retiram de um homem ou de uma mulher não dura muito tempo.
- Depois da transição, tornam-se sensíveis à luz e são cegados e queimados pelo sol.
- Os vampiros podem se desmaterializar à vontade, mas apenas se estiverem no ápice de sua força.
- Quando se desmaterializam, não podem levar outros.
- Conseguem perceber as emoções nas pessoas ao redor.
- São capazes de perceber a localização geográfica de seus parceiros.
- Curam-se rapidamente, mas podem ser mortos por uma ferida catastrófica.
- Eles se reproduzem com pouca frequência, e às vezes com seres humanos.
- Os mestiços, quando sobrevivem à transição, são sujeitos a todas as coisas descritas acima.

Trama

Darius, um membro do grupo de Irmãos, pede a Wrath para encontrá-lo num bar gótico no centro da cidade, chamado Screamer's. Ele sabe que é pouco provável que Wrath ajude sua filha mestiça a passar pela transição. Ele está desesperado. Ele ama a filha e ela tem mais chance de sobreviver se puder ficar com Wrath, porque o sangue dele é puro. Darius espera pela chegada de Wrath, pensando em como deseja que ela não sofra a agonia da mudança para a vida de vampira.

Ao mesmo tempo, sua filha, Beth Randall, caminha do trabalho para casa na Rua Trade. Ela passa pelo bar onde seu pai está. Enquanto pensa a respeito da noite solitária que a espera, é seguida por dois universitários. A princípio, ela não sente medo quando eles se aproximam e começam a perturbá-la. Quando um deles a segura e joga em uma rua, ela luta, mas eles a encurralam atrás de uma construção. Enquanto um deles a segura pelo braço, o outro rasga sua camisa e começa a acariciá-la. Apesar de estar morrendo de medo, finge querer fazer sexo com o agressor. Quando ele baixa a guarda, ela o acerta onde mais dói, depois dá uma joelhada em seu nariz quando ele se curva. O amigo fica tão surpreso que não impede a fuga de Beth. Ela corre para casa.

No Screamer's, Wrath finalmente aparece. Enquanto se aproxima de Darius, as pessoas saem de seu caminho. Ele senta-se com Darius e espera que ele fale. Quando escuta o que o outro vampiro deseja, diz não logo de cara. Odeia a si mesmo por decepcionar seu irmão guerreiro, mas ele não quer participar da transição de uma mestiça. Isso exigiria uma compaixão que ele não tem.

Wrath sai do bar porque precisa encontrar Marissa, sua *shellan* (parceira). Diferente da maioria dos vampiros, não mantém um relacionamento sexual com ela; eles apenas se alimentam um do outro quando precisam. Como ele é totalmente focado em caçar os inimigos, não sobra espaço em sua vida para a esposa. O irmão dela, Havers, com quem vive, não aprova o relacionamento que foi estabelecido pelos pais de Wrath quatro séculos atrás. Para que Marissa não precise lidar com seu irmão, Wrath frequentemente a encontra em um quarto da mansão de Darius.

Wrath se dirige para um beco escuro para se desmaterializar até a casa de Darius quando percebe que está sendo seguido. É um membro da Sociedade Redutora, um grupo de seres humanos que vendeu a alma para se tornar assassinos de vampiros. Ele atrai o *redutor* para as sombras, corta sua garganta com uma estrela ninja e pega sua carteira e telefone celular. Apunhala o *redutor* no coração, desintegrando-o. Ele então se materializa no quarto de hóspedes de Darius. Marissa o recebe, ele então se alimenta.

Nas cenas dos dois, a dinâmica do relacionamento que mantêm fica muito clara. Marissa é muito próxima dele, esperando que um dia Wrath perceba que o amor dela é o que falta em sua vida fria de guerreiro. Ele fica tocado por sua devoção e lealdade e detesta a si mesmo por tudo que não pode dar a ela. Antes de levá-la de volta à casa de seu irmão, ouve-se uma batida na porta. É o mordomo de Darius, que traz péssimas notícias. Darius morreu numa explosão de bomba na frente do Screamer's. Wrath controla a raiva para pensar nos detalhes e pede a Fritz que reúna o grupo de Irmãos. Antes de partir, o mordomo entrega a ele um envelope de Darius. Ao ficar sozinho, deixa fluir seu ódio, o que causa um redemoinho de raiva que o envolve.

Quando Beth chega em casa, ela toma um banho de quarenta e cinco minutos e descobre que apesar de estar com os nervos à flor da pele, seu corpo está se recuperando. Está faminta. Depois de comer, senta-se com seu gato, pensando que deveria fazer um boletim de ocorrência. O telefone toca. É José de la Cruz, um dos policiais que a ajuda com suas reportagens. Ele conta a ela sobre um carro-bomba que acabou de explodir na frente de um bar no centro da cidade. Pede para que ela tenha cuidado quando aparecer no local, porque o tira durão Butch O'Neal está na área. Apesar de tentar, não consegue falar sobre o ocorrido, com medo de começar a chorar. Ela diz a José que não pode ir até a cena do crime, repetindo que está bem, pois ele se mostra preocupado. Quando desliga, decide que precisa fazer um boletim de ocorrência e sai, levando consigo um spray de pimenta.

O grupo de Irmãos aparece na casa de Darius. Wrath precisa entregar a carteira e o telefone celular do *redutor* para outra pessoa, porque não enxerga o suficiente para lidar com eles. A carteira guarda uma carta de motorista e o telefone tem um histórico de chamadas que um dos Irmãos diz que vai investigar. Os Irmãos se voltam a Wrath para serem liderados e pela primeira vez isso não o irrita. Ele diz que precisam se vingar. Geralmente, confrontos grandes com *redutores* precisam ser evitados porque os assassinatos atraem a atenção da polícia humana. Mas a morte de Darius não pode deixar de ser vingada. Assim, a principal missão dos Irmãos é encontrar o mais próximo centro de recrutamento da Sociedade Redutora e acabar com todos ali dentro. Esses locais costumam ser disfarçados, fazendo-se passar por um local comum para os seres humanos.

Quando os Irmãos saem, Wrath abre o envelope de Darius. Dentro dele há uma folha de papel e uma foto do que parece ser uma fêmea de cabelos pretos. Ele chama Fritz para também ler a mensagem. Darius deixou a mansão, Fritz e sua filha mestiça sob a responsabilidade de Wrath.

No centro da cidade, Beth chega à cena da bomba, procurando por José. Ela não está ali como repórter, mas para preencher um boletim de ocorrência contra seu agressor, tentando evitar que ele fira outra mulher.

José não está por perto, mas Butch O'Neal aproxima-se, irritado por ela estar ali. Ao ver seu lábio ferido, Butch a puxa para um canto reservado e exige saber o que houve com seu rosto. Ela foge das perguntas e pede para falar com José. Não quer reviver o trauma do ataque com alguém agressivo como Butch O'Neal, mas ele a pressiona e não se dá por vencido, até ela ameaçar denunciá-lo por suas técnicas de interrogatório pesadas. Ele a deixa. Beth volta para o apartamento de táxi.

Cerca de uma hora depois, ela está se preparando para dormir quando o gato começa a agir de modo estranho. Ele caminha na frente da porta de vidro que dá para o pequeno quintal atrás de sua casa. Uma batida na porta da frente chama sua atenção. Ela espia pelo buraco da fechadura e resmunga. É Butch O'Neal. Ela abre a porta e ele entra, olhando ao redor e sentando-se. Mais cedo, Butch respondeu a uma chamada de um cara que tinha sido encontrado sangrando numa rua perto da Rua Trade. Ele deduziu que Beth tinha sido atacada enquanto voltava para casa, por isso ele estava ali, para tentar ajudar.

Do lado de fora, no quintal, Wrath observa nas sombras. Quando Beth abre a porta de correr para deixar um pouco de ar entrar, ele sente seu cheiro e fica encantado. Ele também reconhece que a mudança, a transição, está prestes a acontecer. Escuta a conversa entre ela e o tira.

Quando Beth termina de contar sobre seu ataque, Butch deixa a casa e vai para o hospital da região. Ele encontra o homem que atacou Beth, que está vestido exatamente como ela havia descrito, e faz um interrogatório duro com o jovem Billy Riddle. Ao final do encontro, joga Billy no chão do quarto do hospital, esfregando a cara do rapaz no piso. Depois o prende.

Quando o tira sai do apartamento de Beth, Wrath entra na casa. Ele a assusta tanto que é forçado a apagar a memória dela para poder tentar de novo. De manhã, ela acorda do que pensa ter sido um pesadelo terrível, feliz por ver que a noite assustadora finalmente terminou.

Wrath volta para a casa de Darius e entra no quarto de hóspedes. Toma um banho, faz a barba e pega uma placa preta de mármore. Depois de colocar diamantes brutos na plataforma, ele se ajoelha nu sobre as pedras, preparado para realizar o ritual em homenagem à morte de Darius. Fica nesta posição, sem se mexer durante o dia todo, pensando no guerreiro que agora se foi. Antes de entrar em transe, pensa em Beth e promete não apenas protegê-la, mas também ajudá-la em sua transição.

Depois de Butch levar Billy para a prisão, vai para seu apartamento simples. No caminho, encontra uma prostituta chamada Cherry Pie que muitas vezes vai parar na cela feminina. Eles conversam e seguem caminhos separados. Num impulso, Butch segue para o bairro onde se localiza o Screamer's e para na frente de outro bar. Uma mulher sai e eles vão para o rio, estacionando embaixo da ponte do Rio Hudson. Enquanto a mulher faz sexo com ele, Butch olha para o rio, pensando como é bonito o raio de sol na água. Quando ela pergunta se ele a ama, ele diz que sim, claro. Ele sabe que ela não se importa por ele estar mentindo e então sente intensamente o desespero de sua vida.

A cena seguinte mostra o *redutor* que colocou a bomba embaixo do carro de Darius. O Sr. X é um instrutor de artes marciais que trabalha numa academia na cidade. Está convencido que para vencer a guerra contra os vampiros, táticas especiais de guerrilha devem ser usadas. Ele posta os detalhes de seu plano em um site secreto da Sociedade Redutora. Seu bom humor dura o dia todo. Quando seus alunos de kung fu chegam às quatro horas, ele continua sorrindo. Está prestes a começar a falar quando um deles chega atrasado. É Billy Riddle. Ele tem um curativo no nariz e precisa ficar de fora do treino. O Sr. X diz para Billy iniciar o aquecimento da sala.

No fim do dia, Beth vai à delegacia. Butch conta a ela que seu agressor foi solto após pagar fiança. Butch descobre que Billy tem um histórico de crimes e que é filho de um poderoso empresário. Beth diz que vai em frente para que ele pague pelo que fez. Quando Butch pergunta como ela está, ela afasta tal preocupação perguntando a respeito da bomba. Ele responde perguntando se ela já jantou. Ela conta que não vai jantar com ele. Butch diz que pode dar detalhes a respeito da bomba e sai do escritório. Ela o segue.

Do outro lado da cidade, na mansão de Darius, Wrath está se preparando para sair quando Marissa se materializa em seu quarto. Ela sentiu sua dor por causa da perda e chega para tentar ajudá-lo. Preso em seu desejo de se vingar e encontrar Beth, Wrath pede a Marissa para ir para casa. Ele vai para o apartamento de Beth, e enquanto espera nas sombras, pensa na sua própria transição. Esse *flashback* é importante para estabelecer um de seus maiores conflitos internos. Antes de sua transição, ele era fraco, incapaz de proteger seus pais quando foram assassinados por *redutores* na sua frente. Depois da morte deles, Wrath partiu sozinho, sem conseguir conviver com a reverência que lhe prestavam apenas por ter nascido puro. Quando saiu da mudança, seu corpo se transformou e ele entrou no caminho para se tornar um guerreiro. Mas este seria um caminho frio e difícil.

Beth volta para casa depois de um jantar surpreendentemente relaxante com Butch. Ela troca de roupa para dormir e fica intrigada ao ver o gato mais uma vez andando de um lado a outro e ronronando na frente da porta. Ela está prestes a se deitar quando Wrath entra em sua casa. Desta vez, ele está fumando uma droga que tem propriedades relaxantes, e quando solta a fumaça, Beth percebe que não pode fugir dele. Seu corpo não se move. E então percebe que não está interessada em sair correndo. Quando ele se aproxima dela, Beth sente muito desejo. Os dois terminam fazendo amor, e a experiência é explosiva. Uma informação importante: a droga que Wrath usa não tem propriedades afrodisíacas, é apenas relaxante e o leitor sabe disso. Acredito que seria pouco atraente se ele a seduzisse com algum tipo de droga do sexo para tirar vantagem dela.

Do outro lado da cidade, o Sr. X sai à noite. Ele se aproxima de Cherry Pie e os dois fecham um acordo para uma transa. Em uma rua escura, ela começa a acariciá-lo e ele corta sua garganta. Seu plano é capturar um vampiro, usando seu sangue como isca. Um vampiro civil se aproxima. O Sr. X atira nele com uma arma tranquilizante, mas que não surte qualquer efeito. O vampiro se volta contra ele. O Sr. X usa uma estrela ninja durante o combate. Ele vence o vampiro, mas fica desapontado com o fracasso de seu plano.

Enquanto isso, no laboratório do porão sob outra mansão da cidade, o irmão de Marissa, Havers, desvia o olhar de seu trabalho. O relógio de seu avô começou a tocar. Está na hora de comer e Havers vai ao quarto de sua irmã. Ele a vê olhando para o céu da noite e a dor que ela sente faz com que ele se sinta triste. Marissa é muito querida para ele, principalmente desde que sua *shellan* morreu. Ele tem a sensação de que, pela natureza tranquila de sua irmã, ela precisa estar com um macho civilizado que cuide dela, que não a use apenas por causa de seu sangue. Havers pede a Marissa que vá comer com ele, mas ela se recusa. Ele percebe que ela foi ver Wrath, apesar de ter se alimentado na noite anterior. Ele pergunta por que ela se sujeita àquilo. Ela diz não haver problemas. Havers afirma que Wrath não demonstra qualquer respeito por ela, forçando-a a se alimentar escondida. Ela afirma que aquilo não é verdade. Diz a ele que eles se encontram na casa de Darius na maior parte das vezes, porque Wrath mora lá. Ele diz que ela não precisa daquilo. Ela não responde e ele a deixa sair, sentindo a própria solidão ao se dirigir a uma mesa suntuosa e comer sozinho.

Dentro de seu apartamento, Beth se remexe ao sentir algo suave no rosto. É Wrath. Ele está passando os dedos sobre seu rosto, desesperadamente desejando poder vê-la. Ele diz que ela é bonita e pela primeira vez o comentário não a deixa irritada. O telefone celular de Wrath toca e ele sai da cama. É um dos Irmãos. Ele conta que no celular do *redutor* havia números de algumas empresas. Eles querem checá-las e pedem que Wrath os acompanhe, para o caso de encontrarem os *redutores* e tiverem de lutar.

Wrath começa a se trocar. Beth o observa e fica surpresa quando seu gato, Boo, pula no colo dele e ronrona. Um som baixinho é emitido por aquele homem ameaçador ao ronronar em resposta. Beth pergunta qual é o nome dele. Ele diz a ela e diz também o número de telefone, pedindo para que o memorize. Ele diz que precisa partir e que talvez não consiga voltar para ficar com ela naquela noite, mas que ela deve telefonar se for perseguida ou sentir medo em qualquer momento. Wrath solta Boo e prende um coldre no ombro. É quando ela se dá conta que, obviamente, Wrath foi enviado pelos rapazes da delegacia para protegê-la. Ela pergunta se Butch o mandou até ali. Ele senta ao lado dela. Explica que foi o pai dela, mas que precisa encontrar seus Irmãos e não quer começar aquele assunto sem ter tempo para conversar direito. Wrath a beija e pede que ela o procure durante o dia. Entrega a ela o endereço de Darius e ela concorda em passar por lá de manhã. Ele acredita que poderão conversar no quarto e que haverá bastante tempo para responder às perguntas dela.

Quando ele parte, ela adormece. Totalmente exausta. Acorda pela manhã, e quando sai de casa, seus olhos doem por causa da luz do sol. Ela acredita se tratar de um tipo de ressaca pelo que Wrath estava fumando na noite anterior. Vai para o próprio escritório porque está cedo demais para encontrar Wrath. Recebe um telefonema de José. Uma prostituta foi morta num beco durante a noite. Quando Beth chega à delegacia, Butch está lá e diz a ela que encontraram uma estrela ninja na rua, parecida com aquela encontrada no carro que explodiu. Ele afirma que está acontecendo algum tipo de batalha. Eles conversam um pouco mais e Butch a convida para jantar de novo. Ela recusa, mas agradece por ter mandado um amigo para cuidar dela. Butch pergunta sobre o que ela está falando.

Beth vai embora, perturbada pelas ramificações do que fez na noite anterior. Fez sexo com um desconhecido que parecia um assassino profissional. Seria um pouco diferente se Butch ou um dos outros tiras estivesse envolvido. Mas de repente a ideia de ir a um endereço para encontrar aquele homem parecia tola. Conforme cai a noite, ela telefona para Butch e pergunta se ele ainda quer jantar. Ela não quer ficar sozinha e jantar com ele é melhor do que ficar agitada em casa.

Na casa de Darius, Wrath está caminhando em seu quarto o dia todo, esperando pela chegada de Beth. Seu humor já estava ruim antes mesmo de ser dispensado. Na noite anterior, ele e seus Irmãos foram a diversos locais, incluindo um mosteiro, uma escola preparatória, uma academia de artes marciais e uma fábrica de embalagens. Não estava claro que algo suspeito estivesse ocorrendo nesses lugares. Também foram ao apartamento do *redutor* morto e não conseguiram qualquer informação relevante.

Quando o sol se pôs, Wrath saiu da mansão e partiu em busca de Beth pela cidade. Enquanto caminha, ele percebe que está exausto, mas ignora a sensação, tomado pela necessidade de encontrá-la. Termina esperando por ela atrás de seu apartamento. Quando Butch estaciona na frente do prédio com ela, Wrath percebe sua presença e se aproxima do carro. Butch se inclina para beijar Beth quando Wrath olha para dentro. Mesmo com a visão ruim, ele percebe o que está acontecendo. Seu impulso é abrir a porta, arrastar o humano para fora e mordê-lo. Mas ele se controla e se esconde. O ciúme e a possessividade são duas emoções não conhecidas e ele se surpreende ao ver o tamanho de seus sentimentos.

Beth não se sente atraída por Butch e deixa isso claro. Ela sai do carro e atravessa a rua até a porta da frente de seu prédio. Butch espera para ver se ela entrará em segurança, mas antes de partir, ele vê um homem gigante caminhando para o quintal dos fundos. Sai do carro e o segue.

Quando Beth entra no apartamento, Wrath está na porta dos fundos. Ele está prestes a entrar quando Butch saca a arma e manda que ele fique parado. Wrath se vira e encara Butch quando Beth abre a porta e corre para fora. Butch exige que Wrath coloque as mãos na parede e abra as pernas. Wrath pensa na possibilidade de matar o tira, mas não quer assustar Beth. Além disso, nem mesmo Wrath poderia sobreviver a um tiro à queima-roupa na cabeça. Com Beth observando, Butch revista Wrath e começa a tirar as armas dele. Adagas, facas e estrelas ninja se espalham sobre a mesa. Butch tenta fazer com que Beth entre, mas ela não aceita. Ele perguntou o que Wrath estava fazendo ali. Ele responde que estava apenas caminhando. Butch o pressiona contra a parede, coloca os braços dele nas costas e o algema. Wrath pergunta o que fez para ser preso e Butch diz que ele porta armas sem licença, além de perseguir pessoas e invadir propriedade alheia e, quem sabe, assassinato. Ele diz a Wrath que estrelas como aquelas foram encontradas na cena de dois crimes.

Quando Butch começa a levar Wrath, Beth se pergunta se Wrath matou aquela prostituta depois de sair de seu apartamento na noite anterior. Ela simplesmente não consegue entender como um homem pode ter dois lados tão diferentes.

Ele foi tão delicado ao abraçá-la depois de fazerem amor. Ela salta na frente dos homens e exige uma chance para conversar com Wrath. Butch diz que ela deve entrar e trancar as portas. Ele arrasta Wrath com Beth correndo ao lado. Pergunta a Wrath por que ele foi procurá-la. Ele olha para ela e diz que o pai dela o mandou ali. Ela para, surpresa.

Butch coloca Wrath no banco de trás do carro e o leva para a delegacia. Butch fica de olho nele pelo espelho retrovisor porque algo lhe diz que ele, mesmo algemado, é letalmente perigoso. Estacionam nos fundos da delegacia. Enquanto Butch o tira dali, Wrath dá um passo para as sombras. Butch tenta arrastá-lo, mas ele escapa das algemas como se fossem de papel. Wrath segura Butch, ergue o tira do chão e o pressiona contra a parede. Pela primeira vez em sua vida, Butch tem certeza de que será morto. E é muito irônico o fato de conseguir ver a janela de seu escritório enquanto isso acontece.

Wrath sente vontade de matar o homem, mas há algo intrigante. Ele não demonstra medo como a maioria dos homens demonstraria. Está resignado, como se estivesse ansioso à espera da morte, e Wrath vê nele, um pouco de si mesmo. Wrath diz a Butch que não vai ferir Beth. Pelo contrário, ele está ali para salvá-la. Nesse momento, ela sai de um táxi e corre até eles. Ela pede a Wrath para soltar Butch, que é derrubado no chão e desmaia.

Beth está determinada a descobrir sobre o pai e pede a Wrath que saia da delegacia antes que Butch se recomponha. Ela chama um táxi e Wrath pede ao motorista que os levem ao bairro de Darius. O taxista os deixa a dois quarteirões de distância e eles caminham até a mansão. Fritz, o mordomo, os recebe na porta.

Wrath leva Beth até o quarto de hóspedes. Ela sente medo, mas está determinada a saber sobre seu pai. O quarto de Wrath é um local estranho com paredes pretas e velas, mas ela não se sente ameaçada.

Antes de Beth pedir que fale o que sabe, Wrath começa a fazer várias perguntas malucas. Tem sentido mais fome do que o normal? Tem comido muito, mas sem engordar? Seus olhos estão mais sensíveis à luz? Sente dor no corpo? Seus dentes da frente estão doloridos? Ela estranha as perguntas querendo saber o que aquilo tem a ver com seu pai.

Ele tira a jaqueta e a joga sobre a cama. Caminha de um lado a outro antes de segurar sua mão e sentar-se com ela no sofá. Ele conta que o nome de seu pai era Darius e que ele morreu há pouco tempo. Ela diz que achava que seu pai tinha morrido antes de seu nascimento. Wrath balança a cabeça e explica que ele e seu pai lutaram juntos por muitos anos e que o amor do pai por ela era muito forte. Ela pergunta por que ele nunca a procurou para se apresentar. Ele não responde, mas acaricia seus cabelos. Diz que ela vai adoecer logo; que vai adoecer e precisar dele.

Beth não entende o que ele está dizendo. Wrath afirma que vai ajudá-la a atravessar a doença, mas ela só quer saber de seu pai. Quem ele era? Era como eu, Wrath diz. Ele segura o rosto dela. E lentamente abre a boca.

Olha para as presas ela o empurra, aterrorizada. Salta do sofá e corre para as escadas. Ele permite que ela se afaste, materializando-se na porta de entrada da casa quando ela sai. Ela olha para ele sem acreditar no que vê e se afasta. Wrath permite que ela corra até perder o medo, mantendo-se atrás dela. Quando Beth se cansa, ele a pega do chão e a segura enquanto ela chora. Diz muitas vezes que não acredita nele.

Na delegacia, Butch entra e imediatamente faz o registro do ocorrido com Wrath e Beth. Ele vai ao apartamento de Beth e não a encontra. Ele a procura no centro da cidade, mas, sem encontrá-la, volta para o apartamento.

Wrath leva Beth de volta à mansão. No quarto, ele a abraça. Ela se sente confusa, mas por fim sua mente clareia o bastante de modo que ela se vira e olha para ele. Wrath beija seus lábios querendo acalmá-la, mas a atração entre os dois é irresistível. Tomada pela loucura da situação, Beth extravasa sua frustração e eles fazem amor com muita intensidade. Quando Wrath a está penetrando, ele mostra as presas e quase as afunda no pescoço dela. Ele chega perto de se alimentar dela, algo que não deve fazer porque ela não passou pela transição ainda. Sentindo seu desespero pelo sangue de Beth e o cansaço cada vez maior, ele sabe que terá de procurar Marissa.

Na manhã seguinte, Butch volta para a delegacia e é chamado na sala do capitão. Lá, é informado que será suspenso por causa do que fez a Billy Riddle. Butch diz ao capitão que o jovem merecia coisa pior. Ele deixa seu distintivo e sua arma e sai disposto a continuar procurando por Beth. Telefona para José e conta o ocorrido. Pergunta se ele descobriu alguma coisa sobre as estrelas ninja que foram encontradas no local dos crimes. José conta acreditar que pelo menos uma das armas foi comprada na academia de artes marciais da região. Butch decide ir até lá e conferir o local.

De volta à mansão, Beth acorda nos braços de Wrath. Ele está acordado e a abraçando por horas. Ela pergunta como seu pai era. Ele diz que Darius era corajoso e forte, tudo que um guerreiro deve ser. Ela pergunta contra o que ele e Darius estão lutando. Ele conta a respeito da Sociedade Redutora e de sua história caçando vampiros. Conta que seus meio-irmãos foram assassinados por *redutores*. Ela perguntou quem ele perdeu, e Wrath conta a respeito da morte dos pais. Beth acaricia seu rosto e afirma sentir muito. A angústia dele fica clara, assim como a raiva que sente por si mesmo. Quando ele diz que se culpa, Beth o ajuda a entender que estava impotente, dada a sua estatura física e o fato de ter sido trancado pelo pai. Ela afirma que ninguém naquela situação poderia ter impedido as mortes. Ninguém.

Escuta-se uma batida na porta. Wrath veste um roupão, coloca os óculos escuros e atende. Boo, o gato de Beth, entra no quarto e se atira aos braços dela. Beth ri e o abraça. Enquanto ela dormia, Wrath havia pedido ao mordomo que buscasse o gato em seu apartamento.

Wrath agradece ao mordomo e observa a porta do velho quarto de Darius. Quando os dois ficam sozinhos, ele diz a ela que quer mostrar algo e a tira da cama. Ele atravessa o corredor com ela até o quarto de Darius. Ela entra e fica surpresa ao ver dezenas de fotografias de si mesma em diferentes momentos da vida. Estão por toda a parte, em belas molduras. (Mais tarde, ela descobre que Fritz, o mordomo, as tirou.) Também encontra uma foto de sua mãe. Wrath espera na porta enquanto ela explora o quarto do pai. Enquanto a observa, percebe que quer tê-la como sua *uta-shellan*, sua única parceira. Sua esposa. Então ele se lembra de que Beth pode não sobreviver à transição. Wrath está tomado pelo medo.

Beth se sente incrivelmente tocada pela adoração de seu pai e também pelo apoio discreto de Wrath enquanto ela analisa o quarto. Ele responde às perguntas com atenção e cada informação que ele dá é um presente precioso a ela. Quando Beth encontra um diário, pede a ele para se aproximar: ela não consegue ler o que está escrito, porque não sabe o idioma. Ao segurar o diário, percebe que Wrath sequer olha para o livro. Ela solta o diário e leva a mão ao rosto dele. Lentamente tira os óculos escuros. Até então, sempre que ele estava sem os óculos o ambiente estava escuro. Mas ali, na luz de um abajur, ela percebe que a íris dele é verde-clara, com as pupilas sendo pontos pequenos e sem foco. Você é cego, ela diz com delicadeza. Wrath sente vergonha de sua deficiência e tenta afastar a mão dela. Teme que pense que ele não é capaz de protegê-la e diz que pode cuidar dela mesmo assim. Ela diz que, por algum motivo, não tem a menor dúvida, e o beija.

Na cidade, Butch chega à academia de artes marciais e vê Billy Riddle saindo. Butch entra e conversa com um dos instrutores, um cara chamado Joe Xavier. Não sabe o que é, mas sente que há algo de estranho com o homem. Xavier responde às perguntas a respeito das estrelas ninja e então, casualmente, pergunta a Butch quem ele está procurando. Ele diz que não procura por ninguém em especial. Pergunta a Xavier se pode comprar uma das estrelas. O homem responde que elas não estão à venda, mas que pode dar uma delas se quiser. Butch pega a estrela e a coloca no bolso. Ele sai e dirige até o jornal para ver se Beth chegou. Ninguém a viu.

Beth sai da mansão mais tarde pensando que precisa trabalhar. Ela para em casa, troca de roupa e segue para o centro da cidade. Quando chega ao jornal, o editor exige saber onde ela estava. Ela deixou de cumprir dois prazos e ele ameaça despedi-la. Ela senta e escreve duas colunas, mas o pensamento continua em Wrath. Por mais inacreditável que a história que ele contou possa ser, faz certo sentido. Explica por que ela sempre se sentiu tão diferente das pessoas de seu convívio. E como ela tinha a sensação de sempre estar sendo observada.

Quando o sol se põe, Wrath chama Marissa. Ela chega no quarto, feliz por ele tê-la chamado porque está claramente perturbado. Wrath só pensa em Beth. Ele está preocupado com o fato de ela estar sozinha pela cidade, não consegue esquecer a lembrança dos dois fazendo amor e está com medo da transição que se anuncia. Marissa oferece a ele seu pulso, mas quando Wrath fecha os olhos, vê Beth. Lembrando-se de tudo, ele vai para o pescoço de Marissa.

Marissa sente quando ele acerta sua artéria e fica chocada. O corpo dele está totalmente excitado quando ele a puxa para si. Aquilo é algo que ela sempre quis e se segura nos ombros dele, entrando em sua mente. Ela enxerga uma imagem clara da fêmea em quem ele está pensando e fica triste. Finalmente desiste. Sabe que ele nunca vai sentir a mesma coisa que ela sente. Enquanto ele a suga, uma lágrima escorre de seu olho.

Do outro lado da cidade, o Sr. X parte em busca de outra prostituta para usar como isca para pegar um vampiro. Desta vez, ele está levando consigo uma rede de prata. Mata mais uma mulher no beco, deixando-a para sangrar. Quando um vampiro se aproxima, ele prende o macho na rede. O Sr. X se aproxima e acerta diversos dardos no macho. Quando o vampiro perde a consciência, o Sr. X o leva para o carro e dirige para sua casa.

Beth volta para o apartamento para pegar algumas roupas e confere as mensagens. Butch telefonou diversas vezes. Ela telefona para o celular dele. Butch pede que fique onde está, porque vai até ela. Beth está esperando por ele quando começa a sentir náusea. Toma um remédio, mas a sensação piora.

Wrath termina com Marissa e então se afasta, e ela diz que irá deixá-lo. Ele segura as mãos dela e diz sentir muito. Ela diz que os dois não combinaram desde o começo. Ele promete sempre protegê-la, e ela responde que vai encontrar outra pessoa para fazer isso. Marissa se desmaterializa.

Wrath sobe as escadas e os Irmãos guerreiros se unem a ele. Enquanto Wrath estava com Beth na noite anterior, eles estavam assistindo às lutas na academia de artes marciais. Perceberam um fluxo constante de *redutores* entrando e saindo às três da manhã e acreditam que ali seja o centro.

Enquanto isso, Butch chega ao apartamento de Beth e aperta o interfone. Ela não atende e ele dá a volta pelos fundos. Pela porta de vidro, ele a vê deitada de bruços no chão, enrolada. Ele quebra o vidro de uma das janelas com a parte de trás da arma e entra. Beth está se contorcendo de dor. Butch começa a telefonar para a polícia e ela o impede. Ela entrega um endereço e implora para que ele a leve até lá. Ele diz que não vai levá-la a lugar algum que não seja o pronto-socorro. Ela segura o braço dele e puxa seu rosto para mais perto. Diz a ele que se quer que ela sobreviva, precisa levá-la a Wrath. Tudo fica claro para Butch. Wrath viciou Beth em heroína e agora ela está tendo uma crise de abstinência. Se levá-la a um hospital, ela pode morrer se não usar a droga. Ele a pega no colo e a leva para seu carro. Dirigindo como um maluco, Butch vai para a casa de Darius.

Wrath e os Irmãos estão no saguão quando escutam uma batida na porta. Pegando as armas, eles se aproximam da porta. Wrath abre. Butch entra com Beth nos braços. Wrath pega Beth enquanto os Irmãos observam assustados. Ele a carrega como se fosse extremamente preciosa e desaparece dentro da casa.

Do outro lado da cidade, Marissa volta para o quarto e se arrasta para a cama. Quando o irmão chega mais tarde na esperança de levá-la a uma festa, ele olha horrorizado para as feridas frescas em seu pescoço e a irritação em sua pele clara. Havers fica tomado de ódio por Wrath. Entra no laboratório, determinado a fazer alguma coisa.

Na casa de Darius, Wrath coloca Beth sobre a cama no quarto. Ela está sofrendo e a mão dele treme quando pega uma adaga. Faz um movimento em direção ao pulso, mas desiste porque quer abraçá-la enquanto ela suga. Faz um pequeno corte no próprio pescoço e a abraça, aconchegando-a. Enquanto ela suga, ele a balança de um lado a outro, recitando orações antigas que pensou ter esquecido.

No andar de cima, os Irmãos cercam Butch. Ele está perturbado por causa de Beth, cansado de lidar com viciados e seus problemas, desiludido com seu trabalho. Quando um dos Irmãos para diante dele, Butch extravasa sua raiva, derrubando o homem maior. Em questão de segundos, Butch está no chão, totalmente dominado, com um cotovelo ameaçando sua garganta. O cara que está em cima do seu peito sorri e comenta com os outros que gosta dele. Quando Butch está prestes a desmaiar, um deles se aproxima e tira o homem de cima dele.

Butch olha para seu salvador enquanto procura respirar. O homem tem uma cicatriz que atravessa sua face e os olhos mais mortais que Butch já viu. Isso mesmo, Butch pensa. Dessa vez ele vai morrer, finalmente. Mas em vez de matar Butch, o homem diz que vai esperar por Wrath para decidir o que fazer. Nesse momento, um mordomo entra com alguns petiscos. Butch não acredita no que vê. O homem passa uma bandeja de prata entre os homens e pede para que eles, se forem matar alguém, que, por favor, o façam no quintal.

No quarto, Beth termina de sugar e Wrath a consola enquanto a dor toma conta de seu corpo. Em determinado momento, ele tem certeza de que ela está morrendo, mas Beth se mantém firme. Duas horas antes do amanhecer, a agonia finalmente termina e ela adormece.

No andar de cima, Butch está sem jaqueta e seus captores vasculham os bolsos e encontram a estrela ninja. Um deles pergunta se ele conhece artes marciais. Butch diz não. Então perguntam o que ele está fazendo com aquela estrela. Butch responde que é de um amigo. Fazem a ele perguntas a respeito da academia de artes marciais da cidade. Por algum motivo, ele quase pensa que todos estão atrás da mesma coisa: do homem que colocou a bomba no carro e pode estar matando as prostitutas. O mordomo interrompe anunciando que o jantar está servido. Enquanto os homens começam a sair da sala, o cara da cicatriz volta e diz a Butch que ele pode tentar escapar. A porta da frente está destrancada. Mas se ele fugir vai ser perseguido como um cão e morto na rua. Sozinho na sala, Butch pensa nas opções. Está preocupado com Beth e decide, independente da ameaça do homem da cicatriz, que não vai embora.

Em seu quarto, do outro lado da cidade, Marissa se remexe sem paz. Ela se sente estranha e demora um pouco para perceber que está irritada. Não, ela está mais do que irritada. Está totalmente irada. Ela afasta os lençóis e se desmaterializa. Imagina que Wrath voltará para casa logo, por isso ela reaparece no quarto de Darius. Está cansada de viver escondida com Wrath e espera que os guerreiros estejam com ele quando retornar. Quer dar uma bronca nele na frente de todo mundo.

Butch está caminhando pelo saguão observando os objetos antigos e pensando que traficantes de droga acabam com dinheiro demais. De repente, uma mulher aparece em sua frente. Ele perde o fôlego. Ela é tão linda que ele quase se esquece de respirar. Tem um rosto delicado, olhos verdes e vivos e cabelos loiros compridos que descem por suas costas. Ela veste uma espécie de túnica branca e esvoaçante. Com um instinto de proteção, Butch olha para o corredor, pensando que deve levá-la dali. Não consegue imaginar o que uma moça bela e delicada como ela estaria fazendo com um grupo de homens brutos como aqueles. Ela é tão pura, ele pensa. É totalmente pura.

Marissa fica surpresa com o que vê. É um ser humano. Na casa de Wrath. E o homem está olhando para ela como se tivesse visto um fantasma. Ele limpa a garganta e oferece a mão. Em seguida, ele a recolhe e a esfrega na perna da calça jeans. Estende a mão de novo e se apresenta como Butch O'Neal. Ela olha para a mão dele, mas dá um passo para trás. Ele abaixa a mão e continua olhando fixamente para ela. Marissa quer saber por que ele está olhando daquela maneira. Ela fecha a túnica. Talvez ele tenha percebido que ela é uma vampira e tenha ficado com nojo. Ela fica corada , e ele ri, sem jeito. Butch pede desculpas e diz que ela provavelmente está cansada de ver homens olhando para ela. Marissa balança a cabeça. Afirma que nenhum homem olha para ela. Conclui para si mesma que esta foi uma das piores partes de ser *shellan* de Wrath. Nenhum macho, e poucas mulheres, olhavam para ela nos olhos, pois tinham medo do que Wrath poderia fazer. Caramba, se ao menos eles soubessem que ela não tinha sido desejada!

O ser humano dá um passo adiante. Diz que não consegue imaginar que ninguém olhe para ela. Ele sorri e Marissa vê que seus olhos são calorosos. Ela já escutou muitas histórias a respeito dos seres humanos. Que eles detestam a raça dela, que queimariam todos na fogueira, se pudessem. Mas esse não parece violento, pelo menos não com ela. Ele pergunta qual é seu nome. Ela responde e ele pergunta se mora ali. Ela nega com a cabeça.

Butch não consegue desviar os olhos dela. Ele sabe que está se comportando como um tolo, mas quer esticar o braço e tocá-la, apenas para ter certeza de que ela é real. Ele começa a falar, mas se cala. Ela pergunta o que ele ia dizer. Ele quer saber se pode tocar seus cabelos. Ela se mostra chocada e um olhar de determinação aparece em seu rosto. Ela dá um passo na direção dele e Butch se apaixona pelo perfume dela. Cheiro de brisa fresca. Ela abaixa a cabeça e uma mecha de seus cabelos escorrega por seu rosto. Ele segura as mechas entre os dedos. Macio, ele pensa. Muito macio.

Marissa fecha os olhos quando a mão dele fica um pouco mais corajosa. Ela sente o toque dos dedos e instintivamente vira o rosto para a palma da mão dele. O corpo começa a esquentar e o tempo parece ficar lento. Ela está confusa com a mudança que percebe dentro de si, um pouco assustada com a atenção que ele lhe reserva. Mas gosta disso. Gosta da maneira com que ele olha para ela.

Em sua casa, Havers passou a noite caminhando no jardim. Ele sabe como tirar Wrath da vida de sua irmã, mas o método vai contra seus princípios e seu comprometimento com a raça como curador. Sem saber o que fazer, ele vai ao quarto dela. Quando descobre que ela se foi de novo, toma uma decisão. Ele se desmaterializa e se projeta a uma parte movimentada da cidade. Vestindo suas melhores roupas, ele está totalmente fora de sintonia com o couro e as correntes do centro da cidade. Começa a percorrer ruas e becos.

Com Beth dormindo profundamente, Wrath a deixa para ir conversar com os Irmãos. Quando abre a porta e entra na sala de estar, ele vê Butch e Marissa próximos um do outro. Wrath fica surpreso com a atração que percebe entre eles. Dos dois lados. Antes que possa dizer alguma coisa, Rhage entra da sala de jantar com uma adaga na mão. Está indo na direção de Butch, obviamente por ter visto a mesma coisa que Wrath e acreditando que Marissa continua sendo a *shellan* de Wrath. A voz autoritária de Wrath chama a atenção de Rhage, Butch e Marissa. Wrath percebe com aprovação a maneira com que Butch, instintivamente, protege Marissa com seu corpo. Rhage sorri e lança a adaga a Wrath, obviamente acreditando que ele vai matar o homem. Wrath pede a Rhage que relaxe. E vá embora.

Butch olha para o outro homem, pensando em Beth e agora também preocupado com a loira atrás dele. Ele percebe um movimento e então nota que Marissa se coloca entre ele e o traficante de drogas. Como se ela pudesse protegê-lo. Butch começa a protestar quando Marissa diz algo num idioma que ele não reconhece. Ela e o traficante conversam por um momento e então o traficante sorri. Ele se aproxima de Marissa e a beija no rosto. E então, com um movimento rápido, o traficante se vira e segura Butch pelo pescoço. Por trás de seus óculos escuros, o homem olha diretamente nos olhos de Butch. Marissa começa a empurrar o traficante pelo peito, mas não chega a lugar algum. O traficante então sorri e sussurra no ouvido de Butch que ela está curiosa em relação a ele. Diz que não desaprova, mas que se a magoar, ele vai... Mas Butch o interrompe, cansado de escutar as pessoas prometendo matá-lo. Diz que sabe o que ele quer dizer. Você vai arrancar a minha cabeça e me deixar morto na rua. O traficante sorri e Butch franze a testa. Tem algo de errado com os dentes do cara, ele pensa.

Beth se remexe, sentindo-se tensa. Ela estica o braço na direção de Wrath, e ao ver que ele não está ali, abre os olhos. Sua visão continua normal. Ela se levanta, olha para o corpo. Parece o mesmo. Ela se move. Os movimentos parecem iguais também. Ela veste um roupão preto que tem o cheiro de Wrath e sobe. Percebe, ao subir, que não está ofegante pelo esforço, o que é bom. Talvez existam benefícios na história de ser vampira.

Quando chega ao fim da escada, precisa de um minuto para descobrir como abrir a porta secreta. E então entra no saguão. Butch está ali com uma bela mulher loira. Os dois estão sentados no sofá e olham para ela. Butch se aproxima de Beth e lhe dá um abraço. Beth percebe o olhar da loira sobre ela, como se a mulher estivesse medindo cada centímetro de seu corpo. Não há hostilidade no olhar da loira, no entanto. Apenas curiosidade e algo muito próximo de surpresa. Butch apresenta as duas, e quando Beth pergunta onde Wrath está, ele diz que está na sala de jantar.

Beth atravessa o corredor e caminha mais lentamente quando vê um grupo de homens com a aparência de perigosos sentados em uma mesa com peças de porcelana. A cena é totalmente incongruente. Todos aqueles caras durões vestidos com roupas de couro comendo com talheres de prata. Então, ela vê Wrath. Ele está sentado na cabeceira da mesa. Assim que a vê na porta, corre a seu encontro. Ele a abraça e beija. Beth quase não percebe que as conversas na sala pararam e que os outros homens estão olhando para ela. Wrath pergunta delicadamente como ela está se sentindo e ela demora um pouco para afirmar que está bem. Ele pergunta se ela está com fome e ela diz que quer chocolate e bacon. Ele sorri e diz que trará as duas coisas da cozinha. Ele se afasta e parece perceber que precisa apresentá-la. Wrath aponta para os homens ao redor da mesa, dizendo os nomes deles e então os apresenta a ela. Depois de dizer o nome dela, ele usa uma palavra que ela não reconhece e segue para a cozinha.

Beth observa quando ele se afasta e então escuta o som na sala, quando os homens afastam as cadeiras e ficam em pé ao mesmo tempo. Eles empunham adagas e caminham na direção dela, determinados. Ela entra em pânico e encosta na parede. Quando ela está prestes a gritar por Wrath, os homens se abaixam apoiados em um dos joelhos e formam um círculo ao redor dela, abaixando a cabeça, fincando as adagas no chão, aos pés dela. Os cabos estremecem pela força, e as lâminas brilham sob a luz da vela. Ela murmura que também foi um prazer conhecê-los. Os homens olham para ela quando escutam sua voz. Ela vê reverência e adoração em seus olhares.

Na parte ruim da cidade, Havers sente a aproximação da manhã e teme perder a determinação. Um *redutor* começa a persegui-lo.

Quando o *redutor* está prestes a atacar, Havers o interrompe oferecendo informação a respeito de um grande guerreiro vampiro. O *redutor* para. Havers diz de modo razoável que ele não é ninguém. Se o *redutor* espera matar um vampiro de verdade, deve conseguir reforço e atravessar a cidade. Havers dá a ele o endereço da casa de Darius, onde sabe que Marissa encontra Wrath.

Enquanto isso, na sala de estar, Butch e Marissa estão conversando, até que ela diz que precisa ir embora. Ele quer saber o motivo. E para onde ela vai e quando poderá vê-la de novo. Ela diz que não sabe. Ele pergunta se eles podem almoçar, jantar, e o que ela vai fazer na noite seguinte. Marissa esboça um sorriso. É um pouco engraçado ser cortejada. Ela gosta. Pensa nos lugares onde eles podem se encontrar e conclui, por mais estranho que seja, que encontrar o humano na casa de Darius parece ser o mais correto. Ela diz a Butch que vai encontrá-lo na noite seguinte. Ele, então, oferece a ela uma carona para casa. Ela diz que pode voltar sozinha. Fica em pé e, esquecendo-se de que ele é um ser humano, desmaterializa-se na frente dele.

Butch dá um pulo do sofá. Olha ao redor. Corre para sentir o ar que a envolveu. Leva as mãos à cabeça e acredita estar enlouquecendo. Naquele momento, Wrath e Beth aparecem na porta. Butch se vira, gaguejando. Beth sorri para ele e segura sua mão. Ela diz que tem algumas coisas para contar.

Quando o sol nasce, o Sr. X abre a academia de artes marciais. Ele ainda não chegou aonde quer chegar com a captura de vampiros. Aquele que pegou na noite anterior morreu muito depressa. O Sr. X entra na internet e há um post para ele. É do Sr. C. O Sr. X liga para o *redutor*, e quando desliga o telefone, ele sorri. Naquele momento, Billy Riddle entra no escritório. Billy conta que pensou na proposta e quer voltar. O Sr. X se levanta e abraça o rapaz. Diz que aquilo está acontecendo no momento certo. Precisava mesmo de ajuda no novo emprego. Afirma que, naquela noite, eles terão de iniciar Billy, para que ele possa sair à caça.

Naquela tarde, Beth acorda nos braços de Wrath e o vê olhando para ela com uma expressão séria. Ela quer saber o que está acontecendo de errado. Ele a beija com delicadeza. Diz que a ama, que quer ser seu protetor. Seu guerreiro. Quer ficar com ela para sempre. Ela o abraça e diz que aquilo é exatamente o que quer. Ele sorri e diz que farão a cerimônia assim que o sol se pôr. Ela pergunta se eles vão se casar. Ele assente e diz que Wellsie, a *shellan* de Tohrment, trará o vestido para ela. Beth diz que o ama e os dois fazem amor.

Naquela noite, os Irmãos se reúnem na mansão. Beth conhece Wellsie, uma bela moça ruiva, e passa a gostar dela imediatamente. Marissa aparece e Beth fica surpresa ao ver que o Butch está apaixonado pela delicada loira. Wrath decide realizar a cerimônia em seu quarto e os homens abrem espaço no quarto. Beth e Wellsie ajudam Fritz a preparar os alimentos e Beth sente tudo muito natural para ela. Sente que seu lugar é com aquelas pessoas, mesmo que elas tenham atitudes um pouco estranhas. Leva um rosbife para a mesa de jantar quando vê Fritz despejando um saco grande de sal grosso em um prato de prata. Está prestes a perguntar para que serve, mas Wellsie diz que está na hora de trocar de roupa. Os homens estão prontos no andar de baixo.

Beth veste um longo vestido branco e segue Wellsie escada abaixo. Quando entra no quarto, vê Wrath vestindo um roupão e calça preta de cetim. Os homens estão enfileirados, usando roupas parecidas, com adagas assustadoras penduradas em seus cintos. Butch e Marissa também estão ali, assim como Fritz, o mordomo. Wrath sorria para ela usando os óculos escuros. Tohrment se aproxima dela. Diz que a cerimônia terá o máximo de inglês possível, para que ela compreenda. Ela concorda. Ele chama Wrath para frente e fala com ela, diz que aquele macho pede a ela que o aceite como seu *hellren*. Ela diz que o aceita, sorrindo para o companheiro. Tohrment fala com Wrath. Diz que aquela fêmea aceitou o pedido e pergunta se ele vai provar que é digno. Wrath diz que sim. Tohrment pergunta se ele vai se sacrificar por ela. Ele responde sim. Tohrment pergunta se ele vai defendê-la das pessoas que querem feri-la. Wrath afirma que sim, e Tohrment dá um passo para trás, sorrindo. Wrath abraça e beija Beth. Ela retribui o carinho e sente que está em casa.

Então, Wrath dá um passo para trás. Desamarra a cinta de seu roupão e o tira, revelando o peito nu. Wellsie chega por trás de Beth e segura sua mão. Wellsie afirma que tudo ficará bem. Ela só precisa respirar e não se preocupar. Beth olha ao redor, assustada, quando Wrath tira os óculos e se ajoelha na frente de seus homens. Fritz traz uma mesa com uma garrafa e a tigela de prata com sal que ela viu no andar de cima.

Tohrment fica diante de Wrath. Ele pergunta qual é o nome de sua *shellan*. Ele afirma que ela se chama Elizabeth. Tohrment tira a adaga da bainha e se inclina sobre as costas nuas de Wrath. Beth se assusta e parte para frente, mas Wellsie a segura. Ela diz que Beth está se casando com um guerreiro e que é daquela maneira que as coisas são feitas. Beth argumenta dizendo que aquilo está errado. Diz que não quer que ele... mas Wellsie a interrompe. Pede a Beth que permita que Wrath demonstre sua honra diante dos Irmãos. Diz que ele está dando o corpo a ela. Beth reluta, dizendo que ele não precisa fazer aquilo para provar seu amor. Mas Wellsie diz que ele é daquele jeito. Pergunta se Beth o ama, e esta responde que sim, fechando os olhos. Sendo assim, ela precisa aceitar as tradições dos vampiros.

Um a um, os homens de Wrath dão um passo adiante e fazem a ele a mesma pergunta antes de tirarem as adagas e se ajoelharem. Quando terminam, Tohrment pega a tigela de sal e o coloca dentro de uma jarra. Ele lava as costas de Wrath e então seca sua pele com um pano. Tohrment pega o pano, enrola e então o coloca dentro de uma caixa enfeitada. Fica diante de Wrath. Pede a ele que se lave. Wrath fica em pé e Beth vê um desenho em suas costas, de ombro a ombro. Tohrment dá a caixa a Wrath e diz "leve isto a sua *shellan* como símbolo de sua força e de sua bravura, para que ela saiba que você é digno e que seu corpo agora é dela".

Wrath se vira e atravessa a sala. Beth ansiosamente observa seu rosto. Ele parece perfeitamente bem. Na verdade, está brilhando de amor, com os olhos claros e cegos cintilando. Ele se ajoelha, abaixa a cabeça e segura a caixa. Pergunta se ela o aceita como dela. Com as mãos tremendo, ela aceita a caixa e fica aliviada quando ele fica em pé e a abraça. Ela o abraça com força enquanto os outros comemoram e aplaudem. Beth sussurra que prefere não passar por um ritual daqueles de novo. Ele ri e diz que é melhor ela se preparar se eles tiverem filhos.

A celebração dura a noite toda. Butch e Marissa conversam. Conforme a manhã se aproxima, os dois sobem para o quarto. Marissa diz que precisa ir embora. Ela está mais à vontade na presença do homem e o considera muito atraente. Butch se aproxima dela lentamente, com uma expressão muito séria. Durante toda a noite, ela teve a impressão de que ele estava se esforçando muito para fazer com que ela se sentisse confortável. Isso a deixa intrigada, e pergunta o que está acontecendo. Ele responde que quer beijá-la. Ela percebe o desejo e o controle dele. Ansiosa, mas não temerosa, dá um passo adiante e sente as mãos dele pousarem delicadamente em seus ombros. Seus lábios macios roçam nos dela. Marissa fecha os olhos e se inclina. Um som, algo parecido com um rosnado de satisfação, ressoa em seu peito. Ele aprofunda o beijo, escorregando a língua dentro da boca de Marissa. Ele mantém as mãos em sua cintura, com o coração acelerado contra o dela, o corpo despertando, mas controlado. Ele se afasta, olhando para o rosto dela com medo de que tenha sido forte demais. Pergunta se ela está bem. Ela sorri. Responde que foi lindo. Aquele tinha sido o melhor primeiro beijo para uma fêmea. Butch demonstrou surpresa no olhar. Marissa colocou as mãos no rosto dele. Pede para que façam aquilo de novo, puxando-o para si.

Beth e Wrath passam o dia seguinte dormindo. Quando o sol se põe naquela noite, Wrath e os Irmãos conversam com Butch, que conta a eles o que sabe a respeito da academia de artes marciais. Decidem sair em grupo, entrar no local e continuar na ofensiva. A pedido de Wrath, Butch concorda em ficar ali e cuidar de Beth. Wrath diz a Beth que só vai sair para cuidar de alguns assuntos. Ele não quer preocupá-la, mas ela não é tola. Enquanto os homens se preparam, ela tenta manter Wrath em casa. Pergunta o que pode ser tão importante para ele sair. Ele responde que tem a ver com a morte do pai dela. É preciso descobrir quem o matou, pois ele merece ser vingado. Beth, por fim, permite que ele vá, sentindo-se intranquila.

No subúrbio, o Sr. X e Billy, agora conhecido como Sr. R, deixam a casa do Sr. X. O Sr. C não aparece porque foi morto por outro *redutor* em uma luta por território. O plano deles é ir para a casa de Darius e esperar pelo lendário vampiro guerreiro que mora ali voltar ao amanhecer. O Sr. X levou a rede e os dardos. Ele acha irônico o fato de estar indo para a casa do guerreiro que ele matou. Acreditou que como o dono da casa havia sido morto, nenhum outro vampiro ficaria ali. Quando eles chegam, analisam a mansão. Percebem que os vampiros guerreiros partiram, mas parece haver pelo menos uma fêmea ali dentro.

Do lado de dentro, Marissa chega e ela e Butch se sentam com Beth. A shellan de Wrath se sente desconfortável junto com o casal e pede para ficar no andar de cima. Afirma que ficará bem. Butch analisa o pedido, e depois de conferir as portas e janelas e ativar o sistema de segurança, permite. Ele e Marissa ficam na sala de estar do outro lado do corredor. É o máximo que permite se distanciar. Beth se aconchega num sofá.

O Sr. R olha com o binóculo na direção da casa e vê Beth. Ele diz para o Sr. X que desta vez vai acabar com a mulher. Afirma querer surrá-la até ver sangue. O Sr. X o analisa com atenção e sugere uma mudança nos planos. Pergunta se ele gostaria de pegá-la agora mesmo.

Beth escuta alguma coisa bater na janela. Ela se aproxima e olha para fora. Não há ninguém ali. Um momento depois, uma explosão sacode a mansão. Ela é lançada contra a parede. Quando Butch entra no cômodo, os dois homens passam pela abertura onde a janela ficava. Um deles dá um tiro em Butch. E o outro é Billy Riddle.

Wrath e os Irmãos estão lutando com os *redutores* dentro da academia de artes marciais quando ele sente algo terrível dentro do peito. Sai da batalha assim que consegue e olha para a mansão. Descobre o caos. Butch está abatido, o sistema de segurança está desativado, Marissa está histérica e Beth foi levada.

O Sr. X e o Sr. R chegam à casa da fazenda com Beth, depois de amarrarem suas mãos e pernas. O Sr. X está feliz com o caminho inesperado tomado pelas coisas. Por ela ser uma fêmea, ele oferece certas opções novas de tortura. Além disso, o guerreiro irá atrás dela. Ela é, claramente, esposa, namorada ou irmã dele. Assim, a situação fica ainda melhor. Eles a levam para dentro.

Como Beth já se alimentou dele, Wrath é capaz de sentir onde ela está e se materializa diante da casa da fazenda. Arrombando a porta, ele inicia uma luta ferrenha com os dois *redutores*. Beth se livra das amarras e com uma força que ela desconhecia, ataca Billy Riddle. Ela o derruba, e quando Wrath lança uma adaga para ela, esfaqueia Billy e ele se desintegra. Apesar de Wrath estar vencendo a luta com o Sr. X, está gravemente ferido. Beth corre para seu lado. Usando o telefone de Wrath, ela liga para o celular de Butch, na esperança de que alguém atenda.

Marissa atende. Ao escutar o que aconteceu, ela, que já tinha chamado pelo irmão para cuidar do ferimento de Butch, exige que Havers vá ver Wrath. Seu irmão se recusa a olhar em seus olhos e ela fica com a terrível sensação de que ele teve alguma coisa a ver com o ataque.

Tomada por ódio, ela o confronta e exige que ele ajude Wrath. Havers, que se sente em conflito com suas atitudes, admite a culpa e corre para a casa da fazenda. Está claro que Wrath está prestes a morrer e a única esperança para ele é se alimentar. Havers começa a arregaçar as mangas quando Beth o tira do caminho. Havers pede a ela que use seu pulso. Wrath acaba sugando o sangue de Beth e se estabiliza o suficiente para entrar num carro. Eles precisam levá-lo de carro, porque ele não consegue se desmaterializar. A casa de Darius é perigosa e o dia está amanhecendo. Eles decidem ir para a casa de Havers. Os dois precisam levar Wrath para o laboratório.

Após um dia inteiro de espera ansiosa, Wrath melhora; enquanto Beth o abraça e chora, ele odeia sua vida de guerreiro pela primeira vez. Com Beth agora como sua esposa, ele não quer expô-la à violência. Eles se abraçam até Havers entrar no laboratório com Marissa. Havers parece agoniado e admite a Wrath o que fez. Oferece para que Wrath se vingue num ritual que resultará em sua morte. Wrath diz não. Eles estão quites agora pelo que Wrath fez com Marissa durante todos aqueles anos.

Quando os Irmãos chegam à casa de Havers, Wrath e Beth aceitam um convite para ir à casa de Tohrment e Wellsie enquanto Wrath termina de se recuperar. Wrath ainda está fraco demais para se desmaterializar, então Beth, Butch e Marissa decidem levá-lo de carro. Quando entram na estrada, Beth sorri para seu marido vampiro, pensando que aquela tinha sido uma grande aventura. E ela adorou.

Epílogo

Um mês depois, no rancho de Tohrment e Wellsie, no Colorado, os Irmãos estão na sala de equipamentos em preparação para sair à caça. Wrath assumiu o papel de líder dos Irmãos e aceitou sua posição como Chefe de sua raça. Os vampiros começaram a se aproximar dele, pedindo que resolvessem as disputas e abençoem seus filhos, tarefas comuns ao Chefe, que tinham sido esquecidas desde a morte do pai de Wrath. Beth está se acostumando a seu papel de *uta-shellan* do Chefe. Butch e Marissa estão felizes, mas sofrendo com as implicações de sua mortalidade.

Enquanto os Irmãos se preparam para sair, Wrath franze a testa ao ver Beth desembainhar uma adaga. Pergunta o que ela está fazendo. Beth responde que vai com ele. Wrath pergunta por quê. Ela responde que quer lutar. Wrath se recusa e diz que a proíbe de lutar. Beth ergue a cabeça e diz que não entendeu a proibição. Os dois começam a discutir e os Irmãos rapidamente saem da sala.

Do lado de fora, os Irmãos escutam as vozes irritadas e abafadas. Tohrment pergunta quem eles acham que vai vencer a discussão. Os Irmãos dão palpites. A porta se abre. Wrath sai com o olhar determinado, vestindo a jaqueta de couro. Um momento depois, Beth aparece, com suas armas e uma adaga. Está sorrindo. Os Irmãos riem e Wrath abraça e beija a *shellan*. Sim, Tohrment diz. Todos apostamos nela.

Juntos, Wrath e Beth desaparecem na noite.

Cenas excluídas

Cenas excluídas

A grande maioria das coisas que vejo em minha mente é usada em meus livros – é por isso que os romances da Irmandade são tão longos! E, quase sempre, se tiro alguma coisa, eu a uso em outro lugar. No entanto, existem algumas cenas que eu nunca mostrei, e incluí algumas delas a seguir, junto com alguns comentários.

Eu tirei esta do começo do Amante Desperto para não deixar o livro muito longo. Gosto muito desta cena e gostaria de poder tê-la levado adiante, pois era o começo de um subenredo envolvendo os aprendizes. Ao ler de novo, penso no quanto John se desenvolveu – neste momento da série, ele estava apenas começando a conhecer todos os Irmãos e tinha muito a aprender a respeito de seu novo mundo.

Em pé na academia do centro de treinamento, esperando lado a lado com os outros aprendizes pelo novo movimento no jiu-jitsu, John estava abatido. Sua mente estava vazia pela exaustão, o corpo doía. Era como se ele tivesse sido surrado até desmaiar.

Certo, seria meio melodramático dizer isso. Mas não estava longe da verdade.

A aula havia começado, como sempre, às quatro da tarde, mas eles tiveram de compensar o tempo perdido na noite anterior. Então, em vez de terminar às dez, já eram duas da manhã e eles ainda estavam treinando.

Os outros também pareciam cansados, mas John tinha plena consciência de que não havia ninguém ali tão esgotado quanto ele. Por algum motivo, seus colegas de sala estavam enfrentando o treinamento melhor do que John.

Algum motivo? Deus, ele sabia muito bem por quê. Ele tinha de se esforçar mais do que todos por ser um descoordenado, e depois de todo aquele pesadelo da terapia, não tinha conseguido dormir, por isso andava grogue e sem noção.

Ali na frente, Tohr estava olhando com seriedade para os machos. Usando uma calça preta e uma camiseta branca, o Irmão assumiu uma pose de sargento, com seu corte estilo militar e olhos azuis afiados como facas. John tentou ficar em pé, mas não conseguiu. Estava totalmente sem fôlego.

– Já chega por hoje – Tohr disse. Quando os aprendizes soltaram um gemido, ele franziu a testa. – Alguém se machucou e eu não fiquei sabendo? – Ninguém respondeu e o Irmão olhou para o relógio que ficava preso numa caixa de aço na parede de concreto. – Lembrem-se de que começamos ao meio-dia amanhã e vamos até oito da noite. Entrem no chuveiro. O ônibus estará pronto em quinze minutos. John, podemos conversar?

Enquanto todos se arrastavam pelos colchonetes azuis até o banheiro, John ficou para trás. E rezou rapidamente.

A viagem de ônibus para o centro de treinamento e de volta para casa era um inferno. Num dia bom, nenhum dos outros aprendizes conversava com ele. Num dia ruim, ele sentia falta do silêncio. Então, ainda que aquilo fizesse dele um covarde, queria que Tohr dissesse que ele podia ficar e trabalhar no escritório ou algo assim.

Tohr esperou a porta ser fechada antes de abandonar a postura de sargento e adotar a de pai. Colocando a mão no ombro de John, perguntou com delicadeza:

– Como estão as coisas, filho?

John assentiu brevemente, ainda que seu estado deplorável dissesse tudo.

– Olha, a Irmandade atrasou o turno hoje, por isso eu preciso sair agora para as patrulhas. Mas conversei com Butch mais cedo.

Ele disse que se você quiser ficar com ele por um tempo, tudo bem. Pode tomar banho no Buraco, se quiser, e ele pode levá-lo para casa mais tarde.

John arregalou os olhos. Passar um tempo com Butch? O cara que era *o cara*? Caramba... suas preces tinham sido atendidas. O cara havia chegado dois dias antes, deu uma aula bacana sobre investigação forense e fez com que todos os outros aprendizes resolvessem ser tira de homicídios como ele.

Passar um tempo com ele e ainda não ter de lidar com o Expresso do Inferno para voltar para casa?

Tohr sorriu.

– Acho que você quer, não é?

John assentiu. E continuou assentindo.

– Sabe chegar lá?

O mesmo código? – John sinalizou.

– Isso. – Tohr apertou o ombro dele, com a palma grande transmitindo calor e apoio. – Cuide-se, filho.

John partiu para o armário e pela primeira vez não hesitou ao entrar no vestiário que era como um labirinto de metal e hierarquia social. Como sempre, não estabeleceu contato visual com ninguém enquanto caminhava ao número dezenove.

Era engraçado pensar que seu armário e ele estavam nos fundos e para baixo.

Quando ele pegou a bolsa e a jogou por cima do ombro, Blaylock, o ruivo, um dos únicos que não o insultavam, franziu a testa.

– Você não vai se trocar para voltar? – o cara perguntou enquanto esfregava os cabelos com uma toalha.

John não conteve o sorriso ao negar e se virou para sair.

Com isso, claro, Lash teve de entrar em seu caminho.

– Parece que ele vai ficar com a Irmandade. – O loiro fez pose ao evidenciar seu enorme relógio de diamantes. – Aposto que ele vai polir as adagas deles. O que vai usar nas lâminas, John?

O desejo de atacar o cara foi tão grande que John chegou a erguer a mão, mas Deus, ele não queria brigar com o idiota. Não quando estava indo para o Buraco, sem ônibus. Virando-se, ele saiu do vestiário pelo caminho mais longo, andando por outro corredor de bancos e armários para evitar conflito.

– Divirta-se, Johnny – Lash gritou. – Oh, e vá à sala de equipamentos quando sair. Para pegar a proteção de joelhos.

Escutando os risos, John empurrou a porta e entrou no escritório de Tohr, pensando que daria qualquer coisa para que Lash soubesse como era ser perturbado.

Entrar pelo armário de equipamentos de Tohr, nos fundos, e sair pelo outro lado no túnel subterrâneo era como andar ao sol: um grande alívio. Sim, ele só teria dez horas de liberdade, mas aquilo era um tempo muito longo sob as circunstâncias certas.

E passar um tempo com Butch era, sem dúvida, o que ele precisava para descansar.

John caminhou rapidamente em direção à casa principal, e parou quando chegou às escadas que levavam ao saguão. Tohr disse que eram mais duzentos e cinquenta metros até o Buraco. Ele, então, continuou andando. Quando encontrou mais uma escada, sentiu-se aliviado. O túnel estava seco e mal iluminado, mas ele não gostava de estar ali sozinho.

Colocando o rosto na frente de uma câmera, ele apertou o botão e resistiu à vontade de acenar como um tolo.

– Ei, cara. – A voz de Butch soou clara pelo interfone. – Que bom que chegou.

A tranca foi aberta e John subiu as escadas depressa. Butch estava em pé na porta vestindo um roupão preto e dourado.

O cara tinha as roupas mais bacanas que John já tinha visto. Havia dado aula usando um terno risca de giz que parecia ter saído das páginas de uma revista.

– Você pode usar o meu banheiro para tomar banho, porque meu colega de quarto, que está de folga hoje, está cuidando daquele cavanhaque horrível dele.

– Cala boca, tira – uma voz grave foi ouvida.

– Você sabe que é verdade. Você sofre de TOC – Transtorno Obsessivo de Cavanhaque. Ei, J., olha só. Eu vou dar um pulo na cidade, que ir junto?

John adorava quando Butch o chamava de J. E adorava também ir a qualquer lugar que fosse com um cara como ele.

Quando ele assentiu, Butch sorriu.

– Beleza. Vou fazer outra tatuagem. Você tem alguma? – John balançou a cabeça. – Talvez você faça uma.

Uma tatuagem. Com Butch? Aquela noite prometia.

John concordou e Butch sorriu olhando ao redor.

– Já esteve aqui antes, John?

Ele negou. O tira mostrou ao redor e ficou claro que o Buraco era um local para machos. Não havia muita mobília, mas havia muitos sacos de pancada e um monte de garrafas de uísque e vodca. A mesa de pebolim era bacana. Assim como a televisão de alta definição e o balcão de computadores na sala de estar. O local também tinha um cheiro ótimo de fumaça, couro e loção pós-barba.

Butch o levou por um corredor.

– V. fica naquele quarto.

John olhou pela porta e viu uma cama enorme com lençóis pretos e sem cabeceira. Armas e livros volumosos estavam espalhados por todo o local, como se uma biblioteca tivesse sido invadida por um esquadrão da marinha.

– E eu fico neste.

John entrou num quarto menor, repleto de roupas masculinas. Ternos e camisas estavam pendurados. Gravatas e sapatos estavam por toda a parte, e havia, facilmente, cinquenta pares de abotoaduras em cima da cômoda. Parecia uma loja de departamentos. Uma loja de departamentos muito, muito cara.

– O banheiro é todo seu. Tem uma toalha limpa no armário. – Butch pegou um copo de uísque da mesa e o levou aos lábios. – Você deve também pensar sobre a tatuagem. O lugar aonde vamos é top de linha.

– Está tentando corromper o jovem, tira?

John olhou para a porta. Um homem enorme com cavanhaque e tatuagens no rosto estava na porta. Vestia um conjunto de couro, uma camisa preta, uma luva numa das mãos e os olhos eram brancos, com os contornos azuis.

Olhando para ele, pensou em Einstein. O cara parecia ser extremamente inteligente. Eram aqueles olhos. Aqueles olhos penetrantes e gélidos.

– Este é meu colega de quarto, Vishous. V., este é John.

– E aí? Já escutei falarem muito de você. – O cara estendeu a mão e John apertou.

– E quanto à tatuagem – Butch disse –, ele é maior. Certo? Tem vinte e alguma coisa.

– Ele deveria esperar. – V. virou-se para John e começou a gesticular na linguagem de sinais. De modo perfeito:

Se você fizer uma tatuagem antes de passar por sua transição, ela vai ficar distorcida quando você mudar. Depois, vai sumir em um ou dois meses. Mas se esperar, posso fazer a tatuagem que quiser, e vai ficar em sua pele para sempre.

John ficou paralisado. Depois, soltou a bolsa e sinalizou:

Uau. Você é surdo?

Não. Meu amigo Tohr me contou que é assim que você se comunica, por isso aprendi um dia desses. Acreditei que fôssemos nos encontrar mais cedo ou mais tarde.

Como se aprender outra língua não exigisse esforço.

– Ei, estou me sentindo deixado de lado aqui.

– Só estou dando um conselho ao cara.

John assoviou para chamar a atenção de V.

Pode perguntar a Butch que tatuagem ele vai fazer?

– Boa pergunta. Tira, o que vai desenhar hoje à noite? O Piu-piu na sua bunda?

– Vou retocar uma que já tenho – Butch se aproximou do armário e abriu, tirando o roupão e ficando apenas de cueca. – Hum, o que vestir...

John tentou não olhar, mas não conseguiu. O tira era grande. Ombros largos. Músculos grandes e bem definidos nas costas. Braços malhados. Ele não era imenso como Tohr, mas certamente era um dos maiores seres humanos que John já tinha visto.

E na parte inferior de suas costas havia uma tatuagem. Feito em tinta preta, o desenho geométrico tomava muito espaço. Era uma série de linhas... não, era um símbolo numérico. Havia agrupamentos de quatro linhas com um traço em diagonal. Cinco deles e uma linha sozinha. Vinte e seis.

V. apontou para a bolsa de John.

– Ei, cara, sua bolsa está vazando. Tem xampu ou algo assim aí dentro?

John balançou a cabeça e então franziu a testa quando viu a mancha no canto. Abriu o zíper. Havia algo em suas roupas, algo branco, opaco...

– Que droga é essa? – V. perguntou.

Meu Deus... será que alguém tinha...?

Butch afastou John, colocou a mão ali e levou os dedos ao nariz.

– Condicionador.

– Melhor do que eu pensei que fosse – V. disse.

Butch olhou para John.

– Isto é seu, J.? – Ele respondeu que não e o tira perguntou: – Você está tendo problemas na escola que não está nos contando?

O rosto dele tinha uma expressão séria, como se estivesse preparado para acabar com a raça de quem estava provocando John. E, por um momento, John se divertiu imaginando Butch acertar uma bem na cara de Lash e enfiar o desgraçado dentro do armário. Mas ele não podia deixar que outra pessoa resolvesse seus problemas.

Ele negou e Butch apertou os olhos para V., que assentiu uma vez.

Butch começou a sorrir de modo casual.

– Vou chamar o Fritz e ele vai limpar as suas roupas. E não se preocupe, ele vai encontrar algo para você vestir esta noite. Sem problemas.

John olhou para V., sem se deixar enganar pelo olhar de Butch tentando mostrar que estava tudo bem.

Diga a ele que não é nada. Diga que posso lidar com isso.

V. apenas sorriu.

– Butch sabe disso. Não é, tira?

– Que não é nada e que ele pode lidar com isso? Claro, eu sei, J.

Pensei que você não entendesse a língua dos sinais.

Butch balançou a cabeça.

– Desculpe, ainda não leio mãos. Mas eu entendo bem de idiotas, filho. Como eu disse, não se preocupe com nada.

O homem continuou sorrindo. Como se ele fosse gostar de resolver aquele problema.

John olhou para V. pedindo ajuda. Mas o vampiro apenas cruzou os braços e assentiu de novo para Butch. Totalmente dentro do plano.

Fosse o plano qual fosse.

Oh. Droga.

*

A cena a seguir não foi exatamente excluída, mas foi uma que editei muito na revisão do Amante Desperto, principalmente por não ter gostado de sua vibração. A verdade é que achei que ela seria pesada demais para o adeus de Z. e Bella, mas me arrependi de não ter seguido o que vi em minha mente. Acredito que a cena do livro publicado ficou boa, mas esta é melhor:

Bella guardou suas coisas na mala em menos de dois minutos. Ela não tinha muitas coisas, e o pouco que tinha havia tirado do quarto de Z. na noite anterior. Fritz logo chegaria para pegar as coisas dela e levar para a casa de Havers e Marissa. Dentro de uma hora, ela se materializaria na casa deles e Rehvenge a encontraria lá. Com um guarda.

Entrando no banheiro mal iluminado, ela acendeu a lâmpada acima da pia e conferiu o balcão para ter certeza de que tinha tudo. Antes de se afastar, olhou para seu reflexo no espelho.

Deus, ela havia envelhecido.

Sob a luz, Bella ergueu os cabelos, virando-se para um lado e para o outro, tentando encontrar uma maneira de se ver realmente. Depois de desistir, deixou o peso cair e...

Zsadist apareceu atrás dela nas sombras, de repente, aumentando a escuridão com suas roupas pretas, armas e humor.

Ou então estava ali o tempo todo, decidindo se mostrar apenas naquele momento.

Ela deu um passo para trás, batendo numa das paredes de mármore com o quadril. Disse um palavrão e passou a mão na parte atingida. Repassou todo seu vocabulário com as maneiras com que podia mandá-lo para o inferno.

E então sentiu o cheiro dele. O odor de vinculação era forte.

Z. ficou em silêncio, mas não precisava dizer muita coisa. Ela conseguia sentir os olhos dele. Conseguia ver o brilho dourado no canto onde estava.

Ela sabia exatamente por que ele estava olhando para ela. E não conseguia acreditar.

Bella se afastou ainda mais, até bater na porta do chuveiro.

– O que você quer?

Palavras erradas, ela pensou ao entrar na área iluminada.

Ao ver o corpo dele, ficou boquiaberta.

– Quero acasalar – disse com a voz baixa. E ele estava mais do que pronto.

– Você acha... Deus, você acha que eu me deitaria com você agora? Você está louco.

– Não. Sou psicótico. Pelo menos é este o diagnóstico da clínica. – Ao tirar o coldre da adaga, a porta se fechou atrás dele e foi trancada. Fez isso com a mente.

– Vai ter de me forçar.

– Não vou, não. – Levou as mãos ao cinto e ao quadril

Bella observou aquilo que se apertava dentro de sua calça. E o desejou.

Deus, ela queria que Z. a abraçasse e não lhe desse chance de dizer não. Assim, ela seria absolvida do que estava prestes a fazer e poderia odiá-lo mais. Poderia...

Z. se aproximou até ficar bem diante dela. No silêncio que se fez, ele suspirou.

– Sinto muito por ser um idiota. E eu não a estaria empurrando a Phury se não pensasse ser o mais certo para vocês dois.

– Está se desculpando apenas por que quer ficar comigo agora?

– Sim. Mas é verdade, de qualquer jeito.

– Então, se não estivesse com desejo neste momento, permitiria que eu partisse?

– Encare isto como um adeus, Bella. A última vez.

Ela fechou os olhos e sentiu o calor que emanava dele. E quando ele colocou as mãos nela, Bella não fugiu. Ele levou as mãos até sua garganta e jogou a cabeça dela para trás, com a boca aberta porque tinha de ser assim.

Ou, pelo menos, era o que ela dizia a si mesma.

A língua de Z. entrou em sua boca enquanto esfregava o quadril contra a barriga dela. Enquanto eles se beijavam, Z. rasgou a camisa dela ao meio.

– Zsadist – ela disse com a voz rouca quando ele segurou o botão de sua calça jeans. – Pare.

– Não.

Ele beijou os seios dela quando levou as mãos para a parte de trás de sua calça, erguendo-a e carregando-a para cima do balcão. Ele gemia alto enquanto afastava as pernas dela e se ajoelhava... com os olhos fixos em seu sexo. Então, soube exatamente o quanto ela estava excitada.

Bella colocou as mãos entre eles.

– Zsadist, se você fizer isso, nunca vou perdoá-lo.

– Não poderei viver com o arrependimento – ele afastou os braços dela com facilidade, prendendo seus punhos – de não ter feito isto com você uma última vez.

– Por que se importa tanto?

Ele puxou as mãos dela para frente, virando-as para que pudesse vê-las por cima. Quando olhou para baixo, balançou a cabeça.

– Phury não se alimentou de você, não é? Não há marcas no pescoço. Nem nos pulsos.

– Ainda dá tempo.

– Ele disse que você não aguentaria.

Ótimo, aquela era a última coisa que ela precisava que Zsadist soubesse.

– E esse é meu castigo? – ela perguntou com amargura. – Você vai me forçar...

Z. mergulhou no centro de Bella. Com todo aquele desejo, ela pensou que ele fosse tocá-la com intensidade, mas em vez disso, apenas roçou os lábios de modo tão carinhoso que ela ficou emocionada. Quando soltou as mãos, ela chorava e segurava a cabeça dele, aproximando-o ainda mais.

Ele olhou para seu rosto enquanto ela atingia o orgasmo contra sua língua, observando-a como se quisesse guardar aquelas lembranças preciosas.

– Deixe-me levá-la para a cama.

Ela assentiu quando ele subiu em seu corpo e encostou os lábios brilhantes no pescoço dela. O raspar de suas presas fez com que Bella sentisse esperança. Talvez ele finalmente se alimentasse...

Mas quando ele a pegou e abriu a porta, o desejo sumiu do corpo de Bella. Ela estava indo embora. E ele não a impediria.

Também não sugaria de sua veia.

Zsadist sentiu a mudança nela imediatamente.

– O que aconteceu?

– Nada – ela sussurrou ao se deitar na cama. – Não aconteceu nada.

Z. parou diante dela, à beira do precipício. Mas então ele abriu o zíper, colocando para fora aquela ereção enorme. Ao deitar-se em cima dela, com a calça ao redor das coxas, ela virou o rosto para o lado.

As mãos dele afastaram seus cabelos.

– Bella?

– Faça logo e deixe-me ir. – Ela abriu mais as pernas para acomodá-lo. Quando a ereção chegou ao centro do corpo dela, Z. gemeu, erguendo-se. Ele não a penetrou, e ela fechou os olhos.

– Bella...

– Eu desceria a mão e colocaria você dentro de mim, mas nós dois sabemos que você não quer que eu o toque. Ou você quer que eu fique apoiada nas mãos e nos joelhos? Seria mais impessoal assim. Nem precisaria olhar para meu rosto.

– Não fale assim.

– Por que não? Caramba, você nem tirou a roupa. E isso faz com que eu me questione por que isto tem que acontecer afinal. Agora que você sabe cuidar de si mesmo, não precisa ter uma fêmea. – A voz dela ficou embargada. – Certamente não precisa de mim.

Fez-se um longo silêncio.

Ela escutou um gemido. E então ele a mordeu.

Zsadist afundou as presas e estremeceu ao sentir o primeiro jato do sangue de Bella. Aquela rica textura se derramou em sua boca, e quando engoliu, sentiu o líquido descer por sua garganta.

Não conseguiu parar.

Quando decidiu que tomaria sua veia, disse a si mesmo que seria apenas uma mordida, mas quando começou, não conseguiu mais interromper a conexão. Ele a abraçou e a deitou de lado para que pudesse envolver-se melhor ao redor de seu corpo.

Bella o puxou para perto, e ele teve certeza de que ela chorava de novo enquanto o abraçava, porque sua respiração estava ofegante.

Acariciando suas costas nuas, ele encaixou o quadril no corpo de Bella, querendo confortá-la enquanto sugava, e ela pareceu se acalmar. Mas ele, não. Seu membro latejava, prestes a explodir.

– Transe comigo – ela gemeu. – Por favor.

Sim, ele pensou. Sim!

Mas ele não conseguia parar de beber para penetrá-la. O poder que sentia era viciante e a resposta de seu corpo, incrível. Enquanto se alimentava, sentiu os músculos contraídos, formando uma proteção sobre seus ossos. Suas células absorviam os nutrientes necessários que seu corpo não recebia havia um século, colocando-os em uso imediatamente.

Com medo de sugar demais e matá-la, Z. se forçou a soltar o pescoço de Bella, mas ela o segurou pela nuca e o puxou para baixo. Ele lutou contra o impulso por um momento, mas gemeu, um som alto e baixo, como o de um cão. Com um movimento repentino, ele a reposicionou e a deitou do outro lado, mordendo com força. Estava subindo nela, prendendo-a, com o odor da vinculação despejando em ondas. Ele era um predador enquanto se alimentava, os braços contraídos enquanto a segurava, as coxas estendidas sobre o corpo dela.

Quando terminou, jogou a cabeça para trás, respirou profundamente e gemeu alto o bastante para fazer tremerem as janelas.

Zsadist olhou para baixo. Bella estava sangrando por causa das duas feridas que ele havia causado, mas seus olhos brilhavam e seu odor sexual emanava. Ele lambeu os dois lados de seu pescoço e a beijou, enfiando a língua em sua boca, tomando, dominando o que era dele... marcando-a agora não apenas com o odor, mas com sua vontade.

Ele estava embriagado por ela, desejoso e carente. Ele era um buraco negro que tinha de ser preenchido. Era o poço seco; ela, a água.

Z. deu um passo para trás e tirou a camisa. Olhando para os mamilos, enfiou os dedos mínimos nos piercings e os puxou.

– Sugue – ele disse. – Como você fez antes. Agora.

Bella ficou sentada, passando as mãos na barriga dele enquanto Z. se deitava de costas na cama. Quando estava esticado, ela subiu em seu peito, colocando a boca exatamente onde ele queria. Quando pegou uma das argolas, ele gemeu de novo, sem se preocupar com a possibilidade de outras pessoas da casa ouvirem.

Queria fazer o máximo de barulho. Dane-se, ele queria gemer até derrubar a porta.

Quando ela sugou, ele tirou a calça de couro e desceu a mão, pegando seu membro e acariciando. Queria que ela colocasse a boca ali, mas por mais agressivo que fosse, não iria forçá-la.

Ela sabia o que ele queria. Colocou a própria mão na ereção e adotou um ritmo que quase o matou. Subia e descia pela extensão do membro, escorregando pela cabeça até a base, enquanto sugava e lambia seu mamilo. Ela estava totalmente no controle, mexendo muito com ele, que estava adorando o aperto, o suor, a agonia de querer gozar sem querer que ela parasse.

– Oh, sim, *nalla*... – Ele segurou seus cabelos, ofegante. – Faça isso.

E então ela desceu pelo peito, indo para a barriga. Ansioso, ele mordeu o lábio inferior com tanta força que sentiu o próprio sangue na boca.

– Tudo bem para você? – ela perguntou.

– Se estiver bem para você... – Ela o cobriu com seus lábios. – Bella...

Seus lábios eram gloriosos. Úmidos e quentes. Mas ele não duraria mais do que trinta segundos daquele jeito.

Ele se sentou e tentou tirá-la de seu colo, mas ela resistiu.

– Vou gozar... – ele gemeu. – Meu Deus... Bella, pare. Eu vou...

Ela não parou. Nem ele...

A primeira convulsão foi tão forte que ele se deitou no colchão. A segunda ergueu seu quadril, fazendo com que ele fosse ainda mais fundo em sua boca. E a terceira o levou ao céu.

Assim que ele se recompôs, aproximou-se dela, beijando-a. Sentiu seu próprio odor de vinculação na boca e língua dela e gostou que estivesse ali.

Adorou.

Ele a virou.

– Agora é a sua vez. De novo.

– Você está bem? – Zsadist perguntou algum tempo depois.

Bella abriu os olhos.

Z. estava deitado ao lado dela, com a mão apoiada no braço dobrado.

Caramba, o corpo dela estava marcado por fora e por dentro. Mas o prazer que ele havia sentido fazia valer tudo. Zsadist a havia amado com intensidade, como ela queria que ele fizesse.

– Bella?

– Sim. Sim, estou.

– Você disse que não queria ser vingada. Ainda quer isso?

Ela cobriu os seios com as mãos, desejando que a vida real tivesse ficado longe por um pouco mais de tempo.

– Não consigo imaginar você saindo e se ferindo por minha causa.

Ele não disse nada e ela esticou o braço para tocar sua mão.

– Zsadist? O que está pensando? – O silêncio continuou até ela não mais aguentar. – Fale comi...

– Eu amo você.

– O quê? – ela perguntou.

– Você escutou muito bem. E não vou repetir. – Ele ficou em pé, pegou suas roupas de couro e as vestiu. Depois, entrou no banheiro. Voltou um momento depois com as adagas nos coldres do peito e a arma na cintura.

– O problema, Bella, é que não posso deixar de sair para caçar o *redutor* que fez aquelas coisas com você. Nem os idiotas com quem ele trabalha. Não dá. Então, ainda que eu fosse perfeito como Phury, ainda que eu soubesse ser educado, mesmo que eu não estragasse a sua família, não posso ficar com você.

– Mas se você...

– Tenho a guerra no meu sangue, *nalla*. Então, mesmo que não tivesse sofrido no passado, ainda assim teria de estar no campo lutando. Se eu ficar, você vai querer que eu seja diferente do que sou e não posso me tornar o tipo de *hellren* que você precisa. Minha natureza acabaria falando mais alto.

Ela esfregou os olhos.

– Se eu seguir essa lógica, como pode pensar que ficarei com Phury?

– Porque meu irmão está cansado. Em parte, por minha causa. Mas acho que teria acontecido de qualquer modo. Ele gosta de ensinar aqueles recrutas. Eu o vi treinando em tempo integral, e vamos precisar disso. Seria uma boa vida para você.

Bella abaixou as mãos com raiva e olhou para ele.

– Preciso que você se cale a respeito do que acha melhor para mim. Não me interesso nem um pouco em suas teorias sobre o meu futuro.

– Acho justo.

Ela olhou para ele, concentrando-se na cicatriz que arruinava seu rosto.

Não, não arruinava, ela pensou. Ele sempre seria bonito para ela. Um belo macho.

Esquecê-lo seria tão difícil quanto esquecer seu sequestro.

– Nunca mais vou encontrar alguém como você – ela disse. – Para mim, você sempre será a pessoa certa.

E aquele era seu adeus, Bella pensou.

Z. se aproximou e ajoelhou-se ao lado da cama, mantendo os olhos amarelos e brilhantes. Depois de um momento, ele segurou sua mão e ela escutou um som metálico... e então ele pressionou uma das adagas contra a mão dela. O objeto era tão pesado que ela quase precisou segurá-lo com duas mãos. Olhou para a lâmina negra, com o metal refletindo luz como uma piscina à noite.

– Marque-me. – Ele apontou para o peito, acima da cicatriz em forma de estrela da Irmandade da Adaga Negra. – Aqui. – Inclinando-se rapidamente, ele procurou na cabeceira pelo prato de sal que veio com a comida. – E que seja permanente.

Bella hesitou por apenas um segundo. Sim, ela pensou: queria deixar algo que ficasse nele, algo pequeno que o lembrasse dela por toda a vida.

Ela virou-se pousando a mão livre no ombro. A adaga ficou mais leve em sua mão quando levou a ponta da arma contra sua pele. Z. estremeceu quando ela começou e o sangue escorreu por sua barriga.

Quando terminou, deixou a adaga de lado, lambeu a palma da mão e colocou sal nela. Em seguida, pressionou a mão aberta em cima dos cortes que ela havia feito sobre seu coração.

Eles se olharam enquanto a letra "B" no Antigo Idioma cicatrizava permanentemente em seu corpo.

*

A próxima cena faz parte do material de Butch/Marissa que foi reposicionado do Amante Eterno para o Amante Revelado. Decidi retirar por causa da minha preocupação de sempre com o tamanho e ritmo do texto – concluí que a visita à família que eu vi em minha mente era demais. Já havia muitas coisas acontecendo no livro de Butch, e manter esta cena (e prosseguir com ela) seria uma distração desnecessária, dada a maneira com que a dinâmica da família de Butch se fecha no fim da história.

Dito isso, acho esta cena muito legal. Lembre-se de que ela foi escrita no começo da história de Rhage, quando Butch ainda estava se acostumando com o mundo da Irmandade e suas restrições:

Butch pegou o controle remoto que lançaram sem se mexer do sofá.

Seu corpo estava muito confortável. Cabeça no apoio de braço acolchoado. As pernas esticadas. O cobertor do Red Sox envolvendo seus pés. Por ser quase sete da manhã, as cortinas estavam abaixadas, por isso o Buraco estava escuro, muito escuro.

– Você vai se deitar? – ele perguntou, quando V. ficou em pé. – Bem no meio do "Todo mundo quase morto"? Não consegue tolerar o suspense?

Vishous arqueou as costas ao alongar os pesados braços.

– Sabe, você dorme menos do que eu.

– Porque você ronca e eu escuto do meu quarto!

V. apertou os olhos.

– Por falar em barulho, você anda muito quieto nesses dias. Quer me dizer o que está acontecendo?

Butch pegou o copo de uísque do chão, equilibrou-o na barriga e pegou a garrafa de Lagavulin que estava sobre a mesa de centro. Ao servir-se de mais um pouco de bebida, ele observou a luz azul da televisão através do líquido.

Caramba, ele estava bebendo sem parar, ultimamente.

– Fale, tira.

– Minha velha vida me chamando.

Vishous remexeu nos cabelos até deixá-los arrepiados.

– Como assim?

– Minha irmã mandou uma mensagem de texto no meu celular ontem. O filho mais novo dela será batizado. A família toda vai se reunir.

– Você quer ir?

Butch inclinou a cabeça e tomou um longo gole. O uísque deveria ter descido queimando em direção ao estômago, mas rolou com tranquilidade garganta abaixo.

– Talvez.

Ainda que não tivesse ideia de como explicar o que havia acontecido com ele.

Pois é, vejam, fui dispensado da polícia. E então conheci uns vampiros. E meio que vivo com eles agora. Também estou apaixonado por uma deles, mas isso é normal. Se estou feliz? Bem, são as primeiras férias que tive na vida. É o que posso dizer. Além disso, as roupas são melhores.

– V., meu amigo, por que eu? Por que vocês me deixaram ficar aqui?

V. se inclinou para frente e tirou uma cigarrilha de dentro de uma caixa que ficava ao lado do sofá.

O isqueiro dourado fez um som antes de cuspir a chama.

O Irmão olhou para frente enquanto fumava, com seu perfil tornando-se obscuro pela fumaça.

E a fumaça era da mesma cor da televisão, Butch pensou. Cinza-azulada.

– Quer nos deixar, tira?

Que boa pergunta. O recado de sua irmã o fez lembrar que aquilo não poderia durar, que sua relação com a Irmandade não poderia durar por toda a vida.

Mas o que restava depois disso? Ele sabia tudo sobre os Irmãos. Onde viviam, qual a rotina que tinham e quem eram suas mulheres, quando tinham.

O simples fato de que eles existiam.

– Não respondeu minha pergunta, V. Por que estou aqui?

– Você precisa ficar conosco.

– Quem falou?

V. deu de ombros e fumou de novo.

– Eu falei.

– Foi o que Rhage disse. Pode me contar o motivo?

– Você está nos meus sonhos, tira. Isso é tudo o que posso dizer.

Certo, aquilo não ajudava. Ele havia escutado os gritos de V. enquanto ele sonhava. Não era exatamente algo que tornaria um homem otimista a respeito do futuro.

Butch tomou mais um gole.

– E se eu quiser ir embora? O que acontece? Afinal, minhas lembranças são antigas agora, vocês não podem mais fazer uma lavagem cerebral. Não é?

A luz da televisão iluminou as marcas do rosto de Vishous.

– Quer fazer o favor de olhar para mim, V.? – Vishous não se virou. Butch, então, segurou o copo e se sentou. – Diga-me uma coisa: se eu partir, quem de vocês deve me matar?

V. colocou os dedos em cima do nariz. Fechou os olhos.

– Droga, Butch.

– Você, não é? É você quem vai fazer isso. – Butch secou o copo. Olhou para o fundo. Voltou a observar seu colega de quarto. – Sabe, seria legal se você olhasse para mim.

Os olhos brancos de V. se voltaram para ele. E brilharam de arrependimento.

– Você ficaria arrasado, não é? – Butch perguntou. – Se tivesse de me matar.

– Eu ficaria totalmente arrasado. – Vishous limpou a garganta. – Você é meu amigo.

– Então o que vai me custar?

V. franziu a testa.

– Custar a você?

– Ir ao batizado do filho da minha irmã. – Butch sorriu. – Um pé? Não, um braço. Um braço e uma perna?

Vishous balançou a cabeça.

– Droga, tira, isso não tem graça.

– Ah, vai. É um pouco engraçado.

V. riu.

– Você é doente, sabia?

– Sim, sabia. – Butch colocou o copo no chão de novo. – Olha, V., não vou a lugar algum. Não vou desaparecer. Não agora. Não tenho nada lá esperando por mim, e nunca me encaixei naquele mundo. No entanto, vou para Boston de madrugada no domingo. Volto à noite. Se você não gostar, problema seu.

V. soprou a fumaça.

– Eu sentirei sua falta.

– Não seja bobo. Ficarei doze horas fora. – Quando V. olhou para baixo, Butch ficou sério. – A menos que... Algum problema?

Depois de muito tempo, V. caminhou para onde estavam todos os seus equipamentos. Pegou algo da mesa.

Butch pegou o que foi lançado a ele.

Chaves. Do Escalade.

– Dirija com cuidado, tira. – V. sorriu brevemente. – Não mande lembranças minhas para a sua família.

Butch riu.

– Sem problemas.

Agora era a vez de V. ficar sério.

– Se você não voltar no domingo à noite, vou atrás de você. E não vai ser para trazê-lo de volta, sacou?

Butch percebeu no silêncio que se seguiu que aquele era um momento decisivo. Estava no mundo da Irmandade para sempre. Ou viraria adubo.

Ele concordou uma vez.

– Vou voltar. Não se preocupe.

*

A próxima foi retirada de Amante Consagrado. Originalmente, é onde Phury e Cormia se encontram quando ele volta de seus esforços de resgate durante o saque na clínica de Havers. E passou a ser o momento em que andaram pelos corredores de estátuas, depois o banho que tomou e o fato de ela ter se alimentado dele. A cena final acabou levando o relacionamento mais adiante do que eu inicialmente tinha pensado. Este é o problema com o que vejo em minha mente: eu vi a cena a seguir, mas sempre vi todas as cenas que estão no livro também. Encaixar tudo o que acontece e então decidir o que é mais interessante para a história sem comprometer o seu ritmo é sempre uma questão de bom senso.

Phury deixou Fritz arrumando o escritório de Wrath. Era bom que o rei não estivesse ali. O líder da Irmandade precisava de um relatório a respeito do que estava acontecendo vindo de um Irmão.

Quando entrou em seu quarto, Cormia estava em pé no corredor, com a mão na garganta, como se estivesse esperando por ele. Ou talvez ele apenas esperasse que fosse isso.

– Meu amo – ela disse com uma reverência.

Estava cansado demais para corrigi-la em sua formalidade.

– Oi.

Quando entrou no quarto, deixou a porta aberta, porque não queria que ela pensasse que não podia conversar com ele, por mais exausto que estivesse. Acreditava que se ela tivesse alguma coisa a dizer, ela o seguiria, e se não tivesse, iria para seu quarto.

Ele deu a volta e sentou na cama, pegando o isqueiro dourado e uma cigarrilha antes de relaxar. Acendeu, pensando que depois de uma noite como aquela, de jeito nenhum largaria a fumaça vermelha. Era exatamente para aquilo que ele precisava dela.

Com a primeira tragada que foi para seus pulmões, Cormia apareceu na porta.

– Meu amo?

Ele olhou para o cigarro, concentrando-se na ponta laranja brilhante. Era mais seguro do que olhar para aquele corpo esguio naquela túnica comprida.

– Sim?

– Bella está bem. A Jane me disse. Pensei que quisesse saber.

Phury olhou para ela.

– Obrigado.

– Eu rezei por ela.

Ele exalou.

– Rezou?

– Foi a coisa mais certa a se fazer. Ela é... adorável.

– Você é uma pessoa muito gentil, Cormia. – Ele voltou a olhar para o cigarro, pensando que estava muito ansioso naquela noite. Totalmente selvagem por dentro, e o cigarro não estava ajudando muito. – Muito gentil.

Ela escutou o estômago dele roncar e perguntou:

– Posso trazer alguma coisa para você comer?

Apesar de o estômago ter roncado de novo, como se estivesse animado com a ideia, ele disse:

– Estou bem, mas obrigado.

– Como quiser. Durma bem.

– Você também. – Quando a porta estava se fechando, ele chamou: – Cormia?

– Sim?

– Obrigado de novo. Por rezar por Bella.

Cormia murmurou algo e fechou a porta.

Apesar de precisar de um banho, ele esticou as pernas no colchão e se recostou nos travesseiros.

Enquanto fumava, sentiu-se melhor quando seus ombros ficaram mais soltos e os músculos das coxas relaxaram, assim como as mãos.

Fechando os olhos, Phury se soltou, e imagens começaram a passar em sua mente, primeiro, muito rápido, depois, avançavam cada vez mais lentas. Ele viu os corpos na clínica e a luta que havia ocorrido, além da rápida evacuação. Então, voltou a ver Wrath...

Uma imagem de Cormia inclinada sobre as rosas tomou conta de sua mente.

Dizendo um palavrão, ele enrolou mais um cigarro, acendeu e se recostou novamente nos travesseiros.

Cara, ela estava tão linda naquela luz refletida na varanda.

E ele pensou nela em pé no corredor momentos antes, a túnica enrolada em seu corpo de modo a formar um lindo decote entre os seios.

Num momento de insanidade, fantasiou que em vez de permitir que ela saísse do quarto, ele a havia tomado pela mão e a levado para dentro. Imaginou a si mesmo puxando-a com delicadeza em direção a sua cama e deitando-a onde ele estava naquele momento. Os cabelos dela se espalhariam pelas fronhas, as mechas douradas e seus lábios estariam entreabertos.

É claro, ele teria de tomar um banho antes. Naturalmente. De jeito nenhum ele deixaria que ela tolerasse um homem que estava, horas antes, acabando com caixas de curativos depois de lutar com *redutores*.

Ele voltaria para o quarto vestindo o roupão branco e sentaria na cama ao lado dela. Para poder acalmá-la – bem, para acalmar os dois – ele começaria acariciando seu rosto, pescoço e cabelos. E quando ela jogasse a cabeça para trás, ele a beijaria. Nesse momento, suas mãos desceriam pelas duas metades da túnica até chegarem à faixa. Ele a soltaria lentamente, tão lentamente que ela não se intimidaria com o fato de que ele estava prestes a ver seus seios, barriga e... tudo.

Percorreu todos os cantos dela com a boca.

Isto foi o que aconteceu em sua imaginação. Em todos os lugares. Quadril. Língua... Todas as partes do corpo dela receberam atenção.

As imagens foram tão intensas que Phury precisou colocar a mão entre as pernas. Ele só queria ajeitar o membro, mas assim que tocou, já não importava arrumá-lo... a sensação foi muito boa, depois de tanto tempo.

Sem se dar conta, colocou o fumo entre os lábios, desceu o zíper e segurou sua ereção.

Suas regras para o celibato autoimposto determinavam que aquele toque era proibido. Afinal, seria incoerente negar-se ao sexo e abrir a porta para a masturbação. E a única vez em sua vida em que se masturbou foi durante o cio de Bella, algo feito por necessidade biológica e não diversão – ele tinha de se aliviar ou ficar maluco, e aqueles orgasmos foram simplesmente vazios de qualquer sentimento.

Ele se imaginou onde mais queria estar... entre as pernas de Cormia... e seu corpo enlouqueceu, a pele aquecendo como uma fogueira. E as coisas tomaram proporções vulcânicas quando ele imaginou sua língua encontrando o caminho no corpo dela, entre suas pernas.

Oh, Deus... ele estava se masturbando. Não havia como negar. E não ia parar.

Phury tirou o fumo dos lábios, colocou no cinzeiro e gemeu, jogando a cabeça para trás enquanto abria as pernas. Não queria pensar no que não deveria fazer. Só precisava de um pouco de calma e alegria... um pedacinho de felicidade. Havia testemunhado seus Irmãos encontrando amor, um relacionamento firme, e sempre desejou o melhor para eles – sabendo, o tempo todo, que aquele não seria seu futuro. E não havia tido problemas com isso por muito tempo. Mas agora, já não parecia normal.

Ele queria coisas. Para si.

A ansiedade começou a atrapalhar seu prazer, como uma mancha de tinta num pano claro.

Ele interrompeu aquilo se concentrando na imagem de Cormia. Viu a si mesmo cuidando do corpo dela com delicadeza e força.

– Oh, sim... – ele gemeu no quarto.

Aquele momento era só dele – e dizia para sua consciência pesada que merecia aquilo por todo o trabalho árduo que havia realizado.

Cormia cuidadosamente equilibrou o copo de leite e o prato de pão com carne enquanto levava a mão à porta do Primaz. Arrependeu-se por não ter arrumado melhor o "sanduíche". Fritz havia mostrado a ela o que fazer, e sem dúvida o dele teria ficado menos feio, mas ela queria rapidez, além de querer preparar o lanche sozinha.

Um pouco antes de tocar a madeira, ela escutou um gemido, como se alguém estivesse ferido. E então mais um.

Preocupada com o bem-estar do Primaz, levou a mão à maçaneta e entrou no quarto...

Cormia derrubou a bandeja com o sanduíche. Enquanto tudo se espalhava pelo chão, ela olhou com surpresa para a cama enquanto a porta se fechava sozinha.

Phury estava recostado nos travesseiros, com os cabelos multicoloridos espalhados ao redor da cabeça. Sua camisa preta de botões estava erguida acima da barriga e a calça estava aberta até a altura das coxas de pele dourada. Uma das mãos estava em seu órgão, e seu sexo estava grosso e brilhante na ponta.

Mais um gemido escapou de sua boca entreaberta; então, ele mordiscou o lábio inferior, com as presas afundadas na carne inchada.

Ele começou a mexer a mão com rapidez e a respiração ficou ainda mais ofegante. Phury parecia prestes a fazer algo grande. Era mais do que errado observar, mas ela não conseguia parar.

Suas narinas se abriram, como se estivessem sentindo um odor. Com um gemido, ele começou a ter convulsões, os músculos da barriga tensos, as coxas tremendo. Jatos de um líquido branco-perolado saíram dele, seus olhos amarelos e brilhantes abertos e concentrados nela. Vê-la pareceu incomodá-lo ainda mais, pois disse um palavrão enquanto remexia o quadril. Mais líquido saiu dele, parecendo que não mais pararia. Seu pescoço estava tenso, o rosto corado.

Mas ele não estava com dor, ela pensou. Olhava para ela como se fosse o combustível de tudo aquilo, sem querer que acabasse.

Aquele era o ápice do ato sexual.

Seu corpo disse isso a ela. Porque todas as vezes em que o Primaz se tocava, todas as vezes em que gemia, todas as vezes em que a palma da mão passava pela ponta do sexo até a base, os seios dela enrijeciam e o que havia entre suas pernas ficava ainda mais molhado.

E então ele parou. Exausto. Saciado.

No silêncio, ela sentiu a umidade no meio das pernas e olhou para o que estava espalhado sobre a barriga, mão e ereção dele.

Que coisa gloriosa era o sexo, ela pensou, imaginando como seria ter dentro dela o que ele segurava.

Enquanto imaginava, percebeu que o Primaz olhava para ela confuso, como se não soubesse ao certo se havia sonhado ou se realmente ela estava em seu quarto.

Cormia deu um passo adiante, porque com o que havia acabado de acontecer, e com o cheiro tomando o quarto, o corpo dele era o único caminho pelo qual ela queria seguir.

O olhar dele mudou quando ela aproximou-se, como se estivesse se dando conta de que realmente estava ali.

O choque substituiu a satisfação.

Cormia colocou o copo de leite ao lado do cinzeiro, olhou para a barriga dele e esticou a mão sem pensar.

Ele suspirou e então prendeu a respiração com o toque. O líquido sobre ele era quente.

– Não é sangue – ela disse.

Ele balançou a cabeça de um lado a outro no travesseiro, a expressão surpresa, como se estivesse chocado com a coragem dela.

Cormia levantou o dedo, reconhecendo que aquilo era a fonte do odor que tomava o quarto... e ela queria aquilo. Passou o líquido no lábio inferior e correu a língua sobre ele.

– Cormia... – ele gemeu.

O som da voz dela tornou o quarto uma estufa particular e, naquele momento de silêncio, só os dois estavam ali. Não havia nada além de seus corpos, uma simplicidade surpreendente na complexa estrutura da maneira com que eles haviam se encontrado.

– Deixemos nossos papéis de lado – ela disse. – E nossas responsabilidades.

Ele ficou sério.

– Não podemos.

– Sim, podemos.

– Cormia...

Ela despiu-se, e isso pôs fim à conversa.

Mas quando ela subiu na cama, ele balançou a cabeça e a deteve.

– Eu fui falar com a Directrix.

Assim como escutá-lo dizer seu nome havia criado uma atmosfera especial, suas palavras agora acabavam com o calor e a promessa.

– Você me deixou de lado, não é?

Ele assentiu lentamente.

– Eu queria contar, mas tudo aconteceu na clínica.

Cormia olhou para o sexo brilhante dele e teve a reação mais estranha. Em vez de fracasso, sentiu alívio.

Porque ele a desejava ainda que não fosse obrigado. E isso fazia tudo parecer mais honesto. Depois ela pensaria nas consequências emocionais, mas agora só queria estar com ele. Fêmea e macho. Sexo com sexo. Sem que a tradição pesasse no ato ou sem qualquer implicação.

Ela colocou um dos joelhos no colchão e Phury segurou seus pulsos, impedindo-a.

– Não sabe o que isto significa?

– Sim. – Ela levantou o outro joelho. – Deixe-me.

– Não precisa fazer isso.

Ela olhou de modo determinado para seu membro, levando o braço até sua barriga.

– Nem você. Mas também quer fazer. Então vamos. – Ela percorreu o corpo dele com os olhos, chegando a seu rosto, e por um momento ficou entristecida. – Você terá muitas outras. Eu só terei você. Então, dê o que eu quero agora, antes... – ela sentiu o coração aos pedaços – ...que tenha de continuar.

Ele estava confuso, uma prova de sua honra. Mas ela sabia qual seria o resultado. E não ficou surpresa quando ele cedeu, com as mãos que já não a prendiam mais, puxando-a para ele.

– Meu Deus! – ele sussurrou, sentando-se e segurando o rosto dela. – Preciso de um minuto, certo? Deite-se aqui. Volto já.

Ele a deitou com delicadeza, e então saiu da cama e entrou no banheiro.

O chuveiro foi ligado, e quando ele voltou, seus cabelos compridos estavam molhados, escorrendo pelos ombros e peito. Ele se aproximou dela nu, um guerreiro no ápice físico, a necessidade sexual toda exposta em seu belo corpo.

Ele parou ao lado da cama.

– Tem certeza?

– Sim. – Apesar de terem dito que doía, ela não queria voltar atrás. Não conseguia explicar sua determinação, mas não desistiria.

Ela o teria ali, sem importar o que aconteceria depois.

Cormia esticou o braço e o puxou contra seu corpo.

Phury permitiu-se ser levado para a cama até se deitar ao lado do belo corpo nu de Cormia. Os ossos dela eram minúsculos perto dos dele, seu corpo muito delicado perto de sua aspereza.

Não poderia feri-la. Mal conseguia esperar para penetrá-la.

Sua mão estremeceu quando ele afastou uma mecha de cabelos louros de sua testa. Ela tinha razão, ele pensou. Seria melhor para os dois daquela maneira. O que fariam era escolha deles. As obrigações do Primaz eram um dever.

E aquela seria a primeira para os dois.

– Vou cuidar de você – ele disse. E não apenas naquela noite. Mas... caramba, ele não fazia ideia de como fazer amor com uma fêmea. Sexo era uma coisa. Fazer amor era outra totalmente diferente e, de repente, ele quis que fosse com delicadeza. Desejou ter feito amor com muitas mulheres para saber como dar o máximo a Cormia.

Ele correu a mão pelo pescoço dela. Sua pele era macia como o vento, tão fina que ele não teria como ver os poros.

Ela arqueou as costas, com as pontas rosadas de seus seios em riste.

Ele lambeu as pontas e se inclinou para o pescoço. Fechando os olhos, pairou sobre o corpo dela.

Phury sabia que assim que fizesse contato, não teria como voltar atrás.

As mãos dela se afundaram nos cabelos dele.

– Por favor, comece, meu amo.

Ele olhou para ela.

– Pode me chamar de Phury?

Ela sorriu, um florescer tímido da felicidade.

– Phury...

Depois que ela disse seu nome, ele encostou os lábios e sentiu seu cheiro. O corpo todo tremeu, ele a desejava muito e instintivamente movimentou o quadril até seu membro ficar preso entre as coxas dela. Quando Cormia respirou fundo e se arqueou de novo, ele abocanhou um dos seios.

As unhas de Cormia se afundaram no couro cabeludo dele, que gemeu ao puxar o ar. Ele segurou o outro seio, e remexeu o quadril de modo que sua ereção ficasse ainda mais evidente...

Oh, droga, ele ia...

Sim. Mais um orgasmo.

Gemendo muito, ele tentou parar. Mas ela não queria que parasse. Em vez de se afastar, Cormia se aproximou e se remexeu junto com seu orgasmo.

– Adoro quando você faz isso – ela disse com a voz rouca.

Ele a beijou intensamente. Por ela não se importar que ele fosse um idiota que nunca havia feito aquilo antes e havia ejaculado precocemente sobre as coxas dela. Ele não precisava fingir ser forte. Naquele momento particular, Phury podia ser apenas... ele mesmo.

– Pode ser que aconteça de novo – ele gemeu enquanto a beijava.

– Ótimo, quero que faça isso em meu corpo todo.

Ele gemeu alto, seu instinto territorial cada vez mais forte. Sim, pensou. Faria aquilo no corpo todo dela. Dentro também.

Ele passou a mão por seu corpo chegando às pernas, e então se ajeitou para que pudesse penetrá-la. Passou a mão pelo que havia espalhado sobre ela, e levou sua essência com ele ao encontrar o sexo dela, que estava molhado, mais do que se ela tivesse se banhado.

Cormia gemeu e abriu as pernas.

Ele chegou ao centro dela com a boca antes de saber aonde ia. Não importava o fato de não ter técnica. Precisava sentir seu sabor, e aquilo aconteceria apenas se levasse os lábios ao...

– Oh... doce fêmea.... – ele disse dentro dela. Tinha consciência de que segurava suas coxas, mas não conseguia evitar.

Ela não parecia se importar nem um pouco. Ela agarrou seus cabelos com as mãos e o pressionou contra seu corpo enquanto a língua de Phury ia mais e mais fundo. Esfregou o rosto num círculo, e então começou a sugar. Estava sedento, alimentando-se de seu sexo e da corrente sexual que existia entre os dois.

Ela havia começado a gozar quando o telefone tocou – e seria loucura sair de onde estava. Era possível perceber que ela estava sem controle pela maneira com que se enrijeceu e ergueu a cabeça. Ela estava nervosa, excitada, preocupada.

– Pode confiar em mim – ele disse. E então preparou a língua, ergueu o quadril dela e a penetrou novamente.

Ela gritou seu nome ao atingir um orgasmo.

E foi então que alguém bateu à porta.

*

A cena a seguir foi retirada do Amante Consagrado porque todo mundo achou que precisava ser retirada! Minha editora, meu assistente de pesquisa e minha parceira crítica disseram: "Você não precisa dela"... e eu concordei porque compreendi o que eles queriam dizer com isso. O livro de Phury terminou com intensidade, e falar sobre algo que acontece anos depois estragaria o encerramento. Então, aqui está o epílogo que não foi:

Cinco anos depois...

– Eu a peguei! – Phury disse a Bella ao pegar a sobrinha no colo. Nalla riu e escondeu o rosto nos cabelos dele, o que adorava fazer, segurando-se com força.

Bella se aproximou correndo, vinda da biblioteca da Irmandade e então parou, com o vestido prateado esvoaçando ao redor de suas pernas. Os diamantes do colar que usava brilhavam como fogo, assim como aqueles em seus pulsos e orelhas.

– Oh, ainda bem – ela disse. – Ela é tão rápida quanto o pai.

– Você está linda – Cormia disse atrás de Phury.

– Obrigada – Bella mexeu no vestido. – Não costuma ser meu estilo, mas...

– Não faz justiça a sua beleza. – Zsadist veio da biblioteca.

O terno que vestia caía-lhe muito bem e escondia a arma sob o braço.

Ele parecia determinado ao balançar o dedo à filha:

– Lembre-se, seja boazinha com seus tios.

Nalla assentiu com seriedade, como se estivesse assumindo um cargo de responsabilidade.

– Sim, papai.

O sorriso de Z. seria suficiente para iluminar a galáxia.

– Essa é a minha menina.

Nalla sorriu e esticou os braços.

– Beijos, papai.

Z. a abraçou e depois ela procurou a mãe.

– Certo – Zsadist disse, todo sério ao passar a filha para sua *shellan*. – Estaremos no Met até onze. Depois, vamos jantar na casa de Wrath. Estou com meu pager, meu celular, meu BlackBerry...

Phury deu um tapinha no ombro do gêmeo.

– Calma, meu irmão. Respire.

Zsadist fez o melhor que pôde.

– Certo. Sei que vocês ficarão bem com ela. Ficarão... Todo mundo vai ficar bem...

Phury conferiu o relógio.

– E vocês vão se atrasar. Terão sorte se chegarem só um pouco atrasados.

– Estou tão animada – Bella disse, entregando Nalla a Phury. – Adoro a ópera *Cavalleria rusticana*, de Mascagni. Vai ser sensacional.

– Isso se você conseguir tirar o papai de casa – Phury chacoalhou o irmão. – Vá. Saia com sua *shellan*. É aniversário de união de vocês, pelo amor de Deus.

Eles deixaram a biblioteca cerca de vinte minutos depois. Talvez vinte e cinco.

Phury balançou a cabeça.

– Ele tem problemas para se separar da filha.

– Oh, e você não?

Phury se virou. Cormia estava no sofá com o filho deles, Ahgony (ou Aggie), que estava dormindo. A mão gordinha do menino segurava o polegar da mãe, costume que ele tinha mesmo quando estava acordado.

– Retiro o comentário.

– Tio, conta uma historinha? – Nalla pediu. – Por favor?

– Claro. Qual você quer? – Apesar de saber.

Quando se sentou no sofá ao lado de Cormia, Nalla apontou para o livro de fábulas que ele havia feito para ela.

– Aquela do guerreiro.

– É mesmo? Que surpresa! – Ele piscou para Cormia. – Está falando sobre aquela do guerreiro e da donzela?

– Não, tio. A outra.

– Do guerreiro e do navio.

Nalla riu.

– Não, tio!

Phury assentiu com grande seriedade.

– Certo, do guerreiro e do jogo de baralho.

Nalla pareceu confusa.

– Qual?

Cormia riu e Phury não conseguiu desviar o olhar de seus lindos olhos verdes. Por um momento, ficou tocado ao lembrar-se de que o filho tinha os olhos da mãe, aquele tom incrível de folhas da primavera.

Enquanto Nalla sorria, Cormia disse:

– Phury, não a torture.

Phury sentou a sobrinha em seu colo, beijou sua *shellan* e acariciou o rostinho do filho. Então, abriu o livro e começou a ler no Antigo Idioma.

– "Era uma vez um guerreiro de corpo forte e coração firme, que percorria a floresta num dia ventoso..."

Os olhos de Aggie se abriram e ele emitiu um som típico de bebês, de quando tudo está bem, um tipo de suspiro de satisfação. Phury o reconheceu bem, porque já havia escutado muito de Nalla e agora do filho. O som era algo que eles emitiam quando a barriga estava cheia e tinham os pais por perto.

Quando Phury perdeu o ritmo das palavras, Cormia apertou sua mão. Ela sempre sabia, ele pensou. Sempre sabia... Ela sabia quando estava pensando em seus pais e em seu irmão, no passado e no futuro, em esperanças, sonhos e medos.

Ela sabia de tudo que estava em sua mente e de tudo que estava em seu coração, e nada daquilo a afastava.

Ela sabia que ele se preocupava em continuar sóbrio, mesmo depois de todos aqueles anos. E sabia que era feliz porque o filho deles se parecia com ela, porque era um sinal de que o elo biológico do vício que ele tinha talvez não tivesse sido passado à criança. E ela sabia que Phury ainda lutava com o sentimento de que não estava fazendo o suficiente pelas pessoas ao seu redor.

Ela sabia de tudo isso e ainda assim o amava.

Ele beijou seu punho e olhou para as crianças. Esperava que a vida tivesse apenas coisas boas para eles, que a luz da lua sempre fosse clara, que o vento sempre fosse suave e que o amor mais sincero de seus corações fosse retribuído por um companheiro digno.

Sabia que não ia ser fácil e que enfrentariam desafios que ele não conseguia sequer imaginar.

Mas aquilo era bom: ele tinha fé no que via naqueles olhinhos. Porque eram de sobreviventes, dos dois lados. E aquilo, mais do que qualquer garantia de vida fácil, os ajudaria.

Phury limpou a garganta.

E continuou lendo para eles.

*

Bom, estes foram alguns exemplos do que tirei. Vocês notaram que não há nada do Amante Sombrio, porque o rascunho de Wrath foi exato desde o começo – e só excluí uma cena, aquela que postei em meu site (www.jrward.com). Também não há muito do Amante Eterno porque usei quase todo o material de Butch e Marissa no Amante Revelado. O Amante Liberto também não teve muitas mudanças.

Há mais algumas cenas em arquivos antigos. Foi muito divertido relê-las, talvez um dia eu volte para ver o que mais encontro!

MOMENTOS DIVERTIDOS

Momentos divertidos

Uma das coisas mais interessantes em escrever sobre os Irmãos é que eles me fazem rir muito. Sempre me pego rindo dentro do quarto onde trabalho. Butch sempre diz alguma coisa engraçada, Rhage e Vishous são sempre rápidos nas respostas e Qhuinn está deixando a próxima geração orgulhosa de sua capacidade de ser engraçado.

Escolhi alguns dos diálogos que mais gosto nos livros, com os quais ri muito, fazendo com meu cachorro olhasse para mim sem entender nada. Aqui estão:

Amante Sombrio

Wrath o olhou com ar irônico.

– Muita gentileza de sua parte aparecer, Z. Estava muito ocupado com as fêmeas?

– Não enche, cara.

Zsadist foi para um canto e permaneceu separado do grupo.

– p. 45

Wrath estava pasmo.

E não era o tipo de vampiro que fica atônito com frequência.

Caramba.

Aquela mestiça humana era mais fogosa do que qualquer outra mulher que conhecera na vida. E olhe que já havia apagado verdadeiras fornalhas.

– p. 82-83

Se sexo fosse comida, Rhage teria obesidade mórbida.

– p. 101

Wrath lhe deu um tapinha no ombro. Tudo somado, aquele filho da mãe era um ótimo sujeito.

– Perdoado e esquecido.

– Sinta-se à vontade para me dar um soco quando quiser.

– Pode ter certeza de que farei isso.

– p.104

O humano revistou os bolsos da jaqueta de Wrath e começou a confiscar-lhe as armas: três estrelas ninja, uma navalha automática, uma pistola, uma corrente.

– Pela madrugada! – murmurou o policial, enquanto deixava cair os elos de aço no chão, com o restante das armas. – Tem alguma identificação? Ou não deixou espaço suficiente para levar uma carteira, considerando que carrega cerca de quinze quilos de armas escondidas?

– p. 133-134

Obedecendo a um impulso, ela correu e contornou o edifício.

Butch se dirigia para o carro como se levasse uma carga instável, e ela se apressou para alcançá-los.

– Espere. Preciso fazer uma pergunta a ele.

– Quer saber que número calça ou algo assim? – respondeu o policial, impaciente.

– Quarenta e seis – disse Wrath, devagar.

– Vou me lembrar disso no Natal, palhaço.

– p. 136

– Não, obrigado – riu Rhage. – Eu me viro muito bem com agulha e linha, como sabe por experiência própria. Agora: quem é a sua amiga?

– Beth Randall, esse é Rhage. Um sócio meu. Rhage, essa é Beth, e ela não sai com astros de cinema, entendeu?

– Alto e claro – Rhage se inclinou para um lado, tentando espiar por trás de Wrath. – Prazer em conhecê-la, Beth.

– Tem certeza de que não quer ir a um hospital? – disse ela, debilmente.

– Não. Parece pior do que é. Quando dá para usar o intestino grosso como cinturão, aí sim é preciso procurar ajuda profissional.

– p. 154

– Tem TV a cabo? – disse, indicando com a cabeça o televisor.

Ela lhe deu o controle.

– Claro. E, se não me engano, esta noite tem uma maratona do Godzilla pela TBS.

– Beleza – disse o vampiro, estirando as pernas –, sempre fico do lado do monstro.

Ela sorriu.

– Eu também.

– p. 191

– Deixei aspirinas junto ao telefone com um copo grande de água. Imaginei que não conseguiria chegar até a cafeteira. Tome três, desconecte o telefone, durma. Se acontecer algo emocionante, passo aí para pegá-lo.

– Amo você, doçura – disse Butch.

– Então, compre-me um casaco de pele e um belo par de brincos para o nosso aniversário – respondeu José.

– Pode deixar.

– p. 193

Uma mão aterrissou em seu ombro com o peso de uma bigorna.

– Gostaria de ficar para jantar?

Butch ergueu a vista. O sujeito usava um gorro de beisebol e tinha uma espécie de marca. O que era aquilo, uma tatuagem no *rosto*?

– Você gostaria de ser o jantar? – disse outro, que mais parecia um modelo.

– p. 293

Com um movimento brusco, livrou-se da mão no ombro.

– Diga-me uma coisa, rapazes – pronunciou lentamente as palavras – usam todo esse couro para se excitar mutuamente? Quero dizer, todos vocês curtem um macho?

Butch foi atirado contra a porta com tanta força que seus ossos rangeram. O modelo aproximou seu rosto perfeito.

– Se fosse você, vigiava essa sua boca grande.

– Para que me incomodar, se você já está de olho nela? E agora, vai me beijar?

Um grunhido como Butch nunca ouvira saiu da garganta do cara.

– Está bem, está bem – o que parecia mais normal avançou uns passos – para trás, Rhage. Vamos nos acalmar um pouco.

Passou um minuto antes que o modelo o soltasse.

– Isso. Vamos nos acalmar – murmurou o Sr. Normal, dando uns tapinhas nas costas de seu amigo antes de olhar para Butch. – Faça um favor a si mesmo e feche a boca.

Butch deu de ombros.

– O Loirinho está doido de vontade de colocar as mãos em mim. Não posso evitá-lo.

Rhage se dirigiu a Butch de novo, enquanto o Sr. Normal revirava os olhos, deixando livre seu amigo para agir.

O murro que o atingiu na altura do queixo lançou a cabeça de Butch para o lado. Ao sentir a dor, o detetive liberou a própria ira. O temor por Beth, o ódio reprimido por aqueles marginais, a frustração por seu trabalho, tudo se misturou. Avançou sobre o homem, maior do que ele, e o derrubou.

O sujeito se surpreendeu momentaneamente, como se não tivesse esperado a velocidade e a força de Butch, e este aproveitou a hesitação. Atingiu o Loirinho na boca, e logo o segurou pelo pescoço.

Um segundo depois, Butch estava deitado de costas com aquele homem sentado sobre seu peito.

O tipo agarrou o rosto do Butch entre as mãos e apertou. Era quase impossível respirar, ele esperneava sem fôlego.

– Talvez encontre a sua esposa – disse o tipo – e transe com ela umas vezes. Que tal?

– Não tenho esposa.

– Então, vou transar com a sua namorada.

Butch tomou um pouco de ar.

– Não tenho ninguém.

– Então, se as fêmeas não querem saber de você, o que o faz pensar que eu sim?

– Estava querendo provocar você.

Os enormes olhos azuis néon se estreitaram.

Só pode usar lentes de contato – pensou Butch – ninguém tem os olhos dessa cor.

– E por que queria me provocar? – perguntou o Loirinho.

– Se eu atacasse primeiro – Butch tentou colocar mais ar em seus pulmões –, seus colegas não nos teriam deixado brigar. Teriam me matado primeiro, antes de poder ter uma oportunidade com você.

Rhage afrouxou um pouco a pressão e riu, enquanto despojava Butch de sua carteira, das chaves e do celular.

– Sabem de uma coisa? Gostei desse bobalhão – disse o cara.

Alguém pigarreou ostensivamente.

O Loirinho ficou de pé, e Butch rolou sobre si mesmo, ofegante. Quando ergueu a vista, pareceu-lhe que estava tendo alucinações.

De pé, no vestíbulo, havia um velhinho uniformizado, trazendo uma bandeja de prata.

– Desculpem-me, cavalheiros. O jantar será servido dentro de quinze minutos.

– Ei, são aqueles crepes de espinafre que eu adoro? – perguntou o Loirinho, indo direto para a bandeja.

– Sim, senhor.

– Hum, que delícia!

Outros homens rodearam o mordomo, aceitando o que lhes oferecia, e também guardanapos, como se não quisessem deixar cair nada no chão.

Que diabos era aquilo?

– Posso lhes pedir um favor? – disse o mordomo.

O Sr. Normal concordou vigorosamente:

– Traga outra bandeja dessas delícias e mataremos quem você quiser.

Ah, então o cara não era tão normal assim. Só parecia.

O mordomo sorriu como se estivesse comovido.

– Se forem sangrar o humano, teriam a gentileza de fazê-lo no pátio dos fundos?

– Sem problema – o Sr. Normal meteu outro crepe na boca.

– Tem razão, Rhage. São mesmo deliciosos.

– p. 293-296

– Então, o que você fez com o *redutor*? – perguntou uma das vozes masculinas.

– Acendi seu cigarro com uma espingarda de cano serrado – respondeu outra. – Não desceu para tomar o café da manhã, sabe?

– p. 320

– Tohr, relaxe. Sou uma fêmea. Choro nos casamentos. Faz parte de nossas obrigações.

– p. 373

– Espero que não tenha de fazê-lo. Agora me diga uma coisa: qual é a palavra que utilizam para marido?

– *Hellren*, acho. A abreviação é *hell*. Parece inferno em inglês, sabe?

Ela riu alegremente.

– Posso imaginar por quê.

– p. 393

Rhage concordou.

– Além disso, o lugar é bastante grande. Poderíamos viver ali todos juntos sem acabar nos matando.

– Isso depende mais de sua boca do que de qualquer projeto arquitetônico – disse Phury, sorrindo de orelha a orelha.

– p. 439

– Sim – suspirou Rhage. – Só o que quero é uma boa fêmea. Mas acho que me conformarei com a quantidade, enquanto não encontro a qualidade. A vida é mesmo uma droga, não?

– p. 442

Amante Eterno

– Certo, garotão, sente-se.

Oh, sim. Cama. Uma boa caminha.

– E olhe só quem está aqui. É a enfermeira Vishous.

– p. 57

– Então, fale isso.

– O quê?

– Nada. Diga "nada". De novo e de novo e de novo. Faça isso.

Ela se irritou, o cheiro do medo foi substituído por um odor penetrante, como hortelã fresca no jardim. Estava aborrecida agora.

– Diga – ordenou, pois precisava sentir um pouco mais do efeito que ela lhe causara.

– Está bem. Nada. Nada – de repente, ela riu, e o som atravessou diretamente a coluna vertebral dele, queimando-o. – Nada, nada. Naa-da. Na-daa. Naaaaaada. Já está bom para você? Vai me deixar ir, agora?

– Não.

Ela se debateu outra vez, criando uma fricção deliciosa entre seus corpos.

E ele percebeu quando toda aquela ansiedade e irritação se converteram em desejo. Farejou sua excitação, um doce aroma no ar. O corpo dele respondeu.

Estava duro como um diamante.

– Fale comigo, Mary – moveu seus quadris em um lento círculo, roçando sua ereção no ventre dela, intensificando a dor em si e o desejo nela.

Após um momento, ela relaxou, abandonando-se à pressão de seus músculos e de sua excitação. As mãos dela achataram-se contra a sua cintura e depois deslizaram lentamente por suas costas, como se não estivesse certa do motivo de responder a ele daquela forma.

Ele arqueou o corpo contra ela, para demonstrar que estava gostando e para encorajá-la a tocar em outras partes dele. Ao sentir-lhe as palmas subirem por sua espinha, soltou um grunhido baixo e deixou a cabeça pender a fim de que seu ouvido ficasse próximo à boca da mulher. Queria lhe sugerir outra palavra para que a pronunciasse; algo como *apetitoso*, *sussurro* ou *morango*.

Bom mesmo seria *inconstitucionalissimamente*.

– p. 72-73

– Que inferno. Você às vezes pode ser um pé no saco, sabia? Sem controle dos impulsos, mas totalmente obstinado. Grande combinação!

– p. 84

– Bem, vejamos o que temos aqui – disse ele, abrindo o cardápio. – Vou querer o frango Alfredo. A carne NY, mal passada. E um cheeseburger, também mal passado. Duas porções de fritas. E nachos. Sim, quero nachos com tudo em cima. Duas porções disso também, ok?

Mary o ficou olhando meio espantada, enquanto ele fechava o cardápio e aguardava.

A garçonete pareceu um pouco desconcertada.

– Esse é o pedido para você e sua irmã?

Como se obrigação familiar fosse a única razão para um homem como ele estar com uma mulher como ela. Que inferno...

– Não, isso é para mim. E ela é meu encontro, não minha irmã. Mary?

– Eu... vou querer somente uma salada César, quando seu jantar chegar.

– p. 97-98

– Está ficando em forma, tira.

– Ah, sai fora – sorriu-lhe Butch. – Não permita que o banho que tomamos juntos lhe suba à cabeça.

Rhage atirou uma toalha no cara.

– Só estou notando que a sua pança de cerveja foi embora.

– Cerveja nada: uísque escocês. Mas não sinto saudades – Butch alisou o seu "tanquinho".

– p. 127

– A mulher me enxotou de sua casa esta manhã depois de arrasar o meu ego.

– Que tipo de arma usou?

– Uma comparação pouco lisonjeira entre mim e um cachorro sem dono.

– Ai. Essa doeu – Butch retorceu a camisa em outra direção. – E, naturalmente, você está louco de vontade de vê-la outra vez.

– Bastante.

– É patético.

– Eu sei.

– Mas acho que meu caso é pior – o policial sacudiu a cabeça. – Na noite passada, eu... ah... dirigi até a casa do irmão de Marissa. Nem ao menos sei como o Escalade chegou até lá. Quer dizer, a última coisa que preciso é esbarrar com ela, entende?

– Deixe-me adivinhar. Esperou nos arredores com a esperança de...

– Nos arbustos, Rhage. Sentei-me nos arbustos, debaixo da janela do quarto dela.

– Uau. Isso é...

– Sim. Em minha antiga vida, poderia ter me detido por assédio. Olhe, talvez devêssemos mudar de assunto.

– p. 128

Bastou uma ligeira olhada na coleção de filmes para saber que estava com problemas. Muitos títulos estrangeiros, alguns independentes americanos. Uns poucos clássicos como *Tarde demais para esquecer*. Aquela droga de *Casablanca*.

Absolutamente nada de Sam Raimi ou Roger Corman. Será que ela nunca ouviu falar na série *Uma noite alucinante*?

– p. 160

– Droga, você criou um vínculo com ela – Wrath passou a mão pelo longo cabelo. – Pelo amor de Deus... você acabou de conhecê-la, meu Irmão.

– E quanto tempo você levou para marcar Beth como sua? Vinte e quatro horas? Ah, claro, esperou dois dias. Sim, ainda bem que levou um tempo pensando no assunto.

Wrath soltou uma risada curta.

– Você continua a meter minha *shellan* na história, não é?

– p. 209

Oh, ninguém é perfeito, pensou Mary.

A caixa do Austin Powers. A trilogia *Alien*. *Tubarão*. Os três *Corra que a polícia vem aí*. Godzilla. Godzilla. Godzilla... Espere, o restante de toda aquela prateleira era de Godzilla. Olhou a inferior. *Sexta-feira 13*, *Halloween*, *A hora do pesadelo*. Bem, ao menos ele não havia se incomodado em comprar as continuações desses. *Clube dos Pilantras*, a trilogia de *Uma noite alucinante*.

O que é que os homens têm na cabeça?

– p. 211

Ela deu um pequeno sorriso.

– Você é um manipulador.

– Prefiro me ver como um engenheiro de resultados.

– p. 254

A risada de Phury saiu do traje da direita.

– Só você mesmo para querer fazer disso uma festa.

– Bem, caramba, todos vocês já quiseram me pegar de jeito por alguma que aprontei, não é? Então, este é seu dia de sorte – ele deu um tapa na coxa de Phury. – Diz aí, meu Irmão, há anos que sacaneio você por causa da ausência das mulheres em sua vida. Wrath, alguns meses atrás, provoquei você a tal ponto que apunhalou uma parede. V., não faz muito tempo você queria me encher de porrada. Está lembrado? Quando lhe disse o que achava desse seu cavanhaque sinistro?

Vishous soltou uma risadinha.

– Tinha de fazer alguma coisa para você calar a boca. Desde que deixei o cavanhaque crescer, toda vez que nos encontrávamos você me perguntava se eu tinha beijado de língua o cano de descarga de um carro.

– E até hoje acho que você tava "pegando" o meu GTO, filho da mãe.

– p. 258

– Como você se chama? – murmurou ela.

Ele arqueou uma sobrancelha e depois voltou a olhar fixamente o seu Irmão.

– Sou o cara mau, no caso de você ainda não ter concluído isso.

– Quero saber o seu nome, não a sua vocação.

– Ser um filho da mãe não é vocação, é compulsão, na verdade. E é Zsadist. Meu nome é Zsadist.

– p. 278

Ele respirou fundo.

– Meu Deus, como eu amo você. Eu a amo de verdade. Mesmo.

Então, ele sorriu.

E ela gargalhou de maneira tão ruidosa que fez com que cada pessoa na sala se virasse.

O cabinho da cereja estava perfeitamente enrolado em torno de uma das presas dele.

– p. 357

Um macho com uma aparência tão perigosa como ele despertava comentários. O irmão dela se encontrava na mesma situação. Ouvira murmúrios sobre Rehvenge durante anos e Deus era testemunha de que não havia verdade neles.

– p. 358

Ninguém a escutava.

– Deus me livre de heróis – resmungou ela antes de gritar: – Todo mundo para trás *agora*!

Isso conseguiu atrair-lhes a atenção.

– p. 408

Ela sacudiu a cabeça e inclinou-se para recolher uma camisa do chão.

– É o grosseirão mais doce que conheci.

– p. 419

Jogando o cabelo para trás, ela riu.

– Então, quer dizer que sua visão voltou.

– Entre outras coisas. Venha aqui, Mary. Quero beijá-la.

– Oh, claro. Quer usar o seu corpo para se desculpar comigo por ter bancado o valentão agora há pouco.

– Empregarei todos os recursos ao meu alcance.

Afastou os lençóis e o edredom e passou a mão pelo peito, sobre a barriga sarada e depois mais abaixo. Os olhos dela se arregalaram quando ele segurou a pesada ereção na palma da mão. Enquanto ele friccionava seu membro, o cheiro da excitação de Mary floresceu como um buquê no quarto.

– Venha aqui, Mary – ele moveu os quadris. – Não tenho certeza se estou fazendo isso direito. Quando você me toca é tão melhor.

– Você é incorrigível.

– Só estou querendo aprender.

– Como se precisasse – murmurou ela, tirando o suéter.

– p. 419-420

– Já lhe disse, por mim, tudo bem – ela riu. – Ah, pense só: a fera até que é bonitinha, tipo um mini-Godzilla. E eu estarei levando o pacote inteiro, dois pelo preço de um.

– p. 441

Amante Desperto

Cara, ainda bem que era um filho da mãe muito bom de luta, do contrário, poderiam até pensar que se tratava de um maricas.

– p. 58

A outra poltrona, atrás da escrivaninha, era bem feia: estofamento de couro puído, verde abacate, com os cantos descolados, assento afundado e pernas tortas.

Tohr pousou a mão sobre o encosto alto da coisa.

– Dá pra acreditar que Wellsie me obrigou a me desfazer disto?

John assentiu, gesticulando:

Sim, posso.

– p. 87

– Bem, eu não sei ler. Então, você e eu estamos empatados.

John moveu rapidamente sua Bic. Enquanto estendia o bloco de papel para Phury, o macho de olhos negros franziu a testa.

– O que o moleque escreveu?

– Diz que está bem. Que é bom ouvinte. Que você pode conduzir toda a conversação.

– p. 108

Ele agarrou a mão dela, pegou a caneta e esticou-lhe a palma.

Quero falar com você, escreveu nela.

Então, olhou-a diretamente nos olhos e fez a coisa mais surpreendente e corajosa.

Sorriu para ela.

– p. 137

John o saudou com a cabeça e olhou para os doze rapazes, sentados em duplas, que o encaravam.

Uau. Definitivamente, isso não parece uma recepção calorosa, pensou.

– p. 155

– Esse lugar é muito cheio de frescura – disse o policial, olhando um cara trajando um terninho rosa e maquiagem combinando. – Sou muito mais chegado a bares de caipiras grosseiros e cerveja de fundo de quintal do que raves, techno e toda essa palhaçada movida a ecstasy.

– p. 174

– O que tem com isso?

– Só quero ter certeza de que suas necessidades estão cobertas. A satisfação do cliente é terrivelmente importante. – O macho se aproximou ainda mais, indicando com a cabeça o braço de Phury, o que estava oculto pelo casaco. – Sua mão está no punho da pistola, não? Tem medo de mim?

– Só quero garantir que posso cuidar de você.

– Oh, verdade?

– Sim. No caso de você precisar de uma ressuscitação Glock-a-boca.

– p. 175

Aquela fêmea que entrara sem avisar e o surpreendera numa posição comprometedora com o Reverendo certamente tinha uma boca grande e... Santo Deus. Butch já devia ter dito a Vishous. Os dois eram como um antigo casal, não havia segredos entre eles. E V. diria a Rhage. E uma vez que Rhage soubesse, era o mesmo que divulgar no jornal.

– p. 198

Os olhos deles se encontraram. Ela era tão bonita que o deixava tonto.

– Quer me beijar? – sussurrou ela.

Os olhos de John se arregalaram. Como se um balão houvesse explodido atrás de sua cabeça.

– Porque eu gostaria que o fizesse – lambeu um pouco os lábios. – Gostaria de verdade.

Uau... A oportunidade de sua vida, bem ali, naquele momento, pensou John.

Não a deixe passar. Deixar a oportunidade passar seria um completo suicídio.

John rapidamente rememorou cada filme que assistira na vida... e não adiantou nada. Como fã de filmes de terror, tudo que lhe cruzou o cérebro foram imagens de Godzilla esmagando Tóquio e do Tubarão mastigando a proa da Orca. Que bela ajuda.

– p. 232

O cara estava enlouquecendo a Irmandade, organizando turnos, tentando converter quatro tipos altamente independentes como eram V., Phury, Rhage e Z. em soldados disciplinados. Não era de admirar que sempre parecesse estar com enxaqueca.

– p. 236

Phury acendeu o "baseado" vermelho e olhou as dezesseis latas de Aqua Net que estavam alinhadas na mesinha de centro de Butch e V.

– Pra que tanto fixador de cabelo? Estão pretendendo aprontar alguma?

Butch ergueu o tubo de PVC que estava perfurando.

– Um lançador de batatas, cara. Muito divertido.

– Como é que é?

– Você nunca foi para um acampamento de verão?

– Aprender a trançar cestas e carpintaria é para humanos. Não se ofenda, mas temos coisas melhores para ensinar aos nossos jovens.

– Sem essa! Ninguém pode dizer que viveu até que tenha participado de um "ataque às calcinhas" à meia-noite. É assim que funciona: você coloca a batata nessa extremidade, enche a base com spray...

– E, então, acende – interrompeu V., lá do quarto dele. Logo depois, surgiu de roupão, esfregando uma toalha no cabelo úmido. – Faz um barulhão.

– Um barulhão – repetiu Butch.

Phury olhou para o Irmão.

– V., você já fez isso?

– Sim, na noite passada. Mas o lançador entupiu.

Butch praguejou.

– A batata era muito grande. Malditas batatas de Idaho. Esta noite usaremos outras, menores. Vai ser sensacional. É claro que a trajetória dos projéteis pode ser um problema...

– Mas, tecnicamente, é como o golfe – disse V., largando a toalha sobre uma poltrona. Colocou a luva na mão direita, cobrindo as tatuagens sagradas que lhe marcavam da palma às pontas dos dedos e também as costas da mão. – Quero dizer, você tem de imaginar uma curva no ar...

Butch concordou entusiasmado:

– Sim, é como o golfe. O vento desempenha um papel...

– Enorme.

Phury ficou ali fumando, enquanto os outros dois completavam as frases um do outro, por vários minutos. Tanto, que se sentiu obrigado a mencionar:

– Vocês dois estão passando tempo demais juntos, se é que me entendem...

V. sacudiu a cabeça olhando para o tira.

– O Irmão não curte esse tipo de coisa. Nunca curtiu.

– Então, apontaremos para o quarto dele.

– É verdade. Dá de frente para o jardim...

– Assim, não teremos de nos preocupar com os carros no pátio. Excelente!

– p. 277-278

Tohr riu de leve.

– Sim, eu também não curto muito esses lances emocionais... Ai! Wellsie, que diabos foi isso?

– p. 289

Pôs a garrafa na mesa perto dele e ergueu a mão enluvada.

– Afinal de contas, essa maldita coisa ainda brilha como um abajur. E até que eu perca essa minha "luminosidade", imagino que esteja normal. Bem... normal para mim.

– p. 320

Phury vestiu umas calças de náilon.

– Quer comida? Vou até a cozinha.

Os olhos de Butch se arregalaram de felicidade.

– Jura que está se oferecendo para trazer um rango aqui? Isto é, não vou precisar me mexer?

– Vai ficar me devendo essa, mas, sim: estou disposto a fazer *delivery*.

– Você é dez.

Phury colocou uma camiseta.

– O que vai querer?

– O que tiver na cozinha. Cara, se realmente quiser ser prestativo, arraste a geladeira aqui pra cima. Estou morto de fome.

– p. 326-327

– Então, por que está com essa bandagem na cintura?

– Faz parecer que o meu traseiro é menor.

– p. 359-360

– Não quero ir.

– Bem... nas palavras de Vishous, desejos realizados numa mão, problemas na outra. Veja qual dos dois você consegue mais.

– p. 329

Phury encontrava-se deitado numa cama enorme, com tantos fios conectados que mais parecia um painel telefônico.

O macho virou a cabeça.

– Z., o que faz de pé?

– Estou botando as enfermeiras para malhar um pouco. – Fechou a porta e caminhou pelo quarto, dirigindo-se à cama. – Elas correm bem rápido.

– p. 420

Não houve resposta. Então, Z. voltou a olhar o gêmeo... bem na hora em que uma lágrima rolou pela face de Phury.

– Ah... caramba – resmungou Z.

– Eu que o diga. – Outra lágrima escorreu pelo rosto de Phury. – Deus... que droga. Estou vazando.

– Ok, controle-se.

Phury esfregou o rosto.

– Por quê?

– Porque acho que vou tentar abraçá-lo.

As mãos de Phury caíram e ele o olhou com uma expressão absurda.

Sentindo-se um perfeito pateta, Z. aproximou-se de seu gêmeo.

– Levante a cabeça, droga. – Phury esticou o pescoço. Z. deslizou o braço por baixo da nuca do irmão. Os dois congelaram naquela pose pouco natural. – Sabe, isso foi bem mais fácil quando você estava morrendo de frio na traseira daquela caminhonete.

– Era você?

– Quem pensou que fosse? Papai Noel?

– p. 422

Butch suspirou aliviado.

– Olhe, cara, faça-me um favor. Avise antes de vir com outra dessas. Prefiro escolher. – Depois, sorriu de leve. – Além disso, você nem me levou para jantar antes.

– p. 429

Amante Revelado

Quando terminou a refeição, o escamoso dragão olhou ao redor e, quando localizou V. no topo da arquibancada, soltou um grunhido que terminou num bufo.

– Já acabou, grandão? – gritou V. para baixo. – Para sua informação, o poste do gol lá adiante poderia servir de palito de dentes.

– p. 36

– Sem dúvida. Estou pensando em virar empreiteiro. Por isso queria ver como esse banheiro foi construído. Um excelente trabalho de assentamento de ladrilhos. Você deveria dar uma conferida.

– Que tal eu levar você de volta para a cama?

– Depois eu quero verificar o encanamento da pia.

Por trás do calmo sorriso zombeteiro de V. estava aparente o respeito e a afeição que sentia.

– Pelo menos, deixe-me ajudá-lo.

– Não, posso fazer isso sozinho. – Com um gemido, Butch tentou ficar de pé, mas então, largou-se novamente sobre o piso. Percebeu que erguer a cabeça era esforço demais. No entanto, se o deixassem ali tentando tempo suficiente... uma semana, talvez dez dias?

– Vamos, tira. Desista logo, cara, e deixe-me ajudá-lo.

De repente, Butch sentiu-se muito cansado para contrariar. Totalmente sem forças, tinha consciência de que Marissa o olhava fixo e pensou que dificilmente poderia parecer mais vulnerável. Droga, a única coisa boa era que, pelo menos, não estava com o traseiro de fora, já que não estava sentindo uma brisa fria no local.

O que significava que o avental do hospital não abriu. Graças a Deus.

– p. 104-105

– Sabe que esteve nas mãos dos *redutores*, certo?

Butch ergueu uma de suas mãos destruídas.

– E eu aqui pensando que havia estado num *spa* de embelezamento.

– p. 105

– Claro. – Só que quando V. ergueu a mão "proibida" e começou a tirar a luva, Butch se encolheu. – O que vai fazer com essa coisa?

– Confia em mim, não?

Butch bufou e riu.

– Da última vez em que você me disse isso terminei tomando um coquetel de vampiro, lembra?

– E foi o que te salvou. Foi assim que o encontrei.

– Bem, então, vá em frente com o tal ritual e essa mão aí.

Mesmo assim, quando V. aproximou dele a luminosa mão, Butch estremeceu.

– Fica frio, tira. Isso não vai doer.

– Vi você torrar uma casa com essa filha da mãe.

– É verdade. Mas aquela cena de *Inferno na torre* não vai acontecer aqui.

– p. 107

Ela afastou o lençol. Deus, seu sexo era...

– Está tão... enorme.

Butch soltou uma gargalhada.

– Você sabe como elogiar.

– p. 140

– Cara – disse Rhage –, alguém exagerou na decoração fofa.

– Demais.

– p. 167

– Quando as fêmeas amarram você, pintam suas unhas do pé e tudo? Ou só fazem a maquiagem?

Enquanto V. ria alto, o tira perguntou:

– Espera aí, elas fazem cócegas em suas axilas com uma pena, não é?

– p. 175

Antes de Butch se dar conta, V. segurou seu braço, inclinou-se e lambeu o corte, fechando-o com rapidez.

Butch se afastou do colega de quarto.

– Meu Deus, V.! E se esse sangue estiver contaminado?

– Estou bem. Apenas... – Com um salto, Vishous pulou para trás contra uma parede, com os olhos virando e o corpo em convulsões.

– Meu Deus! – Butch gritou, assustado.

Mas V. parou de se debater e calmamente tomou um gole.

– Você está bem, tira. O sabor é ótimo. Bem, muito bom para um ser humano, o que não é bem do que eu gosto, sabe?

Butch deu um salto e acertou um soco no amigo. E quando o Irmão o xingou, Butch desferiu-lhe mais um.

V. arregalou os olhos e passou a mão na parte atingida.

– Caramba, tira!
– Aguente. Você mereceu.

– p. 220

– Droga... você tem razão. Sinto muito.
– Podemos pular a parte das desculpas e acertar você, então?

– p. 221

– V., sabe que amo você como se fosse meu irmão, não sabe?
– Sei.
– Alimente Marissa e eu quebro seu pescoço.

– p. 246-247

– É assim que eu gosto. – O Reverendo sentou-se, com os olhos cor de ametista analisando a seção VIP. Estava bonito, com terno e camisa de seda pretos, seu moicano com uma faixa negra que atravessava a cabeça até o fim de seu crânio. – Quero contar novidades.

– Vai se casar? – Butch perguntou. – Onde? No cemitério?

– Não, na galeria de tiro. – O Reverendo abriu o blazer e mostrou a parte de trás de uma arma calibre 40.

– Que bela arminha você tem aí, vampiro.

– Enfia a arminha...

V. interrompeu:

– Vocês ficam com briguinhas. Detesto esse pingue-pongue. Qual é a novidade?

Rehv olhou para Butch.

– Ele tem ótimas habilidades no trato com pessoas, não?

– Experimente morar com ele.

– p. 247-248

Mas quando a mão de seu colega de quarto pousou em seu peito nu, só sentiu o calor normal. Butch franziu a testa. Era aquilo, então? Só aquilo? Assustar Marissa daquele jeito para nada?

Ele olhou para baixo, irritado.

Oh, mão errada.

– p. 347

– Marissa... – ele murmurou, segurando a mão dela. – Não quero ver você bebendo tanto... – Ei, espere, não era bem isso que quis dizer. – Ah... não quero veja eu beber tanto... quero.

Não era isso também. Caramba, ele estava muito bêbado.

– p. 351

Wrath abriu um amplo sorriso, com as presas muito brancas.

– Como está primo?

Butch franziu a testa.

– O quê...?

– Você tem um pouco de mim em você, tira. – Wrath sorriu ao colocar os óculos de novo. – É claro que eu sempre soube que você era da realeza. Só não sabia que era da parte boa.

– p. 352

Butch olhou para a Virgem Escriba.

– Tem ideia de como estou aliviado...

Quando Marissa se assustou, V. se intrometeu e bateu com a mão enluvada na boca de Butch, puxando-o para trás e sussurrando em seu ouvido:

– Quer ser frito como um ovo, cara? Nada de perguntas.

– Solte-o, guerreiro – a Virgem Escriba disse. – Eu quero ouvir o que ele tem a dizer.

V. o soltou.

– Fique esperto.

– Peço desculpas pela pergunta – Butch disse para a figura de roupa preta. – Mas só estou... feliz por saber o que existe em minhas veias. E, sinceramente, se eu morrer hoje, fico grato por finalmente saber o que sou. – Ele segurou a mão de Marissa. – E quem eu amo. Se minha vida me trouxe para cá depois de todos aqueles anos perdidos, diria que meu tempo aqui não foi desperdiçado.

Fez-se um longo silêncio. E, então, a Virgem Escriba disse:

– Você se arrepende por ter abandonado sua família humana?

– Não. Esta é a minha família. Estão aqui comigo agora e em todos os cantos do complexo. Por que precisaria de qualquer outra coisa? – Os resmungos na sala indicavam que ele tinha feito outra pergunta. – Oh, sinto muito...

A Virgem Escriba riu baixo e de modo feminino.

– Você é bastante destemido humano.

– Ou bem estúpido.

Wrath abriu a boca, e Butch esfregou o rosto.

– Me desculpe, estou tentando. De verdade. Sabe como é, estou tentando ser respeitoso.

– Sua mão, humano.

Ele estendeu a mão esquerda, a que estava livre.

– Palma para cima – Wrath disse.

Ele virou a mão.

– Diga-me, humano – falou a Virgem Escriba –, se eu pedisse a você que me oferecesse a mão com que segura essa moça, você a me ofereceria também?

– Sim, eu simplesmente daria a ela a outra mão. – Quando a Virgem Escriba riu de novo, ele disse: – Sabe, o som de sua risada é agradável. Gostei.

À esquerda, Vishous levou as mãos à cabeça.

Fez-se um longo silêncio.

Butch respirou profundamente.

– Acho que não posso dizer isso.

A Virgem Escriba levou a mão ao rosto e ergueu o véu.

Butch apertou a mão de Marissa ao ver o que foi revelado.

– A senhora é um anjo – ele sussurrou.

Lábios perfeitos formaram um sorriso.

– Não. Sou Eu Mesma.

– É linda.

– Eu sei. – Sua voz voltou a assumir o tom de autoridade. – A palma de sua mão direita, Butch O'Neal, descendente de Wrath, filho de Wrath.

Butch soltou Marissa, voltou a segurá-la com a mão esquerda e esticou a direita. Quando a Virgem Escriba o tocou, ele fez uma careta. Apesar de não ter sentido uma dor insuportável, a força dela era grande. Ela conseguiria reduzi-lo a picadinho se quisesse.

A Virgem Escriba se virou para Marissa.

– Criança, dê-me a sua mão agora.

No instante em que aquela ligação foi feita, uma onda de calor tomou o corpo de Butch. A princípio, pensou se tratar do sistema de aquecimento no quarto, que estava muito alto, mas então percebeu que tinha sido um calor por dentro de seu corpo.

– Ah, sim. Essa é uma união muito boa – a Virgem Escriba disse. – E vocês têm minha permissão para ficarem juntos por quanto tempo quiserem. – Ela soltou as mãos e olhou para Wrath. – A apresentação, para mim, está completa. Se ele viver, vocês podem concluir a cerimônia assim que tiver condições físicas.

O rei baixou a cabeça.

– Que assim seja.

A Virgem Escriba voltou a olhar para Butch.

– Agora, veremos quão forte você é.

– Espere – Butch disse, pensando na *glymera*. – Marissa tem um companheiro agora, certo? Pergunto porque quero saber se, mesmo que eu morra, ela terá tido um companheiro, certo?

– Você está pedindo para morrer – V. disse baixinho. – Desse jeito, você está pedindo para morrer agora.

A Virgem Escriba pareceu surpresa.

– Eu deveria matá-lo por essas perguntas.

– Sinto muito, mas isso é importante. Eu não quero que ela seja submetida àquela lei do *enclausuramento*. Quero que ela seja minha viúva para que não tenha de se preocupar com a possibilidade de outra pessoa cuidar de sua vida.

– Humano, você é surpreendentemente arrogante – a Virgem Escriba disse. Mas, então, sorriu. – E totalmente corajoso, não é mesmo?

– p. 378-381

V. estava no corredor quando escutou um grito. Ele voltou, espiando pela fresta.

– O que foi?

– Estou ficando careca!

V. afastou a cortina do box e franziu a testa.

– Do que está falando? Ainda tem muito cabelo...

– Não na minha cabeça! No meu corpo, idiota! Estou perdendo os pelos!

Vishous olhou para baixo. O peito e as pernas de Butch estavam derramando um mar de pelos castanho-escuros ao redor do ralo.

V. começou a rir.

– Analise as coisas assim: pelo menos não precisa se preocupar em raspar as costas quando ficar velho, certo? Não vai mais precisar se depilar!

Não se surpreendeu quando um sabonete foi lançado em sua direção.

– p. 409-410

Quando seu irmão ficou em pé, Marissa bateu os dedos na mesa.

Todos se viraram para ela.

– Nome errado.

O *lídher* arregalou tanto os olhos que ela teve certeza de que poderia enxergar através dele. E estava tão surpreso com a interrupção dela, que não teve o que dizer quando Marissa sorriu brevemente e olhou para Havers.

– Você pode se sentar, médico – ela disse.

– Como? – o *lídher* gaguejou.

Marissa ficou em pé.

– Já faz tempo desde que fizemos uma dessas votações. Desde que o pai de Wrath morreu. – Ela se inclinou apoiada nas mãos ao olhar secamente para o rosto do *lídher*. – E no passado, séculos antes, quando meu pai ainda era vivo, era ele quem decidia os votos de nossa família. Obviamente, vocês se esqueceram desse fato.

O *lídher* olhou para Havers em pânico.

– Talvez você possa informar a sua irmã que ela está indo longe demais...

Marissa interrompeu.

– Não sou mais sua irmã, como ele mesmo me disse. Mas acredito que todos concordam com o fato de que a linhagem é imutável. Assim como a ordem de nascimento. – Ela sorriu tranquilamente. –

Acontece que eu nasci onze anos antes de Havers. E, assim, sou mais velha do que ele. O que significa que ele deve se sentar, pois, como o membro sobrevivente mais velho de minha família, o voto de nossa linhagem cabe a mim. E neste caso, o meu voto é, definitivamente, *não*.

O caos se fez. Um verdadeiro pandemônio.

No meio da confusão, Rehv riu e bateu palmas.

– Caramba, mulher. Você é fogo.

– p. 456-457

E então Ômega sumiu numa luz branca. Assim como a Virgem Escriba.

Desapareceram. Os dois. Não restou nada além do vento muito frio que afastou as nuvens do céu como cortinas puxadas por uma mão.

Rhage pigarreou.

– Certo. Não vou dormir por uma semana e meia. E vocês dois?

– p. 462-463

– É você – Wrath disse. – Você será chamado de guerreiro Dhestroyer da Adaga Negra, descendente de Wrath, filho de Wrath.

– Mas sempre será Butch para nós – Rhage interrompeu. – O espertão. Sabichão. Um pé no saco. Sabe como é, o que vier na hora. Qualquer coisa que tire sarro de você tá valendo.

– Que tal chamá-lo de pentelho também? – Z. sugeriu.

– Excelente. De acordo.

– p. 480

Amante Liberto

– Eu realmente não estou gostando destas coisas de couro.

Vishous desviou o olhar dos computadores. Butch O'Neal estava na sala de estar do Buraco com uma peça de couro nas coxas e no traseiro.

– Não servem em você? – V. perguntou ao colega de quarto.

– Não é isso. Sem querer ofender, mas estou parecendo um daqueles esquisitos do Village People.

Butch levantou os braços grandes e girou, com o peito nu refletindo a luz.

– Sabe... olha só.

– Servem pra luta, não precisam estar na moda.

– Os kilts também, mas você não me vê por aí usando aquilo.

– E ainda bem, né? Você tem as pernas tortas demais para usar saia.

Butch mostrou-se entediado.

– Pega aqui ó.

– p. 21

Quando outro martini chegou, Phury tentou lembrar-se de que já estava tomando a quinta dose. Ou a sexta? Não tinha certeza.

– Cara, que bom que não vamos lutar esta noite – Butch disse. – Você está bebendo essa porcaria como se fosse água.

– Estou com sede.

– Deu pra perceber. – O tira se esticou na cadeira. – Por quanto tempo mais pretende ficar se reidratando aí, Lawrence da Arábia?

– p. 61-62

Momentos depois, saiu um macho enorme, com um moicano. Rehvenge estava usando um terno preto feito sob medida e segurava uma bengala negra na mão direita. Quando se aproximou lentamente da mesa da Irmandade, os clientes abriram espaço para ele, parte em respeito por seu tamanho, parte por medo de sua fama. Todos sabiam quem ele era e do que era capaz: Rehv era um tipo de lorde das drogas que apreciava muito seu estilo de vida. Quem cruzava seu caminho terminava moído como se fosse ingrediente num programa de culinária da TV.

– p. 63

– Certo, pode falar – Blay disse. – Como foi sua transição?

– Dane-se a transformação, o importante é que fiz sexo. – Quando Blay e John arregalaram os olhos, Qhuinn riu. – Sim. Isso mesmo. O lacre foi aberto, por assim dizer.

– p. 65

– Você está precisando se esquecer daquele incidente com o atirador de batatas – Butch disse.

Phury revirou os olhos e se recostou na poltrona.

– Vocês quebraram minha janela.

– Claro que quebramos. V. e eu estávamos tentando acertar.

– Duas vezes.

– Ou seja, ficou provado que ele e eu temos excelente mira.

– p. 94

– Como era esse cara?

– A vit? – O rapaz se aproximou. – Vit é como os policiais chamam a vítima. Eu escutei eles falarem.

– Agradeço o esclarecimento – Phury disse. – E então, como ele era?

– p. 107

– Não acabamos de passar por isso? – Red Sox perguntou. – A diferença é que eu era o doente na cama. O que acha de ficarmos quites e pararmos com essa bobagem de ficar doente?

Aqueles olhos brilhantes e frios desviaram-se dela para seu amigo. Ele manteve a testa franzida.

– Você está um caco.

– Como se você estivesse muito bonito.

– p. 143

Contendo-se, ela tirou a mão do bolso, inclinou-se para frente e pegou um frasco de Demerol da sacola maior.

– Não há seringas.

– Eu tenho algumas. – Red Sox se aproximou com uma embalagem. Quando ela tentou pegá-la, ele continuou segurando e disse: – Sei que você vai usar isto com sabedoria.

– Com sabedoria? – Ela apanhou as seringas da mão dele. – Não, vou furá-lo no olho. Porque foi isso que aprendi a fazer na faculdade de medicina.

– p. 152

– Você só pode estar brincando, não é? Quer dizer que devo esquecer o sequestro e a ameaça de morte e fazer um pedido no *drive thru*?

– p. 155

V. se recostou nos travesseiros e analisou o contorno do queixo da cirurgiã.

– Tire seu avental.

– Como é?

– Tire-o.

– Não.

– Quero que tire.

– Então vai ficar querendo. Não irá me afetar, mas provavelmente será uma distração para você.

– p. 171

– Qual será o seu trabalho no final? – Por favor, espero que não seja comprar sacos pretos para colocar as partes do meu corpo.

– Você não está interessada em saber o que sou?

– Olha só, vamos fazer assim: você me deixa ir embora e depois eu farei muitas perguntas a respeito da sua raça. Até lá, vou ficar mais preocupada em saber como essas férias felizes terminarão.

– p. 177

Quando ela começou a descer a toalha, ele se afastou.

– Não quero que você chegue perto desta minha mão. Mesmo que esteja com a luva.

– Por quê?

– Não vou falar sobre isso. Por isso não pergunte.

– Ela quase matou uma de minhas enfermeiras, sabia?

– Não me surpreenderia. – Ele olhou para a luva. – Eu a cortaria fora se pudesse.

– Não aconselho isso.

– É claro que não. Você não sabe como é viver com este pesadelo na ponta do braço.

– Não, quero dizer que eu pediria a outra pessoa que cortasse, se eu fosse você. Assim fica mais fácil fazer o serviço.

Fez-se um instante de silêncio. Então, o paciente riu.

– Espertinha.

Jane disfarçou o sorriso mergulhando a toalha e passando no corpo dele de novo.

– Só estou dando minha opinião profissional.

– p. 186

– Parece que você quer um encontro, Lash – Qhuinn disse. – Olha só, se continuar com essa idiotice, vai se ferrar, amigo.

– p. 211

O de boné olhou para o paciente.

– Está conseguindo ler mentes de novo?

– Com ela? Algumas vezes.

– Hum. Está conseguindo captar mais alguma coisa de mais alguém?

– Não.

Ele ajeitou o boné.

– Bem, ah... me avise se conseguir ler a minha mente, está bem? Algumas coisas eu gostaria que ficassem em segredo, sabe?

– Tudo bem. Apesar de não conseguir evitar, às vezes.

– É por isso que vou tentar pensar só em beisebol quando você estiver por perto.

– Ainda bem que não é um torcedor dos Yankees.

– Não diga essa palavra. Estamos na presença de damas.

– p. 214

Estocolmo. Só podia ser a maldita Síndrome de Estocolmo.

O paciente se inclinou para ela.

– Sabe, não acho que seja o caso. Mas você tem razão, nós dois somos perigosos, você deveria ter medo. – O paciente se endireitou de novo, másculo e forte.

Jane bateu em seu braço e fez um movimento com o dedo indicador para que ele se inclinasse. Quando se inclinou, ela sussurrou:

– Tenho medo de ratos e aranhas. Mas não precisa usar essa arma na sua cintura para abrir um buraco na parede se um desses bichos aparecer, certo? Ratoeiras e vassouras funcionam da mesma maneira. Além disso, não vai precisar de argamassa e cimento depois. Só estou avisando.

Ela deu um tapinha no braço dele, e voltou a olhar para o túnel a sua frente.

– p. 214-215

Butch assentiu como se já tivesse entendido.

– Como eu disse, meu amigo, não importa. Você e eu, a mesma coisa de sempre independente do que me disser. Mas se você curtir também uns animais, aí sim vai ser difícil. Não sei se consigo lidar com isso.

V. sorriu.

– Não curto animais de fazenda.

– Não curte uma lã no seu couro?

– Nem nos dentes.

– p. 226

– Está, sim. – Butch caminhou na direção da porta, mas parou e olhou para trás. – V.?

Vishous olhou para ele.

– Sim?

– Acho que você deve saber, depois de toda essa conversa profunda – Butch balançou a cabeça de modo sério –, que eu e você não vamos nos casar.

– p. 228

Em pé diante de seu armário, três horas depois, John queria que Qhuinn se calasse. Apesar de o vestiário estar tomado pelo barulho das portas de metal sendo fechadas, dos caras trocando de roupa e derrubando sapatos, parecia que seu amigo havia engolido uma vitrola.

– Você está grande pra caramba, J. M. é sério, cara... gigantão.

Essa palavra não existe. John colocou a mochila dentro do armário como sempre fazia e percebeu que nenhuma das roupas que estava enfiando ali lhe serviria.

– Lógico que existe. Blay, o que acha?

Blay concordou enquanto se vestia.

– Com certeza. Você vai ficar do tamanho dos Irmãos.

– Gigantaço.

Está bem, mais uma palavra que não existe, idiota.

– Certo: bem, bem, bem grande. Melhorou?

– p. 318-319

Qhuinn sorriu, mostrando as presas.

– Alguém já mostrou a você a diferença entre delicadeza e força? Porque eu adoraria demonstrar. Poderíamos começar agora mesmo.

– p. 320

– Vim ver se você estava morta.

Jane sorriu.

– Caramba, Manello, não seja tão romântico.

– Você está péssima.

– E agora me elogia. Pode parar. Assim vou ficar corada.

– p. 375

V. piscou algumas vezes, aterrorizado com o que estava prestes a dizer.

– Cara, você vai virar santo, sabia? Sempre esteve do meu lado. Sempre. Mesmo quando eu...

– Mesmo quando você o quê?

– Você sabe.

– O quê?

– Droga. Mesmo quando eu estava apaixonado por você, ou algo assim.

Butch levou as mãos ao peito.

– Estava? Estava? Meu Deus! Não acredito que você não me quer mais. – Ele jogou um braço diante dos olhos, fazendo drama. – Meus sonhos para o nosso futuro acabam de ser arruinados...

– Para com isso, tira.

Butch olhou por cima do braço.

– Está brincando? O *reality show* que planejei seria fantástico. *Duas mordidas são melhores do que uma.* Íamos ganhar milhões.

– Caramba, cala a boca...

– p. 383-384

– Você sabe que estou certo.

– Chega dessa sua psicologia barata.

– Mas nossa seção ainda não terminou – Butch franziu a testa. – Talvez eu deva me tornar apresentador de um programa de psicologia, já que você não vai mais ser minha noiva. Podia se chamar *A Hora de O'Neal.* Não fica um nome bonito?

– Em primeiro lugar, *você* seria a noiva...

– De jeito nenhum. Eu não gosto de ficar por baixo.

– Tanto faz. E em segundo lugar, não acho que existe muito espaço no mercado para sua linha de psicologia.

– Não é verdade.

– Butch, você e eu acabamos de lutar.

– Você que começou. E seria um programa de televisão perfeito. *Psicólogo* versus *paciente. Combate real sem limites. Peça já no* pay per view! Cara, eu sou brilhante!

– Continue pensando assim.

– p. 384

– Dez minutos – Butch sussurrou no ouvido de Marissa. – Podemos passar dez minutos juntos antes de você partir? Por favor, querida...

V. rolou os olhos e se sentiu aliviado por se irritar com aquela demonstração de carinho. Pelo menos a testosterona dentro dele não havia secado.

– Querida, por favor?

V. bebeu de sua caneca.

– Marissa, jogue um osso a esse cachorro. Esse choramingo está me irritando.

– Bem, não podemos deixar um cachorro esperando. – Marissa juntou os papéis rindo e olhou para Butch. – Dez minutos. E faça valer a pena.

Butch saiu da cadeira como se estivesse pegando fogo.

– Sempre faço.

– Hum... é verdade.

Quando os dois se beijaram, V. resmungou.

– Divirtam-se, crianças, mas em outro lugar.

– p. 461

Amante Consagrado

E se? E se? E se?

Parecia piada. A verdade era que um dos Espectros do Anel, de *O Senhor dos Anéis*, o tinha levado até a fumaça vermelha tanto quanto se o tivesse amarrado como um animal no porta-malas de um carro.

Na verdade, parceiro, eu o amarraria no para-choque.

Exatamente.

– p. 16

Ela sempre o acordava, um despertador tão confiável e duro quanto o maldito Big Ben.

– p. 29

A voz do Irmão Rhage soou:

– Aquele bando de maricas de mocassins preconceituosos e egoístas...

– Cuidado com as referências a mocassins – cortou o Irmão Butch. – Eu também uso eles de vez em quando.

– ... filhos da mãe parasitas, mesquinhos...

– Fale para nós o que você está realmente sentindo – outra pessoa disse.

– ... podem pegar aquela porcaria de baile e enfiar naquele lugar.

O rei deu uma risada grave.

– Que bom que você não é um diplomata, Hollywood.

– Ah, você precisa me deixar mandar uma mensagem. Melhor ainda, vamos mandar minha besta como emissária. Vou fazê-la destruir o lugar. Aqueles idiotas merecem pela maneira como trataram Marissa.

– Sabe – Butch anunciou – sempre achei que você tinha um pouco de cérebro. Apesar do que as outras pessoas dizem de você...

– p. 45

Menos de cinco quarteirões para o leste, em seu escritório particular no ZeroSum, Rehvenge, também conhecido como o Reverendo, xingou. Ele odiava incontinência. Odiava.

O humano se balançando diante da sua mesa tinha acabado de urinar na calça, e a mancha estava aparecendo como um círculo azul escuro na virilha da calça frouxa. Parecia que alguém tinha acertado suas partes privadas com uma esponja molhada.

– p. 58

– Você tem cabelo de menina – disse o Sr. D.

– E você cheira a talco. Pelo menos eu posso cortar o cabelo.

– p. 68

Você é louco. Eu não posso aceitar esses...

– Você foi criado na fazenda? Não seja rude, meu amigo. São de presente.

Blay balançou a cabeça.

– Aceite, John. Você vai perder a discussão, então nos poupe do drama.

– Drama? – Qhuinn levantou e fez a pose de um orador romano. – Vossa iminência poderia deixar de ser idiota?

Blay ficou vermelho.

– Para com isso...

Qhuinn jogou-se sobre Blay, agarrando os ombros do amigo e soltando todo seu peso sobre ele.

– Me abrace. Seu insulto me deixou sem fôlego, estou "bocaberto".

Blay soltou um grunhido e tentou levantar Qhuinn do chão.

– É "boquiaberto".

– Bocaberto soa melhor.

Blay estava tentando não sorrir, tentando não se divertir, mas seus olhos brilhavam como safiras e seu rosto estava ficando vermelho. Com uma risada silenciosa, John sentou num dos bancos do vestiário, pegou um par de meias brancas e as vestiu embaixo da sua nova calça jeans envelhecida.

Tem certeza, Qhuinn? Porque tenho a impressão de que vão servir e você pode mudar de ideia.

Qhuinn se levantou abruptamente e arrumou as roupas com um puxão forte.

– E agora você ofende a minha honra. – Olhando diretamente para John, assumiu uma posição igual a um praticante de esgrima.

– *Touché.*

Blay riu.

– É *en garde*, seu tonto.

Qhuinn olhou por sobre o ombro.

– *Ça va*, Brutus?

– *Et tu*!

– Tutu pra você também, meu caro.

Qhuinn abriu um sorriso brilhante, daqueles que só um pateta consegue ter.

– Agora, coloque a porcaria do tênis, John, e vamos acabar com isso. Antes que eu precise colocar Blay em um sanitário.

– É sanatório!!!

– Bom, eu tenho certeza que ambos vão fazer bem a você.

– p. 126-128

Xhex ofereceu o braço sem olhar, porque sabia que seu chefe era orgulhoso demais para aceitar ajuda de outra maneira. E ele precisava de ajuda. Estava fraco como um graveto.

– Odeio quando você está certa – ele disse.

– O que explica por que você sempre tem um pavio tão curto.

– p. 167

Apesar do cansaço que o consumia, ele balançou a cabeça.

– Me conte.

– Você não...

– Ou você me conta... ou eu vou levantar e começar a fazer Pilates.

– Problema seu. Você sempre disse que isso era pura frescura.

– Tudo bem. Jiu jitsu. Agora fale antes que eu apague.

– p. 231

– Entendido. E ouça, vou querer ajudar Havers. É coisa demais para ele: estabelecer a nova clínica e cuidar dos pacientes. Mas para isso vou precisar ficar fora por alguns dias.

– Vishous aceitou o risco de segurança?

– Não é decisão dele, e eu só estou dizendo a você por educação. – A fêmea riu secamente. – Não me olhe assim. Já estou morta. Não é como se os *redutores* pudessem me matar de novo.

– Isso não tem graça.

– Humor negro faz parte de ter uma médica na casa. Acostume-se.

Wrath riu.

– Você é durona. Não me surpreende que V. tenha se apaixonado por você.

– p. 239

A entrada escondida para o túnel de fuga ficava do outro lado, à direita, e estava protegido por prateleiras de livros que ficavam num móvel de correr. Era só puxar o exemplar de *Dom Galvão e o cavaleiro verde* para frente e uma trava era liberada, fazendo a divisória recuar e revelar...

– Você é um retardado completo.

Qhuinn pulou como um atleta. Ali, no túnel, sentado em uma espreguiçadeira como se estivesse se bronzeando, estava Blay. Ele estava com um livro no colo, um abajur sobre uma mesinha e um cobertor sobre as pernas. Calmamente levantou o copo de suco de laranja fazendo um brinde e tomou um gole.

– Olá, querida!

– Mas o quê...? Você está aí deitado me esperando ou algo assim?

– Sim.

– Mas o que estava na sua cama?

– Travesseiros e meu cobertor. Eu estava relaxando aqui. Este livro é bem legal. – Ele mostrou a capa de *Uma temporada no purgatório*. – Eu gosto de Dominick Dunne, bom escritor. Belos óculos.

– p. 271

Diabos, ele esperava um grupo de dobermanns vir correndo de algum canto com os dentes de fora. Mas os cachorros provavelmente ainda estavam mordiscando os ossos do último hóspede que foi transformado em refeição.

– p. 282

Oi, John sinalizou.

– Olá.

John deu um passo para trás, abrindo caminho.

Como você está?

– Eu queria ser fumante. – Porque assim poderia adiar isso pela duração de um cigarro, pensou consigo mesmo.

Não queria não. Você odeia cigarros.

– Quando estou prestes a enfrentar o pelotão de fuzilamento, posso repensar isso.

Cale a boca.

– p. 283

Em uma sucessão rápida, Qhuinn reviu as respostas: não, claro que não, a faca agiu por vontade própria, eu na verdade tentei fazê-la parar... Não, eu só queria fazer a barba dele... Não, eu não sabia que abrir a jugular de alguém podia causar a morte...

– p. 284

– John quer que você fique aqui.

Os olhos de Qhuinn focaram o rei.

– O quê?

– Você me ouviu.

– Droga. Você não pode permitir isso. Eu não posso ficar aqui de jeito nenhum.

As sobrancelhas pretas do rei ficaram tensas.

– Como é?

– Ah... desculpe.

Qhuinn se fechou, lembrando que o Irmão era o rei, o que significava que ele podia fazer o que quisesse, incluindo, mas não só, dar outros nomes para o sol e a lua, declarar que as pessoas tinham que saudá-lo com os polegares no traseiro... e receber um desgraçado como Qhuinn sob seu teto se assim desejasse. Ser rei significava ter carta branca no mundo dos vampiros.

– p. 286

Ao olhar para o amigo, Qhuinn não conseguiu dizer que ia para a cadeia e depois seria liberado sob a custódia dos pais de Lash para ser torturado até o fim de seus dias.

– Ah, não foi tão ruim.

Você está mentindo.

– Não estou.

Você está branco.

– O que você queria? Eu fiz uma cirurgia, tipo, ontem.

Ah, qual é. O que está acontecendo?

– Para dizer a verdade, eu não faço ideia...

– p. 288

– Você está com o que eu chamo de "sobrancelha de macho". Que é a sobrancelha franzida de quando se está pensando no seu macho, ou de quando você quer dar um chute no traseiro dele ou colocar os braços em volta dele e abraçá-lo até que ele não consiga respirar.

– p. 292

Mas mansões Tudor com gramados aparados não pareciam combinar com as grandes portas de entrada escancaradas no meio da noite. Era como uma debutante com o sutiã aparecendo por causa de uma falha no vestido.

– p. 302

– Obrigado – respondeu Qhuinn enquanto V. passava mais daquele líquido, a tinta fresca aparecendo vividamente na pele dourada. – Muito obrigado.

– Você ainda nem viu. Até onde você sabe, eu posso ter escrito "idiota" aí.

– Não. Eu nunca duvido de você – disse Qhuinn, sorrindo para o Irmão.

Vishous sorriu de leve, e seu rosto tatuado demonstrou aprovação.

– Bom, você é um cara firme. Tem gente que se mexe durante o desenho e se dá mal. Quem é firme fica com as boas tatuagens.

– p. 314

Qhuinn pegou uma jaqueta leve na mochila e pareceu estar se organizando internamente enquanto a vestia. Quando se virou, seu sorriso folgado característico estava de volta.

– Seu desejo é uma ordem, meu príncipe.

Não me chame disso.

Quando John foi em direção à saída, mandou uma mensagem de texto para Blay, desejando que o amigo acabasse aparecendo. Talvez se insistisse bastante, o sujeito cedesse.

– Como devo chamá-lo, então? – Qhuinn perguntou quando se adiantou para abrir a porta com cerimônia. – Você prefere "meu senhor feudal"?

Quer parar?

– Que tal o bom e velho "mestre"? – Quando John apenas o olhou de volta, Qhuinn deu de ombros. – Tudo bem. Vou optar por "cabeção". Mas o problema é seu, eu dei opções.

– p. 315-316

– Quer que eu abra a sua porta? – Qhuinn perguntou secamente quando desligou o motor.

John olhou para ele.

Se eu disser sim, você vai abrir?

– Não.

Então, por favor, abra a minha porta.

– Vá se ferrar. – Qhuinn saiu do banco do motorista. – Acabando com a minha diversão...

John fechou a porta e balançou a cabeça.

Adoro que você seja tão manipulatável.

– Essa palavra não existe.

Desde quando você lê dicionários? Hein?

Qhuinn olhou para a casa. Ele podia ouvir a voz de Blay entrando na conversa e fazendo alguma piada com ele.

– Tanto faz.

– p. 352

– Há quanto tempo – disse o anjo.

– Não o suficiente.

– Sempre hospitaleiro.

– Escute, holofote – Rehv pisou com força –, você se importa em diminuir seu globo de espelhos?

O brilho cintilante diminuiu até que Lassiter pareceu normal. Bem, normal para alguém com um sério fetiche de piercings e aspirações de ser algum padrão de moeda de ouro do país.

Trez fechou a porta, com atitude de "se você mexer com o meu rapaz, anjo ou não, vai se ver comigo".

– O que traz você à minha propriedade? – perguntou Rehv segurando a caneca com as duas mãos e tentando absorver o calor.

– Estou com um problema.

– Eu não vou conseguir consertar a sua personalidade, desculpe.

Lassiter riu, e o som ecoou pela casa como se fossem sinos de igreja.

– Não, eu gosto do jeito que sou. Muito obrigado.

– Também não posso ajudá-lo com essa natureza iludida.

– Preciso encontrar um endereço.

– Eu tenho cara de lista telefônica?

– Você está com uma cara péssima, para falar a verdade.

– Você e seus elogios – Rehv terminou de beber o café. – O que faz você pensar que eu ajudaria?

– p. 425-426

– Filho da mãe – soltou Wrath quando a figura parou a menos de vinte metros.

O homem brilhante riu.

– Ora, se não é o bom rei Wrath e seu bando de homens felizes. Eu juro que vocês deviam fazer shows para crianças, de tão animados.

– Que ótimo – Rhage murmurou. – O senso de humor dele continua intacto.

Vishous suspirou.

– Talvez eu consiga mudar isso na pancada.

– Use o braço dele, se puder...

Wrath olhou para os dois, que devolveram uma expressão de "o que foi?".

O rei balançou a cabeça e se voltou para a figura brilhante.

– Já faz tempo. Ainda bem. Como vai?

Antes que ele pudesse responder, V. soltou um palavrão.

– Se eu escutar algo do tipo "Eu sou Neo", do Keanu Reeves em Matrix, minha cabeça vai explodir.

– Você não quer dizer "Neon"? – disparou Butch. – Porque ele me faz lembrar uma placa de rua.

– p. 483

Após um instante, Wrath se virou para John.

– Este é Lassiter, o anjo caído. Uma das últimas vezes que ele esteve na Terra, houve uma praga na Europa Central...

– Aquilo não foi culpa minha...

– ... que dizimou dois terços da população humana.

– Eu gostaria de lembrar que você não gosta de humanos.

– Eles cheiram mal quando estão mortos.

– Todos vocês, mortais, são assim.

– p. 485

– Alguém me acorde – soltou Vishous.
– Eu passo – murmurou Lassiter.

– p. 486

O alarme de incêndio da escada disparou, e o barulho era do tipo que fazia qualquer um desejar ser surdo. Phury riu e se virou para o lado, puxando-a para seu peito.

– Cinco... quatro... três... dois...

– Desculpem! – Layla gritou do pé da escada.

– O que foi desta vez, Escolhida? – ele gritou.

– Ovos mexidos – ela respondeu.

Phury balançou a cabeça e disse delicadamente para Cormia:

– Viu, eu achava que fosse uma torrada.

– Não podia ser. Ela quebrou a torradeira ontem.

– Quebrou?

Cormia assentiu.

– Ela tentou colocar um pedaço de pizza lá. O queijo derreteu.

– E se espalhou em tudo.

– Em tudo.

Phury gritou:

– Tudo bem, Layla. Você sempre pode limpar a frigideira e começar de novo.

– Não acho que a frigideira ainda vai funcionar – veio a resposta.

A voz de Phury diminuiu.

– Eu nem vou perguntar.

– Elas não são de metal?

– Deveriam ser.

– p. 523-524

Os Irmãos no Fórum

Os Irmãos no Fórum

Quando a aventura destes livros começou a ser lançada, em setembro de 2005, eu não fazia ideia da popularidade que ganhariam. Também não sabia nada a respeito da internet. Eu nem sabia que o Yahoo! Groups existia ou que os fóruns eram uma maneira para os autores se conectarem com os leitores, e também não sabia que os blogs e os críticos on-line eram tão importantes.

Apenas quando o *Amante Eterno* foi lançado, em março de 2006, comecei a me concentrar nesse tipo de presença que eu queria ter na internet. Abri um Yahoo! Group e comecei um fórum. Agora, três anos depois, temos centenas e centenas de leitores nos dois. Formamos uma boa comunidade.

Naturalmente, os Irmãos surgem no fórum de vez em quando, e uma das melhores coisas a respeito das visitas deles, para mim, é a maneira com que os leitores se envolvem. Independente do que acontece as Cellies (como se chamam as garotas entusiasmadas do fórum) participam incluindo seus comentários (e atitudes!). Não dá para explicar quantas vezes fico rindo sem parar, não apenas por causa do que os Irmãos estão fazendo, mas também por causa das respostas dos leitores.

Aqui estão alguns dos momentos de que mais gosto, e não é de surpreender que Rhage tente ser o centro das atenções em muitos deles. Lembre-se de que quando os Irmãos aparecem no fórum, eles estão, em termos de história, onde eu estou no processo de criação: e estou sempre pelo menos um livro adiantada em relação aos leitores. Então, quando

V. se apaixona por Jane, o livro que estava sendo publicado na verdade era *Amante Revelado*. Além disso, na maior parte do tempo os Irmãos estão em seus computadores, mas você perceberá quando eles partem para a ação – e terá de deixar a incredulidade de lado nessas partes! Por fim, editei os comentários das Cellies e mudei um pouco o conteúdo para fazer sentido fora do contexto original, mas você pode aproveitar na íntegra no site *www.jrwardbdb.com/forum/index.php* (em inglês).

TEMPO LIVRE DE VISHOUS

4 de maio de 2006

RHAGE	Dez principais coisas que Vishous faz quando não está lutando: 10. Olhar para o nada desejando secretamente ter alguém como Mary. 9. Beber vodca Grey Goose. 8. Pensar *cara, se uma pessoa como Mary entrasse na minha vida.* 7. Beber mais Goose. 6. Acender uma cigarrilha. 5. Rabiscar num papel: *Vishous + (espaço) = Felizes para sempre.* 4. Jogar algo em Butch. 3. Pensar se algum dia ele terá a sorte de ter alguém como Mary dormindo a seu lado. 2. Aparar aquele maldito cavanhaque. 1. Rezar para a Virgem Escriba permitir que ele tenha um amor de verdade um dia. Acho que é isso. Oh, e também faz parte de sua rotina ficar rosnando e brilhando... ☺
CELLIE 1	Estou sentindo o amor entre os Irmãos... Não sei, Rhage, escutei algumas coisas a respeito dos... "hábitos" de V. Você não acha que isso pode assustar muitas mulheres?
RHAGE	Na verdade, acho que ele as hipnotiza. Afinal, quem, em sã consciência, aceitaria esses... "hábitos"? Principalmente com um cara feio como V., com aqueles pelos ao redor da boca. Sabe, lâminas de barbear não são caras. Se ele conseguiu comprar todos aqueles computadores, provavelmente tem dinheiro para um barbeador. Ou talvez ele precise de algo mais forte... algo com mais potência. Observação pra mim mesmo: dizer a Wrath para aumentar a mesada de V. para ele poder comprar um aparador de grama para aquele rosto.
WRATH	Que bom, estou conectado. Não pensei que isto daria certo. Ok, rapazes, vocês não deveriam estar dormindo? Teremos a Primeira Refeição em três horas. Parem de brincar e durmam um pouco. Temos uma longa noite pela frente.
VISHOUS	Com todo o respeito, meu senhor... eu não durmo muito. Sabe como é... Butch não me deixa dormir. E eu gosto do cavanhaque. Já tenho faz um ano. Até agora, nenhuma fêmea reclamou.

RHAGE	V., meu irmão, você e eu sabemos por que as fêmeas não reclamam. É por causa da mordaça que você põe nelas. (brincadeira) E Wrath tem razão. Preciso voltar pra cama. Voltar pra MARY! Mary.................. Oh, eu amo a minha Mary.
VISHOUS	Por falar em mordaça... já experimentou uma, Hollywood? E sim, apesar de ser dolorido dizer isso, divirta-se com sua fêmea, ok? Vejo você na Primeira Refeição.
BUTCH	E só pra constar, o V. gosta de roçar o cavan...
VISHOUS	Sinto muito: mensagem interrompida porque eu tive que bater nele.

TRICOTADORES ANÔNIMOS

8 de maio de 2006

RHAGE (em seu quarto, postando no fórum de V.)	Olá, meu nome é V. ("Olá, V.") Tricoto há 125 anos. (*susto*) Isso começou a prejudicar minhas relações pessoais: meus Irmãos pensam que eu sou frutinha. Começou a prejudicar minha saúde: estou com um calo no indicador, vivo achando linha de costura no bolso e estou cheirando igual lã. Não consigo me concentrar no trabalho: fico imaginando os *redutores* vestindo casacos e meias grossas. (*sons de compreensão*) Estou em busca de uma comunidade de pessoas que, como eu, estão tentando parar com o tricô. Vocês podem me ajudar? ("Estamos com você!") Obrigado (*tira um lencinho cor de rosa bordado do bolso*) (*emocionado*) ("Nós o aceitamos, V.!")
VISHOUS (no Buraco)	Oh, inferno, não... Você não fez isso. Cara, você gosta de tirar sarro da minha cara, não é? Tenho três palavrinhas para você, meu Irmão.
RHAGE	Três palavras? Certo... deixe-me pensar... *Rhage é sexy...* Hum... *Rhage é inteligente.* Não, espere! *Rhage, tem razão!* É isso, não é? Vá em frente. Pode dizer.
VISHOUS	A primeira começa com "v". Use a cabeça pra descobrir as outras. Cretino.

RHAGE	V? Hum... *Você é lindo.*
VISHOUS	Vingança É Doce
RHAGE	Ooooohhh Que medo!... Pode me dar um cobertor pra eu me esconder?
BUTCH O'NEAL (no Buraco)	Huummm.... Alguém sabe por que o V. simplesmente saiu correndo? Com uma lata de creme de barbear? E com uma cara como se alguém tivesse feito xixi no Escalade?
BELLA (na sala de bilhar com o laptop)	Caramba, Butch... V. está irritado, o que Rhage fez?
BUTCH O'NEAL	Deixa pra lá, já entendi. Foi aquele negócio de tricotar. De novo. Cara... o V. precisa parar de se importar tanto com as piadinhas do Rhage! HAHAHA Ele nem faz tricô! *corre para o túnel, seguindo em direção à mansão com muita pressa*
PHURY (no quarto dele)	Ei, o V. acabou de vir no meu quarto. Saiu daqui com uma lâmina de barbear.
BELLA	Phury! Por que deu isso a ele?
PHURY	Bom, ele tinha uma lata de creme de barbear e disse que precisava raspar uma coisa... Como eu ia saber? Melhor ir atrás dele... *sai correndo*
RHAGE	*desvia o olhar do computador quando V. entra pela porta* Droga! *corre para a janela* *não consegue chegar*
MARY LUCE (no saguão)	*correndo para as escadas* VISHOUS! VISHOUS! ENCOSTE EM UM FIO DE CABELO DO MEU *HELLREN* E VOCÊ VAI SE VER COMIGO!
MARY LUCE	*abre a porta do quarto* MEU DEUS
MARY LUCE	OH... MEU... DEUS...
BUTCH O'NEAL	*entra correndo no quarto de Rhage e Mary* Cara, a Primeira Refeição vai ser MUITO divertida esta noite. Acho melhor até usar uma armadura. *estremece* *rindo muito agora*

VAMPIROS COM UMA SOBRANCELHA SÃO SENSUAIS

8 de maio de 2006

VISHOUS (no Buraco, escrevendo no fórum de Rhage)	Oi! Meu nome é Rhage... ☺ Estou dando início a uma nova tendência em pelos faciais. Ter uma sobrancelha é LEGAL. Ter uma sobrancelha é SENSUAL. Ter uma sobrancelha é muito INTELECTUAL. Venha! Junte-se a mim!
RHAGE (em seu quarto)	1. Ele me imobilizou, o filho da mãe. Ou eu teria descontado naquele cavanhaque. E SE ELE É TÃO BOM NÃO TERIA PRECISADO ME PRENDER. 2. Meu cabelo cresce MUITO rapidamente. Devo voltar ao NORMAL em alguns dias. 3. Mesmo que precise do resto do mês... ele VAI ME pagar.
VISHOUS	Rhage! O que aconteceu com a sua sobrancelha? Veja só... ela se foi. Você escorregou a mão enquanto se barbeava? Ei, deixe-me perguntar uma coisa... Sua cabeça parece sem equilíbrio? Tipo, mais pesada de um lado?
RHAGE	Claro... sim... ria agora que voltou para o Buraco. Vou pegar você, cara. Quando menos esperar, vou estar no seu pescoço.
VISHOUS	Está me ameaçando, amigão? Sabe... você pode perder a OUTRA... sabe como é, acidentes acontecem... *rindo tanto que fica difícil digitar*
RHAGE	*tentando manter o rosto sério* *perco a estribeira... começo a rir pra caramba* Meu irmão! Como pôde fazer isso comigo? Fala sério! Eu pareço um maluco!
MARY LUCE (no quarto do casal)	Há muitas mulheres aqui neste fórum, não é? Há muitas de NÓS aqui (ao contrário dos HOMENS que têm maneiras BIZARRAS de se expressar). A única coisa que salva estes dois malucos de serem totalmente chatos é que eles sempre terminam me fazendo rir... sabe, não dá para acreditar na frequência com que isso acontece. ELES SÃO MALUCOS! *afasta a mão de Rhage da cintura* Pare com isso... estou digitando. Você quer saber o que eles fizeram semana passada? *ri quando Rhage estica o pescoço* Pare com isso! Então você quer saber...
VISHOUS	E agora, Hollywood? Quer se vingar? Por que não vem ao Buraco agora e trataremos do assunto? O tira conta o tempo.
RHAGE	Agora não, V. Estou com Mary e ficarei... ocupado por um tempo. *Sobe o pescoço de Mary até seus lábios*

J R WARD	Estão vendo com o que tenho de lidar em minha mente? HAHAHAHA E sim... Rhage está, definitivamente, ocupado agora.... Está na hora de eu voltar para o livro do Butch também!

A VINGANÇA É DOCE

20 de setembro de 2006

RHAGE (em seu banheiro)	*olha para o espelho do banheiro* *olha para Mary* Tem certeza de que isto vai ficar no lugar?
MARY LUCE	Tem certeza de que *quer* usar isso?
BUTCH O'NEAL (na cozinha da mansão)	*em pé diante da mesa da cozinha* *cuidando da torneira*
RHAGE	*para Mary* Prometa que isto vai ficar no lugar. *arruma uma peruca preta*
MARY LUCE	Você já tem grampo de cabelo suficiente para acionar o sistema de detectores de metal do aeroporto. *balança a cabeça*
FRITZ (do lado de fora do quarto de Rhage e Mary)	*bate na porta* Senhor? Trouxe o que pediu.
RHAGE	*bate palmas* Dia quente, heim? Que a diversão comece. *beija Mary* *veste roupão preto de banho* *corre para a porta* *abre* Ooohhh sim. É isso o que queria!
FRITZ	*entrega um aparelho de som enorme* Estamos preparados para ir ao Buraco, senhor. *sorri* Que divertido!
RHAGE	*dá um tapinha no ombro dele* É isso aí, garoto! *vai para o corredor* *assovios com dois dedos* *grita* VAMOS!
WRATH (no escritório)	*escuta assovio* Caramba. *levanta da mesa* *sai do escritório* *para* OH CARAMBA! *começa a rir*

PHURY (em seu quarto)	*escuta assovio* *apaga cigarrilha de fumaça vermelha* *corre para fora do quarto* *para* Oh meu Deus! *começa a rir ao ver Rhage com uma peruca preta que se parece com o cabelo de V.* *grita* Ei, Z.!
ZSADIST (na sala de bilhar)	*escuta assovio* *escuta Phury chamar seu nome* *corre para o fim da escada saindo da sala de bilhar* *observa enquanto Rhage, Phury e Wrath descem a grande escadaria* *controla a vontade de sorrir* *não consegue* Você está feio que dói. E esse roupão. O que diabos tem aí embaixo? *Rhage abre o roupão* OH MEU DEUS!
RHAGE	*grita para a cozinha* TIRA, ESTÁ PRONTO PARA IR?
BUTCH O'NEAL	*sai da cozinha com duas armas de espirrar água e pronto pra botar pra quebrar* *imita Bruce Willis no filme *Duro de Matar** *Yippie kay yay*, seu filho da mãe!
RHAGE	*olha para o tira com cara séria* Hei. Essa frase é minha. VAMOS! *corre para a porta escondida embaixo da escada, com Wrath, Z., Phury e Butch atrás dele.*

NA SALA DE MUSCULAÇÃO

20 de setembro de 2006

VISHOUS (na sala de musculação do centro de treinamento)	*exercitando-se no banco e ouvindo rap com fones de ouvido* 12................................ 13................................ 14................................ *range os dentes contraindo a barriga*
RHAGE	*para na porta da sala de musculação* *sussurra* Estamos prontos?
BUTCH O'NEAL	Sim, mas trouxemos o cesto de...
ZSADIST	*abre a porta da sala de musculação* Meu irmão! E aí? *sorri como um maluco*

VISHOUS	*coloca peso na barra lentamente* O que... diabos...
RHAGE	Segurem-no, meus irmãos! *coloca o aparelho de som no banco de musculação e aumenta o volume no máximo* * toca versão de karaokê de uma canção de amor. Rhage acrescenta versos românticos*
VISHOUS	NÃÃÃÃAÃOOOOO
BUTCH O'NEAL	*joga a arma de água para Phury e prende V.* Em homenagem a sua nova situação de vida...
RHAGE	*tira o roupão, revelando camiseta preta na qual se lê: VISHOUS, O PODEROSO, RUIU. *vira-se com o roupão ao redor do quadril* MINHA FÊMEA MANDA EM MIM
VISHOUS	Caramba!!!!!!!!!!!! *é interrompido por Z. que o prende*
ZSADIST	Isto é para o seu próprio bem. *aperta o nariz de V.* *quando V. abre a boca, enfia um pêssego na boca*
RHAGE	*cantando, saltando no ritmo* *balança a bunda* *dança e aponta para as costas* Não é, V.???????? QUEM É A SUA FÊMEA?
VISHOUS	*morde o pêssego* *gostaria que fosse o braço de Butch*
BUTCH O'NEAL	Acerta ele, Phury!
PHURY	*joga uma das armas de água para Wrath* *começa a atirar com a sua* *suco de pêssego se espalha em V.*
WRATH	*pega a outra arma de água no ar* *molha V. com suco de pêssego*
RHAGE	*ainda cantando* *corre e deixa cair o roupão no chão: na sua bunda, está escrito:* ESCRAVO DE FÊMEA
VISHOUS	*planeja a morte de todos os seus Irmãos e de seu colega de quarto* *mas começa a rir muito*
RHAGE	*ainda dançando como um idiota e rebolando muito*
VISHOUS	*pisca para tentar afastar o suco de pêssego dos olhos* *pensa em sua fêmea* *pensa "Dane-se, ela vale a pena"*

RHAGE	*a música termina* *respira profundamente * *se aproxima de V.* Olha... *respira* V... eu sei que você gosta de.... *respira* dar ordens. Mas você... vai dizer a todos aqui que a ama. Na frente de todas estas pessoas... *respira* você vai dizer a todos que a ama. E então estaremos quites com a história de Mary. Bom, *quase* quites.
ZSADIST	*tira o pêssego da boca de Vishous* Caramba, meu irmão, você está cheirando a pêssego.
VISHOUS	*engole* *puxa o ar* *limpa a polpa do pêssego das presas* *olha para Rhage*
RHAGE	Vai!
VISHOUS	*respira profundamente*
VISHOUS	*sente um pouco de medo, o que o irrita muito*
RHAGE	VAI!
VISHOUS	Eu a amo.
VISHOUS	Eu a amo.
VISHOUS	Eu a amo.
VISHOUS	Eu a amo!
VISHOUS	Eu a amo!!!!!!
VISHOUS	*respira profundamente* *grita até as veias de seu pescoço ficarem aparentes e a voz, rouca* EU A AAAAAAAAAAAMMMMOOOOOOOOOOOOOOOO
RHAGE	Muito bem, meu irmão. Solte-o, Z. *dá um tapinha no ombro de V.* *encosta a testa na de V.* Muito bem e parabéns.
VISHOUS	Ta aí uma luta que não me incomodo de perder... *segura a nuca de Rhage*
RHAGE	Agora, sem querer ofender, mas você precisa de um banho. *sorri enquanto tira a peruca preta* Oh, e quer saber? Pode ficar com esta camisa. E com a blusa.
VISHOUS	*balança a cabeça enquanto seus irmãos e colega de quarto saem* *seca o rosto no braço* *lambe o braço* *pensa... "eu amo pêssegos"* *vai para o Buraco*

ENTRANDO NO BURACO

20 de setembro de 2006

VISHOUS (no Buraco)	*abre a porta do túnel subterrâneo* *fareja...* Que diabos? Tem cheiro de...
VISHOUS	*franze a testa* *desce o corredor para seu quarto*
VISHOUS	*estica a mão para pegar a maçaneta do quarto e acende a luz* OOOHHHH DEUS...
VISHOUS	*fica boquiaberto* *o quarto todo está pintado com a cor de pêssego* *as roupas de cama são cor de pêssego* *o tapete é cor de pêssego* *as cortinas são cor de pêssego* *o abajur é cor de pêssego*
VISHOUS	*aproxima-se do *closet** *abre a porta* Ai, Santa Maria, mãe de Deus... *camisas cor de pêssego penduradas em cabides* *jaqueta cor de pêssego no gancho* *botas de combate cor de pêssego no chão* *expressão de horror ao abrir o armário de armas*
VISHOUS	*abre o armário de armas* NÃÃÃÃOOOOOO! NÃO AS GLOOOOOOCKS!!
RHAGE (no Buraco)	*espia pela porta do quarto* Ei, isto está ótimo! E... V., sobre aquela história de "eu amo a minha fêmea"? Legal, muito legal, muito legal mesmo, mas eu disse que você estava *quase* perdoado. *sorri*
VISHOUS	*olha para Rhage* As Glocks também?
RHAGE	Mas a tinta é à base de água, amigo. Não jogue fora suas botas cor de pêssego. *sorri ainda mais*
VISHOUS	Você percebe que isso não pode ficar sem vingança? Que isso aumenta o problema?
RHAGE	Não apenas sei disso... Como estou esperando ansiosamente. *ri* A bola é sua, meu irmão. *sai pela porta rindo* *para e volta* Sabe que estou feliz por vocês, não é? Muito feliz, sim, isto estava para acontecer há muito tempo. *balança a cabeça*

RHAGE	Engraçado, não sou como você. Não vejo o futuro e tal. Mas de alguma forma... agora... tenho certeza de que o seu futuro será bom. Até mais tarde, meu irmão.

DIA DOS NAMORADOS COM A IRMANDADE DA ADAGA NEGRA

19 de fevereiro de 2007

J R WARD	Beeeeeemm... Como sempre, eu estava errada. O livro do V. vai ser maior do que o do Butch. Nesse momento, aposto que o livro vai acabar com cerca de 600 páginas. Butch tinha 500 ou algo assim. *suspira*
VISHOUS (na sala de estar do Buraco)	Desculpa aí, tira.
BUTCH O'NEAL (no quarto dele no Buraco)	Maior não significa melhor, amigo.
VISHOUS	Disse o lápis para o taco de beisebol.
BUTCH O'NEAL	Talvez você seja apenas gordo. Afinal, agora que você está apaixonado e tal, você provavelmente apenas fica sonhando acordado e comendo chocolate. Ei, eu não vi um monte de embalagens de bombom ao redor da sua cama?
VISHOUS	Por falar em chocolates, por que não fala o que fez para Marissa no dia dos namorados?
BUTCH O'NEAL	Não mude de assunto. Não há nada de errado em ficar deitado, olhando para o teto, comendo e esperando sua fêmea chegar em casa. Claro, isso se você for um cachorro.
BUTCH O'NEAL	Opa! Será que preciso entrar num site de produtos veterinários e comprar spray antipulga e uma coleira nova? Posso comprar uma cor de rosa para combinar com seu esmalte.
VISHOUS	Três palavras, seu cretino: PAPEL DE CARTA. Diga-me, você usou a tesoura sem ponta como eu mandei?
BUTCH O'NEAL	Duas palavras para você. CYNDI. LAUPER.
VISHOUS	Eu falei pra você não comer cola... A Marissa gostou de toda a renda que você usou? Oh... e estou falando do seu corpo, não daquele cartão ridículo que você fez para ela.

BUTCH O'NEAL	*inclina a cabeça para o lado* Como é a música? Memememememememe... *tenta cantar a música *True colors*, da Cyndi Lauper* *canta mal*
VISHOUS	Não tenho ideia do que você está falando.
BUTCH O'NEAL	É mesmo? Então você nega que *True Colors* estava tocando na sala de ginástica ontem?
VISHOUS	Ah, tá. Como se eu fosse ouvir esse tipo de música...
BUTCH O'NEAL	Então você nega que a música estava tocando também no Escalade ontem de noite?
VISHOUS	Para com isso.
BUTCH O'NEAL	Então TAMBÉM nega que essa música estava tocando no banheiro enquanto você tomava banho hoje?
VISHOUS	Você está imaginando coisas...
RHAGE (no quarto, no laptop)	Sabe... eu o vi rabiscando um papel outro dia enquanto fazia as palavras cruzadas do jornal. Sabe o que ele estava escrevendo?
VISHOUS	"Rhage é um idiota." Pronto. Mistério resolvido.
RHAGE	Bem, tinha uma parte assim: "Rhage é tão lindo, eu gostaria de ter a metade da beleza dele." Mas voltando ao assunto: Adivinhem quais eram as palavras?
BUTCH O'NEAL	EU SOU BOBO. Não, espere! ONDE ESTÁ JANE? Oh, melhor ainda. MAIS LENÇOS DE PAPEL. Porque ele chora feito criança quando ela não está por perto. ☺
RHAGE	"TRUE COLORS." Eu juro, o cara tem obsessão por Cyndi Lauper. Sabe o que vai acontecer? Ele vai largar o Jaz-Z e começar a ouvir Barry Manilow e Bee Gees. Chega de rap. A partir de agora? Só *disco music* das antigas.
VISHOUS	Lauper NÃO é *disco*.
RHAGE	Oh... não. Caramba, não... Você não fez isso... Você não acabou de defender a Cyndi Lauper!!!! HAHAHAHAHAHAHAHAHAHAHA

BUTCH O'NEAL	*começa a chorar* Não consigo lidar com isso. Não consigo. Como o poderoso ruiu... V.? Aonde vai? Hei! V... droga...
VISHOUS (no quarto de Butch)	*segura um coração feito com papel de carta com laços parecidos com renda colados nas beiradas* *lê letras cursivas que sugerem que o autor passou muitas horas para fazer com que as letras ficassem bonitas* *Minha querida Marissa,* *Nenhum cartão comprado pronto poderia dizer* *O que eu sinto por você.* *Nenhum cartão bonitinho poderia mostrar* *Ou chegar perto da verdade.* *Então aqui está o que meu coração gostaria de dizer:* *Eu te amo. Eu te quero. Preciso de você.* *Sou sempre seu.* *Com amor,* *Butch*
VISHOUS (no quarto de Butch)	*olha para o amigo* E você ainda quer tirar sarro de mim por causa da Cyndi Lauper? A próxima coisa que vai fazer é escrever cartão de correio elegante.
RHAGE	Você escreveu aquilo, tira? Você escreveu aquilo?????? HAHAHAHAHAHAHAHAHAHAHAH
MARY LUCE (de seu quarto)	Rhage, é melhor você parar de perturbá-lo ou vou contar o que você fez para mim no dia dos namorados.
RHAGE	*fica quieto* *tosse* O fórum permite o acesso de menores. Então, você não pode...
VISHOUS	Mary, você chegou na hora certa. Conte.
BUTCH O'NEAL	Sim, foi FANTÁSTICO. *olha fixamente para V.* Agora, quero o maldito cartão de volta.
VISHOUS	*segura o cartão acima da cabeça* *desce o corredor correndo e dá a volta na mesa de baralho* Não até você admitir que isto foi a coisa mais RIDÍCULA no mundo. Eu juro, que coisa mais melosa. Vou entrar em coma diabético. Agora, Mary, pode contar... ei! Vá se danar, tira. *esfrega o ombro*
BUTCH O'NEAL	*pega o cartão de volta e cuidadosamente observa se o laço continua no lugar* Eu prefiro escrever minhas coisas melosas a ouvir a Cyndi Lauper. Agora, Mary, conte, se puder.

RHAGE	Oh... Deus... alguém me dê um tiro.
VISHOUS	Com prazer.
BUTCH O'NEAL	Eu primeiro!
VISHOUS	Deixe que eu cuido disso, tira. Você precisa segurar esse seu cartãozinho, Casanova. E minha mira é melhor. Mary?
MARY LUCE	Bem, sabem aqueles tubos de cobertura de bolo que compramos em lojas de decoração?
RHAGE	Mary, por favor.
WRATH (do laptop no escritório)	Quieto, Hollywood. Quero saber também. Na verdade, darei uma ordem de rei. Você não abre a boca até ela terminar ou vou enforcar você.
BETH RANDALL (atrás dele no escritório)	Wrath. Tem certeza de que quer entrar nesse assunto?
WRATH	*sussurra* Droga. *Leelan*, olha só. Só porque Mary...
BETH RANDALL	Ceeeerto. Mary, você primeiro. Depois, é a minha vez.
MARY LUCE	AHAHAH. Fabuloso! Bem, ele pediu a Fritz para comprar um desses tubos de cobertura para decoração, e então se deitou nu em nossa cama e escreveu: AMORZINHO DE MARY. No peito. E então me pediu para lamber.
VISHOUS	Puxa, que coisa de macho. Sim. Totalmente.
RHAGE	Ouça aqui, senhor-eu-gosto-de-Cindy-Lauper, você também não está exatamente nadando em testosterona.
VISHOUS	Mas não escrevi AMORZINHO no meu traseiro.
BUTCH O'NEAL	MEU DEUS MEU DEUS MEU DEUS... Não consigo parar de rir! *apoia as mãos nos joelhos* *ri muito*
RHAGE	Eu juro. Vou pegar esse cartão e enfiar no seu traseiro...
MARY LUCE	Rhage, não seja grosseiro. E então, Beth, o que Wrath fez?
WRATH	Nada. Foi uma noite como qualquer outra...

BETH RANDALL	Uma noite como qualquer outra? Então, o que perdi? Até onde consigo me lembrar, nunca antes você havia espalhado pétalas na cama.
VISHOUS	*ri alto* Oh, meu Deus, você não encheu a cama de pétalas de rosas, meu senhor... Diga-me que não é verdade.
RHAGE	Ele espalhou pétalas na cama? Caraaaaaaaaaammmmba! HAHAHAHAHAHAHHA E depois, o que aconteceu?
WRATH	Para que todos vocês saibam... a pena de morte por esquartejamento já não é mais praticada. Mas estou pensando em trazer a moda de volta. Estou MESMO pensando em fazer isso de novo.
BETH RANDALL	Ele acendeu algumas velas...
BUTCH O'NEAL	Eram velas cor de rosa???? Com cheiro de algo doce, como lavanda...
WRATH	Cuidado, tira. Ou você vai acabar em pedaços. E elas eram pretas.
VISHOUS	Aprovo MUITO.
WRATH	Foram usadas apenas para iluminar, V., não para o tipo de coisa que você gosta.
BETH RANDALL	Bem, ele me deitou sobre as pétalas de rosa, ficou de joelhos ao lado da cama e pegou uma caixinha vermelha.
VISHOUS	Dentro da qual havia um... CARTÃO FEITO A MÃO COM RENDA AO REDOR?
BUTCH O'NEAL	Dane-se, você. Tinha um CD dos maiores sucessos da Cyndi Lauper.
J R WARD	Posso voltar a trabalhar agora?
VISHOUS	Ei, fica na sua, *Challa*. NÃO.
RHAGE	NÃO.
BUTCH O'NEAL	NÃO.
WRATH	SIM. É uma ordem.
BETH RANDALL	ENFIM! Ele ficou de joelhos com a pequena caixa vermelha, que tinha a palavra Cartier escrita. Ele abriu e...
WRATH	Um par de brincos de rubi. Nada de mais. Daí eu disse que a amava e blá, blá, blá. Certo, todos voltem para o trabalho...

BETH RANDALL	E ele me disse que eram muito raros e combinavam perfeitamente. Assim como os nossos corações.
VISHOUS	Sem querer ofender, meu senhor... mas vou vomitar. Assim que eu parar de rir! HAHAHA
BUTCH O'NEAL	MEU DEUS! Isso é tão lindo! Vocês dois usaram roupões combinando com corações também? Meias de coração combinando? Calças de coração combinando?
WRATH	Sabe o que mais combina? Dois olhos roxos.
J R WARD	Certo, já chega! Preciso voltar a escrever sobre o V.! CHEGA!
VISHOUS	Ah, beleza, agora que as coisas estão se revelando, você quer cortar o barato. Certo, vá terminar meu livro. Deus sabe que você já demorou demais, *Challa*.
WRATH	Não posso deixar V. ficar com a última palavra. Eu sou o rei, esse é meu ofício. Não ligue para o V. reclamando sobre o livro. Ele está apenas nervoso com o que você vai mostrar. Você sabe como ele é, mais desajustado que... bom, sei lá o quê. ATÉ MAIS.

Então, sim, os Irmãos são bem como são nas histórias quando aparecem no fórum. Fazem muita confusão. Mas nem tudo é diversão e brincadeira.

Lassiter, o anjo caído que é apresentado em *Amante Consagrado*, na verdade fez sua primeira aparição nos fóruns. Foi muito estranho. Como acontece com os Irmãos, posso estar fazendo algo que não seja nem um pouco relacionado com eles e de repente as imagens surgem do nada. Com Lassiter foi assim. Fiquei pensando nele por muito tempo, conhecendo-o aos poucos. E, certa noite, eu estava apenas respondendo perguntas e...

Bem, é melhor você ver por si mesmo. De novo, os comentários das Cellies foram editados e algumas mudanças foram feitas para que o conteúdo fizesse mais sentido. Então, aqui está a grande entrada de Lassiter:

OLÁ, VELHO AMIGO.

13 de maio de 2006

LASSITER (num laptop, só Deus sabe onde)	Bem, bem, bem... parece que finalmente você virou macho, vampiro. Se lembra de mim?
WRATH (no escritório da mansão)	Pensei que você estivesse morto.
LASSITER	Isso é tudo que tem para me dizer?
WRATH	Caramba, seu cabelo está TÃO diferente.
LASSITER	Você não pode me ver, então como sabe, Rei Cego?
WRATH	Duas coisas a respeito da sua raça sempre serão verdade. E a segunda é que seu cabelo nunca muda. Então onde você está?
LASSITER	Droga, você tem senso de humor. Que sorte dos seus Irmãos. Fiquei sabendo que você tem uma rainha agora, vampiro.
WRATH	Você não respondeu a minha pergunta. Onde você está?
LASSITER	Preocupado, Rei Cego?
WRATH	Está com medo de me contar?
LASSITER	*Touché*. Digamos que estou por perto. E queria ter certeza de que você saberia.
WRATH	Uau, estou emocionado.
VISHOUS (no Buraco)	Meu senhor, estou a cerca de cinco centímetros de bloqueá-lo. Só precisa dizer a palavra.
LASSITER	MEU DEUS. Veja quem chegou. Como estão suas tatuagens?
VISHOUS	Vá se danar. Bem aqui. Agora. Faça um favor a si mesmo e saia.
WRATH	Calma, V. Você sabe o que dizem a respeito dos inimigos.
VISHOUS	Sim, é melhor pendurá-los pelo pescoço.
LASSITER	Vishous, quanta intensidade de sua parte, você que é geralmente tão frio. Acho que não me esqueceu. Estou tocado.
VISHOUS	Quer ser tocado... vou tocá-lo, agora.
WRATH	CHEGA. V., pare. E Lassiter, quero saber o que está fazendo em minha casa. Justamente hoje.
LASSITER	Só queria dizer oi. E parabenizá-lo por sua ascensão.
WRATH	Então mande flores. Mas pare de bobagem e saia do meu fórum.
LASSITER	Por que eu faria isso? Você não conseguiria ver as flores...

WRATH	Isso foi pequeno demais. E faz com que eu perceba algo...
VISHOUS	Deixe-me pegá-lo, meu senhor, POR FAVOR.
RHAGE (em seu quarto)	Oh meu Deus, ele está vivo.
LASSITER	Pois é, quem diria... E aí, guerreiro? Oh... espere, sei como as coisas são com você. Com quantas fêmeas ficou esta semana, Rhage?
RHAGE	Uma. Apenas uma. E vá se danar, por falar nisso. Droga... isso é muito esquisito.
WRATH	HAHAHA Então, Lassiter, pela sua conversa percebi que você quer algo de nós. A menos que seja um ferimento a bala ou um fêmur quebrado, não sei se estamos de bom humor para cuidar de você.
PHURY (em seu quarto)	Deus... não suporto isso.
LASSITER	Por isso você é um celibatário, não é? E Wrath, inferno, vampiro... sempre nos desentendemos. Sempre foi óleo e água.
PHURY	Como está a sua fêmea? Continua desaparecida?
LASSITER	NÃO FALE DELA!
PHURY	Quer respeito? Procure dar respeito primeiro.
LASSITER	NÃO FALE DELA!
WRATH	Já chega! Cansei de drama. Phury, V. e Rhage. Saiam do fórum. AGORA. Vocês sabem onde quero vocês, então saiam já. Quanto a você, Lassiter...
LASSITER	Olha, que droga, vampiro. Não vim aqui para criar confusão. Bem, talvez um pouco. E você está certo. Preciso de algo.
VISHOUS	Como um tiro na cabeça. Para a sua informação, tenho algo que pode fazer isso. Chama-se Glock...
WRATH	Vishous, saia, você NÃO está ajudando.
LASSITER	Isso, saia, seu maluco que brilha no escu... Droga, estou provocando de novo... Olha, eu só queria... Talvez depois. Não está na hora. Nem aqui é o lugar.

WRATH	Verdade. Para nenhum dos dois. Agora, se me dá licença, tenho algo a tratar com os Irmãos. E um conselho: se você fizer V. se irritar, está perdido. Se isso acontecer, o melhor a fazer é sumir. Porque mesmo que mude seu IP ou faça artimanhas na internet, ele vai descobrir onde você estava nesta sessão. Quando ele fizer isso, duvido que eu consiga fazer ele mudar de ideia. Provavelmente eu também não tente muito.
LASSITER	Já chega, vampiro. Já chega. Mas voltarei. Se o Destino permitir. Até mais tarde, Rei Cego.

SEI ONDE LASSITER ESTÁ

13 de maio de 2006

VISHOUS (no Buraco)	Está a fim?
RHAGE (em seu quarto)	Totalmente. Quando?
VISHOUS	Vai demorar para chegarmos lá.
WRATH (no escritório)	Você acha que eu não sei do que vocês estão falando? Venham para cá, agora. Para começar, estou irritado, e se eu esperar mais de um minuto e meio por vocês dois vou dar um murro na parede.
VISHOUS	Estou indo.
RHAGE	Eu também, meu Senhor.

Claramente, eles não escutaram Wrath, mas...

ORDEM DOS LIVROS

20 de junho de 2006

CELLIE 1	Oi, sou meio nova no fórum e geralmente apenas leio as mensagens. Eu queria saber: qual é a ordem dos livros? Quem vem depois de Butch? Não consegui encontrar o link, então peço desculpas se isso já foi discutido.
J R WARD	Eu ADORARIA ADORARIA ADORARIA escrever os livros de Blay e também de Qhuinn. HUUUMMMMM
LASSITER (de seu laptop, só Deus sabe de onde)	Mas e o meu?

VISHOUS (no Buraco)	Desculpe, mas ela não se importa com a sua raça.
LASSITER	Tem certeza disso? Talvez você esteja apenas preocupado que ela se esqueça de você.
VISHOUS	Sim, certo, porque você é TÃO interessante. Como está o seu carro? Ops, quero dizer, a sua pilha de aço retorcido.
LASSITER	Que golpe baixo, vampiro, mas era de se esperar. Se infiltrando. Queimando minha casa. É bem assustador isso.
VISHOUS	Você deveria saber que eu estava chegando. Acho que você apenas fugiu.
LASSITER	Vishous, quando se olha no espelho, pensa no que seu pai acharia de você agora?
RHAGE (em seu quarto)	Uauuuuuuuuu, certo. Hora de sossegar. Lassiter, porque você não sai do fórum?...
VISHOUS	Quando se olha no espelho, tenta imaginar onde a sua fêmea está?
LASSITER	Por ter dito isso, vou mandar um presente a você pelo correio, vampiro.
WRATH	Vishous, Rhage, saiam do fórum. AGORA. Lassiter, tenho uma novidade. Você não está fazendo amizade aqui, seu idiota. E um alguém como você... Cara, tem muita gente por aí querendo a sua cabeça numa bandeja. E ficaremos felizes por entregar. Quer seis inimigos? Continue assim.
LASSITER	Estou apenas procurando um refresco, Rei Cego. Apenas procurando por refresco. E diga a seu amigo V. que ele precisa ir correndo para a casa do papai... Oh, sinto muito. O papai morreu, não é?
VISHOUS	Vou matar você. Juro por Deus, eu vou...
LASSITER	Que coisa engraçada a respeito da minha raça... somos difíceis de ver, difíceis de encontrar. Já parou para pensar que talvez eu esteja bem atrás de você?
VISHOUS	Vou sair daqui. Dê um beijo em sua irmã por mim, safado.
LASSITER	Jesus Cristo... Cheque o seu e-mail, vampiro. Mais tarde.
WRATH	Vishous, venha até aqui!
BUTCH O'NEAL (no Buraco)	Que diabos está acontecendo? O V. se trancou no quarto e... DROGA!

WRATH	Tira... Tira?
RHAGE	Estou indo pra lá!
WRATH	*alarme toca sem parar* *Wrath sai correndo do escritório*
ZSADIST (na casa principal)	*corre na direção do Buraco*
PHURY	*corre para o túnel subterrâneo com o restante dos Irmãos*
BUTCH O'NEAL	*segura o extintor de incêndio* *abre a porta do quarto de V. com um chute* *aciona o extintor*
RHAGE	*entra no Buraco* *corre para dentro do quarto de V.* *pega a primeira coisa que vê: um cobertor* *pula em V., derrubando-o no chão*
WRATH	*entra no quarto de V.* *olha a cena* *vê marcas de incêndio nas paredes, teto e no chão, como se uma explosão tivesse ocorrido.* *vê Vishous jogar Rhage para longe* *V. se vira com uma expressão selvagem* V... V., acalme-se...
BUTCH O'NEAL	*desliga o extintor* *escuta sons de gotejar* *sente o cheiro de fumaça* Caramba...
VISHOUS	*esfrega o rosto com a mão que brilha* *olha para os Irmãos* *torna-se totalmente recomposto, calmo e preciso* *olha para Rhage* Você está bem? Joguei você longe.
RHAGE	Sim, tudo bem. Eu... ah, sim. *estica o braço*
VISHOUS	Não me toque. Não quero que ninguém me toque. Vou para a academia. Eu... eu vou para a academia e depois vou voltar e limpar esta droga. *sai, em direção ao túnel*
ZSADIST	*observa V. sair* *sem fazer qualquer som, desaparece no túnel*
VISHOUS	*para no túnel* Pelo amor de Deus, Z., eu não preciso de babá.
ZSADIST	EU PAREÇO UMA BABÁ? ESTOU INDO PARA A ACADEMIA. NÃO TEM NADA A VER COM VOCÊ OU COM AS SUAS COISAS.

VISHOUS	Quero ficar sozinho.
ZSADIST	COMIGO VOCÊ ESTÁ SOZINHO.
VISHOUS	*joga as mãos para cima* *continua caminhando* *tem consciência de que Z. está andando atrás dele. Até a academia.*

VELOCIDADE DE ESCRITA E OUTRAS PERGUNTAS

10 de julho de 2006

CELLIE 1	WARDen, estou surpresa com sua habilidade e talento. Espero que os Irmãos nunca parem de falar.
J R WARD	Eu também, pode apostar... Tenho muita esperança pelos novos... John, Blaylock, Qhuinn e... é, os novos.
CELLIE 2	E sua esperança nos dá esperança também, WARDen... Mas não temos uma máquina do tempo aqui... droga!
J R WARD	HAHAHAHA!
CELLIE 3	E vou me atrever a dizer que temos esperança por Lassiter também!
J R WARD	Hummm LASSITER
LASSITER (de seu laptop, só Deus sabe de onde)	Alguém chamou?
J R WARD	Oh, inferno, não... não vamos fazer isso agora...
LEEBRA725 (administração do site)	Oh, isto vai ser boooooooooom... *pega a pipoca*
VISHOUS (no Buraco)	Idiota... ela está ocupada. ATÉ MAIS.
LASSITER	Ocupada, não é? Com você?
VISHOUS	Ela está sempre ocupada quando envolve você. O que acha?
LASSITER	Vou transformá-lo num mentiroso.
VISHOUS	Boa sorte. ATÉ MAIS.
LASSITER	Oh, acho que vou ficar bem aqui. E você, como sempre, prefere fugir...
J R WARD	Como eu disse, não vamos entrar nesse assunto agora. Meus olhos estão fechando e eu tenho que...
VISHOUS	Sem ofensa, *Challa*, mas não é você quem decide. Lassiter, você se lembra da cova?
LASSITER	Sim. O que tem?

VISHOUS	Encontre-me lá.
WRATH (no escritório)	Oi, V. Você se lembra de mim? Sou seu Irmão. Seu rei. O idiota que pode fazer você comer capim. Certo, beleza... consegui sua atenção. Agora saia do fórum. E venha ao meu escritório. AGORA.
LASSITER	Vishous. Estarei lá. Uma hora antes de amanhecer. Se tiver coragem, apareça. A ideia foi sua.
WRATH	Lassiter, você não sabe quando parar, não é?
LASSITER	Tenho algo que você quer, vampiro. Algo de que está sentindo falta. Seja bonzinho, idiota. E o quê foi? Tem medo de que seu amigo cretino se machuque?
J R WARD	Estou cansada. Posso ir para a...?
WRATH	Estarei lá. Uma hora antes de amanhecer. E não faça bobagem. Sou perfeitamente capaz de matar você só porque você me entedia.
LASSITER	Bem, bem, bem... Uma reunião com o rei. O que devo vestir?
WRATH	Com o meu humor do momento? Uma armadura. E faça um favor a si mesmo. Venha armado. Pode ser que viva por mais tempo.
LASSITER	Você conhece a minha raça. Nossas armas estão sempre escondidas e sempre estão conosco. Uma hora antes de amanhecer. Estarei lá, vampiro.
LASSITER	Ah, sim, deixe o MALUCO em casa. Ele e eu não nos damos bem. ATÉ MAIS.
VISHOUS	Vou com você, meu senhor.
WRATH	Vá se danar, V. Ele é um idiota, mas você faz parte do problema.
VISHOUS	Então pegue Rhage. Mas você precisa de reforço.
WRATH	Eu NÃO preciso de nada!
VISHOUS	Você sabe do que ele é capaz.
WRATH	VENHA AQUI AGORA.
BETH RANDALL (em seu quarto, no laptop)	Wrath?
WRATH	Agora não.
BETH RANDALL	Sim, agora.

WRATH	O quê?
BETH RANDALL	Eu sei o que ele é. E você só vai encontrá-lo uma hora antes do amanhecer sem ajuda por cima do meu cadáver. Ponto.
WRATH	Jesus Cristo, *leelan*, o que...
J R WARD	Posso ir para a cama agora? Preciso acordar às seis...
BETH RANDALL	Sobre o meu cadáver. Quem vai levar?
VISHOUS	Obrigado por colocar um pouco de juízo na cabeça dele...
BETH RANDALL	Vishous, fique fora disso e não vá ao escritório. Wrath? Você estava prestes a me responder...
ZSADIST	VOU COM VOCÊ.
WRATH	Droga. Z. é aceitável, *leelan*?
BETH RANDALL	Perfeitamente aceitável, desde que ele esteja totalmente armado.
ZSADIST	O QUE VOCÊ ACHA? COMO SE EU FOSSE USAR ROUPAS DE BALÉ.
WRATH	*começa a rir* *tira os óculos escuros e esfrega os olhos* Ótimo. Dane-se. Beth... eu dei a você algo que queria. O que acha de vir ao meu escritório e me dar algo que quero?
BETH RANDALL	Por que não faz as pazes com V. e me procura?
WRATH	V.? Rápido, me dê seu mindinho. Estamos de bem?
VISHOUS	Huuumm...
WRATH	Você é um cara CRUEL. Vamos!
VISHOUS	Implore.
BETH RANDALL	Vishous, isso é maldade de sua parte. E só eu posso fazer esse negócio de pedir pra ele implorar. Tudo bem, Wrath, deixa pra lá. Já estou indo.
WRATH	*levanta da mesa, com os olhos nas portas duplas do escritório* *tira a camiseta preta* *tira as botas* *abre o botão da calça de couro*
BETH RANDALL	*abre a porta do escritório* Vou te dizer, V. pode ser um... OOOHH!!!!
WRATH	Oi. *pega a roupa de couro e joga no chão* Então, *leelan*... o que acha de fechar a porta. E trancá-la?

J R WARD	POSSO, POR FAVOR, IR DORMIR AGORA? ESTOU EXAUSTA.
J R WARD	Boa noite, Cellies!

LASSITER

11 de julho de 2006

WRATH (em seu escritório, postando no fórum de Lassiter)	Entre em contato quando vir isto.

LASSITER?

11 de julho de 2006

WRATH (no escritório)	Vamos, cara. Entre em contato!

NÃO ENCARE

11 de julho de 2006

WRATH (no escritório, postando no fórum da J R Ward)	Depois do que aconteceu ontem à noite, eu devo a você, Lassiter. Está vivo? Vamos, cara...
VISHOUS (no escritório)	Talvez ele esteja apenas brincando conosco.
WRATH	Ele levou um tiro no peito. Levou um tiro por mim. Não acho que brincar está na sua lista de prioridades. Acho que respirar é a principal.
VISHOUS	Posso encontrá-lo hoje à noite se for preciso.
WRATH	Oh, sim, essa é uma ótima ideia.
VISHOUS	Sou o melhor médico entre nós.
WRATH	*depois de uma longa pausa* Vá e trate-o se estiver vivo. Queime-o se estiver morto. A última coisa de que precisamos é de um corpo como o dele por aí. E quer saber de uma coisa? Meu melhor amigo Zsadist vai com você apenas para ter certeza que não vai aprontar com ele.
ZSADIST	ESTOU AQUI.
VISHOUS	Certo, partimos quando escurecer.

NO MEIO DO NADA

12 de julho de 2006

VISHOUS	*materializa-se diante de uma velha casa de fazenda* Como ele consegue ter conexão de internet aqui?
ZSADIST	*aperta os olhos* *escuta* O SILÊNCIO ESTÁ ME DEIXANDO INQUIETO, MEU IRMÃO.

<table>
<tr><td>J R WARD</td><td>A casa da fazenda é uma estrutura de um único andar, do século passado. Tomada por plantas, ervas daninhas e árvores, está repleta de verde, mas não se trata de um local feliz. Suas plantas são aquelas que bloqueiam a luz do sol durante o dia e filtram a lua de maneira assustadora à noite.
Há uma porta na frente, duas janelas e uma varanda. Nenhum carro. A garagem está ruindo. O caminho até a casa a partir da estrada de terra é repleta de galhos cortados pelas tempestades.</td></tr>
<tr><td>VISHOUS</td><td>Vamos entrar. Está preparado?</td></tr>
<tr><td>ZSADIST</td><td>O QUE VOCÊ ACHA? *mostra a pistola SIG Sauer*</td></tr>
<tr><td>VISHOUS</td><td>Eu usaria o mhis, mas ele saberia no mesmo instante onde estamos. Vamos lá.
V. se aproxima da casa, movendo-se em silêncio pela grama que ainda está molhada por causa da chuva. No ar, sente-se o cheiro de pinheiros, terra e... algo mais</td></tr>
<tr><td>ZSADIST</td><td>*balança a cabeça quando a porta se abre com um rangido*
mantém o cano da SIG Sauer apontado para frente
ESPERE, QUE DIABOS É...</td></tr>
<tr><td>VISHOUS</td><td>Não, está tudo bem. Eles têm esse cheiro quando sangram.
chama Lassiter? Ei, palhaço, está respirando?</td></tr>
<tr><td>ZSADIST</td><td>TEM CHEIRO DE...
O QUE É AQUILO NO CHÃO?</td></tr>
<tr><td>VISHOUS</td><td>O sangue deles é prateado... não toque nisso.
Lassiter?
Entra ainda mais na casa. Não há mobília e está frio apesar da noite lá fora estar quente. Também não há comida.</td></tr>
<tr><td>ZSADIST</td><td>PARECE QUE ELE USA O MEU DECORADOR.</td></tr>
<tr><td>VISHOUS</td><td>*para e olha para trás*
Desde quando você tem senso de humor?</td></tr>
<tr><td>ZSADIST</td><td>VÁ SE FERRAR. MELHOROU?
OH... VEJA AQUILO.</td></tr>
<tr><td>VISHOUS</td><td>Oh... uau.
Olha para um laptop de alta tecnologia. Perto dele há uma poça de sangue prateado.
V. olha ao redor e então se volta ao laptop
Z. se aproxima da janela e analisa o chão</td></tr>
<tr><td>***FÊMEA***</td><td>Vocês vieram para terminar o trabalho ou para salvá-lo?</td></tr>
<tr><td>VISHOUS</td><td>*gira, pronto para atirar*
pisca, assustado</td></tr>
<tr><td>ZSADIST</td><td>*coloca-se na posição de tiro*
diz um palavrão
OH DROGA!</td></tr>
</table>

VISHOUS	*sem abaixar a arma, apesar de saber que não ajudaria contra o que está na sua frente* Viemos salvá-lo. Cadê ele?
FÊMEA	*Não sei. Eu vim porque... bem, eu sabia que ele podia estar ferido.*
VISHOUS	Parece que Lassiter tem amigos em locais inesperados.
FÊMEA	*Eu diria a mesma coisa sobre você, vampiro.* *Como ele foi ferido?*
VISHOUS	Por algum motivo desconhecido, ele levou um tiro por nosso rei. *Redutores*.
FÊMEA	*Ele segue um código de honra. E costuma salvar os justos.*
VISHOUS	Ah, sim, legal. Vou adicioná-lo a minha lista de Natal. Você deve saber pra onde ele pode ter ido.
FÊMEA	*Não sei. A julgar pela perda de sangue... e pelo fato de que estava nublado hoje... não muito longe. Ele precisa do sol para sobreviver, principalmente se estiver ferido.*
ZSADIST	O ÚNICO MOTIVO PELO QUAL ALGUÉM FERIDO DESSA FORMA SE MEXE É PORQUE TEM DE FAZER ISSO. TEM MAIS ALGUÉM À CAÇA DELE. E ELE É ESPERTO O SUFICIENTE PARA COBRIR SEUS RASTROS. NÓS NÃO VAMOS ENCONTRÁ-LO.
VISHOUS	Sim, ele vai se disfarçar. *abaixa a arma e fala com a fêmea* Se você o encontrar, diga que viemos. Não suporto o cara... mas devemos a ele. *rola os olhos* Por mais que seja dolorido de vez em quando.
FÊMEA	*Reze para que o céu fique limpo amanhã. E não sei se o verei de novo.* *Se eu o vir, ótimo.*
VISHOUS	*observa sair* *respira profundamente* Pegue o laptop, meu irmão. Estou quase no limite.
ZSADIST	*Pega o laptop. Ao fazer isso, bate no mouse, que desliga o protetor de tela.* ESPERE O QUE DIZ? *vira o rosto para V.*
VISHOUS	*franze a testa e inclina-se para a tela* CARAMBA! DEIXE AÍ E CORRA!
ZSADIST	*joga o computador* *sai da casa correndo atrás de V...*

ESTOU ESPERANDO. V.? Z.?

12 de julho de 2006

WRATH (no escritório)	E aí? O que aconteceu?
WRATH	Vishous? Z.?
PHURY (no escritório)	Vou ligar para o celular dos dois agora. Nenhum deles está atendendo.
PHURY	Atenda. Atenda, droga.
RHAGE (no escritório)	Vamos às coordenadas. Dane-se. *dirige-se à porta do escritório*
VISHOUS (na frente das ruínas da casa da fazenda)	*Atende ao telefone. Escuta a voz de Phury* O QUÊ? NÃO CONSIGO ESCUTAR NADA. *olha para cima quando Rhage se materializa na frente dele* Oh, não olhe para mim assim. Eu caí na lama. Caramba Hollywood... NÃO, NÃO ME ABRACE.
PHURY	*reza em silêncio para a Virgem Escriba, agradecendo* Z., você está bem?
ZSADIST (no telefone de V.)	SIM. O LUGAR EXPLODIU TOTALMENTE. PARECE QUE LEVEI UMA PANCADA NA CABEÇA.
WRATH	Vocês dois foram os alvos?
VISHOUS	Como saber? Acho que ele tinha acabado de sair. Lassiter devia saber que viríamos à noite. Ele tinha acesso ao computador, então pode ser que tenha lido no maldito fórum. Talvez ele tenha pensado que eu viria para matá-lo.
ZSADIST	OU ENTÃO ELE TEM OUTROS INIMIGOS QUE VÊM QUANDO ESCURECE. MAS POR QUE DIABOS ELE PENSARIA QUE IRÍAMOS MATÁ-LO DEPOIS DO QUE ELE FEZ ONTEM À NOITE?
VISHOUS	Ele e eu não somos exatamente amigos do coração, sabe? Olha, não sei onde ele está, mas não vai voltar para aquele lugar.
WRATH	Ótimo. Lindo. Fantástico. Vamos esperar e ver se ele entra em contato. *aperta os olhos* V... o que não está me contando?
VISHOUS	Encontramos uma amiga dele. Uma *********** *Editado pela Administração***********

WRATH	É mesmo? Surpresa, surpresa. Combinação esquisita. Bem, é como eu disse. Vamos esperar. E enquanto isso, saiam para a noite, rapazes. Vocês têm trabalho a fazer.
WRATH	*recosta-se na poltrona afeminada e coloca as botas em cima de um banquinho todo decorado* *cruza os braços* *resmunga* Droga. Eu sei como vou passar o resto da minha noite. *levanta-se e sai do escritório de mau humor*

O QUE ESTÃO FAZENDO?

18 de julho de 2006

BUTCH O'NEAL (no Buraco)	Ei, V. Que diabos você está fazendo?
VISHOUS (no Buraco)	Nada.
BUTCH O'NEAL	Então por que você está fazendo as malas? E o que aconteceu com o...
VISHOUS	NADA. Cale a boca, tira, antes que eu...
WRATH (no escritório)	E aí, rapazes? Não estou gostando dessa discussão.
VISHOUS	Está tudo bem. Nada...
BUTCH O'NEAL	Ele está levando um kit de primeiros socorros. E... caramba, meio quilo de açúcar?
WRATH	Jesus Cristo. Quando Lassiter entrou em contato com você? E por que não conversou comigo sobre isso?
VISHOUS	Foi hoje. E eu ia contar antes de sair.
WRATH	Não posso postar agora. Não vou conseguir postar mesmo. *desliga*
VISHOUS	Wrath? Vamos, Wrath... Droga. Tira, segura as pontas no Buraco. Eu já volto...

V. EM APUROS COM O REI

18 de julho de 2006

VISHOUS (na mansão)	*sobe as escadas correndo* *bate na porta fechada do escritório* Wrath? Meu irmão?
WRATH (no escritório)	*esfrega os olhos embaixo dos óculos* *xinga e luta contra o desejo infantil de pegar sua mesa e jogá-la na lareira* *grita* V., se vier aqui, será por seu próprio risco. Minha paciência está no fim com você.
VISHOUS	*abre a porta* *vê Wrath sentado atrás da mesa, usando camisa e calça de couro pretas. O cabelo de Wrath, que está muito comprido agora, passa dos ombros* Ei, cara, sério, eu não ia...
WRATH	Admita que você ia sozinho atrás dele...
VISHOUS	Ei!!! Não me chame de mentiroso!
WRATH	*levanta-se lentamente da mesa* Então não me faça de bobo. Você falou com Z.? Phury? Quem ia levar como reforço? Aposto as suas bolas numa bandeja que nenhum deles sabia o que você estava fazendo. Sabiam? *Sabiam, Vishous?*
VISHOUS	*analisa a pose de Wrath e percebe que os dois estão próximos de começar uma luta* *vira-se* *caminha ao redor* *pega cigarrilha, acende e fuma*
WRATH	Você ia matá-lo? Discretamente? E tente ser honesto. Pode se sair bem, pra variar.
VISHOUS	*Estica e alonga o braço para cima. Aponta para Wrath com a cigarrilha.* Vá se ferrar.
VISHOUS	*percebe que acabou de mandar o rei se ferrar* Sinto muito.
WRATH	Esqueça as desculpas. Responda.
VISHOUS	Se eu quisesse matá-lo, por que traria os primeiros socorros?
WRATH	Sabe, eu estou com vontade de acabar com você. E sua atitude está ajudando MUITO para isso. Quem é seu reforço?

VISHOUS	*Traga a cigarrilha. Abre a jaqueta de couro, mostrando o cano da Glock* Capitão Nove Milímetros...
WRATH	*bate o punho na mesa* VOCÊ ACHA QUE ISTO É PIADA?
VISHOUS	*olha para Wrath, frustrado, irritado* *fuma cigarrilha* *leva a mão com a luva para a boca e morde as amarras, e então tira a luva com os dentes* *em câmera lenta, leva a ponta acesa da cigarrilha à palma brilhante* *a luz brilha e a cigarrilha vira cinzas imediatamente* Eu cuido de mim. Não queria que ninguém mais se ferisse, e temos muitos heróis por aqui. Lassiter está ferido. Está morrendo. E está sendo caçado. Eu ia limpá-lo e então sumir da frente dele. Só isso.
WRATH	*lentamente se senta* *silêncio*
VISHOUS	Vamos, meu senhor. Dá um tempo!
WRATH	Confiança, V. Tem a ver com confiança. Você deveria ter dito. Se fosse ferido hoje, como saberíamos o que aconteceu? Eu tenho os motivos. Mas não faça nenhum favor, entendeu?
VISHOUS	*Inclina-se e pega a luva. Volta a vesti-la.* Então posso ir.
WRATH	*sorri* Sabe, isso daria muito mais certo se fosse uma pergunta, seu idiota. Sim. Vá. Quando anoitecer... e já está quase escuro, não é?
VISHOUS	Quinze minutos. Vou sair em quinze minutos.

PASSEIO NA MALDITA FLORESTA

18 de julho de 2006

VISHOUS	*sai da mansão* *olha para o céu, faz caretas e pisca* *confere a Glock* *desmaterializa-se para o norte*
VISHOUS	*materializa-se ao lado da saída 13 da rodovia Northway I-87, em Saratoga Springs* *na entrada da rodovia, escuta um carro passar e observa os faróis desaparecerem* *olha para a mata à direita* *caminha pela grama curta em direção às árvores* *sente o cheiro da terra molhada e uma noite quente de verão*

VISHOUS	*vê árvores de troncos finos, cujas folhas bloqueiam a vista do céu* *diz baixinho* Ei cretino, a ambulância chegou. *estica a mão brilhante* *encontra o centro do peito e sente os próprios batimentos cardíacos* *a pulsação surge até sua mão ao ritmo do coração, estendendo-se pela paisagem* Vamos, idiota... tire seu *mhis*, cara. Deixe-me encontrar você.
VISHOUS	*a paisagem de repente se torna uma planície branca, com árvores e grama desaparecendo* *Lassiter aparece deitado no chão a cerca de cinquenta metros*
VISHOUS	*começa a correr conforme a paisagem se forma de novo* *desacelera* Oh, droga. Inimigo meu...
J R WARD	Lassiter fica deitado de lado no chão, com o sangue prateado formando uma poça. Seus cabelos loiros e pretos estão molhados. A pele dourada agora está pálida. A mata tem cheiro de um buquê de flores. O odor é a morte de Lassiter, a doce saturação da alma que deixou o corpo. O sol não o salvou. E prendeu a ajuda que ele precisava em uma casa de pedra fria ao longe.
VISHOUS	*ajoelha-se* *tira o kit de primeiros socorros* Quer saber de uma coisa, idiota? A morte me irrita pra caramba.
VISHOUS	*vira Lassiter de barriga para cima e observa os ferimentos* É, aquele *redutor* acertou você em cheio. Mas agora é hora de acordar, trouxa. *pega a mão e a coloca em cima do peito de Lassiter* Bom dia, flor do dia.
VISHOUS	*EXPLOSÃO FORTE DE LUZ"
LASSITER	*PUXA O AR* *ERGUE O PEITO DO CHÃO*
VISHOUS	*cai sentado* Que belo despertador, heim?
LASSITER	*puxa o ar* *puxa* *puxa* *puxa* *puxa*
VISHOUS	*procura o kit de primeiros socorros* Certo, está acordado? Vou abrir e ver o que está acontecendo nesse ferimento do peito. Balance a cabeça se conseguir me entender.

LASSITER	*puxa o ar* *puxa* *balança a cabeça*
VISHOUS	*baixinho* Caramba, vocês cheiram a maricas quando morrem, sabia? *visão noturna revela ferimento não curado à bala penetrando o pulmão esquerdo*
LASSITER	*puxa o ar* *ergue a mão lentamente* *estende o dedo do meio* *puxa o ar*
VISHOUS	*ri* Certo, Cachinhos Dourados, consegui ver a bala. Vou retirá-la, e então você vai precisar se cuidar. Depois, eu fecho. A maldita bala devia ter níquel misturado com o chumbo, o que provavelmente acabou com você, certo?
LASSITER	*puxa o ar* *rouco* Não consegui tirar.
VISHOUS	Sim, é difícil operar a si mesmo. *procura com pinça* Isto vai doer...
LASSITER	AAAHHH!!
VISHOUS	*continua a trabalhar* *Lassiter está se debatendo no chão*
VISHOUS	Pronto. Certo, agora é com você.
LASSITER	*********Editado pela Administração********
VISHOUS	*inclinando-se, com os braços diante dos olhos* *cria escudo para bloquear a força*
VISHOUS	*solta o braço* *vê um brilho dourado diante de si* Sabe, pensando em tudo, é surpreendente que a gente não se dê melhor.
LASSITER	*respira profundamente e olha para o peito* *olha para Vishous* Que ironia!
VISHOUS	Sim... Bem, você quer que eu feche você? Ou pretende andar por aí com esse buraco enorme no peito? Sem querer ofender, mas você parece um filme de terror.
LASSITER	Feche.
VISHOUS	*sorri* Nunca me senti tão feliz por comandar uma agulha antes. Nem mesmo quando estou tatuando. *fecha o ferimento com uma série de pontos precisos... fio preto na pele dourada* *Lassiter nem mesmo estremece agora... apenas observa V.*

VISHOUS	*morde a linha e coloca a agulha dentro do kit* *senta-se* *silêncio*
LASSITER	*estica a mão*
VISHOUS	*olha para a mão* *aceita o convite e as palmas se encontram brevemente* *V. se levanta e pega o kit* Você não precisa dizer.
LASSITER	A honra me obriga. O círculo se fechará. Em algum momento.
VISHOUS	*inclina a cabeça* *olha para o céu* Bem, como diria meu amigo, nós não vamos casar. Direi aos outros que você está vivo. ATÉ MAIS...
LASSITER	Você conhece o futuro. Então sabe o quando, o onde e o porquê.
VISHOUS	Essa coisa não está funcionando muito bem agora. Então acho que vai depender de você. *olha para Lassiter* É realmente irônico... Você sabe onde me encontrar. ATÉ MAIS.

Lassiter e V. realmente têm uma história juntos, e o anjo caído tem muitos inimigos. Mas foi ele quem levou Tohrment de volta depois de ter protegido Wrath de um tiro, por isso há muitos laços que o unem à Irmandade. Vê-lo com os Irmãos nos próximos livros (e nos fóruns, se ele quiser aparecer) vai ser muito legal, eu prometo!

Na maior parte do tempo, quando os Irmãos aparecem nos fóruns, é totalmente inesperado. Sou a única que escreve suas aparições e geralmente não sei quem virá, o que acontecerá ou quando eles exigirão ser ouvidos. Mas em alguns casos, eu sabia o que estava acontecendo. Quando V. foi atrás de Lassiter para salvá-lo, por exemplo, eu sabia que isso ia acontecer, então avisei às Cellies de que algo aconteceria naquela noite.

O que vocês verão a seguir é outro caso em que eu tinha consciência da história toda. Eu fiz um convite e disse que os Irmãos estariam no fórum, mas não contei que seria para a cerimônia de união de Phury e Cormia. Eu havia acabado de finalizar o livro deles, havia acabado de entregá-lo à editora e estava sentindo vontade de envolver todos na alegria dos dois.

Mas o que transpareceu foi totalmente incrível. Havia tantas pessoas postando e tantas atualizações no fórum que derrubamos o servidor, o que foi traumático, mas legal. Felizmente, todos continuaram conosco e consertamos o problema. Foi o que mais gostei no fórum. Até hoje, a Cerimônia, localizada num tópico da *Brother Interaction Thread Forum* (Fórum de Interação dos Irmãos), tem mais de duzentos e cinquenta mil visitas. Quando fechamos o tópico, havia mais de setenta páginas de postagens e, como você pode ver, as Cellies estavam se divertindo, comemorando a união de um macho e de uma fêmea.

Sim, isto é o que mais gosto nos mais de cinco mil e quinhentos tópicos que criamos. Adoro a comunidade de leitores que formam o fórum da Irmandade da Adaga Negra, e se você ler a versão sem edição da Cerimônia, vai ver como eles são ótimos. E agora, sem mais delongas, aqui estão Phury e Cormia:

O SAGUÃO
20 de janeiro de 2008

FRITZ	*traz uma tigela de prata cheia de sal e uma jarra de água* *coloca os dois em cima de uma mesa baixa* *acende velas pretas* *parte*
WRATH	*olha ao redor* *acena com a cabeça* *pega a coroa* *coloca na cabeça*
RHAGE	Isso traz lembranças... *verifica as adagas no peito*

NO QUARTO DE PHURY
20 de janeiro de 2008

ZSADIST	*bate na porta* Ei, meu irmão.
PHURY	*ajeita o roupão branco de cetim* *limpa a garganta* É... estou... Entre.

ZSADIST	*abre a porta* Ah, droga. Olha só pra você. Está pronto. Parece realmente pronto.
PHURY	*ri* Sabe, acho que estou. *arruma os cabelos*
ZSADIST	Sinto que devo dar conselhos a você, ou algo do tipo. Mas não consigo pensar em nada.
PHURY	Você está aqui. É só o que importa. Ei... você pensou neles? Sabe, quando você e Bella...
ZSADIST	Está falando dos pais? Pensei mais neles depois do nascimento de Nalla. Afinal, para esse tipo de coisa, o mais importante era ter você e os Irmãos comigo. A família está onde você os encontra. E, olha só, se quiser fumar um pouco, tudo bem por mim.
PHURY	É... mas não vou acender. *olha mais uma vez no espelho acima de sua penteadeira e cruza com o olhar de Z.* *sorri* Quem iria imaginar, não é?
ZSADIST	Até conhecer Bella, eu não. Venha, meu irmão, vamos levar esse seu traseiro para o altar. *abre a porta* Oh, e se estiver sentindo seu estômago pesado como aço, isso também é normal.
PHURY	*sai no corredor* *pega o gato Boo* Na verdade, estou bem. Eu me sinto bem. Vamos lá. *desce o corredor e para no fim da escadaria* *vê a Irmandade abaixo com as *shellans* usando vestidos vermelhos, azuis, prateados, cor de pêssego e escuros* Droga, eu menti a respeito do estômago.

A FESTA

20 de janeiro de 2008

FRITZ (no saguão)	*organiza os *doggen* com bandejas* *arruma a escultura de gelo e vodca* *acrescenta tempero aos crepes de espinafre* *liga a fonte de chocolate* *prepara-se para encontrar os convidados*
WRATH	BACAAAAAAAAAAAANA. O saguão está muito legal. *procura Beth* Venha aqui, *leelan*, quero um beijo.

FRITZ	*para as Cellies* Olá, meninas, por favor, sirvam-se de refrescos... bebam, comam e divirtam-se!
BETH RANDALL	*encaixa-se nos braços dele* Você se lembra da nossa festa?
WRATH	Sempre. *dá um beijo*
FRITZ	*verifica se os *doggen* estão servindo refrescos* *certifica-se de que tudo saia perfeito*

A CERIMÔNIA

20 de janeiro de 2008

WRATH	*olha para cima e vê Phury na ponta da escada da mansão* Finalmente. *pisca* Podemos começar? *olha para a biblioteca e faz um gesto com a mão* Cormia?
CORMIA	*sai da biblioteca vestindo um vestido de cintura alta dourado com pérolas* *seus cabelos estão soltos nas costas, com ondas loiras* *os pés estão descalços* *olha para a escada e vê Phury em pé no topo, as chamas de cem velas pretas iluminando seu rosto e os olhos amarelos brilhantes* *leva a mão à boca* *pisca rapidamente quando Zsadist começa a cantar "Che Gelida Manina" de Puccini, da ópera *La Bohème** *diz para Phury de longe: EU AMO VOCÊ*
FRITZ	*entrega a Cellies uma bandeja de lenços de linho bordados com as iniciais de Phury e Cormia, e a data*
PHURY	*vê Cormia se aproximar e ficar ao lado de Wrath* *escuta a voz de tenor de seu irmão gêmeo preenchendo a mansão da Irmandade* *pensa que, naquele momento, a vida é como um cristal diante da chama de uma vela, refletindo um espectro infinito de uma bela luz nos olhos e corações de todos eles* *observa os lábios dela dizendo: EU TE AMO* *responde: EU TE AMO MAIS* *desmaterializa-se para o saguão, porque não consegue esperar nem mais um minuto para estar com ela*
A VIRGEM ESCRIBA	*se aproxima de roupão preto* *aborda Cormia* Este macho pede a você que o aceite como *hellren*, minha filha. Você o aceita se ele for digno?

CORMIA	*olha dentro dos olhos de Phury* *faz uma reverência à Virgem Escriba* Sim, sim, eu o aceito.
FRITZ	*entrega mais bandejas de lenços para os *doggen*, e garrafas de sais perfumados para caso alguém desmaie* *esfrega os olhos* *está muito feliz*
A VIRGEM ESCRIBA	*acena com a cabeça para Cormia* *aborda Phury* Guerreiro, esta fêmea o aceita. Você irá provar sua dignidade a ela? Irá sacrificar-se por ela? Irá defendê-la daqueles que quiserem prejudicá-la?
PHURY	*assente com seriedade para a Virgem Escriba* *gostaria de já poder beijar sua *shellan* Cormia* Sim.
A VIRGEM ESCRIBA	*volta-se para Cormia e Phury* Deem-me suas mãos, meus filhos. *aceita as mãos estendidas* *sorri por baixo do capuz* Um bom casal. Eu anuncio a minha aceitação desta união. *Irmãos e suas *shellans* comemoram* *Nalla bate as mãozinhas nos braços da mãe*
FRITZ	*leva a tigela de prata de sal e o jarro de água para o Rei* *faz uma reverência e entrega a bandeja e jarro*
WRATH	Obrigado, Fritz. Agora, aproximem-se Irmãos!
PHURY	*beija Cormia* *demora um momento, apenas olhando em seus olhos* *dá um passo para trás e tira o roupão branco de modo a ficar apenas com uma calça de seda* *aproxima-se de seus Irmãos e de seu rei* *ajoelha-se diante de Wrath, colocando os cabelos de lado para expor as costas*
FRITZ	*pega caixinha preta* *leva ao rei e oferece com uma reverência* *lágrima cai em sapato muito bem engraxado*
WRATH	*aceita a caixa* *despeja a água do jarro dentro da tigela de sal* *fica diante de Phury* Meu Irmão, qual é o nome de sua *shellan*?
PHURY	Ela se chama Cormia.

WRATH	*tira a adaga negra da bainha* *inclina-se sobre as costas nuas de Phury* *faz um entalhe no Antigo Idioma* C
ZSADIST	*tira a adaga da bainha* *dá um passo adiante* Qual é o nome de sua *shellan*, meu irmão gêmeo?
PHURY	Ela se chama Cormia. *prepara-se de novo* *aguenta a dor com força e coragem, sentindo seu amor por todo o corpo*
ZSADIST	*inclina-se sobre as costas de Phury* * faz um entalhe no Antigo Idioma* O *olha para Bella e Nalla, sentindo amor por suas fêmeas* *observa quando Bella balança a mão de Nalla para ele* *pisca*
VISHOUS	*dá um passo adiante, tirando a adaga da bainha* Qual é o nome de sua *shellan*, Irmão? *olha para Jane e endireita os ombros, sentindo ainda as coisas que ela fez a ele durante o dia* *retribui seu sorriso secreto*
PHURY	Ela se chama Cormia. *sente o sangue escorrer pela lateral do corpo* *olha para Cormia e fica feliz ao ver que Beth, Marissa e Mary estão lá segurando as mãos dela, que parece um pouco tonta* *ergue a cabeça e se prepara para um corte*
FRITZ	*enxuga os olhos com um lenço* *infla o peito de orgulho* *está encantado*
VISHOUS	*inclina-se com a adaga que ele próprio fez* *pensa que está muito feliz pela maneira com que as coisas aconteceram a Phury* *faz um entalhe no Antigo Idioma* R
BUTCH O'NEAL	*dá um passo à frente, tirando a adaga da bainha* *lembra-se do nome de Marissa sendo entalhado em suas costas* *olha para ela e sorri* Qual é o nome de sua *shellan*?
PHURY	Ela se chama Cormia.
BUTCH O'NEAL	*inclina-se sobre as costas de Phury* *ao lado do R perfeito de V., faz um entalhe no Antigo Idioma* M

RHAGE	*dá um passo adiante* *joga um beijo a Mary* *aproxima-se de Phury* Qual é o nome de sua *shellan*, Irmão?
PHURY	*engole em seco* *abaixa-se no piso de mosaico* Ela se chama Cormia.
RHAGE	*inclina-se sobre as costas de Phury* *faz um entalhe no Antigo Idioma *
WRATH	*olha para a direita, como todos no saguão fazem*
JOHN MATTHEW	*começa a caminhar para frente* *segura o braço que está enlaçado no dele, oferecendo força*
TOHRMENT	*move-se para frente, inclinando-se no braço de John Matthew* *os cabelos estão compridos e embaraçados, com mecha branca na frente* *aproxima-se de Phury mordendo a parte interna do lábio até sangrar* *pergunta com uma voz baixa e rouca* Qual é o nome de sua *shellan*, Irmão?
PHURY	*mantém a cabeça baixa, enquanto seus olhos estão marejados quando pensa no que está ganhando e no que Tohr perdeu* *limpa a garganta* *olha para Cormia* *limpa a garganta* *com dificuldade, diz...* Cormia. Ela se chama... Cormia.
TOHRMENT	*tira a adaga da bainha com a mão trêmula*
JOHN MATTHEW	*ajeita o corpo* *dá apoio ao corpo de Tohr quando ele se inclina*
TOHRMENT	*respira profundamente* *concentra sua força* *executa com apenas um movimento perfeito uma letra no Antigo Idioma* A
LASSITER	*observa John Matthew levar Tohr a uma cadeira* *olha para o teto* *vê imagem de Wellsie e do filho não nascido nas nuvens da pintura dos guerreiros – ambos acompanham a cerimônia e Tohr* *olha nos olhos de Wellsie* *inclina a cabeça para Wellsie, que olha uma última vez para Tohr e volta a desaparecer no Fade*
WRATH	*espera até Tohr se sentar* *espera um momento para se recompor* *precisa olhar para Beth por um segundo* *pega tigela de sal* *espalha-o nas costas de Phury*

PHURY	HSSSSSSSSSSSSSSSSS
WRATH	*tira pano branco de dentro da caixinha preta* *cuidadosamente limpa as costas do Irmão* *dobra o pano branco e o devolve à caixa* *volta-se para Phury* Levante-se, meu Irmão.
PHURY	*fica em pé com orgulho, os olhos brilhando*
WRATH	*voltando-se para Phury enquanto mostra a caixa preta* Leve isto a sua *shellan* como símbolo de sua força, de modo que ela saiba que você é digno dela e que seu corpo, seu coração e sua alma são dela. *sorri para Phury*
PHURY	*vira-se para Cormia* *preocupa-se com a palidez de seu rosto, até que ela sorri* *caminha para frente com a coluna reta, esquecendo-se da dor* *ajoelha-se diante dela, abaixa a cabeça, levanta a caixa* Você me aceita como seu, meu amor?
CORMIA	*o coração está tão cheio que ela mal consegue respirar* *estica os braços e coloca as mãos na caixa, cuidando para que seus dedos toquem os dele* Sim, sim, eu aceito... oh, sim, milhares de sins... *segura a caixa contra o peito*
PHURY	*abraça Cormia, sem sentir o ardor em seus ombros* *envolve-a enquanto a Irmandade começa a cantar* *sussurra* Mal posso esperar para ficar a sós com você... *beija seu pescoço, esfregando as presas* *o odor de acasalamento fica mais forte*
A VIRGEM ESCRIBA	*caminha para frente* *solta doze pombas brancas, que sobrevoam a família, enquanto a Irmandade se abraça com suas *shellans* e cantam, batendo palmas*
FRITZ	*organiza dez *doggen* vestidos em fila* *cuida para que todos carreguem uma bandeja de prata com taças altas de Dom Pérignon '98* *organiza segunda fila de *doggen* com bandejas de prata com sucos variados de fruta e cidra em taças de cristal* *leva os *doggen* para o saguão* *supervisiona enquanto os *doggen* servem bebidas a todos os convidados*
WRATH	*pega uma taça e puxa Beth mais perto de si* *sussurra em seu ouvido* Mal posso esperar para ficar sozinho com você... *mais alto* Os convidados podem erguer as taças?

WRATH	*vira-se para Phury e Cormia, a Irmandade e as Cellies* Um brinde ao casal. *no Antigo Idioma* Que as dificuldades sejam pequenas, E as alegrias enormes. Que o destino sorria para os caminhos unidos, E leve estas duas almas em incontáveis noites de paz e dias de paixão. *aumenta o tom da voz* AO CASAL! AO CASAL! AO CASAL!
FRITZ	AO CASAL!
PHURY	*puxa Cormia para mais perto* *faz uma reverência aos Irmãos e *shellans*, a Fritz e aos *doggen* e às belas Cellies* E agora... se nos dão licença... *ri baixinho enquanto Cormia fica vermelha* *Os dois acenam e fazem reverências, depois se viram para a grande escadaria e sobem de braços dados. O longo vestido de Cormia se arrasta pelo chão. As costas de Phury mostram o nome CORMIA no Antigo Idioma* *se retiram para seu quarto* *A ópera ressoa na mansão conforme a festa continua e a vida do casal tem seu verdadeiro início.*

DEPOIS DA CERIMÔNIA

FRITZ	Os machos e as fêmeas se retiraram, mas me pediram para avisar que vocês podem ficar pelo tempo que quiserem. No entanto, os quartos estão fora dos limites. ☺ Tenham uma ótima noite, agradeço por terem vindo e fiquem com os lenços, eu insisto.

Cenas da vida postadas no fórum

Cenas da vida

As *Cenas da vida* são pequenos momentos do dia a dia dos Irmãos que eu postei no fórum. Se você for membro de lá, vai reconhecer os trechos. O fórum pode ser encontrado no site: *www.jrwardbdb.com/forum/index.php* (em inglês).

Noite de cinema

Postado em 17 de maio de 2006

A primeira cena foi postada depois de Amante Desperto ter sido escrito, quando eu começava a escrever Amante Revelado. Perguntaram no fórum como os Irmãos aproveitavam o tempo livre e o que as shellans faziam na mansão. Então pensei em falar um pouco sobre a vida deles.

A Irmandade fez uma noite de filmes; isso foi muito engraçado! Foi um dia de filmes. Eles se encontraram no Buraco – e só para lembrar, o lugar tem apenas dois sofás de couro e pouco espaço no chão. Imagina só: Wrath e Beth no canto de um sofá. Rhage e Mary do outro lado. Z. no chão com Bella em seu colo. Butch e Phury no outro sofá. V. em sua poltrona. O local parecia uma república de faculdade, e eles assistiram aos primeiros dois filmes *Duro de Matar*, de ponta a ponta. Entre a fumaça vermelha de Phury e as cigarrilhas de V., o local cheirava muito bem. Butch, como sempre, estava bebendo muito uísque e V., como de costume, bebia Grey Goose. Mary e Bella estavam bebendo champagne. Rhage bebia água Perrier – estava se reidratando depois de uma noite dura nas ruas com os *redutores*.

Na metade do primeiro filme, alguém adormeceu. E você acredita que foi Wrath? Geralmente ele é um cara muito focado, mas tem trabalhado muito. A questão é que seus Irmãos e sua *shellan* – sua família – estavam por perto e estavam seguros. Ele literalmente desmaiou, com a cabeça jogada para trás, os longos cabelos espalhados sobre seu peito (ele os deixou bem compridos porque Beth os adora dessa maneira). Beth tirou os óculos dele, envolvendo-o com um cobertor – o que foi bom, mas infelizmente os movimentos o acordaram um pouco e ele acabou se reposicionando bem em cima dela! Beth apenas riu. Estava muito feliz por ver o rei relaxando um pouco. Ela o vê acordando durante o dia e caminhando preocupado pelo quarto. Isso acaba com ela, pois ele quase parou de dormir totalmente o que o faz perder peso.

Enfim... Fritz não parava de trazer *hors d'oeuvres* – você se lembra dos crepes de espinafre que Rhage adora? Eles experimentaram os petiscos de todas as bandejas. Fritz estava muito feliz, indo de um lado a outro no túnel entre a casa principal e o Buraco.

Rhage, naturalmente, insistia em gritar as falas dos personagens. Vocês sabem qual é a favorita dele, claro: "*Yippie kay yay*, filho da mãe". Mas no meio do segundo filme, ele começou a acariciar a nuca de Mary. E então suas mãos começaram a ficar ainda mais bobas. Ela tentou fazer com que parasse – mas não com muito afinco. Quando os olhos dele ficaram brancos, os dois desapareceram por um tempo. Hum... pois é...

Mas enfim, Phury estava muito quieto. Na verdade, ele está quieto já faz um tempo. Muito quieto. Ele geralmente guarda tudo para si, e só estava ali porque achou que deveria estar. Não porque queria.

Z. assistiu aos filmes pela primeira vez. Ficou absorvido neles. Imagine as surpresas – quando o Sr. Takagi leva tiros do Alan Rickman? Quando o corpo aparece no elevador com as letras HO HO HO? Quando John McClane está no fosso de ventilação? E no final, quando sua esposa dá um choque no repórter? Z. adorou. Ele saltava nos momentos certos; xingava, reclamava, gritava... Estava todo envolvido e apertou Bella até o fim. Na única vez em que ele desviou os olhos da televisão era para ver se ela tinha o que beber. Ou comer. Ou perguntar se ela estava à vontade. "Está frio demais? Você precisa de outro cobertor?"

Aliás, notei – mas não deveria dizer – que Bella tinha uma enorme marca de mordida no pescoço. Ele havia se alimentado dela cerca de uma hora antes de começarem a assistir aos filmes. Havia chegado em casa depois de uma noite de luta e sentia esse... desejo... de se alimentar. Z. acabou em cima dela no banheiro. Bella havia acabado de sair do chuveiro e estava conversando com ele a respeito da aula de redação que está fazendo online. Bem... ele estava olhando para ela no espelho, e ela estava conversando enquanto secava os cabelos e... parou e perguntou o que era aquele olhar. Quando ela entendeu, virou e sorriu. Então, soltou a toalha e deixou cair. A princípio ele pediu desculpas. Ficou um pouco envergonhado, porque ainda não a tinha procurado antes. Mas, de repente, ela já estava nos braços dele com suas presas mordendo o pescoço e... *limpa a garganta* Enfim...

V. ficou de fora do lance dos filmes, na maior parte do tempo. Estava fazendo pesquisas na internet, apesar de eu não saber o que procurava. De vez em quando alguém gritava com ele para que saísse do computador. Ele os ignorou até Butch lançar sobre ele uma lata de cerveja vazia. (E quem estava bebendo a cerveja? Beth... ela gosta de Sam Adams, lembre-se.) V. acabou sentando com Phury e Butch. Os solteirões, como os outros os chamam.

Então, esta foi a noite de filme. A próxima vai ser uma maratona da trilogia *Alien*. E sim, Rhage vai insistir em imitar a cena em que o alien sai de dentro da barriga do astronauta. *suspiro* Hollywood tem dessas coisas, sabe?

Wrath e o abridor de cartas

Postado em 23 de julho de 2006

Esta próxima tem mais detalhes e é comprida – mas você vai adorar a cena com Beth e Wrath no final.

Quem disse que não pode nevar no verão estava bem maluco.

Wrath sentou-se em seu trono e observou as pilhas de papéis diante dele: pedidos para intervenção em questões civis. Procurações a Fritz para transações bancárias. O fluxo constante da *glymera* de "sugestões úteis", todas elas beneficiando apenas a eles.

Era de se admirar que a mesa não ruísse.

Atrás dele, Wrath escutou uma série de cliques metálicos, e então as venezianas de metal se abriram automaticamente. Junto com o erguer do aço veio um trovão ao longe, aviso de que uma das tempestades de verão de Caldwell estava se aproximando.

Wrath se inclinou para frente e pegou sua lente de aumento. O maldito objeto estava começando a ser uma extensão de seu braço, algo que ele detestava. Em primeiro lugar, ela não funcionava de verdade: ele não conseguia ver melhor do que via normalmente. E, em segundo lugar, o lembrava de que sua vida havia sido reduzida a um emprego comum.

Um emprego comum com propósito, honra e nobreza, com certeza. Distraidamente, ele pegou um abridor de envelope que trazia o selo real e equilibrou a ponta no dedo indicador, deixando a parte de prata da faca suspensa no ar. Para dificultar o passatempo, ele fechou os olhos e moveu a mão, criando instabilidade, testando a si mesmo, usando sentidos que não fossem sua visão fraca.

Abriu os olhos de novo, xingando. *Deus,* por que estava perdendo tempo ali? Tinha cerca de dez mil coisas que precisava fazer. Todas elas urgentes...

Pelas portas duplas do outro lado do escritório, ele escutou vozes... Então jogou o abridor sobre a pilha enorme de coisas que tinha a fazer e saiu. No corredor, apoiou as mãos e olhou para baixo.

No saguão abaixo, Vishous, Rhage e Phury estavam se preparando para sair, pegando tudo enquanto conferiam suas armas. E mais ao lado Zsadist estava inclinado contra uma coluna, com as pernas cruzadas. Segurava uma adaga preta e a jogava e pegava diversas vezes. A cada subida, a lâmina refletia a luz em flashes de azul-marinho.

Caramba, aquelas adagas que V. fazia eram fantásticas. Afiada, com peso perfeito e o cabo feito especialmente para a empunhadura de Z., a arma era uma obra de arte: uma configuração simples do aço que significava a sobrevivência da raça.

E uma boa viagem de volta ao Ômega para os *redutores*.

– Vamos lá – Rhage disse ao se aproximar da porta. Caminhando para os pisos de mosaico no saguão, ele se moveu com o jeito e a impaciência de sempre, claramente desejando a luta que com certeza encontrariam; com o coração tão preparado para um confronto quanto ele próprio.

Vishous estava bem atrás dele, com o andar tranquilo. Phury estava igualmente controlado, com o mancar impossível de ser detectado graças a sua nova prótese.

Atrás deles, Zsadist se endireitou e embainhou a adaga. O resvalar de metal em metal fez Wrath soltar um alívio de satisfação.

Os olhos negros e intensos de Z. seguiram o som. Sua cicatriz ficou muito perceptível, com aquele lábio superior distorcido mais pronunciado do que nunca.

– Boa noite, meu senhor.

Wrath assentiu para o Irmão, pensando que a Sociedade Redutora estava enfrentando um demônio no macho que estava ali. Apesar de Bella estar na vida de Z., sempre que ele partia para lutar, seu ódio voltava. Com uma aura forte, o ardor percorreu seus ossos e músculos, tornando-se indistinguível de seu corpo, tornando-o o que sempre tinha sido: um selvagem capaz de qualquer coisa.

Mas levando em consideração o que a *shellan* do cara tinha passado, Wrath não o culpava pelo ódio de matar. Nem um pouco.

Z. caminhou para a porta e então parou. Olhando para trás, disse:

– Você parece preparado esta noite. E não de um jeito bom.

– Vai passar.

O sorriso lançado teve um quê de agressividade, nada feliz...

– Não consigo contar até dez por muito tempo. E você?

Wrath franziu a testa, mas o Irmão já tinha saído.

Sozinho ali, Wrath voltou para seu escritório. Sentou-se atrás de sua mesa e pegou o abridor de envelope, com o dedo indicador correndo pela lâmina, para cima e para baixo. Enquanto olhava para o objeto, sabia que alguém poderia matar com aquilo. Mas não com delicadeza.

Fechando o punho, como se o abridor de prata fosse mesmo uma arma, apontou o objeto diante de si, colocando-o na mesma altura da pilha de papel. Enquanto se mexia, as tatuagens em seu braço se esticavam, sua linhagem pura ficava evidente na tinta preta. Não que ele conseguisse ver algum selo de aprovação.

Jesus, o que ele estava fazendo ali, apodrecendo naquele trono?

Como aquilo havia acontecido? Seus Irmãos estavam lutando. E ele ali, sentado com um maldito abridor de envelopes.

– Wrath?

Olhou para cima. Beth estava na porta, usando uma calça velha e uma camiseta justa. Seus longos cabelos compridos desciam pelos ombros e ela cheirava a rosas noturnas e odor de vinculação.

Quando olhou para ela, por algum motivo pensou a respeito das sessões de exercícios físicos que fazia na academia. Aquelas masturbações corporais, pesadas, como um rato numa roda, que não levavam a lugar algum.

Deus... havia arestas que não se cortavam na esteira. Havia coisas que continuavam faltando mesmo quando você se exercitava até que o suor escorresse com a mesma rapidez que o sangue em suas veias.

Antes de perceber, você perde sua força. Deixa de ser uma adaga e se transforma num ornamento de mesa. Castrado.

– Wrath? Você está bem?

Ele assentiu.

– Sim, estou ótimo.

Ela estreitou os olhos azuis-escuros, e a cor o lembrou da adaga de Z. refletindo a luz: era um azul meia-noite. Lindos.

E a inteligência contida neles era tão pungente quanto aquela arma.

– Wrath, converse comigo.

No centro da cidade, na Rua Dez, Zsadist correu pela calçada rápido como o vento, silencioso como um fantasma, um animal revestido em couro à espreita de sua caça. Havia encontrado seu primeiro alvo naquela noite, mas no momento estava preso, controlando-se, esperando até ter um pouco de privacidade.

Nada de lutar em público para a Irmandade. A menos que fosse absolutamente necessário.

E aquela luta faria um pouco de barulho. Os três *redutores* diante dele eram fortes, todos pálidos, dispostos, movendo-se com o ritmo mortal de corpos pesados em chão sólido.

Caramba, precisava pegá-los num beco.

Conforme os três caminhavam, a tempestade acima deles começou a cair, com raios brilhantes e os trovões gritando. O vento corria pelas ruas formando forças que pressionavam e cediam nas costas de Z.

Ele tentou ser paciente, mas esperar parecia um castigo.

Então, como um presente da Virgem Escriba, o trio entrou numa ruazinha. E viraram-se para encará-lo de frente.

Ah, então aquilo não era um presente nem sorte. Eles sabiam que Z. estava em seu percalço e estavam procurando por algum canto escuro onde pudessem resolver a parada.

Ótimo, hora da valsa, safados.

Z. tirou a adaga da bainha e começou a correr. Quando se aproximou, os *redutores* recuaram, entrando ainda mais no beco comprido, procurando as sombras necessárias para se esconderem dos seres humanos.

Zsadist mirou no assassino da direita porque o idiota era o maior e tinha a maior faca, por isso desarmá-lo era uma prioridade tática. Era algo também que Z. estava louco para fazer.

Seu ritmo aumentou cada vez mais, e logo ele estava correndo muito, com as botas praticamente não tocando o asfalto. Enquanto se movia, ele era o vento, carregando, puxando, derrubando o que estivesse pela frente.

Os *redutores* ficaram prontos, trocando de posição, preparados para o conflito, de modo que o cara maior ficou na frente e os outros dois, nas laterais.

No último momento, Z. se encolheu e rolou no asfalto. Então, ele se ergueu e atacou com sua adaga, acertando o *redutor* da frente na garganta, abrindo o maldito como se fosse uma almofada. Cara, cavidades abdominais não são bonitas de se ver mesmo sem comida no estômago, e o assassino se desfez em uma cascata de sangue preto.

Infelizmente, enquanto caía para seu cochilo, ele conseguiu acertar Z. no pescoço com a lâmina de sua faca.

Z. sentiu a pele se abrir e a veia começar a vazar, mas não havia tempo de se preocupar com o ferimento. Concentrou-se nos outros dois assassinos, deixando a segunda adaga livre de modo que pudesse ter duas armas mortais em uso. A luta ficou pesada em pouco tempo, e quando um segundo ferimento abriu seu ombro, pensou que talvez precisasse de ajuda para voltar para casa depois.

Principalmente quando sentiu uma corrente de aço serpentear por seu pescoço e prendê-lo. Com um puxão, foi derrubado, e o pouso foi tão ruim que parecia que seu corpo havia sido amassado: o ar fugiu de seus pulmões. Z. não conseguia respirar.

Um pouco antes de desmaiar, pensou em Bella, e o medo de deixá-la fez com que recebesse a injeção de força que precisava. Conseguiu respirar, puxando tanto ar que encheu o corpo todo. E no momento certo.

Quando os dois *redutores* caíram sobre ele, Zsadist se virou para o lado e conseguiu se erguer, ficando em pé. Por instinto e experiência, deu um golpe duplo clássico no primeiro dos assassinos, quase o decapitando. Em seguida, apunhalou o outro no ouvido, derrubando-o no chão.

Mas quatro outros apareceram: reforços chamados, prontos para trabalhar.

Z. agora estava numa enrascada.

Ele tirou uma das adagas da bainha e pegou uma das SIGs, apesar de saber que a arma faria barulho quando fosse usada. Aquilo estragou seu orgulho. Ele estava destravando a arma quando viu duas luzes verde-claras no fundo da rua.

Como os *redutores* ficaram parados, eles claramente também perceberam.

Z. disse um palavrão.

A temperatura do ar caiu cerca de vinte graus. De repente. Como se alguém tivesse derrubado duas toneladas de gelo seco ali e ligado um ventilador industrial.

Z. jogou a cabeça para trás e riu alto e longamente, sua força voltando a seu corpo mesmo com o corte na garganta e o ombro ferido. Quando a chuva começou a cair. Ele foi tomado por agressividade.

Os *redutores* claramente acharam que ele estava maluco. Mas um raio caiu e iluminou a rua.

Wrath apareceu do outro lado, com as pernas grandes parecendo dois troncos de árvores fincados no chão, os braços esticados, o vento da tempestade remexendo o cabelo que chegava à cintura. Seus olhos brilhantes eram um sinal claro da morte na noite, as presas brancas, afiadas e visíveis a metros e metros de distância. Ele segurava as estrelas ninja, na cintura estavam suas pistolas Beretta... e no peito estavam as adagas negras da Irmandade, as armas que ele não havia usado desde sua ascensão.

O rei estava lá para matar.

Zsadist olhou para os *redutores*, e um deles estava telefonando para pedir mais reforços.

Cara, Z. pensou: estava pronto para voltar ao jogo.

Ele e Wrath nunca tinham lutado juntos antes, mas isso mudaria naquela noite. E iriam vencer.

Bem mais tarde, de volta à mansão, Beth caminhou pela sala de bilhar. Ao longo da noite, ele havia transformado a mesa de bilhar no centro de seu universo: o quadrado de feltro verde com bolsas e bolas coloridas era o sol de seu sistema solar, e ela rodava e rodava...

Deus, ela não sabia como Mary e Bella lidavam com aquilo sabendo que seus *hellrens* estavam fora naquela noite, lutando contra um inimigo sem fim que tinha armas que não apenas mutilavam, mas matavam.

Quando Wrath contou o que queria fazer, o que precisava fazer, ela havia se controlado para não gritar com ele. Mas, Cristo, ela já o havia visto numa cama de hospital, preso a fios, máquinas e tubos, ferido, morrendo, indo e vindo entre a vida e o nada.

Não tinha o menor interesse em reviver aquele pesadelo.

Sim, ele havia feito o melhor que pôde para tranquilizá-la. E disse que tomaria cuidado. E disse também que havia lutado cerca de trezentos anos e estava preparado para aquilo. E que seria apenas aquela noite.

Mas aquilo importava? Ela não estava pensando nos trezentos anos que ele passou voltando para casa em segurança de madrugada. Preocupava-se com aquela noite especificamente, quando ele pudesse não voltar. Afinal, ele era de carne e osso, havia um tempo limitado para sua vida, um tempo que poderia acabar a qualquer momento. Só precisaria levar um tiro na cabeça, no peito ou...

Ela olhou para baixo e percebeu que não estava mais se mexendo. E aquilo fazia sentido. Evidentemente, seus pés haviam se colado ao chão.

Forçando-se a caminhar novamente, pensou que Wrath era o que era: um guerreiro. Ela não havia se casado com um cara qualquer. O sangue da luta existia dentro dele, e havia ficado preso em casa no último ano, por isso era inevitável que se libertasse.

Mas, oh, Deus, ele tinha de sair e...

O relógio começou a tocar. Cinco da manhã.

Por que eles não estavam de volta?

A porta do vestíbulo se abriu e ela escutou Zsadist, Phury, Vishous e Rhage entrarem. As vozes graves ressoavam, as palavras eram rápidas e fortes. Estavam animados com alguma coisa, revigorados.

Se Wrath estivesse ferido, eles certamente não agiriam daquela forma, certo? Certo?

Beth foi até a porta e teve de segurar na maçaneta. Z. estava sangrando, a blusa justa encharcada de líquido vermelho, as adagas molhadas e brilhantes também. Mas ele nem parecia se importar. Seu rosto brilhava e iluminava os olhos. Caramba, ele se comportava como se tivesse sofrido picadas de pernilongo, e não cortes enormes.

Sentindo-se tonta, porque achava que alguém tinha de se sentir assim por ele, Beth observou os quatro seguirem para a porta escondida embaixo da escada. Sabia que estavam caminhando para a sala de primeiros socorros no centro de treinamento e tentou imaginar como Bella se sentiria se visse Z. daquele jeito. Mas, conhecendo os Irmãos, a fêmea não teria a chance de vê-lo ferido. Os machos com parceiras da casa sempre tinham o cuidado de fechar os ferimentos e se limpar antes de encontrarem suas *shellans*.

Antes de os Irmãos descerem pelo túnel, Beth entrou no saguão, incapaz de esperar mais.

– Cadê ele? – perguntou em voz alta.

Eles pararam e mudaram a expressão, como se não quisessem ofendê-la com aquela aparência.

– Ele volta logo – Phury disse, com os olhos amarelos gentis, o sorriso mais gentil ainda. – Ele está bem.

Vishous sorriu também.

– Ele está mais do que bem. Está vivo.

E então ela ficou sozinha.

Quando estava prestes a ficar irritada, a porta do vestíbulo se abriu novamente e uma rajada de vento entrou como um tapete sendo desenrolado.

Wrath entrou na mansão e ela arregalou os olhos. Não o viu partir mais cedo, não tinha conseguido observar, mas o via agora.

Deus do céu, ela o via bem agora.

Seu *hellren* estava como ela o conhecera naquela noite em que ele entrou em seu antigo apartamento: uma ameaça mortífera vestida com roupas pretas de couro, as armas presas a seu corpo tão essenciais quanto sua pele ou músculos. E daquela maneira ele irradiava força, do tipo que quebrava ossos, cortava gargantas e sangrava rostos. E daquela maneira, ele era um horror, um pesadelo... o macho que ela amava, com quem sempre estivera e do lado de quem sempre dormira, que lhe dava de comer com a própria mão, que a abraçava durante o dia, que se entregava a ela, de corpo e alma.

Wrath virou a cabeça até olhar para ela e disse com uma voz tão grave que ela mal reconheceu como sendo dele:

– Preciso transar com você agora mesmo. Amo você, mas preciso fazer sexo esta noite.

Ela só pensou em uma coisa: *corra. Corra, porque ele quer que você corra. Corra, porque ele quer ir atrás de você. Corra, porque você está com medo dele e isso a deixa sensual demais.*

Sabendo que liberava seu odor de excitação, Beth partiu descalça em direção à escada, subindo com pressa, as pernas apenas um borrão. Em poucos segundos, ela escutou quando ele partiu atrás dela, as botas batendo como trovões. A ameaça erótica dele a deixava ainda mais seduzida dificultando sua respiração, não por causa do esforço, mas porque ela sabia o que aconteceria assim que ele pusesse as mãos nela.

Quando chegou ao segundo andar, saiu correndo pelo corredor, sem saber aonde ia, sem se importar. A cada metro percorrido, Wrath se aproximava...

Ela sentiu que ele estava perto, uma onda prestes a quebrar, derrubando-a, varrendo-a e prendendo-a.

Ela entrou na sala de descanso do segundo andar e...

Wrath a segurou pelos cabelos e pelo braço, virando-a, jogando-a no chão.

Antes de cair, ele se torceu de modo que seu corpo absorvesse a queda e a protegesse. Enquanto ela se esforçava para ficar em pé, pensou que estava de frente para ele, seu peito sob seus ombros, sua ereção exatamente onde deveria estar.

E então parou de pensar.

As pernas de Wrath envolveram seus tornozelos, abrindo–os e prendendo-a. Com autoridade, levou a mãos entre as coxas dela, e Beth arqueou-se com um grito quando ele descobriu o quanto estava excitada. Quando ela parou de lutar, as portas duplas se fecharam, e então ele a rolou, deitando-a de rosto no chão. Subiu nela, segurando--a pela nuca. De perto, ele cheirava a suor e odor de vinculação, além do couro de suas roupas e a morte de seus inimigos.

Ela quase atingiu um orgasmo.

Wrath respirava com dificuldade enquanto afastava sua roupa íntima, o tecido gasto cedeu como se não ousasse desobedecê-lo.

Caramba, ela conhecia aquela sensação.

O ar frio soprou em seu traseiro quando as presas dele morderam a calcinha num dos lados, e então escutou o som de um zíper. As mãos de Wrath foram para o quadril dela, e abaixou a cabeça para encontrar aquilo que era dele.

Wrath mergulhou nela, duro como uma tábua, largo como um punho.

Beth esticou os braços no mármore enquanto ele prendia seu corpo e começava a assumir um ritmo faminto, cento e trinta quilos de sexo em cima dela, esticando seu corpo por dentro. As palmas de sua mão tocavam o mármore quando o primeiro orgasmo tomou seu corpo.

Ela ainda estava no ápice quando ele levou a mão ao queixo dela e virou seu rosto. O ritmo era tão intenso que ele não conseguia beijá-la...

Então ele sussurrou e mordeu sua jugular.

Começou a se alimentar, sugando com força, puxando sua veia com forte supremacia. A dor se espalhava e latejava, misturada ao fim do orgasmo, causando mais uma onda de prazer. E então ele começou a penetrá-la de novo, seu quadril batendo contra o dela, soltando o rosnado de um amante...

E de um animal.

Ele gemeu alto como uma fera quando chegou ao orgasmo, com a ereção penetrando-a como se tivesse vontade própria. O odor do acasalamento aumentou ainda mais enquanto a tomava, sua pulsação quente, densa.

Quando ele terminou, virou-a e se aninhou entre suas pernas, seu sexo brilhando, orgulhoso e totalmente ereto. Ainda não tinha terminado. Passando um dos braços tatuados por trás dos joelhos dela, Wrath puxou uma de suas pernas para cima e a penetrou de frente, com os enormes braços prendendo-a. Quando olhou para ela, seus cabelos escorregaram para frente com grandes fios pretos cobrindo seus olhos.

As presas estavam tão compridas que ele não conseguia fechar a boca, e quando se preparou para mordê-la de novo, ela estremeceu. Mas não de medo.

Aquele era seu verdadeiro "eu" que se escondia sob as roupas e na vida que levava. Aquele era seu parceiro na essência: pura força.

E Deus, ela o amava.

Principalmente daquele jeito.

Wrath estava tomando Beth com fúria, o membro duro como osso, as presas parecendo marfim enterrado em seu pescoço. Ela era tudo que ele precisava e que desejava: o amortecimento para sua agressividade, o amor que o cativava e o prendia.

Ele era a tempestade que caía; ela era a terra que recebia toda aquela força.

Quando Beth murmurou com o corpo tomado de prazer, ele se soltou e voou com ela. Seu membro se contraiu com força e seu orgasmo começou...

Soltando sua veia, ele desabou entre seus cabelos enquanto começava a relaxar.

E então se ouviu apenas a respiração ofegante dos dois.

Tonto, perdido, saciado, ele ergueu a cabeça. E depois o braço.

Ele mordeu o próprio punho e o levou aos lábios dela. Enquanto ela sugava em silêncio, ele acariciava seus cabelos com a mão gentil e uma vontade de chorar.

Quando ela ergueu os olhos azuis para os dele, tudo desapareceu. Os corpos dos dois se desmaterializaram. O quarto onde estavam deixou de existir. O tempo se tornou nada.

E nesse espaço vazio, o peito de Wrath se abriu como se tivesse levado um tiro, uma dor lancinante passando por suas terminações nervosas.

Ele sabia que existem muitas maneiras de se partir um coração. Às vezes é pela agitação da vida, a compressão da responsabilidade, o direito e o dever que sufocam a ponto de você não mais conseguir respirar. Apesar de seus pulmões estarem funcionando bem.

E às vezes é pela crueldade casual de um destino que leva você para longe de onde pensou que terminaria.

E às vezes é a velhice diante da juventude. Ou a doença diante da saúde.

Mas às vezes é apenas porque você está olhando nos olhos de seu amor e a gratidão por tê-lo em sua vida transborda... porque você mostrou a essa pessoa o que havia dentro de você e ela não fugiu assustada nem se virou; ela o aceitou e o amou no meio de sua paixão e de seu medo... na combinação dos dois.

Wrath fechou os olhos e se concentrou nas sugadas em seu punho. Deus, elas pareciam as batidas de seu coração. E fazia sentido.

Porque ela era o centro de seu peito. E o centro de seu mundo.

Ele abriu os olhos e mergulhou naquele azul escuro.

– Amo você, *leelan*.

A natureza de Phury

Postado em 15 de agosto de 2006

Esta foi escrita também após Amante Desperto, quando o desejo de Phury por Bella estava mais forte:

No último fim de semana, eu fiquei sozinho em casa, caminhando de um lado a outro. Eu estava passando por cima de tudo ao meu redor. Não estava realmente andando, estava vagando. Inquieto. Faço muito isso, porque sou um maluco e minha mente não para.

Numa atitude inesperada, entrei no carro, desci os vidros e o teto solar e liguei o motor: às vezes nossa fuga tem quatro rodas e ritmo certo. E ainda bem que existem essas válvulas de escape.

Quando parti, o sol estava começando a se por. Eu dirigi muito, para muito longe de casa. Dirigi para o Rio Ohio e peguei a estrada que contorna sua beira. Tenho feito isso ultimamente. Simplesmente parto, nada além de mim, do carro, do vento do verão e da música. As árvores formavam um túnel verde-escuro que eu segui com grande esperança de que pudesse me levar a outro lugar, diferente do qual eu estava.

Funcionou.

Enquanto eu dirigia, o sol à esquerda parecia um disco gordo e grande descendo, como se alguém tivesse amarrado uma corda nele e estivesse tentando puxá-lo do céu, mas sua força inerente lutava contra. Ao meu redor, o ar estava muito úmido, denso como uma nuvem, com cheiro de... verão, na verdade. E aquela doce umidade cobria minha pele, e eu gostei do que estava vestindo ali.

Na estrada, a vida era doce. A vida era um presente precioso, não o peso que pode ser às vezes. A vida era o mistério que deveria ser.

E eu me peguei pensando em Phury.

Dirigindo sozinha para longe de casa... ele me seguia. Como se estivesse no carro comigo, com o cotovelo na janela aberta, o vento movendo seus cabelos. Eu imaginei seus olhos amarelos brilhando como o sol e me aquecendo.

É claro, ele não estava comigo. Se estivesse, eu estaria em chamas. Mas ele estava em minha mente, observando através dos meus olhos, escutando o que estava ao meu redor. Escorregou por meu peito como um fantasma, tomou o espaço em minha medula e assumiu volante, marchas e acelerador. E enquanto estava comigo, conversava a respeito da natureza do Não Ter. Do Não Poder Ter. Do Nunca Possível.

Do Não Realizado.

Eu o vi sentado à mesa na sala de jantar. Bella estava sentada do outro lado da mesa, cercada pelos talheres, pratos, pessoas... cercada por uma distância intransponível. Estava observando suas mãos. Observando-a cortar sua carne e remexer o garfo e a faca, espetando o carneiro e o levando a seus lábios. Ele observou as mãos dela porque era a única opção socialmente aceitável que tinha.

É um inferno querer o que não se pode ter. Porque a mente vagueia. Leva em direções não desejadas. Provoca com sabores que nunca serão degustados, curvas que nunca serão percorridas, sentimentos que nunca serão expressados.

Ele está preso em sua honra e seu amor por seu irmão gêmeo, preso também por seu respeito por Bella. Um escravo de sua moral.

Acredito que o mais difícil para ele seja o fato de Bella estar sempre por perto. Ele a vê todos os dias. Ele sabe que em todas as noites que retorna para casa, ela estará lá.

O que ele faz? Ele se deita em sua grande cama e fuma cigarros que o deixam calmo. E reza para que tudo acabe logo. O que torna tudo pior é a felicidade genuína que sente por Zsadist: há grande alívio no inferno de Phury, porque ele sabe que Z. agora tem um futuro.

Alívio... sim, alívio. Mas em alguns momentos isso perde a cor. Phury olha para a perna que está faltando e se sente incompleto e indigno, fraco e incapaz, e não exatamente por causa da perna amputada, porque quanto a isso não existem arrependimentos. O que perturba durante os dias em que a casa está silenciosa e Bella e Z. estão dormindo juntos... o que perturba Phury é o fato de não ter qualquer noção e capacidade no sexo, e não há como sair desse deserto. Mesmo que ele abrisse mão do celibato, mesmo que encontrasse uma fêmea e a colocasse de costas e a penetrasse, o que isso curaria, exatamente? Um ato sexual sem graça e sem cuidados não o faria se sentir melhor. No máximo, o feriria ainda mais porque sabe que não é o que ocorre entre Z. e Bella.

Não... Phury está do outro lado do rio, observando um por do sol. Incapaz de tocar. Apenas podendo olhar. E nunca ter.

Assim, em seu vazio e patético desejo, em sua fraqueza, em sua deplorável onda de emoção... ele observa as mãos de Bella enquanto ela come. Porque é tudo o que pode fazer.

Ele aguarda um pouco de alívio. Sabendo que não virá em breve.

Ele se detesta.

A descida na qual está parece sem fim, e ele não tem corda para sair, não tem rede na qual pular, nada para impedir sua queda. Só pode prever um impacto ruim, uma explosão de seu corpo quando encontrar o chão.

Para Phury, a natureza do Não Ter, do Não Poder Ter, do Não Possível, do Não Realizado, o faz entrar em locais mais escuros do que previu. Acredito ter pensado que se Z. se curasse um pouco, seu próprio sofrimento terminaria.

Errado. Porque Phury faria qualquer coisa para ter essa mesma cura que ajudou o irmão a conseguir.

Bem... isso foi o que eu descobri no Rio Ohio numa noite de verão... na solidão... onde só existia eu, as luzes de carros que se aproximavam e a brisa úmida do ar.

Algumas distâncias nunca serão percorridas.

A ENTREVISTA QUE NUNCA ACONTECEU

Postado em 6 de outubro de 2007

Esta cena foi feita logo depois de Amante Liberto ser lançado:

Ontem à noite, fui ao complexo da Irmandade para uma entrevista agendada com Butch e Vishous. Eles me deixaram esperando... o que não deveria me surpreender, e não surpreendeu. E a entrevista também não aconteceu. Isso também não foi surpresa...

Fritz foi quem me deixou entrar no Buraco, ele me paparicou como sempre. Juro que não há nada que deixe um *doggen* mais agitado do que não poder fazer algo por você. Ele ficou tão ansioso que eu entreguei a minha bolsa só para que ele pudesse ter algo para fazer.

Bem, não costumo entregar minha bolsa a outras pessoas – nem mesmo para um mordomo que eu precise agradar a qualquer custo. Acontece que minha bolsa tem muitos detalhes em couro mais claro, e a faixa que corre por cima e pela frente tem uma mancha pequena azul feita a caneta. Ninguém nota esse deslize pequeno... só eu, mas isso me irrita desde que foi feito e sempre quis me livrar da imperfeição. (Caramba, cheguei a ir uma loja especializada e perguntei se eles seriam capazes de remover aquilo. Eles disseram que não, porque o couro é poroso e absorveu a tinta em suas fibras. Nem preciso dizer que combati minha depressão com novas aquisições.).

Quando entreguei a bolsa a Fritz e perguntei se havia alguma maneira de retirar aquele risco, ele sorriu como se eu tivesse entregado um presente de aniversário e saiu pela porta da frente. Quando a porta enorme do Buraco, que mais parece a proteção de uma fortaleza, se fechou, percebi que a minha única caneta, aquela que havia criado o risco, estava dentro da bendita bolsa.

Felizmente, Butch e V. costumam ser memoráveis, por isso pensei em apenas guardar os registros na memória.

Fiquei sozinha no Buraco. Jane saiu, estava realizando exames no Abrigo. Marissa também estava lá, cuidando das coisas. São três da madrugada e Butch e V. devem voltar para casa logo, depois de uma noite de lutas. O plano é que eles conversem comigo e que eu parta quando terminarem. As entrevistas não são bem vistas na Irmandade. Eu compreendo. Elas roubam um importante tempo livre, além de causarem muito estresse.

Olhei para meu relógio e não consegui relaxar. Não sei como as *shellans* aguentam esperar que cheguem em casa. Não saber o que aconteceu deve ser terrível.

Eu olho ao redor. A mesa de cartas está bem limpa. É a mesa nova, claro. A antiga foi aposentada numa confusão envolvendo uma lata de espuma de carnaval, três metros de fita, duas armas de paintball e uma lata de cola do tamanho de um carro pequeno. Pelo menos, foi o que Rhage contou. Ele aumenta, mas não inventa.

Do outro lado da sala, na mesa de V. os computadores parecem um monte de fofoqueiros cochichando juntos, trocando histórias a respeito de quem está, onde está, fazendo o quê dentro do complexo da Irmandade. O aparelho de som atrás deles parece algo saído do futuro. Está tocando rap, mas não tão alto quanto antes. *Curtis*, do 50 Cent. Pois é, conclui que para V. não poderia ser Kanye.

O que consigo ver da cozinha causa certo choque. Está tudo organizado, os balcões não têm copos, os armários estão todos fechados, o lixo quase não existe. Aposto que há alguma coisa dentro da geladeira além de restos de Taco Bell e ketchup. Droga, tem até uma travessa de frutas. Pêssegos. Claro.

Mudança, eu penso. As coisas mudaram aqui. E dá para ver, não apenas por que há um par de sapatos de salto alto perto do sofá e cópias do *New England Journal of Medicine* no meio de todas aquelas coisas.

Olhando ao redor, eu penso a respeito dos dois caras que vivem ali agora com suas parceiras. E eu me lembro da época de *Amante Sombrio*, quando V. e Butch passavam a noite naquele quarto de hóspedes no andar de cima, na casa de Darius. Butch perguntou a respeito da mão de V. Ele chamou aquilo de desejo de morte. Os dois se entenderam bem. Minha parte favorita foi quando Wrath chegou na noite seguinte e disse: "Olha só, ainda bem que vocês estão confortáveis". Acho que vocês se lembram da resposta, não é?

E aqui estamos, dois anos depois, e eles continuam juntos.

Nós, membros da Nação do Red Sox somos leais.

Mas tudo está diferente...

A porta para o túnel subterrâneo se abre e Butch entra. Está cheirando a *redutores*, aquele cheiro de talco de bebê. Levo a mão ao nariz para não engasgar.

– A entrevista foi cancelada – ele disse com a voz rouca.

– Ah... tudo bem, não tenho uma caneta – eu digo, medindo a seriedade dele e a maneira com que caminha com sua botas de combate.

Butch tropeça em seus próprios pés e bate nas paredes ao ir para o quarto.

Ótimo. O que devo fazer agora?

Espero um minuto. Então, vou para o corredor porque... bem numa situação assim, você quer ajudar, não é? Quando chego à porta de seu quarto, vejo suas costas nuas e rapidamente desvio o olhar.

– Precisa de alguma coisa? – eu pergunto, sentindo-me uma idiota. Posso escrever a respeito dos Irmãos, mas, convenhamos, sou um fantasma no mundo deles, uma espectadora, não participante.

– Do V. Mas ele já está vindo...

A porta da frente se abre e minha cabeça se vira como se estivesse sendo puxada.

Oh... caramba...

Então, acontece que V. não vai muito com a minha cara. Nunca gostou de mim. E levando em consideração que ele tem quase cento e quarenta quilos e tem o lance da mão da morte, sempre que fico perto dele me lembro dos ataques de pânico que sofri ao longo de minha vida. Todos eles. Ao mesmo tempo.

Eu engulo seco. V. está usando roupas de couro pretas e sangrando em uma ferida no ombro, com um mau humor do cão. Ao olhar para mim, mostra suas presas.

– Você só pode estar de brincadeira. – Ele tira a jaqueta de couro e joga no chão. Tem mais cuidado ao retirar as adagas. – Cara, esta noite só piora.

Eu me calo. Afinal, que tipo de resposta se pode dar a esse tipo de recepção? Além de me enforcar no banheiro, tenho certeza quase absoluta de que não posso fazer nada, além disso, para animá-lo.

V. passa por mim para chegar a Butch e eu me encolho contra a parede, tentando ficar imperceptível. Para mim até que é fácil. Sou magra como uma tábua, longa e sem curvas.

Gostaria de lembrar que V. é enorme. ENORME. Quando ele passa por mim, mal consigo olhar acima de seus ombros, e o tamanho do corpo dele faz com que eu tenha a impressão de que tenho cinco anos e estou no meio de um monte de adultos.

Quando para na porta do quarto de Butch, não consigo sair, apesar de saber que preciso. Simplesmente não consigo. Felizmente, V. se concentra no tira.

Pobre Butch.

– O que você estava fazendo? – ele rosna.

A voz do tira sai com dificuldade, mas não é fraca.

– Podemos esperar para ter esse papo em dez minutos? Vou vomitar...

– Você achou que aqueles assassinos não estavam armados?

– Olha, você bancando a esposa mandona não está ajudando...

– Se ao menos você usasse o cérebro uma vez...

Enquanto os dois começam a discutir, penso que estou pronta para sair. Testosterona demais no ar me deixa zonza. E não num modo bom.

Eu volto para o corredor, pensando o que fazer a respeito da entrevista que deveria realizar com eles, quando percebo... marcas de pés com sangue. V. deixou marcas de sangue. Ele deve ter se ferido gravemente, dada a quantidade de sangue nas tábuas.

Macho estúpido. Filho da mãe estúpido, arrogante, miserável, recluso. Idiota estúpido, desleixado, tolo, ranzinza, irritado, independente, calado e arrogante.

Eu mencionei que depois do processo tenebroso de escrever o livro de V. fiquei com problemas com ele também? Ele não é o único a sentir ódio em nosso relacionamento.

Enquanto Butch e ele continuam a discutir como dois cachorros, eu fico irritada. Caminho até onde está a jaqueta de couro de V. e resmungo ao pegá-la do chão. Ela pesa quase a mesma coisa que eu, e, para ser honesta, não quero saber o que há ali dentro.

Mas descubro, porque procuro nos bolsos.

Munição para sua Glock. Faca de caça com sangue de *redutor*. Isqueiro de ouro maciço. Uma caderneta preta que não folheio (porque, afinal, isso seria uma enorme invasão de privacidade). Chiclete Wrigley. Canivete suíço (provavelmente porque a faca de caça não tem uma tesoura de unha).

Telefone celular.

Abro o aparelho e aperto *J. Dois segundos depois, Jane atende.

– Ei, como está meu cãozinho?

Sim, ela o chama de cãozinho. Nunca perguntei o motivo. V. arrancaria a minha cabeça e parece intromissão demais perguntar a Jane. Mas Rhage deve saber... hum...

– Oi, Jane – eu digo.

– Oh, é você! – Ela ri. Jane ri de modo caloroso, daquele jeito que faz com que você respire profundamente e ria junto, porque você sabe que tudo vai ficar bem se ela estiver envolvida. – Como está indo a entrevista?

– Não está. Seu homem está ferido, Butch está fazendo as coisas dele e tenho a impressão de que se não sair o mais rápido possível, serei expulsa pelo seu homem. De cabeça.

– Oh, pelo amor de Deus. O V. às vezes é um cretino.

– Por isso dediquei o *Amante Liberto* a você.

– Estou indo agora mesmo. Vou apenas avisar Marissa.

Quando desligo, percebo que o Buraco está bem mais silencioso agora... e há uma luz vinda do corredor. Eu caminho na ponta dos pés e paro quando chego na entrada do quarto de Butch.

Eles estão na cama. Juntos. Vishous se deitou, abraçou Butch, e seu corpo todo brilha suavemente. Butch está recostado no Irmão, respirando lentamente. A força curativa de V. está funcionando. Dá para saber por que o cheiro de *redutor* está desaparecendo.

Os olhos brancos de V. se abrem e se voltam para mim com o olhar constante de um predador. Levo a mão à garganta.

Nesse momento entre nós, tento entender por que ele me odeia tanto. Chega a doer.

A resposta que escuto em minha mente é: você sabe por quê. Você sabe exatamente por quê.

Sim, eu meio que sei, não é? Na verdade, sei exatamente.

– Sinto muito – sussurro.

Ele fecha os olhos. E então Jane se materializa bem do meu lado.

Jane continua sendo, como fantasma, o que era como ser humano. Ela toma o mesmo espaço, tem a mesma voz e a mesma aparência... e quando me dá um abraço, parece tão quente e sólida como era antes do que aconteceu.

– Querida... – V. disse da cama.

Caramba, que voz sensual.

Jane olhou para o quarto e o sorriso que iluminou seu rosto foi de tirar o fôlego. Ela não é superlinda. Mas tem um rosto de aparência inteligente que combina com seu grande cérebro, e por gostar de pessoas inteligentes, eu gosto dela.

– Ei, cãozinho – ela diz a Vishous.

V. sorriu para Jane. Eu já disse isso? Quando ele a vê, sorri de verdade. Com o restante das pessoas, apenas esboça um sorriso. Se sentir vontade.

– Fiquei sabendo que você se feriu – Jane disse, colocando as mãos no quadril. Estava vestindo um avental branco e levava um estetoscópio ao redor do pescoço, ambos sólidos. O restante de seu corpo é um pouco claro, a menos que ela queira pegar alguma coisa ou abraçar alguém: nesse caso ela se torna totalmente presente.

– Estou bem – ele respondeu.

– Ele está ferido – Butch e eu dissemos ao mesmo tempo. V. olhou fixamente para mim. E então acalmou o tira passando a mão por suas costas.

– Encontre-me em nosso quarto quando terminar – Jane disse a seu *hellren*. – Vou examiná-lo.

– É isso o que quero – V. respondeu com um ronronado.

Segui Jane pelo corredor porque estava se tornando uma coisa meio *voyeur* ficar olhando para os dois. (Gostaria de acrescentar aqui, a propósito, que Jane não se sente incomodada pela proximidade dos dois machos, nem Marissa. Isso mostra como as duas fêmeas são seguras. Seguras e bem amadas.).

– Então, o Abrigo está mesmo funcionando – Jane diz enquanto entrávamos no quarto repleto de livros que ela divide com seu macho. O local poderia ser uma biblioteca, não fosse a cama *king-size* no centro. Os dois leem muito.

– Sim, fiquei sabendo. – Peguei um dos títulos sobre a escrivaninha. É um livro sobre bioquímica. De universidade. Pode ser dos dois. – Quantas fêmeas estão lá agora?

– Nove mães, quinze filhos. – Jane começa a falar e seu entusiasmo e comprometimento ficam evidentes em sua animação. Permiti que ela prosseguisse, mas deixei de ouvir com atenção. Pensei numa conversa que eu tive com ela cerca de três meses atrás, em junho.

Era sobre morte. A dela. Perguntei se havia se desapontado com seu fim. Por ter se tornado um fantasma. O sorriso que recebi deixou claro que ela não tinha qualquer problema com aquilo, e ela me disse algo que não me esqueci desde então: "Quarenta anos como ser humano *versus* quatrocentos anos com ele?", ela murmurou, balançando a cabeça. "Pois é, não é difícil ver o melhor resultado. Afinal, a tragédia me deu a vida com o homem que eu amo. Como poderia me desapontar?"

Acredito que compreendo o que ela quer dizer. Sim, há algumas coisas que eles não têm. Mas Jane já tinha quase quarenta anos quando os dois se conheceram. O que significa dizer que ela teria sorte se tivesse mais duas ou três décadas com ele antes do envelhecimento pegá-la. E isso se ela não tivesse câncer ou um problema cardíaco ou qualquer outro desastre que a matasse ou a impedisse de levar uma vida normal. Além disso, ela também já perdeu a irmã, os pais e, caramba... inúmeros pacientes. Depois de todas as mortes que viu, acho bacana que ela se livre disso a partir de agora. E Jane não tem que se preocupar com a morte de V. Ela pode ir e vir do Fade. Eles sempre estarão juntos. Sempre.

Então ela está vivendo a eternidade. Com o macho que ama. Nada mal.

Além disso, pelo que soube, o sexo continua sendo coisa de outro mundo.

– Tire suas roupas – ela disse.

Eu olho para a roupa preta que visto e me pergunto se derrubei alguma coisa em mim. Mas não, Vishous chegou. Ele já terminou o que estava fazendo com Butch.

Saio da frente quando ele entra e, sim, olhei para o chão quando escutei as roupas sendo retiradas. V. riu com rouquidão, e eu senti o odor de vinculação. Aposto que assim que sair, eles vão...

É... pois é.

Que legal, agora estou corando.

Jane diz um palavrão e eu escuto uma caixa sendo aberta. Olho para cima. É um kit de primeiros socorros, e quando ela termina de limpar um corte enorme na coxa de Vishous, Jane tira uma agulha, uma linha cirúrgica e uma seringa que acredito estar cheia de lidocaína.

Certo, decido olhar para baixo para essa parte. Adoro assistir programas de medicina na televisão, mas sempre precisei desviar o olhar nas partes mais pesadas – e era preciso naquele momento na minha frente, parecendo muito mais real.

Escutei V. resmungar e Jane murmurar alguma coisa.

Droga. Precisei ver. Olhei para cima. As mãos de Jane são muito firmes, e ela está costurando o homem com grande precisão, como quem já fez aquilo um milhão de vezes. Vishous olhava para ela, com um sorriso bonitinho.

– Não é bonitinho – ele interrompeu. – Não tenho um sorriso bonitinho.

Engraçado, mas na presença de Jane, ele se torna mais delicado. Não é exatamente bonzinho comigo, mas não me dá arrepios.

– É meio bonitinho – eu disse enquanto Jane ria. – Mas, claro, é bonitinho de um modo muito "sou um guerreiro vampiro e como *redutores* no almoço". Você é durão. Ninguém vai dizer que é peso-pena.

– Melhor assim – ele disse ao levar a mão brilhante aos cabelos de Jane. Foi interessante o que presenciei. Quando a luz entra em contato com qualquer parte dela, Jane se torna sólida, e quanto mais tempo ele passa tocando-a, maior a área se torna. Se os dois estiverem juntos no sofá – e sim, ele fica aconchegado com ela – Jane se tornará totalmente sólida e ficará assim por um tempo depois. A energia dele a deixa completa.

Isso é romântico.

No corredor, escutei uma porta se abrir e se fechar e passos vindos em nossa direção. Eu sei que se trata de Marissa, porque consigo sentir o cheiro de mar... e porque eu escutei Butch resmungar boas-vindas. Marissa para e espia dentro do quarto de V. e Jane. Ela cortou os cabelos, que agora terminam nos ombros, e está vestindo um terno preto muito bonito da Chanel que eu gostaria de ter.

Nós quatro conversamos por um tempo, mas Butch fica impaciente e chama sua fêmea, Marissa sorri e parte. Tira o terno ao se virar. Provavelmente porque sabe que suas roupas não ficarão em seu corpo por muito tempo.

– Pronto – Jane disse ao terminar de dar os pontos. – Bem melhor.

– Preciso cuidar de mais uma coisa, sabe?

– É mesmo? Seria o arranhão em seu ombro?

– Não.

Quando V. pegou a mão dela, eu limpo a garganta e caminho em direção à porta.

– Fico feliz por ver que todos estão bem. Talvez pudéssemos reagendar a entrevista. Sim... é, cuidem-se. Até mais. Tenham uma boa...

Disse tudo isso porque me senti estranha. Como uma intrusa. Jane respondeu com algumas palavras gentis e V. começou a puxá-la. Fechei a porta do quarto.

Atravesso o corredor e olho para a sala do Buraco mais uma vez. Penso que a mudança é algo bom. E não apenas porque, naquele caso, as coisas estão mais familiares. Eu gostei da mudança porque aqueles dois caras estão felizes e suas vidas estão melhores por causa das pessoas que encontraram. E Butch e Vishous continuam juntos.

Saio na noite de setembro e preciso proteger meu corpo do inverno. Faz frio em Caldwell; eu havia me esquecido de como a parte alta de Nova York fica fria rapidamente. E torço para que meu carro alugado tenha assentos aquecidos.

Estava entrando no carro quando a porta da frente da mansão se abriu e Fritz saiu correndo. Segurava minha bolsa no alto e corria, dizendo na escuridão:

– A bolsa! A bolsa!

Saio do carro.

– Obrigada, Fritz. Eu me esqueci dela.

O *doggen* faz uma reverência e diz num tom magoado:

– Sinto muito. Sinto muito mesmo. Não consegui tirar o risco de caneta.

Peguei minha bolsa e olhei para a alça. Sim, o risco azul continuava ali.

– Tudo bem, Fritz. Obrigada por tentar. Muito obrigada.

Depois de acalmá-lo mais um pouco e de recusar a oferta de uma cesta de piquenique cheia de alimentos, ele voltou para a casa. Quando escutei a porta sendo trancada, olhei para o defeito da bolsa.

Assim que vi o risco, quis uma bolsa nova. Totalmente. Gosto das coisas perfeitas e fiquei muito chateada por tê-la estragado... sua imperfeição a tornou desvalorizada a meus olhos.

Analisei o problema à luz da lua, observando seus defeitos. Caramba, ela está comigo há quase dois anos. Eu a levei até Nova York para uma reunião com meus editores e meu agente. Eu a levei nas férias para visitar meus dois melhores amigos na Flórida. Esteve comigo em eventos de autógrafos em Atlanta, Chicago e Dallas. Tem guardado meus dois celulares: o que uso com meus amigos nos Estados Unidos e o outro, para meus amigos de outras partes do mundo. Já coloquei dentro dela recibos de aluguel de carros, depósitos bancários e jantares com meu marido e cinema com minha mãe e minha sogra. Nela, tenho guardado fotos de pessoas que amo, trocos que não queria e cartões de visitas de pessoas com quem precisei manter contato. Ela tem ficado trancada dentro do carro enquanto caminho com meu mentor, durante compras rápidas em lojas, quando compro água e...

Sorrio e jogo a bolsa no banco da frente do Toyota Prius que aluguei. Entro, fecho a porta e pego a chave que havia deixado na ignição.

Escuto uma batida no vidro de trás do Prius e me assusto, quase torcendo o pescoço para olhar na direção do som. É Vishous com uma toalha ao redor da cintura e um curativo no ombro. Ele aponta para baixo mostrando que quer que eu abaixe o vidro.

Abaixei. Um vento gelado entrou e eu queria que fosse apenas o frio da noite, e não ele.

V. se abaixou e apoiou os braços enormes na lateral do carro. Ele não olha nos meus olhos, e isso me dá a chance de analisar as tatuagens em suas têmporas.

– Ela pediu para você sair, não foi? – pergunto. – Para se desculpar por ter sido grosseiro.

O silêncio dele significa sim.

Passei minha mão ao redor do volante.

– Tudo bem se a gente não se dá bem. Você sabe... não deve se sentir mal.

– Não me sinto mal. – Ele faz uma pausa. – Pelo menos, não sempre.

O que significa que ele se sente mal.

Caramba. Agora não sei o que dizer.

Sim, aquilo era esquisito. Muito esquisito. E francamente, fiquei surpresa por ele estar ali comigo. Pensei que ele fosse voltar ao Buraco e para as duas pessoas com quem se sente à vontade. V. não se relaciona. Ele é de pensar, não de sentir.

Conforme o tempo foi passando, concluí que a presença dele ali prova que sim, a sua maneira, ele se importa com o fato de as coisas estarem difíceis entre nós dois. E queria resolver a situação. Eu também.

– Bolsa bonita – ele disse, fazendo um gesto para a minha bolsa.

Limpo a garganta.

– Eu a risquei com caneta.

– Nem dá pra ver a marca.

– Mas eu sei que ela está ali.

– Então precisa parar de pensar tanto. É uma bolsa bem bacana.

V. bate o punho de leve contra o painel do carro como se fosse um adeus, e se levanta.

Eu o observo entrando no Buraco. Em suas costas, marcadas em sua pele, está o nome JANE escrito com estilo de inglês antigo.

Olho para a minha bolsa e penso em tudo que ela já guardou e todos os lugares onde já esteve. E comecei analisá-la pelo que faz por mim, e não pelo que não me dá por causa daquela imperfeição.

Ligo o carro e o viro, tomando o cuidado de não bater no GTO púrpura de Rhage, no gigante Escalade, no M5 de Phury nem no Carrera 4S de Z. Ao sair do pátio do complexo, procuro em minha bolsa e tiro meu telefone celular para ligar para casa. Meu marido não atende porque está dormindo. O cachorro não atende porque não foi treinado para isso.

– Oi, Boat, não fiz a entrevista, mas agora tenho algo sobre o que escrever. Estou ligada, então vou dirigir até chegar ao outro lado de Manhattan. Provavelmente vou parar no meio do dia na Pensilvânia. Telefone para mim quando acordar.

Digo a meu marido que o amo; depois, desligo. Coloco o telefone de novo dentro da bolsa. Eu me concentro na estrada à minha frente, pensando nos Irmãos...

Nada de novo nisso. Estou sempre pensando neles. Comecei a me estressar com Phury.

Num capricho, torcendo para que a minha mente se cale, eu me inclino para frente e ligo o rádio. Começo a rir. *Dream Weaver* está tocando.

Aumentando o volume no máximo, ligo o ar quente, abaixo os vidros e piso no acelerador. O Prius faz o que pode. Não é um GTO, mas o efeito para mim é igualmente bom. De repente, aproveito a noite, assim como Mary fez quando precisou fugir de si mesma.

Correndo pela escuridão, nas curvas da Rota 22, sou a ave que voa para longe. E torço para que esse espaço entre Caldwell e a vida real dure para sempre.

Perguntas e respostas com J. R. Ward

Perguntas e respostas com J. R. Ward

Se você for a um de meus eventos de autógrafos, poderá perceber que seção de perguntas e respostas é a melhor. Sou bombardeada com perguntas a respeito dos Irmãos, dos livros, do que está acontecendo, do que aconteceu, sobre Boo, sobre os caixões, se as *shellans* saem juntas para se divertir, como Jane consegue trabalhar... A advogada que existe dentro de mim adora isso e, cara, os leitores são espertos. Eles não perdem nada e eu tenho um respeito gigante por eles. Quando se trata de coisas que já ocorreram nos livros, sou direta em minhas respostas. Quando falam sobre o futuro da série, no entanto, eu, advogada que sou, tomo cuidado com minhas palavras. É claro que às vezes eu falo demais e revelo um ou dois segredos. Mas na maioria das vezes peço que continuem lendo ou respondo exatamente o que eles perguntaram, e nem uma palavra a mais.

Eles percebem quando eu tento desviar os assuntos.

Para este Guia, achei legal manter a tradição das perguntas e respostas, por isso pedi por perguntas no meu fórum e no Yahoo! Group. Recebi mais de três mil! Depois de ler cada uma delas, escolhi as seguintes:

Alguma vez um personagem, no meio de um processo de criação, fez um motim e disse "Não, não vamos fazer as coisas assim."? Qual deles, e como você fez para que voltassem a colaborar? – Jillian

Tenho que admitir que quando vi esta pergunta, eu ri – quem me dera! Jillian, você me dá crédito demais. Como eu disse na seção dos dossiês, as coisas com os Irmãos são assim: eu não tenho controle sobre eles. Os Irmãos fazem o que querem em minha mente e meu trabalho é apenas ser fiel com os registros do que vejo. Não sei de onde eles vieram ou por que me escolheram, mas sei de uma coisa com certeza: se eles forem embora, fico sem nada. Então, eu é que preciso colaborar, não eles, entende?

De onde você tirou inspiração para os nomes dos Irmãos? A maioria dos romances de vampiros que eu li parecem usar nomes antigos ou elegantes, enquanto os seus são diferentes, diretos e não deixam espaço para confusão a respeito dos tipos de machos que batizam. – Amber

Os Irmãos deram nomes a si mesmos, na verdade – e eu fiquei um pouco confusa no começo. Quando Wrath entrou em minha mente e comecei a esboçar o *Amante Sombrio*, escutava quando o chamavam de Roth. Roth? Pensei. Que nome é esse? Roth... Roth...

Os Irmãos e suas histórias estão sempre em minha mente, mas existem dois tipos de situação onde eles assumem o controle total: enquanto faço corrida e quando estou adormecendo, à noite. Então, ali estava eu, percorrendo quilômetros, olhando para o teto escuro... e o nome Roth não saía da minha cabeça, juntamente com uma centena de outras coisas que aconteceram em *Amante Sombrio*. De repente, percebi que tinha entendido errado. Não era Roth... era Wrath. Assim que entendi, o restante dos nomes dos Irmãos se encaixou, assim como a maneira de escrevê-los.

A história por trás dos nomes, como eu disse antes, é que são nomes tradicionais da Irmandade e podem ser dados apenas a descendentes da linhagem dos Irmãos. Com o tempo, os nomes foram transformados no idioma inglês e passaram a ser associados a emoções fortes e agressivas. Acredito que eles combinam perfeitamente com os Irmãos porque, como você disse, não deixam espaço para confusão no que diz respeito ao tipo de machos com os quais estamos lidando!

Se você tivesse a chance de voltar e reescrever alguma parte dos livros publicados, faria alguma mudança? Houve alguma coisa que foi excluída que você gostaria de voltar a acrescentar? Algum dos personagens da Ir-

mandade da Adaga Negra tem um lado profundo que você gostaria de ter explorado mais? Você se arrependeu de alguma coisa? – Flowerlady

Bem, eu nunca acho que os livros estão ótimos. Sempre tenho a sensação de que poderia ter feito um trabalho melhor. Mas é a minha maneira de ser. Nunca fico satisfeita comigo mesma ou com qualquer coisa que faça, então essa reação não é específica ao que escrevo.

Quando edito os livros, sou a única que tira ou acrescenta algo. Minha editora e eu conversamos, ela me dá suas opiniões e discutimos uma coisa ou outra, mas nada muda a menos que eu queira ou mude. Sou controladora? Bem... pode apostar! (Esta também é uma característica que sempre tive.) Eu me arrependo? Não nesse aspecto. Todas as escolhas que fiz foram feitas de modo pensado.

Quanto à questão da profundidade, diria não... mas apenas porque tento tirar cada pedacinho de emoção e drama de cada uma das histórias. Mas tenho um arrependimento nesse aspecto. Como disse, gostaria de acrescentar mais algumas páginas ao final de *Amante Liberto* de modo que os leitores vissem o que existe em minha mente em relação à felicidade de V. e Jane com o modo com que as coisas terminaram para eles.

De onde você tirou os termos, como leelan, hellren, shellan*? São termos criados? Ou eles fazem parte de um idioma antigo que você pesquisou? – Beth*

Acredite ou não, eles simplesmente vieram com as histórias – e continuam vindo. Eu escuto um dos Irmãos ou das *shellans* dizendo uma palavra e a uso de acordo com a situação. Não esperava, enquanto escrevia *Amante Sombrio*, acabar com tantos termos! O glossário, a propósito, foi ideia da minha editora. Depois de ler o livro do Wrath, ela pensou um pouco e disse... "ei, talvez seja melhor colocar um glossário". E estava certa.

Gostaria de saber como separa seus estilos de redação. Soube que você escreve com um pseudônimo e li que alguns autores também fazem isso. Gostaria de saber como você faz para que os diferentes personagens não entrem no gênero errado ou não sejam escritos pela pessoa "errada". – Rebekah

É verdade, escrevo romances contemporâneos com o nome Jessica Bird e romances urbanos paranormais com o nome J R Ward. E sabe de uma coisa? Nunca tive problema com isso. Provavelmente por causa da maneira com que as histórias aparecem em minha mente. As frases são incrivelmente claras quando as cenas ocorrem, e os mundos são tão completamente diferentes que confundi-los é impossível. Posso dizer que a voz que surge enquanto escrevo não é muito diferente, apesar de que, na série da Irmandade, o ritmo é diferente e a redação mais crua, porque os Irmãos são mais crus.

Gosto de escrever em dois canais muito distintos. Eu me sinto revigorada ao passar de um a outro. Eu os vejo como dois caminhos separados que nunca se cruzam, e só posso seguir um deles por vez. Tenho muita sorte por poder seguir os dois.

Você mencionou caixões na garagem. O que são esses caixões? E quem deve cuidar deles? – Meryl

Adoro essa pergunta! É algo que, de algum jeito, as pessoas me perguntam muito. Quando não perguntam sobre os caixões, perguntam quem é Boo ou sobre outras coisas que são mostradas, mas não explicadas.

Como eu disse, nem sempre sei o que tudo significa. Em relação aos caixões, enquanto eu estava escrevendo *Amante Revelado*, vi Marissa entrar na garagem com Fritz... e ali eles estavam. Eu não faço a menor ideia do que há dentro deles, de onde eles vêm ou do papel que desempenharão, mas como já aconteceu antes, sei que se vejo algo tão claramente como os vi, vai ser importante. Então, quer saber? Mal posso esperar para saber do que se tratam!

Qual é a importância dos jarros dos redutores*? Eu sei que o coração é retirado e colocado dentro daquele jarro de cerâmica, mas por quê? Por que não pode simplesmente ser destruído? Por que são mantidos? Por que os Irmãos sempre querem pegá-los e colocá-los na Tumba (se eles são apenas troféus). E, se são apenas troféus, por que é tão importante para os outros* redutores *irem às casas dos* redutores *mortos para pegar o jarro antes de os Irmãos o fazerem, e o que fazem com eles? – Murrrmaiyd*

Fico feliz por ter perguntado sobre isso, pois é algo que eu mesma tenho tentado descobrir. Sempre me pareceu estranho que os *redutores* guardassem aqueles jarros depois da cerimônia de indução. Afinal, o Ômega exige tudo deles que é humano, sabe? O sangue deles desaparece, o coração é retirado, eles não conseguem comer, são impotentes... Por que, então, manter algo assim? E depois que eles entram para a Sociedade, não têm posses (ficam até sem seus nomes!). A única coisa que parece lógica para mim é que os jarros servem como lembrete do poder do Ômega. Afinal, uma pessoa que consegue trocar de sangue com você e tirar seu coração, pode voltar e pegar você se ele não gostar de seu comportamento. Além disso, o Ômega é subversivo – cria situações que sobrecarregam seus *redutores* de propósito. Forçando-os a manter o coração, dá a ele mais uma coisa com que castigá-los. Assim, acredito que os outros assassinos partem atrás de seus jarros porque sabem que terão de contar ao Ômega caso o percam – e essa é uma conversa que ninguém quer ter.

Além disso, existe uma cripta central na Sociedade que é usada para guardar certos artefatos, e se um jarro for recuperado por outro assassino antes dos Irmãos, o coração é apresentado ao Ômega. E é melhor nem pensar no que o Mal faz com eles. Credo.

Na história da Irmandade, já existiu um Irmão que (por falta de palavra melhor) tenha se rebelado? – Tee1025

Se você quer dizer ter abandonado ou sido expulso da Irmandade, digo que sim: Murhder. Não sei muito sobre ele no momento – mas ele está no ar, por assim dizer. Ele foi mencionado nos livros pela primeira vez em *Amante Consagrado*, mas tem espaço em meu fórum há quase dois anos.

Todos os Irmãos parecem ter um defeito ou maldição. Isso acontece apenas nesse grupo ou é algo comum na Irmandade da Adaga Negra (como o lance da Virgem Escriba, de dar e tirar)? – Lacewing

Até onde sei, nem todos os Irmãos tiveram problemas – apesar de os membros atuais da Irmandade com certeza terem: Wrath não queria liderar por causa de seu passado. Rhage tinha (tem) sua besta. Zsadist era um sociopata. Butch não sabia onde se encaixava. Vishous teve (e tem) sua mão e suas visões. Phury, seu vício. No caso desses "defeitos", cada um deles faz parte da constituição individual do Irmão, geralmente com origem em seu passado – então não se trata de uma maldição em grupo ou um problema do grupo. E a besta de Rhage é a única causada diretamente pela Virgem Escriba. Os outros casos são obras do acaso.

Por interesse profissional, gostaria de saber se os Irmãos são tatuados apenas por motivos relacionados aos rituais ou se também fariam tatuagens apenas por motivos estéticos. – Cynclair

Os Irmãos, na maior parte do tempo, são tatuados por motivos específicos: Wrath tem tatuagens nos braços para representar sua linhagem. Rhage tem um dragão nas costas; Z., infelizmente, tem as amarras de escravo nos pulsos e no pescoço. Vishous tem os alertas nas têmporas, mãos, virilha e coxas. Quanto aos outros machos, Rehv tem duas estrelas vermelhas no peito, entre outras, todas de rituais. Qhuinn tem uma lágrima no rosto, que é de ritual, e a data na nuca, que não é. Acredito que vocês verão Qhuinn aumentando a coleção e John e Blay fazendo as primeiras, mas não vou contar se elas são de rituais ou não!

Sabemos que nas cerimônias existe um crânio presente, e que esse crânio é do primeiro Irmão. Quem é esse Irmão e como ele se tornou o primeiro? – Court2130

Certo, ótima pergunta. Não vou respondê-la – apenas digo que sei alguns detalhes. O ideal, o que eu adoraria fazer um dia é escrever a história da Irmandade – não estou falando sobre uma linha do tempo, mas das histórias dos primeiros representantes. Talvez seja uma série de *Cenas da Vida* ou talvez um livro todo – mas seria muito interessante. Pelo que vejo, a vida foi difícil no começo. Imagine como deve ter sido para o primeiro guerreiro vampiro encontrar um *redutor*, ou o que aconteceu durante a primeira reunião da Irmandade, ou como foi fazer parte do programa de criação. Considero tudo isso muito fascinante. E espero poder fazer isso em algum momento!

Posso dizer uma coisa: Wrath é um descendente direto do primeiro Irmão!

Como um guerreiro entra para a Irmandade? Qual é o protocolo? Alguém já recusou? – Danielle

Pela minha maneira de ver as coisas, foi exatamente o que aconteceu com Butch. Os Irmãos que atualmente são membros são aqueles que tomam as decisões. Existe um padrinho, geralmente o cara mais próximo ao candidato, que coloca seu nome para ser considerado numa reunião na Tumba. É uma situação decisiva. Se um dos Irmãos tiver qualquer problema com o candidato, o cara sai – sem perguntas, sem chance de reconsiderar. O rei, que desde o tataravô de Wrath tem sido membro da Irmandade, leva então o nome para a Virgem Escriba – por isso não existem surpresas na cerimônia.

Até hoje, vi apenas uma recusa. Falarei mais sobre isso em algum momento, assim espero. Mas, como Wrath diz a Butch, só perguntam uma vez. Nunca de novo.

Qual é a origem das coisas no museu do Templo das Escolhidas? (por exemplo, o leque e o porta-cigarros) – Lysander

Até onde eu sei, aqueles objetos foram deixados por pessoas que visitaram os Primazes anteriores ou foram pegos pelas Escolhidas que visitaram este lado. Alguns (como a arma que foi usada para acertar V. no início de *Amante Liberto*) foram inseridos no ataque que aconteceu há setenta e cinco anos.

Sabemos que Fritz é um gênio na cozinha, mas o que ele considera como sendo sua especialidade? – Mary

Carneiro! Ele cozinha pratos com carneiro há gerações na família real. E, espere, já sei qual é a próxima pergunta! Então, como ele foi parar com Darius? Ah, longa história... mas é ótimo que ele esteja com Wrath de novo (e que ainda esteja com Darius, de certa forma).

Por que o inimigo cheira justamente a talco de bebê? – Haytrid

Hahaha! Haytrid, sei que é esquisito. Mas esse era o cheiro que senti ao ver o primeiro *redutor*. É incongruente, mas estranhamente perfeito.

Linha do tempo da Irmandade

Linha do tempo da Irmandade da Adaga Negra

De 1600 até hoje

1618	Darius nasce.
1641	Darius passa pela transição.
1643	Darius é enviado ao acampamento de guerra.
1644	Tohrment nasce. Darius deixa o acampamento de guerra.
1665	Wrath nasce.
1669	Tohrment passa pela transição e é prometido à primogênita do *Princeps* Relix.
1671	Darius conhece Tohrment; nove meses depois, Tohrment é introduzido na Irmandade.
1690	Wrath passa pela transição.
1704	Vishous e Payne nascem.
1707	Vishous vai para o acampamento de guerra.
1729	Vishous passa pela transição e sai do acampamento.

1739	Vishous conhece Darius e Wrath.
1778	Phury e Zsadist nascem. Zsadist é sequestrado.
1780	Zsadist é vendido como escravo.
1784	Wellesandra nasce.
1802	Phury e Zsadist passam pela transição.
1809	Wellesandra passa pela transição.
1814	Tohrment e Wellsie se unem.
1843	Rhage nasce.
1868	Rhage passa pela transição.
1898	Phury salva Zsadist da Ama. Rhage entra para a Irmandade, mata uma coruja e é amaldiçoado pela Virgem Escriba com a besta.
1917	Zsadist e Phury conhecem Wrath.
1932	Phury está em seu leito de morte. Z. chama Darius, que entra em contato com Wrath para os ritos finais (Phury sobrevive).
1960	Butch O'Neal nasce.
1969	Jane Whitcomb nasce.
1975	Mary Madonna nasce.
1980	Beth Randall nasce.
1983	John Matthew nasce em um terminal de ônibus.

2005	Wrath e Beth se unem.
2006	Rhage e Mary se unem. Zsadist e Bella se unem. Wellesandra é morta.
2007	Butch entra para a Irmandade Butch e Marissa se unem. Blay passa pela transição. Qhuinn passa pela transição. Lash passa pela transição. John Matthew passa pela transição. Vishous e Jane se unem. Nalla nasce.

O Antigo Idioma

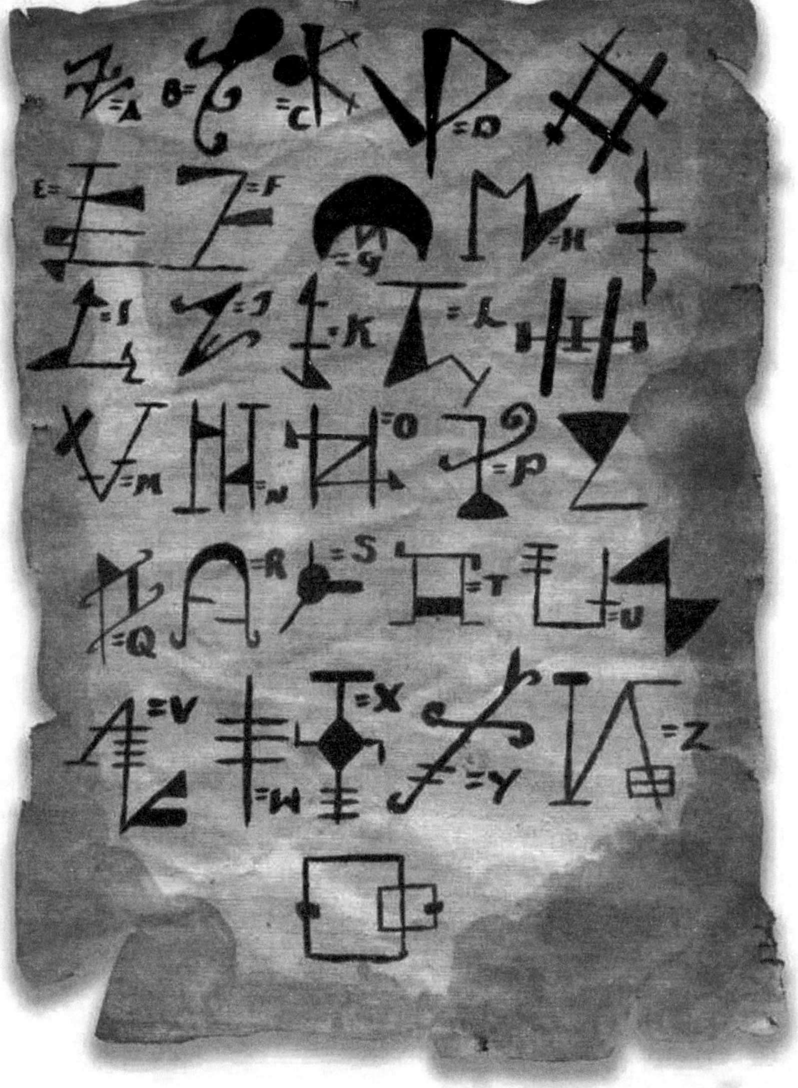
=A
B=
=C
=D
E=
=F
=G
=H
=I
=J
=K
=L
=M
=N
=O
=P
=Q
=R
=S
=T
=U
=V
=W
=X
=Y
=Z

Os Irmãos entrevistam J. R. Ward

A ENTREVISTA DOS IRMÃOS

Meu marido e eu estamos mudando para uma casa nova. Isso é ótimo. Na verdade, ela tem quase cem anos, mas é nova para nós e para nosso cachorro. Minha mãe, seu sócio e seus funcionários estão cuidando dela há alguns meses e terminaram agora. Acredito que vamos nos mudar dentro de algumas semanas e passaremos por aquele processo maravilhoso de tentar descobrir onde cada coisa está.

Já são dez e meia da noite e estou caminhando pela casa, passando de cômodo vazio a cômodo vazio, passando por máquinas de spray, latas de tinta e cavaletes. O local está com "perfume" de tinta látex e eu preciso ter cuidado para não raspar nas paredes porque a maioria delas ainda está úmida. Há um plástico de proteção no piso de madeira e os batentes das janelas estão preparados para serem pintados.

Ficar sozinha aqui me assusta. Sombras se criam, graças às luzes da rua abaixo, e todos os cantos escuros parecem locais de onde poderiam aparecer pessoas para me pegar.

Então alguém entrou.

Estou na sala de jantar quando Wrath aparece do nada bem na minha frente. Eu me assusto, fazendo um movimento como o de Charles Chaplin, balançando os braços e sapateando para trás. Rhage me impede de cair enquanto Butch e V. aparecem bem atrás do rei. Z. entra por último, caminhando na sala de estar como se estivesse ali o tempo todo.

Rhage: (para mim) Você está bem?
Butch: Poderíamos deitá-la em cima de dois cavaletes.
J.R.: Vocês não sabem bater na porta?...
V.: Oh, por favor...
Butch: Ou sobre a pia da cozinha.
J.R.: Estou bem!
Rhage: Tem carpete no terceiro piso.
J.R.: Está dizendo que já esteve aqui antes?
Butch: Não. Claro que não. Nós? Invadindo? Eu voto no terceiro piso.
V.: Ou poderíamos pendurá-la no armário.
J.R.: O que disse?
V.: (dando de ombros) O objetivo é impedir que você saia tropeçando em tudo. Vamos. Pense comigo.
J.R.: Não tenho...
Butch: Terceiro piso.
Rhage: Terceiro piso.
J.R.: (olhando para Wrath como quem pede ajuda) Sério, estou...
Wrath: Terceiro piso.

O caos reina durante o trajeto percorrido escada acima na forma de homens discutindo uns com os outros. Até onde sei, o assunto é tratamento para desmaios, e espero que os remédios não sejam testados em mim. Não sei por que, mas não acho que banhos frios, rojões, doses de uísque Lagavulin ou correr nua na vizinhança se encaixam aos cuidados-padrão a seres humanos debilitados. Mas fazer umas comprinhas não me parece tão ruim.

O terceiro andar da casa nova é um espaço grande e vasto – basicamente um porão mobiliado. A metragem total é só um pouco menor do que aquela do primeiro apartamento que comprei com meu marido, e os Irmãos reduzem o local ao tamanho de uma casinha de cachorro. Seus corpos são enormes, e a menos que estejam bem no meio da sala, que tem o teto muito alto, precisam se curvar para caberem lá dentro.

Wrath é o primeiro a se sentar. Ele escolhe a área principal da sala, deixando que os outros fiquem ao seu redor. Sento de pernas cruzadas na frente do rei. Z. está à minha direita. Todos estão vestidos como se fossem para uma refeição na mansão: Wrath veste uma camisa justa e calça de couro; Phury e Butch estavam vestidos elegantemente com peças de grife. V. e Zsadist com blusas e camisetas justas; Rhage estava usando uma camisa preta de botões e uma calça jeans escura.

Wrath: O que diabos devemos perguntar a você?
J.R.: O que vocês...
Rhage: Já sei! *(tira um pirulito do bolso)* De quem você mais gosta? De mim, certo? Vamos, você sabe que é. *(desembrulha o pirulito e coloca na boca)* Vaaaaamos...
Butch: Se for você, eu me mato.
V.: Não, se for ele, é porque ela é cega.
Butch: *(balança a cabeça na minha direção)* Coitadinha.
Rhage: Só pode ser eu.
V.: Ela disse que não gostava de você no começo.
Rhage: *(apontando com o pirulito)* Mas eu a conquistei, o que é muito mais do que pode ser dito a seu respeito, coisa linda.
J.R.: Não gosto mais de um do que de outro.
Wrath: Resposta certa.
Rhage: Ela só está poupando o sentimento de vocês. *(sorri, tornando-se ainda mais bonito)* Ela é muito educada.
J.R.: *(apreensiva)* Próxima pergunta?
Rhage: *(remexendo as sobrancelhas)* Por que você gosta mais de mim?
Wrath: Já chega de querer inflar seu ego, Hollywood.
V.: É inútil pedir isso, pois ele não consegue passar um segundo sem ter o ego massageado.
Butch: Por isso acho surpreendente ele vestir aquela camiseta havaiana horrível que ganhou da Mary.
Rhage: *(baixinho)* Eu queimaria aquilo, mas é divertido tirá-la.
Phury: Concordo.
Butch: Você tem uma camiseta havaiana? Só pode estar brincando.
Phury: Não, mas gosto de tirar as minhas roupas e as de Cormia.
Butch: Respeito. *(bate a mão na de Phury)*
Wrath: Ok, então *eu* vou fazer uma pergunta. *(Os Irmãos ficam em silêncio nesse momento.)* Por que diabos você ainda se assusta quando

eu apareço na sua frente? Que coisa mais chata. Como se eu fosse machucar você ou algo assim...
Rhage: Ela teme que você tenha vindo sozinho e que não vá me ver.
Wrath: Eu vou fazer um buraco na parede com a sua cara se você não calar a boca.
Rhage: (sorri de novo) Pelo menos os pedreiros continuam por perto e eles podem consertar isso. *(morde o pirulito)*
Butch: Esperem, eu sei a resposta. Ela tem medo que vocês digam que V. tem um irmão sobre quem ela terá de escrever.
V.: Cala boca, tira. Eu sou um cara único.
Butch: Que sorte a dela, se pensarmos que você quase a matou.
Z.: Eu sei por quê.

Todos, incluindo eu, nos viramos para Zsadist. Como sempre, quando ele está numa reunião, fica sentado quieto, mas seus olhos amarelos se mexem como os de um animal, analisando as pessoas ao seu redor. Sob as luzes que estão espalhadas pelo teto, sua cicatriz fica muito aparente.

Wrath: (para Z.) Então por que ela se assusta?
Z.: Porque, quando você está por perto, ela não tem certeza de onde está a realidade. *(olha para mim)* Não é?
J.R.: Sim.

Nesse momento, eu me lembro de que Z. teve o mesmo problema diversas vezes – e devo ter deixado transparecer em meu olhar, porque ele desvia os olhos rapidamente.

Wrath: (assentindo, entendendo a situação) Certo, está bem.
Butch: Tenho uma pergunta. *(fica sério... esboçando um sorriso logo em seguida)* Se você fosse uma árvore, de que espécie seria?
Rhage: (entre risos dos Irmãos) Já sei, uma macieira. Dá frutos, mas é mal-humorada.
V.: Não, ela seria um poste telefônico, não uma árvore. As árvores têm corpo grande.
Butch: (com os olhos arregalados para o amigo) Pare com isso, V.

V.: Por quê? É verdade.
J.R.: Gostei da macieira.
Rhage: (concordando) Sabia que você concordaria comigo.
Phury: Mas e um chorão? Compridos e folhosos.
V.: Uma espécie morta. Pelo menos eu só insultei o corpo dela. Você deu a ela uma doença que apodrece as folhas.
J.R.: Obrigada, Phury, é adorável.
Wrath: Eu voto em carvalho.
V.: Olha, isso é uma projeção arbórea. Você é um carvalho e acha que todo mundo tem que ser também.
Wrath: Não é verdade. Vocês, os tontos, são mudas.
Rhage: Pessoalmente, sou uma baaaaaaaaaaiiiita nogueira-americana. Por motivos óbvios.
Butch: (ri na direção de Hollywood e então se vira para mim) Acho que ela é uma árvore de Natal. Porque gosta de se enfeitar. *(bate nas minhas pulseiras)*
Wrath: Z.? Você tem uma árvore?
Z.: Álamo.
Rhage: Gosto dessa. As folhas fazem um barulho de palmas quando o vento bate.
Butch: Legal. Lembro dessa de quando eu era criança.
Phury: São árvores amistosas. Não são arrogantes. Gosto disso.
Wrath: O álamo entrou na votação. Quem concordar, diga sim. *(Os Irmãos dizem "sim".)* Alguém discorda? *(silêncio)* Votação encerrada. *(olha para mim)* Você é um álamo.

Gostaria de dizer que é exatamente assim que as coisas acontecem com os Irmãos. Eles decidem. Eu obedeço. E a propósito, o álamo comum e simples é provavelmente uma de minhas árvores favoritas.

Wrath: Próxima pergunta. Cor favorita?
Rhage: (levanta a mão) Eu sei! Vermelho do Rhage.
Butch: Vermelho do Rhage... *(começa a rir)* Você é tão tonto, sabia? Um bobão.
Rhage: (assentindo) Obrigado. Tento me superar em tudo o que faço.

V.: Precisamos colocá-lo no Bobões Anônimos.
Rhage: Não sei, não, hein? Aquele programa dos Tricotadores Anônimos não ajudou muito você.
V.: Porque eu não faço tricô!
Rhage: (estica a mão e segura o ombro de Butch) Deus, como é triste a negação, não é?
V.: Olha...
Wrath: Preto é a minha cor favorita.
Phury: Não sei se o preto é uma cor, meu senhor. Tecnicamente, é a soma de todas as cores, então...
Wrath: Preto é uma cor e ponto.
Butch: Phury, essa sensação de queimação que você sente é porque tomou um fora real.
Phury: (fazendo careta) Acho que tem razão.
V.: Gosto de azul.
Rhage: Claro que gosta. É a cor dos meus olhos.
V.: Ou de um bom hematoma.
Butch: Adoro dourado. Pelo menos no que diz respeito a metais.
V.: E combina com você.
Rhage: Gosto de azul porque o V. gosta. Quero ser como ele quando crescer.
V.: Então vai precisar fazer uma dieta e parar de usar enchimento.
Rhage: Aposto que você diz isso a todas as mulheres que namora. *(balança a cabeça)* Você também faz com que elas se depilem, não é?
V.: Melhor do que levar elas para o banheiro dos fundos, como você faz.
J.R.: Eu gosto de preto.
Wrath: Ponto! Agora, próxima pergunta.
V.: O que acham de tornar isto mais interessante?
Wrath: (ergue a sobrancelha) De que maneira?
V.: (olhando para mim) Jogo da verdade ou desafio.

Todos ficam quietos nesse momento e eu não me sinto à vontade – apesar de não ser por causa do silêncio. Não acredito que V. pode ser bonzinho, e pela tensão na sala, nenhum dos Irmãos confia.

V.: E então? O que vai ser?

Se eu escolher dizer a verdade, ele vai me perguntar algo impossível de responder ou que pode ser revelador demais. Se eu escolher desafio... bem, ele não vai me matar. Com certeza os outros fariam de tudo para que eu sobrevivesse.

J.R.: Desafio.
V.: Certo. Desafio você a responder à minha pergunta.
Butch: (franzindo a testa) Não é assim que o jogo funciona.
V.: Verdade ou desafio. Eu dei opção a ela, que escolheu desafio.
Wrath: Teoricamente, ele está certo. Apesar de estar sendo um cretino.
V.: Olha, estou falando muito sério.
J.R.: Certo, qual é a pergunta?
V.: Por que mentiu?

A pergunta não me surpreende, e é uma coisa particular entre ele e eu. E V. já sabe a resposta, mas está perguntando apenas para causar problemas. E vai conseguir.

Wrath: (interrompendo antes de eu responder) Próxima pergunta. Prato favorito?
Rhage: Um sanduíche de Rhage e Butch.
J.R.: (ficando muito vermelha) Oh, não, eu...
Rhage: O quê? Vai querer um pouco de V. nele?
J.R.: Não, não penso em vocês assim...
Rhage: Olha... *(dá um tapinha no meu joelho como se quisesse me acalmar)*, é bom fantasiar. Elas são saudáveis. Por isso que a pele de Butch brilha e a mão direita dele é peluda... e ele também me quer. Estou acostumado com isso.
J.R.: Eu não...
Butch: (rindo) Rhage, amigo, desculpe-me por decepcioná-lo, mas não penso em você assim...
Rhage: (ergue a sobrancelha) Certo, quem é que precisa do jogo da verdade agora?
V.: Sabe, Hollywood, no site de psiquiatria tem uma foto sua na seção de "Distúrbios narcisistas".

Rhage: Eu sei! Eu posei. Eles foram tão doces por me convidar.
V.: (ri alto) Você é um maluco.
Wrath: Prato favorito, *Challa*?
J.R.: Não sou muito de comer.
V.: Ninguém diria!
Rhage: Gosto de quase qualquer coisa.
V.: De novo, ninguém diria!
Rhage: Menos azeitona. Eu... sei lá, não vou com a cara das azeitonas. Mas é bom usar azeite de oliva para cozinhar.
V.: Que alívio! A Itália inteira ficou preocupada com a economia nacional.
Butch: Não gosto de frutos do mar.
Wrath: Cara, nem eu.
Phury: Não suporto nada que tenha peixe.
Z.: De jeito nenhum.
V.: Não gosto nem do cheiro.
Rhage: Pensando bem... é, não gosto de nada que tenha barbatanas ou viva em conchas. Bem, menos castanhas, que eu gosto.
V.: Vai entender.
Butch: Adoro um bom filé.
Wrath: Carne de carneiro.
Phury: Carne de carneiro é uma delícia.
Butch: Ah, sim, com alecrim. Grelhada. *(esfrega a barriga)* Alguém aqui está com fome?
Rhage: Sim, morrendo. *(Todos rolam os olhos nesse momento.)* Bem, estou em fase de crescimento.
Butch: E se levar em conta o tamanho da sua cabeça...
V.: Ultrapassa as barreiras do crível.
Rhage: Gosto de todos os tipos de carne.
V.: (rindo) Está bem, não vou entrar nesse assunto.
Rhage: O que surpreende um pouco. *(sorri)*
Wrath: Por favor, podemos voltar ao assunto? *Challa*, prato favorito?

A verdade é que não quero dizer nada e me sinto desapontada por ter a atenção em mim outra vez. Adoro observar os Irmãos brincando uns com os outros. Na verdade, essa atmosfera é o resumo dos meus dias. Estou entre eles, mas não com eles, se é que isso faz sentido, e sempre me fascino, tentando entender o que dirão e farão em seguida.

J.R.: Depende.
Rhage: Certo, monte seu *sundae* para nós, então. O que vai nele? E não fique envergonhada. Sei que você vai me imaginar servindo o sorvete usando apenas uma sunguinha.
V.: E sapatos de duende. Porque você fica sensual com eles.
Rhage: Viu? Você me ama demais. *(Vira-se em minha direção.) Challa*?
J.R.: Hum, bem, eu não tomo sorvete. Adoro, mas não posso tomar.
Rhage: (olha para mim como se um chifre estivesse nascendo na minha testa) Por que não?
J.R.: Problemas dentários. É muito frio.
Rhage: Caramba, que droga... eu adoro sorvete de café com calda quente.
V.: Ta aí uma coisa com que concordamos. Nada de creme nem cereja para mim.
Rhage: Sim, gosto da coisa simples também.
Phury: Adoro um *sherbet* de amora. Numa noite quente de verão.
Wrath: Sorvete de chocolate tipo Rocky Road.
Butch: Eu? Sorvete de menta e chocolate da Ben & Jerry.
Rhage: Certo, é outro muito bom. E qualquer coisa com bolacha Oreo também fica uma beleza.
Z.: Demos um pouco de sorvete de baunilha para a Nalla. *(ri baixinho)* Ela adorou.

Nesse momento, eles dizem "awwwww". Em seguida, disfarçam com palavrões, como se tivessem de restaurar sua masculinidade.

Rhage: (olhando para mim) Sério? Você já viu aquela menina? Ela é... é de quebrar tudo.
V.: É assim que se diz "Caramba, aquela menininha é tão linda!" no idioma dele.
Rhage: Vamos, V., você concorda totalmente comigo nisso.
V.: Sim, concordo. Cara... minha sobrinha é o bebê mais perfeito do mundo. *(Bate o punho no de Rhage e então se volta a Butch.)* Não é?

Butch: Mais do que perfeita. Ela está em outra categoria. Ela é...
Wrath: Mágica.
Phury: Totalmente mágica.
J.R.: Ela tem todos vocês na palma da mão, não é?
Rhage: Sem dúvida...
Phury: Totalmente...
Butch: Do jeito que quiser...
V.: Sempre.
Wrath: Completamente.
Z.: (olhando para mim, cheio de orgulho) Viu? Pra um banco de loucos antissociais e violentos, eles até que estão bem.
Wrath: Ei, a *Challa* respondeu qual é o seu prato preferido?
Butch: Ela disse que não gosta de sorvete. *(olha para mim)* Por que então não monta um sanduíche? Pode até me usar do jeito que quiser. *(sorri)* Sem problemas.
Phury: (interrompendo o comentário de Butch) Ou um prato. Que tipo de comida gosta?
J.R.: Não sei. Bem, qualquer coisa que minha mãe cozinhe. Frango assado. Lasanha...
Rhage: Adoro lasanha.
Phury: Eu também.
V.: Gosto da minha com linguiça.
Rhage: Óbvio.
Wrath: (falando entre os dentes) Fiquem caladas, meninas. *Challa*?
J.R.: Frango assado com farofa que a minha mãe faz.
Wrath: Excelente escolha – muito esperta. Eu estava me preparando para fazer com que eles votassem novamente.
Rhage: (inclinando-se de modo conspiratório) Não teríamos dado a você o peixe. Então não precisa se preocupar.
J.R.: Obrigada.

Os Irmãos continuaram falando e não me perguntaram muitas coisas, o que é bom. Fico surpresa ao ver como eles se importam uns com os outros. Nunca são incisivos demais entre eles. Até mesmo V., que é perfeitamente capaz de cortar uma pessoa ao meio com seus comentários, controla a língua. Conforme as vozes ressoam no cômodo vazio, fecho meus olhos, pensando que não quero que eles partam.

Quando abro os olhos de novo, eles se foram. Estou sozinha na minha nova casa antiga, de pernas cruzadas, olhando para a parede vazia na qual, segundos antes, eu via Wrath de modo tão claro. O silêncio é um contraste sério e triste.

Fico em pé e minhas pernas estão rígidas enquanto caminho para as escadas e seguro o corrimão. Não tenho ideia de quanto tempo passei ali em cima, e quando olho para onde nos sentamos, não vejo nada além de um carpete sob as luzes enfileiradas do teto.

Apago as luzes ao descer e paro no segundo andar. Ainda não sei onde vou escrever quando nos mudarmos... o que me causa agitação. Tem um quarto com uma bela vista, mas é pequeno.

Chego ao primeiro andar e apago mais luzes, fazendo um círculo por todos os cômodos. Antes de sair da casa escura, paro e olho para a sala de estar até o jardim de inverno; outro candidato a ser meu local de trabalho.

Estou olhando para o outro lado quando um carro faz um retorno na rua. Quando os faróis brilham nas janelas do jardim de inverno, vejo Zsadist em pé no piso. Ele aponta para baixo algumas vezes.

Certo. Vou escrever ali. Ergo a mão e balanço a cabeça, para ele saber que a mensagem foi recebida. Com o olhar amarelo, ele se vai. Já não estou me sentindo tão sozinha, apesar de a casa estar vazia.

O jardim de inverno vai ser um local ótimo de trabalho; penso enquanto caminho até meu carro. Perfeito.

In Memoriam

IN MEMORIAM

A seguir, você verá a última entrevista de Tohr e Wellsie juntos, que eu realizei durante o curto período entre Amante Eterno e Amante Desperto. Quero dedicar este capítulo à memória de Wellsie e seu filho que não nasceu.

Dezembro, em Caldwell, Nova York, é um tempo chato. Os dias escurecem às quatro da tarde, a neve começa a se juntar como se estivesse treinando para as nevascas de janeiro e o frio entra por todos os cantos das casas.

Eu volto à cidade após o feriado de Ação de Graças para fazer mais entrevistas com os Irmãos. Como sempre, Fritz me buscou em Albany e rodou comigo por duas horas antes de me levar à mansão da Irmandade. A viagem é longa, mas não porque ele quer me confundir mais ainda. Para meu azar, cheguei no dia da primeira nevasca da estação. Conforme avançamos, sentimos a neve bater no vidro da frente da Mercedes, mas o *doggen* não está preocupado, nem eu. Em primeiro lugar, porque o carro parece um tanque. Depois, porque como Fritz disse, Vishous colocou correntes em todos os pneus. Passamos pela cobertura grossa das estradas, o sedan solitário passando por caminhões de limpeza da prefeitura.

Por fim, entramos no complexo da Irmandade e paramos na frente do enorme castelo de pedras no qual todos vivem. Quando saio do carro, flocos de neve caem em meu nariz e pousam em meus cílios, algo que adoro, apesar de ficar com frio no mesmo instante. No entanto, a sensação não dura muito tempo: Fritz e eu entramos juntos no vestíbulo, e o incrivelmente lindo saguão já me esquenta só pela vista. Outros *doggens* correm para mim como se eu estivesse correndo o risco de sofrer hipotermia, trazendo chinelos para substituir minhas botas, chá para me esquentar e um cobertor fino. Eles trocam minhas roupas como uma criança e me enrolam no cobertor para seguir em direção às escadas.

Wrath está esperando por mim em seu escritório...

(editado)

...Nesse momento, eu saio do escritório de Wrath e desço para o saguão, onde Fritz espera por mim com minha blusa e minhas botas de neve. Tohr será meu próximo entrevistado. O mordomo vai me levar para a casa do Irmão, pois ele está de folga.

Visto minhas roupas novamente e volto para a Mercedes. Fritz e eu conversamos usando o comunicador que liga a frente do carro com a parte de trás. O percurso demora cerca de vinte minutos e, mesmo com toda aquela neve, a Mercedes se mantém na linha.

Quando paramos, concluo que chegamos à casa de Tohr. Solto o cinto de segurança. Fritz abre a minha porta e eu vejo a casa moderna na qual o Irmão Wellsie e John Matthew vivem. O local fica com uma aparência muito receptiva na neve. No telhado, duas chaminés soltam fumaça e na frente de cada janela há luz amarela que banha a neve grossa e branca que cobre o chão. Os flocos que caem são iluminados por um breve momento antes de tocarem o chão.

Wellsie abre a porta, pede para que eu entre. Fritz me acompanha. Depois de fazer uma reverência a Wellsie, ele volta para a Mercedes, e quando o carro gira na entrada, minha hóspede fecha a porta da casa contra o vento.

J.R.: Que nevasca, não?
Wellsie: Pois é. Venha, tire o casaco. Entre.

Mais uma vez estou sem as proteções, mas desta vez estou tão distraída pelo cheiro que vem da cozinha que mal percebo o desaparecimento da minha blusa.

J.R.: O que é isso? *(cheirando o ar)* Hum...
Wellsie: (pendurando meu casaco e deixando um par de pantufas a meus pés) Tire as botas.
J.R.: (tirando as botas e colocando meus pés na lã macia das pantufas) Isso é cheiro de gengibre?
Wellsie: Você está quente o suficiente apenas com essa blusa? Precisa de outra? Não? Tudo bem. Grite se mudar de ideia. *(Entrando na cozinha e se aproximando do fogão.)* Estou cozinhando para o John.
J.R.: (seguindo) Ele está em casa? As aulas de hoje foram canceladas por causa da nevasca?
Wellsie: (erguendo a tampa de uma panela) Sim, mas ele não iria de qualquer maneira. Deixe-me terminar isto rapidamente e então buscaremos Tohr.
J.R.: John está bem?
Wellsie: Ele vai ficar. Sente-se. Quer chá?
J.R.: Não, obrigada.

A cozinha é vermelha, de granito, com dois fornos, um deles de seis bocas, e uma geladeira que combina com os armários. Ao lado há uma mesa de vidro e ferro e eu me sento na cadeira mais próxima do fogão.

Wellsie está com o cabelo preso, e enquanto mexe o arroz na panela, parece uma supermodelo de anúncios de revista. Sob a blusa preta de gola alta, sua barriga está um pouco maior do que estava quando a vi da última vez, e ela não para de acariciá-la lentamente. Tem um brilho especial. Está absolutamente radiante.

Wellsie: Então, acontece que nós vampiros não pegamos os vírus dos seres humanos, mas temos os nossos. E nessa época do ano, como acontece nas escolas dos humanos, os alunos adoecem. John chegou com dores no corpo e dor de garganta ontem à noite e acordou com febre hoje. Coitadinho... *(balança a cabeça)* John é... um menino especial. Bem especial. E adoro tê-lo em casa comigo. Apenas gostaria que hoje tivesse sido por um motivo diferente. *(olha para mim)* Sabe, é muito estranho. Sempre fiquei bem em casa sozinha, mesmo quando Tohr sai para lutar. Mas desde que John começou a morar aqui, a casa fica vazia quando ele não está. Fico esperando ansiosamente a volta dele do centro de treinamento.

J.R.: Eu entendo isso.

Wellsie: (acaricia a barriga de novo) John diz que está ansioso esperando a chegada do bebê – ele quer ajudar. Acho que no orfanato em que ficava, gostava de cuidar dos pequenos.

J.R.: Olha, tenho que dizer que você está linda.

Wellsie: (rola os olhos) Você é gentil, mas estou enorme. Não sei quanto mais vou engordar. Mesmo assim... tudo bem. O bebê se mexe o tempo todo e eu me sinto forte. Minha mãe... ela se deu bem com seus filhos. Teve três, você acredita? *Três*. E ela deu à luz a minha irmã e meu irmão antes dos avanços da medicina moderna. Acho que serei como ela. Minha irmã se saiu bem. *(olha para a panela de novo)* É disso que faço Tohr se lembrar quando acorda preocupado no meio do dia. *(apaga o fogão e tira a colher da gaveta)* Espero que John coma dessa vez. Ele tem recusado alimentos.

J.R.: Ei, o que acha de Rhage ter uma parceira?

Wellsie: (colocando o arroz na tigela com uma colher) Oh, eu adoro a Mary. Acho ótimo. Mas Tohr estava se preparando para matar Hollywood. Rhage não gosta de ser mandado. Bem, nenhum deles gosta. Os Irmãos... eles são como seis leões. É muito difícil ser o líder. O trabalho de Tohr é tentar manter todos juntos, mas é difícil. Especialmente com Zsadist sendo como é.

J.R.: Wrath diz que ele está perdido.

Wellsie: (balançando a cabeça indo até a geladeira) Bella... Eu rezo por ela. Todos os dias. Já se deu conta que faz seis semanas desde que ela foi sequestrada? Seis semanas. *(volta com uma tigela de plástico que coloca dentro do micro-ondas)* Não consigo imaginar o que aqueles *redutores*... *(limpa a garganta e aperta o botão)* Bem, Tohr nem tenta colocar juízo na cabeça de Z. Ninguém tenta. Parece que algo mexeu com ele depois do sequestro. De certa maneira – e corro o risco de ser mal interpretada

– gostaria que Z. encontrasse o corpo. Caso contrário, ele não vai conseguir deixar essa história para trás e vai ficar completamente maluco. E mais perigoso do que já é. *(o micro-ondas para e apita)*
J.R.: Você acha que... não sei qual palavra usar... talvez seja "surpreendente" que ele se importe tanto?
Wellsie: (despeja caldo de gengibre no arroz, coloca a tigela na lava-louças, em seguida tira guardanapo e colher) Totalmente surpreendente. A princípio me deu esperança, sabe, o fato de ele ter se importado com alguém. Agora? Estou ainda mais preocupada. Não consigo ver nada disso terminar bem. Venha, vamos para o quarto de John.

Sigo Wellsie para fora da cozinha e passamos por uma sala de estar que é decorada com uma grande mistura de detalhes arquitetônicos modernos, móveis antigos e arte. No final, seguimos para os quartos. O de John é o último antes da suíte principal que fica do lado esquerdo da casa. Quando nos aproximamos, eu escuto...

J.R.: Isso é...?
Wellsie: Sim. Maratona Godzilla *(abre a porta e pergunta baixinho)* Ei, como você está?

O quarto de John é azul-marinho, e a escrivaninha, a cabeceira e a mesa têm um toque de Frank Lloyd Wright, com toques de madeira fina. Sob o brilho da televisão, vejo John na cama deitado de lado, a pele pálida como os lençóis brancos, a face vermelha por causa da febre. Seus olhos estão fechados e ele respira pela boca aberta, roncando levemente. Tohr está ao seu lado, recostado na cabeceira, com o corpo enorme fazendo John parecer uma criança de dois anos. O braço de Tohr está esticado e John se enrola nele.

Tohr: (faz uma aceno para mim e manda um beijo para sua shellan*)* Isso não é bom. Acho que a febre aumentou. *(Quando ele diz isso, na televisão aparece Godzilla, rugindo e derrubando prédios... mais ou menos o que o vírus está fazendo a John por dentro.)*
Wellsie: (coloca a tigela sobre a mesa e inclina-se sobre Tohr) John?

Tenta abrir os olhos e sentar-se, mas Wellsie coloca as mãos no rosto dele e sussurra para que permaneça deitado. Enquanto conversa carinhosamente com John, Tohr se inclina e coloca a cabeça em seu ombro. Ele está exausto, percebo, sem dúvida por ter ficado acordado e preocupado.

Vendo os três juntos, fico feliz por John, mas também um pouco abalada. É difícil não imaginá-lo em seu apartamento pequeno naquele prédio infestado de ratos, doente e sozinho. Não quero nem pensar no que aconteceria se ele não fosse resgatado. Para não pensar em bobagens, me concentro em Tohr e Wellsie e no fato de que eles acolheram John como membro da família.

Depois de um instante, Wellsie senta ao lado de Tohr, que abre espaço para ela dobrando as pernas. A mão livre, aquela que John não está segurando, é levada a sua barriga.

Wellsie: (balançando a cabeça) Vou telefonar para o Havers.
Tohr: Acha que devemos levá-lo até lá?
Wellsie: Depende do que disserem na clínica.
Tohr: O Range Rover está pronto. É só mandar.
Wellsie: (dá um tapinha em sua perna e fica em pé) Exatamente por isso eu me uni a você.

Wellsie sai e eu espero na porta, sentindo-me inútil. Caramba, eu tinha muitas perguntas a fazer a Tohr, mas nenhuma delas importa agora.

J.R.: Melhor eu ir.
Tohr: (esfregando os olhos) Sim, provavelmente. Peço desculpas por tudo.
J.R.: Por favor, de jeito nenhum. Vocês têm que cuidar dele.
Tohr: (olhando para John) Sim, temos.

Wellsie volta. O médico disse que John precisa ir até lá. Fritz é chamado para me pegar, mas vai demorar a voltar, por isso me pedem para eu trancar a casa quando sair. Eu sigo Tohr, que carrega John em seus braços no corredor, passando pela sala de estar e saindo pela cozinha. Em vez de pedir a John que vista uma blusa, Tohr o enrola num cobertor e coloca pantufas em seus pés, parecidas com aquelas que me emprestaram.

Wellsie entra na parte de trás da Range Rover, colocando o cinto de segurança. Quando Tohr acomoda John no colo dela, Wellsie aconchega o garoto contra seu corpo. Quando a porta se fecha, ela olha para mim pelo vidro da janela, o rosto e os cabelos ruivos escurecidos pelo reflexo da garagem atrás de mim. Nossos olhos se encontram e ela levanta a mão. Eu levanto a minha.

Tohr: (para mim) Você vai ficar bem? Sabe como me encontrar depois?
J.R.: Sim, ficarei bem.
Tohr: Coma o que quiser da geladeira. Os controles da televisão estão ao lado da minha poltrona.
J.R.: Certo. Dirija com cuidado e mande notícias dele.
Tohr: Pode deixar.

Tohr apoia a mão grande em meu ombro por um momento antes de assumir o volante, engatar a ré e dirigir para a nevasca. As correntes fazem barulho no chão de concreto da garagem até chegar à neve; em seguida, escuto o ronco do motor e o amassar de milhões de flocos sob os pneus.

Tohr faz o retorno e parte, acionando o portão da garagem. Quando o portão se fecha, tenho uma última imagem do Range Rover, com suas lanternas vermelhas sumindo em meio à neve.

Volto para dentro da casa. Fecho a porta. Escuto.

O silêncio é assustador. Não porque eu acho que tem mais alguém na casa. Mas porque as pessoas que deveriam estar ali se foram.

Vou para a sala de estar e sento num dos sofás de seda. Espero perto das janelas, como se pudesse fazer Fritz chegar mais depressa. Minha blusa está em meu colo e calcei as botas de novo.

Parece que demorou anos até a Mercedes aparecer. Eu fico em pé, vou para a porta da frente e saio. Ao olhar para trás, observo o fogão onde Wellsie estava cozinhando. A panela do arroz de John está onde a deixou, assim como a colher que usou.

Aposto que numa noite normal, aquelas coisas nunca ficariam ali. Wellsie mantém tudo sempre bem arrumado.

Faço um sinal para Fritz mostrando que preciso de um segundo. Volto correndo para a cozinha, limpo a panela e a colher e coloco as duas para secar ao lado da pia, porque não sei onde elas devem ser guardadas. Dessa vez, quando saio, tranco a porta. Depois de verificar se está bem trancada, caminho pela neve em direção ao carro. Fritz se aproxima, abre a porta para mim, e antes de entrar observo novamente a casa. A luz das janelas não parece mais receptiva; parece agora que está melancólica. A casa está esperando que todos voltem, para que o telhado proteja mais do que apenas objetos sem vida. Sem seus moradores, o local não passa de um museu repleto de artefatos.

Eu me acomodo no banco de trás e o mordomo parte na nevasca. Ele dirige com cuidado, assim como sei que Tohr também dirigiu.

Este livro foi impresso em Papel Chamois Fine 75 g/m², certificado FSC e produzido pela MD Papéis Ltda.